03 | 민음의
비평

익명의 밤

민음의
비평

03

익명의 밤

서동욱 비평집

민음사

그리고 나는 수학을 연구할 때 흔히 갖게 되는 정신의 자유에 따라 이 학문의 주제들을 연구하기 위해, 인간 행동을 조롱하지도 한탄하지도 저주하지도 않고, 오히려 인식하려고 주의를 기울였다. 이를 위해 나는 정념들, 가령 사랑, 미움, 노여움, 질투심, 야심, 측은한 마음, 그리고 마음의 여러 동요들을 인간 본성의 결함으로서가 아니라 고유한 성질로서 관찰했다.

— 스피노자,『정치론』에서

일러두기

　1. 인용문 안의 고딕체는 인용자가 강조하는 부분이고 ' ' 표시로 묶은 구문은 원저자가 강조하는 부분이다. 또한 인용문 안의 〔 〕로 묶인 부분은 대체 가능한 번역어이거나 뜻을 잘 통하게 하기 위해서 인용자가 집어넣은 말이다.

　2. 관례적으로 통용되는 별도의 쪽수 체계를 가지는 고전들(이를테면 플라톤이나 칸트의 저작)에서 인용할 때에는, 인용문 뒤 괄호 안에 관례에 따른 서지 사항을 써주고 '쪽'이라는 표기는 붙이지 않는다.

이름 너머에서, 아득한 곳에서 들려오는

삶은 글쓰기를 필요로 한다. 그것은 쓰여야만 한다. 한 권의 인쇄된 책을 말하는 것은 아니다. 쓴다는 것은 그것을 가리키기 위한 호메로스 시대의 옛말 그라페인(γράφειν)이 알려 주듯 새기고 도려내고, 물질성을 가진 것의 저항과 마주하는 촉각적인 것이다. 따라서 쓰는 일은 제사에 쓸 피를 위한 도살이나 단 한 번뿐인 무사들의 겨루기, 그리고 무엇보다도 이루어지는 순간 돌이킬 수 없는 과거가 되고 마는 애무와도 같다. 쓰는 자는 삶에 대해서 쓰는 것이 아니라, 삶을 만지는 것, 바로 사는 것이다.

쓴다는 이러한 오래된 행위의 상속자는 바로 시인이 아닌가? 시 자체가 삶 위에 떠도는 잉여적인 이야기, 또는 삶으로부터 한 걸음 물러서 관조하는 반성이 아니라 살아가는 삶 그 자체라는 점에서 말이다. 그것은 애무가 피부에 대한 정보를 얻는 행위가 아니라 피부가 살아가는 방식이라는 것과도 같다. 시는 통상적인 생각이 아니며 반성 활동도 아니고 애무가 그렇듯 놀라움 속에 삶의 표면에 밀착해 있다. 그 놀라움은 필연적인 것으로부터 오는 것이 아니라 한낱 우연에서 오는 것이며 그 우연성은 삶의 존재란 한낱 무(無)의 가능성이라는 점에 대한 표현이기도 하다.

삶이라는 기적은 놀라운 것이지만 그저 없을 수도 있는 것, 깨어지기 쉬운 시 한 점을 잠깐 통과하는 진동인 것이다. 삶과 시의 필연적 국면이 있다면 역설적이게도 이 불안정성이 아닐까?

그러한 시에 밀착해 본 경험의 기록인 이 책에 대해 어떻게 이야기해야 할까? 마치 부화 중인 새의 알에서 엷은 막 너머로 깃털의 색깔이 보이게 된 최초의 어느 날처럼, 언젠가 몰두하기 시작한 이 책은 토마스 만이 전하는 어떤 이야기로부터 색깔을 입혀 볼 수 있다고 믿게 되었던 것 같다. 요셉에 관한 긴 이야기에서 정체성을 묻는 질문에 주인공은 이렇게 간단히 답한다. "접니다."

이것은 일인칭에 대한 신뢰 속에서 자신의 정체성을 확정 짓는 대답인가? 그러나 '저'란 도대체 누구인가? 저 말의 외면적인 솔직함 배후에는 짙은 안개가, 아무런 정보도 노출되지 않는 데서 오는 당혹스러운 기분만이 춤추고 있다. 토마스 만은 말한다. "'접니다.' 혹은 '나다.'라는 대답은 집사라는 직분에 국한된 질문을 넘어서서, '네가 누군데?' 혹은 '네가 뭔데?'라고 되묻고 싶은 충동을 느끼게 했기 때문이다. 간략히 말해서 '접니다.' 혹은 '나다.'는 아득한 곳에서 들려오는, 오래된 문구로 자기가 누구인지 알아맞혀 보라고 사람들에게 호소하는 문구였다."[1] 모든 정보를 줄 준비가 되어 있는 듯한 저 일인칭, '나' 또는 '저'라는 표면을 걷고 나면 거기엔 '네가 누군데?'라는 질문을 빠져나가는 아득한 익명의 구덩이가 도사리고 있다. 철학이 발견했던 것도 비슷하다. 자아의 심층으로 내려간 칸트는 모든 표상의 배후에 있는 것을 그저 '그것(das Es)'이라고만 일컬을 수 있을 뿐이었다. '나'라고 했다가 '그'라고 했다가 '그것'이라고 칸트가 곤혹스럽게 부르는 이것은 이름을 포기하기 위해 준비된 기호 'X'라 불리기도 한다.(『순수 이성 비판』, A346/B404) 1936년에 쓴

---

1) 토마스 만, 장지연 옮김, 『요셉과 그 형제들』(살림, 2001), 5권, 58쪽.

『자아의 초월성』의 첫 장에서부터 칸트의 이러한 통찰을 계승하고 있는 사르트르[2]는 두 해 뒤에 나온 『구토』에 와서도 자아의 심층에 있는 익명성에 대해 이렇게 쓰고 있다. "조금 전까지만 해도 누군가가 '나'라고 말했고, '나의' 의식이라고 말했다. 도대체 누가? (……) 지금은 익명적인 의식만이 남아 있다. 여기 있는 것은 (……) 비인격적인 투명뿐이다."[3] 물론 자아의 배후에 있는 익명적인 것에 대한 이들의 기념비적인 발견에도 불구하고, 우리는 이 익명적인 것을 '의식'으로 확정 지을 생각은 결코 없으며, 그것의 기능이 우리의 평균적인 경험이나 상식과 일치하는 '종합'이라고 말할 생각도 없다. 칸트에게 쇼펜하우어의 '의지'를 지나 프로이트의 '그것(das Es)'을 통과하는 익명적인 것에 대한 기나긴 명상이 시작되는 한 중요한 지점이 놓여 있을지라도 말이다.

오히려 저 익명적인 것은 비밀스러운 삶을 위해 가면을 썼다 버리듯 수많은 표상들을 선택하는 어떤 것이 아닐까? 표상들의 질서 위에 세워진 우리의 상식적인 삶이란 저 불규칙하게 선택되는 가면들 위에 우리가 억지로, 겨우 정합적으로 씌워 놓은 얼토당토않은 이야기의 얼개가 아닐까? 어쩌면 시는, 표상들의 규칙성이 허구적이라는, 익명적인 것이 그때그때 쓰고 버리는 닉네임에 불과하다는 것을 알아차리고 있는 대표적인 인공물일 것이다.

그렇다면 삶이 시와 더불어 있다는 것은 표상들 사이에 마련된 저 허구적인 질서를 떠나는 일, 또는 그 질서 안의 객관적인 한 지점, 아니면 그저 상상해 본 한 지점에 있는 주체와 결별하는 사건이 아닌가? 그것은 문명의 배후이자 문명이 출발한 기원을 엿보는 일이며, 저 배후에 있는 익명적인 것이 어느 날 전혀 다른 표상들을 선택하면서 이 문명을 한순간 사라지게 만들 수 있다는 점에서 문명의 종말을 엿보는 일일지도 모

---

2) J.-P. Sartre, *La transcendance de l'ego*(Paris: J. Vrin, 1988), 13쪽 참조.

3) J.-P. Sartre, *La nausée*(Paris: Gallimard, 1938), 237~238쪽.

른다. 또한 그것은 표상들 사이의 규칙에 관한 법이 아닌, 근본적으로 야생적인 것, 그리고 그와 동일한 자격에서의 '자유'로부터 삶을 최초의 생명처럼 다시 시작해 보는 일일지도 모른다.

그래서 사유는 시와 더불어 있다. 이 책은 시 속에서 사유가 방향을 찾는 미니 게임 같은 것이다. 부록이지만 어쩌면 스마트폰의 진짜 목적일지 모르는 어떤 미니 게임 말이다. 사유의 방향 찾기를 사람들은 가령 공간적 차원에서 오른쪽과 왼쪽이라는 양 측면을 구별하는 느낌 같은 것으로 이해했다.(칸트, 「사유에서 방향을 찾는다는 것은 무엇인가」(1786) 참조) 하이데거는 이런 방향 찾기의 보다 심층적인 근거로서 '세계 내 존재'를 발견하기를 원했다. 하나의 세계 안에 있다는 것이 오른쪽, 왼쪽의 구별만큼 이미 방향 찾기에 있어서 구성적이라는 것이다.(『존재와 시간』, 23절 참조) '동쪽(Orient)을 찾는 일'이라는 방향 찾기(Orientierung)가 갖는 말 뜻 그대로의 한계가 알려 주듯, 방향 찾기에 대한 이러한 숙고들은 시간적 의미의 방향에 대해선 말하고 있지 않다.

반면 「페르시아 왕자」나 「타임머신」 같은 것들은 시간은 반대 방향으로, 또는 제3의 방향으로 흐를 수도 있다는 시간적 방향 찾기의 가능성을 보여 주는 문학적 실험들이다. 시 속에선 공간도 그런 식일 것이다. 시 속에서 사유의 방향을 찾는다는 것은 카프카의 방들 속에서, 또는 보르헤스의 「죽지 않는 사람들」의 기분 나쁜 건축물 속에서 방향을 찾는다는 것처럼 덧없는 일이다. 그것은 어두운 방에서 왼편에 있던 사물을 기준으로 오른편에 있던 사물을 추측하는 일과 반대로 전혀 새로운 지평을 만나는 일인 것 같다. 즉 방향 찾기는 방향의 한계의 극복, 그러니까 방향 없는 세계를 보여 줄 것 같다. 왼손 옆에도 왼손이 있고, 해도 양쪽에서 뜨는. 햄릿의 빠져 버린 경첩과도 같은 시간 역시 마찬가지다. 시의 리듬에 관한 이 책의 어느 부분이 이야기하듯 리듬 속에서 하나의 시구는 변장한 채 다른 모습으로 회귀한다. 한 방향의 진행이 있는 것이 아니라, 되풀이되는 시간, 반복이라는 원환적 방향이 있는 것이다. 그리고 오래도록 시를 가리켜 왔던 말들인 패러독스(paradox)나 애매성(ambiguity)은 그 어원 안에 시 안에서 사유가 빠져드는 저 방향의 반대성과 다면성(para, ambi)을 이미 간직하고 있었다.

이렇게 시 안에서 방향을 찾는다는 것은 공간적으로나 시간적으로나 방향을 잃는다는 것, 지평이 아니라 무지평 위에 선다는 것을 뜻한다. 그것은 일반성을 표현하는 어떤 초월적 구조도 성립하지 못하는, 하나의 특정한 시구에 대응하는 하나의 경험 외에는 다른 것이 없는 섬들로만 된 영토를 방황하는 이야기다. 시는 고향 없는 손님처럼 공간의 경계를 가지지 않는 코스모폴리탄적 거지이며, 흐름 속에 사라지는 시간이 아니라 치매 환자처럼 자신을 잊어버린 채 새로운 듯 반복할 때마다 풍요로워지는 리듬의 시간을 가진 부자이다.

시와 더불어 기다리고 있는 것은 우리가 익숙해 있던 세계와는 다른 것, 다른 삶이다. 본래적 고향의 울타리라는 공간적 방향성, 궁극 목적을 향한다는 시간적 방향성과는 다른 것. 경계와 고향이 없고 목적지를 소명처럼 부여받지 않았으므로 모든 것은 익명성 속에 빠져들 것이다. 이 익명성은 앞서 말했듯 근본적인 자유의 표현인가? 그 자유는 무엇보다도 정치적 힘으로 표현되는 것 같다. 기존의 어떤 시공간적 구획 방식도, 그러므로 기존의 어떤 사회적 위치 안에도 자리를 가지지 않는 정치적 주체는 오래도록 현대적 사유의 숙고 대상이 되어 왔던 것이다. 가령 그것은 '사회적 틈새'나 '계산 불가능한 데모스〔民〕'와 상관적인 것(데리다)이며, '소수 민족(들뢰즈)' 같은 것이고, '잔여(remnant)' 개념(아감벤)과 더불어 탐구해 왔던 것이기도 하다. 시를 통해 삶이 경험하고 철학이 사유 안에서 발견하는 이 모든 개념을 밀고 나가는 힘이 바로 익명성이다.

구체적으로 이 책은 무엇에 대해 쓰고 있는가?

이 책의 입구이자 마지막 문과도 같은 1부에서는 시인들의 이름을 수

면에 떠 있는 스티로폼처럼 이리저리 이동시키며, 수많은 모습으로 둔갑하는 물결 같은 저 익명적인 시를 다룬다. 그것은 익명의 힘들이 '나'라는 이름의 거울 속에 붙잡히기 전에 거울을 깨뜨리는 시인들의 타격에 관한 연구이기도 하다. 또한 그것은 인간적인 종(種) 안에 갇혀 있지 않고, 그렇다고 다른 종 안에 얌전히 안착하지도 않는 기괴한 동물들, 출산보다는 전염을 통해 번식하는, 그러니까 단 한 번도 햇빛 아래 출현한 적이 없는 미지의 괴물들의 움직임에 대한 보고이기도 하다.

2부에서는 '시와 정치'에 관해 오래도록 몰두해 왔던 바들에 대해 쓰고 있다. 시를 통해 마개가 열리듯 바깥 세상으로 빠져나온 저 정체성 없는 익명적인 것들은 그 자신의 본성과도 같은 혼란을 가지고 정체성을 지닌 것들의 체계 속에 떨어져 도대체 어떤 '정치적 효과'를 발휘하는가? 물론 시는 기능 내지 결과에 대한 계획 속에서 생성되지 않으므로 그러한 효과는 미리 준비될 수 있는 효과는 아닐 것이다. 어떤 정체성을 지닌 본질을 가리켜 보이지 않고 따라서 명제적인 진리로 표현되지도 않으며 그렇다고 명제적 표현 저편의 각종 시원적 진리(하이데거 이후 현대 철학이 표상적인 것 배후라는 이름 아래 여러 가지 형태로 몰두해 온)와도 별 상관없어 보이는 시가, 진리 개념을 경유하지 않고 정치적일 수 있는 길을 생각해 보고자 한다. 삶은 삶으로서 움직일 뿐이다. 삶에게는 알려 줄 진리도 목적도 없으며, 그저 온갖 위협을 통해 삶을 자신 없게 만들고 결국 '외재적인' 법 같은 것에 삶 자체를 양도하게 만드는 사건을 차단해 주는 일이 가장 앞자리에 와야 하지 않을까? 삶과 공외연적인(coextensive) 시가 어떻게 그 일을 맡게 되는지 여기서 쓰고 있다.

3부는 얼핏 양립할 수 없어 보이는 두 개념의 종합을 관건으로 한다. 바로 '익명성'과 '주체성'이다. 익명적인 것이 주체라고 불릴 만한 것을 필연적으로 산출하는 사건이 3부의 글들을 쓰도록 했다. 코기토에 어떻게든 뿌리를 내리고 있는 여러 주체 개념의 핵심에 자리 잡은 '자기성

(ipseité)'과는 전혀 상관없는 주체 개념을 시험해 보는 것이 관건이다. 이 주체는 자아가 자신으로 회귀해 자기성을 구성하는 일과는 상관이 없고, 오히려 자아가 자신과 이별하는 데서 성립하는 주체라는 점에서 분열증과도 공명할 것이다. 자아에 몰두해서 자기성을 수립하는 대신 타자에게 몰두하는 데서 성립하는 주체의 운명이 시험되어야만 한다. 3부의 뒷부분은 이러한 논의를 위한 글들과 더불어 진행된 논쟁의 기록이며, 주체 수립의 장애인지 아니면 조건인지 사람들이 가끔 헷갈려 하는 '어떤 법'에 관한 성찰을 담고 있다.

4부에서는 시를 탄생시키는 저 익명적인 힘들을 우리 시대 시인들의 가장 구체적인 성과인 시집들을 통해서 들여다보려 했다. 시인은 자아라는 천막의 아늑한 지붕을 걷어 버리고 날뛰는 경험의 폭력이 계곡이나 설원 같은 텅 빈 몸을 통과하게 하는 자이고, 그들의 시는 사라진 텐트의 빈 난간에 매달려 잠깐 끓어오르는 온도계 같은 것이다. 시인의 몸을 자아라는 매개 없이 통과하는 저 익명의 바람은 온도계의 유리에 어떤 균열을 새겨 넣고 있는가?

만일 익명적인 것이 우리 시인들이 보여 주듯 모든 발화에 치유될 수 없는 균열을 만들며 들끓고 있다면 그것은 반(反)문화적이다. 익명적인 것이 국세청의 데이터베이스처럼 구축된, 정체성과 이름과 주소에 입각한 문화에서 무기명 투표나 익명으로 댓글 달기 등등의 제한된 모습으로 권리를 찾을 때를 제외하고 말이다. 프로이트의 수사를 거꾸로 간직하면서 그에게 충실하자면 익명적인 것이 문화를 뒤덮는 일은, 간척한 쥐더(Zuyder) 만(灣)을 다시 익명의 바다로 뒤덮는 일일 것이다. 그것은 궁극적으로 문화에 잠식되지 않고서 삶이 긍정될 수 있는 길을 찾아 나서는 일이리라. 5부의 글들은 그런 생각들이 만들었다. 일기예보나 점쟁이나 탐정 같은 질서의 딸들, 술, 건축, 문자 발송, 사랑과 죽음의 시소를 타는 연애, 춤, 채팅이나 비디오 게임에서 사용되는 아바타 등등 우리 시대

문화의 한 언저리에서, 문화의 우리 안으로 들어서려고 하지 않는 익명의 괴물을 보았으며, 괴물의 힘을 시험해 보길 원했다. 물론 문화에 잠식되지 않는 일은 어떤 의미에서 문화의 잃어버린 개념을 되찾는 일이기도 할 것이다. 문화를 교양 같은 전승된 습관이나 선입견에서 찾지 않고, 또는 공동체 안에 들어서기 위한 티켓과도 같은 예의나 사회적 지위나 인격에서 찾지 않고, 전제 없는 사유의 훈련에서 찾았던 자들과 더불어서 말이다.

이 책의 글들 각각은 여러 시기에, 여러 상황에서 쓰였지만, 저 익명성이란 하나의 화두 아래서 요구되는 자기 몫을 가지고 옷감의 실처럼 서로 연결되어 있다. 우리 현대 시의 근본에서 익명성을 발견하려고 본격적으로 시도한 것은 이 책의 첫 장이기도 한 「익명의 밤 — 최근 시 읽기」(《세계의 문학》, 2007. 가을)에서였다. 그러나 익명성에 대한 필자의 관심과 연구는 2000년에 출판한 『차이와 타자』의 몇몇 부분을 쓰던, 보다 먼 시기로 거슬러 올라간다. 가령 주체성의 표식인 '고백체'에 대해 '익명적 중얼거림'의 전복성을 맞세운 「익명적 중얼거림 대(對) 고백체」라는 글이 그 연구들 가운데 한 기록이다.[4] 익명적인 것에 이렇게 길게 몰두해 온 까닭은 시의 배후에서, "접니다."라는 요셉의 말 뒤에서 은폐되는 방식으로만 자신을 알려 오는 저 익명적인 것, '전적으로 낯선 자'가 줄곧 되풀이해서 어떤 응답을 강요했기 때문이 아닐까? 마치 응답만이 치울 수 있는 어떤 무한한 쓰레기 앞에 너는 서 있다는 듯, 아직도 참을 수 없는 침전물이 고이는 네 사유의 위생에 복무해야 한다는 듯이 말이다. 그러니까 사유를 무색무취의 물 한잔으로 변신시켜 마침내 그것을

______

4) 필자의 책, 『차이와 타자 — 현대 철학과 비표상적 사유의 모험』(문학과지성사, 2000), 237쪽 이하. 이 익명성에 관한 논의의 처음 형태는 1997년에 발표되었다.(《현대 비평과 이론》, 1997. 가을·겨울, 90쪽 이하 참조) 물론 익명적 화자에 대한 논의는 주체도 대상도 없는 '익명적 사유'의 가능성을 시험해 보는 작업을 전제로 이루어졌다.(필자의 글, 「철학과 경쟁하는 소설」, 《이다》, 1996. 창간 호 참조)

종결지어야 한다는 듯이 말이다.

　놀라운 것은, 시간은 어긋날 수도 있는 것인데, 낯선 가면을 쓰고 놀이 중인 우리 시대의 시인들을 만난 것이다. 익명적인 것이 쓰고 버리는 가면들의 이 기나긴 행진은 물 위에 뜬 석유처럼 놀라운 광채를 가졌구나. 이렇게 하여 시에 대한 사유가 시작되었다. 설명이 필요할 것인가? 이것은 태어나고 죽는 일처럼 변호할 수도 감사할 수도 미워할 수도 없는 일이다. 그저 잠시 가지고 있는 생명이 몰두할 수 있을 뿐이다.

　밤이다. 설탕 통이 열려 시가 쏟아지는데, 낮은 처마같이 손이 닿는 그 하늘 아래서 강이 개 한 마리처럼 천천히 흘러간다.

2010년 겨울
서동욱

차 례	

프롤로그 — 이름 너머에서, 아득한 곳에서 들려오는　　7

1부 | 익명의 시　19

익명의 밤 — 최근 시 읽기　21

동물 변신 문학 — 분열증적 동물 시　51

현대 시와 함께하는 이동식 목축　85

2부 | 시와 정치　103

천수천족수의 시 — 김수영과 참여 문학에 대한 단상　105

시와 비진리 — 이미지의 논리　115

이미지와 시간 — 반복의 시간과 비진리　133

감정 교육 — 문학은 무엇을 할 수 있는가?　145

앙가주망에 대한 단상　159

시와 정치　169

3장 | 익명적 주체와 타자　189

피부 주체 — 김행숙의 「타인의 의미」 또는 피부 시의 비밀　191

　　　보론 : 소리와 피부 — 김지녀의 「드럼 연주법」 또는 타자를 향하는 자　224

사도 바울, 메시아, 외국인 — 익명적 주체 또는 보편주의　229

　　　보론 : 외국인과 악마 — 데빌스 네버 크라이　255

무엇이 외국 이론 수용의 문제인가　261

예외 상태와 환대에 대한 오해들 — 벤야민의 열매　277

　　　보론 : 헤겔과 벤야민에서 바로크적 군주의 몰락　298

4부 | 시인들　　303

한 사람의 욕조 — 김행숙의 시들　　305

시차의 시 — 김경주 시집 『시차의 눈을 달랜다』　　329

안부를 묻고 사랑을 하고 슬픔을 어루만졌지 — 김지녀 시집 『시소의 감정』　　345

렉터 박사, 외과 수술, 아니 식사 — 강기원 시집 『바다로 가득 찬 책』　　363

묘지론 — 성윤석 시집 『공중 묘지』　　379

연애의 흔적 — 권혁웅 시집 『그 얼굴에 입술을 대다』　　395

5부 | 익명성 또는 문화의 끝　　413

| 무질서의 질서 | 점쟁이, 일기예보, 탐정 소설 — 어떻게 무질서에서 질서를 구하지?　　415

| 술 | 알코올 중독　　433

| 건축 | 건축이란 무엇인가? — 또는 '장소'에 대하여　　451

| 문자 보내기 | 애인에게 문자를 날리다　　469

| 죽음과 사랑 | 트리스탄의 도덕　　477

| 춤 | 신체 연구　　489

| 아바타 | 흔적 속에 부유하는 삶　　505

에필로그 — 익명의 죽음　　511

발표 지면　　519

인명 찾아보기　　521

익명의 시

익명의 밤
── 최근 시 읽기

나(I)와 너(You) 사이의 공허한 교류에서보다 비인칭(the non-person), 즉 '그것(It)'의 개념 속에서 우리는 우리 자신과 우리 공동체를 더 잘 이해할 수 있다.

──질 들뢰즈[1]

1 익명성에 어떻게 접근할 것인가?

오래된 이야기들이 알려 주듯 집을 찾는 일은 우리 마음의 가장 깊은 곳을 어둡게 만드는 무서운 강박 관념이다. 이집트에서 열 번째 재앙이 내린 밤, 집을 찾는 죽음의 천사를 돌려보내기 위해 유대인들은 문설주에 어린 양의 피로 주소를 썼으며, 아라비아에서 음모의 한낮에 여종은 40인의 도적들로부터 집을 지키기 위해 대문마다 가짜 주소를 기입했다. 인류는 그가 어디서 무엇을 하건, 누구로 살아가건 정신으로, 발로, 희망으로 늘 집을 찾아왔다. 그런데 집을 찾게 하기 또는 못 찾게 하기의 이 오래된 놀이의 바탕에는 이렇게 주소 쓰기, 문패 달기, 또는 이름 쓰기의 이야기가 자리 잡고 있다.

오늘날 우리 시는 여전히 집으로 돌아오기 위한 '하나의 이름'을 찾는가? 한 해의 마지막 그믐밤까지 집에 돌아오지 못한 아들 같은 현대 시

---

1) G. Deleuze, "A Philosophical Concept⋯", E. Cadava, P. Connor, J.-L. Nancy (eds.), *Who comes after the Subject?*(NewYork: Routledge, 1991), 95쪽.

는 오늘 어느 거리에서 집을 찾아 헤매고 있는가? 어쩌면 시가 돌아갈 수 있는 주소란 모두 사라져 버린 것은 아닐지? 세상의 마지막처럼 밤이 내리고, 시가 돌아갈 마땅한 이름은 어둠 속에 묻혀 보이지 않는다. 그런데 어쩌면 이 위험, 이 주소 없음, 그러니까 '익명성(anonymity)'이 시가 진정으로 돌아가야 할 마지막 주소는 아닐까? 이 책은 이러한 물음에 대해 하나의 답안을 만들어 보려는 시도이다.

익명성이란 대체 무엇인가? 익명적인 것은 말 그대로 '이름 붙여지지 않는 것'이다. 왜 이름을 붙이지 못하는가? 정체성(동일성, identity)이 없는 까닭이다. 정체성이 없기 때문에 그것은 그 자체로 출현할 수가 없다. 이것은 익명성을 화두로 삼는 이에게는 특별한 어려움처럼 보인다. 그가 말하고 싶은 것 자체에 접근할 길이 처음부터 차단된 것처럼 보이니 말이다. 그러니 시작하자마자 죽어 가는 불쌍한 생명 같은 이 글에 수혈을 해 주기 위해 시 몇 줄을 얼른 혈관에 꽂아 보자. "익명의 밤은 다시 강처럼 얼고/ 언 밤 저편 사람들이 걱정스러운 듯 강가에 모여 불을 피우자/ 밤 이편의 사람들도 강 건너를 걱정하느라 불을 피웠다".[2] 익명의 밤은 그 자체로 출현하지 않는다. 그것은 오로지 '우리가 이상적으로 생각하는' 뚜렷한 정체성을 지니는 불과 온기가 '희박한' 지역으로서만, 그러니까 있어야 할 것의 부족함 때문에 생기는 걱정거리이자 위협으로서만 출현한다. 한 시인은 빛의 '희박함(rareté)' 때문에 비로소 몸을 드러내는 이 익명성을 "모든 현란한 것들의 표정을 지우"(김소연, 111쪽)는 '그림자'로 이해하기도 한다.(표정이 지워진 그림자가 익명성이 아니라면 무엇이겠는가?)

그렇다면 시에서 익명성을 추적하는 것은 시의 언표들 안에서 희박함의 흔적을 따라가는 것과 같은 것이 아니겠는가? 마땅히 불로 밝혀져야 하는데 불이 사라진 곳, 온기가 희박한 곳을 추적하듯이 말이다. 그러니 빛의 희박함이 만들어 낸 "실재하지 않는 것의 값어치"(김소연, 107쪽)를 측정하는 것이 관건이 아니겠는가? 푸코는 언표 안에 출현하는 이런 누락된 자리, 희박한 자리에 접근하는 방식에 대해 이렇게 말한 바 있다. "사건들이 빈틈(lacune)이 된 순간, 즉 사건들이 자리를 가지지 않았던 순간을 규정해야 한다."[3] 언표된 것에 남아 있는 빈틈의 흔적이 사유가 겨냥해야 하는 바인 것이다.

그런데 빈틈의 자리 또는 희박한 자리는 어떻게 발견되는가? 그것은 어떻게 빈자리이며 희박한 자리로 출현하는가? 물론 ('허구적인 이상'으로서) 충만한 것을 기준으로 그것은 빈틈이며 희박하다. 극단적인 예를 들어 보자. 익명성에 관한 다음과 같은 확인이 있다. "나에겐 이름이 없

---

2) 이병률, 『바람의 사생활』(창비, 2006), 10쪽. 이 장에서 인용되는 시집들과 본문 가운데 표시할 약호는 다음과 같다. 강정, 『들려주려니 말이라 했지만』(문학동네, 2006)(약호: 강정); 김경인, 『한밤의 퀼트』(랜덤하우스, 2007)(약호: 김경인); 김소연, 『빛들의 피곤이 밤을 끌어당긴다』(민음사, 2006)(약호: 김소연); 김언, 『거인』(랜덤하우스중앙, 2005)(약호: 김언); 김지하, 『검은 산 하얀 방』(분도출판사, 1986)(약호: 김지하); 김행숙, 『사춘기』(문학과지성사, 2003)(약호: 김행숙 1); 김행숙, 『이별의 능력』(문학과지성사, 2007)(약호: 김행숙 2); 이근화, 『칸트의 동물원』(민음사, 2006)(약호: 이근화); 이원, 『세상에서 가장 가벼운 오토바이』(문학과지성사, 2007)(약호: 이원); 이은림, 『태양중독자』(랜덤하우스, 2006)(약호: 이은림); 조연호, 『죽음에 이르는 계절』(천년의 시작, 2004)(약호: 조연호 1); 조연호, 『저녁의 기원』(랜덤하우스, 2007)(약호: 조연호 2); 황병승, 『여장남자 시코쿠』(랜덤하우스중앙, 2005)(약호: 황병승); 황지우, 『겨울-나무로부터 봄-나무에로』(민음사, 1985)(약호: 황지우 1); 황지우, 『나는 너다』(풀빛, 1987)(약호: 황지우 2).
여기서 주요하게 다루는 시집들과 문예지에 발표된 몇몇 시인들의 작품들은 2000년대 중반 '대략' 3~4년간 집중적으로 출현했다. 개별적으로 활동해 온 시인들을 하나의 테두리 안에 묶는 작업은 허구적인 도식으로 우리의 눈을 가려 버릴 위험을 폭약처럼 내포하고 있다. 이 글은 전혀 이러한 일을 의도하지 않는다. 이 글의 의도는 다만 뒤엉킨 '실뿌리'처럼 중심과 경계를 지을 수는 없으나, (그리고 그럴 필요도 없으나!) 점점 강도 높게 들려오는 지진의 울림처럼 계속 선명해지는 최근 시의 새로운 징후를 포착하는 데 있다. 그런데 이 징후는 그것을 보여 주는 시인 그 자신의 작품들 속에서도 '원리상'('사실상'이 아니라) 전면적이지 않다. 왜냐하면 전체 작품들을 주관하는 통일된 원리로서의 시인이란 없기 때문이다. 하나의 삶 안에서도 아무런 통일성이 없는 파편적 사건들과 우연들이 흘러가는데, 한 시인이 통일된 인격 속에서 자신의 시들과 마주하고 있다고 생각해야 하는가? 애초에 시는 동일성(정체성)을 지닌 통일된 주관의 산물이 아니라, 하나의 단일한 이름에 응답하지 않는 익명적 화자의 언표들(énoncés)로 구성된다. 그러므로 결국 어떤 의미에서 이 글은 이미 문학의 탄생에서부터 작동하고 있던 익명성을 지각생이 되어 발견하고 있을 뿐이다.
3) M. Foucault, "Nietzsche, la généalogie, l'histoire", *Dits et écrits*(Paris: Gallimard, 1994), t. Ⅱ, 136쪽.

다".(김행숙 2, 84쪽) 이 언표는 어떻게 빈틈의 자리로, 희박한 자리로 발견되는가? 바로 같은 시집 안에 들어 있는 다음과 같은 또 다른 언표, 주체의 정체성의 충만함에 대한 진술을 통해 그렇게 되는가? "나는 불멸의 이름을 얻었다".(김행숙 2, 99쪽) 결코 그렇지 않다. '현실화된 언표인 이상', 그것의 관념적 대응물인 '초월적 시니피에(signifié transcendantal)'와 간격 없이 일치하는, 그러므로 '의미'가 '언어 형태' 속에서 완전히 구현되는 충만한 언표는 없다. 오히려 인용한 두 개의 언표 사이의 화해할 수 없는(정합성이 없는) '균열' 때문에, '이름'은 제 기능을 하지 못하는 것으로, 마땅히 일관적으로 수행해야 할 '이상적' 기능이 희박한 것으로,[4] 그러므로 이름 아닌 익명성으로 발견되는 것이다. 다시 말해 희박성은 언표들을 균열 없이 매워 줄 수 있는 가능성의 희박성이다.[5] 결국 익명성에 대한 언표는 결코 그 자체만으로 존립하지 못하며, 이런 뜻에서 적극적인 기술의 대상이 아니다. 이상적으로 작동하고 있다고 여겨져 온 언어적 기능이 희박해진 빈틈을 통해서만 언표 속에서 익명성이 발견된다는 점에서 우리는 우리가 이 글에서 취급할 대상의 질서를 이렇게 기술할 수 있을 것이다. "언표들은 희박성의 법칙 및 효과와 분리될 수 없다."(F, 12쪽)

이런 정황이 뜻하는 바는 희박함을 통해서만 출현하는 익명성이란, 시인의 진술을 '일관되게 이해하기 위한 키워드'가 아니라는 것이다. 반대로 시인의 텍스트들, 즉 시집(들)이 '정체성'을 '이상'으로 지향하는 문장들과 통일될 수 없는 '균열된 발화'를 드러낼 때 비로소 출현할 수 있는

---

4) 희박성이 언표들 사이의 비일관성, 즉 균열에서 생긴다는 점을 들뢰즈는 이렇게 명시한다. **"사실상 희박성은 한 문장이 다른 문장을 부정하고, 금지하며, 반대하고, 억압하는 데서 생기는 것이다."**(G. Deleuze, *Foucault*(Paris: Éd. de Minuit, 1986), 12쪽.(약호: *F*))

5) 텍스트를 일관되게 만들어 줄 이 부재하는 가능성은 명제들(propositions)의 차원에선 공리들(axiomes)이, 문장들(phrases)의 차원에선 문맥(contexte)이 실현시켜 줄 것이다. 그러나 언표들의 차원에서 이 가능성은 구현될 수 없는 희박성으로만 있다.

것이 익명성이다. 그런데 표지에 단 하나의 서명(署名)이 되어 있는 책 안에 균열이 있어도 되는가? '서명은 통일적 주체의 표현 아닌가?'

흔히 사람들에게서 찾아볼 수 있는, 서로 사랑하는 두 마리의 개처럼 떨어지지 못하는 두 편견이 있다. 하나는 시를 '해석'의 대상으로 삼는 것이다. 여기서 해석이란 특별한 의미를 가지는데, 언표들의 배후에서 명제들(propositions)을 찾는 작업이 그것이다. '시의 이 구절은 무엇을 의미하는가'라는 질문이 그런 해석의 탐구를 인도한다.[6] 재미있지 않은가? 배후에 숨기고 있는 것(해석할 것)이 있다면 비평의 수고를 덜어 줄 요량으로 (즉 경제적으로) 시인 스스로 해석이 찾아낼 명제를 직접 제시할 것이지 왜 시라는 언표의 낭비를 우회로로 삼았겠는가? 언표의 사정은 이렇다. "각각의 언표는 오로지 그에게만 속하는 하나의 자리를 차지한다."[7] 즉 모든 언표는 해석을 통해 정리될 필요 없이 애초에 제자리에 있는 것이다. 그러니 시를 해석하는 자는 사실 시인이 언표들을 통해 해 놓은 작업을 보란 듯 무시하는 자이다. 시 해석에 대해 레비나스가 털어놓은 불만도 이런 맥락에서 이해할 수 있다. "말라르메를 해석하는 것, 그것은 곧 말라르메를 배반하는 일이 아닌가? 말라르메를 충실히 해석하는 것, 그것은 곧 그를 소멸시키는 일이 아닌가? 말라르메가 불명료하게 말한 것을 분명하게 말하는 것, 그것은 말라르메의 불명료한 말이 공허함을 폭

---

6) 해석은 시에 대한 모욕을 감추고 있다. 해석에 대한 하이데거의 다음 구절을 보자. "현존재 현상학의 로고스는 헤르메네우에인(ἑρμηνεύειν, 해석함)의 성격을 가지며, 그 해석함을 통해서 현존재 자체에 속하는 존재 이해에 존재의 **본래 의미**와 현존재의 **고유한** 존재의 근본 구조들이 알려지게 된다."(마르틴 하이데거, 이기상 옮김, 『존재와 시간』(까치, 1998), 61쪽.(약호: 『존재와 시간』)) 이 인용은 해석이 겨냥하는 것이 '본래 의미'와 '고유성'임을 알려 준다. 이것이 뜻하는 바는 현실적으로(actually) 언표된 것 자체는 비본래적이고 고유하지 못하며, 해석의 노고만이 본래성과 고유성으로 인도해 준다는 것이다. 이런 까닭에 하이데거 분석의 출발점은 '우선 대개(zunächst und zumeist)' 주어지는 비본래적인 것(일상성)이고, 본래성에 도달하기 위해 '해석'이 필요한 것이다. 그런데 시는 언표된 것, 즉 시인을 통해 발화된 현실적 형태 속에서 존립하지,(하이데거 식으로 말하면 '우선 대개' 존립하지) 이에 대한 해석이 도달한 명제들 속에서 성립하는 것이 아니다.

7) M. Foucault, *L'archéologie du savoir*(Paris: Gallimard, 1969), 157쪽.(약호: *AS*)

로하는 일이다."[8]

두 번째 편견은 앞서의 것의 필연적인 귀결인데, 모든 혼란스러운 언표들의 배후에 정합적인 명제들의 체계가 있다는 것이 그것이다. 물론 이 편견은 하나의 시적 단위(그때그때 상대적으로 설정되는 것으로서, 시, 시집, 시집들)를 주관하는 통일적인 주체가 있다는 가정을 함축한다. 물론 이것은 그야말로 그저 가정에 지나지 않는다. 푸코는 언표들의 배후에 그 언표들을 통일해 줄 주체가 없다는 것을 다음과 같이 기록하고 있다. "담론들은 (……) 서로 무시하거나 배제하는 불연속적인 실천들로서 다루어져야 한다."[9] "언표 행위의 다양한 양태들은 한 주체의 '그' 종합이나 '그' 통일적 기능과 연관되는 대신, 그〔주체〕의 분산을 보여 준다. (……) 이 언표 행위들의 규범을 정의해야 하는 것은 초월적 주체에 의지해서도, 심리학적인 주체성에 의지해서도 아니라는 것을 알아야 한다."(AS, 74쪽) 언표들을 정합적으로 통일시켜 줄 '권리'를 가진 주체(초월적 주체)도, 거울에 비추어 보듯이 스스로 상상해서 통일적이라 믿는 주체(심리적 주체)도 없는 것이다.[10] 있는 것이라고는 '주체 없는' 언표들의 "어떤 익명의 장(un champ anonyme)"(AS, 160쪽)뿐이다.

그러므로 시를 마치 해석이 건드려 주지 않으면 죽어 있는 암호 문자처럼 여기고, 엉터리 시나리오 같은 '일관된 해석'이란 것을 들고 나오는

---

8) E. Levinas, *Les imprévus de l'histoire*(Montpellier: Fata morgana, 1994), 124쪽.

9) M. Foucault, *L'ordre du discours*(Paris: Gallimard, 1971), 54~55쪽.

10) 하나의 저자의 이름 아래, 여러 글에 흩어진 언표들이 통일돼 있을 것이라는, 또는 언표들의 배후에 하나의 통일적 주체가 있을 것이라는 가정을 비웃는 작품이 바로 보르헤스의 「죽지 않는 사람들」이다. 여기서 영생을 획득한 주인공 호메로스는 이렇게 질문 받는다. "나는 그에게 『오디세이』에 대해 무엇을 아느냐고 물었다. 그는 그리스어를 알아듣는 게 매우 힘든 것 같았다. 그래서 나는 나의 질문을 반복해야 했다. '아주 조금' 그가 말했다. '가장 형편없는 음유시인들보다 더 모르지요. 벌써 내가 그 『오디세이』를 창조한 지 천백 년의 세월이 흐른 것 같소.'"(호르헤 루이스 보르헤스, 황병하 옮김, 『알렙』(민음사, 1996), 24쪽) 여기서 호메로스는 자기 시, 나아가서는 자기의 모국어인 그리스어에 대해 가장 서툰 자, 그러므로 자기가 만든 언표들을 자기에게 귀속시킬 수도 통제할 수도 없는 자이다. 언표들은 통일적인 저자의 지배를 받지 않는다.

자, 그러니까 벨사자르 왕의 다니엘이나 노스트라다무스의 해석자 같은 이는 현실적으로 언표된 시의 담론을 바라보는 자가 아니라, 그 현실 건너의 저승에 있는 이데아(시의 혼란함이 가리고 있던 순수한 의미)를 건너다보는, 그러니까 저승에서 일어나는 일이 걱정스러운 죽어 가는 이와 같다. 현실적으로 언표된 것에 만족하지 못하고 해석을 통해 저승을 건너다보는 자는 (데리다식으로 말하면) '초월적 시니피에'를 노리는 자이고, 동시에 현실적으로 언표된 시를 초월적 시니피에로부터의 '무한 타락'으로 여기는 자이다. 그러나 "언어에서 〔현실적인〕 형태와 〔초월적인〕 실체가 대립한다고 생각할 수 없다."[11] 그러니 해석이라는 멋진 해몽을 버리고, 주체도 통일성도 체계도 없는, 그러니까 말들의 끼워 맞출 수 없는 부스러기라 불러도 좋을 시적 언표들을 따라가 보자. 현실적으로 언표된 것들 가운데 가장 못 갖춘 것, 희박한 것, 그러니까 불변 항처럼 보였던 주체나 자아가 부재하는 언표들을 찾아가 보자. 거기서 익명성이 보일까?

2 거울을 깨뜨리다

익명성이 익명적이지 않은 것, 곧 주체성의 희박함을 통해서야 겨우 언표 가운데 출현한다면, 먼저 그 "상대적인 희박성"(*AS*, 160쪽)의 영역을 구성해 줄 '보다' 충만한 영역, 곧 주체성이 성립하는 이상적 영역이 어떻게 성립되는지 보아야 하지 않겠는가?

주체는 비익명적이다. 왜 그런가? 바로 주체성은 '나'라는 명칭의 정체성의 확인에서 성립하기 때문이다. 그런데 '나'라는 정체성의 확인은

---

11) J. Derrida, *De la grammatologie*(Paris: Éd. de Minuit, 1967), 79쪽.(약호: *G*)

어떻게 이루어지는가? 우리는 돌이나 나무나 해를 보고 나라고 하지 않는다. 그러면 무엇을 나라고 하는가? 당연히 '나를 보고' 나라고 한다. 곧 '나는 나다.'라는 동일률 속에서만 나라는 정체성은 확립된다. 이러한 '나는 나다.'라는 것, 논리적으로는 동일률이며, 의식의 활동 국면에서 보면 자기의식인 것을 통해서 비익명성, 즉 '나'라는 정체성이 확립될 뿐 아니라, 세상 만물은 이 '나'라는 지평을 통해서만 출현하게 된다.(데카르트의 다음 정식에서 보듯이 말이다. "나는 내가 사물을 사유한다는 것을 사유한다."(cogito me cogitare rem.) 사물에 대한 사유는 내가 나에 대한 사유를 한다는 점에 매개되는 한에서만 가능하다. 그렇지 않다면 나는 내게 주어진 사물의 표상을 모르고 있는 결과를 초래하기 때문이다. 사물의 표상을 인식한다는 것은 그것이 나의 의식에 주어져 있다는 것을 안다는 것이다. 이런 점에서 자기의식은 대상의 출현 지평이다.)

그런데 어떻게 나는 나라는 것을 알까? '나는 나다.'(A＝A, A는 A다.)라는 자기성(ipseité), 나의 고유성의 형식은 어떻게 출현할까? 내가 나로 확인되기 위해서는 나는 먼저 나와 맞서 있을 수가 있어야 한다.(다시 표현하면, 어떤 A는 주체와 그 주체가 대면하고 있는 '너'로, 객체로 구별될 수 있어야 한다.) 그리고 이 맞서 있는 것을 영원한 대립 상태로 남아 있는 다른 것으로 남겨 두는 것이 아니라, 이 대립적(부정적) 관계를 부정하고 자기 자신에게 귀속시킬 수 있어야 한다.('A는 A다.'라는 형태로) 이것이 바로 헤겔이 정신의 전개 과정으로 말하는 유명한 '부정의 부정'이다. 이러한 부정의 부정의 결과물로 자기의식, 즉 '나'라는 개념은 주어진다. 그러므로 자기성은 '거울놀이'의 형태를 지녔다. 거울놀이의 첫 번째 단계에서 주체 A와 거울에 비친 객체 A는 구별된다. 두 번째 단계에서 이 구별(대립)은 부정되고, A는 거울 속의 것이 자신 A라고 인지하는, 결과물로서의 자기성(A＝A)을 획득한다.

따라서 자기 성찰을 통해 자기의 고유성에 도달하는 유명한 한국 시들이 하나같이 거울을 필요로 했던 것은 우연이 아니다. 국화같이 생긴 누님도 이제는 돌아와 거울 앞에 서야 했으며, 참회하는 식민지 청년도 자기를 비추도록 거울을 닦아야 했다. "밤이면 밤마다 나의 거울을/ 손바닥으로 발바닥으로 닦아 보자."(윤동주, 「참회록」, 12~13행) 백설공주의 오래된 이야기가 알려 주듯, 자기에 대해 판단하기 위해선 거울에게 물어봐야만 하는 것이다.

그런데 요즘 시인들은 옛사람들이 소중히 응시하던 이 거울을 걸핏하면 깨뜨리기 일쑤이다. "더 이상 깨질 것 없구나. 거울을 버린 자는 중얼거린다".(김경인, 92쪽) 또는 거울로 들어가는 문을 찾지조차 못한다. "거울로 들어가는 문을 찾지 못해 내게는 오늘의 밤이 계속된다".(이원, 52쪽) 이제 보겠지만 거울을 찾지 못하는, 그러니까 나의 자기성을 잃어버리고 마는 이 "오늘의 밤"은 "익명의 밤"이다. 그러나 익명의 밤에 너무 빨리 다가가려고 서두르기 전에 왜 거울이 깨져 버려야만 하는지 이해할 필요가 있다. 자기의 본모습을 알게 해 주니까, 그럼으로 해서 자기가 익명성 속으로(정체 없음 속으로) 사라져 버리는 길을 차단해 주니까 거울은 좋은 것이 아니겠는가?

아마도 이 물음에 대해 올바로 답변하자면 거울에 대한 집착이 별나게 강했던 한 작가의 텍스트를 읽어 볼 필요가 있을 것이다. 사르트르는 『구토』에서 이렇게 말한다. "자기 고유의 얼굴을 안다는 것은 불가능한 일일까? 혹시 내가 혼자 사는 사람이기 때문에 그런가? 여럿이 모여 사는 사람들은 그들이 친구에게 보이는 것 같은 방식으로, 자신을 거울에 비추어 보는 것을 배운다."[12] 다르게 말하면, 거울을 보듯 자기 자신과 관계하는 자(대자 존재)는 실은 타자의 시선을 통해서 성립한다. "나는 하나의 대자 존재(자신과 관계하는 자, un être pour soi)인데, 타자를 통해서만 대자 존재이

---

12) J.-P. Sartre, *La nausée*(Paris: Gallimard, 1938), 32쪽.(약호: *N*) 사르트르는 자신의 자서전 『말』 등에서도 거울에 대한 매우 풍부한 사념을 남기고 있다.

다."[13] 거울 그 자체가 자신이 누구인지 알려 주는 것이 아니다. 거울 안에서 내가 자기라고 동일시하는 것은 바로 다른 사람들이 권장하고 허용해 준 형태의 어떤 형상일 뿐인 것이다. 요컨대 거울 안에서 내가 자기로 확인하는 것은 '다른 사람들에게 보인 것으로서의 자기'이다. 즉 거울은 고유한 자기가 누구인지 알려 주는 것이 아니라, 타자의 시선을 통해 승인 받은 또는 승인받고 싶어 하는 어떤 형상을 바로 자기라고 인정하라고 유혹할 뿐이다. 그러니 이렇게 이야기할 수 있다. "거울 앞에 선 것처럼 나는 독창적인 인물이 될 수 없어요".(김행숙 2, 34쪽) 거울에 비추어진 것은 나의 고유성이 아니라, 타자가 보고 싶어 하는 모습이므로 독창성이란 자리할 곳이 없다. 어떤 의미에서, 배후에 타자의 시선이 숨어 있는 이 거울놀이는 매우 '신학적'이지 않은가? 복음서는 이야기한다. "네 아버지는 비밀리에 너를 보신다."(「마태오」, 6: 4) 이 구절은 내가 대면하는 자기란, 이상화된 타자(신)가 보고 싶어 하는 대상을 나와 동일시하는 일임을 알려 준다.(사르트르도 비슷한 체험을 한다. "나는 나의 큰 죄를 감추는 중이었는데, 그때 돌연 신이 나를 보았다. 나는 나의 머릿속, 그리고 나의 두 손을 향한 그의 시선을 느꼈다." 물론 그는 시선에 저항하고 마침내 그것을 없애 버린다. "나는 신성모독을 하고 할아버지처럼 중얼거렸다. (……) 신은 더 이상 나에게 시선을 주지 않았다."[14]) 결론적으로, 거울 안에서 볼 수 있는 것은 타자가 무엇을 좋아하는가일 뿐이다.[15]

최근의 시인들에게서 주목할 것은 그들은 거울 앞에서 타자가 무엇을 좋아하는가, 자기가 어떻게 보이면 좋겠는가를 묻지 않는다는 것이다. 그들은 차라리 "거울 밖으로 날아오르는 파리"(강정, 59쪽)가 되기를 희구한다. 이미 더 비추어 볼 수 없게끔 거울에는 금이 가기 시작했다. "깨

---

13) J.-P. Sartre, *L'être et le néant*(Paris: Gallimard(Tel), 1995(초판 1943)), 276쪽.(약호: *EN*)

14) J.-P. Sartre, *Les mots*(Paris: Gallimard, 1964), 83쪽.(약호: *M*)

15) 이런 일을 초래하는 거울에 대한 불만은 일찍이 성기완의 다음과 같은 시구를 통해 표출된 적이 있다. "거울아 거울아 이 씨팔년아".(성기완, 『쇼핑 갔다 오십니까?』(문학과지성사, 1998), 70쪽)

진 거울 같은 표정"(김행숙 2, 83쪽)만이 있고, "사방으로 빛을 튕겨 대는 거울 속에 오래전 내 얼굴들에 금이 가 있다".(강정, 58쪽) 거울에 생긴 금과 더불어 내가 나(A＝A)라는 자기성에 화해 불능의 금이 생기는 것이다. 이 화해 불능의 골은 귀신과 산 사람 사이의 간격만큼 깊다. "상고머리의 여자 귀신"(김행숙 1, 22쪽)이 나타나서 이야기하기 시작한다. "너는 십 년 만에 비춰 보는 내 거울이야. 난 그때 네가 꼭 죽을 줄만 알았는데, 그래서 유감없이 탈출했는데, 같이 죽기에는 피차 지겨웠으니깐".(김행숙 1, 22쪽) 여기서 거울은 자기성(A＝A)이란 결과물을 산출하기 위한 변증법적 장치라기보다는, 주체로서의 나와 객체화된 나 사이의 근본적 화해 불능을 확인하는 장치이다. 왜냐하면 이 거울 관계 속에서 나와 마주치는 것은 자아로 환원할 수 없는 것의 최대치의 표현이라 할 수 있는 '같이 죽기 지겨워 내 몸에서 탈출한 귀신'이기 때문이다. 요컨대 귀신이 바라보는 거울에는 귀신이 보이지 않고 내가 보이며, 내가 보는 거울에는 내가 보이지 않고 귀신이 보인다. 어디에도 거울이 가져다주는 자기 동일성은 없다. "요즘은 거울도 내 얼굴을 보여 주지 않아".(김행숙 2, 95쪽) 매우 흥미롭게도 김경인의 작품 속에서 역시 10년 전 죽은 귀신이 거울을 응시한다. "십 년 전 차에 치여 죽은 후배는 문득 옛날 일터로 돌아와 맥도날드 유리창을 닦다 반사된 제 얼굴을 못 알아보고".(김경인, 51쪽) 여기서도 역시 귀신과 거울은 서로의 동일성을 확인하지 못한다. 도무지 '서로 알아보지 못하는' 귀신과 거울 사이엔 극복될 수 없는 분열만이 있는 것이다. 헤겔은 정신이 자신을 자기와 대립시켰다가, 다시 이 대립을 지양하며 동일성(A＝A)의 형식을 획득하는 과정을 "자기 자신과의 끝이 없는 고달픈 투쟁"(『존재와 시간』, 563쪽에서 재인용)이라 일컬었다. 나(A)와 맞서고 있는 자기(-A)와의 관계를 지양하여 동일성(A＝A)에 도달하는 일은 맞세워진 자기를 하나의 극복되어야 할 장애물로 취급하는 일이기 때문이다. 그래서 이렇게 말할 수 있다. "정신은 그의 '진보'의 매 발걸음에서 '자기 자신을 그의 목적을 진실로 막는 적대적인 장애로서 극복해야 한다.'"(『존재와 시간』, 같은 곳) 그런데 '귀신'을 비추는 김행숙과 김경인의 거울에는 주체와 대상의 '균열'만이 있을 뿐, 자기성(A=A)의 획득을 향해 진보하기 위한 어떤 변증법적 지양도 없다. 귀신과 나 사이에 어떤 투쟁(대립의 지양을 위한 투쟁)도 없으니, 오히려 "나는 그녀〔귀신〕와 사이가 좋지 않은가?"(김행숙 1, 22쪽) 즉 김행숙과 김경인의 거울은 무늬만 거울일 뿐 고장 난 거울, 전혀 동일성으로 합치될 수 없는 낯선 것(귀신)을 구경하기 위한 장치이다.

　이런 '거울의 종말'이 내포한 새로움을 이해하기 위해선 사반세기 전, 사회를 바라보던 과학적 시선들의 바탕에 있던 사고방식을 노골적으로 드러내는 다음과 같은 시구를 회상해 보아야 할 것이다. "나는 너다./ 우리는 전체다."(황지우 2, 132쪽) 김윤식이 이 시의 저자를 '헤겔의 도당'이라 부르며 올바로 지적했듯이 이 명제는 '헤겔이 발견한 사회과학의 기본 틀', '주객 동일성'을 표현한다.[16] (사르트르는 헤겔 식의 이 주객 동일성을 이렇게 명료하게 요약하고 있다. "타자는 나에게 대상으로서 나타난다. 그런데 이 대상은 타자 안의 '나'이다."(*EN*, 279쪽) 결국 '나는 너다.') 나(A)는 배제된 자아, 즉 객체(-A)와의 관계에서, 이 배제를 그대로 놓아두지 않고 지양함으로써, 동일성(A=A)에, 즉 주객이 통일된 '전체의 이념'에 도달한다. 이런 '전체'의 이념 속에서 1980년대 시는 전성기를 구가하며 자신의 현실 사회적 역할을 발견했던 것이다. "살아서 가자/ 살아서, 여럿이, 중심으로/ 포로된 삶으로부터/ 상처의 핵심으로/ 해방의 징으로".(황지우 2, 131쪽) 해방을 향한 이 발걸음은, '단칭성(singularity)'을 지닌 '개별자'가 아닌 "여럿", 즉 '전체'의 운동이다. 이 전체의 운동은 이렇게도 표현된다. "가지 않겠다/ 혼자서라면/ 함께가 아니라면 헤어져서라면/ 나

---

16) 김윤식, 『우리 소설과의 만남』(민음사, 1986), 211~212쪽.

는 결코 가지 않겠다/ (……)/ 화엄의 바다라도/ 극락이라도".(김지하, 136~137쪽) 그런데 이런 전체성(A와 -A의 통일, 나는 너다)은 우리가 보았 듯, 바로 객체 속에서 자신의 모습을 발견하는 거울의 메커니즘을 통해 얻어지는 것이다. 사르트르는 이 점을 이렇게 이야기한다. "현상을 전체 로서 파악하고자 하는 반사적인〔나를 객체로 비춘다는 점에서 반사적인〕 눈 초리는 반사된 모습에서 반사하는 것으로, 반사하는 것에서 반사된 모습 으로 보내진다."(*EN*, 114~115쪽) 현상이 '전체'로 주어지기 위해서는 주 체의 눈초리는 거울의 반사 관계를 통해 객체 속에서 자신을 발견하고 그것과 자기를 일치시켜야 한다. 그런데 최근 시인들은 이런 동일성을 확보해 주는 거울을 깨뜨려 버린 것이다. 이제 통일된 전체는 주어지지 않으며, 동일성이 없는, 따라서 '익명의 파편적 다수(multiple)'만이 남는 다. "'전체'는 말해지지 않는다."(*AS*, 156쪽)

　이제 무엇인가를 꼭 보여 주기 마련인 거울 안에서 아무것도 보지 못 하는 자들이 나타난다. "72년생 딸이 거울 앞에서 갑자기 멈춘다. 엄마, 여기 좀 봐. 내 얼굴이 안 보여."[17] 아마도 거울에 사로잡힌 노예 생활에 가장 민감하게 저항하는 시편들은 김경인이라는 서명 아래 출현한 것들 이리라. 화자는 거울의 비위를, 그러므로 법으로서의 타자의 비위를 맞 추기보다는, 거울 속으로 소외된 얼굴을 빼앗아 오려고 나선다. "거울에 게 물었네/ 내 얼굴을 돌려주세요".(김경인, 97쪽) 거울에 대한 도전은 이 렇게 계속 이어진다. "거울은 죽은 줄도 모른다 (……) 거울이 무섭게 다그 친다 너는 어디서 뒹굴다 온 거냐 당신들이 모두 깨진 후 친구들은 새 악보 를 그리기 시작한 걸요".(김경인, 124쪽) 이제 거울은 깨어지고, 거울 없이 새 악보를 그리는 것이 관건이다. 이 시의 화자는 거울 속의 '그림자'를 자신과 일치시킴으로써 자기성을 달성하는 일을 완강히 거부한다. "하늘

---

17) 황성희, 「유령학교」, 《세계의 문학》, 2007. 봄, 108~109쪽. 후에 이 작품은 약간 변형되어 「귀신
　　학교」라는 제목으로 시집 『앨리스네 집』(민음사, 2008)에 실렸다.

엔 수천 개의 거울/ (……) /애야, 너는 나[거울]를 몇 번 죽일 작정이냐/
나는 그림자와 동침한 적이 없다".(김경인, 125쪽) 그림자와의 동침, 또는 거
울 속의 형상과의 일치는 이제 일어나지 않는 것이다. 그리하여 거울 속
의 "그림자는 갈림길에서 인사도 없이 사라진다".(김경인, 93쪽)

그리고 거울이 없으므로 거울 앞에선 누님처럼 지나온 길을 반추하
고, 그 '반추 속에서 자기성을 확인하는 일'은 이제 일어나지 않는다. 가
령 이원은 거울과의 동침(자기와의 일치, 즉 자기성의 획득)을 거부하는 매
우 독특한 방식을 고안하고 있다. "문득, 뒤돌아서서 뭔가 보아야 할 게
있다고/ 아, 길을 놓쳤다고 느낄 때, 너는 뭐 했니?"(김행숙 1, 23쪽)라는
질문에 대해, 길을 찾기 위해 뒤돌아보는 일, 즉 '반성'(reflection, 단어 뜻
그대로 '거울에 비추어 보기')은 더 이상 일어나지 않는다는 명확한 답변을
이원은 하고 있다. 이렇게 오토바이 위에서 말이다. "달리는 오토바이에
서 나도 가끔은 뒤를 돌아봐/ 착각은 하지 마 지나온 길을 확인하는 것이 아
니야".(이원, 35쪽) 김행숙도 마찬가지로 대답할 것이다.("길을 잃어버리
고 싶었다."(김행숙 1, 표 4글)) 자기성(자기 동일성)은 지나온 시간의 행위
자들(agents)과 그 행위자들을 반성하는 주체의 일치('나'는 '나'였다.)에서
성립한다. 거울 구조가 사라졌으므로 지나온 시간 '전체를' 자기의 것으
로(자기성의 지평 위에서) 확인하는 일은 이제 일어나지 않는다.

그런데 잠깐 이원이라는 특정한 경우를 보자면, 왜 자기성의 와해는
'오토바이'와 더불어서만 가능한가? 거울 구조로부터의 이 탈출이 가능
하기 위해서 이원에게는 반드시 "굉음을 내며 질주"(이원, 25쪽)하는 '세
상에서 가장 가벼운 오토바이'가 한 대 필요했다. "시간의 다급한 구토"
(이원, 27쪽)를 쏟아 내는 "퀵서비스맨"(이원, 같은 곳)이라는 말 안에 들
어 있는 '퀵'이란 표현이 알려 주듯 오토바이는 보다 빠른 속력에 도달하
려는 욕심의 결정체 아닌가. 그 빠른 속력은 무엇으로부터 도망치기 위
한 속력인가? 바로 자신의 정체성을 형성하는 과거의 행위자들로부터

도망치기 위한 속력이다. 밀란 쿤데라는 이미 오토바이의 이 비밀을 잘 알고 있었다. "그는 자신의 오토바이 쪽으로 서둘러 간다. (……) 이 오토바이 위에서 그는 모든 것을 잊을 것이다. 그 자신마저도 잊어버릴 것이다."[18] 즉 "지나온 길을 확인하는 것"(이원, 35쪽)을 못하게 하자면, 다시 말해 거울 구조가 대면시키려는 자신을 잊어버리자면 불가결한 시적 장치로서 한 대의 오토바이가 필요했던 것이다.

이렇게 거울이 못 믿을 것이자 깨어 버려야 할 것인 까닭은, 거울 속에서 내가 자신과 일치시키려는 형상은 사실 타자의 욕망이기 때문이다. '나는 그 무엇도 아니라 오로지 나다.'라는 고유성이 거울 구조 속에서 주어지는 것이 아니라, 타자의 욕구에 대한 복종이 거울 속에서 일어난다. 거울을 보면서 화장을 하는 모든 이들이 이 점을 인정할 것이다. 거울을 보며 하는 화장이란 나와의 대면이 아니라, 타자의 욕망에 대한 그칠 줄 모르는 서비스에 불과하다. 바로 그렇기에 우리는 어떤 화장을 하고 외출을 하든, 어떤 옷을 입고 모임에 나가든, 근본적으로는 만족하지 못하고 집으로 돌아오고 만다. 거울을 통해 요구하는 타자의 욕망은 나의 것이 아니기에, 궁극적으로 나는 그것에 정확하게 나를 일치시킬 수가 없다.

결국 거울에 대한 비판은 타자의 시선에 대한 비판이다. 거울 속에서 우리가 바라보고 있었던 것은 나와 일치하는 나 자신이 아니라, 타자의 시선이다. 이런 일은 어떻게 일어났는가? 일단 거울이 우리에게 주어지는 근본적인 방식에서부터 시작해 보자. 거울은 도대체 어떻게 우리에게 주어질 수 있는가? 거울이 우리에게 주어질 수 있는 조건은 무엇인가? 우리는 어떤 감관을 통해 거울과 마주하는가? 가령 다음 시구절이 알려 주듯 청각이 아니라는 것은 분명하다. "거울 속에는 소리가 없소."(이상,

---

18) 밀란 쿤데라, 김병욱 옮김, 『느림』(민음사, 1995), 180쪽.

「거울」, 1행) 촉각도 아니다. "거울 때문에 나는 거울 속의 나를 만져 보지를 못하는구료."(같은 시, 7행) 후각도 아니다. "여기 한 페이지 거울이 있으니/ (……)/ 코로는 피로한 향기가 오지 않는다."(이상, 「명경」, 1~10행) 그렇다면 거울은 무엇에 응답하는가? 거울은 오로지 '보다'라는 동사에만 응답한다. 이것이 바로 자기성의 구조가 거울이라는 형태로 문학 속에 자리 잡은 까닭이기도 하다. 왜? 아리스토텔레스가 『형이상학』에서 말하듯 인간의 근본에는 보려는 욕망이 속하기 때문이다. "모든 인간은 본성상 보려는 욕망을 가지고 있다."(πάντες ἄνϑρωποι τοῦ εἰδέναι ὀρέγονται φύσει)(『형이상학』, 890a21) 이 문장에서 '에이데나이(εἰδέναι)'는 보통 '인식하다(알다)'로 번역하지만, 그 문자 그대로의 뜻은 '보다'이다. 이 구절에 대해 하이데거가 논평하듯 "인간의 존재에는 본질적으로 보는 것에 대한 염려가 있다."(『존재와 시간』, 234쪽) 아우구스티누스도 『고백록』에서 본다는 것의 근본성에 대해 이렇게 이야기한다. "우리가 다른 감관으로 무엇을 알려고 할 때에도 '보다'라는 낱말을 사용한다. 예를 들면 우리는 이렇게 말하지 않는다. '들으라, 얼마나 번쩍이는지', '맡으라, 얼마나 빛나는지', '입을 대라, 얼마나 찬란한지', '만져라, 얼마나 눈부신지'. 그러지 않고 모든 것을 '보라'고 말하고 이 모든 것이 보인다고 말한다. 따라서 눈만이 감각할 수 있는 것을 '보라, 얼마나 빛나는지' 할 뿐 아니라, '소리를 들어 보라', '냄새를 맡아 보라', '맛을 보라', '얼마나 탄탄한지 만져 보라' 하고 말한다. 그래서 우리는 일체의 감각적 경험을 '눈의 탐욕'이라고 말한다."(『존재와 시간』, 235쪽에서 재인용) 눈은 그리스인들뿐 아니라 유대인들에게도 가장 근본적인 신체 기관이었다. "눈은 몸의 등불이다. 그러므로 네 눈이 성하면 온몸이 밝을 것이며 네 눈이 성하지 못하면 온몸이 어두울 것이다."(「마태오」, 7: 22~23) 그리고 유대인뿐 아니라, 데리다가 『그라마톨로지』에서 흥미롭게 기술하듯 이집트인들에게도 눈은 근본적이었다. "이집트인들은 이 눈을 우지아트(oudjat, 건강이 좋은 사람)라고 불렀다. 우리는 이 눈이 장례와 관계된 종교, 오시리스의 전설, 봉헌 의식 속에서 중요한 역할을 했다는 것을 알게 될 것이다."(*G*, 101쪽)[19] 고대인들이 부여한 눈의 이러한 절대적 중요성은 오늘날의 대중문화에까지 깊이 뿌리 내리고 있는데, 가령 『20세기 소년』(우라사와 나오키)에 등장하는 '친구'의 형상이 그렇다.

어찌 됐든 이렇게 시각에 우위권이 있다면, 지금껏 거울 구조로 정식화했듯 자기와의 대면은 현실적으로 '보는 행위' 속에서 구현될 것이다. 이것이 뜻하는 바는 거울 구조의 운동을 통해 도달하는 자기성이 '빛의 인도'를 받는다는 것이다.(당연하게도 '빛' 없이 볼 수는 없으니까 말이다.) '향일성'이라 이름 붙여도 좋을, 빛에 대한 감수성은 곳곳에서 확인된다. "이곳은 지금 태양 쪽으로 가려고 해",(조연호 2, 72쪽) "햇빛 때문에 예민해지는 사람들",(황병승, 23쪽) "허기를 채워 줄 나의 숨은 눈빛들이여",(황병승, 150쪽) "얼굴 위로 쏟아지는 햇빛"(김행숙 2, 25쪽) 등등. 물론 향일성을 명시한 이런 구절들을 가지고 있다고 해서 시인들이 거울이나 타자의 눈빛에 붙잡힌 자가 된 듯 부끄러워할 필요는 없을 것이다. 후에 보겠지만, 결국 이 구절들과의 균열이 없었다면 생기지 못했을 희박한 언표들, 빛이 없는 어둠과 익명성을 가리키는 언표들이 시인들로부터 우리가 궁극적으로 발견하고자 하는 것이기 때문이다. 최근에 향일성을 전면적으로 주제로 삼고 있는 이를 꼽자면 단연 『태양중독자』의 이은림일 터인데, "태양을 섬기는 중이다"(이은림, 23쪽)나 "당신은 다짜고짜 환해진다"(이은림, 32쪽) 등의 노골적인 향일성에 대한 취향에도 불구하고, 의도적으로 명시된 이상적 의미인 향일성이 희박해지는(즉 정합성을 유지하지 못하는) 국면의 긍정성을 다음과 같은 언표 속에서 드러내고 있다. "아픈

---

19) 그런데 보다 흥미로운 것은, 데리다의 관심은 눈의 근본성이 아니라, 근본적인 것으로 여겨진 눈에 처음부터 끼어들고 있는, 이질적인 것으로서의 '죽음'이다. "모든 시각적 문자는 유언적 본질을 띤다."(*G*, 100쪽) 시각적 '직접성'은 하나의 환상으로서, 죽음에 비견되는 문자의 대리 보충에 의해서 '이차적으로 파생된다는 것', 즉 눈과 빛의 직접적 관계는 근본적이 아니라는 것이 데리다의 생각이다.

곳 핥아 주고 쓰다듬어 주고/ 뜨거운 태양볕도 가려 준다네".(이은림,
80쪽) 빛을 피하고 있는 것이다! 우리가 익명성을 위해 이 글을 통해 찾
고자 하는 것은 바로 이런 희박성(햇빛 또는 눈빛에 관계하는 의미들이 일관
되게 기능하지 않는 데서 생기는)의 국면이다.

그런데 우리는 이 거울이 실제 보여 주는 것이 자기라기보다는, 타자
의 시선임을 앞서 보았다. 그러므로 빛에 의해서만 작동되는 거울 구조
안에서, 눈이 향일성의 인도를 받아 따라가는 빛은 다름 아니라 '타자의
눈빛'인 것이다.(아라공의 「엘자의 눈」은 태양에 대한 지향은 눈빛에 대한 지
향을 통해서만 구현된다는 이런 국면을 잘 기술하고 있다. "너의 눈은 한없이 깊
은 심연/ (……)/ 이 세상 모든 태양들이 그 속에 와 비추인다".(「엘자의 눈」,
1~2행)) 우리가 향일성을 가지고 있다면, 그것은 타자의 눈빛에 대한 지
향을 통해 현실화된다. 「엘자의 눈」을 연상시키는 김언의 시에서, 눈과
태양을 뒤섞는 다음 구절이 알려 주듯 말이다. "너의 눈에 깊은 밤의 태
양과 너의 고깃덩어리가 들어가 있다".(김언, 13쪽) 물론 이 구절을 쓴 김
언에게서도 향일성의 이상이 희박하게 된 영역(향일성이 모든 언표들의
배후의 근본 의미로 기능하지 못하게 되는 지점)의 언표들 속에서 익명성이
꿈틀거리는 국면이 목격된다. "얼굴 다음에 표정이 사라집니다".(김언,
18쪽) 얼굴과 표정의 소멸은 근본적으로는 빛의 소멸을 통해서만 달성된
다. 그리고 (이제 자세히 보겠지만) 얼굴도 표정도 없다면, 그것은 어떤 고
유성이나 정체성도 가지지 못하는 익명성 외에 다른 것이 아닐 것이다.

3 익명성

거울 속에서 개입하거나 또는 그 자체로 작동하는 타자의 눈빛과의 대
면은 근본적으로 타자의 욕망을 위해 내가 '소외'되는 일이다. 이 소외

때문에 생기는 빈자리를 우리는 겨우 '환상'으로 채우고서 내가 타자에 대해 독립적이라고 착각할 뿐이다.(이런 불쌍한 방식으로 우리는 자기성을 획득한다.) 그러나 타자의 눈빛에 종속됨으로써 생기는 소외와 환상은 필연적으로 겪어야 하는 숙명이기보다는, 권력 장치와 그것이 만들어 내는 효과 아닌가? 얼굴은 눈빛 때문에 비로소 권력을 가지게 된다.("그의 번쩍이는 눈이 얼굴 전부를 차지했다."(N, 127쪽) "신체를 대표하는 얼굴을 눈이 대표한다."[20]) 이 얼굴은 어디서나 권력을 행사한다. "젖을 먹이는 동안에도 얼굴을 통과하는 어머니의 권력, 애무 중에조차 연인의 얼굴을 통과하는 정념의 권력, (……) 우두머리의 얼굴을 통과하는 정치 권력, 스타의 얼굴과 클로즈업을 통과하는 영화의 권력"(MP, 215쪽) 등등. 눈빛의 권력은 다음과 같이 억압적이다. "장 파로탱의 시선과 마주쳤다. 부인은 입을 쩍 벌렸으나 남자는 기를 펴지 못하고 겸손한 태도를 취했다."(N, 130쪽) 눈빛은, 향일성 때문에 그 빛을 향하게 된 이에게 '법정'으로 작동하는 것이다. 들뢰즈는 오이디푸스적 권력으로 작용하는 눈빛을 가진 타자에 대한 이런 복종을 "사랑받고 싶어 하는 비열한 욕망"[21]이라고 불렀다. 그런데 눈빛에 응하는 것은 타자의 욕망을 위해 나를 소외시키는 것이기에, 눈빛에 소환된 자가 영원히 반복하는 것은 "충분히 사랑받고 있지 못하다, '이해되고' 있지 못하다는 구시렁"(A, 320쪽)뿐이다.

　이런 눈빛에서 벗어날 수 있을까? 눈빛에 대한 우리의 취향은 뿌리 깊어서 우리는 그칠 줄 모르고 도처에서 눈을 발견한다. 인형과 마주할 때도 그렇다. "목이 부러진 채 버려진 여자 인형의 터무니없이 맑은 눈알이 나를 바라본다"(조연호 1, 23쪽) 같은 구절이 보여 주듯 말이다. 그리고 인형의 눈에 대한 이 구절은 이 시인의 두 번째 시집에서 다음과 같이

---

20) 자크 메르시에의 말. G. Deleuze·F. Guattri, *Mille plateaux*(Paris: Éd. de Minuit, 1980), 224쪽에서 재인용.(약호: *MP*)

21) G. Deleuze·F. Guattari, *L'anti-Œdipe*(Paris: Éd. de Minuit, 1972), 320쪽.(약호: *A*)

집요하게 변주되면서 눈빛에 대한 인간의 고집을 증언한다. "새까만 얼굴로 엎드려 내가 곰 인형의 헐거운 눈알 한쪽과 얘기 나누면".(조연호 2, 93쪽) 눈빛에 대한 향일성이 이렇게 뿌리 깊기에, 눈빛이 강요하는 형태의 자기 정체성으로부터 벗어나는 방식이 이 시인에겐 가장 극단적인 형태로 기술되기도 한다. 바로 죽음을 통해 눈빛과 인연을 끊고, 무연고 시신, 얼굴을 알 수 없는 '익명적' 시신이 되는 것이다.("무연고 시신이 모인 화장터에서 여자는 아버지의 얼굴이 맞는지 확신이 서지 않았지만, 결국 주저앉아 곡성을 한다".(조연호 2, 110쪽) 뒤에 우리는 이 시인에게서 또다른 익명성의 구현 방식을 보게 될 것이다.)

시인들은 눈빛과 그것 때문에 작동하는 얼굴을 거부한다. 최근 시인들의 정치적 감각의 예리함은 바로 이 타자의 얼굴이 가진 권력을 다루는 방식에서 빛을 발하고 있다. "세 개의 소원 중에 마지막의 것은 **주인의 얼굴을 지우고 사라지는 것이다**".(이근화, 82쪽) 이렇게 노골적으로 얼굴의 권력 행사는 거부된다. 그런데 얼굴이 권력으로 작동할 수 있었던 것은 그것이 눈빛을 가지고 있기 때문이고, 빛을 추구하는 향일성으로 인해 우리가 그 눈빛의 요구에 자신을 봉헌했기 때문이다. 그렇다면 억압으로부터 벗어나 '자유롭게' 되는 길은, 향일성의 원천이며 빛을 환대하는 기관인 눈에게서 특권을 박탈하는 것이 아닌가? 눈에게 종말을 선고해야 되는 것이 아닌가? 눈의 종말이 선고된 자, 바로 장님 시인 보르헤스는 이 점을 잘 알고 있었다. 그는 같은 장님 시인인 밀턴의 '자유'에 대해서 이렇게 이야기한다. "밀턴은 자기가 자유를 옹호하면서 스스로 시력을 잃어버렸다고 말합니다."[22] 향일성이 타자의 눈빛에 대한 종속을 낳는다면, 눈은 작동을 멈추어야 할 것이다. 시력에 대한 이런 회의 속에서 말이다. "제발 눈을 떠. 그가 소리를 질렀지만, 정말 현실은 눈동자 바깥에

---

22) 호르헤 루이스 보르헤스, 송병선 옮김, 『칠일 밤』(현대문학, 2004), 246쪽.

있을까?"(김행숙 1, 61쪽) 현실은 눈동자 바깥, 즉 눈동자의 향일성이 쫓아다니는 바깥 세상에 있지 않다는 것이다. 눈의 작동은 정지된다. "나는 손뼉 치던 손으로 내 남자의 눈을 덮었네. **눈은 장식일 뿐이라고 믿었네**".(김행숙 1, 88쪽) 연인들 사이에서 이렇게 눈을 가리는 정도 이상의 행위를 하는 경우도 있다. "연인들의 감은 팔은 흐느끼고 있다 서로의 동공을 천천히 부수면서"(이근화, 111쪽) 눈은 버려진다. "검은 〔눈〕동자는 쓰레기통 속에 들어갔을 수 있다".(김행숙 1, 95쪽) 그리고 이렇게 빛이 희박해지자 자기 정체성을 지닌 형태들이 사라지는 밤이 찾아온다. 그것은 바로 "국적도 모국어도 잃어버리고 싶던 밤",[23] 모든 정체성이 사라진 익명의 밤이다. 화가들 역시 이미 빛으로부터 등을 돌리고 익명성에 다가가기 위해 눈을 버리는 법을 알고 있었다. 가령 "렘브란트는 마지막 자화상을 **눈구멍 없는 살덩어리처럼** 그릴 줄을 알았다."[24] 눈이 대표하는 얼굴이라는 인격성의 징표가 눈구멍의 종말과 함께 인격적 징표가 없는 익명적 살덩어리로 대체되는 것이다. 향일성을 지닌 시선의 종말과 더불어 찾아오는 이 익명의 밤을 어떻게 기술할 것인가? 적어도 세 가지 영역들에서 접근 가능할 것 같다. 그것은 정체성의 오래된 표식들인 얼굴, 가족 관계 및 성별, 이름과 관계하면서도, 현실적인 언표상에선 그 모든 것들이 기실 '빈틈', 고장 난 것으로밖에는 작동하지 않는 그런 영역들이다.

1) 얼굴: 얼굴은 구별되는 두 가지 관점에서 접근해야 한다. 타자의 욕망에 종속되는 방식으로 나의 정체성이 구성될 때, 이 타자의 욕망은 얼굴(눈빛)로 출현한다. 따라서 시인들이 익명성(정체성의 와해)에 도달한다면, 그것은 이 타자의 얼굴의 와해와 동시적일 것이다. 한 시인이 자기가

---

23) 안현미, 「post 아현동」, 《세계의 문학》, 2006. 가을, 490~491쪽.

24) G. Deleuze, *Francis Bacon: La logique de la sensation*(Paris: Éd. de La Différence, 1981), t. I, 21쪽.

가는 길 위에서 무엇을 지표로 삼는지 보자. "길을 잃지 않기 위해 놓아 둔 흰 자루들/ 자루 속의 얼굴 없는 친구들".(황병승, 154쪽) 길을 잃지 않기 위한 지표는 이제 더 이상 향일성이 거기로 인도하는 타자의 눈빛(얼굴)이 아니다. 지표가 있던 자리엔 얼굴의 부재, "얼굴 없는 친구들", 익명적인 것이 있는 것이다. 타자의 얼굴이 사라지면 무엇이 남는가? 인격적 개별성을 식별할 수 없는 익명적 머리들, 바로 뒤통수들만이 남는다. "사람들이 앞만 보고 걸어 다녀/ 뒤통수는 까맣고 까매/ 누구일까".(김행숙 2, 145쪽) 아마도 이에 대해 누군가 대답한다면 자신의 익명성을 이렇게 소개할 것이다. "나의 진짜는 뒤통순가 봐요/ (……)/ 얼굴을 맨바닥에 갈아 버리고/ 뒤로 걸을까 봐요".(황병승, 18쪽) 익명성에 대한 몰두는 김행숙과 황병승 모두에게서 얼굴 없는 '뒤통수'에 대한 취향으로 나타나는 것이다. 타자의 눈빛이 사라진다면, 그 눈빛에 종속됨으로써, 또는 그 눈빛에 응답하는 방식으로 성립 가능했던 주체라는 정체성도 당연히 소멸한다. 주체라는 정체성이 있던 자리엔 어떤 고정된 정체성도 없이 시시각각 변하는 구름 같은 분열증 놀이가 남을 뿐이다. 다음 구절들에서 보듯이 말이다. "나는 무너지리/ 얼굴을 바꾸고 흐르는/ 구름과 같이".(이근화, 114쪽) "얼굴이 바뀐 사람처럼 서 있었네/ 우리는 점점 모르는 사람이 되고/ (……)/ 표정들이 부드럽게 찢어지고 빠르게 흩어질 때마다/ 모르는 얼굴들이 태어났네/ (……)/ 아무도 같은 얼굴로 오래 서 있지 않네".(김행숙 2, 146쪽) 같은 얼굴, 즉 정체성의 징표란 이젠 없는 것이다. 이원에게서도 얼굴의 정체성의 종말이 일어난다. "눈 코 입이 다 번진다".(이원, 112쪽) 결국 이런 유의 시구절들을 담고 있는 시집에서 「얼굴의 탄생」(김행숙 2, 38쪽)이라는 이름 아래 기술되는 것은 정체성의 징표로서의 얼굴이 아니라, 실은 얼굴이 희박해지는 상태 또는 분열증적으로 변신을 거듭하는 얼굴, 따라서 익명적이라고밖에 부를 수 없는 얼굴이다. "어둠 속에서 얼굴을. 얼굴을. 나라고 부를 수 없을 때까지"(김행숙 2,

39쪽)라는 구절이 알려 주듯, 무한히 바뀌는 얼굴이란 '나'라는 정체성이 닻을 내리고 정박할 수 없는, 계속 흘러가는 물의 흐름과도 같다. 변신을 통한 수많은 얼굴들의 출현이란, 결국 익명성의 구현이라는 것을 강정은 이렇게 보여 준다. "나도 잘 알지 못하는 얼굴들이 사창가 진열대 속 여인 네들처럼, 어벙벙해진 내 정신을 이리 끌고 저리 밀고 하는데, 나는 홀연히 나타났다가 사라져 가는 저 얼굴들이 모두 내 얼굴 같고 또 모두 낯설어 보여, 문득 담배를 피우고 싶어진다".(강정, 83~84쪽) 수없이 나타났다 사라지는 얼굴들은 "잘 알지 못하는", 그리고 "낯설어" 보이는 미지의 영역, 익명성의 영역으로 우리를 인도한다.

2) 가족과 성적 정체성: 그리하여 얼굴의 종말은 아무런 정체성도 없는 "전혀 다른 종류의 생물"(강정, 15쪽)을 탄생시키지 않겠는가? 「들려주려니 말이라 했지만,」에서 강정이 포착해 보려는 것이 바로 이런 익명적인 생명체이다. 어떤 정체도 없으므로 그것은 "짐짓 실체가 없는 무슨 진동 같은 거"(강정, 14쪽)라는 불분명한 기술의 대상이 될 수밖에 없으며, 정체성을 마련해 주는 기본적인 방식인 유와 종의 체계에 포획되지 않으므로 "인간도 아니고 인간 아닌 것도 아닌 만물이 때 되면 허물 벗어 다른 생을 낳는 그곳"(강정, 16쪽), 즉 무어라 부를 수 없는 지역으로밖에 일컬어지지 않는다.

얼굴 말고도 이러한 익명성에 대한 접근을 차단하는 것이 있는데, 서로 긴밀히 연관되어 있는 두 가지, 가족 관계와 성적 정체성이 그것이다. 우리는 가족 안에서 익명의 베일을 벗고 최초의 정체성을 획득하는데, 일단 탄생과 더불어 얻는 이름이 오로지 가족의 성원을 통해서(특히 법의 주관자인 아버지를 통해서)만 주어진다는 점에서 기본적으로 그렇다. (여러분의 이름은 누가 지었는가 떠올려 보라. 아버지의 '위치'에 있는 자다.) 그런 다음 형제와 아버지 사이에서 위계상의 정체성이 결정되며, 섹스가 허용될 수 있는 대상(다른 가족의 여자)과 허용되지 않는 대상(어머니와 누이)에 따라 주어지는 정체성도 가족 관계 안에서 결정된다.

　그러나 이제 가족 관계의 항들 간 정체성은 불안정해진다. "백 년 전에 죽은 할아버지도 됐다가 고모할머니도 됐다가".(황병승, 19쪽) 이렇게 가족 중의 여러 인물(의 지위)로 변하는 분열증을 어떻게 이해해야 할까? 가족을 기술하는 『앙띠오이디푸스』의 다음 구절이 실마리를 제공할 것이다. "〔야생적 사회에서는〕 나를 언제나 집단의 부분들과 동일화한다. 집단의 부분들과 나 사이의 이러한 동일화는 밀집한 조상들의 계열에 따라서 행해진다."(A, 168쪽) 익명의 어떤 인물은 고정된 독자적인 이름을 통해 인격적 단독자가 되지 않고, '조상들의 계열을 따라' 가문의 이 지위 저 지위, 그리고 이 이름 저 이름을 옮겨 다닌다. 이름과 지위는 고정된 특정한 인격의 표징이 아니라 집단적인 것이고, 익명적 개별자는 이 집단의 지위와 이름의 계보 안에서 유동적으로 옮겨 다닐 뿐이다. 조연호 또한 정체성을 생산하는 장치인 가족 관계 안에 익명성이 어떻게 침입해 들어가는지 보여 주고 있다. "장녀들은 이혼과 결혼을 반복하고 작은아버지들은 서로 구별되지 않도록 이제 그들을 그년들이라고만 부른다./ (……)/ 어느 아이와도 구별되지 않도록 아이들은 늘 울고 있었다. 바람 앞의 넌 단 한 번도 자기 이름을 들어 보지 못한 놈아 같았다."(조연호 2, 31쪽) 이 가족의 삶은 그야말로 익명적 우글거림인데, 여자들은 무차별적으로 통칭해서 "그년들"이며, 아이들도 구별되지 않으며, 이름은 불리지 않는다. 인격적 단독성의 징표는 어디에도 없는 것이다.

　정체성의 또 다른 근본 발생지인 성적 구별에 침투해 들어가 정체성을 증발시키는 일을 하는 것이 황병승의 작품들이다. 그의 시집 자체가 첫 페이지부터 익명의 지역으로 걸어 들어가는 데서 시작된다. "나는 **누구의 것인지 모를 커다란 입속으로 걸어 들어갔다**".(황병승, 12쪽) 단지 성적 정체성의 차원에서만 아니라, 모든 국면에서 황병승만큼 정체성의 와해, 즉 익명성의 도래를 포착하고자 한 이도 없을 것이다. 가령 다음 두 장면을 보자. 첫 번째 장면. "미호가 서 있었고 그녀는 계속해서 사부로의 목소리로 말했네."(황병승, 110쪽) 그래서 미호를 사부로로 생각하고 대답한다. "이봐 사부로, 자네 집에 불이 났다고 히데키가 그러던데. 어찌된 일인가".(황병승, 같은 곳) 그러자 미호는 목소리의 정체성을 바꾼다. "미호는 사부로의 목소리가 아닌 자신의 목소리로 소리쳤네".(황병승, 같은 곳) 두 번째 장면. 이름을 통해 무엇인가에 정체성을 부여하는 계획, 즉 호명은 이렇게 거부된다. "당신은 쟝 쟝 쟝이라고 말하지 나는 쟝이 아닌데 (……) 당신은 그저 쟝 쟝 쟝뿐이지 나는 털끝만큼도 쟝이 아닌데!"(황병승, 139쪽) 여러 가지 방식으로 이루어지는 익명성의 이러한 범람 속에서 성적 정체성은 어떻게 파괴되는가? 이 파괴를 획책하는 수없이 많은 구절들과 맞닥뜨리게 될 것이다. "소년도 소녀도 아니었던 그해 여름 (……) 처음으로 누이의 젖은 치마를 훔쳐 입었다".(황병승, 154~155쪽) "열두 살, 그때 이미 나는 남성을 찢고 나온 위대한 여성",(황병승, 43쪽) "저팔계 여자는 순돈육 자지를 달고"(황병승, 96쪽) 등등. 이 모든 구절은 성적 정체성을 성별이 식별되지 않는 익명성의 영역으로 떨어뜨린다.

　3) 이름: 그런데 우리가 탐구해 왔듯 익명성이 근본적이라면, 이름의 지위는 어떻게 이해해야 하는가? 정체성의 징표인 이름은 익명성의 표면을 어떤 식으로 떠돌아다닐 수 있는가? 아니, 혹시 우리는 잘못된 길을 가고 있었던 것은 아닌가? 이름이 있는 이상 익명성은 근본적인 것일 수 없지 않은가? 전화번호부, 출석부, 주민등록증, 웹 사이트의 인증 제도가 알려 주듯 우리의 삶은 고정된 이름들에 실려 안전한 길을 걸어가는 듯하다. 삶뿐 아니라 시도 이름들로 가득 채워져 있다. 황병승의 시집을 보라. 그 시집을 한마디로 요약한다면 그것은 "너무 많은 인물들이 등장하는 한 미치광이의 이야기"(황병승, 153쪽)이다. 그런데 우리가 보아 온 대로라면 이 많은 인물들은 정체성이 파악되지 않는 익명의 다수성(multiplicité)일 뿐인데, 사실 시집 속에서 모두들 이름들을 구명정 삼아

언어 위에 둥둥 떠 있다. 이름이 뭐기에?

익명성의 관점에서 이름을 어떻게 이해해야 하는가? 황병승이 정체성을 마련해 주는 것으로서의 이름의 작동을 마비시키려 하는 것은 의심의 여지가 없다. "죽을 때까지 어떠한 이름으로도 불려지지 않으리"(황병승, 61쪽)라고 말하듯 말이다. 생일날을 묘사한 시에서 보듯 그는 본질적으로 자신을 "이름도 얻지 못한 아이"(황병승, 78쪽)로 받아들인다. "이름을 지워"(황병승, 142쪽) 버리는 것이 그의 임무인 것이다. 그런데도 그의 시집에는 이름이 범람하는데, 정체성은 죽고, 대체로 다음 세 가지 형태의 이름들이 각각의 방식으로 익명성을 구현한다.

① "H"와 "엑스엑스"(황병승, 각각 46, 159쪽)라는 이름. 이런 이름은 가장 일반적인 방식으로 익명성을 구현한다. 우리는 흔히 알려지지 않은 어떤 미지의 것을 가리키기 위해, 또는 진짜 이름을 숨기기 위해 이런 기호들을 사용한다. 첫 번째 경우, 알려지지 않은 어떤 것에 관여할 때 이름은 이름이라기보다는 '이름을 알아내는 데 실패했음'을 표시하는 기호이다. 두 번째 경우, 이런 기호가 '이름의 이름'이 될 때, 그것은 진짜 이름에로의 접근을 차단하겠다는 표시, 익명성 안에 삶을 내던져 두겠다는 표시이다.

② "으나", "아게하", "오"(황병승, 각각 51, 129, 158쪽) 같은 이름들이 있다. 한마디로 이 이름들은 프루스트적인 이름들과 정반대의 위치에서만 접근 가능하다. 프루스트에서 이름들은 어떤 것의 본질이 들어 있는 상자이다. 그리고 본질은 어떤 것을 바로 그것이게끔 해 주는 것, 바로 '정체성'의 근거다. 프루스트는 말한다. "그 고장들이 다시 태어나게 하기 위해선 단지 그 이름들을 발음하면 되었다. (……) 책 속에 발벡의 이름이 나오면, 심지어 봄날에도 그것은 내 안에 폭풍우와 노르망디의 고딕 건축에 대한 욕망이 눈뜨게 하기에 충분했다."[25] 대상의 본질에 다가가기 위해서 프루스트는 이름을 발음하면 되는 것이다. 고장들의 이름뿐

아니라 가문의 이름도 그렇다. "'게르망트'라는 이름은 추억, 관습, 문화 등 그 속에 집어넣을 수 있는 모든 것을 즉각적으로 포함한다."[26] 이렇게 대상의 정수(본질)는 이름이 보관하고 있다.[27] 이런 이름과 반대로 "으나", "아게하" 등의 이름은 어떤 전통적 작명법에도 종속되지 않고, 성별도 없으며, 국적도 없고, 무엇인가를 환기시키지도 않는다. 정체를 파악할 어떤 내용도 담고 있지 않은 익명의 텅 빈 상자가 바로 이 이름들이다. 이런 종류의 이름이 가진 익명성을 잘 보여 주는 것을 또 하나 꼽자면 "페르나"일 것이다. "페르나 페르나 사전을 뒤져 보지만, 페르나라는 단어는 없다".(황병승, 84쪽) 이런 반프루스트적인, 정체성을 감추는 역할을 하는 이름, 형용 모순이 허락된다면 '익명적 이름'이라 일컬을 수 있는 것의 문학사적 원천을 언급하지 않고 지나갈 수는 없겠는데, 바로 카프카의 '오드라데크(Odradek)'가 그것이다. 오드라데크라는 이름의 익명성을 카프카는 이렇게 기술하고 있다. "어떤 이들은 오드라데크라는 말이 슬라브어에서 나왔다고 말한다. 그들은 그것을 근거로 이 말의 형성을 증명해 보이려 한다. 또다른 이들은 이 말이 독일어에서 나온 것이고, 다만 슬라브어의 영향을 받은 것뿐이라고 말한다. 그러나 두 가지 해석의 불확실성으로 미루어 보아 그 어느 것도 정확하지 못할뿐더러, 게다가 이들 해석으로는 그 말의 의미를 발견할 수 없다는 결론을 내리게 될 것이다."[28] 어떤 문화적 기원도 의미도 분명한 지시체도 가지지 않는 이 오드라데크와 같은 이름이 바로 "으나", "아게하", "페르나"인 것이다.

③ 다음으로 너무 흔해 빠진 외국 이름들이 있다. 이들은 누구나 너무

---

25) M. Proust, *À la recherche du temps perdu*(Paris: Gallimard, Pléiade 총서, 1987), t. Ⅰ, 380쪽.(약호: *RTP*)

26) R. Barthes, "Proust et les noms", *Œuvres complètes*(Paris: Éd. du Seuil, 1994), t. Ⅱ, 1371쪽.

27) 이름과 본질의 이러한 관계에 대해선 필자의 글, 「이름」, 『일상의 모험 ― 태어나 먹고 자고 말하고 연애하며, 죽는 것들의 구원』(민음사, 2005), 221~243쪽 참조.(약호: 『일상의 모험』)

28) 카프카, 이주동 옮김, 「가장의 근심」, 『단편 전집 1: 변신』(솔, 1997), 241쪽.(약호: 『단편 전집』)

잘 알고 있는 이름들이라는 점에서 앞의 경우(전혀 알지 못하는 이름들)와 정확히 반대된다고 할 수 있다. "리타", "폴", "낸시", "메어리",(황병승, 64~66쪽) "키티", "메리제인", "쟝"(황병승, 각각 74, 100, 136쪽) 등등. 너무 널리 사용되는 이러한 흔한 이름들은 익명의 누구에게나 붙일 수 있는 것이기에, 역설적이게도 어떤 특정한 단독자도 가리키지 않는다. 고유 명사이지만 익명적으로 작동하는 이런 이름은 예전에 황지우가 쓰던 이름들과도 비교될 수 있을 것이다. "가정주부 安정숙씨(34)는 '불안해요'라고 말했고,/ 택시 기사 金상훈씨(42)는 '국민의 한 사람으로서……' 걱정된다고 했다."(황지우 1, 18쪽) 언론 매체의 형식을 빌린 이 시구에서 고유 명사의 구체적 명시는 역설적이게도 무차별적인 익명적 대중 일반을 가리킨다.(그리고 바로 고유 명사가, 특정한 단독자가 아니라 익명적 대중이 가진 보편성을 표현하고 있기에 언론 매체는 저런 구체적인 이름들에 보편이란 지위를 부여하고서 정보를 전달하는 것이다.)

이렇게 정체성을 드러내는, 이름의 고유한 기능은 사라지고 다른 역설적 기능이, 바로 삶을 익명성의 차원에 올려놓는 기능이 이름을 지배한다.(그런데 황병승과 관련하여, 이런 이름들과는 또다른 한 종류의 이름에 관해 첨언할 필요가 있지 않겠는가? 매우 전위적으로 보이는 이 시인의 작품에도 상속 받은, 즉 기존의 문화 속에서 학습한 콘텍스트를 표시하는 이름들이 있는데, "앨리스"와 "체셔 고양이" 등이 그것이다. 이것은 이 시인이 아직 언어를 그 무엇과도 등가적으로 교환될 수 없도록 완벽하게 고립시키고 있지는 않다는 것, 즉 그 고립성으로 인하여 어떤 문화에도 매개되지 않고 완전히 야생적이고 독자적이 된 언어, 완벽한 외국어에는 가닿지 않는다는 것을 뜻한다. 시가 계속 진화한다면, 언젠가 이런 언어가 출현할 것인가? 그 안에서 모든 종류의 법이 사라지고, 별들이 사라지는 블랙홀 같은 그런 언어 말이다.)

오늘날의 시인들에게선 얼굴이란 정체성의 징표가 아니라, 익명적인 생명이 그 익명성을 위해 끊임없이 바꿔 쓰는 가면의 지위를 가지게 되었듯, 이름들도 그렇다. 이름이란 이제 이름이라는 그 지위가 무색하게 도 익명성의 보호자가 되었다. 김행숙의 작품에서도 이렇게 강조되고 있듯이 말이다. "우리는 이곳까지 달려오면서 많은 이름들을 붙였다, 뗐다, 붙였다, 투명 테이프처럼. 안녕".(김행숙 2, 93쪽) 익명성과 관련하여 이름들이 처한 이런 상황은 다음 구절이 이미 말했던 바와 똑같다. "인물은 본질적으로 익명적이며, 이름들은 마치 여러 장의 포스트잇처럼 이 인물 위에 붙었다 떨어졌다 한다."(『일상의 모험』, 264쪽)[29] 이름을 불러서 사물에게 본질(의미)과 정체성을 주는, 「창세기」의 신을 흉내 내는 문학의 작업은 종말을 고한 것이다. "아버지 하느님께서 이름을 붙임으로써 사물들을 창조하셨다."(RTP, Ⅱ, 191쪽) 이제 이런 문학은 생겨나지 않는다. "우주가 내 발밑에 층층이 쌓여 있었고, 모든 것이 겸손하게 하나의 이름을 간청하고 있었다. 그것에다 이름을 부여한다는 것은 그것을 창조함과 동시에 거머쥐는 것이었다. 그러한 주요한 환시(幻視) 없이는, 나는 결코 글을 쓰지 않았으리라."(M, 47쪽) 이제 누구도 이름을 불러 익명적인 '하나의 몸짓'에 지나지 않는 것을 '꽃'으로 만들지 못한다. 신적인 자는 명명(命名)하고 시는 이름을 폐기한다. 언어가 익명의 빈껍데기가 되었으므로, 우리는 자신에게도, 타자에도, 그리고 타자는 우리에게도, 그 자신에게도 어떤 궁극적 '의미'가 되지 못한다. 세상의 숨겨진 '목적'과 비밀(궁극적 의미)에 다가가려는 문학의 환상은 사라지고, 글은 사물을 지배하지도, 도래할 미래의 청사진을 그리지도 못한다. 미래는, 둥둥 떠다니는 유토피아의 신학적 연(鳶)들을 끌어내리려는 듯, 문학이 저에게 부여하려는 이름을 거부한다.

　명명이란 최초의 법 집행인데, 이름과 정체성의 오래된 관계를 갈라

---

29) 이렇게 이름들과 인물들의 관계가 가변적인 익명성의 놀이를 보여 주는 위대한 작품이 바로 토마스 만의 『요셉과 그 형제들』이다. (이에 대한 자세한 분석은 「분열증의 문학」(『일상의 모험』, 245~269쪽) 참조)

놓는 우리 시들과 더불어 삶은 이제 최초의 법보다 먼저 와 있는 것이 아닌가? 그런데 '어떤 법도 개입하지 못하게 된' 이 근본적 익명성은 사실 '자유'와 동의어가 아닌가? 언어는 바뀔 것이다. 그것은 명명함을 통해 사물을 밝은 곳으로 끌어 내오지 않을 것이다. 어떤 고정된 의미도 언어 안에 안주하지 못할 것이며, 따라서 문법을 가능케 하는 불변적인 항들도 사라질 것이다. 이제 언어는, 익명적인 것이 일생을 건너가면서 매 순간 현실화되기 위해 쓰고 버리고, 쓰고 버리는, 그때그때 용법이 바뀌는 무정형의 덩어리로 남을 것이다. 이렇게 언어는 삶의 자유를 한정하는 '법'이 침입하는 것을 차단해 줄 것이다.

이 불길한 익명의 밤에······.

동물 변신 문학
── 분열증적 동물 시

1 인간과 역사, 동물과 전원시

진실일지는 모르나 농담으로서는 매우 시시한 어느 이야기에 따르면 플로베르(Flaubert)는 사실 플로베어(Flau-bear)이다. 플로베르라는 인간으로 잘못 알려진 곰 말이다. 왜 그는 곰이 되었을까? 이런 냉각기 같은 농담을 만든 줄리언 반스는 플로베르가 남긴 문서를 이렇게 옮기고 있다. "나는 곰이다. 나는 곰으로서 굴속에, 나의 집 안에, 나의 피부 속에, 나의 늙은 곰 가죽 속에 머물고 싶다. 나는 남녀를 불문하고 모든 부르주아 집단에서 멀리 떨어져 조용히 살고 싶다."[1] 플로베르는 마치 카프카의 원숭이처럼 출구를 찾아 달아나려 한다. "저에게는 출구가 없었습니다. 그렇지만 저는 그것을 마련해야만 했습니다. 왜냐하면 그것 없이는 살 수가 없었기 때문입니다."[2] 이렇게 플로베르에게 동물이 된다는 것은 부르주아적 질서로부터 달아나는 일, 곧 '정치적' 사안이었다. 어떤 의미에

---

1) 줄리언 반스, 신재실 옮김, 『플로베르의 앵무새』(열린책들, 2005), 75~76쪽.

2) 프란츠 카프카, 이주동 옮김, 「학술원에 드리는 보고」, 『단편 전집 1: 변신』(솔, 1997), 260쪽.(약호: 『단편 전집』)

서 동물 되기는 정치적인가? 혹은 문학은 어떻게 동물의 목소리를 냄으로써 정치적 전선을 펼치는가? 아니면, 동물은 문학을 어떻게 정치적으로 만들어 주는가?

일단, 이러한 질문은 오랫동안 문학이 역사라는 지평 위에서 정치와 만나길 갈망했음에도, '역사 없이' 정치를 사유할 것을 요구한다. 왜냐하면 역사는 인간 주체의 전유물이며 동물과는 아무런 상관이 없기 때문이다. 어떤 의미에서 역사는 인간 또는 '인간적 문학'의 전유물인가? 예전에 많은 독자를 거느렸던 한 미학자가 쓴 글로부터 출발해 보자. "자연에 대한 현대의 감상적인 태도는 스스로가 만든 환경이 인간에게는 이제 그들이 안주할 고향이 아니라 감옥이 되어 버렸다는 체험의 투영에 불과하다. 인간이 만든 구조물이 인간에게 진정으로 적합한 동안에는, 그 구조물은 인간의 필연적이고도 본래적인 고향이 된다. 이렇게 되면 찾음과 발견의 대상으로 자연을 설정하고 체험하고자 하는 향수는 인간에게 생겨나지 않을 것이다."[3] 이 구절에서 "찾음과 발견의 대상으로 자연을 설정하고 체험하고자 하는 향수"를 담당하는 것이 바로 문학이다. "주인공은 언제나 찾는 자인 것이다."(『이론』, 77쪽) 그렇다면 왜 자연은 찾아야 할 것, 잃어버린 것이 되었는가? 소외되었기 때문이다. 누가 소외시켰는가? 바로 이 소외의 작업을 수행하는 이가 데카르트적 주체로 대표되는 나, '인간'이다. 데카르트적 진리 물음이란 '나(인간인 나)는 무엇을 아는가?'이다.[4] 이 물음은 나의 정신에 주어진 표상(재현된 것)에 대한 확실성을 기준(나에게 '명석 판명함') 삼아 진리 여부가 결정됨을 함축하고 있다. 따라서 자연은 나의 의식에 그려진 그림(위에 인용한 루카치라면 이 그

---

3) 죄르지 루카치, 반성완 옮김, 『소설의 이론』(심설당, 1985), 82쪽.(약호:『이론』)

4) 인식을 인간이라는 전제 아래 제한하는 이러한 질문은 여러 가지 스펙트럼을 통해 변형되긴 하지만, 푸코가 지적하는 것처럼 근대 철학 일반이 공유하는 특징이다. "이젠 독단론의 잠이 아니라, **인간학의 잠**이다. 경험적 인식은 **인간과 관련되는 한에서, 있을 수 있는 철학적 영역으로 가치를 지닌다.**" M. Foucault, *Les mots et les choses*(Paris: Gallimard, 1966), 352쪽.

림을 '인간이 만든 구조물'이라 불렀을 것이다.) 배후로 영영 소외되어 버리는 것이다. 이것이 바로 "자연은 다름이 아니라 인간과 인간이 만든 구조 사이에 존재하는 소외"(『이론』, 83쪽)라는 말이 뜻하는 바이다. 루카치식으로 말한다면, 우리는 이를 '총체성의 상실' 또는 '자연과 인간 상호간의 소외'라고 이름 붙여도 좋으리라. 그리고 바로 이렇게 총체성이란 '상실된' 총체성이기에, 이 총체성을 어떤 방식으로든 회복하려는 문학의 노력은 '향수'라 불린다.

이 사라진 낙원에 대한 향수야말로 '역사'와 '종말론'을 가능하게 하는 근본 전제다. 사라진 낙원, 플라톤이라면 이상 사회라 불렀을 것이며, 플라톤의 태도를 반복한[5] 루소는 "'크리스털 같은' 구조를 가진 작은 공동체"(G, 199쪽)라 불렀을 것이며, 레비스트로스는 남비콰라족에게서 찾았을 것이고, 데리다는 "형이상학적 가설"(G, 44쪽)이라 비난했을 그 낙원……. 이 에덴으로부터 추방되어 길을 잃은 과정(역사)과 다시 회복하는 과정(종말론)이라는 형이상학적 소설(?)을 지탱하는 기둥은 무엇인가? 바로 자연을 자신의 표상의 대상으로 세울 수 있는, 그렇게 해서 자연으로부터 소외될 수 있는 '인간' 의식의 능력이 그것이다. 의식의 표상 활동을 통해 자연은 의식의 '대상(Gegen-stand)', 즉 의식에 맞서(gegen)서 있는(stand) 자가 된다. 그러므로 대상이라는 이 표현 자체가 의식과 대상의 분리, 불화를 나타내고 있다. 이것이 뜻하는 바는 의식은 자연의 총체성 속의 일부가 아니라 자연과 대립하고 있는 자라는 것이다.

이렇게 자연을 자신과 대립시킬 수 있는 능력을 지닌 인간만이 역사를 가질 수 있고, 사라진 낙원에 대한 향수를 품을 수 있고, 이 향수가 좇는 빈 구멍을 잃어버린 순수한 세계가 다시 채워 주리라는, 내세에 대한 희망 같은 기구 속에 글쓰기를 수행할 수 있는 것이다. 이런 관점에서라면

---

5) J. Derrida, *De la grammatologie*(Paris: Éd. de Minuit, 1967), 29, 200쪽 참조.(약호: *G*)

글쓰기는 인간을 동물로부터 구별해 주는 특별한 일이다. 무인도의 로빈
슨 크루소가 글쓰기를 통해 자신과 자연을 대립시키고 동물로 전락하는
길을 피하듯이 말이다. "글을 쓴다는 이 성스러운 행위에 성공함으로써 그
는 갑자기 지금까지 빠져 있었던 동물성의 심연으로부터 반쯤 헤어 나와 정
신세계로 진입한 느낌이었다. (……) 그에게 새로운 시대가 시작되었
다."[6] 데리다라면 사라진 낙원과 타락한 현재 사이의 거리 의식(역사의식
이라 불러 볼까?)이 만들어 내는 향수를, 현전했으나 지금은 상실한 것을
되찾고자 하는 우회의 노력이라고 표현할 것이다. "역사와 인식, 즉 히
스토리아와 에피스테메는 언제나 현전을 다시 점유하기 위한 우회로서
규정되어 왔다."(G, 20쪽) 그런데 이런 향수에 끌려 다니는 문학이란 거
의 '신학'이 아니겠는가? 잃어버린 에덴을 되찾기 위한, 버림받은 인간
들의 우울한 노력 말이다.

　반면 동물들의 문학에는 잃어버린 낙원도, 역사도, 종말론도 없다.
"동물성은 역사가 없다."(G, 260쪽) 동물들은 데카르트와 같은 의식이 수
행하는 표상 활동을 몰랐으며, 따라서 에덴과 자신을, 아니 자연과 자신
을 맞세움으로써, 자연으로부터 영영 추방되는 일을 겪지 않았기 때문이
다. 동물은 에덴을 상실한 적이 없으며 전원시를 즐기지 않은 적이 없다.
이 점에 대해 밀란 쿤데라는 동물에 관한 매우 아름다운 어느 구절에서
이렇게 이야기하고 있다. "어떤 인간 존재도 다른 사람에게 전원시를 선
물할 수 없다. 오로지 동물만이 할 수 있는데, 동물만이 천국(낙원)에서 추
방되지 않았기 때문이다. (……) 인간의 시간은 원형으로 돌지 않고 직선으
로 나아간다. 행복은 반복의 욕구이기에, 인간이 행복할 수 없는 것도 이
런 이유 때문이다."[7] 그러나 짐승의 시간은 종말, 최후의 심판, 낙원의
회복을 향한 직선적 또는 변증법적 시간이 아니라 원형적 시간, 다르게

---

6) 미셸 투르니에, 김화영 옮김, 『방드르디, 태평양의 끝』(민음사, 1995), 56쪽.

7) 밀란 쿤데라, 이재룡 옮김, 『참을 수 없는 존재의 가벼움』(민음사, 2009(개정판)), 463쪽.

말하면 반복적 시간이다. '법칙으로서 반복'이란 주어진 상태들의 긍정을 조건으로 한다. 주어진 상태들을 긍정하지 않는다면, 그것은 지양의 대상이 될 것이고 따라서 다시 되돌아오는 일, 곧 반복은 없을 것이다. 반면 지금 주어진 상태들을 지양의 대상으로 (그러므로 변증법적 반정립의 대상으로) 만들어 주는 것은, 종말론적으로 최후에 회복하게 될 허구로서의 이상적 상태, 총체성이 설정되었을 때다.[8]

　문학은 오랫동안 이러한 인간적 의식, 즉 부정하는(지양하는, 또는 대립하는) 의식, 바로 역사적 의식의 소산으로 여겨져 왔다. 부정과 대립을 모르는, 따라서 발전, 역사, 종말론, 변증법을 모르는 문학, 즉 인간의 것이 아닌 동물의 문학은 가능한가? "역사가 고려하지 않는 자들"[9]의 문학은 도래할 것인가? 역사 없이, 종말론 없이 우리는 구원과 해방을 얻을 수 있을까? 이제 동물이 글을 쓸 때가 오고 있는 것인가? 아니면 여전히 우리는 '우화라는 낡은 형식'이 상속해 준 대로 동물들 속에서 인간의 속

---

8) 이런 관점에서 볼 때 이 글은 동물에 대한 한 고전적 사유를 대표하는 헤겔과는 반대 지점에서 동물의 문제를 숙고하고 있다. 헤겔은 말한다. "자연 상태에 묶여 있는 동식물은 스스로의 힘으로 존재하는 대로의 직접적인 상태를 초탈할 수가 없고 다른 동식물에 의해서 초탈될 수밖에 없으니, 이렇게 초탈될 때면 만신창이가 되어 죽음을 맞이한다. 그러나 의식의 경우는 자기 본연의 모습을 자각하는 가운데 그 자신의 한정된 상태를 스스로 초탈한다."(G. W. F. 헤겔, 임석진 옮김, 『정신현상학』(한길사, 2005), 1권, 121쪽) 의식은 자신과 거리를 두고서 자신을 반성적 대상으로 삼을 수 있다. 이때 이 반성되는 대상은 의식 자신에게 맞서고 있는 대상, 지양되어야 할 장애이다. 가령 '나는 불행하다.'라는 반성적 자기의식이 '불행하다'라는 판정을 통해 자신의 현 상태를 부정하고 극복해야 할 대상으로 삼는 것처럼 말이다. 이렇게 의식은 자기 안에 스스로 부정의 계기를 끌어들여 자기를 넘어설 수 있다. 즉 반성되는 예전의 자기에게 죽음을 선고하고, 그것을 극복할 수 있는 것이다. 반면 동물에게는, 자신으로부터 벗어나게 해 주는 죽음은 오로지 외부에서 우연히 찾아올 뿐이다. 이것이 헤겔의 생각이다. 그러나 스피노자의 거미가 그렇듯 동물의 본질에 죽음이 속하지 않는다는 것은 오히려 좋은 일이 아닌가? 동물에게 죽음은 언제나 바깥에서 오는 우연이라는 점에서, 즉 동물은 내적으로 스스로 미리 죽음을 선고하지 않는다는 점에서 동물의 본질에는 죽음이 속하지 않는 것이다. 동물은 내적 부정, 즉 부정성의 계기를 가지고 있지 않으며 따라서 자기 부정, 죄의식, 자신에 대한 단죄 등등을 결코 싹틔우지 않는다. 동물은 주어진 본성을 긍정할 뿐이고, 이런 점에서 동물이야말로 긍정의 철학자다.

9) G. Deleuze·C. Bene, *Superpositions*(Paris: Éd. de Minuit, 1979), 127쪽.

성을, 그러므로 은유로서의 동물밖에는 발견할 줄 모르는가? 도대체 동물의 문학은 어떤 것인가?

2 그리스의 동물과 성서의 동물

철학과 문학은 오래전부터 동물에 관심을 가지고 있었다. 가령 중세 동물 연구는 동물 공부를 장려하는 아우구스티누스의 다음과 같은 언명을 근거로 활기를 띤다. "만일 형제들에게 넉넉히 유용하도록 자신의 활동을 헌신할 수 있는 자라면, 그는 우리의 모든 지리적인 장소들, **모든 동물들**, 약초들, 나무들, 석재들, 알지 못하는 기상 상태들, 그리고 성서에 언급된 모든 자연의 대상들을 매우 유능하게 유(類)에 따라 분류할 수 있다."(『그리스도교 교양(De doctrina christiana)』, 2권, ⅩⅩⅩⅩⅨ, 59쪽) 동물 연구는 성서 텍스트 해석을 위한 하나의 문학적 방법론 수립을 위해 불가결했다. 왜 그런가? 성서에 나오는 한 동물, 가령 뱀에 대한 다음과 같은 양립하기 어려운 두 가지 진술을 보자. "네가 이런 일을 저질렀으니 온갖 집짐승과 들짐승 가운데서 너는 저주를 받을 것이다."(「창세기」, 3: 14) 그런데 이런 부정적인 동물에 대해 그리스도는 이렇게 이야기한다. "너희는 뱀같이 슬기로워야 한다."(「마태오」, 10: 16) 어떻게 그리스도는 신의 저주를 받은 동물을 닮으라고 권할 수 있단 말인가? 서로 조화롭지 못한 성서의 이 두 가지 진술은 각각 뱀의 서로 다른 동물학적 속성에 근거를 둔 것이기 때문이다. 이것이 뜻하는 바는 무엇인가? 동물과 관련하여 성서에 쓰여 있는 말들은 동물에 대한 정확한 지식을 배경으로 할 때만 제대로 이해할 수 있다는 것이다.[10] 이런 취지에서 아우구스티누스는

---

10) 이에 대한 자세한 논의는 C. Steel, "Animaux de la Bible et animaux d'Aristote", *Aristotle's Animas in the Middle ages and Renaissance*(Leuven: Leuven Univ. Press, 1999), 13쪽 참조.

이렇게 말한다. "사물들에 대한 무지는, 그 무지가 성경에 나와 있는 동물들, 석재들, 식물들, 또는 다른 창조물들의 속성들에 대한 무지일 경우, 상징적 의미의 관점에서, 성경에 나와 있는 비유적 표현들을 막연한 것으로 만들어 버린다."(『그리스도교 교양』, 2권, XVI, 24쪽) 즉 성경에 나오는 동물 비유들을 제대로 이해하기 위해서는 동물들의 속성에 대한 지식이 반드시 요구되는 것이다.

그런데 언제 한번 제대로 동물을 연구해 본 적이 없는 기독교인들이 어떻게 동물에 대한 지식을 바탕으로 성서에 대한 이해를 구할 수 있겠는가? 그러므로 그들은 다른 모든 분야에서 그랬던 것처럼 해묵은 책들을 들추어내어 그리스인들에게 도움을 청한다. 이렇게 해서 고대 세계 최대의 동물학자 아리스토텔레스의 『동물지(*Historia Animalium*)』가 공부거리로 다시 인류의 책상 위에 놓이게 된 것이다.

그래서 동물에 대한 그리스인의 지혜를 바탕으로 어떤 성과가 탄생했는가? 아마도 아퀴나스의 『「욥기」 주석』이 대표적일 것이다. 별의별 기괴한 동물들을 다 동원하고 있는 「욥기」의 특성만 보더라도 이 텍스트의 해석을 위해 왜 특별히 동물학의 도움을 청할 수밖에 없었는지 짐작할 수 있다. 특히 해석의 쟁점이 되었던 동물은 베헤못과 리바이어던이었다. 이 두 상상의 동물과 관련하여, 성서에 쓰인 문자 그대로의 의미(동물에 대한 객관적 묘사)와 비유적 의미(동물에 대한 객관적 묘사를 통해 상징하고자 하는 뜻)가 어떻게 관련되는지 보이기 위해선 이들의 모델이 되었던 자연 속의 두 실제 동물, 코끼리와 고래에 대한 지식이 필요했다.(한 가지 밝혀 두자면, 아퀴나스가 「욥기」에 주석을 달던 당시의 인식과 달리, 베헤못의 모델은 코끼리가 아니라 하마라는 것이 현대 주석가들의 생각이다.)

베헤못의 경우를 예로 살펴보자. 야훼는 베헤못을 지목하며 인간에게 이렇게 말한다. "내가 너를 만들 때 함께 만든 것이다."(「욥기」, 40: 17) 인간을 만들 때 베헤못을 같이 만들었다는 것은 둘 사이에 모종의 유사성이 있다는 사실에 대한 암시라고 아퀴나스는 이해한다. 그런데 이 유사성은, 우리가 눈으로 확인할 수 있듯이, 신체적인 유사성은 될 수 없다. 그렇다면 무엇이 남는가? 바로 정신적 또는 지적 유사성이다. 유사성은 베헤못이 인간과 유사한 지적 본성을 가졌다는 데서 성립하는 것이다. 이러한 유사성은 베헤못의 모델이 된 코끼리에 대한 동물학적 지식을 통해 확보되는데, 바로 아리스토텔레스가 그 지식을 마련해 주고 있다. "모든 야생 동물 가운데 코끼리는 가장 쉽게 길들일 수 있다. 왜냐하면 코끼리는 교육될 수 있고 많은 것을 이해하기 때문이다."(『동물지』, Ⅶ, 630b 18~20) 교육 가능성과 이해 능력은 인간과 모종의 유사성을 가지는 코끼리의 지적 능력을 가리킨다. 이런 방식으로, 아리스토텔레스의 동물학적 지식에 근거해, 인간과 베헤못을 함께 창조했다는 표현의 숨은 뜻, 즉 베헤못이 인간의 그것과 유사한 지적 능력을 가졌다는 지식이 확보된다.

그렇다면 여기서 이 유비의 놀이를 가능케 하는 것은 무엇인가? 무엇이 뱀이 지닌 동물학적 속성과 슬기라는 지성적 속성을 비유라는 장치를 통해 연결 짓는 것을 가능케 하는가? 무엇이 코끼리가 길들이기 쉽다는 속성으로부터 인간과 유사한 지성을 가졌다는 사실을 인식하게 만드는가? 답부터 말하자면, 필연적인 근거란 아무것도 없다. 어떤 의미에서 그런가?

유비라는 이 존재론적 원리는 수사학적 지평에선 우의(愚意, allegoria)로 출현한다. 가다머가 정의하듯 "우의란 원래의 숨겨진 뜻을 대체하는 것"[11]이다. 다시 말해 "하나가 다른 것을 대신한다는 것"(*WM*, 68쪽)에서 우의가 성립한다. 관건이 되는 바는 "우의는 확고한 전통에 근거한다."(*WM*, 75쪽)는 점이다. 이 말을 보다 정확하게 풀어 쓰자면, 우의와 그것

---

11) H.-G. Gadamer, *Wahrheit und Methode*(Tübingen: J. C. B. Mohr, 1975), 68쪽.(약호: *WM*)

이 간접적으로 드러내 주는 뜻 사이의 관계는 "관습과 교의적 동의에 의해 형성된다는 것이다."(*WM*, 70쪽) 이런 '관습'에 의거해서, 우리가 보았던 대로 "우의의 개념과 본질은 (……) 기독교 전통〔가령 해석되어야 할, 동물에 대한 성서적 진술〕과 고대 문화〔가령 동물에 대한 아리스토텔레스적 지식〕의 화해와 밀접하게 결부된다."(*WM*, 75쪽) 이렇게 우의라는 수사학을 가능케 하는 관습은 무엇이 정당화해 주는가? 가다머라면, 전통이라는 말과도 교환 가능한 이 관습을 '공통 감각(sensus communis)', '양식(bon sens)' 등의 이름으로 부를 것이다. 그러면서, 가령 비코에 근거하여 우의를 공동체적 자산으로 활용할 수 있는 "공통 감각이란 분명 인간이면 누구나 가지고 있는 일반적 능력일 뿐만 아니라, 공동성을 만들어 내는 감각이기도 하다."(*WM*, 18쪽)라고 말하고 싶어 할 것이다. 그러나 누구 맘대로 전통과 관습의 표현인 공통 감각을 인류의 본성에 귀속시키는가? 우리가 전통을 계승하는 보수적인 아들이 되고자 하지 않는다면? 관습의 우산도 전통의 천막도 싫다, 광인처럼 그저 하늘의 번개 아래 직접 머리를 내놓고 있고 싶다면? 철학의 본성, 즉 전통이나 관습 같은 선입견에 근거하는 것이 아니라 '무근거'에서 출발하고자 하는 본성대로 우리는 이렇게 말해야 될지도 모른다. "〔무근거에서 출발하자면〕 엄청난 파괴와 엄청난 도덕적 퇴폐를 대가로 치를 것이다. **철학은 고집을 가지고 공통 감각이라는 요소를 포기해야 한다.**"[12] 우의나 유비의 근거가 되는 공통 감각 또는 관습을 버릴 경우 도덕적 퇴폐가 따라오는 것은 당연하다. 우리의 도덕적 비난(또는 단죄)이란 유비라는 성냥개비처럼 가느다란 골격이 떠받치고 있는 수사법을 형식으로 삼기 때문이다. 오빠는 늑대야! 여시 같은 년! 독사 새끼! 오, 양같이 순한 사람! 저런 미련 곰 새끼! 옆집엔 잉꼬 부부! 에라이, 이런 새대가리! 비둘기처럼 다정한 사람들이라

---

12) G. Deleuze, *Différence et répéition*(Paris: PUF, 1968), 173쪽.(약호: *DR*)

면…… 기타 등등 우화 작가들이 좋아할 유비의 동물 농장 풍경.(이렇게
우리의 동물 수사적인 도덕적 평가들을 열거하고 보니, 사실 그것의 파괴가 크
게 걱정되는 것은 아니지 않는가?) 관습이나 전통이 그 자체에 의해 근거
지워지지 않는 것이며, 유비와 우의란 그런 관습 위에 서 있는 것이라면,
우리는 이로부터 해방되고자 해도(海圖)에도 없는 난바다에 언어의 쪽배
를 띄우는 사람들을 낡은 수사학의 항구에 붙잡아 둘 수 없을 것이다.

3 세 가지 동물

그렇다면 동물을, 또는 동물의 문학을 관습의 터전 없이는 성립하지
못하는 유비적 수사학의 감옥에서 어떻게 구출할 수 있을까? 먼저 동물
문학의 종류를 분류해 보자. 가령 들뢰즈와 가타리는 세 가지 동물을 구
별한다. 첫째는 "오이디푸스적 동물"[13]이다. 모든 길들일 수 있는 애완
용 동물이 여기 속할 것이다. "예를 들면 개가 바로 오이디푸스적 동물
이다."[14] 이들이 오이디푸스적인 까닭은 자기들의 본성에 속하지 않는
외재적인 법, 즉 인간의 법에 자신을 매개하기 때문이다. "가족의 오이
디푸스적 동물, 한 마리의 평범한 복슬개"(MP, 306쪽)에게 금지와 허용
은 개의 본성이 아닌 외부로부터, 주인의 법으로부터 찾아온다. 이런 법
에 복종하는 개의 오이디푸스적 이미지를 우리는 릴케의 훌륭한 묘사 속
에서 찾을 수 있다. "그의 얼굴을 계속/ 들이민다. 거의 애원하는 투로."
(「개」)[15] 외재적 법의 매개가 만들어 내는 태도가 바로 애원이다. 플로베
르는 『통상 관념 사전』에서 개를 두고 "주인의 생명을 구하기 위해 특별

---

13) G. Deleuze·F. Guattari, *Mille plateaux*(Paris: Éd. de Minuit, 1980), 294쪽.(약호: *MP*)

14) G. Deleuze·F. Guattari, *Kafka: Pour une littérature mineure*(Paris: Éd. de Minuit, 1975), 28
쪽.(약호: *K*)

15) 라이너 마리아 릴케, 김재혁 옮김, 『두이노의 비가 외』(책세상, 2000), 346쪽.

히 만들어졌다."[16]라고 기술하는데, 개의 이 책임 의식이란 주인이라는 법에 대한 부채 의식, 즉 오이디푸스적 죄의식의 상징이다. 오이디푸스적 동물만 있는 것이 아니라 오이디푸스적 변신 또한 있다. 죗값으로, 마법에 의해 일어나는 동물 변신이 그것이다. 동물이 되는 것은 처벌이며,(「미녀와 야수」,「개구리 왕자」 등에서 보듯) 작품은 갖은 수단을 다 써 가며 정상(?) 상태로, 인간성의 회복으로 질주한다. 그러나 "동물이 된다는 것은 어떤 잘못이나 저주의 결과, 죄의식의 효과는 더욱 아니다."(*K*, 65쪽) 오이디푸스적 동물 변신은 서양인들 특유의 종교적 죄의식의 은유로 이해될 수 있다. 가령 지독한 냄새를 풍기며 결코 아물지 않는 암포르타스 왕의 상처를 보라. 그의 불경이 이 저주를 내렸다. 그는 자신의 질병을 치유해 줄 '순수한 바보(der reine Tor)', 그러니까 파르지팔을 기다린다. 동일한 맥락에서 동물 변신은 질병이며, 우울한 개구리와 야수는 순수한 바보를 기다리듯 순수한 처녀의 입맞춤을 기다린다. 이러한 이야기는 오이디푸스적 '인간'의 은유로서 행해진 동물 변신에 불과하다. 그리고 이런 은유는 진정한 '변신'이 아니며, 오히려 그것이 간접적으로 가리키는 불변하는 실체로서의 인간에 의해 지탱된다.

두 번째 동물이 있다. "두 번째는 특성이나 속성을 가진 동물, 유, 분류, 국가에 속하는 동물이다. 주로 신들에 관한 위대한 신화들이 이 동물들을 취급하는데, 이 동물들로부터 계열이나 구조, 원형이나 모델이 추출된다."(*MP*, 294쪽) 바로 앞서 분석한 신학자들의 동물이 이것이다. 이 동물들은 특정한 속성(이 속성에 대한 과학이 동물학이다.)을 가지며, 이 속성은 원형이나 모델을 제공한다.(가령 슬기로운 자의 모델인 뱀) 물론 이 경우 동물은 오로지 인간적 속성의 유비에 불과하다. "신학은 다음과 같은 점에 대해서는 매우 엄격하다. 즉 늑대 인간은 존재하지 않으며, 인간

---

16) G. Flaubert, *Œuvres*(Paris : Gallimard, Pléiade 총서, 1952), t. Ⅱ, 1003쪽.

은 동물이 될 수 없다. 본질적 형상의 변형이란 존재하지 않는다. 본질적 형상은 침해할 수 없는 것이며 단지 유비 관계만을 갖는다."(*MP*, 309쪽) 오웰의 『동물 농장』이나 슈피겔만의 『쥐』 등 모든 동물 우화들이 이런 유비 관계에 근거해 '우의라는 제한적 의미 속에서만' 동물을 문학 속에 출현시키고 있다. 인간은 동물이 될 수 없으며, 따라서 동물은 우의로서만 허락된다는, 이러한 신학적 생각은 한 개체는 종차(예컨대, 이성)에 의해 생기는, 가령 인간이라는 본질적 형상(또는 실체적 형상)을 통해 '불변적으로 규정된다'고 간주할 때만 가능하다. 이러한 생각이 가지는 많은 존재론적 문제들 가운데 두 가지만 지적해 보자. 1) 이 견해는 특수한 사물로서의 개체 안에서 일반적인 것(형상과 질료)에 합치하는 면모만을 고려한다. 2) 또한 개체화의 원리를 '이미 구성된' 개체들 안의 이런저런 요소들 안에서만 찾는다.(*DR*, 56쪽 참조) 이 경우 개체화의 원리는, 개체화의 결과물인 형상, 질료, 연장성 등에 의해 가정될 뿐이다.(*DR*, 57쪽 참조) 이럴 경우 특수한 사물로서 개별자가 어떻게 성립했는지 설명되지 못한다. 결과적으로 개체는, 그물코가 너무 넓은 포획망 밖으로 달아나는 물고기처럼, 일반 개념인 유와 종의 체계 바깥으로 새어 나가 버린다.[17]

어쨌든 이러한 유종의 체계에 의해 파악되는 동물의 생성(번식)은 '계통(혈통)에 따라서' 이루어질 수밖에 없다. 그런데 '괴물'이라 일컬어도 좋을 세 번째 종류의 동물은 전혀 다른 방식으로 번식한다. 이들은 바로 변신을 통해 번식하는 동물들이다. 가령 '전염'이 변신을 주관한다. "우주는 계통[혈통]에 따라 기능하지 않는다. 그러므로 동물은 무리이며, 무리는 전염에 의해 형성되고 발전하며 변형된다고 말할 수 있을 뿐이다."

---

17) 유와 종이 가지는 문제에 대한 근본적 비판은 또한 스피노자에게서 발견된다. 종차는 그것을 파악하는 사람들이 개체에 대해 인상 깊게 바라본 점이다. 가령 인간의 경우엔, 생각한다, 날개 없는 두 발 동물이다, 웃을 수 있다 등등.(『에티카』, Ⅱ권, 명제 40, 주석 1 참조) 따라서 이러한 종차는 '가능한' 것일 뿐 '필연적'인 것은 아니다. 그러므로 종차에 의해 분할된 개별적 실체 역시 '가능한 실존'만을 갖는다. 결국 이 실존은 그저 개연적인 것일 뿐이다.

(*MP*, 296쪽) 그러면 도대체 어떤 동물이 전염을 통해 변신하는가? 대표적으로 흡혈귀가 그렇다. "흡혈귀는 계통에 따라 혈통을 이어 가지 않고 전염되어 가는 것이다."(*MP*, 295쪽) 어떤 시인은 변신의 방식으로 전염 대신 합체를 제시하기도 한다. 불새 변신. "사실 독수리 오형제는 독수리들도 아니고, 오형제도 아니다. 다섯 조류가 모인 의남매이다. 다섯이 모이면 불새로 변해서 싸운다."[18] 이러한 문자 그대로의 동물 변신은 유비와는 아무런 상관이 없다. "늑대 인간과 흡혈귀는 존재한다. 우리는 진심을 가지고 이렇게 말하는 것이다. 그러나 거기서 동물과의 유사성이나 유비를 찾아서는 안 된다."(*MP*, 337쪽) 동물 변신에는 어떤 은유적인 의미도 없다. "〔동물 변신은〕 버려지거나 길을 잃은 자폐증 아동이 짐승의 '유비'가 되는 것과 같은 상징적 은유의 문제가 아니다."(*MP*, 335쪽)[19]

어떤 의미에서 동물 변신은 유비가 아닌가? 마치 이 질문은 유비는 근본적이고 자연적이며, 동물 변신은 상례에 벗어난 해괴한 일인 듯 가정하고서 던지는 물음같이 들린다. 이보다는 차라리 동물의 문학에서 유비의 근본성이 임의적으로 전제된 것이 아닌지 묻는 것이 선행되어야 하지 않을까? 유비를 근본적으로 전제할 수 없을 것이라는 의심은, 어떻게 우리가 유비를 근본적인 것처럼 받아들이게 되었는지 유비의 기원에 대한 물음을 던지게 한다.

---

18) 권혁웅, 『마징가 계보학』(창비, 2005), 54~55쪽.(약호: 권혁웅)

19) 들뢰즈는 유비와 은유에 거의 같은 함의를 부여한다.(*MP*, 325쪽 참조) 유비, 은유, 우의, 상징 등은 논자들 각각이 이 말들을 사용하는 문맥에 따라 편차를 보이지만, 실재의 간접적 제시라는 점에서 동일한 함의를 지닌다. 이 글에서는 개념 사용에 대한 오해가 발생할 경우가 아니라면, 논자들마다의 편차는 추적하지 않는다.

4 유비와 은유

낡은 우화들이 알려 주듯 동물은 보통 유비에 근거한 우의를 통해서
나 은유를 통해서 문학 안으로 들어왔다. 유비와 은유의 근거에 대한 물
음은 존재론과 정신분석 두 영역에 걸쳐 답변되어야 할 것 같다. 앞서 두
번째 종류의 동물과 관련해 이야기했던 것처럼, 본질적 형상은 유와 종
의 체계를 바탕으로 성립한다. 예컨대 '인간(본질적 형상)은 이성을 가진
(종차) 동물(유)이다.'라는 정의에서 볼 수 있듯이 말이다. 이때 불변하는
인간적 속성은 어떤 동물(가령 뱀)의 불변하는 속성으로 변모할 수 있는
것이 아니다.(규정으로서의 형상 앞에 붙은 '본질적'이라는 꾸밈말이 불변성의
징표다.) 양자 사이엔 유비만이 성립하는데, 이 유비는 관습에 기원을 둔
다. 그런데 앞서 말했듯 본질적 형상을 만들어 내는 이러한 유와 종의 체
계는, 특수한 사물로서의 개체를 추상화한 것, 즉 특수자가 추상화된 형
태에 대한 일반적 규정일 뿐이다. 개체의 특수성은 이 일반 개념의 테두
리 바깥으로 빠져나가 버린다. 그런데 이 일반적 규정 바깥에 놓인 특수
한 사물인 개별자에게 어떤 '본질적' 변신이 일어날지 누가 알겠는가?
추상화된 개념인 본질적 형상은 이 변신을 통제할 수 없다.

　언어의 본질을 은유로 생각한다는 점에서, 정신 분석 역시 동물 변신
의 함의를 실재상의 변화가 아닌 상징적 차원의 수사적 장치로 축소하
고 있다. 정신 분석은 언어의 본성을 어떻게 설명하는가? 다르게 묻자
면 우리는 어떻게 상징의 세계 속으로 들어가는가? 바로 '아버지의 이름
(Nom-du-Père)'이라 불리는 법의 출현을 통해 그렇게 된다. 아버지의 이
름은 특정한 어떤 내용(의미)으로 채워진 금지가 아니라, 이 금지를 통
해 의미가 출현하게 되는 그런 근본 조건이다.(아버지의 이름이 의미를 실
어 나르는 것이 아니라 의미의 출현 조건이라는 점에서 그것은 '시니피에 없는
시니피앙'이라 불릴 만하다.) 이 부성적 시니피앙의 금지는 은유로서의 상

징적 세계를 출현시킨다. 다시 말해, 금지를 통해 욕망이 매개 없이 직접 대면해서는 안 되는 것으로서의 '실재'와 그 실재의 대리자인 '은유(상징)'를 출현시키는 것이다. 요컨대, 우리의 언어는 직접 접근이 금지된 것에 접근하기 위해 마련된 간접적 수단(은유)이다. 이런 점에서 아버지의 이름은 상징(은유)과 그것이 간접적으로 가리키는 바를 꿰매 놓는 '누빔 점'이라 부를 만하다.

그러나 아버지라는 이 금지의 법은 무엇인가? 그것은 일단 하나의 오류 추리를 통해 실재와 그것에 접근하는 간접적 수단인 은유를 갈라놓는다. 언어는 이제 실재를 직접 기술하지 못하며, 마치 레테 강 저편의 명부를 건너다보듯 상징의 세계 속에서 은유를 통해, 그림자를 어루만지듯 간접적으로만 실재를 건드려 보게 될 것이다. 직접성의 상실이라는 이 패배주의를 창출한 아버지의 이름이 담고 있는 오류 추리는 무엇인가? "법이 욕망 혹은 '본능들'의 영역에서 완전히 허구적인 어떤 것을 금지하고는 자신의 백성들〔본능들〕이 이 허구에 대응하는 의도를 가지고 있었다고 그들을 설득하는 일이 생긴다."[20] 즉 금지로부터 금지되는 것의 왜곡된 본성이 생겨난다. "억제가 욕망에게 가면을 만들어 주고 이 가면을 욕망에게 씌운다."(*A*, 138쪽) 욕망은 아버지의 이름이라는 법 때문에, 금지된 것을 원하게 되고 이 금지된 것에 접근하는 간접적 방책으로 언어의 세계, 즉 은유의 세계를 발생시키는 것이다. 왜 부성적 법은 욕망을 이처럼 변질시키는 조작을 해야만 하는 걸까? "사회적 생산의 관점에서 볼 때 그러한 조작의 이익은 분명하다. 사회적 생산은 욕망이 가진 반항과 혁명의 힘을 다른 식으로는 쫓아 버릴 수 없다. 욕망에다가 근친상간의 왜곡된 거울을 들이댐으로써('아하, 이것이 네가 원했던 거지?') 사람들은 문명이라는 우위의 이익들을 내세우며, 욕망을 부끄러운 것이 되게

---

20) G. Deleuze·F. Guattari, *L'anti-Œdipe*(Paris: Éd. de Minuit, 1972), 136쪽.(약호: *A*)

하고 (……) 출구 없는 상황에 집어넣으며 욕망이 '자기 자신'을 포기하도록 욕망을 쉽게 설득한다."(*A*, 142쪽) 이렇게 보자면 은유는 언어의 본성이 아니라, 언어에 남겨진 억압의 상처다. 근본적인 언어 활동으로서 은유를 창안할 수 있다는 것, 그것은 이미 금지에 순응하고 있다는 뜻이다. 따라서 아버지의 이름의 폐제(forculsion)와 그로 인한 임상적 의미의 분열증을 읽어 내던 자리에서, 진정으로 읽어 내야 하는 것은 부성적 권위로 편재된 질서의 전복과 욕망의 해방이다.[21] 그리고 욕망의 해방은 은유로부터의 언어 해방을 의미한다. 아울러 문학이 전복적 힘을 가지는 것이며 언어가 문학을 통해 문법을 비롯한 모든 법으로부터 해방을 달성한다면, 동물은 문학 안에서 근본적으로 은유에 매개되지 않을 것이다. 카프카의 동물 소설들이 보여 주는 것처럼 말이다.[22]

5 저자, 화자, 주인공

그런데 카프카의 작품들을 읽기 전에 한 가지 더 짚고 넘어가야 할 것

---

21) 임상적 분열증과 대립하는 이러한 해방으로서의 분열증에 대한 자세한 설명은 필자의 책, 『들뢰즈의 철학 — 사상과 그 원천』(민음사, 2002), 213~224쪽 참조.

22) 언어 활동이 아버지의 이름 같은 부성적 시니피앙과 결별한다면, 즉 은유가 될 수 없다면 어떻게 우리는 언어 활동을 기술할 수 있을까? 가령 들뢰즈와 가타리 같은 이는 언어 활동의 본질을 기술하는 새로운 개념으로 서로 상대적인 내용(contenu)과 표현(expression)의 무제한적 흐름을 제안한다. 여기서 '상대적'라는 말과 '흐름'이라는 말을 우리는 다음과 같은 의미로 이해해야 한다. "한 매체의 '내용'은, 그것이 무엇이든 언제나 다른 한 매체이다. 글의 내용은 말이다. 이것은 글로 쓰인 낱말이 인쇄된 것의 내용이고, 인쇄된 것은 전신(電信)의 내용인 것과 똑같다."(M. MacLuhan, *Pour comprendre les média*(Paris: Seuil), 24쪽.(*A*, 286에서 재인용)) 이런 식으로 언어를 이해할 경우 여기에는 아버지의 이름 같은 어떤 특권적 시니피앙이 끼어들 여지가 없다. 어떤 내용의 표현은 다른 곳에서는 다른 표현의 내용이 될 뿐이다. 이러한 내용과 표현의 무한한 흐름만이 있을 뿐이며 그 배후에, 마치 숨어 있는 신처럼 언어 활동을 주관하는 부성적 시니피앙이 있는 것은 아니다. 결국 "**내용과 표현의 흐름은 시니피앙 없이 이루어진다.**"(G. Deleuze, *Pourparlers*(Paris: Éd. de Minuit, 1990), 35쪽.(약호: *P*))

이 있다. 누군가 여전히 이렇게 물을지도 모른다. 그래도 어찌 되었든 간에 글을 쓰는 이, 말하는 이는 인간이 아니겠느냐고. 인간이 인간의 관점에서 인간에게 글을 쓰고 말하는 이상 문학은 인간의 것이고, 동물은 은유 외에 다른 것이 될 수 없지 않겠느냐고. 그러므로 문학적 담론을 생산해 내는 세 가지 요소 속에 인간의 개념이 들어 있지 않음을 확실히 해야 한다.

먼저 지금까지의 논의를 통해 주인공의 문제가 가장 간단히 해결된다. 우선 언어의 본성이 은유가 아니라면, 그리고 은유는 오로지 욕망이 억압된 차원에서만 언어가 취하는 왜곡된 외관이라면, 동물 주인공은 어떤 의미에서도 인간의 은유로 이해될 수 없다.

그러면 저자와 화자의 경우는 어떤가? 인간의 개념은 저자가 기능하는 방식 속에서 아무런 필연적인 역할도 부여받지 못한다. 인간으로서 저자의 죽음에 대한, 푸코 같은 이의 다음과 같은 선언은 이미 우리에게 퍽 익숙하다. "모든 담론들은 익명의 중얼거림 속에서 전개될 것이다. (……) '누가 말하건 무슨 상관인가?'"[23] 저자의 죽음에 대한, 좀 더 결정적인 텍스트를 읽어 보자. 뼈와 살을 지닌 인간으로서 저자의 죽음은 데리다의 다음과 같은 유명한 표현의 핵심을 구성하는 것이기도 하다. "'텍스트 밖이란 없다.' (……) '뼈와 살이 있는' 이들 존재들〔저자들〕의 이른바 실재적인 삶이라는 것 속에는 글밖에는 없다."(G, 227~228쪽) 어떤 의미에서 그런가? 우리가 저자라고 믿는 자에 대해 생각해 보라. 그는 우리에게 어떻게 출현하는가? 바로 그에 대한 텍스트를 통해 출현한다. 그가 이미 죽었고, 그래서 우리는 그를 묘사한 텍스트를 통해서만 그를 만날 수 있다는 뜻이 아니다. 그의 행위, 버릇, 말하는 습관, 옷 입는 방식 등등은 이미 문화 안에 마련되어 있는 것이고, 그는 이런 미리 마련

---

23) M. Foucault, "Qu'est-ce qu'un auteur?", *Dits et écrits 1954~1988*, t. I-1(Paris: Gallimard, 1994), 812쪽.

된 텍스트를 표절함으로써만 인간으로(저자로) 출현한다는 뜻이다. 그렇다면 문화 안에 미리 마련되어 있는 텍스트들의 기원에는 그런 텍스트들이 모방하고 있는 원본적인 인간이 있는 것은 아닐까? 그렇지 않다. 텍스트 뒤에 있는 것이라곤 오로지 그 텍스트가 베껴 쓰고 있는 또다른 텍스트뿐이다. 텍스트가 지시하는 "참조 대상들의 연쇄"(G, 228쪽)는 무한한 것이다. 이런 점에서 텍스트가 '대리하고 보충(supplément)'해 주는 한에서만 저자는 뒤늦게 텍스트에 첨가된다. 그리고 '뒤늦게 첨가되는' 기원은 모순된 개념이라는 점에서, 텍스트의 기원으로서 인간 저자는 존재하지 않는 것이다.

화자의 경우는 어떤가? 가령 들뢰즈는 다음과 같이 말한다. "언표와 어떤 가변적인 주체와의 관계는 그 자체 언표에 내재하는 하나의 변수다."[24] 어떤 언표의 발화자로서 고정된 주체는 없다는 말이다. 다시 말해 외면적으로 통일돼 보이는 언표들일지라도, 가변적으로 이 화자, 저 화자에게 귀속될 수 있다는 뜻이다. 이는 결국 언표에는 주인이 없음을 의미한다. 가령 1인칭 화자가 이야기를 풀어 가는 『잃어버린 시간을 찾아서』 같은 이야기는 어떨까? 이 책의 언표들은 표면적으로는 '나'라고 불리는 통일적인 화자에게 귀속되는 듯하다. 그러나 실은 1인칭으로 일컬어지는 주인공, 복수적 화자로서의 우리(nous),[25] 3인칭 관찰자로서의 화자,(「스완의 사랑」 전체) 허구적 세계로서의 소설을 깨뜨리고 직접 작품 속에 개입하는 소설가[26] 등등 하나로 통일될 수 없는 수많은 화자들이

---

24) G. Deleuze, *Foucault*(Paris: Éd. de Minuit, 1986), 16쪽.(약호: *F*)

25) 이런 대목에서 '우리'라는 화자가 등장한다. "우리는 자신이 누구인지를 모르기에 결국 아무도 아니다. 또 그렇기 때문에 새로이 무엇이든 될 수 있다. (……) 우리는 마치 어두컴컴한 비바람 속을 뚫고서 지나온 것 같고,(그러나 '우리'라고 말할 수도 없을 것이다.) 내용물을 가지고 있지 않을 어떤 '우리'가 누워 있는 채로 아무런 생각도 없이 그 비바람으로부터 빠져나온다."(M. Proust, *À la recherche du temps perdu*(Paris: Gallimard, Pléiade 총서, 1988), t. Ⅲ, 371쪽.(약호: *RTP*))

그때그때 가변적으로 소설 속의 언표들과 관계한다.[27] 이런 점에서 이는 마치 자기 동일성을 가지지 않는 (그러므로 주체성이 없는) 분열증자가 쏟아 내는 말들 같다. 그리고 분열증자의 언표가 인격적 동일성을 원천으로 하지 않는 말인 것처럼, 이 소설의 언표들에도 본질적으로 주인이 없다. "〔발화의〕 모든 위치들은 언표가 그로부터 파생되는, 어떤 기원적인 '나'의 다양한 형태들이 아니다."(*F*, 17쪽) 결국 "언어란 3인칭으로 된, 즉 인칭과 대립하는, 거대한 '있음(il y a)'이다."(*P*, 157쪽)

이렇게 저자의 자리에서도, 화자의 자리에서도, 주인공의 자리에서도 인간의 개념은 자신의 필연적인 거주권을 주장하지 못한다. 이것이 뜻하는 바는 무엇인가? 동물을 문학 속의 수사적 기재로 전락시킬 수도 있는 필연적인 장치들이 제거되었다는 것이다. 저자, 화자, 주인공이라는 모든 가능한 담론의 원천에 인간이 없으므로, 작품 속에 언표된 동물은 원천의 자리에 위치한 인간의 목소리를 흉내 낼 수가 없다. 진정한 동물 변신을 생각해 볼 시간이 온 것이다.

6 동물 변신 소설

고대부터 현대까지의 우화 작가들, 은유 속에 동물을 묶어 둔 장본인들을 제외하면 카프카만큼 동물의 문학에 애착을 보인 작가도 없을 것이

---

26) 다음과 같은 구절에서 소설가가 난데없이 '나'라고 스스로 칭하며 개입한다. "이 책 속에는 허구 아닌 게 없고, '이름을 숨긴' 실재 인물은 한 사람도 없다. 전부 내가 묘사하기 위한 필요에 맞추어 지어 낸 것뿐이다. 그러나 오로지 한 가지, 의지할 곳 없는 조카며느리를 도와주려고, 은퇴해서 지내던 시골에서 올라온 프랑수아즈의 부유한 친척, 그들만은 현재 실존하는 진짜 인물이라는 점을, 나는 우리 나라의 영광을 위해 말해 둘 필요가 있다."(*RTP*, t. IV, 424쪽)

27) 가령 어떤 연구자는 이 소설의 언표에 통일성을 부여하는 듯한 '나'라는 허구적인 명칭 아래서 무려 일곱 개의 상이한 화자를 구별해 내기도 한다.(M. Muller, *Les voix narratives dans La recherche du temps perdu*(Genèe: Librairie Droz, 1983)(초판: 1965) 참조.)

다. 특히 그의 중편 소설들은 온통 동물 이야기라고 해도 과언이 아니다.(벌레로 변한 잠자, 학술원의 원숭이, 떼 지어 다니는 개, 여가수 쥐, 사막의 재칼 등) "카프카가 자기 방에 처박혀 하는 일은 동물이 되는 것이고, 그것이 소설의 본질적 목적이기도 하다."(K, 63쪽) 이 동물들에는 은유적인 의미란 결코 없다. 카프카는 그 자신이 어느 날의 일기에서 밝히고 있듯 은유를 거부한 작가다. "은유는 문학에서 나를 절망에 빠뜨리는 것들 가운데 하나다."(1921년 12월 6일 일기)[28] 이 문장을 지표 삼아 카프카의 동물들에게 접근해야 한다. "동물 되기는 은유와 아무런 관계가 없다. 그것은 어떤 상징과도, 어떤 우의와도 관계가 없다."(K, 65쪽) "카프카는 단호하게 모든 은유, 모든 상징, 모든 의미 작용을 말살한다. (……) 변신(métamorphose)은 은유(métaphore)의 역이다."(K, 40쪽) 우리가 보았듯 원천으로서 인간의 자리엔 이제 아무것도 놓여 있지 않기 때문에, 동물 은유를 통해 가리켜 보일 수 있는 원형적 속성이란 없다. "카프카의 동물들은 신화 또는 원형과 전혀 관련되어 있지 않다."(K, 24쪽) 그렇다면 동물의 출현은 무엇을 의미하는가? 도대체 거기에 의미가 있기나 한가? 등장인물들을 동물이 되게끔 해 주는 특성은 무엇인가? "그는 원숭이,

---

28) 데리다는 은유의 종말을 문학의 현대성의 한 특성, 바로 우리의 현재적 삶이 담긴 시대의 특성으로 이해하는데, 그러한 성찰을 바로 카프카의 이 구절로부터 읽어 내고 있다. "문학적 현대성(modernité)이라 불릴 수 있는 모든 것은 시적인 것, 다시 말해 은유적인 것에의 예속, 루소 자신이 자연 발생적인 언어처럼 분석한 것에의 예속에 대립하는 특수성을 명시하는 데 집착한다. 문학적 독창성이란 것이 있다면, 이는 아마 단순하게 확실한 것은 아닐 것이다. 그것은 전통적으로 축소시킬 수 있는 것으로 판단되어 온 은유로부터가 아니라면, 적어도 비문학적 언어 속에서 나타나는 형태의 원시적 자발성으로부터 해방되어야 한다. 이런 현대적 항의는 성공적일 수도 있고, 아니면 카프카 식으로 모든 환상에서 벗어나고, 절망하고 보다 냉철할 수도 있다."(G, 383쪽) 이와 더불어 은유를 판에 박힌 것으로 비판하고, 예술의 새로운 활로를 은유의 와해에서 찾는 들뢰즈의 구절 역시 중요하다. "은유는 정서적 본성을 갖는 특별한 도식에 속한다. 그러나 이것은 바로 클리셰(판에 박힌 것)이다. (……) 우리는 우리가 관심을 가지는 것만을 지각한다. 혹은 우리의 경제적인 이해관계, 이데올로기적 믿음, 또는 심리적 욕구에 따라 지각에 관심이 미치는 것만을 지각한다. 그러므로 일반적으로 우리는 클리셰만을 지각하는 것이다."(G. Deleuze, *Cinéma 2: L'image-temps*(Paris: Éd. de Minuit, 1985), 32쪽)

또는 곤충, 또는 개 또는 쥐가 되기 위해 인간이기를 그만둔다. 동물이 된다. 비인간이 된다. 진실로 **목소리, 음향** 때문에 동물이 되는 것이다."(K, 15쪽) 이 인용에서 동물 변신의 특성으로 강조되고 있는 것은 바로 '목소리', '음향'이다. 동물 변신은 바로 음성을 통해 구현되는 것이다.

그런데 아리스토텔레스가 말하듯 목소리는 인간됨의 특성을 명시하는 요소 가운데 하나이지 않은가? "[인간의] 목소리는 일종의 의미를 가진 소리이지, 기침과 같은 단순한 새어 나온 공기가 아니다."(『영혼에 대하여(De anima)』, 420b) 목소리에 부여된 이 인간적 특권(이 특권을 '로고스와 목소리의 근원적 연관'이라 표현할 수 있을 것이다.)의 정체를 '음성중심주의'라는 명칭 속에서 확인하고 비판한 이가 데리다이다. "로고스중심주의는 또한 하나의 음성중심주의다."(G, 23쪽) "'목소리'를 통해서만 (……) 로고스는 무한할 수 있고, 자기에게 현전할 수 있다."(G, 146쪽) 목소리의 인간적 특권을 주장하는 이러한 진술들에 대한 비판적 탐구가 『그라마톨로지』를 비롯한 데리다의 초기 글쓰기의 핵심을 이룬다. 그런데 카프카는 바로 인간적 본성을 목소리 속에서 확정하고 비판하는 데리다의 시선이 가닿지 못한 부분, 즉 '목소리의 비인간적 본성'에 접근하고 있는 것이다.

카프카는 데리다와는 전혀 다르게, 목소리는 로고스와 상관이 없으며, 오히려 목소리는 비인간적인 것, '동물의 것'이라는 점을 사유할 수 있게 해 준다. 가령 「변신」의 다음과 같은 구절을 보자. 그레고르 잠자는 목소리를 통해 벌레로의 변신이 가져다 준 비인간적 본성을 깨닫는다. "그레고르는 자기의 대답 소리를 듣고 깜짝 놀랐다. 그 대답 소리는 틀림없이 자기 목소리였는데, 거기엔 저음 같기도 한 어떤 억제할 수 없는 고통스러운 찍찍 하는 소리가 섞여 있었다. 그 찍찍거리는 소리는 하고 있는 말을 다만 처음 순간에만 명료하게 할 뿐, 그 여운은 분명치 않아서 상대방이 똑바로 알아들었는지 알 수 없었다."(『단편 전집』, 112쪽) 이것은 알아들을 수 없는 말, 즉 로고스와는 아무런 상관이 없는 잡음이다. "'한마디라도 알아들으셨나요?' 지배인이 부모에게 물었다. (……) '그건 동물의 목소리였습니다.'"(위의 책, 120쪽) 셰익스피어는 벌써부터 목소리의 이런 잡음적 성격, 로고스나 의미(시니피에)와 대립하는 성격을 간파하고 있었다. "그것은 백치가 하는 이야기, 소리와 분노로 가득 차 있으나 **아무런 의미도 없다.**"(『멕베스』, 5막 5장) 목소리는 결코 시니피에와 특권적 관계를 가지지 않는다.

목소리는 무의미하며 그것의 정체성은 전혀 확인되지 않는다. 「어느 개의 연구」에 나오는 음악가 개들의 연주를 보라. "당시 나는 개라는 족속에게만 주어졌던 창조적인 음악성에 대하여 미처 아는 것이 없었다. (……) 그들은 이야기를 하는 것도 아니었고, 노래를 부르는 것도 아니었다."(『단편 전집』, 579쪽) 그러므로 이야기나 노래와 상관없는 개들의 이 음악은 소음, 무의미함을 본질로 삼고 있다.

쥐들 역시 여가수 요제피네의 노래에서 의미를 발견하지 못하며, 따라서 아무것도 이해하지 못한다. 그녀가 콜로라투라를 단축시킬 때에도 심지어 "그녀의 노래에서 콜로라투라가 나왔다는 것조차 알아챈 적이 없다."(위의 책, 323쪽) 아니, 요제피네가 노래를 부르고 있다는 사실조차 모른다.("이것이 도대체 성악이라는 것인지? 사실은 단지 휘파람 소리가 아닐는지?"(위의 책, 303쪽)) 요제피네의 노래는 무의미를 알맹이로 삼는 것, 아무것도 아닌 것이다. "그 속에〔요제피네의 성악 속에〕 약간의 음악이 포함되어 있는 게 사실이라면, 그것은 가능한 한 **가장 아무것도 아닌 상태**로 축소되어져 있는 음악일 것이다."(위의 책, 316쪽) 이렇게 동물 변신의 핵심은 무의미한 음향의 획득이다. 요컨대 "동물 되기에서 모든 형태는 붕괴되고, 시니피앙과 시니피에, 그리고 또한 의미 작용도 비형태적 질료, 탈영토화된 흐름, 무의미한 기호들에 자리를 내주며 와해된다."(K, 24쪽)

도대체 무의미한 음향의 구현으로 달성되는 동물 변신의 핵심은 무엇인가? 절대적으로 무의미해서, 어떤 은유도 알레고리도 될 수 없는 이 동물적 음성의 달성은 우리를 어디로 인도하는가? 데이빗 쿠퍼의 다음과 같은 진술이 실마리를 제공할지도 모른다. "'목소리를 듣는다.'는 말은 (……) 정상적인 담론에 대한 의식을 넘어서며, 그럼으로 해서 상이한 것으로 경험됨에 틀림없는 어떤 것을 의식하는 것이다."[29] 로고스의 구현인 '정상적인 담론'과 목소리를 완전히 분리시키고 있다는 점에서 이 진술은 매우 반(反)데리다적이다.

도대체 동물 변신을 통해 달성한 '소음'에 가까운 목소리는 시니피에로 충만한 정상적(?) 담론 너머의 어떤 지평을 열어 줄 것인가? 동물 변신이 초래하는 성과들은 매우 풍부하지만, 카프카와 관련해서는 욕심을 줄여 다만 소음의 관점에서만 접근하고 싶다. 카프카에게서 로고스가 첨가되지 않은 음성, 현대적인 용어를 사용해 표현하자면, 형태도 없고 의미도 없으므로, 시니피앙과 시니피에의 구별에 제한되지 않는 목소리에 대한 관심은 근본적인 것이다. "카프카의 관심을 끈 것은 순수한 음성적 질료다."(K, 11쪽) 가령 『소송』의 다음과 같은 장면은 카프카 문학의 가장 특징적인 국면이 무엇인지 알려 준다. "그들이 자기에게 뭐라고 말하는 듯하였지만 한마디도 알아들을 수가 없었다. 모든 곳을 가득 채우고 있는 소음만 들릴 뿐이었는데, 그 소리로 인해 생긴 어떤 불변의 높은 소리가 마치 사이렌 소리처럼 울리는 것 같았다."[30] 이러한 소음은 단지 정상적인 소통의 '무산된 경험'인가? 그렇지 않다. 반대로 목소리를 통한 표현의 '근본'을 이루는 것이 바로 무의미 또는 소음이다. 이러한 점은 『성』에서 피력되는 소음에 대한 다음과 같은 신뢰 속에서 잘 드러나고 있다. "전화를 여기 전화기로 들으면 쏴 소리와 노랫소리가 나는데, 당신도 분명 들었겠죠. 그런데 여기 전화가 우리에게 전해 주는 이 쏴 하는

---

29) D. Cooper, *The Language of Madness*(London: Allen Lane, 1978), 34쪽.

30) 프란츠 카프카, 이주동 옮김, 『소송』(솔, 2006), 87쪽.

소리와 노랫소리만이 옳고 믿을 만하고 다른 건 모두 믿을 게 못 되죠."[31] 전화기에서 들려오는 것 같은 소음만이 옳고 진실하다는 것이다.

이러한 소리는 "형태 자체를 붕괴시키는 '표현 기계'"(K, 51쪽)이고 "언어 안에 이방인처럼 존재하는 것"(K, 48쪽)이다. 그리고 이런 무의미한 소리의 달성이 동물 변신의 근본 목적이다. 동물의 목소리는 의미를 저버린다. "동물은 의미 작용 없는 음조의 언어만을 추출해 낸다."(K, 40~41쪽) 이제 형태(시니피앙) 뒤에서 해석해야 하는 실체(시니피에)란 없다. 비형태적 질료 또는 강도 높은 물질적 표현만이 있을 뿐이다. 이것이 뜻하는 바는 무엇인가? 이런 소음의 문학은 해석되어야 할 의미가 없으므로, '기능'의 관점에서만 이해되어야 한다는 것이다.(사실 문학에 있어서 의미의 해석이라는 것은 얼마나 우스운 일인가? 그것은 작품을 마치 진귀한 보물이라도 들어 있는, 포장지가 예쁜 상자처럼 취급하는 일이다. 비평의 이름으로 행하는 이런 행위는 주어진 작품을, 주어지지 않은 진실한 의미나 진리를 감추는 방해물로 평가 절하하는 것이나 마찬가지다. 의미와 관계 맺는 이상 작품은 필연성이 없는 우회로, 낭비가 되어 버린다. 숨겨진 의미가 있다면 왜 차라리 직접 그것을 말하지 않았는가? 결국 작품을 해석하려 하고 작품에서 '의미'를 찾는 자는 아이스테시스(감각) 속에서 '길 잃어버림'이라는 언어의 근무 태만(의미의 전달에 복무하지 않는다는 점에서 근무 태만) 내지 낭비를 못 참고, 주어진 것 배후에 숨겨진 순수한 이데아를 갈구하는 플라톤 같은 철학자다. 또는 무의미한 언어의 낭비 속에서 의미 있는 것을 하나라도 건지려는 알뜰한 경제학자다. 그러나 어떤 근거로 형이상학을 고집하기에, 감각 속에 주어진 '형태' 뒤에서 '실체 (또는 실체적 의미)'를 기대한단 말인가?) 우리 시단에서도 요즘 심심찮게 출몰하는 '의미 없는 문학'은 자신의 살 길을 오로지 기능에서 찾는다. 무슨 기능인가? '비형태적 표현'이라는 자신의 본성에 충실함으

---

31) 프란츠 카프카, 오용록 옮김, 『성』(솔, 2000), 90쪽.

로써 시니피앙/시니피에의 질서를 무너뜨리는 기능이다. 그런데 비형태적 표현은 어떻게 시니피앙/시니피에의 질서와 대립하는가? 다르게 말해 우리는 시니피앙 아닌 언표적 형태를 생각할 수 있는가? '표현 (expression)'은 특별한 용법을 가지고 있지 않아 누구나 소유주가 될 수 있는 중립적 개념이 아니라, 신플라톤주의에서 스피노자로 이어지는 서양 사상의 전통 아래서 이해되어야 하는 좁은 개념이다. 우리의 맥락과 관련해서는 표현의 다음과 같은 면모가 중요하다. **"표현된 것은 표현 바깥에 실존하지 않는다."**[32] 이는 해석을 통해 시니피앙이 그와 '이질적인' 시니피에를 가리키게 되는 것과는 전혀 다르다. 사연을 살피자면, 시니피앙과 시니피에가 이질적이기 때문에, 바로 양자의 다리를 놓아 줄 해석이라는 활동이 정당화되는 것이다. 반면 표현된 것(내용)과 표현 양자의 실존은 동일하다. 곧 가변적 질료(음향)는 변형 가능한 외관을 통해 '직접' 현시된다. 결국 "내용이 형태로부터 해방되는 것이다."(*K*, 24쪽) 이것이 뜻하는 바는 무엇인가? 모든 언어의 형태와 그 형태 배후에 꿰매져 있는 의미, 이 관계를 탄생시키는 '누빔 점'으로서의 법, 시니피에 없는 시니피앙, 아버지의 이름 같은 절대적인 시니피앙은 없다는 것이다. "소리는 〔시니피앙을 거치지 않고〕 '표현이라는 비형태적 질료'로 나타난다." (*K*, 13쪽)

중요한 것은 동물만이 해낼 수 있는 이 일, 시니피앙을 빌리지 않고 무의미한 "순수한 음성적 질료"(*K*, 11쪽)를 '직접' 제시하는 일이 이 글의 초두에서 플로베르가 의도했던 것과 같은 '정치적 힘'을 지닌다는 점이다. "풍뎅이처럼 말하고 보는 것이 중요하다. (……) 〔그렇게 해서〕 **정치 그 자체인**, 세계의 탈영토화를 작동시킨다."(*K*, 85쪽) 여기서 세계의 탈영토화란 부성적 시니피앙이 편재한 오이디푸스적 질서의 와해를 가

---

32) G. Deleuze, *Spinoza et le problème de l'expression*(Paris: Éd. de Minuit, 1968), 35쪽.

리킨다. "가족은 모든 사회적 규정이 자리 잡고 반향하는 장소가 된다. (……) 이제 어디를 둘러보아도 어디서나 아버지, 어머니밖에는 볼 수 없다."(*A*, 321쪽) "그리하여 아버지, 어머니, 아이는 자본의 이미지의 환영('자본 씨, 대지 부인,' 그리고 이 둘의 아이인 노동자)이 된다."(*A*, 315쪽) 결국 자본주의는 아버지의 이름이라는 부성적 시니피앙에 의해 편성된 가족 무대이므로, 여기서 갖가지 해석의 장치를 통해 시니피앙의 의미를 물을 때 들려오는 대답으로서의 '의미'는 근본적으로 아버지, 어머니뿐이다. "그래 그건 네 아버지였어, 그래 그건 네 어머니였어."(*A*, 120쪽) 무슨 일이 일어나고 있는 것인가? 결국 이렇게 부성적 시니피앙을 통해 체제 전체에 걸쳐 편성된 시니피앙/시니피에의 질서 속에서 내 욕망이 정체성을 가지게 된다면, 내 욕망이 영원히 아버지 아래서 억제와 금지를 통해 가책의 고통에 시달려야 하는 것이 당연한 만큼, 노동자(아이)로서 나는 영원히 자본주의 체제(아버지 자본 씨) 아래에서 각종 억압과 금지를 통해 가책을 겪을 수밖에 없게 된다. 이렇게 하여 모든 억압을 부수어 버릴 혁명의 가능성은 사라지고, 금지된 것을 넘어서지 않으려고 노심초사하는 죄의식만이 남는다. "희망을 잃은 눈초리는 강철 같은 불가능성 앞에서 절망할 것이다."(*A*, 227쪽) 카프카가 만들어 내는 동물들의 질료적 표현은 기존의 시니피앙/시니피에의 질서로 환원되지 않는 것이므로 해서 기존의 질서를 와해시키는 기능을 한다. "인간 혼자서는 전혀 생각해 낼 수 없는 탈주의 방식",(*K*, 64쪽) 길들일 수도 없고 타협을 볼 수도 없는 짐승들의 무의미한 소리가 만들어 내는 난장판. 원한다면 우리는 이것을 "전제적 시니피앙에 맞서는 혁명적 분열(le schize révolutionnaire)"(*P*, 38쪽)이라 이름 붙일 수도 있겠다. 이 분열증은 이제 보겠지만 우리 시인들이 보여 주는 동물 시의 핵심이기도 하다.

7 동물 시

동물은 카프카 이상의 다채로운 모습으로 도처에서 출몰해 문학의 책상 위로 기어오른다. 책상은 다리를 꺾으며 기울고 의자는 잠시 팽이처럼 한쪽 발로 돌다 넘어지며, 벽은 억지로 몸을 벌리는 난산 중의 소녀처럼 괴성을 지르며 갈라진다. 이 갈라진 균열들이 벽에 걸려 있던 여러 개의 멋진 초상화들을 가슴 아프게도 두 쪽 내고 지나갔는데, 그 가운데 우리 시의 초상화에 새겨진 선명한 상처가 눈길을 끈다. 동물들이 만든 이 상처는 아마도 최근 우리 시의 초상화에 생긴 균열들 가운데 가장 선명하고 의미심장한 것이 아닐까?

동물 시를 어떻게 다룰 것인가 하면, 우리는 마치 뱅퇴유의 소악절을 대하는 오데트와 같이 할 것이다. "나머지 전곡이 뭐가 더 필요해요? 우리의 한 토막, 그거면 족해요."(*RTP*, t. I, 214쪽) 이것은 작품에 대한 불성실인가? 아니, 그것은 작품 뒤에 있다고 여겨지는 "전체 정신이라는 허초점〔허구, fiction〕"[33]을 '형이상학적 전제'로서 거부하는 일이다. 경험을 통해 주어지는 다양을 통일하여 전체로 만드는 힘은 오로지 '로고스'로부터 온다. 그런데 시는 근본적으로 로고스의 산물이 아니며, 로고스와 화해할 수 없는 불화를 겪고 있는 현대의 예술 작품은 더더욱 그렇다. 그러므로 본질적으로 현대 시 속에는 "한 조각에 맞추어지는 다른 조각이란 없고, 그것이 들어갈 수 있는 전체도 없으며, 그것이 뽑혀져 나왔고 또 되돌아갈 수 있는 통일된 단일체도 없〔다〕".(*PS*, 170쪽) 따라서 고대의 찬란한 로고스가 사라진 유적에 앉아, 이제 돌이킬 수 없이 부스러기가 된 그리스의 아름다운 항아리 흔적들을 어루만지듯, 시의 파편을 가지고 놀 수 있을 뿐이다. 허구적인 초점 속에서, 시를 하나의 '유기체적' 통일체

---

33) 질 들뢰즈, 서동욱 외 옮김, 『프루스트와 기호들(*Proust et les signes*)』(민음사, 2004(개정판)), 157쪽.(약호: *PS*)

로서 여기저기 억지로 꿰맨 봉제 인형처럼 일으켜 세우고 싶지 않다면 말이다.('유기체(organism)' ─ 상이한 기관들(organs)이 서로 '전체적 조화'를 꾀하기 위해 협력한다는, 이 표현이 가지고 있는 뜻이 이미 형이상학적이고 허구적이다.)

카프카 못지않게 우리 시인들의 근본 취향에도 변신이 자리 잡고 있다. 서로 바꾸어 써도 좋을 다음 두 구절이 일러 주듯이 말이다. "우리의 몸이 나쁘게 변해 가고 있어요."[34] "이유 모르게 나는 자꾸 불량스러워지고 싶었다."[35] '나쁘게', 또는 '불량스럽게' 되어 가는 이 변화에는 동물 되기의 조짐이 보인다. 동물 변신 취향. "귀를 핥고 또 핥으며 우리는 교감을 나누었다. 개 끈 같은 건 생각도 안 했다."(김행숙, 94쪽) "103층의 사내는 코끼리의 발바닥으로 아무나 밟고 지나갔다."(김행숙, 96쪽) 그래서 결론은 "내가 동물이 아니라는 건 또 아니지."[36] 어떤 시인은 이런 변신이 인성을 저버리는 일임을 직접 명시한다. 물고기 되기. "그들의 몸이 점점 가늘어지는 것은 자신의 눈들이 조금씩 **인성(人性)의 밖으로 퇴화**하고 있다는 것을 알기 때문이다".[37] (이렇게 인성을 버리고 동물이 되기 위해 선택하는 가늘어지기라는 방식은 재미있게도 김기택에게서도 찾아볼 수 있었던 것이다. 뱀 변신. "온몸에 차가운 피가 흐르도록 모든 힘을 독으로 만들어야 한다/ (……)/ 그러면 마지막에는 가늘고 긴 선 하나만 몸에 남게 될 것이다".[38])

도처에서 일어나는 이러한 동물 변신에서 목격해야 하는 것은 무엇인가? 우리 시의 동물들은 앞서 우리가 동물 문학의 근본적 특성으로 제시했던 길들 속에서 행군하고 있는가? 인간의 문학과 달리 동물의 문학

---

34) 황병승, 『여장남자 시코쿠』(랜덤하우스중앙, 2005), 74쪽.(약호: 황병승)

35) 김행숙, 『사춘기』(문학과지성사, 2003), 30쪽.(약호: 김행숙)

36) 이근화, 『칸트의 동물원』(민음사, 2006), 27쪽.

37) 김경주, 『나는 이 세상에 없는 계절이다』(랜덤하우스중앙, 2006), 27쪽.

38) 김기택, 『바늘구멍 속의 폭풍』(문학과지성사, 1994), 32~33쪽.

은 비역사적이라는 것이 우리의 첫 번째 지적이었다.(여기서 역사란 상실된 총체성의 회복을 향해 한 계단씩 오르는 신학적 목적론의 철학적 위장을 뜻한다.) 다음과 같은 풍자적인 구절을 보라. "일월성신 꿈결 같은 진화에 대하여/ 암수한몸의 즘생들이여 명상하라/ 아메바여, 짚신벌레여/ 중생과 후생을 거쳐 후년의 후년에/ 딩아 돌하 (……)".(김행숙, 111쪽) 동물에게 억지로 역사를 안겨 주고 싶다고 생각해 보자. 그 결과로 주어지는 것은 '목적을 향한 진화'로서, 동물에게서 억지로 찾아낸 역사다. 따라서 진화를 역사(또는 신학적 목적론)처럼 사유하는 것 자체가 희화를 통한 역사의 부정이다. 위 시구는 바로 동물이 관심 없어하는 역사에 대한 희화와 냉소에 다름 아니다. 역사를 동물 수준의 보케블러리에 맞춰 준 이름, 즉 발전적 진화란 "꿈결 같은" 것, 뜬구름 잡는 것이다. 따라서 이 사변적 목적론으로서의 역사(의 다른 이름인 진화)는, 과학의 이름으로 풀이되기보다는, "중생과 후생을 거"치는 '환생'이라는 또다른 뜬구름의 이름으로 풀이된다. 발전적 진화는 야바위꾼의 약속처럼 "후년의 후년에"로 미루어질 뿐 약속된 텔로스는 도래할 생각이 없다.

이러한 동물의 중요한 특성으로 우리는 '은유의 질서 부재'를 들었다. 은유의 질서는 아버지의 이름이라는 부성적 시니피앙을 통해 도래하는데, 오히려 동물은 이러한 억압적 장치를 와해시켜 버린다. 이것이 뜻하는 바는, 동물들은 아버지 때문에 직접 접근이 차단된 실재에 간접적으로 접근하기 위한 상징으로 언어를 사용하지 않고, '분열증적으로' 사용한다는 것이다. 카프카의 경우 그 분열증적 언어는 표현/내용으로 구성된 질료적 음성이었으나, 우리 시의 경우는 또다른 면모를 보여 준다. 동물 시의 분열증은 어떤 것인가? 분열증의 근본적인 특성은 무엇인가? 그 특징은 분열증자에겐 "모든 상징적인 것은 실재다."[39]라는 점이다. 당연

---

39) J. Lacan, *Écrits*(Paris: Seuil, 1966), 392쪽.

하다. 실재와 상징을 가르는 아버지의 이름이 폐제되었으므로, 상징과 실재가 구별될 리 없다. 이러한 분열증적 언어를 구사하는 동물 시들의 비밀을 밝히기 위해 우리는 분열증자의 임상 기록을 살펴볼 필요가 있다. 프로이트는 애인과 심하게 다투다 병원에 실려 온 어느 젊은 여자의 경우를 흥미롭게 소개한다. 이 여자는 "눈이 바르지가 않아요. 눈이 비틀려 있어요."[40]라고 이해하기 어려운 말을 한다. 이어서 애인이 '자신의 눈을 비틀었다.'라고 이야기한다. 이 뜬금없는 호소를 어떻게 이해해야 할까? 독일어 'Augenverdreher'는 문자 그대로 하면 '눈을 비트는 사람'이라는 뜻이다. 그런데 이 말은 '위선자'를 비유적으로 나타내는 단어로 사용된다. 우리가 계속 강조해 왔던 것처럼 분열증자에게 상징과 그 상징이 간접적으로 가리키는 실재 사이의 구별이 없으므로, 그는 비유를 모른다. 언어(상징)는 비유로서의 의미를 가지지 않고 오로지 액면 그대로의 의미를 지닐 뿐이다. 즉 언어는 언제든 비유적이 아니라 실재적이다. 바로 이것이 라캉이 분열증자에겐 '모든 상징적인 것은 실재다.'라고 말한 것의 의미이며, 같은 맥락에서 프로이트가 분열증자는 "단어들을 사물들처럼 취급한다."(「무의식」, 210쪽)라고 말한 바의 뜻이다.

이런 까닭에 분열증자인 저 젊은 여인은 애인에게 하고 싶은 말인 'Augenverdreher'을 비유적인 의미인 '위선자'가 아니라, 그 문자 그대로의 뜻대로 '눈을 비트는 사람'으로 받아들일 수밖에 없었던 것이다. 분열증자에게 언어란 실재의 은유가 아니라 그 자체가 실재이므로, 그에겐 "언어적인 연관 관계가 사물들의 연관 관계보다 더 우세하다."(「무의식」, 212쪽) 더 정확히 말하면 분열증자에겐 언어적 연관 관계와 구별되는 사물들의 연관 관계란 존재하지 않는다. 언어가 실제 사물의 은유가 아니므로, 연관은 당연히 언어상에서만 이루어진다.

---

40) 지그문트 프로이트, 윤희기 옮김, 「무의식에 관하여」, 『무의식에 관하여』(열린책들, 1997), 207쪽.(약호:「무의식」) 인용은 원문에 의거해 맥락에 보다 적합하게 약간 수정됨.

여기에 바로 부성적 시니피앙의 지배를 받지 않음으로 해서 동물을 인간의 은유로 전락시키지 않는, 우리 동물 시가 감추고 있는 분열증의 비밀이 도사리고 있을 것이다. 강조하지만 "시인을 마치 은유로 잔뜩 배를 채운 자처럼 다루어서는 안 된다."(*MP*, 427쪽) 가벼운 예로부터 출발해 볼까? 김민정의 동물, 거북이가 어떻게 노는지 보자. "내 거북아 그러니까 거북하니?"[41] 이런 수사법의 창조는 어떻게 가능한 것일까? 분열증자에겐 언어와 실재가 구별이 되지 않으므로, "대체를 가능하게 해 주는 것은 언급된 사물들 간의 유사성이 아니라 그 사물들을 표현하기 위해 사용된 단어들의 동일성이다."(「무의식」, 212쪽) 분열증자에겐 사물들(실재)의 질서가 없고, 실재와 구별되지 않는 언어의 세계만이 있다. 그러므로 (상식의 차원에선) 서로 만날 일이 드문 두 거북은, 분열증적 언어의 차원에서 두 거북에 공통적인 표현된 형태 때문에 자연스러운 연관 관계 속에 놓일 수가 있는 것이다. 드래곤과 누에고치와 뱀소년과 쥐의 사정도 마찬가지다. 이 동물들도 실재와 언어가 구별되지 않는 분열증적 공간 속에 떨어져 있다. 권혁웅은 "용구 엄마, 용구 아빠와 용구, 용철이와 용숙이"(권혁웅, 45쪽) 집안의 가계사를 쓴다. 이 시의 제목은 「드래곤」이고, 가계사의 키워드는 '승천'이다. 용(龍) 자 돌림 가족의 이름과 드래곤과 승천은 어떻게 관련 맺는가? 물론 언어와 분리된 것으로서 고려된 실재의 차원에서 용구나 용숙이는 결코 드래곤일 수 없다. 오로지 말과 실재의 구별이 없는 분열증적 언어의 차원에서만 용구 가족은 돌림자 그대로 드래곤이며 따라서 그들의 삶은 승천으로 기술될 수 있는 것이다. 마찬가지로 『삼국유사』에 나오는 사동(蛇童)은 어떤 실재(한 인간)를 가리키는, 자구 자체의 의미를 가지지 않는 고유 명사가 아니라, 사물 자체이기에 김근에겐 말이 가진 뜻 그대로 뱀소년으로 인지될 수 있다.[42] 이 모든 사

---

41) 김민정, 『날으는 고슴도치 아가씨』(열림원, 2005), 14쪽.

42) 김근, 『뱀소년의 외출』(문학동네, 2005), 34쪽.(약호: 김근)

태는 환상이 아니다. 환상은 실재가 사라진 빈 구멍을 채우는 것에 불과하니까 말이다. 언어 속에서 시인들은 환상이나 상상의 세계가 아니라 실재를 바라보고 있다고 말해야 옳을 것이다. 유형진이 잠실(蠶室)이라는 이름(또는 사물)에서 실제 누에고치를 보듯이 말이다. "잠실 (……)/ 누에가 고치를 틀고 있는 밭이 보여요".[43]

설치류에서 벌레로, 벌레에서 다시 동사로 변신하는 동물도 있다. 3연으로 구성된 「첫」(황병승, 172쪽)은 오로지 "쥐"(3행), "쥐며느리"(8행), "쥐어박으며"(13행)라는 3항의 연관 관계를 수립하는 분열증적 정신의 운동 과정을 보여 주기 위한 시다. 언어가 시니피에를 가리켜 보이는 시니피앙이 아니라 그 자체 사물로 취급되지 않는 한, 이런 '쥐 돌림자' 연관 관계에 입각한 구조물은 수립조차 될 수 없을 것이다. 이런 시에는 해석되어야 할 의미가 있는 것이 아니라, 실재와 언어를 구별하지 않는 분열증적 과정 속에서 우리에게 익숙한 시니피앙/시니피에의 질서를 붕괴시키는 기능만이 있다. 해석해야 할 의미를 담고 있는 이상 시의 존재는 정당화되지 못한다. 왜냐하면 이미 강조했듯, 그것은 의미로 가기 위한 거추장스러운 우회로, 낭비가 될 뿐이기 때문이다.

우리 시의 동물 주인공들은 이렇게 상징과 실재 사이를 아무 거리낌 없이 넘나드는 분열증적 공간 속에 놓여 있다. 동물에 대한 은유가 있는 것이 아니라, 상징과 실재의 구별이 없는 동물, 즉 말과 그 말이 가리키는 실제 대상 사이의 구별이 없는 동물, 바로 문자 그대로의 동물 변신만이 있는 것이다. 다시 말해 말의 차원에서 기술되는 동물은, 그 동물과 다른 실체인 실재를 간접적으로 가리키는 은유가 아니라, 바로 실재 자체다. 동물이 은유적 의미 속에 자리 잡지 않는다면, 아니 시어가 동물을 은유적 의미로부터, 유비의 존재론으로부터 해방시킨다면, 이것이 뜻하

---

43) 유형진, 『피터래빗 저격 사건』(랜덤하우스중앙, 2005), 20쪽.

는 바는 유와 종의 체계가 무너졌다는 것이다. 은유가 있다는 것은 그 은유가 간접적으로만 가리킬 수 있는 고정불변의 실체적 형상(가령 인간의 형상)이 있다는 뜻이다. 언어가 실재에 대한 은유로 그치는 대신에 언어가 실재와 구별되지 않는다면, 이제는 언어 안에서 일어나는 일들은 모두 실재의 사건이며, 동물 변신 또한 그러하다. 이 동물 변신을 두려워해야 하는가? 문학이 가진 전복적 힘에 희망을 갖는 사람에게는 오히려 문학의 언어를 은유와 우의와 유비의 층위에 붙잡아 두는 것이 두려운 일이다. 그럴 경우 문학은 그저, 변치 않는 실재, 직접 접근이 금지된 실재를 먼 발치에서 건너다보며 은유와 우의를 빌려 몽상하는 일에 불과할 테니까. 실재를 생산하지 않는 몽상이 무슨 소용이란 말인가? 문학이 전복적이라면 언어의 힘은 실재에 대한 변혁이어야지, 불변하는 실재에 대한, 은유의 힘을 빌린 상징들의 자리바꿈 놀이여서는 부끄럽지 않겠는가?

유종의 체계 바깥에 있으므로 당연히 우리 시의 동물들은 계통적이지도 않고 정체성도 없다. 계통 없고 정체성도 없는 동물에 대한 근본적 취향을 보여 주는 구절. "늙은 소녀와 내가 아기를 낳으면// 뱀이기도 하고 소년이기도 한/ 할미이기도 하고 소녀이기도 한/ 아기가 태어날지 궁금했다구".(김근, 32쪽) 문학사 속에서 이런 정체 없는 어떤 것을 대표하는 것을 찾자면 단연 카프카의 '오드라데크'(「가장의 근심」)이다. 우리의 동물들이 해석을 거부하는 것처럼 오드라데크도 그렇다. "해석으로는 그 말의 의미를 발견할 수 없다."(『단편 전집』, 241쪽) 그것은 운동도 하고 말도 하고 웃기도 하지만, 유종의 체계에 입각한 박물학이 발견할 수 없는 '어떤 X'이다. "그는 웃을 것이다. 그러나 그 웃음은 폐를 가지고는 만들어 낼 수 없는 그런 웃음이다."(위의 책, 242쪽) 이런 동물학적 계통도 정체성도 없는 짐승이 바로 동물 시의 짐승이다. 그것은 차라리 괴물이다. 그것은 '정체가 없으므로 도중에 사라져 버리는' 그런 짐승과도 같다. 가령 뱀 계단. "모양은 뱀이 계단이지만 뱀을 밟고 올라갈 생각을 할 사람은 없다. 도중에 스르르 사라지는 계단이므로".(김행숙, 39쪽) 또는 그저 명명을 거부하는 어떤 짐승이다. "누굴까, 빨간 눈 솟은 귀 바로 나라는 네 발짐승의".(황병승, 171쪽) 이것은 생략된 인용이 아니다. 문법도 서술도 완결되지 않은 한 문장(문장이라기보다는, 담길 그릇을 거부하며 문장의 구조에서 질질 흘러내리는 중인 언어) 속에 정체불명의 동물이 떠 있다. 이 비문은 시인의 태만이나 무지의 소산인가? 오히려 각설탕처럼 분명하게 정리된 문법이 흐물거리며 녹아내리는 이 사태는, 모든 정체성을 벗어난 동물을 시라는 환등기 불빛 속에 조금이라도 나타나게 하기 위해선 법이 와해된 폐허 같은 문장이 불가결한 형식적 요건으로 주어져야 한다는 것을 암시하고 있지 않은가? 이런 시에서 완결된 의미 구조를 읽어 내려는 시도는, 소년이 클럽에 갈 때 입으려고 멋지게 찢어 놓은 청바지를 헤진 것인 줄 알고 애써 기워 주려는 오마니의 반가울 수 없는 정성과도 같다.

동물은 기존의 질서 속에 자리를 가지지 않음으로써 공황 상태와도 같은 흠집을 만들어 낸다. 우리는 마지막으로 그런 흠집을 이렇게 기술해 볼 수 있지 않을까? "나는 오누이를 긴 몸통으로 휘감는다/ 몸통 안에서 오누이가 으스러진다 으스러져 한데 엉긴다/ 사라지는 것은 그저 비늘처럼 적막해지는 일일 뿐".(김근, 30쪽) 동물이 다가온다. 그것은 모든 명명할 수 있는 것들, 정체를 지닐 수 있는 것들을 휘어 감고 몸속에서 서서히 녹이며 사라지게 만든다. 이제 동물과 뒤섞이며 형태를 잃어 가고 있는 저 부드러운 것이 구렁이였는지 궁둥이였는지도 모르겠고…… 빛은 눈을 감고 세상의 모든 귀도 소리를 삼킨다. 삶이 '인간'이 아닌 어떤 알 수 없는 다른 형태를 뒤집어쓰고 나오기 직전의 어둠과 침묵이, 지구 표면을 덮는다.

현대 시와 함께하는 이동식 목축

최근 몇 년간 우리 시단의 생산력은 다른 어느 시기와도 비교할 수 없을 만큼 놀라운 것이었다. 2000년대 우리 시 10년 동안의 성과가 놀라운 까닭은 단지 문학사에서 제한적으로 '국지적인 10년'의 개성을 수립했다는 데 있는 것이 아니라, 현대적인 삶의 양상 자체의 수립에 근접했다는 데 있지 않을까? 이러한 사실을 확인해 보기 위해 오늘 현대 시가 애착을 가지고 있는 단어들을 몇 개 시험해 보려 한다. 물론 이 단어들을 울타리 삼아 현대 시를 가두려는 생각은 추호도 없다. 여기 제시되는 단어들은 실로 어지러운 여행을 하고 있는 우리 시가 사막에서 하룻밤 묵는 천막 같은 것이며, 날이 새면 천막은 또다른 지점에 현대 시의 집을 만들 것이다. 그러니 단어들을 제시하는 일은 고정된 지점을 싫어하는 이를 위한 '이동식 목축' 같은 것이라고나 할까?

그런데 도대체 무슨 단어들이기에? 바로 '익명성', '괴물', '동성애', '야구'가 그것이다. 1) 인격적 주체의 자리를 대신하는 익명적인 것, 2) 유와 종의 체계 등 계통적 질서를 와해하는 괴물의 출현, 3) 성 정체성의 와해로서의 동성애, 4) 어디 한군데 자리를 가지지 못한, 그러므로 별다르게 내세울 만한 정체성이 없는, 요즘 말로 '루저'의 정서를 가시화하는 것으로서의 야구. 가이드 하나. 아래 항목들은 모두 순서 없이 별개로 읽어도, 또는 그러지 않아도 좋을 것이다. 어차피 단어들은 여행의 부서진 경험이며, 체계를 이루는 법이 없으니까.

1 익명성

그런데 저 단어들은 정체성을 규정하는 다양한 기재들을 빠져나가려는 모색을 크든 작든 닮고 있다는 점에서, '익명성'은 우리 성찰의 가장 앞자리에 와야 하지 않을까? 우리 시는 오래도록 정체성 찾기에 몰두해 왔는데, 그것은 참회하면서 밤마다 거울을 닦는 젊은이나, 거울 앞에 선 누님의 모습 같은 것으로 실행되어 왔다. 거울을 통해 자기 자신에게로 귀환하여 자기가 누구인지를 깨닫고 '나는 나다.'라는 동일성을 수립할 수 있기 때문이다. 그러므로 당연하게도 거울의 소멸은 동일성을 지니는 주체의 죽음을 의미한다. 거울의 상실로 인한 이러한 주체의 죽음은 정재학의 『광대 소녀의 거꾸로 도는 지구』(2008)에서 다음과 같은 극적인 형태로 표현되기도 한다. "i가 죽었어. 거울이 비어 있다며 자살했어."(43쪽) 거울과의 불편한 관계, 즉 거울에 비추어 보는 듯한 반성을 통해 정체성을 확립하는 일에 대한 거부는 『앨리스네 집』(2008)에 실린 황성희의 다음 시구가 명시적으로 보여 주는 것이기도 하다.

거울 속 얼굴에 미련을 가지지 마.

(……)

안녕하세요? 대신에 도대체 누구세요?

우리의 Good morning은 그러해야 하지 않을지.

　　　　　　　　　—「거울과 자화상 그리고 거대한 뿌리」(56쪽)에서

이 시에서는 문학사에 등장하는, 거울을 통해 이루어지는 대표적인 자기 성찰 방식들이 거부된다. 거울 속 얼굴에 미련을 가지지 않는 화자는 거울을 보며 자기 자신으로 회귀하여 동일성을 수립하는 일을 "도대체 누구세요?"라며 거부하는 것이다. 거울이 '직접적으로' 자기 정체를 확인해 주지 못한다는 것을 김상혁은 이렇게 표현하기도 한다. "거울을 들이밀지 마세요 표정은 보려는 순간 **간섭**이 생겨요 맑게 훔쳐보지 않는 한".[1] 바로 거울을 맑게 훔쳐볼 수 없다는 것이 최근 시의 깨달음이다. 반성에는 '근본적인' "간섭"이 있기 때문이다. 가령 거울 앞에서 하는 대표적인 행위인 '화장'을 보자. 앞의 글 「익명의 밤」에서도 살펴보았지만, 화장하는 이가 거울 속에서 보는 것은 실은 타자의 욕망(타자의 시선)이다. 화장은 타자의 욕망에 자기 자신을 매개하는 일인 것이다.[2] 요컨대 거울은 자신의 고유성을 비추어 주는 것이기보다는 타자의 욕망에 자신을 '종속'하는 장치다. 이런 식으로, 반성에는 자신과의 '순수하고 직접적인' 조우가 있기보다는 '간섭'이 있다.

이 간섭의 정체를 거울이라는 시각적인 것이 아니라, 청각적인 것과 더불어 탐색하는 시인이 있다. 자기 정체성을 확인하는 일은 시각 상관적인 거울을 통해서뿐 아니라, 청각적인 것, 바로 목소리를 통해서도 이루어지지 않는가? 어쩌면 자기로의 회귀는 목소리의 경우 더 탁월하다고도 할 수 있는데, 시각은 자기 자신에게로 회귀하기 위해서 거울을 필요로 하지만, 목소리의 경우에는 발성과 더불어 상시적으로 자기로의 회귀가 달성되는 까닭이다. 모든 말에 수반하는 목소리는 타인을 향한 발성이라도 피할 수 없이 자기 자신의 귀에 실시간으로 들리니까 말이

---

1) 김상혁, 「정체」, 《세계의 문학》, 2009. 봄, 148쪽.

2) 참고로 헤겔은 이러한 '타자의 욕망'에 대해 라캉 이전에 이미 라캉처럼 다음과 같이 통찰했다. "사실상 욕망의 본질은 자기의식이 아닌 타자에게 안기는바, 이러한 경험을 통하여 자기의식에게 욕망의 진상이 밝혀진다."(G. W. F. 헤겔, 임석진 옮김, 『정신현상학』(한길사, 2005), 1권, 218쪽) 물론 우리는 이러한 진술을 욕망에 관한 최종적인 성찰로 생각하지는 않는다.

다. 목소리를 내자마자 우리는 어쩔 수 없이 '자기' 목소리를 듣게 된다
는 점에서 목소리는 근본적으로 '자기 지칭'적이고, '자기 회귀'적이고,
'자기반성'적이다. 그런데 바로 목소리의 이 '직접성'을 훼손하고, 자기
에게 속했던 목소리를 낯설게 만드는 것(데리다라면 '이질적 촉발(hétéro-
affection)'의 기재라 불렀을 것)이 있는데, 바로 '마이크'다. 김지녀의 『시소
의 감정』(2009)에 수록된 「마이크」는 목소리의 직접성이 소멸됨으로써 목
소리가 자신에게 순수한 모습으로 회귀하는 길이 어려워지는 국면을 보
여 준다.

> 나는 조금 더 큰 소리로 말하고 있다
> 내 주위를 감싸고 있는 공기에게
> (……)
> 나로 추정되는 나에게

—「마이크」(109쪽)에서

마이크라는 장치의 간섭으로 목소리를 통해 '직접' 나 자신의 회귀는
불가능해진다. 거울에 더 이상 자신의 정체를 비추어 볼 수 없게 된 것처
럼, 나의 목소리 속에서 다가오는 것은 명확한 나 자신이 아니라 "나로
추정되는 나"에 불과한 것이다. 그리고 이제 나는 "나와 다른 목소리로
누군가를 사랑한 누군가"(「마이크」, 109쪽)에 불과하다. '누군가'라는, 심
연을 알 길 없는 텅 빈 명칭 안으로 '나'는 겁을 내며 발길을 들여놓는다.
'자아(I)'가 '자기(self)'라는 데서 성립하는 자기 정체성은, 이렇게 자
아가 자기에게 회귀하는 일이 불가능하게 됨으로써 깨어져 나간다. 거울
도 목소리도 자아를 자기에게 비끄러매 놓지 못하는 것이다. 그러므로
이제 도래하는 것은 바로, 자기로 회귀하지 않는 것, 따라서 동일성(정체
성)을 수립하지 않는 것, '익명적인' 것이다. 우리 시가 익명성을 구현하

는 방식은 매우 다양하다. 그것은 가령 다음과 같이 가족 관계를 수립하는 어떤 항의 정체성 부재로 나타나기도 한다. "우리가 일제히 언니, 하고 불렀을 때/ 비인칭 주어처럼/ 길어서 다 부를 수 없는 이름처럼/ 언니는 해석될 필요 없이 거기에 앉아 있다".(김지녀, 「시소의 감정」, 40쪽) 이것은 인칭에 응답해 오지 않는 언니, 가족 관계 안에서 정체성을 지니지 않는 비인칭의 익명적 언니이다. 그리고 익명성은 '이름'의 거부로 이렇게 표현된다. "죽을 때까지 어떠한 이름으로도 불려지지 않으리".(황병승, 『여장남자 시코쿠』(2005), 61쪽) 이름은 물 위에 뜬 기름처럼 인물에 달라붙지 못하고 쓸려가 버린다. "우리는 이곳까지 달려오면서 많은 이름들을 붙였다, 뗐다, 붙였다, 투명 테이프처럼. 안녕".(김행숙, 『이별의 능력』(2007), 93쪽)

이 익명성은 불길한 것인가? 결코 그렇지 않다. "이름 없이도 따뜻한 입김으로/ 나무는 하루에 수천 번 다르게 빛나는 잎을 틔우고"(김지녀, 「코하우 롱고롱고」, 42쪽)라는 구절이 알려 주듯, 이름 없는 것, 익명적 힘은 빛나는 잎을 수없이 틔워 내는 생성의 긍정적 원천으로 이해되는 것이다.

우리 시에서 익명성이 지니는 긍정성을 이 짧은 절에서 다시 논의할 필요는 없겠지만, 그것이 현대 사상의 핵심에서 지지되는 바와 공명한다는 점만은 명시되어도 좋을 것이다. 몇 구절만 읽는 것으로 끝마치자. 가령 아감벤은 정치적 맥락에서, 바울의 소명과 관련해서 이렇게 말한다. "바울의 크레시스〔소명〕는 메시아적인 것과 주체와의 관계에 대한 이론으로서, 주체에 대해 전제된 동일성이나 그에 따른 주체의 속성들에 관한 논의 전부를 단번에 잠재운다. 이런 의미에서 존재하지 않는 것은 존재하는 것보다 강하다."[3] 메시아적인 것에의 근접은 자기 동일적인 주체를 통해

---

3) G. Agamben, P. Dailey(tr.), *The Time That Remains: A Commentary on the Letter to the Romans*(Stanford, California: Stanford Univ. Press, 2005), 41쪽.

달성되지 않는다는 것이다. 그것은 정체성을 가지고 존재하지 않는 것(이런 의미에서 익명적인 것)과 더불어 이루어진다. 들뢰즈의 다음 구절도 기억해야 할 것이다. "인격적이었던 적이 없는 개별화의 유형들이 밀어닥친다. 우리는 하나의 사건('하나의' 삶, '한' 계절, 바람 '한 점', '한 번의' 전쟁, 5시 등등)이 지닌 개별성을 만들어 내는 것이 무엇인지 궁금해한다. 우리는 더 이상 인격들이나 '에고들'을 형성하지 않는 이 개별화들을 가리켜 엑세이티스(ecceities) 혹은 헥세이티스(hecceities)라고 부른다.〔들뢰즈는 둔스 스코투스의 이 개념을 '인격성이 없는 개별화'의 원리를 일컫는 데 사용한다.〕그리고 이런 물음이 솟아오른다. 우리들은 '에고들'이라기보다는 그런 엑세이티스가 아닌가? 이런 점에서 볼 때 영미 철학과 문학은 특히 흥미롭다. 왜냐하면 문법적 허구로서의 '나' 말고는, '나'라는 단어에 다른 의미를 부여하지 못하는 무능력 덕분에 그들은 별나 보이기 때문이다.〔이것이 바로 들뢰즈가 영문학에 몰입하는 이유〕사건들은 구성과 해체, 속력과 느림, 경도와 위도, 힘과 작용 등에 대한 매우 복잡한 질문들을 만들어 낸다. 모든 인격주의, 심리학 또는 언어학에 반대하여, 사건들은 3인칭, 심지어 '4인칭 단수', 비인칭, 즉 '그것(It)'의 개념을 장려한다. 이 개념 속에서 우리는, 나와 너 사이의 공허한 교류에서보다 더 잘 우리 자신과 우리 공동체를 이해할 수 있다."[4] 정치적 장에서 익명성이 가지는 이러한 긍정성을 우리는 어느 놀라운 이야기꾼의 말을 빌려 이렇게 요약해 볼 수도 있겠다.

진정한 세계인은 익명 속으로 들어갈 수 있으며 거짓 자아를 벗어 버릴 수 있는 자라고 했다.[5]

---

4) G. Deleuze, "A Philosophical Concept…", E. Cadava, P. Connor, J.-L. Nancy (eds.), *Who comes after the Subject?*(NewYork: Routledge, 1991), 95쪽.

5) 보후밀 흐라발, 김경옥 옮김, 『영국 왕을 모셨지』(문학동네, 2009), 340쪽.

2 괴물

괴물은 언제 출현하는가? 괴물이 법에 순종적인 오이디푸스적 동물(가령 '개')일 때는 아닐 것이다. 계통 발생적으로 재생산되는 생물들(유와 종의 체계를 따르는 생물들)도 괴물이 되진 못한다. 흡혈귀처럼 계통을 무시하고 전염을 통해 발생하는 것이 괴물들이리라. 아니면 김근의 『뱀소년의 외출』(2005)에서 보듯 계통을 넘나들며 짝짓기를 하거나 말이다. "늙은 소녀와 내가 아기를 낳으면// 뱀이기도 하고 소년이기도 한/ 할미이기도 하고 소녀이기도 한/ 아기가 태어날지 궁금했다구".(32쪽)(최근 시집 『구름극장에서 만나요』(2008)에서도 이 시인은 엽기적인 결합을 통해 계속 괴물을 만들어 나간다. "개들이 어슬렁거린다 그 얼굴 하날 꺾어/ 내 얼굴 반대편에 붙인다 안이 아니다/ 내 몸에서 뒤통수가 사라진다".(8쪽)) 계통을 무시한다는 것은 근본적으로는 괴물에게는 동물과 식물의 구별이 없어진다는 것을 뜻한다. 가령 김경주의 『기담』(2008)에 나오는 시구가 알려 주는 것처럼 말이다. "부정의 힘으로 식물은 짐승을 앓고 있고/ 짐승은 식물의 소리로 울고 있지".(14쪽) 또 동물과 식물의 뒤섞임은 "공간의 모든 짐승이 시간의 식물로 이민 가는 것"(47쪽)을 통해 이루어지기도 한다. 또는 동물과 식물의 뒤섞임은 장만호의 『무서운 속도』(2008)에서의 한 구절이 알려 주듯 수사적 착시 효과 속에서 구현되기도 한다. "한 치의 뿌리/ 한 들판의 풀인 것처럼".(83쪽)(그런데 장만호의 가장 뛰어난 시편들에서 괴물이 수행하는 역할은, 이제 보겠지만 이런 수사적 장치 너머에서 이루어진다.)

식물 쪽으로나 동물 쪽으로나 기존의 계통을 따르지 않는 이 정체 모를 것, 익명의 것은 오로지 '계통과 다르다(異)는 사실'을 통해서만 언급될 수 있는 것, 바로 '이물(異物)'이며, 그런 자격에서 '괴물'이라는 것은 장석원과 강정의 다음 구절들을 겹쳐 놓아 보면 잘 드러난다. 장석원의

『태양의 연대기』(2008)에 실린 「식물」이라는 제목의 작품은 다음과 같은 기술을 담고 있다. "나는 멸종될 것이네 그 후에 완벽한 망각이 찾아올 것이므로……나, 라는 異物".(139~140쪽) 제목을 기준 삼아 이 구절이 식물에 대한 기술인지 아닌지 판별하는 것은 무의미하다. 왜냐하면 여기서 기술되는 대상은 식물과 계통적으로 갈라서는 이물로 설 수 있을 때만 제목의 '식물'을 배반하게 되고, 그렇게 함으로써 성공적인 시적 상관물로 수립될 수 있는 까닭이다. 강정의 『키스』(2008)에서도 역시 정체불명의 '이물'이 등장한다. "잘 뒤섞여 반죽된 어떤/ 사생아 같은 걸 낳은 모양인데,/ (……)/ 누런 달빛으로 박아놓은 짐승이/ 우리가 낳은 그 異物인지는/ 깨닫지 못했네".(117쪽) '잘 뒤섞인 반죽', '사생아' 등의 표현이 알려 주는 이 시에 등장하는 것 역시 계통상 정체성을 지니지 않는 익명의 어떤 괴물, 이물이다.(오직 '이물'인지 깨닫지 못할 때만 그것은 정체를 지닌 어떤 짐승으로 오인된다.)

　이러한 괴물의 등장이 알려 주는 것은 무엇인가? 아마도 우리는 들뢰즈가 "괴물들을 불러낸"[6] 조프루아 생틸레르의 입을 빌려 쏟아 내는 괴물에 대한 다음과 같은 이야기를 참조할 수 있을 것이다. "여기서 조프루아는 괴물들을 불러낸다. 인간 괴물들은 특정한 발전 정도에서 지체된 태아들이다. 그 속에서 인간은 그저 비인간적 형식들 및 실체들을 은폐하는 껍질에 불과하다."(MP, 62쪽) 요컨대 괴물은 생명을 구속하고 지체시키는 어떤 껍데기 같은 형식인 인간을 안에서 찢고 나오는 힘이다. 목적론, 오이디푸스적 법 등등 수많은 신학적, 목적론적 기재로부터 자유롭게 되는 이 인간적 형식의 와해가 가지는 전복적 의의를 재론할 필요가 있을까? 다만 최근 우리 시인들에게서 인간적 형식을 와해하고 생명을 정체성을 지니지 않는 익명적인 것으로 만들기 위해 괴물에 몰입하는

---

6) G. Deleuze·F. Guattari, *Mille plateaux*(Paris: Éd. de Minuit, 1980), 61쪽.(약호: *MP*)

모습만은 목격해 두어야 한다.(괴물적 형태의 생명은 "존재를 확인하려 하면 사라지고 만다"(강정, 『들려주려니 말이라 했지만』(2005), 14쪽)라는 강정의 말처럼 문자 그대로 익명적인 것이다.) 그것은 김경주에게는 "인성(人性)의 밖으로 퇴화"(『나는 이 세상에 없는 계절이다』(2006), 27쪽)라는 형태로 나타나며, 조연호에게는 '무척추'와 마술로부터 출발하는 '무성 생식'의 복원이라는 형태로 나타나기도 한다. "척추가 없던 황홀한 지질시대의 일박 이 일/ 나의 무성 생식은 마술왕 후디니와 그의 생매장 묘기로부터 출발하고 있었다".(조연호, 『천문』(2010), 76쪽) 윤예영은 『해바라기 연대기』(2008)에서 땅 위에 서서 아가미로 숨쉬는 생명체를 내세운다. "땅 위에 곧추선 물고기입니다/ 편안히 숨을 쉬세요/ 아가미로".(78쪽) 괴물에 대한 강한 친화성을 줄곧 보여 주는 시인으로 강정이 있는데, 시집 『키스』에서도 강정은 인간적 형태로부터 벗어나기 위하여 다음과 같이 '괴물 만들기'를 시도한다.(열세 편 정도를 제외하면 대다수의 시편이 (중간 삽화를 포함하여) 동물들의 이상한 행태를 얼마간 담고 있는 이 시집의 진정한 제목은 '괴물 키스'다.) "네 눈 속에 담겨 있는 짐승은 고대 중국 용봉 문화 관련 서적에서 문득 흘려 보았던 오래전 내 얼굴이다 기뻐하라 너는 이제 오래전부터 인류가 꿈꿨던 환상의 미래, 춤추는 龍의 후손을 임신한 것이다".(18~19쪽) 이 시구절은 인간을 항구적인 형식으로 인정하지 않으면서 미래의 종족을 건너다보고 있다.

또 하나, 매우 진지하게 말을 다듬고 존중하는(이것이 그의 과작의 이유가 되기도 하겠지만) 시인인 장만호가 있는데, '비인간적인 것'과 관련하여, 그는 특이하게도 괴물을 통해 '인간적 척도 가지고는 측정되지 않는' 속도와 거리에 접근해 보려 한다. 『무서운 속도』에서의 속도 측정. "서서히 죽어 가는 고래가/ 저 심연의 밑바닥으로 미끄러지듯이 가닿는 시간과 한 번의 호흡으로도 30분을 견딜 수 있는 한 호흡의 길이/ 사이에서, 저 한없이 느린 속도는/ 무서운 속도다."(38쪽) 인간적 시선으로는 다 들어오지 않는 이 생과 저생의 거리를 측정하는 신기한 벌레. "명명백백(明明白白)한 벌레 한 마리/ 이 생에서 저 생으로/ 한 불꽃에서 다른 불꽃으로 건너가고 있네".(15쪽) '정체성을 지니는 한 생으로 요약되는 인간적 형식' 안에 다 들어오지 않는 여러 생의 거리가 생과 생을 건너다니는 기이한 벌레에 의해 현시되는 것이다. 요컨대 비인간적 시간과 거리의 현시 말이다.

3 동성애

황병승의 『여장남자 시코쿠』의 시편들과 더불어, 프루스트 식으로 말하면 이스라엘 같은 박해를 받아 왔으며, 왕과 도적도 금방 서로의 외로움을 알아보고 침대로 달려가는 세계인 동성애가 우리 시의 표면으로 떠올랐다. 동성애에 접근하는 길은 많을 것이고 또 많이 있어 왔다. 이 글에서는 그것의 존재론적 함축, 답부터 말하자면 정체성 없는 성이 드러내 주는 존재의 무규정성 내지 익명성을 살피는 데 시선을 제한할 것이다.

동성애에 관한 프루스트의 위대한 소설에서 동성연애자 샤를뤼스가 "아니오, 나는 그 옆의 것이 더 좋습니다. 딸기술이요."라고 말하는 순간, 그 어투와 목소리로부터 "잘못해서 남성 속에 들어가 버린 다수의 천사 같은 여자", "얌전한 귀부인"의 정체가 드러난다.[7] 이러한 발견처럼, 황병승의 화자 역시 "열두 살, 그때 이미 나는 남성을 찢고 나온 위대한 여성"(43쪽)이라고 말하며, 자기 안에 살고 있는 다른 성을 발견하는 것이다. 이 시집의 몇 구절을 보자. "친구여 자네를 누나라 불러도 좋

____

7) M. Proust, *À la recherche du temps perdu*(Paris: Gallimard, Pléiade 총서, 1989), t. Ⅲ, 356~357쪽.

을까”(85쪽), “저팔계 여자는 순돈육 자지를 달고 불속을 걸었다”(96쪽), “소년도 소녀도 아니었던 그해 여름”.(154쪽) 이 구절들은 그리스 신화에 나오는 헤르마프로디토스의 진실을 담고 있다. 헤르마프로디토스는 오늘날 ‘자웅동체’를 일컫는 말로 사용되는데, 들뢰즈는 동성애자의 본질로 자웅동체를 지목하며 이렇게 말한다. “무한히 흘러나오는 사랑의 근원에는 자웅동체(Hermaphrodite)가 있다. 그러나 자웅동체는 스스로 수태할 수 있는 존재가 아니다.”[8] 동성애자들은, “저팔계 여자의 순돈육 자지”처럼 내면에 여성이 감추어져 있는 남자 동성애자, 또는 내면에 남성이 감추어져 있는 여자 동성애자다. 이렇게 동성애자란 생물학적 성과 내면의 성 두 가지를 가진 자웅동체인 것이다.

그런데 자웅동체의 성은 “인접한 채 칸막이 친 듯 나뉘어 있는 각각의 성들”(*PS*, 217쪽)로 분열되어 있다. 그렇지 않다면 이 자웅동체는 다른 개체의 도움 없이 자기만의 힘으로 수태할 수 있으리라. 이 자웅동체, 동성애자의 생식에서 이루어지는 일은 무엇인가? 즉 남자이면서 남자 동성과 사랑할 때 여성의 역할을 하는 개체 또는 여자이면서 여자 동성과 사랑할 때 남성 역할을 하는 개체 안에는 두 가지 성이 있다. 동성 애인이 이 개체와 관계할 때 이 개체 안에 내재한 두 성은 서로 소통을 하는 것이 아니며, 오히려 각각의 성은 그 자신과 반목한다. 예컨대 남자인데 성행위에서는 여성 역할을 하는 개체의 경우 신체적으로 주어진 성(남성)과 성애(性愛)에서 역할하는 성(여성)이 서로 다르다. 따라서 한 개체 안에 있는 두 가지 성의 통일을 기대할 수 없기에 이 두 성은 각각 자기 자신에 대해 ‘분열’을 체험한다. 가령 남성은 생물학적인 신체를 지배하지만 성적 역할은 또다른 자아인 여성에게 빼앗긴다. 결국 자웅동체의 삶은 자기 분열, 자기 정체성의 와해, 정체성을 가지지 않는, 따라서 무어

---

8) 질 들뢰즈, 서동욱 외 옮김, 『프루스트와 기호들』(민음사, 2004(개정판)), 33쪽.(약호: *PS*)

라 부를 수도 규정할 수도 없는 익명적 삶을 구현하고 있는 것이다.

우리 시에서 동성애로부터 발현하는 익명성은 자웅동체의 구조에 대한 명상으로부터만 얻어지는 것은 아니다. 실제 동성애적 성교를 역동적으로 기술하고 있는 어떤 시는 이렇게 정체성의 소멸, 익명성을 보여 주고 있다.

> 사내아이는 이제 겨우 솜털을 갓 벗은 애티가 줄줄 흘렀으나 또한 사내이기도 한 것이어서 코밑이 제법은 거뭇거뭇하여 젊으나 젊으신 왕과는 비슷은 하였으나 또 참 달라도 보였더라 사내아이는 스르륵 옷을 벗더니 새하얀 빛나는 알몸으로다 또한 알몸으로 엎디인 왕의 항문을 벌리어 손가락 손 팔목 어깨까지 집어를 넣더니 이번에는 머리까지 아예는 온 몸통을 통째로 아무렇잖게도 쑤셔를 넣어 버렸댔잖겠는가 (……) 왕을 뒤집어쓰고 사내아이는, 왕이랄 수도 사내랄 수도 아이랄 수도 있는 또 없는 그이는 한밤 내 짖고 까불고 덩실덩실 춤추고 (……).
>
> —김근, 「분서(焚書) 5」(88~89쪽)에서

이 엽기적인 사랑 행각을 기술한, "왕을 뒤집어쓰고 사내아이는, 왕이랄 수도 사내랄 수도 아이랄 수도 있는 또 없는"이라는 구절이 알려 주듯, 동성애의 시작(詩作)은 정체성 없는 삶, 익명적 삶으로 우리를 이끈다.

4 야구

야구에 대한 우리 시의 몰입은 여태천의 『스윙』(2008)이나 외국인 용병 선수의 이름을 딴 김재홍의 『메히아』(2009) 같은 시집의 형태로까지 결실을 보았다. 우리 시대 시에서 '야구'란 어떤 것인가? 'YMCA 야구단'

으로 대표되는 신문명에 대한 동경의 표현으로서의 야구 같은 것은 아니다. 그러면 독고탁과 오혜성과 마동탁의 야구인가? 젊음과 패기의 야구? 그렇지 않을 것이다. 이 점에 대해 얼마간 말해 주는 하루키의 산문이 있다. "코시엔에는 다시 한 번 가 보고 싶다. 특히 외야석에 있으면 관중도 시큰둥하니 적당하게 어물쩡거리고 있어, '저 멀리서 고등학생들이 우당탕탕 하고 있구나.' 하는 정도의 느낌밖에 없다. 청춘의 땀이라든가 눈물 같은 것은 그 어디에서고 찾아볼 수가 없다. 적어도 내게 고교 야구란 그런 것이었다."(「여름의 끝」) 야구에 대한 이러한 정서는 우리도 공유하는 바가 없지 않다. 땀과 눈물, 좌절과 성공으로 대표되는 고교 야구의 낭만적 신화는 야구에 대한 최근의 시적 정서와는 관계가 없다. 또한 그것은 첫 시집 『새들도 세상을 뜨는구나』(1983)에서 "'慶北高—光州一高, 숙명의 격돌'이라고, 정말 대문짝만 하게 '미다시'를 뽑은 '日刊스포츠'로 모자를 만들어 李선배와 나는 하나씩 머리에 썼다."(「5월 그 하루 무덥던 날」, 76쪽)라고 말하는 황지우의 경우처럼, 당대의 정치적 긴장과 고교 야구에 대한 열광이 교차되는 세대의 야구 또한 아니다.

프로야구 원년의 들뜬 축제 분위기가 소년 시절의 아득한 추억이 되고, 야구장을 찾기보다는 혼자 맥주잔을 들고 텔레비전 앞에 앉아 게임을 보는 일이 외로운 일상의 한 부분이 된 세대의 야구가 오늘날 우리 시인들의 야구다. 아마도 이런 문장을 빌려서 시인들의 야구가 가지는 분위기를 기술해야 할지도 모른다. "나는 책 읽는 걸 포기하고 제이에게 포터블 텔레비전을 카운터에 올려놔 달라고 부탁했다. 맥주를 마시면서 야구 중계를 볼 생각이었다."[9] 권태로운 삶의 한 부분이 된 이 야구 속에서 사람들은 서로 어떻게 마주치는가? 1980년대 황지우의 경우는 이랬다. "李선배와 나는 안타 하나에 딱 한 잔씩만 하기로 한 소주를 공평하

---

9) 무라카미 하루키, 윤성원 옮김, 『바람의 노래를 들어라』(문학사상사, 2004), 47쪽.

게 다 마셔 버렸다."(「5월 그 하루 무덥던 날」, 77쪽) 이런 재미와 교우는 오늘날 (문학의) 야구에서는 찾아볼 길이 없다. 이국의 어느 도시들에선 진작부터 유쾌한 교우 대신 '절망감'과 '침울함'이 연대의 보잘것없는 끈이었다. 폴 오스터의 뉴욕. "그들 둘 다 메트의 팬이었으며, 따라서 일종의 **절망감**이 두 사람 사이에 유대를 만들어 주었다."[10] 다른 도시의 또다른 못난 팀이 이 절망감을 침울함으로 이어받는다. 무라카미 하루키의 도쿄. "야구 얘기를 하는 경우도 있지만, 술자리에서 야쿠르트 스왈로즈 얘기를 해 봤자 분위기만 **침울해질** 뿐이다."[11] 야구에 몰입하는 시인들은 승리와 패기 대신에, 패배하는 팀들이 만들어 내는 '루저'의 정서 안에 안주한다.

　구체적으로 우리는 야구를 통해 어떤 마음 상태와 익숙해지고 있는 것일까? 야구는 지난 세기말 성미정이 썼듯 고독을 확인하는 자리가 되어 있었다. "고독에 잠긴 널 불편해하지 않는 건 TV뿐이었다 방에 틀어박혀 TV와 지내는 시간이 길어졌다 어느 날 방망이에 맞고 혼자 날아가는 공을 보았다 하얗게 질린 채 공기 속을 회전하는 공에서 넌 터질 듯한 외로움을 느꼈다 (……) 그런 게 야구라고 불린다는 것도 알게 되었다".(「야구처녀의 고독은 둥글다」, 『대머리와의 사랑』(1997), 49쪽) 야구를 통해 들여다보게 된 이 고독감을 성미정은 가장 최근 시집 『상상 한 상자』(2006)에서도 여전히 부여잡고 있다. "천년 전에 나는 야구공처럼 고독했다".(46쪽) 스포츠 특유의 건강한 연대 의식이 사라진 자리에서 고독감 같은 국외자적 정서를 느끼는 방식으로 야구에 몰입하는 것이 우리 시대 시의 개성일 것이다. 가령 『내 잠 속의 모래산』(2002)에서 이장욱은, 높이 뜬 헬리콥터로부터 비애감을 느꼈던 김수영을 연상시키며, 높이 뜬 야구공으로부터 비애를 느끼는 삼루수의 정서 속으로 몰입한다. 김수영

---

10) 폴 오스터, 한기찬 옮김, 『뉴욕 삼부작』(웅진출판, 1996), 58쪽.
11) 무라카미 하루키, 김진욱 옮김, 『그러나 즐겁게 살고 싶다』(문학사상사, 1996), 88쪽.

이 "비애의 수직선을 그리면서 날아가는 그의 설운 모양"(「헬리콥터」)을 본 곳에서 이장욱은 "까마득한 플라이 볼을 바라보며 아득해지는 써드베이스맨의 비애"(「결국,」, 14쪽)를 느끼고 있다. 이 비애는 야구장에 내리는 비를 홀로 바라보는 장면으로 전화되기도 한다. "그때 야구장에는 비가 내리고 있었다./ 아주 오랫동안// 나는 내리는 비를,/ 내리는 비를,/ 내리는 비를,/ 혼자 바라보고 있었다."(54쪽) 「삼미 슈퍼스타즈 구장에서」라는 제목이 붙은 이 시의 효과는 야구가 가능하기 위한 기본적 조건에 위배되는 '비'와 '혼자'를 야구장의 중심에서 발견하는 데서 발산된다. 우리 시대의 삶은 용도성이 사라진 야구장, 기능성으로부터 유리되어 쓸모없어진 야구가 마치 제 문패라도 되는 듯, 그 아래 머물고 있다.

용도성을 잃은 무용의 루저가 된 플레이어들을 위한 비가를 쓰는 시인이 여태천이다. 그의 『스윙』은 이런 실패한 플레이어들로 넘쳐 난다.

이번에도 중견수는 머리 위로 날아오르는 볼을 놓쳤다.

—「플라이아웃」(14쪽)에서

우리는 아주 빨리 공격을 마무리했다.

—「마이 볼」(22쪽)에서

왜 이 순간 역전 홈런이 아니라 파울플라이가 떠오르는 걸까.
(……)
지명타자는 3루 측 관중석 하단에서 잡히는
빗맞은 타구를 멍하니 바라보고 있다.

—「암스테르담」(24~25쪽)에서

애인으로부터 버림받은 사람처럼

불펜에서 노닥거리거나

(……)

비어 있는 스탠드를 보며

우리는 전력 질주하지 않았고

홈으로 돌아오는 걸 잊었다.

—「더블헤더」(46쪽)에서

스트라이크를 던지지 못한 저 투수의 볼과

볼의 궤적에서 한참 멀리 떨어진

핀치히터의 풀스윙.

—「원 포인트 릴리프」(78쪽)에서

이러한 시편들에서 야구는 인생의 가장 별 볼일 없는 국면을 들여다보게 해 준다. 이런 국면을 (매우 소극적인 형태로이긴 하지만) 이주민 문제와 겹쳐 놓은 것이 김재홍의 「메히아」다.(물론 『메히아』의 시편들이 이런 문제의식을 향해 뚜렷이 정향되어 있는 것은 아니다.) 메히아는 알려져 있다시피 2003년 한화 이글스의 용병으로 활동한 남미 출신 선수이다.

검게 붉게 얽은 얼굴을 하고 그는 처음에

야구공과 방망이를 손난로처럼 품고

한겨울 국제공항 청사를 두리번거리며 어슬렁거리며 나왔을 것이다

(머리통이 얼마나 작으면 헬멧 속에 모자를 또 썼을까)

(……)

비쩍 마른 붉은 눈의 게바라를 읽고 싶었다

국경을 뛰어넘는 공화국의 깃발을 보고 싶었지만

그는 너무 작았고 액정 화면에 잡힌 그의 헬멧에는

국적 불명의 독수리 이니셜만 코를 벌름거리며 박혀 있었다
——「메히아」(15~16쪽)에서

　게바라의 후예인 그는, 찬란한 혈통을 가시화하는 대신, 그저 너무 작다. 낯설고 추운 땅에 온 저 작은 외국인의 정체성을 채워 주는 것은 무엇인가? 놀랍게도 그것은 "국적 불명의 독수리" 한 마리다. 마치 미로의 끝에서 다시 미아가 되듯, 낯선 땅에서 써 본 헬멧은 그에게 맞지 않고, 그의 정체를 알려 주어야 할 곳엔 국적 '불명'의 독수리가 도사리고 있다.('불명'이라는 말이 보여 주듯 그가 가진 정체는 실은 '정체 없음'이다.) 맞지 않는 헬멧처럼, 상징도 자랑도 아닌 채 그저 그려져 있는 날짐승처럼, 이 야구 선수는 낯선 땅의 몸에 맞지 않는 헐거운 인생을 짊어진다.
　요컨대 시인의 야구는 팀워크도 패기도 연대감도 좌절을 딛고 일어서는 승리를 가르치는 스포츠도 아니다. 대신 거기, 고독과 비애와 루저들의 기록이 못나게 새겨져 있다. 어디 한군데 제대로 된 자리를 가지지 못한, 그러므로 정체를 확정 짓지 못한 불명 또는 익명의 삶들의 꺾인 정서가 야구를 통과한다.

시와 정치

천수천족수의 시
— 김수영과 참여 문학에 대한 단상

1

문학의 불멸을 작품이 납골당 속에 안치되는 것이라고 비웃었던 사르트르는 작품이 지닐 수 있는 생명력에 대해서 이렇게 말한다. "후세에 있어서 우리의 작품의 운명은 우리의 재능이나 노력에 달려 있는 것이 아니라, 미래의 분쟁의 결과에 달려 있다는 것을 우리는 알고 있다."[1] 김수영 문학이 지닌 운명도 마찬가지일 것이다. 우리가 그의 작품에 대해 생각한다는 것은, 한 시대와 함께 이승에서 사라지는 동시에 죽은 자들의 하늘나라 어디에 자리를 가지게 되는, 작품의 영원불변하게 된 고정적인 의미를 성자의 유골을 발굴하는 이처럼 찾아 헤맨다는 것을 뜻하지 않는다. 따라서 우리는 이 자리에서 어떤 의미에서도 그의 글들이 본래 가진 의미를 '해석'하는 일을 할 수는 없을 것이다. 그의 작품에 대해 생각한다는 것은, 우리의 상황, 지금 우리가 치르고 있는 분쟁에 대해 생각한다는 것을 뜻한다. 따라서 분쟁을 치르고 있는 자들은 시인의 작품을

---

1) 사르트르, 정명환 옮김, 『문학이란 무엇인가』(민음사, 1998), 351쪽.(약호 『문학』)

자신들의 분쟁을 위해 작동하게 할 수 있을 뿐이다. 사후 40년. 그는 여전히 우리와 더불어 있는 시인인가? 우리는 여전히 그에게 우리의 문제들을 들고 가서 토론하고, 여러 운명으로 향하는 길들의 표지판을 확인하며, 수심 깊은 물길들을 피하는 법을 배울 수 있는가? 그는 말한다. "아아 행동에의 계시. (……) 나의 전진은 세계사의 전진과 보조를 같이한다. 내가 움직일 때 세계는 같이 움직인다."[2] 우리는 이 말을 시험해 보고 싶다. 그의 문학은 팽이처럼 도는 어지러운 지구와 함께 여전히 어두운 밤을 맞고, 추운 새벽 누구보다 먼저 눈을 뜨며, 세상의 어떤 조간(朝刊)보다도 빨리 말하고, 그리고 무엇보다, '행동'하고 있는가? 그런데 이젠, 이 행동은 누구를 위한 행동인가? 또는 어떤 형태의 '참여'인가?

2

　오늘날 문학에서 참여 — 물론 이 참여란 늘 정치적인 것이다 — 라는 것은 그 어떤 몽상거리보다도 낡아 빠진 것처럼 보일 때가 많다. 요즘엔 문학의 정치적 참여보다 윤리를 더 좋아하거나, 윤리와 정치를 혼동하는 사람들이 있다. 그런데 롤랑 바르트의 말을 빌리면 "모든 윤리적 효력을 파괴해 버리는 자율의 폭력을 지닌 언어"[3]가 문학의 언어 아닌가? 사실, 어떤 도덕법도 개입을 허락하지 말라는 명령만을 유일한 도덕률로서 자신에게 허락하는 문학에 어설프게 뛰어들어 온 윤리란, 정치적으로 해결을 보아야 할 국면들의 진상과 조건들을 은폐하는 경향이 있다. 바디우가 "정치를 도덕으로 대체하는 거대한 운동"[4]이라고 비판했던, 혁명의

---

2) 김수영, 『김수영 전집』(민음사, 1981), 2권, 288쪽.(약호: 김수영)

3) R. Barthes, "Le Degré zéro de l'écriture", *Œuvres complètes*(Paris: Seuil, 1993), t. I, 165쪽.(약호: DZ)

4) 알랭 바디우, 박정태 옮김, 『들뢰즈 — 존재의 함성』(이학사, 2001), 25쪽.

과정에서 범죄를 읽어 내고 자본주의적이고 부르주아적인 민주주의를 유일한 해결책으로 제시했던 신철학자들(글뤽스만과 베르나르 앙리 레비 등)의 경우가 그렇다. 사르트르가 도덕과 관련해 고발하는 것 또한 같은 유의 것이다. "우리 시대의 도덕적 역설은 다음과 같은 것이다. 만일 내가 어떤 특별한 사람들을, 가령 나의 아내, 자식, 친구, 또는 길에서 만난 가난한 사람들을 절대적 목적으로 삼는다면, 그리고 그들에 대한 나의 모든 의무를 수행하기에 열중한다면, 나는 내 인생을 거기에 바치게 되어, 계급 투쟁, 식민주의, 반(反)유대주의와 같은 시대의 부정(不正)을 '간과'하고, 결국은 '선을 행하기 위해서 억압을 이용하는' 꼴이 되고 말 것이다."(『문학』, 361쪽) 따라서 윤리는 그 자체 고립된 채로가 아니라, 가령 레비나스와 데리다의 '환대(hospitalité)'처럼 정치와의 필연적 관계 속에서 생각되어야 하며, 정치적 사안을 도덕을 구성하는 항들의 관계로 단순화하는 사유는 잠재적으로 또는 현실적으로, 직접이든 간접이든 정치적 억압을 활성화시킬 수 있음을 잊어서는 안 된다.[5]

이상한 소리로 들리겠지만 바로 이와 같은 맥락에서, 오늘날 문학이 얼마간 윤리에 관심을 가진다는 것은 좋은 징후이다. 왜냐하면 그것은 휘어진 거울에 비추어진 것일지언정 정치적 관심의 필요성을 표현하는 것이기 때문이다. 김수영이 '참여'의 이념 아래 생각했던 것은 가령 이런 것이다. "'참여파'의 평자들은 현실 극복을 주장하는 데까지는 좋으나 우리 사회의 암인 언론 자유가 없다는 것을 과소평가하고 있〔다〕."(김수영, 243쪽) '웬 언론 자유?' 하면서 뜨악한 표정을 짓는 얼굴들이 눈에 보인다. 그런 반응이 알려 주는 진실은, 언론 자유가 문젯거리가 아니라는 것도, 김수영의 참여 문학이 이미 시기 만료되었다는 것도 아니라, 근본적으로는 오늘날 김수영 문학의 응답을 기다리는 사안들은 김수영이 살아

---

5) '환대'의 정치성 문제는 3부의 글 「예외 상태와 환대에 대한 오해들」의 4절에서 다룰 것이다.

있을 때와는 다른 좌표에 놓여 있다는 것을 뜻한다. 무엇이 이 문학의 답변을 기다리는가?

3

그러나 그 답변의 울림을 쫓기에 앞서 (산문이 아닌) 시적 참여의 본질에 대해서 먼저 물어야 하리라. 시의 참여를 기술하고 있는 한 텍스트로부터 출발해 보자. "시에 있어서는 패자(敗者)가 곧 승자이다. 그리고 진정한 시인은 승리하기 위해서 죽음에 이르기까지 패배하기를 선택한 사람이다. (……) 만일 구태여 시인의 참여를 들먹여야 한다면, 시인이란 패배를 향하여 참여하는 사람이라고 말해 두자. 시인이 항상 내세우는 액운과 저주의 깊은 뜻이 바로 여기에 있다."(『문학』, 54쪽) '산문적인 것'이 언어를 의미 전달의 도구로 사용하는 데서 성립한다면, '시적인 것'이란 언어에서 도구성을 박탈해 언어가 베짱이처럼 일을 안 하고 게으름 부리도록 만드는 데서 성립한다. 수집가가 우표를 편지 전달의 기능으로부터 이탈시켜 하나의 사물로서 숭배하는 것과 마찬가지로, 시인은 언어를 의미 전달을 위한 기호가 아니라 '사물로서 물신 숭배'하는 자들이다. 이때 언어는 의미가 아니라 자기 자신만을 가리켜 보이는 자기 충족적인 사물이다. 따라서 바르트가 말하듯 "〔시적〕 담화는 (……) 언어의 사회적 기능〔의미 전달〕에 매우 대립된다."(DZ, 164쪽)

그런데 도대체 이렇게 사회적 기능으로부터 유리된 시가 어떻게 사회에 참여한단 말인가? 그 참여란 이상하게도 패배를 통한 승리이다. 자본주의 사회에서 말들의 유통은 다른 모든 것과 마찬가지로 경제적인 교환 관계 속에 있다. 단적으로, 가령 의미를 명료히하지 못하는 쓸데없는 중언부언은 비난받으며, 강연과 수업에서 말들은 태만해질 사이 없이 부지

런히 의미를 실어 날라야 한다. 청중에게 시간적으로나 금전적으로 '손해'를 끼치면 안 되니까. 시인이란 언어가 이렇게 상품처럼 등가물을 가져야 한다는 것을, 즉 언어가 유용해야 한다는 것을 두려워하는 자들이다. 사람들이 그 앞에 고개 숙이고 있는, 판에 박힌 모든 제도적 삶의 양식을 반영하고 있는 언어 자체를 와해하기 위해, 언어는 순수하게 무용해져야 하고 낭비되어야 한다. 바로 이것이 김수영 문학이 노리고 있는 바이기도 하다. "시인은 이득보다도 손실을 사랑한다. 이것은 역설이 아니라 발악이다."(김수영, 294쪽) 언어에서 유용한 기능을 박탈함으로써 언어가 무용지물이 되면 그 언어에 몰두하는 일은 순수한 '손실'과 '낭비'만을 초래한다. 그 언어와 교환할 만한 등가적 가치가 전혀 없게 된 무용한 언어는 실어 나를 의미를 가지지 않으므로 '무의미'한 것이다. 그리고 이 무의미한 언어가 언어로서 자격 미달인 언어, 그런 의미에서 패배한 언어, 바로 '시어'이다. "좋은 의미의 난센스는 진정한 시에는 어떤 시에고 있는 것이다. (……) 모든 진정한 시는 무의미한 시이다. (……) 이것은 예술의 본질이다."(김수영, 244~245쪽)

상식과 통념에 의해 교환 가치가 정해진 상투적인 언어는 이렇게 시 속에서 극단적으로 파괴되며 말라르메의 문학에서 보듯 궁극적으로는 '침묵'에 이른다. "모든 감각의 조직적 착란이, 그리고 결국은 언어의 집중적인 파괴가 이루어졌다. 또한 침묵이 흘렀다. 말라르메의 작품에서 보는 바와 같은 얼음장 같은 침묵이, 혹은 모든 커뮤니케이션을 불순한 것으로 여기는 테스트 씨(氏)의 침묵이 흘렀다."(『문학』, 177쪽) 바르트가 강조하는 바 역시 동일하다. "언어의 파괴는 오로지 글쓰기의 침묵으로 이끌 수밖에 없다."(DZ, 178쪽) 그런데 시 언어는 침묵이라는, 스스로 사라지는 방식으로 존립한다는 것이 바로 김수영이 이끌어 내는 결론이기도 한 것이다. "내가 참말로 꾀하고 있는 것은 침묵이다. 이 침묵을 지키기 위해서라면 어떤 희생을 치러도 좋다."(김수영, 301쪽) 그에게 최고의 아름다운 시어란 침묵일 뿐이다. "아름다운 낱말들, 오오 침묵이여, 침묵이여."(김수영, 282쪽) 이렇게 시는 '자살적 구조'를 지닌다. 또는 할 것이라곤 자신의 죽음에 대한 명상밖에 없는 햄릿을 닮은 것이 바로 시이다.(DZ, 178쪽 참조) 아무 소리도 들리지 않는 침묵 속으로 사라지는 방식으로만 시는 그 무엇과도 등가적이지 않으며, 따라서 교환되지도 않고 기존의 통념에 매개되지도 않는 하나의 낯선 사물이 될 수 있는 것이다. 이런 언어는 세계에 침투하여 우리에게 익숙한 제도와 가치를 교란하는 혁명을 초래하지 않겠는가? 이렇게 기존의 어떤 가치의 반열에도 들지 못하는 패배와 자살을 통해서 시는 승리하는 것이 아니겠는가?

4

그런데 무의미와 침묵을 통해 상투화된 기존의 언어와 그에 상관적인 제도를 붕괴시키려는 이런 시의 참여에는 기만적인 것이라고는 조금도 없는가? 이러한 참여를 의심스럽게 만드는 두 가지 예가 있다. 각각 시와 소설에서 하나씩 가져와 본다. 초현실주의 시, 소설의 형식적 실험.

우리가 익숙한 어떤 것에도 매개되지 않는 미지의 언어의 출현에 초현실주의만큼 깊이 관여한 것도 없을 것이다. 그런데 브르통은 초현실주의 운동에 대해 이렇게 이야기하고 있다. "초현실주의의 직접적 현실은 사물의 외관적, 유형적 질서에 그 어떤 변화를 초래하려는 것이라기보다는 정신상의 한 운동을 창조하려는 것이다."(『문학』, 247~248쪽에서 재인용) 이 구절은 언어의 실험이란 현실적인 사물의 질서에 아무런 변화도 주지 못하는 정신적 또는 언어적 놀이에 머물고 만다는 것을 명시하고 있다. 바로 이런 까닭에 사르트르는 "작가는 반항자였지 결코 혁명가는 아니었다."(『문학』, 184쪽)라고, 언어를 유용성과 기능에서 해방시키고 세계를 무의미한 순수 낭비의 제물로 만들려던 문학적 시도들의 한계를 폭로하는 것이다. 반항아는 어떤 가정에나 있을 수 있는 법이고, 집안의 질서를 어지럽히는 온갖 성가신 말썽을 일으키지만, 집안을 붕괴시키기보다는 집안에 작은 놀이터 하나를 가질 뿐이다. 한마디로 언어적 해체로부터 정치적 혁명의 도래를 약속받을 수는 없는 것이다.

같은 맥락에서 텔켈 그룹이 소설의 형식적 실험에서 정치적 혁명성을 읽어 내는 것 또한 비약이라는 비난을 면하기 어렵다. 리얼리즘 소설의 형식이 부르주아지의 보수성을 반영하고 있다는 것은 여러 연구자들에 의해 지적된 바이다.[6] 따라서 형식에 대한 비판이 없다면 어떤 진보적 세력의 글쓰기도 보수성을 제대로 벗어 버리는 데 실패할 것이다.(가령 바르트가 말하듯 "공산주의 작가들은 부르주아지 작가들이 오래전부터 비난했던 부르주아적 글쓰기를 동요 없이 옹호하는 유일한 자들이 된다."(DZ, 177쪽) 새로운 글쓰기 형식에 대한 창조적 의식을 가지지 못했던 까닭이다.(DZ, 176쪽 참조)) 이렇게 소설적 코드들과 부르주아지의 지배 관계 사이의 필연적 연관성이라는 가설을 배경으로, 텔켈 그룹은 진보적 소설의 이상을 내용적인 측면(가령 민중 문학이나 사회주의 리얼리즘)에서가 아니라, 기존의 소설적 코드를 위반하는 작품(가령 조이스의 소설들)에서 찾으려고 했다.[7]

---

6) "기법이란 (……) 동시대 사회와의 진정한 관계를 나타내는 것이다."(『문학』, 186쪽)라고 말하면서, 기법(소설의 형식)에 남겨진 부르주아지의 흔적을 찾아내려던 사르트르의 비판적 작업이 좋은 예가 될 것이다. 그는 말한다. "아무리 시니컬한 말을 했을망정, 아무리 신랄한 주제를 택했을망정, 19세기 소설의 기법은 프랑스의 독자들에게, 부르주아지를 안심시킬 수 있는 모습을 그려 보여 주었다."(『문학』, 186쪽) 구체적으로 소설의 형식 가운데 '과거 시제'가 그렇다. "무엇보다도 이야기는 과거 시제로 쓰였다. (……) 이야기는 절대의 견지에서, 다시 말해서 질서의 견지에서 서술되었다. 이야기의 내용은 정지(靜止)한 체계 내에서의 국부적인 변화에 불과하며, **작가도 독자도 위험을 겪을 일이 없고 어떤 뜻하지 않은 사건도 두려워할 필요가 없었다. 사건은 모두 지나간 일이며 이미 정리되고 이해된 것이기 때문이다. 그 안정된 사회의 사람들은 자신을 위협하는 위험을 아직도 의식하지 못했고, 국부적인 변화를 통합할 수 있는 일정한 윤리와 가치 척도와 설명 체계를 가지고 있었고, 역사성을 초월한 존재인 자기들에게는 어떤 중요한 일도 결코 일어나지 않으리라고 확신하고 있었다."**(『문학』, 194~196쪽)

7) V. Descombes, *Le même et l'autre*(Paris: Éd. de Minuit, 1979), 150쪽 참조.(약호: *MA*)

그러나 이것이야말로 소설을 쓰는 보잘것없는 책상 앞에서 전위 문학이라는 작은 램프를 문지르기만 하면 혁명의 요정이 튀어나와 모든 정치적 문제들을 해결해 줄 것처럼 공상하는 자기기만이 아닌가? 데콩브가 올바로 지적하듯 "텔켈 그룹은 소설 장르와 권력의 부르주아적 형태 사이의 이질적 동형성에 대해 충분히 고민하지 않고 늘 바로 결론(문학적 아방가르드가 필연적으로 정치적 아방가르드이다.)으로 비약했다."(MA, 150쪽) 그러나 아방가르드 문학이 정치적 실천이라기보다는 하나의 작은 놀이터에 불과할 수도 있다는 사실을 어떻게 논박하겠는가? "모든 전위 문학은 불온하다."(김수영, 159쪽)라는 명제는 온전히 그 자신을 보호하기 위해서 기나긴 주석을 필요로할 것이다.

　이러한 정황을 고려해 볼 때 들뢰즈와 가타리가 제시하는 '소수 문학(littérature mineure)'의 개념은 시사해 주는 바가 큰 것으로 보인다. 흑인들의 영어로 쓴 미국 문학 또는 독일어로 쓴 프라하의 유대인 문학 등으로 예화될 수 있는 소수 문학의 특징 가운데 하나는, '소수 문학에선 모든 것이 정치적'이라는 점이다.[8] '소수'라는 그것의 성격이 오로지 지배적인(다수적인) 집단과의 긴장 관계 속에서만 얻어지기에 그렇다. 그런데 재미있게도 들뢰즈는 이러한 소수 집단(소수 민족)을 '작가의 원자 자체에 귀속'시키고 있다. "항상 생성 가운데 있으며 미완성인, 하위의, 지배당하는 잡종의 소수 민족은 **작가의 원자들 속에만 존재할 것이다.**"[9] 어떻게 그것이 작가들의 원자 속에 들어 있다는 것이 확인되는가? 프라하에 고립된 카프카의 독일어나 북미에 고립된 흑인들의 영어는 그 지역적, 민족적 고립성이 필연적으로 집단적, 문학적 소수성을 산출했다. 그런데 그 소수성은 어디서 확인할 수 있는가?

　아마도 그들의 발화에서 확인할 수 없을 것이다. 발화는 의식적이건

---

8) G. Deleuze·F. Guattari, *Kafka: Pour une littéature mineure*(Paris: Éd. de Minuit, 1975), 30쪽.
9) G. Deleuze, *Critique et clinique*(Paris: Éd. de Minuit, 1993), 14쪽.

무의식적이건 원해서 하는 것이므로, 원함의 표현, 바로 욕망의 표현이다. 따라서 이런 발화의 정치성은 욕망이 차지하고 있는 지점이 정치적이라는 것을 확인하는 데서 확보될 수 있다. 보다 구체적으로, 욕망이 차지하고 있는 전복적인 정치적 지점을 확인하는 일은 공적 영역에서 용인되는 현금의 감성적 분할 방식이 욕망에 위배된다는 것을 인지하는 데서 달성될 수 있으리라. 즉 현금의 감성적 질서 안에서 발화에 실린 욕망이 부정적으로 나타나는 방식들, 가령 불만과 죄의식 등등을 인지하는 데서 달성될 수 있을 것이다. 이렇게 욕망이 점유하고 있는 소수적인 정치적 지점이 확인되고 나면, 욕망에 원천을 두는 시적 발화의 정치성도 확보되리라.

김수영은 자신의 원자 속에서 소수 집단을 발견하고 있는가? 그리하여 그의 발언은 '이차적 또는 반성적으로가 아니라, 태생적으로 (즉 자신의 원자의 본성에서부터)' 정치적일 수 있는가? 그는 말한다.

> 피혁점, 곰보, 애꾸, 애 못 낳는 여자, 무식(無識)쟁이,
>
> 이 모든 무수(無數)한 반동(反動)이 좋다
>
> 이 땅에 발을 붙이기 위해서는
>
> ──「거대한 뿌리」에서
>
>
> 말하자면 세계의 도처에서 나타날 수 있는 천수천족수(千手千足獸)
>
> (……)
>
> 나날이 새로워지는 괴기한 인물
>
> ──「절망(絶望)」에서[10]

무수한 반동이라 불리는 이 소수자가 우리 시대가 관심을 기울이는 정

---

10) 김수영, 『김수영 전집』(민음사, 1981), 1권, 각각 226쪽, 201쪽.

체성 없는 자들, 즉 정치적 질서의 보호를 받지 못하는 자들을 닮아 있다는 것을 굳이 말할 필요가 있을까? 이미 이들을 위한 많은 이름들을 가지고 있을 만큼 우리 시대는 이들에 대해 열중해 왔다. '타인(autrui)', '사회적 틈새(déliason)', '계산 불가능한 데모스(demos)', "억압받고 잡종이며 하위에 있으며 무정부적이고 유목적이며 어찌할 수 없이 소수인 인종",[11] '벌거벗은 생명(Homo Sacer)' 등등……. 이런 이름들이 있다는 사실이 무색하게도 이들은 정체성의 징표 없이 나날이 새로워지는 괴기한 인물, 천수천족을 가진 변화무쌍한 괴물이다. 김수영은 이 무수한 반동들에 대한 사랑은 이 땅에 발붙이기 위해서 불가결한 것이라고 말한다. 이 정체성 없는 미지의 괴물의 최초의 침입은 어떻게 일어나는가? 이 괴물의 천 개의 손, 천 개의 다리, 또는 천 개의 입 가운데 하나일 어떤 지점, 바로 시가 발화되는 한 지점을 통해서일 것이다. 꼭 이름을 가져야 할 필요는 없는, 욕망이 들끓고 있는 이 익명의 지점을 우연히도 우리는 김수영이라는 이름으로 기억한다.

---

11) G. Deleuze·F. Guattari, *Qu'est-ce que la philosophie?*(Paris: Éd. de Minuit, 1991), 105쪽.

시와 비진리
— 이미지의 논리

1 시, 비진리, 진리

유대인들은 낭만주의 시대의 유럽인들과 달리 문학이 '진리'와 함께하기 어렵다는 것을 잘 알고 있었다. 유대인들의 역사에 관한 아름다운 책인 토마스 만의 『요셉과 그 형제들』은 인간이 만들어 낼 수 있는 거의 모든 이야기를 담은 작품이라 해도 좋을 것인데, 여기서 야곱의 손녀 세라흐는 이런 노래를 부른다.

> 정말 드물고 드물죠.
> 이 두 가지가 하나인 경우는.
> 아름다운 것과 진실이
> 그리고 인생이 시 문학과 하나일 때는![1]

'미적인 것'과 '진리' 또는 '시 문학'과 '진리로 인도되는 삶'은 서로 하나가 되기 힘들다는 것이다. 시는 가르침을 포함하지 않기 때문인가? 어

---

[1] 토마스 만, 장지연 옮김, 『요셉과 그 형제들』(살림출판사, 2001), 6권, 707~708쪽.

느 유명한 그리스인은 그렇게 생각했다. "훌륭한 시인들이 훌륭하게 말하고 있는 것으로 여겨지는 것들에 관해 그들이 정말 인식하고 있는지 생각해 보아야 한다."(플라톤, 『국가론』, 599a) 그리고 이런 의심은 곧바로 시는 진리에 대해 가르침을 줄 수 없다는 결론으로 이어진다. "우리는 시인들이 모방자들이며, 진리에 도달하는 것은 아니라고 생각지 않겠는가?"(같은 책, 600e) 바로 진리와 상관없는 이 모방물을 오래도록 우리는 '이미지'라 불러 왔다. 이미지 속에서 시 예술이 성립할 때 그것은 인식을 주는 판단문의 '외관'을 갖출 수도 있으나, 시는 지성의 노동의 산물인 인식을 만들어 내지 못한다는 것이 플라톤적인 통찰이었다. 시는 인식으로 위장한 '비진리' 또는 지성의 작업으로 위장한 상상력의 과업이 아닌가?

그러나 이러한 통찰을 끊임없이 노쇠하게 만들려고 애쓰며 오래도록 사람들은 시 안에서 가르침을, 그러니까 진리를 구하려고 노력했다. 가령 칸트는 시가 가상(Schein)이라는 것을 인정하면서도, 시는 기만하지 않는다고 확신하며(그러니 문자 그대로, 가상이 기만하지 않는 야릇한 일이 벌어지는 것이다.) 플라톤이 단절시켰던 시와 초감성적인 세계의 관계를 어떻게든 복원하려 하기도 했다.(『판단력 비판』, §53 참조) 왜 시로부터 우리는 진리를 찾는가? 근본적인 이유는 애초에 우리가 비진리의 자리에 있기 때문이다. 이러한 점은 인간학적 맥락을 끌어들여 보면 잘 드러난다. 우리는 살아서 존재한다. 그러나 우리는 우리가 왜 살아 있는지, 무엇을 해야 하는지, 우리 존재의 진리에 대해서 아는 바가 없다. 왜 사는지 인식을 얻지 못하고 괴롭게 질문을 반복하는 인간들이 알려 주듯, 우리는 끊임없이 방황하며 비진리 가운데 있다. 역설적이게도 존재는 우리를 존재 안에서 빛나게 하자마자 존재의 진리가 무엇인지 숨겨 버리는, 은폐를 감행하는 것이다. 우리가 존재의 진리 안에 들어서자마자(오해를 무릅쓰고 인간학적으로 이야기하자면, 태어나자마자) 존재의 의미가 무엇인지 모르게 되는 비진리의 영역 안에 있게 되는 역설을 하이데거만큼 잘 알아챈 사람도 없을 것이다. 가령 이런 구절들을 보라. "'현존재는 진리 안에 있다.'라는 명제의 온전한 실존론적 – 존재론적 의미는 똑같이 근원적으로 '현존재는 비진리 안에 있다.'를 같이 말하고 있다."[2] "현존재는 똑같이 근원적으로 진리와 비진리 안에 있다."(『존재와 시간』, 301쪽) 우리는 존재 안에 있다. 그러니 이미 '있음'이라는 진리는 달성된 것이다. 그러나 우리는 우리의 본래적 존재에 대해서는 아무것도 모르며, 그 결과는, 인간학적 차원에 이르면 흔히들 '잘못 살고 있다.'라는 푸념으로 표현되곤 한다. 어쨌든 우리는 존재의 진리 가운데 있는 순간 비진리 가운데 있게 되는 것이다. 진리(존재)가 우리를 출현시키자마자 왜 존재하는지 모르는 비진리 가운데 있게 되는 것이므로 우리는 이렇게 말해야 할 것이다. "비진리는 오히려 진리의 본질로부터 유래해야 한다."[3] 또한 존재의 출현은 오로지 비진리 속에서 이루어지므로 비진리는 가장 나이가 많다고 일컬어져야 하리라. "전체 안에서 존재자의 은폐성, 즉 **본래적 비-진리**는 이러저러한 존재자 각각의 드러나 있음보다 더 오랜 것이다. 또한 그것은, 존재하게 함 자체보다 더 오랜 것이다. 존재하게 함은, 〔존재자를〕 탈은폐하면서 이미 은폐된 채로 머물고 있고 또한 은폐에 관계하고 있는 것이다."(「진리의 본질」, 113쪽)

단지 존재론적 차원 안에서만 비진리가 진리에 얽혀 들고 있는 것이 아니다. 헤겔은 프랑스 혁명 직전의 교양 세계를 다루면서 이렇게 말한다. "**거짓말**〔비진리〕을 다반사로 하는 파렴치함이 그야말로 **최고의 진실**〔진리〕을 뜻하는 것이 된다."[4] 이렇게 비진리는 진리와 얽히는데, 헤겔의 유명한 예가 알려 주듯 디드로의 소설 『라모의 조카』에 나오는 음악가의

---

2) 마르틴 하이데거, 이기상 옮김, 『존재와 시간』(까치, 1998), 299쪽.(약호: 『존재와 시간』)

3) 마르틴 하이데거, 이선일 옮김, 「진리의 본질에 관하여」, 『이정표』(한길사, 2005), 2권, 110쪽.(약호: 「진리의 본질」)

4) G. W. F. 헤겔, 임석진 옮김, 『정신현상학』(한길사, 2005), 2권, 99쪽.(약호: 『정신현상학』)

경우가 이 점을 잘 보여 준다. 이 천방지축의 음악가야말로 비진리와 진리 사이에 분열되어 있다. "올바른 관념과 그릇된 관념, 완전한 감각의 도착 또는 완전한 파렴치이면서 또 몹시도 솔직하고 진실한 모습이 혼합된 것이다."(『정신현상학』, 2권, 99쪽) 비진리에 속하는 세속적인 사안을 경박하게 준수하면서도, 진리에 근접하는 사람들이 알려 주듯 올바른 생각은 그릇된 생각 속에 둥지를 틀지 않으면 안 된다.

그렇다면 삶은 무엇에 헌신해야 하는가? 물론 철학자들은 그것은 진리를 향한 도정에 바쳐져야 하고, 본래적인 존재함에 이르러야 한다고 흔히 생각한다. 타고난 비진리로부터 진리에 이르는 이러한 과정을 기술하는 데 열정적이었던 이는 하이데거만이 아니었다. 헤겔도 우리가 근본적으로 비진리 안에 있으며, 정신의 과정은 바로 이 비진리를 교정하여 진리에 이르는 것이라고 이해했다. 가령 이와 관련된 헤겔의 수많은 구절들 가운데 이런 문장들을 읽어 볼 수도 있을 것이다. "지각의 진리는 의식 속에 있다기보다 의식에 속하는 것은 오히려 거기에 생겨난 비진리로 인식되어 있다. 그러나 비진리가 인식되어 있는 것은 이를 극복할 만한 가능성도 있음을 뜻하는 것이다. 따라서 의식은 이제 진리의 파악과 비진리의 지각을 서로 구별하여 비진리를 정정하며 스스로 그 수정 작업을 떠맡는 가운데 지각의 진리를 자기의 것으로 간직하는 것이다."(『정신현상학』, 1권, 158쪽)

그리고 이런 비진리가 개개인이 한낱 우연히 마주친 불운의 대가가 아니라, 반드시 인간의 운명에 가장 먼저 당도하는 '필연적 비진리'를 구성하는 한에서 사람들은 시에게 구원의 손길을 뻗는다. 시가 바로 참다운 존재의 자리를 가리켜 보인다고 생각하기 때문이다. 그런 생각에서 릴케는 "노래는 존재의 거기〔존재의 장소〕이다.(Gesang ist Dasein.)"(『오르페우스에게 바치는 소네트』, 1부 3소네트)라고 말했던 것이다. 이렇게 시가 존재함의 올바른 자리, 즉 진리를 밝혀 준다는 것은 근대 이래 유럽인들이 기본적으로 가지고 있는 생각이기도 한데, 가령 시에 대해서 전혀라고 해도 좋을 만큼 언급하고 있지 않은 책인 『존재와 시간』에도 이런 생각은 단 한 줄의 간결한 문장을 통해 자기주장을 하고 있다. "실존을 열어 밝히는 것이 '시를 짓는' 말의 고유한 목표가 될 수 있다."(『존재와 시간』, 224쪽) 참다운 실존의 자리를 열어 주는 것, 잊혀지고 은폐된 존재의 진리로 인도해 주는 것이 시이다. 그러므로 "시 짓기의 본질은 진리의 수립(Stiftung)이다."[5]라고 말해야 한다. 존재는 시의 언어 속에서만 참다운 자신의 본래적 자리를 얻게 되니 우리는 이제 시어에 대해 이렇게 말할 수 있을 것이다. "언어는 구획된 성역(templum), 다시 말해 존재의 집이다. (……) 언어는 존재의 집이기에, 우리는 언제나 이 집을 통과함으로써 존재자에 이르게 된다."(『숲길』, 454~455쪽) 이 문장에서 하이데거는 시어를 신전(templum)처럼, 그러니까 하나의 '집'처럼 다루고 있다. 언어가 존재자들이 본래적인 모습으로, 즉 존재의 진리 가운데서 출현하도록 '구획된 자리'(집)인 것처럼 신전 역시 신들이, 즉 한 민족의 진리가 출현하기 위한 '경계가 설정된 자리'(집)인 것이다.(『숲길』, 54쪽 참조)(이런 차원에서 「무엇을 위한 시인인가」에서 분석되는 횔덜린의 시와 「예술 작품의 기원」에서 다루어지는 그리스 신전은 쌍둥이와 같은 의미와 중요성을 지닌다.)

　헤겔 역시 진리를 향한 도정에서 시가 가지는 절대적 중요성을 이렇게 표현한다. 1796년에서 1797년 사이에 쓴 수고 형태로 남아 있는 「독일 관념론의 가장 오래된 체계 구상」(헤겔의 필적으로 쓰여 있지만 친구 횔덜린이 저자라는 견해도 있다.)에서 그는 이렇게 말한다. "'진리와 선은 오로지 미 속에서만 함께할 수 있다.' (……) 그런 까닭에 시는 드높은 존엄성을 얻는다. 종국에 시는 다시 한번 시가 시초에 있었던 바인 것이 된다. 바로 '인류의 스승'이 된다. 왜냐하면 철학도 역사도 남지 않고, 창

---

5) 마르틴 하이데거, 신상희 옮김, 『숲길』(나남, 2007), 110쪽.(약호: 『숲길』)

작인의 예술 혼자서 모든 다른 학문과 예술을 생존하게 할 것이기 때문이다."[6] 여기서 말하는, 인류 최초의 스승으로서 시인은 의심할 바 없이, 플라톤이 적고 있듯 "헬라스를 교육한 호메로스"(『국가론』, 606e)이다. 바로 이 교육, 가르침, 진리에로의 인도라는 과업이 인류 최초에 그랬듯 마지막에도 시에 떠맡겨지고 있는 것이다. 시를 통해서만 우리는 액운과 저주처럼 우리 존재를 결박하고 있는 비진리로부터 벗어나는 길을 전망할 수 있게 된다.

그런데 시와 진리를 비끄러매 놓고 늘 함께 사유하려는 이러한 견해는 단지 낡은 사상들만이 고집스럽게 부여잡고 있는 것인가? 비교적 최근의 바디우가 남긴 문장들을 몇 개 읽어 보자. "시인들의 시대의 시들에서 시적 언어는 사상'이며,' 진리를 고지한다."[7] "이미지, 언어의 다의성, 은유는 참된 것에 대한 언명을 호위하고 권위를 준다."[8] "시는 언어 속의 명령처럼 스스로 드러내고, 그러면서 진리를 생산한다."[9] 이 문장들은 하이데거와 마찬가지로 시와 진리를 서로 얽어 놓고 있다. 바디우는 하이데거를 비판하는 맥락에서 시인들의 시대는 완료되었다고 선언한 사람 아닌가? 그래서 그는 시인들의 시대의 완결된 목록을 제시할 수 있었고, 일곱 명의 시인들이 거기에 이름을 올렸다. 횔덜린, 말라르메, 랭보, 트라클, 페소아, 만델스탐, 그리고 첼란. 시인들의 시대의 종말은, 쉽게 요약하면 시가 진리에 관여하는 시대가 끝장을 보았다는 것이다. 그런데 바디우의 이러한 주장은 역설적이게도 여전히 하이데거적이다. 하이데거는 철학의 종말 이후 진리에 관여하는 것은 시라고 이야기했었

---

6) G. W. F. Hegel, "Das alteste Systemprogramm des deutschen Idealismus", *Werke*(Frankfurt am Main: Suhrkamp, 1986), Bd. 1, 235쪽.

7) A. Badiou, "L'age des poètes", J. Lanciere (dir.), *La politique des poètes*(Paris: Albin Michel, 1992), 22~23쪽.

8) A. Badiou, "Le statut philosophique du poème après Heidegger", *Penser après Heidegger*(Paris: Éd. L'Harmattan, 1992), 264쪽.

9) 알랭 바디우, 이종영 옮김, 『조건들』(새물결, 2006), 138쪽.

다. 바디우는 그렇게 진리에 관여하는 시인들의 시대는 끝났다고 말한다. 결국 양자 모두 시(그것의 생사 여부를 떠나서)의 중요한 국면을 '진리에 대한 접근'에서 찾고 있는 것이다.

이토록 오랫동안 시는 진리에 대해 특권적이라고 여겨져 왔다. 그리고 사상가들이 지나친 열광을 가지고 면허를 내준 이런 특권에 대한 맹신 속에서 시인들은 문학은 진리이다, 문학을 통해 인식을 얻었다, 문학은 심연을 들여다보게 해 준다, 그러니 너는 아직 덜 됐다, 문학 우습게 보지 마라, 우리 모두 치열하게 살자 등등 (당선 소감, 인터뷰, 후배들을 모아 놓고 설교하는 술자리 등등에서 심심찮게 보게 되는) 유치하기 짝이 없는 '유사 종교적' 발언을 마치 안전한 진리에 대한 확인이라도 되는 듯 버젓이 해 왔던 것이다. 어떤 방식으로든 유의미와 진리에 종사하지 않으면 안 되기라도 하는 듯이 말이다.

2 어떤 시대인가?

그런데 이렇게 시와 진리를 서로 당연한 듯이 비끄러매 놓는 사고는 하나의 시대 인식을 포함한다. 우리는 진리와 비진리 사이에서 어디에 위치해 있는가라는 거리 가늠에 따라 진단되는 시대 말이다. 이러한 시대 인식에 따라 문학은 위기에 처했는가, 문학이 무엇을 할 수 있는가 등등 여러 담론들이 쏟아져 나온다는 점에서, 진리와의 거리 재기에 입각한 '시대 인식'은 모든 물음들에 선행하는 근본 물음이다. 그러한 시대 인식 가운데 가령 저 유명한 '궁핍한 시대'라는 것이 있다. "이 궁핍한 시대에 시인은 무엇을 위해 사는가."(「빵과 포도주」에서)라는 횔덜린의 시구절에 대한 하이데거의 사색이 낳은 궁핍한 시대라는 진단은, '본질들이 은폐된 시대'를 내용으로 한다. "이 시대는 궁핍하다. 왜냐하면 이 시대에 고뇌와 죽음 그리고 사랑에 대한 본질의 비은폐성이 결여되어 있기 때문이다."(『숲길』, 404쪽) 본질의 이 숨겨짐은 근본적으로 어디서 기인하는가? 물론 "존재를 숨기는 이 시대"(『숲길』, 400쪽)라는 표현에서 보듯 존재자들이 참담게 있을 수 있는 자리, 즉 존재의 진리가 망각된 데서 유래한다. "이러한 망각〔존재의 극단적 망각〕이 궁핍한 시대의 궁핍성(Durftigkeit)의 은폐된 본질"(『숲길』, 401쪽)을 이룬다. 진리와의 거리 측정 속에서 한 시대의 정체성이 탄생한 것이다. 이렇게 하여 진리와의 관계는 자기 시대와 시에 관한 모든 물음이 수립되기 위한 좌표를 제공해 주게 된다. 아울러 시인의 사명에 대한 명시가 이루어진다. 가령 이렇게. "더욱더 모험적인 사람들은 온전한 것을 노래하는 사람들로서 '궁핍한 시대의 시인들'이다."(『숲길』, 469쪽) "더욱더 모험적인 자들은 시인들이다. 그러나 그들은 자신의 노래에 의해 우리의 보호받지 못한 존재를 열린 장 속으로 전환시키고 있는 그런 시인들이다."(『숲길』, 466쪽) 이 문장 속에 기록된 시인의 모습, 즉 '작품 속으로 진리의 정립'(『숲길』, 80쪽 참조)을 이룩하여, 존재를 은폐된 것이 아니라 열린 장으로 만드는 자의 모습은 단지 하이데거의 사유 안에만 고립되어 있는 초상화라고 결코 말할 수 없을 것이다. 성배를 찾는 기사나, 불을 가져다 주는 프로메테우스 같은 이러한 시인의 초상, 우리를 진리가 열려 있는 장으로 인도해 주는 시인의 초상은 얼마나 일반적인 것이었는가?

그러나 과연 진리와 얼마나 멀리 떨어져 있는가라는 거리 가늠 속에서 시인의 시대, 노래가 비로소 탄생할 수 있는 시대라는 좌표는 수립되는가? 오랫동안 당연하게 여겨져 온 이러한 생각을 비판적으로 음미하기 위해서 가장 기초적인 물음 가운데 하나인 '시 작품의 본질'에 관한 물음을 던져야 할 것이다.

레비나스가 말하듯 기본적으로 작품은 '대상'을 '이미지'로 대체하는 데서 성립한다. "예술의 가장 기본적인 과정은 대상을 그 대상의 이미지로 대체하는 데 있다."[10] 그렇다면 대상과 이미지는 서로 어떻게 다른 가? "개념은 '포착된' 대상이며, 지성적인〔인식 가능한〕 대상이다. 이미 행동을 통해 우리는 실재 대상과의 살아 있는 관계, 즉 우리가 그 대상을 포착하고, 이해하는 관계를 유지한다. 이미지는 이 실재 관계, 활동을 통한 본래적인 이 개념화를 무력하게 만든다."(RS, 127쪽) 즉 대상이라고 불리는 것은 개념을 통해 이해된 것이며, 이미지는 이 개념적인 것을 대체함으로써 개념의 힘을 무화시키는 자이다. 개념(범주)은 판단문을 수립하는 것이고, 그 자격으로 인식을 성립하게 한다. 인식과 이해는 우리가 진리에 관여하는 주요한 방식이다. 그리고 개념과 인식은 '보편적인' 것이므로, 개념은 소통 가능성의 조건에 값하는 것이어야 한다. 이미지란, 플라톤적 정의에 따르면, 개념을 매개로 한 판단문을 가능케 하는 사고(dianoia), 대화(logos), 판단(doxa)과 대립하는 것으로서, 대상에 대한 '판단'이 그 자체로 수립되지 않고 감성을 통해 수립되었을 때의 대상을 가리키며, '판타지아(보여진 것, phantasia)'라는 명칭으로 불렸다.(플라톤, 『소피스테스』, 264a 참조)

　개념이 이 이미지로 대체되는 순간 개념의 기능에 의존해 왔던 모든 것이 깨어져 나간다. 예술은 진리를 정립하는 것이 아니라, 반대로 실재에 대한 인식을 중지시킨다. "예술은 실재의 특정한 유형에 대해서 알지 못한다. 예술은 인식과 대립한다. 예술은 불명료하게 하는 사건 자체이며, 밤의 다가옴이며, 그림자의 범람이다."(RS, 126쪽) 인식할 대상은 사라져 버린다. 이미지가 개념을 파괴하고 대상이 실재성이란 개념에 매개되는 일이 일어나지 않기 때문이다. "표상된 대상은, 이미지로 변신하는 단순한 사실을 통해 비(非)대상으로 전환된다."(RS, 131쪽) 그리고 시는 본성상 바로 실재하는 사물과 상관없는 이런 이미지를 통해 탄생한다.

---

10) E. Levinas, "La réalité et son ombre", *Les imprévus de l'histoire*(Montpellier: Fata Morgana, 1994), 127쪽.(약호: RS)

시가 실재하는 사물과 상관이 없다는 것은 시의 양보할 수 없는, '아름답다'라는 성격에 대해 생각해 보는 것만으로도 잘 드러날 것이다. 사르트르는 이미지를 다룬 그의 초기 저서 『상상적인 것』에서 이렇게 말한다. "실재하는 것은 결코 아름다울 수 없다. 아름다움이란 오직 상상적인 것〔이미지〕에만 적용될 수 있는 가치일 것이다."[11] 아름다운 것으로서 시가 바로 그렇다. 그것은 대상과 적대적이라는 뜻에서 이미지인 것이다. 이렇게 이미지는 실재하는 사물이 아닌 것, 존재하는 대상이 아닌 것, 바로 '비존재'이다.

그렇다면 이미지란 비존재이니까 전적인 무, 존재에 대한 순수 부정인가? 시는 전적인 허무인가? 그러나 들뢰즈가 '이미지의 또다른 이름인 시뮬라크르'와 관련해 말하듯 "비(非)-존재라는 표현에서 '비'는 부정적인 것과는 다른 어떤 것이다."[12] 사실 이미지는 존재의 부정(존재하지 않음)이 아니라, 엄연히 존재하고 있는 것이 아닌가? 이것을 가장 잘 알고 있었던 사람이 플라톤이다. "우리가 비존재를 말할 때, 우리는 '있는 것'과 대립되는 어떤 것이 아니라 단지 다른 것(상이한 것, heteron)만을 말하는 것이라 생각한다."(『소피스테스』, 257b) 즉 비존재는 무가 아니라 '존재의 실존적 규정 방식 가운데 하나'이다. "있지 않은 것들은 적어도 어떻게든 있어야 한다."(같은 책, 240e) 말의 난해성(그 원죄가 플라톤에게 있는)에 대해 용서를 구하면서 표현한다면, 비존재는 존재가 아닌 것으로 존재하는 것이다. 그리고 바로 존재가 아닌 것이 존재함으로 해서 비존재가 문제를 일으킨다. 존재가 아닌데 존재하는 이것에게 허용되는 유일한 말이 무엇이겠는가? 바로 '거짓'이란 낱말이다. 그런 연유로 비존재인 이미지는 "거짓 진술이나 거짓 판단" 또는 "속임수"(같은 책, 264d)라 일컬어져 왔다.

---

11) J.-P. Sartre, *L'imaginaire*(Paris: Gallimard, 1940(folio, 1986)), 371쪽.
12) G. Deleuze, *Différence et répétition*(Paris: PUF, 1968), 881쪽.(약호: *DR*)

플라톤 이래, 이미지를 통해 성립하는 시에 대해서 쏟아졌던 박해는 바로 시가 비존재임에도 존재한다는 것, 즉 거짓 존재라는 것, 바로 비진리라는 점에서 기인한다. 시인은 비진리에 관여하는 자이다. 따라서 고대인들은 다음과 같이 시에 대한 정치가 시행되어야 한다고 생각하지 않을 수 없었다. "이 나라에서 시를 추방한 것은 합당했다."(『국가론』, 607a) 플라톤의 이 분명한 판정을 한낱 과장으로 치부하고 무시할 수는 결코 없다. 이런 그리스적 추방과 달리 만약 시가 통용되고 각광 받을 수 있는 시대가 있다면, 그것은 본래적 진리의 궁핍이 시를 통해 깨우쳐지고 시 안에서 진리가 설립되는 횔덜린 식의 '궁핍한 시대'가 아닐 것이다. 그것은 오늘날처럼 이미지가 실재 위로 범람하는 시대, 비진리 속에 머무는 것이 어떤 위기감도 초래하지 않는 그런 시대이리라.

3 이미지의 논리—시 한 편

이미지에 어떻게 접근할 것인가? 우리는 이미지로서 시에게 떨어졌던, 추방이라는 가혹한 정치적 불운에 항의하며 이미지와 진리의 친화성을 우리가 살펴보았던 옛 철학자들처럼 복원하려고 애쓸 수도 있다. 아니면 최근 유행하는 대로 문학의 '윤리'라는 화두 아래 다양한 방식으로 참됨과 올바름에 이미지로서의 문학을 매개할 수도 있을 것이다. 또는 니체 식으로, 이미지를 거짓 판단으로 판정한 심급은, '거짓'이라는 그 판정의 형태에서 보듯 도덕적인 것이며, 이 도덕적 심급이란 임의적인 것이다라고 서양의 도덕적 세계관을 비판할 수도 있을 것이다. 그러면서 플라톤적 도덕으로부터 이미지의 세계를 다음과 같이 해방시키는 것을 과제로 삼을 수도 있을 것이다. "플라톤주의를 전복한다는 것은 이미지에 대한 원형[모델]의 우위를 부인한다는 것을 뜻한다."(*DR*, 92쪽) 또는 시는 감성에 끼치는 즐거움과 고통을 원리로 하며, 이는 법에 반(反)하는 것이다라는 플라톤의 사상[13]을 받아들인 후, 오히려 시로부터 법을 와해시키는 '감성의 훈련 가능성'을 읽어 내면서 시의 정치적 실행 능력을 부각할 수도 있을 것이다.(이 마지막 방식을 최근에 과제로 삼아 본 적이 있다.)[14]

이 모든 시도 가운데 맨 앞에 놓아 본 방식은 근본적으로 비진리인 이미지를 진리에 매개하려는 시도라는 점에서 전망하기 어려운 것임을 우리는 보았다. 진리를 향해야 한다는 맹목이 문학도 오염시키고 있었을 뿐이다. 우리가 진리라는 말에 호응하는 제대로 된 판단 또는 인식(sophia)을 사랑(philos)한다고 여기는 것(즉 그리스인들이 수행한 '필로소피아'의 소질을 본원적으로 가지고 있다는 것)은 한낱 선입견일 뿐이다. 우리는 거꾸로 이렇게 말할 수 있을지도 모른다. "사유 속에서는 아무것도 인식〔지혜〕에 대한 사랑(la philosophie)을 전제하지 않으며 오히려 모든 것은 어떤, 인식〔지혜〕에 대한 혐오(une misosophie)에서 출발한다."(*DR*, 181~182쪽) 불타는 떨기나무 뒤에서 진리의 목소리가 들려왔을 때, 진리와의 이 마주침을 싫어하고 귀찮아했으며 회피하려 했던 모세야말로 인류에겐 '진리 사랑(philosophie)'이 아니라 '진리 혐오(misosophie)'가 소질로서 자리 잡고 있음을 증언해 주는 자이리라. 그리고 바로 이렇게 자연적 조건 속에서는 진리를 싫어하기 때문에 우리는 누가 강제하지 않아도 비진리 속에, 이미지 속에 머무를 수가 있는 것이다.

다음으로, 이미지를 평가 절하한 판정의 배후에서 도덕적 심급을 발견하고 그것이 지니는 최종 심급으로서의 지위가 임의적이라는 것을 폭로

---

13) 이에 대해서는 바디우가 잘 요약하고 있다. "또한 플라톤은 극(劇)예술적 시 속에서 승리하는 것이, 법과 로고스에 대항하는 쾌락과 고통의 원리라는 것을 말할 것이다."(A. Badiou, *Petit manuel d'inesthétique*(Paris: Seuil, 1998), 33쪽)

14) 이에 대해서는 지금 이 글과 같은 계절에 발표되었으며, 이 책의 2부 '시와 정치'의 한 부분을 이루는 글, 「감정 교육 —— 문학은 무엇을 할 수 있는가」(《문학수첩》, 2009. 여름, 86~99쪽)를 참조하기 바란다.

하는 시도, 또는 법을 와해시키는 이미지의 혁명적 힘을 부각하려는 시도는 문학의 정치성이라는 차원에서 의미 있는 것이나 이미지에 대한 이차적 접근 방식이다. 그럼 순서상 가장 먼저, 일차적으로 와야 하는 것은 무엇인가? 바로 이미지의 존립 방식, 이미지의 내적 논리에 대한 해명이다. 이 글에선 이미지를 어떤 긍정적 가치나 정치적 효과와 더불어 살피지 않으며(뒤에 이어지는 글들에서 이 점들은 과제로 떠오를 것이므로) 단지 겸손하게 이미지의 논리를 규명하는 데 멈추려 한다. 그런데 우리 시대가 이미지의 시대라면 이 작업은 우리 시대 '존재함'의 논리가 무엇인지 해명하는 일이 되기도 하지 않을까? 이를 위해 단 한 편의 시만을 읽어 볼 생각이다.

이미지에 대한 한 정의에서 출발해 보자. "나타나는 것들의 집합(ensemble)을 이미지라 부르기로 하자. 우리는 하나의 이미지가 다른 이미지에 대하여 작용한다든지 반응한다든지 한다고 말할 수가 없다. (……) 모든 사물들, 즉 모든 이미지들은 그것들의 작용 및 반작용과 뒤섞여 있다. 그것이 보편적 변주(variation)이다."[15] 이 구절은 이미지가 어떤 논리에 입각하여 존립하는지 실마리를 제공해 준다. 정체성을 지닌 하나의 이미지와 그와 독립된 또다른 하나의 이미지가 작용하고 반작용하는 관계에 놓여 있는 것이 아니다. 작용하는 것과 반작용하는 것이 함께 뒤섞여 '하나의' 이미지를 구성하며, 이 작용과 반작용은 '변주'라 일컬어진다는 것이다. 무슨 말인가? 간단한 예 하나를 들어 보자. 앞서 우리는 이미지가 실재를 충실히 표상하는 복사물이 아니라, 실재를 대체하는 실재의 타자라는 것을 보았다. 이미지는 그것의 본질을 이루는(플라톤이라면 이데아라 불렀을) 원본, 진정한 실재를 재현하지 않는다. 이미지는 진리의 자리에 있는 실재적 대상(원본)이 존재하고 있는 방식을 따르지

---

15) G. Deleuze, *Cinema 1: L'image-mouvement*(Paris: Éd. de Minuit, 1983), 86쪽.

않는 비존재인 까닭에 원본을 재현하는 방식으로 존립할 수 없다. 그렇다면 이미지는 무엇을 재현하며, 또는 무엇을 자신 안에 들어 있는 본질로 삼고서 존립하는가? 보드리야르는 이미지로서의 쌍둥이 타워(사라진 뉴욕의 무역 센터)에 대해 이렇게 말한다. "이 쌍둥이 타워는 두 개의 펀치 테이프처럼 보입니다. 오늘날 그것들은 서로 복제되고, 이미 복제 상태 속에 있는 것 같습니다."[16] 이미지가 원본을 복제하는 것이 아니라, 이미지 안의 두 항이 "서로 복제"하는 것이다! 서로 하나가 다른 하나의 본질이 되는 작용을 해서 다른 하나가 그에 반응해 출현할 수 있도록 해 준다. 시 예술 역시 근본적으로는 이러한 이미지의 논리에 따라 성립한다. 이제 하나의 이미지를 구성하는 데 성공하고 있는 시 한 편을 읽어 보자.

수백 개의 다이너마이트를 준비하고
폭파 전문가들은 콘크리트 벽에 뚫릴 구멍에 대해
토론을 시작했다
지구의 반대편에서
나는 그들과 함께 폭파 직전의 건물을 보고 있다
날씨는 쾌청하고
기온도 적당하다
크래커는 바삭바삭 잘도 부서진다
건물은 아직 그 모습 그대로 담담하게 서 있다
이미 깊고 큰 구멍의 뼈를 가지고
천천히 무너졌을 시간이 늙은 코끼리처럼
도시 한복판에 머물러 있다
까맣고 흰 얼굴들이 차례차례 지나간다
여러 번 크고 작은 눈빛이 오고 간다

___

16) 장 보드리야르 외, 배영달 옮김, 『건축과 철학』(동문선, 2003), 15쪽.

벌컥벌컥 물 한 컵을 마시는 동안

아무렇지 않게 무릎을 꿇어 버린

벽과 창문과 바닥이

하늘 높이 솟았다 가볍게 흩어진다

방바닥에는 크래커 부스러기들이 잔뜩

떨어져 있다

먼지구름은 이제 곧 이곳을 통과할 것이고

— 김지녀, 「크래커」 전문[17]

이 시에는 사상도 없고 교훈도 없다. 환기하고자 하는 정서도 없다. 더구나 대상이 지닌 성질들에 대한 충실한 정보를 제공해 주는 철저한 묘사가 있다고도 말할 수 없다. 이 시는 그저 무색무취이며 아무런 인식도 주지 않는다. 언어는 의미와 교환되길 거부하고 철저히 무상한 것이 되어 있다. 이 시 안의 어떤 것도 이데아와 같이 진리의 자리에 놓인 대상에 대한 앎으로 우리를 인도하지 않는다. 사물이 본래적으로 놓여 있는 존재의 자리에 대해 말해 주는 바도 없다. 오로지 하나의 이미지만이 있을 뿐이다.

이 이미지는 어떻게 성립하는가? 이미지는 서로 상관없는 두 항('크래커'와 '폭파되는 콘크리트 벽(건물)')으로 구성되어 있다. 이 두 항 사이에는 '어떤 인과적 관계'도 없다. 그렇다면 이 두 항으로 이루어진 한 이미지는 어떤 방식으로 존립하는가? 우리는 이 이미지의 존립에 대한 실마리를 들뢰즈의 다음과 같은 문장에서 읽어 낼 수 있을 것 같다. "이미지 자체는 **어떤 분열된 형식을 가지고 서로 동등하지 않은 두 부분**으로 현존한다. (……) 이 이미지는 동등하지 않은 부분들을 포섭하고 집결시키는데, 동등하지 않은 것들로서 집결한다."(*DR*, 120쪽) 한 이미지는 두 부분

<hr>

17) 김지녀, 『시소의 감정』(민음사, 2009), 28~29쪽.

(가령 크래커와 콘크리트 벽)으로 분열된 형식을 지닌다. 그런데 이 두 가지는 '하나의 원형적 본질'을 복사한 것이 아니다.(양자에 공통적인 원형적 실체성이라는 것이 대체 뭐가 있겠는가?) 분열된, 또는 서로 무관한 두 항이 서로를 표현하고 있는 것이다. 이미지는 이렇게 동등성을 가지지 않는 부분들이 서로 하나가 다른 하나를 그것의 본질로서 '포섭'하는 데서 성립한다. 나타난 하나의 현상인 부스러진 크래커가 가리켜 보이는 그 안에 감싸인 본질은 폭파된 콘크리트 벽이다. 반대로, 무너진 콘크리트 벽이 가리켜 보이는 그 안에 감싸인 본질은 크래커 부스러기이다. 두 가지 가운데 어떤 것도 고정된 본질의 자리에 있지 않으며, 따라서 어떤 것도 다른 하나에 대해 고정된 우위성을 점하지 않는다. 요컨대 본질로서의 얼굴을 숨기고서 하나의 가면이 나타나는 것이 아니라 두 개의 가면이 번갈아 가며 상대방의 배후에 숨겨진 얼굴 역할을 해 주는 것이다. 가면끼리 끊임없이 서로 역할을 바꾸어 가며 때로 본질의 자리에, 때로 현상의 자리에 놓인다. 그러니 가면은 본질의 자리에 놓인, 정체성을 지닌 인물이나 사물의 실재성을 가리켜 보이는 이름이 아니다. 이름 뒤엔 다른 이름이 있을 뿐이다. 이름이 본질 또는 고정된 의미 또는 고정된 사물을 가리켜 보이지 않고 영원히 다른 이름만을 가리킨다면 이 세계는 무엇인가? 이름들 안에는 또다른 수수께끼의 표지에 지나지 않는 다른 이름만이 있다는 점에서, 이것은 텅 빈 이름들로만 이루어진 '익명성의 세계'이다. 그러니 양자의 숨바꼭질을 이렇게 기술할 수도 있으리라. "가면들 뒤에는 여전히 가면들이 있다. 맨 뒤에 감춰져 있는 것도 여전히 하나의 은신처이다. 이런 과정은 무한히 이어진다. 여기에 무슨 착각이 있다면, 어떤 사물이나 어떤 인물의 가면을 벗길 수 있다는 착각 말고는 없다."(*DR*, 140쪽) 가면의 배후엔 실재하는 사물이나 고정된 고유 명사로 가리켜 보일 수 있는 인물이 있는 것이 아니라, 가면만이 있다. 최후의 은신처 뒤에 숨어 있는 것은 본질이 아니라, 다른 가면일 뿐이다. 그리고 이미지 안에서 이

두 개의 가면, 크래커와 콘크리트 벽의 '순환'은 영원히 계속된다.

우리는 크래커와 콘크리트 벽이라는 두 항의 관계를 이렇게 기술할 수도 있으리라. "각 계열은 다른 계열들의 회귀를 통해서만 실존한다."(DR, 95쪽) 한 계열인 콘크리트 벽은 다른 계열인 크래커의 알맹이를 채우는 방식으로만 본질로서 회귀하며, 크래커의 경우도 콘크리트 벽의 알맹이를 채우는 식으로만 그렇게 한다. 그러므로 시적 이미지의 이 논리에 걸맞은 하나의 명칭을 찾자면 그것은 결국 '반복'이 되지 않겠는가? "반복은 언어의 힘이다. (……) 반복은 언제나 어떤 극단적인 시의 이념을 함축한다."(DR, 373쪽) 크래커는 콘크리트 벽의 본질로서 되돌아오며, 이번엔 콘크리트 벽이 크래커의 본질로서 되돌아온다. 두 항은 상대방의 가면 뒤에서 반복하여 회귀하는 것이다. 시에서 후렴이나 변주가 '하나의' 의미나 명제로 요약되지 않고 고유성을 가진다는 사실은 반복이 이미지의 독자성을 수립해 주는 고유한 논리라는 것을 증거한다.[18] 따라서 이미지로서의 시 안에는 반복을 말의 어떤 경제적 낭비 정도로 강등시키는, 인식할 내용물이 없다. 하나의 가면을 애써 해독한다고 해도 그 안에 숨은 것은 다른 가면이다. 이 가면을 해독하면 그 안엔 먼젓번에 가면이었던 것이 본질 행세를 하며 들어 있다. 인식을 목적으로 삼는 것이 아니라 목적 없이 반복하는 것, 진리 없이 가면을 바꾸어 쓰는 것이 시를 통과하는 삶이 취하는 방식이다. 정말로 어떤 삶을 떠올리게 하지 않는가? 이미지 시대에 삶이란 되찾아야 할 진리도, 최종적인 지점에 놓인 도달해야 할 진리도 없이, 가면끼리 복제하는 끊임없는 행렬 중에 있다면, 이미지로서의 시야말로 본의든 타의든, 시대가 알아차릴 수 있든 없든, 시대를 존중하고 있다. 시대의 실존 방식의 무의식적 교본이 되면서 말이다.

---

18) 그런데 후렴이나 변주 같은 반복은 분명 시간적 차원 안에서 해명되어야 한다. 다음에 이어지는 글 「이미지와 시간」에서 우리는 이미지를 수립하는 반복이 시간적 차원 안에서 어떻게 성립하는가를 살필 것이다.

이미지와 시간
── 반복의 시간과 비진리

　앞서의 성찰을 통해 우리는 이미지의 논리를 규명했다. 두 항이 종합되어 하나의 이미지를 이룬다는 우리의 성찰은, 이 두 항의 관계가 반복이라는 것을 발견했다.(사실 두 항을 종합해 주는 마지막 하나의 항이 중요한데, 이에 대해선 2부의 글 「시와 정치」에서 다룰 것이다.) 그런데 반복은 시간에 관한 개념으로서 해명되어야 하지 않겠는가? 그렇다면 이미지 역시 시간적 생산물로서 조명되어야 할 것이다.

　이미지의 이러한 면모는 근본적으로 프루스트적인 '비자발적인 기억'에 뿌리를 내리고 있다. 가령 프루스트의 작품에서 하나의 이미지로서 마들렌 과자를 생각해 보자. 프루스트의 발견이란, 마들렌의 이미지는 설탕과 버터와 밀가루로 이루어진, 현재 내가 맛보고 있는 과자가 지닌 과학적 성분과는 아무런 공통점이 없는 시골 마을 콩브레와 그 과자와의 '공명'을 통해 수립된다는 것이다. 현재와 과거 두 시간대에 놓여 있는 이질적인 항들 간의 종합이 하나의 이미지를 수립시킨다는 말이다. 이 종합이란 다름 아니라, 과거가 전혀 다른 모습으로 '위장'한 채 현재 속에서 '반복'되는 일이 아닐까? 어떤 의미에서 프루스트와 가장 거리가 먼 작가인 사르트르마저 이러한 프루스트적 체험을 증언하며 그의 자서

전 속에 간직하고 있다. 사르트르에게서 프루스트의 마들렌은 봉봉 과자와 화장실 소독약 냄새로 대체된다. "누군가 나에게 영국 사탕(봉봉 과자)을 줄 때, 어떤 여인이 내 곁에서 매니큐어를 칠할 때, 시골 호텔의 화장실에서 소독약 냄새를 맡을 때, 야간열차의 천장에 매달린 보랏빛 전등을 볼 때, 나는 내 눈과 코와 혀에 이제는 사라진 당시 영화관의 불빛과 냄새를 되찾는 것이다."[1] 이는 분명 사르트르 식으로 기록된 '되찾은 시간'이다. 사라진 옛 영화관의 불빛과 냄새는 봉봉 과자와 소독약 냄새와 야간열차의 전등으로 둔갑하고서 반복된다. 과거와 현재의 공명 속에서 하나의 이미지가 탄생하는 것이다. 앞 글의 논의를 완결 짓는 이 글은 영화, 소설, 리듬, 압운 등 예술의 여러 분야에서 이미지를 생산해 내는 이러한 반복의 시간의 보편성을 확인한다.

1 영화와 소설

영화 자체는 이미지를 통해 반복의 시간을 가시화하는 장르일 것이다. 이 문제에 접근하기 위해서, 가령 '영화–이미지'라는 들뢰즈의 개념에서 출발해 보자. 이 개념은 장루이 셰페르의 다음과 같은 말로 요약될 것이다. "영화는 시간이 내게 하나의 지각으로서 주어지는 유일한 경험이다."[2] 시간 자체가 어떻게 지각된다는 것일까? "과거와 미래에 사로잡히지 않은 현재, 이전의 현재에 환원되지 않는 과거, 이제 오게 될 현재로 이루어지지 않은 미래란 없다."(*IT*, 54~55쪽) 현재란 그것 자체로만 고립된 채 주어지지 않는다. 현재적 지각은 늘 과거의 감시를 받으면서만 이

---

1) 장폴 사르트르, 정명환 옮김, 『말』(민음사, 2008), 134쪽.
2) G. Deleuze, *Cinema 2: L'image-temps*(Paris: Éd. de Minuit, 1985), 54쪽에서 재인용.(약호: *IT*)

루어진다. 다르게 말하면 현재는 과거를 상기시키는 방식으로만 지각되고, 과거는 현재로 변장한 채 반복되는 것이다. 아울러 과거와 현재의 관계가 그랬듯 현재의 지각은 미래의 지각 역시 결정한다. 그야말로 현재는 과거의 소멸을 조건으로 존립하는 것이 아니라 과거라는 환등기를 통해서만 보이는 영상 같은 것이다. 요컨대 지각되는 하나의 이미지는 현재와 과거의 중첩을 통해서만 수립된다. 히치콕의 「현기증」이 좋은 예가 되지 않을까? 현재의 귀부인에 대한 지각(머리 모양, 꽃다발 등등)은 과거의 죽은 여인의 조명을 받지 않고는 이루어지지 않는다. 즉 하나의 이미지를 수립하는 것은 현재적 지각이라기보다는, 현재와 과거의 종합된 지각인 것이다.

이 점은 최근 유럽 소설 문학의 대표적인 성과들이 유난히 관심을 기울이는 바이기도 하다. 유럽 문단에서 시간적 지평에서 과거와 현재의 프루스트적 공명을 핵심으로 하는 주목할 만한 소설들이 3년 차이를 두고 발표되었는데, W. G. 제발트의 『아우스터리츠』(2001)[3]와 움베르토 에코의 『로아나 여왕의 신비한 불꽃』(2004)[4]이 그것이다. 이제 보겠지만, 현대 문학의 빼놓을 수 없는 성과를 대표하는 이 두 작가는 노골적으로 프루스트적 회상의 문제에 도전하고 있다.

비트겐슈타인의 외관을 모델로 삼아 만들었으며 매우 불운한 시간 여행자인 제발트의 화자 아우스터리츠는 이렇게 말한다. "막 출발한 지하철의 회색 창문 뒤에서 이전부터 내게 친숙한 얼굴들을 알아보았다고 생각했지요. 나는 이 낯익은 얼굴들이 항상 모든 다른 것들, 뭔가 사라진 것들을 간직하고 있다고 말하고 싶고, 그들은 종종 여러 날 동안 나를 추적하고 나를 불안하게 만들었어요."(『아우스터리츠』, 142쪽) 지하철의 승객들

---

3) G. W. 제발트, 안미현 옮김, 『아우스터리츠』(을유문화사, 2009).(약호: 『아우스터리츠』)

4) 움베르토 에코, 이세욱 옮김, 『로아나 여왕의 신비한 불꽃』(열린책들, 2008), 상·하권.(약호: 『로아나』)

틈에서 뭐라 꼭 집어서 이야기할 수는 없지만 친숙한 얼굴들을 알아본다는 것은 무엇인가? 그 자체로 정체를 파악할 수 없으면서도 현재의 지각 배후에서 화자를 불안하게 만드는 것은 무엇인가? 그것은 물론 의지적으로 소환되지도 않고 의식적으로 접근할 수도 없는 과거, 비자발적인 기억의 선물로서의 과거이다. 불안한 현재의 지각은 비자발적인 기억이 찾아내는 과거와의 종합 속에서만 성립하는 '이미지'인 것이다.

하나의 이미지를 형성하며 서로 중첩되는 방식으로 공존하는 현재와 과거를 제발트는 노골적으로 프루스트적 코드를 통해 표현하기도 한다. 프루스트의 '포석 체험'을 떠올리며 이 구절을 읽어 보라. "블라슈스카와 네루도바 사이의 집들과 마당 사이로 난 골목을 꺾어 들어가자, 한 걸음 한 걸음 비스듬히 올라가면서 발밑에서 고르지 않은 보도석(步道石)을 느끼는 동안 언젠가 내 발 밑에서 이 길을 걸어 본 적이 있는 것 같은, 생각해 내려고 애쓸 필요도 없이 그렇게 오랫동안 마비되었다가 이제야 다시 깨어나는 감각들을 통해 내게 기억이 열리는 것 같았어요."(『아우스터리츠』, 167~168쪽) 제발트의 주인공은 프루스트의 화자와 똑같이 발에 부딪치는 포석의 감각 속에서 현재와 과거의 중첩 내지 종합을 체험하고 있는 것이며, 이런 의미에서 이 구절은 프루스트의 유명한 다음 구절을 위한 오마주라 할 만하다. "몸의 균형을 다시 찾으려고, 먼젓번 것보다 좀 낮게 깔린 다른 포석에 한쪽 발을 딛는 순간, 지금까지의 실망은 나의 인생의 각 시기의 것과 똑같은 행복감 앞에서, 그러니까 발베크 부근을 마차로 산책했을 적에 내가 인식할 줄로 믿은 나무들의 전경이나, 마르탱빌르 종탑의 전경이나, 달인 물에 담근 마들렌 한 조각의 맛이나, 그 밖에 내가 얘기했던, 뱅퇴유의 최후 작품에 종합되고 있는 것같이 보인 다른 여러 감각들이 나에게 주었던 것과 똑같은 행복감 앞에서 사라졌다."[5] 보도석을 다룬 제발트와 프루스트의 구절들은 모두, 보도석에 관한 현재의 지각의 본질을 이루는 것은 그 지각 밑에 은폐된 과거라는 것을 말하고 있다.

이제 물리적으로 누릴 수 있는 시간보다 잃어버린 시간이 훨씬 많아진 나이가 된 움베르토 에코 역시 현재의 수립을 가능케 하는 과거에 대한 탐구를 주제로 소설을 하나 쓰고 있는데, 이러한 작업은 직접적으로 프루스트를 경쟁 상대로 삼으면서 이루어진다. 그는 고약한 경쟁자가 되기를 작심이라도 한 듯 프루스트의 차 마시는 행위를 자신의 똥 누는 행위로 대체한다. "프루스트는 피나무 꽃봉오리 차와 마들렌 과자를 실마리로 삼아 잃어버린 시간을 되찾았다지만, 똥은 아직 나의 피나무 꽃봉오리 차가 아니었다. ── 하기야 내 괄약근을 가지고 어떻게 프루스트 식의 recherche(찾기)를 해 나간단 말인가? 잃어버린 시간을 되찾기 위해서는 설사가 아니라 천식이 필요하다. 천식은 공기와 관련되어 있고, 비록 고통스럽기는 할지언정 영혼의 숨결이다. 또한 천식은 방의 내벽에 코르크를 댈 수 있을 만큼 호사를 누리는 부자들에게 어울린다. 들판의 가난한 사람들은 영혼보다 육체에 더 신경을 쓰게 마련이다. 그렇다고 해서 내가 불우하다고 느낀 것은 아니고, 오히려 만족스러운 기분이 들었다. (……) 나는 이렇게 생각했다. 구원의 길은 무수히 많고, 그중에는 똥구멍을 거쳐 가는 길도 있다고."(『로아나』, 156~157쪽) 수다 뒤에 결론은 이렇다. 천식 증세를 겪고 차와 마들렌을 넘기는 프루스트의 목구멍도 구원의 길이지만, 에코의 똥구멍도 구원의 길이며 구원을 위한 회상을 준비한다고.(잠깐 지나가면서 말하자면 프루스트에 대한 에코의 관심은 소설의 차원에서는 그의 두 번째 작품인 『푸코의 추』(1988)에까지 거슬러 올라간다. 잠깐 지나가는 듯한 다음 구절에서 읽을 수 있듯이 말이다. "'베르뒤랭 살롱이나 생 게르망뜨…… 학생들은 아직도 이런 걸 읽나?' '나'는 읽어요.'"[6]) 그리하여 에코의 주인공은 똥 누기를 통하여 "잊힌 과거의 나 자신과 다시 하나가 되어

---

5) M. Proust, *À la recherche du temps perdu*(Paris: Gallimard, Pléiade 총서, 1989), t. Ⅳ, 445쪽.
6) 움베르토 에코, 이윤기 옮김, 『푸코의 추』(열린책들, 1990), 상권. 87쪽.

있었고, 이전의 무수한 경험들, 심지어는 포도밭에서 볼일을 보았던 어린 시절의 경험과 결합할 수 있는 일"(『로아나』, 156쪽)을 이루었다.

그런데 에코의 경우 과거와 현재의 공명 내지 종합에서 우리는 프루스트에게서는 찾아볼 수 없었던 매우 중요한 국면을 엿볼 수 있다. 에코의 소설은 모든 연애의 기원에 있는 사랑을 찾는 이야기이기도 하다. 주인공이 사랑했던 파올라나 시빌라 같은 사람들의 배후에 있는 진정한 사랑, 또는 그가 사랑한 사람들에 대한 사랑을 가능케 했던, 현재와 공명하는 과거 자체를 그는 찾고자 한다. 과거 '자체'는 찾을 수 있는 것일까? 에코는 소설의 마지막에서 이렇게 말한다. "내가 파올라에서 시빌라에 이르기까지 평생에 걸쳐 찾아 헤맸던 것이 무엇인지 알게 될 것이다."(『로아나』, 722쪽) 여기서 화자는 '기원적 과거'의 비밀 바로 앞에 서 있는 듯이 보인다. 사랑하는 이의 이미지 배후에서 그 이미지를 가능케 한 과거의 한 순간을 식별해 낼 수 있는 것처럼 보인다. 그러나 화자는 끝내 뭐라 말하는가? "나는 한 줄기 서늘한 바람이 건듯 불어오는 것을 느끼며, 올려다본다. 왜 태양이 검게 변하고 있지?"(『로아나』, 723쪽) 현재 뒤에 숨겨진 과거를 그 자체로 정시할 수 있을까? 마치 현상의 배후에서 순수 과거로서의 이데아를 직관하는 것이 가능하다고 생각했던 플라톤의 바람처럼? 결코 그렇지 않다. 여기에 그 자체로 직관 가능한 이데아와 같은 진리는 없는 것이다. 오로지 과거는 현재와의 공명 속에서만 효과를 발휘하며 그 자체로의 과거에 도달할 수 있다고 믿고서 회상할 때 우리가 직면하는 것은 '검게 변한 태양', 텅 빈 암흑 외에 다른 것이 없다. 움베르토 에코의 소설이 오랜 성찰 끝에 최종적으로 제시하는 결론이 바로 이것이다. 과거 자체를 찾으려는 노력이 발견하는 것은 아무것도 아니다. 과거 자체가 있어야 할 자리엔 검은 태양처럼 아무것도 없으며, 텅 빈 무가 있다. 이것이 알려 주는 바는 무엇인가?

우리는 하나의 이미지는 두 항의 공명 내지 종합을 통해 성취된다고 여러 번 말한 바 있다. 그러나 이 말이 과거의 항은 그 자체로 기원으로서 존립한다는 것을 뜻하지는 않는다. 에코의 화자는 자신의 모든 사랑의 기원에 무엇이 있는지 탐구하려 했다. 거기엔 '무(無)'가 있다. 왜냐하면 사랑의 텍스트는 현재와 과거의 공명 속에서 태어나는 것이지, 기원적인 과거 자체의 사랑이란 없기 때문이다. 이 점은 이미 토마스 만이 잘 보여 준 바였다. 『마의 산』에서 주인공 한스 카스토르프는 쇼샤 부인에게 사랑의 감정을 느낀다. 이유는 이 사랑의 배후에 과거 초등학교 시절 동급생 회페에 대한 기억이 있기 때문이다. "한스 카스토르프는 비난하고 싶은 기분으로 이 행실이 나쁜 부인을 보면서, 그녀를 보면 무언가가 연상되지만, 그것이 무엇인지 모르겠다고 생각했다."[7] 그런데 한스 카스토르프는 쇼샤의 배후에 있는 (또는 배후에서 연상되는) 회페를 사랑했는가? 천만에! 그는 회페를 사랑하고 쇼샤 부인을 통해 이 사랑을 또 반복하는 것이 아니다. 사랑이란 오로지 한 번이며, 현재와 과거가 종합되면서 그것은 가능해진다.[8] 별개로서 현재와 과거 각각은 그 무엇도 아닌 그저 '무'일 뿐이다. 이것이 뜻하는 바는, 그리고 움베르토 에코의 소설 『로아나』가 결론적으로 주장하는 바는, 기원적인 사랑이란 없다는 것이다. 과거는 사후적으로 현재와의 공명 속에서만 사랑의 텍스트로 완성될 뿐이며, 결국 시간적 차원에서 이미지의 형성은 '기원의 부재'를 전제한다고 말해야 한다.

2 리듬과 압운

서로 다른 시간대에 놓여 있는 두 항이 공명하여 하나의 생산물을 만

---

7) 토마스 만, 곽복록 옮김, 『마의 산』(동서문화사, 1976), 117쪽.
8) 이에 대한 자세한 분석은 필자의 책, 『들뢰즈의 철학 — 사상과 그 원천』(민음사, 2002), 85~87쪽 참조.

들어 내는 과정이 '문학의 형식적 요소의 근본'을 이룬다는 것을 보여 주는 경우가 리듬과 압운(rhyme)일 것이다. 리듬은 기본적으로 반복이 없고서는 성립할 수가 없는데, 들뢰즈는 시에서의 반복이 가지는 의의에 대해 이렇게 쓰고 있다. "반복은 언어의 힘이다. (……) 반복은 명목적 개념들의 어떤 결핍을 통해 설명되는 일과는 거리가 멀다. 반복은 언제나 어떤 극단적인 시의 이념을 함축한다."[9] 우리는 무엇인가를 사람들에게 이해시킬 경우, 개념에 대한 설명이 결핍되면 반복을 한다. 그러나 시의 경우는 설명의 실패 때문에 반복하는 것은 아니다. 당연히 시 자체가 설명을 목적으로 하지 않을뿐더러, 시의 구절들은 모종의 실패 때문에 결여된 형태의 언어가 아니라 늘 완전한 언어로 이루어진다. 두 번째 행은 첫 행 자체의 부족 때문에 쓰는 것이 아니며, 두 번째 연은 첫 연의 실패를 만회하기 위한 이차적 시도가 아니다. 각각은 그 자체로 완벽한 채로 반복한다.

구체적으로 리듬이라는 생산물을 만들어 내는 반복은 어떻게 작동하는가? "아마 예술의 최고 목적은 이 모든 반복들이, 본성의 차이와 리듬의 차이, 각각의 자리바꿈(déplacement)과 위장(déguisement) (……) 등등과 더불어서 동시적으로 운동하도록 만드는 데 있다. 그리고 이 반복들을 하나가 다른 것 안에 들어맞도록 집어넣는 데(emboîter) 있다."(DR, 374~375쪽) 시 안에서 반복은 '자리바꿈'과 '위장'을 통해 이루어진다. 다르게 표현하면, 한 항을 다른 하나의 항 안에 '들어맞도록 집어넣는 것'이다. 반복이란 동일한 것이 다시 회귀하는 것이 결코 아니라, 앞의 것(앞의 행, 앞의 연)이 뒤에 와서 다른 자리로, 또는 다른 모습의 가면을 쓰고 회귀하는 것이다.

가령 반복으로부터 강력한 효과를 얻는 시 한 편을 보자. 파울 첼란의

---

9) G. Deleuze, *Différence et répétition*(Paris: PUF, 1968), 378쪽.(약호: *DR*)

「죽음의 푸가」는 "새벽의 검은 우유 우리는 그걸 저녁마다 마신다."라는 시구로 시작하며, 시 전체를 통해 이 구절은 반복된다. 이 반복은 저 구절의 동일성이 고스란히 회귀하는 것일까? 그렇지 않다. 이 구절은 이내 "마시고 또 마신다."로 변주되고 다시 "새벽의 검은 우유 우리는 밤마다 너를 마신다."라는 구절로 바뀐다. 이런 변화 자체가 이 시라고 할 만큼 변주는 지속적으로 풍부하게 이루어진다. 모든 행들은 그 자체로 고립된 채 존립하는 것이 아니라, 리듬을 타고 반복을 구성한다. 형태상 동일한 것이 반복되는 것이 아니라, 반복은 앞의 것이 뒤 구절을 가면으로 쓰고서 회귀하는 식, 현상적으로 나타나는 뒤 구절의 배후에 앞 구절이 그 구절의 본질로서 '들어가는(emboîter)' 식으로 이루어지는 것이다. 즉 반복은 앞의 것이 뒤에 와서는 자리를 바꾸고 다른 가면을 쓰는 방식으로 이루어진다. 이는 무엇을 의미하는 것일까? '반복을 통해 리듬을 형성하는 시'는 두 개 이상의 항이 서로 공명, 종합하여 이루어 내는 하나의 이미지, 하나의 생산물이라는 점이다.

보다 흥미로운 압운의 경우에서도 우리는 동일한 사태를 목격한다. 아감벤의 『잔여의 시간』에서 가장 눈길을 끄는 부분은 바로 이러한 압운에 대한 언급일 것이다. "행들은, 각운이 맞춰지고 교차하는 단어들의 유희를 통해서, 즉 각각의 단어가 선행하는 연들의 단어를 다시 사용하고 상기하는 방식으로 (또는 그 단어를 다른 단어로서 상기하는 식으로) 운을 띠고 생기를 얻는다. 동시에 운이 맞춰진 그 단어들은 후속하는 연에서 도래할 자신의 반복을 고지한다."[10] 여기서도 관건은 '반복'이다. 반복이 어운을 어운으로서 작동하게 만든다. 어운은 선행하는 연의 어운이 후행하는 연에서 반복됨으로써 비로소 어운으로서 작동한다. 그러나 그것은 선행하는 형태가 그 자체의 동일성을 가지고 회귀하는 것인가? 그렇지 않다. 우리가

---

10) G. Agamben, P. Dailey(tr.), *The Time That Remains: A Commentary on the Letter to the Romans*(Stanford, California: Stanford Univ. Press, 2005), 82쪽.(약호: *A*)

읽은 위 구절이 말하듯, 앞의 "단어를 다른 단어로서 상기하는 식으로" 한 단어는 다른 단어로서 돌아오는 것이며, 이렇게 앞부분의 운은 뒷부분에 재차 도입된다. 즉 앞서의 말은 그대로가 아니라 다른 말로 위장하고서 반복되며, 이런 반복을 통해서 시는 운율적이 되는 것이다. 통시적인 질서로 이루어진 시의 표면적 시간 배후에는 이런 식으로 그 시간을 조직하는 내적 질서로서 어운의 반복이라는 시간 구조가 도사리고 있다. "크로놀로지컬한 시간이 그 자신의 얼마간 **숨겨진** 진동을 통해서 자신을 조직하며, 그렇게 해서 시의 시간이 만들어지는 것이다."(A, 82) 시는 오로지 표면적으로만 계기적(繼起的)이다. '심층적인 차원에서 시를 가능케 하는 시간은 반복이며, 이 반복은 앞에 오고 뒤에 오는 두 항을 서로 공명하게 만듦으로써 시라는 하나의 이미지를 창출한다.' 앞 연과 뒤 연의 운 사이의 이 공명은 시의 계기적 흐름 아래 "숨겨진 진동"이라 부를 만한 것이다. 왜냐하면 운의 반복은 가시적인 형태상의 동일성을 지니는 단어의 반복이 아닌 반복, 그러므로 "숨겨진" 반복 내지 둔갑한 반복인 까닭이다.[11]

3 결론: 익명성과 비진리

그런데 반복의 시간을 통해서 두 항이 공명해 하나의 이미지를 이룬다는 것은 '주체성'의 문제가 쟁점이 될 때 '익명성'의 근본적 지위를 증언하고 있지 않은가? 위장된 반복의 이념에 가장 합당한 것을 찾자면 '윤회'가 될 것이다. 윤회를 통해 반복하는 당사자에게도 이 반복의 사실은

---

11) 아감벤은 이러한 반복을 메시아적 시간 구조의 핵심에서 발견한다. 가령 과거의 유대 율법은 그리스도의 사랑이라는 형태 안에서 요약되고 심판 받는 식으로 반복된다. 우리가 살펴본 압운에서의 반복은 이러한 메시아적 시간이 구현되는 한 가지 방식인 것이다. 메시아적 시간으로서의 반복은 3부의 글 「사도 바울, 메시아, 외국인」의 4절에서 자세히 다룰 것이다.

알려지지 않으므로, 반복은 무의식을 경유한다고 말해야 할 것이다.

삶이 반복되긴 하는데, 자리를 바꾸고 위장된 채로 반복된다는 사실 자체를 주제로 삼고 있는 작품이 최동훈의 영화 「전우치」(2009)이다. 영화 전체가 위장된 반복의 문제에 대해서 숙고하고 있는데, 내레이션을 통해 그런 반복을 이렇게 기술하고 있기도 하다. "마성에 빠진 표운 대덕과 요괴들은 지상으로 쫓겨 와 인간의 몸속으로 숨어들었고, 자신이 누구였는지 그 기억마저도 잃어버렸다." 마지막의 "자신이 누구였는지 그 기억마저도 잃어버렸다."라는 구절만큼 '자기 자신이 되어야 한다.'는 코기토에 대한 요구에 정면으로 맞서고 있는 것도 없으리라. 윤회 속에서 모든 것은 위장된 가면의 반복이며, 그 자체로 정체성이 확정된 주체란 없다. 코기토적 주체는 반복의 과정 가운데 한 지점에 시선을 가두어 두고서 그것이 영원히 보존될 정체성의 자리인 줄 믿고, 거기에 자아라는 이름을 붙이는 자이다.[12]

결국 이것이 알려 주는 바는 무엇인가? 오래전에 플라톤은 현재의 배후에 있는 과거는 영원불변하는 본질, 가변적 현상 뒤의 진리라고 생각했다. 우리가 앞 글 「시와 비진리」와 이 글 전체를 통해 보게 된 것은 고정된 정체성을 지닌 본질, 진리는 없다는 것이다. 그저 그 자체로서는 진리도 아니고 아무런 의미도 가지지 못하는 과거와 현재의 두 항이 만나서 하나의 이미지를 생산해 내며, 심지어 주체마저 이미지로서 생산해 낸다.

서사에 대해서도 같은 이야기를 할 수 있지 않을까? 반복을 통한 과거와 현재의 공명에 몰두하는 서사의 정체는 이런 '비진리'가 아닐까? 이런 맥락에서 어떤 이는 시간의 예술(그 시간이란 반복의 시간이다.)인 서사에 대해 이렇게 쓰고 있다. "이로부터 서사(narration)의 새로운 위상

---

12) 우리는 김경주의 시를 다루고 있는 4부의 글 「시차의 시」의 3절에서 이 '윤회'와 '주체'의 문제를 보다 자세히 다룰 것이다.

이 나온다. 서사는 진리 언표적(véridique)이기를 그치고, 즉 참(le vrai)을 주장하기를 그치고 **본질적으로 거짓을 만들어 내는 것이 된다**. (……) 진리 언표적 인간은 죽고, 모든 진리의 모델은 새로운 서사를 위해 무너졌다. (……) 이미지는 과거가 필연적으로 참이 아닌 방식으로 생산되어야 한다. (……) 진리 언표적 인간은 참인 세계를 간청하지만, 참인 세계는 그 자체 진리 언표적 인간을 전제한다. 이런 참인 세계는 그 자체 도달할 수 없는 세계이고, 무용한 세계이다. (……) 이제 더 이상 진리도 외양도 존재하지 않는다."(*IT*, 171~191쪽) 외양의 배후에서 파해쳐 볼 만한, 플라톤적인 과거와 같이 고정된 진리란 없다. 그런데도 만일 우리가 학교나 교회에서 익힌 오래된 습관 때문에 진리라는 말을 고집하고 싶다면, 이제 비진리를 진리라고 불러야 하며, 이는 결국 진리라는 말 대신 비진리라는 말을 사용하는 것이고, 두 말의 대립을 무화하는 것이며, 따라서 진리 개념에 의존하지 않고 삶에 접근하기를 촉구하는 것일 터이다. 이제 삶에 접근하도록 해 주는 것은 고정된 진리의 언표가 아니라, 우리가 반복이나 위장, 또는 둔갑이라는 말로 불러온 저 '변신의 시간'이리라. 태어나 풍성해지고 다시 쇠약해져 사라졌다가 또다른 관계들 속에 출현하는, 목신의 피리에 맞추어 사는 자연이 그렇듯, 삶은 변신과 윤회 또는 둔갑에 대해서만 알 뿐이다.

감정 교육
── 문학은 무엇을 할 수 있는가?

그러므로 시가(詩歌)를 통한 교육이 가장 중요하다네. 리듬과 선법은 영혼의 내면으로 가장 깊숙이 스며들어, 우아함을 가지고 영혼을 강력하게 사로잡으니까. 또한 어떤 사람이 옳게 교육을 받는다면, 고상한 사람으로 만들 것이나, 그렇지 못할 경우에는, 그 반대로 만들 것이니까 말일세.

—플라톤, 『국가론』, 401d

1

귀스타브 플로베르는 매우 장황하고 시시콜콜한, 이런 의미에서 한 시대의 풍속도가 되기에 충분한 연애담을 쓰고서, 거기에 '감정 교육'이라는 제목을 붙였다. 소설의 마지막에 연애를 꿈꾼 남자와 권력을 꿈꾼 남자는 인생의 실험이 실패로 돌아간 뒤에 조용히 난롯가에 마주앉는다. 그러곤 보잘것없는 삶에 남겨진 약간의 금붙이라도 만져 보듯, 같이 '터키 여자'의 집에 드나들던 시절을 감미롭게 회상한다. 권력을 꿈꾼 남자가 연애를 꿈꾼 남자 프레데릭에게 이렇게 그들의 실패에 대해서 말한다. "나는 너무 이론적이었고 자넨 지나치게 감정적이었어."[1] 여기서 '감정적'이었다는 말을 어떻게 이해해야 할까? 인생을 실험해 보는 동안 재산의 삼분의 이를 잃고서 이제 소시민으로 살아가게 된 프레데릭이 한 일, 즉 '감정적인 일'을 이해하기 위해선 몇 구절을 뽑아 보는 것으로 충분하다. "그는 그때까지 자기에게 감추어 왔던 것, 즉 감각의 환멸을 분

---

1) 플로베르, 민희식 옮김, 『감정 교육』(삼성판 세계 문학 전집 11권, 삼성출판사, 1984), 446쪽.(약호: 『감정 교육』)

명히 느꼈다."(『감정 교육』, 392쪽) "그렇게 해서 차차 욕정의 격렬함도, 아니, 감각의 욕망도 사라져 갔다."(같은 책, 439쪽) "지금까지 맛본 일이 없는 이 기쁨이, 하긴 유쾌하다는 감정의 영역을 능가하는 것은 아니었 으나 그 때문에 가슴속이 한껏 부풀어오르는 것만은 느낄 수 있었다."(같 은 책, 265쪽) 그는 생을 온통 허비하며 이렇게 욕망이나 감각 같은, 감정 에 관여하는 마음의 능력들과, 환멸이나 욕망의 소멸, 기쁨과 유쾌 같은 감정의 양태들을 훈련하고 교육 받고 있었던 것이다. 이렇게 감정 '교육' 이 실제로 존재한다. 그리고 그 교육의 기원은 "감각들의 철저한 순화" (플라톤, 『국가론』, 411d)를 교육의 중요한 측면으로 여겼던 그리스인들로, 어쩌면 더 멀리까지도 거슬러 올라갈 것이다. 사유하는 방식의 교육과 훈련이 필요한 것처럼 감각과 감정의 영역에서도 훈련과 교육이 필요하 다. 우리 인식의 원천 가운데 하나인 아이스테시스(감각)는 태생적으로 완성된 것이 아니라, 지난한 훈련을 통해 성숙해져야 하는 것이기 때문 이다. 그런데 이러한 감정 교육이란 우리에게 대체 무엇인가? 어떻게 이 루어지고 무슨 효과를 만들어 내는가?

2

　너무 성급히 답하려고 할 필요는 없다. 문제들이 검고 하얀 군사들처 럼 잘 움직일 수 있도록 바둑판의 줄을 제대로 그어 놓는 것이 먼저다. 문학은 무엇을 할 수 있는가라는 물음은, 문학의 본성으로부터 유래하는 문학의 본질적 '일'이 무엇이냐에 관한 물음일 것이다. 이 물음은 필연적 이지만 재미있는 퍼즐을 숨기고 있다. '예술 작품'이나 '도구'나 매한가 지 제작된 사물이지만, 작품은 도구와 달리 용도성을 가지고 있지 않고 따라서 아무 일도 하지 않는 까닭이다. 제작된 사물을 일하도록 하는 것은 당연하게도 그것의 용도성이다. 도구의 용도성은 누가 부여하는가? 바로 그것을 만드는 제작자가 지향하는 바, 즉 의도(intention)가 부여한다. 따라서 작품이 용도성을 가지지 않는다는 것은 (작품을 만드는) 주체의 지향성(intentionality)과 관련해서는, '작품이 할 수 있는 일'의 비밀을 밝혀낼 수 없다는 것을 뜻하지 않을까? 보다 구체적으로, 주체에 의해 의도된 명제와 의미들(significations)은 문학 작품 안에서 투명성을 가지고 내비치는 데 근본적으로 실패할 수밖에 없는 것이 아닐까? 그렇다면 문학이 할 수 있는 일 역시 '의미 없는' 효과로서 발견되리라.

따라서 우리는 작품을 '지향성에 매개하는' 다음과 같은 입장을 비판적으로 다루게 될 것이다. "의미의 세계 속으로 들어서면 누구도 거기에서 벗어날 길이 없는 법이다. 설사 말들이 자유롭게 결합되게 내버려 둔다 하더라도, 그 말들은 역시 문장을 만들 것이며, 문장 하나하나는 언어 활동 전체를 내포하고 세계 전체로 지향(指向)할 것이다."[2] 사르트르의 이 문장은 문학을 '지향성'에 매개할 뿐 아니라, 우리가 앞서 이야기한 바 이상의 것마저 주장하고 있다. 바로 말들은 주체를 떠나서 자유롭게 결합되더라도, '의미'를 지향한다는 것이다! 시를 마치 흩어진 퍼즐처럼 생각하고 완결된 의미 체계로 복원시키고자 얼토당토않은 해몽을 하는 자들, 마치 대단한 비밀을 풀어내기라도 한 듯, 난해 시의 어떤 구절로부터 숨겨진 의미를 발견해 내는 비평가들이 모두 저 문장의 신봉자들이다. 그런데 작품이란 의미를 감싸고 있는 한낱 예쁜 포장지 같은 것이란 말인가? 작품은 정말 자기 자신을 의미를 감싸고 있는 껍데기로 강등시키면서까지, 저기 어디 피안에 있을 의미를 '지향'하고 있단 말인가? 결코 그렇지 않을 것이다. 시는 보다 잘 숨겨져 있는 '다른 말'을 가지고 있지 않다. 우리는 이 지향의 문제로 다시 돌아올 것이다.

---

2) 장 폴 사르트르, 정명환 옮김, 『문학이란 무엇인가』(민음사, 1998), 34쪽.(약호: 『문학』)

3

　같은 이야기를 좀 다른 관점에서 해 보자. 문학이 지향성에 매개되지 않는다 — 왜 그런지는 이제 보겠지만 — 는 말은 문학의 언어는 의미를 통화(通貨)처럼 유통시키는 표상 체계가 될 수 없다는 것을 뜻한다. 그런데 공동체의 기호 체계로부터 이탈하고 있는데도 문학이 공동체 속에서 효과를 발휘할 수밖에 없고,(그리고 작품으로 수립된 이상 필연적으로 그럴 수밖에 없는데, 사적으로 고립되어 있는 것을 작품이라 부르지 않는 까닭이다.) 같은 뜻에서 그 효과가 공동체의 질서에 관여할 수밖에 없다면, 이 '일'은 '정치적인 것'으로 이해되어야 한다. 『문학의 정치』에서 자크 랑시에르가 다음과 같이 문학의 정치성을 명시하는 것도 이와 같은 뜻에서이다. "시인의 광적인 행위는 글쓰기의 정치적 문제, 즉 어떤 공동체를 설립하는 양태로서 말의 분할이라는 정치적 문제와 마주친다."[3] 객관적 의미가 모두 증발해 버린 광적인 시인의 언어도 사적인 내밀 언어로 폐쇄되어 있는 것이 아니라 공동체의 설립에 관여하며, 이런 뜻에서 정치적이라는 것이다.

　그러나 이런 관점을 수립하자마자 문학의 정치적 힘보다는 문학의 무능함이 일단 먼저 모습을 드러내 보인다. 시인이 처할 수 있는 운명에 관한 소설, 또는 그냥 간결하게 일종의 '시인론'이라 부를 수 있는 밀란 쿤데라의 『생은 다른 곳에』(원제 『서정 시대』)는 시인에 대한 동의할 수 없는 생각들을 담고 있기는 하지만, 어쨌든 간에 문학의 무능함이 어떤 것인지에 대한 통찰을 잘 보여 주고 있기도 하다. 쿤데라는 시인이야말로 시인이 되지 않으려는 엄청난 갈망을 지닌 자라고 하면서 체코 시인 프란티셰크 할라스(F. Halas)의 시구를 인용한다. "꿈의 나라에서 뛰쳐나온

―――――――――

3) J. Rancière, *Politique de la littérature*(Paris: Galilée, 2007), 96쪽.(약호: *PL*)

도망자가 되어/ 나는 군중 속에서 마음의 평화를 찾을 것이며/ 내 노래를 저주로 바꾸어 놓으리라."[4] 시인은 단지 사물들의 질서에 개입하지 못하는 무력한 꿈의 나라에 머물고 싶지가 않다. 그는 군중 속에, 바꾸어 말하면 실천의 장 속에 있고 싶어한다. 그러나 이에 대한 쿤데라의 비관적인 문장들이 시인의 시구 뒤에 이어진다. "프란티셰크 할라스가 이 시구를 썼을 때 그는 길거리의 군중 속에 있지를 않았고, 그가 일하던 방은 조용했다. 그리고 그가 꿈의 나라로부터의 망명자였다는 것은 전혀 사실이 아니었다. (……) 또한 그는 그의 노래를 저주로 바꾸는 데에도 별로 성공을 거두지 못했고, 오히려 그의 저주가 계속해서 노래로 바뀌었다."(『생』, 184~185쪽) 시인의 희망과 달리 문학이 저주 또는 정치적 발언이 되는 일은 일어나지 않는다. 반대로 군중 속에서 정치적 힘을 가져야 하는 저주마저 문학을 통해서 정치적으로 무장 해제된 노래로 뒤바뀌어 버리고 만다. 문학은 안전한 유통 구조 속에서 사고 팔 수 있는 무해한 즐거움이 되고 사회 안에서 일거리가 없어진다. 이러한 비관적 풍경은 문학이 시장의 논리에 깊숙이 종속된 오늘날에만 해당하는 이야기인가? 문학이 자신의 정치적 과업을 선명하게 확인하던 시절에조차 마치 사과 속에 오래전부터 들어 있던 벌레처럼 문학의 정치적 무장 해제는 이루어지고 있었다. 가령 사르트르는 1940년대의 풍경을 그리면서 이렇게 말한다. "오직 문학이 죽어 가고 있다는 것 한 가지뿐이다. 그것은 작가에게 재주가 없다거나 선의(善意)가 없어서가 아니라, 오늘날의 사회에서는 문학이 이미 아무 할 일도 없기 때문이다."(『문학』, 319쪽)

문학이 할 수 있는 일을 어떻게 드러내 보여야 할까? 이에 대한 답을 모색하기 위해선 문학이 할 수 있는 일에 가장 근접하려고 했던 하나의 노력인 '참여 문학'을 반성적으로 되돌아볼 필요가 있다. 사르트르는 말

---

4) 밀란 쿤데라, 안정효 옮김, 『생은 다른 곳에』(까치, 1988), 184쪽.(약호:『생』)

한다. "불행 의식의 본질은 불행한 상태에서 벗어나기를 바라는 것이기 때문에, 우리는 우리의 계급의 테두리 안에 편안히 머무를 수가 없다." (『문학』, 332쪽) 이 문장 안에는 사르트르의 참여 문학의 모든 논리가 숨어 있다. 여기서 불행 의식은 물론 자신의 불행에 관한 의식을 포함하므로 '자기의식'이다. 자기의식은 자기를 자신과 맞서 있는 자로서, 대상으로서 정립하는 의식이다. 그런데 '불행'에 대한 의식이 잘 예화하듯, 이 자기의식은 자기를 대상으로 할 뿐 아니라, 이 자기를 하나의 극복해야 할 장애로 여긴다. 여기에는 물론 다음과 같은 헤겔의 논리가 숨겨져 있다. "정신은 그의 '진보'의 매 발걸음에서 '자기 자신을 그의 목적을 진실로 막는 적대적인 장애로서 극복해야 한다.'"[5] 정신은 일단 자신을 자기에 맞서 있는 자기 아닌 것으로 세우고,(부정) 이 맞서 있는 자신을 극복한다.(부정) 이것이 헤겔의 '부정의 부정'의 논리이다. 이 부정의 부정 과정은 머릿속에서만 일어나고 마는 사변적 놀이가 아니라, 하나의 '행위', 프락시스이다. 『정신현상학』에서 헤겔은 말한다. "부정성이란 존재에 규정을 가하는 것(die Negativität Bestimmtheit nur am Sein)으로서 행위란 바로 이런 부정의 힘을 행사하는 것과 다름없으므로, 결국 행위하는 개인에게서는 그의 타고난 본성이 해체되어 온갖 방향으로 치달으면서(die Bestimmtheit aufgelöst in Negativität überhaupt) 어떤 성질의 틀이라도 받아들이는 것이 된다."[6] "인간의 진실한 존재는 오히려 그의 행위의 결과에 있다. (……) 행동의 와중에 있는 개인은 오직 존재를 극복하는 한에서만 존재한다고 할 그런 **부정의 힘**을 지닌 존재이다."(『정신현상학』, 1권, 345쪽) 풀어쓰자면 부정의 부정은 주어진 자신의 조건을 끊임없이 지양해서 참다운 자기의 개념을 성취하고자 하는 '행위'이다.[7] 사르트르에서 '행위로

---

5) G. W. F. Hegel, *Die Vernunft in der Geschichte. Einleitung in die Philosophie der Weltgeschichte*(1917), 132쪽.(마르틴 하이데거, 이기상 옮김, 『존재와 시간』(까치, 1998), 563쪽에서 재인용.)

6) G. W. F. 헤겔, 임석진 옮김, 『정신현상학』(한길사, 2005), 1권, 411~412쪽.(약호: 『정신현상학』)

서 효과를 지니는' 문학은 바로 이런 헤겔의 부정성의 논리에 입각하고 있다.[8] 자기의식에 입각한 문학은 자기의 내용을 채우고 있는 것들을 자신과 맞세우고 이것을 지양의 대상으로 삼는 것이다. "직접적인 것의 부정(否定)을 통해서만 이루어지는 매개적(媒介的)인 것으로의 이행은 곧 부단한 혁명이다."(『문학』, 115쪽) 이것이 바로 혁명으로서 문학이 수행하는 정치적 개입이다. 사르트르에게서 자신의 내용을 채우고 있는 직접 주어진 조건은 물론 부르주아 계급이다. 그러므로 부정성으로서의 문학, 즉 이 계급적 조건을 부정하는 참여 문학은 이렇게 표현된다. "우리의 역할은 너무나 분명하다. 즉, 문학이 부정성(否定性)이라는 차원에서 할 일은, 노동의 소외에 대해서 항의하는 것이다."(『문학』, 311쪽) 이렇게 부정을 구현하는 문학이 비로소 사회를 건설적인 것으로 이끈다. "완전히 해방된 문학은 건설의 필연적 계기로서의 '부정성'이 될 것이다."(『문학』, 115쪽)

그런데 이러한 부정 행위로서의 문학을 궁극적으로 성립시키는 것이 무엇인가? 그것이 바로 앞서 우리가 다루었던 '지향성'이다. 부정적 매개 속에서 지양되어야 할 대상과 추구되어야 할 의미에 대한 '지향'이 문학 작품을 통해서 완벽히 구현될 때 참여 문학은 완성되는 것이다.(이렇게 사르트르 안에서 헤겔(부정성)과 후설(지향성)이 결합한다.) 따라서 작품 안에서 의미의 지향을 불투명하게 만드는 요소보다 나쁜 것은 없다. 의

---

7) 이러한 부정의 행위는 "의식〔이〕 자기에 대하여 마치 타자로 존재하는 것과 같은 소원하고 이질적인 면을 떨쳐버"(『정신현상학』, 1권, 130쪽)릴 때까지, 즉 궁극적인 자기의 개념에 도달할 때까지 계속된다. 이 부정의 부정 과정이 바로 역사이다. "정신의 생성을 나타내는 또다른 측면인 '역사'(die Geschichte)는 지를 매개로 하는 생성의 과정이며 시간과 맥을 같이해 가며 그 흐름 속에서 외화된 정신이다. 그러나 결국 이 외화는 외화의 외화이며 부정은 부정의 부정(das Negative ist das Negative seiner selbst)으로 드러난다."(『정신현상학』, 2권, 359쪽)

8) 현대 철학자 가운데 아마도 사르트르는 헤겔을 가장 많이 모방한 인물일 것이다. 다음 문장이 알려주듯 그의 실존주의 자체가 헤겔에 의존하고 있다. "오늘날에는 '실존주의'의 시도를 가져오게 한 것은 바로 이 총체성의 관념이다. 이러한 모든 시도의 공통점인 근원은 분명히 헤겔에 있다."(『문학』, 395쪽)

미를 굴절시키고 불투명하게 만드는 이 나쁜 요소를 대표하는 이름이 바로 '시적인 것'이다. "시적 산문(詩的散文)이라고 불리는 문학적 글쓰기보다 더 나쁜 것은 없다. 그것은 은연한 조음(調音)이, 분명한 의미와 모순되는 어렴풋한 뜻으로 이루어진 그런 조음이 주위에서 울리도록 말들을 사용하는 것이다. (……) 그뿐 아니라, 나는 전달할 수 없는 것이 있다는 주장에 반대한다."(『문학』, 372~373쪽) 당연히 반대할 수밖에 없다. 의미, 즉 지양되어야 할 계급적 조건에 대한 내용이 투명하게 전달될 때만 참여 문학은 성립하는 까닭이다.

그러나 이런 식의 생각은 의미의 통상적 유통 방식을 중지시키는 데서 성립하는 문학의 불가결한 본질 자체를 무시하고서야 가능한 것이 아닌가? 의미의 통상적 유통을 위한 노역으로부터 언어가 해방되는 데서 문학이 성립한다는 것은 문학의 본질을 숙고 대상으로 삼았던 몇몇 사상가들의 핵심적인 구절로부터 쉽게 배울 수 있는 것이다. 이를테면 레비나스와 랑시에르로부터 한 구절씩 읽어 보자. "예술은 인식과 대립한다. 예술은 불명료하게 하는 사건 자체이며, 밤의 다가옴이며, 그림자의 범람이다."[9] 랑시에르도 레비나스처럼 이렇게 쓰고 있다. "글쓰기는 언어가 지닌 모든 성질의 전도를 의미하며, 부적절한 쓰임의 군림을 의미한다."(PL, 22쪽) 따라서 우리는 문학 안에서, 불투명성이라는 언어의 본질적 변형을 고려하지 않고서는 문학이 할 수 있는 일에 대해서 물을 수가 없는 것이다.[10]

---

9) E. Levinas, *Les imprévus de l'histoire*(Montpellier: Fata Morgana, 1994), 126쪽.

10) 사실 사르트르도 더 이상 의미 전달에 부역하지 않는 언어의 차원에 대해 잘 알고 있었다. 그것이 바로 시이며, 시의 참여는 전적으로 다른 방식으로 이루어진다.(관련된 논의는 2부의 「천수천족수의 시」와 「앙가주망에 대한 단상」 참조.)

4

문학 안에서 언어는 더 이상 의미를 실어 나르는 부역에 종사하지 않아도 되는 자유를 누린다. 문학의 언어란 본성상 이 노동에 종사할 수 없는 부적격자로 실격 판정을 받아 빈둥거리는 베짱이와 같은 존재들이다. 그렇다고 우리는 언어를 일탈적으로 만드는 문학의 이 소질을 과대 평가하여, 이것을 정치적 프락시스로 섣불리 과장해서도 안 될 것이다. 가령 랑시에르는 『문학의 정치』를 비롯한 많은 저작에서 '예술을 위한 예술'을 정치적 측면에서 다음과 같이 옹호한다. "예술을 위한 예술이라는 선언 자체 속에서도 급진적인 평등주의를 읽어 내야 했다. 이 공식은 시적 예술들의 규칙들뿐만 아니라 세계의 모든 질서, 존재 방식, 행동 방식과 언술 방식 사이의 관계들에 대한 모든 체계를 전복했다."(*PL*, 19쪽) 여기서 예술을 위한 예술이 구현하고 있다는 '평등주의'란 다음과 같은 차이의 철폐를 의미한다. "문학은 (……) 고상한 주제들과 비천한 주제들, 이야깃거리가 될 만한 적극적 삶들과 소극적인 막연한 삶들 사이의 차이를 폐지한다."(*PL*, 196~197쪽) 그러나 예술을 위한 예술에 입각한 문학이 말과 사물을 평등한 것으로 만들기보다는 실은 특정 계급의 차별적 언어를 형성했다는 점을 어떻게 부인할 수 있단 말인가? 사르트르가 잘 지적하고 있듯이 말이다. "누구나 익히 알고 있듯이 순수 예술과 공허한 예술은 동일한 것이며, 예술적 순수주의는 지난 세기의 부르주아들(착취자로 지목당하느니 차라리 속물(俗物)로 지목당하는 것이 낫겠다고 생각한 그런 부르주아)의 교묘한 호신술에 불과했기 때문이다."(『문학』, 37~38쪽) 아무리 일탈적인 문학을 구사했을지라도 그것은 오히려 기존의 계급을 안심시키는 것이었다. "아무리 시니컬한 말을 했을망정, 아무리 신랄한 주제를 택했을망정, 19세기 소설의 기법은 프랑스의 독자들에게, 부르주아지를 안심시킬 수 있는 모습을 그려 보여 주었다."(『문학』, 186쪽) 이를테면 소설에서의 '과거 시제'가 그렇다. 과거 시제는 어떤 사건이건 지나간 것으로 만들어 현행성을 가지지 못하게 하고, 이런 방식으로 작가들 자신이 속한 계급을 초역사적인 것, 즉 역사적 변화로부터 예외적인 것으로 만들었다.(자세한 분석은 2부의 「천수천족수의 시」 4절 참조)

어떻게 문학은 정치적으로 일을 할 수 있는가? 오히려 문학이 손을 대자마자 저주는 그저 노래가 되어 버리는 것은 아닌가? 프락시스를 동반하지 않는 정치란 한낱 공허한 것이다. 그런데 문학이야말로 정치적 프락시스보다는 테오리아, 관조에 머무는 것이 아닐까? 문학이 프락시스가 되기 어렵다는 것을 사르트르보다 잘 알고 있었던 사람도 없다. "순수한 상상력과 프락시스는 양립하기 어렵다."(『문학』, 404쪽) 그러므로 문학이 할 수 있는 일을 명백하게 정시하기 위해서는 바로 사르트르의 저 문장에 도전을 해서, 문학이 어떻게 프락시스가 될 수 있는지 보여야 하는 것이다.

1871년 5월 13일과 15일 사이에 랭보가 조르주 이장바르와 폴 드메니에게 보낸 편지들에 나오는 '감각들의 무질서(un dérèglement de tous les sens)'라는 표현은 문학의 본질에 대한 명칭이기도 하며, 그런 자격으로 문학이 할 수 있는 일에 대한 명칭이기도 하다. 이 명칭이 암시하고 있는 바가 무엇인가?

'감각들' 또는 감각이 주어지는 '감성'은 예술적 또는 미적 체험이 그것을 해방시켜 주지 않는 한에서 지성에 종속되어 있다. 그리고 법 일반은 지성과 이성으로부터 유래하므로 감성은 법에 종속되어 있다고도 말할 수 있을 것이다. 칸트의 경우를 예로 들어 보자. 우리는 흔히 상상력을 자유로운 문학적 표현을 가능케 하는 근본 능력으로 알고 있다. 그러나 법칙 아래 경험 세계를 포섭하는 것이 관건일 경우 상상력은 전혀 자유롭지 않다. 이때 상상력은 지성의 규칙에 종속된 채로 도식(schema)을 산출한다. 도식은 지성의 규칙에 맞도록 감성(시간)을 구획 짓는 일, 즉

'시간 규정'이다. "도식은 **규칙에 따른** 선험적 시간 규정 외에 다른 것이 아니다."(『순수 이성 비판』, A145/B184) 다르게 말하면, 우리의 경험적 세계 또는 감성적 세계를 법의 세계에 종속시키는 일이 지성의 지배를 받는 상상력을 통해 일어나는 것이다.(이 자리에서 자세히 다루지는 않겠으나, 칸트에서 지성의 법 말고 이성의 법인 도덕률 또한 감성적 경향성을 거스르는 데서, 그러니까 감성을 법에 종속시키는 데서 성립한다.) 그런데 바로 예술은 지성에 종속된 상상력을 해방시키는 것이다. 따라서 지성에 순응하여 상상력이 수행하던 시간 규정도 종말을 고한다. 예술이 관건일 경우 상상력은 더 이상 지성의 규칙에 따라서 감성을 규정하지 않으며, 감성 자체가 지성의 지배로부터 떠나 무질서해진다. 이것이 랭보가 말한 '감각들의 무질서'가 비밀스럽게 의미하고 있었던 바다.

예술과 더불어 감성(시간 형식)은 더 이상 지성에 의해 분할되지 않는다는 것을 들뢰즈 같은 사람은 이렇게 기술하기도 했다. "감성적인 것은 그 자체로 유효하며 **모든 논리를 넘어서 파토스 속으로** 펼쳐진다. 미학은 **시간의 요동** 가운데서, 시간의 실과 현기증의 그 원천 가운데서 시간을 파악한다."[11] 감성은 지성의 법으로부터 자유로워지고 시간도 지성의 법에 의해 분할(시간 규정)되지 않는다. 한마디로 시간(감성)은 법 없이 요동친다. 이런 관점에서 보자면 랑시에르가 그의 많은 예술 관련 텍스트들에서 반복해서, 제작자 계층은 자신의 노동 외에 다른 것을 할 시간이 없다(일종의 정치적인 감성의 분할)는 플라톤의 구절을 인용하며(가령 *PL*, 101쪽 참조) 예술의 정치성으로 내세웠던 '감성(시간)의 분할의 중지'는 결코 새로운 통찰이 아니다. 그것은 이미, 법(지성)에 종속된 상상력이 수행하는 감성의 분할(시간 규정)로부터, 상상력과 감성을 해방시키는 자로서 예술의 의의를 부각시켰던 들뢰즈의 감성론, 더 거슬러 올라가서는 『판단력

---

11) 질 들뢰즈, 서동욱 옮김, 『칸트의 비판철학』(민음사, 2006(개정판)), 152쪽.

비판』에서의 칸트의 근본 주제들 가운데 도사리고 있던 것이었다.

그런데 법으로부터 이러한 감성의 해방은 과연 어떤 의미에서 프락시스라는 명칭을 얻기에 합당한가? 그것은 진정 기존의 법으로부터 우리를 해방시키는 '정치적 사건'인가? '감각의 무질서'와 관련해 들뢰즈는 다음과 같이 말한다. "배운다는 것은 하나의 인식 능력을 초재적(trancendant)이고 탈구적(disjoint)인 실행(exercice)에 이르기까지 끌어올린다는 것이다."12) 여기서 인식 능력이란 감성이나 상상력을 가리키고, '탈구적'이란 지성과 이성의 지배로부터, 또는 규칙으로부터 떨어져 나왔다는 것을 뜻한다. 이로부터 '한계를 넘어선다'는 뜻을 지닌 '초재적'이란 말 역시 이해된다. 감성과 상상력은 예술을 통해서 지성에의 종속이라는 '한계를 넘어서' 사용되는 것이다. 다르게 말하면 감성은 더 이상 지성을 가능하게 했던 자기의식에 매개되지 않음으로 해서, '익명적 장'이 되고 법에 구속될 주체란 사라져 버리게 된다.

감성이 이렇게 종속적이었던 자신의 한계를 넘어서는 일은 그저 사변적 관조 같은 것이 아니다. 감성이 지성에 종속되는 일이 깨어지므로, 오히려 사변 자체가 허물어진다. 그것은 한계를 넘어서는 감성 능력의 실제적 수행, 변화, 바로 '실행'(실천) 문제이며, 그런 까닭에 니체의 용어에 따라 "사유하는 사람들의 훈련, 정신의 훈련"(DR, 215쪽)이라고 불릴 만한 것이다. 그것이 마음의 능력의 '실행', '훈련'의 문제라면, 이는 바로 프락시스에 값하는 것이 아닌가? 이런 프락시스를 가리켜, 시가(詩歌)를 통한 영혼의 훈련에 매진했던 그리스인들은 '파이데이아'라고 불렀다. 우리가 해 온 탐구의 맥락에서라면, 이 명칭은 아마도 "감각들의 교육학(une pédagogie des sens)"(DR, 305쪽)이라 번역되어도 좋으리라. 그리고 젊은 시절을 모두 낭비하며 이런 감각의 훈련이라는 실천에 매진했

---

12) G. Deleuze, *Difference et répétition*(Paris: PUF, 1968), 251쪽.(약호: *DR*)

던 플로베르의 프레데릭을 존중하자면, 이는 또한 '감정 교육'이라는 명칭을 얻기에 합당하다.

5

그런데 도대체 작품이란 무엇인가? 감성을 일탈적으로 만드는 모든 텍스트를 우리는 문학이라고 부를 수 있을 것인가? 일탈의 효과에 집중하는 이런 식의 접근은 늘 작품의 '자율성'의 문제를 다루기 어렵게 해 왔다. 무엇이 모든 일탈적인 것 가운데서 텍스트를 자율적인 문학 작품으로 만들어 주는가? 이것을 판별하는 것은 분명 '비평의 과제'이다. 가령 어떤 초현실주의자가 다음과 같이 말할 때 비평은 그의 무모한 반항 속으로 작품이 용해되어 사라지지 않도록 작품을 작품으로 서게 해 주는 배타적인 척도를 가지고 있어야 한다. "가장 단순한 초현실주의적 행위는 권총을 움켜쥐고 거리로 내려가서 군중을 향해 마구 쏘아 대는 것이다." 브르통이 「초현실주의 제2선언」(1930)에서 한 말이다.(『문학』, 181쪽에서 재인용) 이런 식의 일탈로부터 떨어져 나와 작품의 자율성을 지켜 주는 것이 관건이다.

아마도 우리는 작품성의 고정된 본질을 제시할 수는 없을 것이며 또 그래서도 안 될 것이다. 작품의 '고정된' 본질을 찾으려는 플라톤적인 시도는, '그때그때 쟁점과 모습을 바꾸면서 맥락 속에서만 한순간 성립되는 정치적 장'으로부터 작품을 죽은 조각상처럼 고립시키는 결과를 초래하고 만다. 여기서 그때그때의 정치적 맥락이라 부른 것이 텍스트의 바깥에 위치하는 것이라면, 작품의 자율성은 작품의 비자율성(작품의 외부)을 경유하여 성립되어야만 한다라고 말할 수 있을 것이다. 헤겔은 사물의 단독성이란 그 자체로 성립할 수는 없고 대타 관계 속에서만 성립할 수 있다는 이런 사정을 잘 알고 있었다. 오로지 비평과 관련해서만 이러한 사상을 인용하고 싶다. "타자에 대해 존재하는 한에서 독자적으로 존재하고 독자적으로 존재하는 한에서 타자에 대해서도 존재하는 것이다. (……) 사물의 순수한 성질은 그대로 사물의 본질을 표현하는 듯이 보이지만 실로 그의 본질은 타자에 대한 존재와 한데 어우러져 있는 자립성에 있다."(『정신현상학』, 1권, 165쪽) 작품 역시 이러한 사물과 같다. 작품의 자율성을 수립하는 고정된 본질이란 존재하지 않는 것이다. 대타 관계라는 맥락 속에서 그때그때 작품의 자율성은 수립된다. 그러므로 작품의 본질에 관한 물음은 결국 그것의 '비본질'이 무엇이냐에 관한 물음이었음이 드러난다. "타자와의 관계만이 비본질적이라고 하던 차에 이제는 독자 존재도 마찬가지로 비본질적이 되는 것이다."(같은 곳) 왜냐하면 대타 관계라는, 자립성과 상반되어 보이는 것을 통해 비로소 작품의 자립성이 주어지니 말이다.

비평가란 바로 텍스트의 정치적 대타 관계가 수립되는 '현장'을 목격함으로써 텍스트에 '문학이라는 이름의 자율성'을 그때그때 부여해 주는 자라고 할 수 있을 것이다. 그리고 작품이란 이러한 대타 관계 속에서만 그때그때 연명하는 것인 까닭에, 늘 수많은 접근에 대해서 자신을 열어 두는 텍스트, 종결되지 않는 독서를 요구하는 텍스트가 된다. 더 정확히 말하면 종결되지 않는 감정 교육으로 우리를 이끄는 텅 빈 안내자가 되는 것이다.

앙가주망에 대한 단상

　사람들은 오래도록 문학이 정치적·사회적으로 수행할 수 있는 기능에 대해 물어 왔다. 서양에서 이 물음은 특히 2차 세계대전 이후부터 현재에 이르기까지 앙가주망 문학, 참여문학론이란 이름 아래 여러 갈래로 해답을 모색해 오고 있다. 그 가운데 대표적인 것이 사르트르의 앙가주망 개념이다. 대표적이라 평가하는 까닭은 그가 1947년 세상에 내놓은 『문학이란 무엇인가』[1]를 통해 누구보다도 이 개념을 폭넓고도 체계적으로 해명하고 거기에 명확한 의미를 불어넣어 주었을 뿐 아니라, 이후 문학의 정치적 사회적 역할에 대한 논의가 많은 부분 사르트르의 논의를 옹호, 수정, 반박하는 방향으로 전개되어 왔기 때문이다.

　그런데 왜 사르트르의 앙가주망을 여기서 생각해 보는 것인가? 사르트르는 정치적 글쓰기가 구현되는 모습을 산문에서 찾은 대표적인 작가이다. 따라서 시적인 것의 정치적 효과를 탐구하는 우리의 도정은 당연하게도 하나의 변별적 지점을 확인하기 위하여 산문의 참여가 어떤 것인지 상세하게 살펴보지 않을 수 없을 것이다. 만일 시가 산문으로 환원되

---

1) 장 폴 사르트르, 정명환 옮김, 『문학이란 무엇인가』(민음사, 1998).(약호: 『문학』)

지 않고, 산문과 같은 방식으로 정치적일 수는 없다면 말이다. 정치적 가치에 관한 진술들은 명제의 지위를 가지며, 명제는 진리의 담지자이고, 시는 우리가 앞의 글들을 통해 살펴본 바처럼 명제를 전달하지도 않고 또 비진리의 자리에 있다면, 시는 어떻게 정치적 효과를 생산할 수 있을 것인가? 이 질문은 답변되기에 앞서, 시가 본성상 거리를 둘 수밖에 없는 또 다른 문학의 정치적 효과, 즉 산문의 효과가 무엇인지 알 것을 요구한다.

1 앙가주망이라는 말의 뜻, 선택의 개념

앙가주망이란 무슨 뜻인가? 사전을 펼쳐보면 'engagement'은 약속, 책임, 약혼 등의 뜻을 가지고 있다. 즉 이 말은 일반적으로 '무엇엔가 연루되어 있음'이라는 의미를 지니는 것이다. 그런데 문학에 이 개념을 적용할 경우 문학이 도대체 무엇에 연루되어 있다는 것일까? 사르트르의 다음과 같은 말이 이해의 실마리를 준다. "작가의 기능은 아무도 이 세계를 모를 수 없게 만들고, 아무도 이 세계에 대해서 '나는 책임이 없다.'고 말할 수 없도록 만드는 데 있다. 그리고 일단 언어의 세계에 끼어든 이상, 작가는 말할 줄 모르는 척할 수는 절대로 없는 것이다. 의미의 세계 속으로 들어서면 누구도 거기에서 벗어날 길이 없는 법이다."(『문학』, 33~34쪽) 작가가 문학을 통해 일깨우는 것은 우리는 세계에 책임이 있다는 것, 즉 '상황'이라는 말로도 일컬어지는 '세계'에 연루되어 있다는 것이다.

또한 우리는 '의미'에 연루되어 있다. 왜냐하면 우리가 처한 상황은 언어가 운반하는 의미를 통해 드러나기 때문이다. 이렇게 앙가주망은 상황과 의미 양자에 대한 연루 및 이 연루를 문학을 통해 일깨우는 일을 뜻한다. 그리고 작가란 자신이 연루되어 있다는 것을 의식하고, 의도적으로 이런 연루를 드러내기를 선택한 자이다. "한 작가가 진실로 참여하는 것은 꼼짝없이 연루되어 있다는 것을 가장 투철하게 그리고 가장 철저하게 의식하려고 애쓸 때, 다시 말해서 자신을 위해서나 남을 위해서 자연적인 연루를 반성적인 연루로 전환할 때라고 나는 말하고 싶다."(『문학』, 108쪽) 작가는 신들림 같은 것을 통해 저도 모르게 마술적인 언어를 쏟아내는 자가 아니라, 상황에 연루된 인간의 운명을 드러내는 소명을 '선택'한 자이다. "작가는 결연한 의지와 선택과 저마다 삶을 추구하는 **전체적 기도의 인간**으로서, 자신의 작품을 통해서 전적으로 참여해야 한다고 믿고 있다."(『문학』, 48쪽) '선택'이라는 사르트르의 중요한 주제와 관련된 이 구절에서 핵심적인 개념을 찾자면, "전체적 기도의 인간"일 것이다. 작가의 선택은 유아론적인 것, 개인에 고립된 기도가 아니라, 전체적 기도이다. 즉 선택은 전체를 선택하는 일이며, 모든 인간의 보편적 선택을 선택하는 일이다. 이러한 점은 심리철학에서 심적 언어가 결코 사적(private)일 수 없다는 사정과도 얼마간 유사하다. 작가는 자기가 처한 상황에서 모든 인간이 선택하는 방식을 선택한다.(설령 그것이 만에 하나 유아론적인 행동일지라도, 그는 그 유아론을 인간의 보편적 행동으로서 선택하는 것이다.) 이러한 사상은 사르트르에게 절대적인 영향을 준 헤겔과 하이데거에게서 이미 잘 표현되고 있었다. 헤겔은 개인의 의식은 개별성 속에 고립되어 있는 것이 아니라 공동 의지라고 말한다. "개별 의식은 그것대로 공동 의식이며 공동의 의지이다."[2] 사르트르의 선택 개념과 매우 유사한 하이데거의 '결단(Entschlossen)' 개념도 개별적인 고립된 결단이 아니라 공동체 전체의 운명에 대한 결단이다. "자기 자신에로의 결단성이 현존재를, 비로소 함께 존재하는 타인들을 그들의 가장 고유한 존재 가능에서 '존재하도록' 하며 (……) 결단한 현존재는 타인의 '양심'이 될 수 있다. 결단성의 본래적인 자기 존재에서부터 비로소 처음으로 본래적인

---

2) G. W. F. 헤겔, 임석진 옮김, 『정신현상학』(한길사, 2005), 2권, 160쪽.

'서로 함께'가 발원되는 것이[다]."[3] 즉 결단은 자기뿐 아니라 타인의 존재 방식에 대한 결단을 포괄한다.

2 말한다는 것은 행동한다는 것이다

그렇다면 문학이 이 '연루'를 드러낸다는 것은 무슨 뜻일까? "나는 상황을 바꾸기 '위하여' 나 자신과 남들에게 상황을 드러낸다."(『문학』, 31쪽)라고 사르트르는 말한다. 우리가 연루되어 있는 정치적 사회적 상황을 드러내는 글쓰기는 상황에 대해 중립적인 묘사를 하는 데 그치고 마는 글쓰기가 결코 아니다. 예를 들어 내가 연루되어 있는 상황의 의미를 '나는 불행하다.'라는 문장으로 기술했다고 해 보자. 이 문장은 나 자신의 상황을 그저 묘사하는 데 그치고 마는 것이 아니다. 그것은 '불(不)'이라는 '부정'이 알려 주는 것처럼 나의 상황에 대한 불만을 피력하고 비판을 수행함으로써 나의 상황을 초극하려는 하나의 행위를 '수행'하고 있다. 즉 "말한다는 것은 행동하는 것이다."(『문학』, 30쪽) 또한 이 행동으로서의 말은, 연루되어 있는 상황에 대한 '비판적' 판단('불행하다')을 포함하므로 "말을 한다는 것은 권총을 쏘는 것이다."(『문학』, 33쪽)라고 표현할 수도 있겠다. 세계를 기술하는 모든 문장은 몰가치적인 묘사 속에서가 아니라, 이렇게 세계를 바꾸려는 비판적 판단문 속에서만 세계의 참된 면모를 드러낸다. "우리는 세계를 소유하려는 사람들의 편이 아니라, 세계를 바꾸려는 사람들의 편이며, 세계는 오직 그것을 바꾸려는 기도 앞에서만 그 존재의 비밀을 드러내는 것이다."(『문학』, 315쪽)

---

3) 마르틴 하이데거, 이기상 옮김, 『존재와 시간』(까치, 1998), 397쪽. 참고로 이 구절에서 나타나는, 행동을 가능케 하는 나와 타인에 공통되는 '양심의 보편성'은 헤겔이 앞서 정립한 것이다. "양심이란 모든 자기의식에 공통된 요소로서, 오직 이 양심이야말로 행위로 하여금 현실적인 토대 위에서 타인에게 인정받는 것이 된다."(헤겔, 위의 책, 205쪽)

이처럼 세계를 행위의 대상으로 삼을 때 세계의 참모습이 드러난다는 점은 다음과 같이 예화될 수 있다. "우리가 장도리에 대해서 가장 잘 아는 것은, 무엇을 박기 위해서 그것을 사용할 때이다. 마찬가지로 못에 대해서 가장 잘 아는 것은 벽에 못질을 할 때이며, 벽에 대해서 가장 잘 아는 것도 거기에 못을 박을 때이다."(『문학』, 315쪽) 장도리나 못과 마찬가지로 세계 또한 우리의 행위의 대상이 될 때 그 참된 모습을 가장 잘 알게 해 준다는 것이다. 잠깐 지나가면서 이야기하자면, 어떤 것은 실험 속에서 그 참된 모습을 알려 온다는 이런 생각의 기원은 헤겔이나 마르크스 이전에 스피노자에게 있다. 스피노자에게서, 우리의 능동적으로 활동하는 힘은 그것을 시행해 보았을 때 비로소 알려지는 것이다. "우리는 추리를 통해, 활동하는 힘이 우리 본질의 유일한 표현, 우리 변용 능력의 유일한 긍정이라는 것을 알 수 있다. 그러나 그런 앎은 추상적인 것으로 머문다. 우리는 이 활동하는 힘이 어떤 것인지, 어떻게 그것을 획득하거나 되찾을 수 있는지 모른다. 분명 능동적으로 되려고 구체적으로 시도하지 않는다면 우리는 그것을 결코 알지 못할 것이다."[4] 우리의 능력은 그것을 구체적으로 활동시켜 보았을 때 비로소 알게 된다.

3 글쓰기는 자유를 실현하는 한 방식이다

인간이 이렇게 '행위로서의 글쓰기'를 수행하는 까닭은 무엇인가? 인간은 근본적으로 자유롭고 글쓰기는 자유를 실현하는 하나의 방식이기 때문이다. "아마도 여러분은 무엇을 위한 참여냐고 물을 것이다. '자유의 수호를 위해서'라고 당장에 대답함 직하다."(『문학』, 92쪽) 그런데 자

---

4) G. Deleuze, *Spinoza et le problème de l'expression*(Paris: Éd. de Minuit), 206쪽.

유란 무엇인가? "자유는 인간이 끊임없이 자신으로부터 초탈(超脫)하고 자신을 해방시키는 움직임 이외의 다른 것이 아니다. 이미 주어진 자유란 있을 수 없다."(『문학』, 96쪽) 아까의 예로 돌아가 보자. '나는 불행하다.'라는 진술은 일종의 자유를 실현하려는 행위를 담고 있는데, '행복하지 않다.'라는 가치 판단 자체를 통해, 주어져 있는 상황에서 '해방'되려 하기 때문이다.

그런데 이런 자유의 실현으로서의 글쓰기는 오로지 작가 혼자에게만 떠맡겨진 과제일까? 그렇지 않다. 작가가 마주한 타자, 즉 독자의 자유가 작가에게 협력하지 않고는 결코 글쓰기는 완성될 수가 없다. "예술은 타인을 위해서만, 그리고 타인에 의해서만 존재하는 것이다."(『문학』, 64쪽) 쓰인 글의 의미는 읽힘을 통해서만 비로소 구현되는 것이 아닌가? 그런 의미에서 쓰인 글은 독자의 자유를 통해서만 비로소 완성된다고 할 수 있다. "모든 것은 결코 미리부터 주어져 있는 것이 아니라, 독자 스스로가 씌어진 것을 부단히 초월하면서 발명해 나가야 하는 것이다. 이렇듯 작가는 독자의 자유에 호소하여 그의 작품의 산출에 협력하기를 바라는 것이다."(『문학』, 68쪽) 따라서 글쓰기 속에서 실현되는 인간의 자유란, 자유를 본질로 삼는 두 존재인 작가와 독자의 협력 속에서만 이루어진다. 그런 의미에서 글쓰기의 전제 조건은 바로 자유로운 인간 공동체의 삶의 틀인 민주주의라고 말할 수 있다. "산문이라는 예술은 산문이 의미를 지닐 수 있게 해 주는 유일한 제도, 즉 민주주의와 떼어 놓을 수 없는 관계를 맺고 있다."(『문학』, 92쪽)

4 시적인 것의 지위는?

이렇게 글쓰기는 인간의 자유의 실현을 목적으로 하며 이 목적을 위해, 주어진 정치적 사회적 상황의 명확한 의미를 실어 나른다. 그리고 글쓰기가 의미를 실어 나를 때 그것은 중립적 묘사에 그치는 것이 아니라, 상황을 비판하는 행위이다. 이렇게 보자면, 참여 문학에 가장 적합한 형태의 글은 바로 산문이다. 왜냐하면 산문만이 어떤 상황의 의미를 '투명하게 전달하는 기능'을 수행할 수 있기 때문이다. 사르트르는 "산문은 본질적으로 실용적인 것이다."(『문학』, 27쪽)라고 말하는데, 이 실용성이란 다름 아니라 의미 전달의 기능을 뜻한다. 실용성이 일차적으로 중요하므로, 산문에서 미적 쾌감을 불러일으키는 시적 요소는 이렇게 평가 절하된다. "산문에 있어서는 미적 쾌감은 덤으로 올 때만 순수한 것이다."(『문학』, 35쪽) 시적인 것은 가장 비참여적인 것 가운데 하나가 되어 버린다.("시의 참여를 요구하는 것이 얼마나 어리석은 짓인지 쉽사리 이해가 갈 것이다."(『문학』, 26쪽))

의미 전달이라는 실용적 기능을 수행하는 산문이 이상적으로 참여 문학에 적합하다는 사르트르의 논의는 '시적인 것'의 위상과 관련하여 많은 난점과 의문을 초래해 왔다. 가령 이런 의문들. 사르트르의 참여 문학의 이상에 걸맞은 산문이 의미 전달에 충실한 실용적인 것이라면, 시적 문체를 구사하는 소설들보다는, 신문 기사나 현장 르포 같은 것이 참여 문학의 모범이 아닐까? 예술의 근본적 면모 가운데 하나가 '비실용성'이라면 근본적으로 참여문학론으로부터 예술은 소외되는 것이 아닐까? 도대체 의미 전달을 의도하지 않는 시가 참여할 수 있는 길은 없는 것일까?

5 시에 있어서는 패자가 곧 승자이다

이런 관점에서 볼 때 '시의 참여' 문제를 다루는 페이지들은 사르트르의 저작에서 짧은 분량을 차지하고 있는데도 가장 흥미롭고 중요한 내용을 담고 있다고 평가할 수 있다. 의미 전달의 기능을 수행하지 않는 비실용적인 글, 즉 시 또는 시적인 것은 산문과는 전혀 다른 방식으로 참여한다. "시에 있어서는 패자(敗者)가 곧 승자이다. 그리고 진정한 시인은 승리하기 위해서 죽음에 이르기까지 패배하기를 선택한 사람이다. 만일 구태여 시인의 참여를 들먹여야 한다면, 시인이란 패배를 향하여 참여하는 사람이라고 말해 두자. 시인이 항상 내세우는 액운과 저주의 깊은 뜻이 바로 여기에 있다."(『문학』, 54쪽) 시인은 일상적인 용법에서 언어를 유리시킴으로써 세계의 무의미, 언어의 무의미, 도구적 가치나 실용성의 무의미를 드러내는 자이다. 역설적이게도 이런 방식으로 시인은 세계의 근본적인 국면을 보여 준다. 과거 종교적 사회에선 인간이 일상적 삶의 무의미함을 깨닫고 겪는 좌절의 가치를 종교가 부각시켰다면, 현대의 세속적인 사회에서 모든 실용적 차원의 성공들의 무의미함을 깨닫고서 인간이 겪는 좌절은 '시'가 부각시킨다.(『문학』, 53쪽 참조) 시는 의미 전달과 여러 사회적 코드들로부터 유리된 인간의 실패를 통해서 문화 이전적인, 삶의 근본 국면을 보여 주는 예술인 것이다.

현대 철학에서 이루어지고 있는 문학의 정치적 사회적 기능에 대한 빛나는 성찰들은 얼마간 시에 대한 이러한 사르트르의 성찰에 빚지고 있는 것으로 보인다.(의식이라는 지평의 근본성, 자발적 선택, 헤겔적인 부정적 종합의 근본적 지위 등등 사르트르의 주요 개념이 심각한 의심에 부쳐지는 상황에도 불구하고 말이다.) 현재의 참여문학론이 의미 전달이라는 실용적 차원이 아니라, 의미와 문법 및 도구성으로부터 벗어나는 이탈적인 차원에서 어떻게 문학의 언어가 좌절과 시련을 겪으면서 정치적 위상을 획득하는지 해명하려 한다는 점에서 그렇게 평가할 수 있으리라.

가령 들뢰즈는 언어의 일탈적인 소수적 사용을 설명하며 "소수적 쓰임새에 의해서 구멍 나지 않을 제국적 언어는 없다."[5]라고 그 정치성을 부각시킨다. "글을 쓰기 위해 아마도 모국어는 불쾌한 것이지만, 어떤 통사적 창조가 거기서 일종의 외국어를 그려 나가도록, 그리고 언어 전체가 모든 통사법을 넘어 자신을 바깥에서 드러내도록 해야 한다."[6] 언어는 제도나 문법이나 그것을 사용하는 집단 안에서 정체성을 가지지 않는 '익명적이고' 일탈적인 것이 되며, 이러한 언어는 기존의 정치와 사회의 문맥 안에 해방의 길을 열어 줄 동공(洞空)을 만들 것이다. 이러한 정체성 없는 익명의 언어는 가령 아감벤이 '은어'라는 명칭 아래서 그 중요성을 강조하는 것이기도 하다. 그는 일탈적인 은어의 정치성을 이렇게 말한다. "우리의 임무가 분명히 인민들을 국가 정체성으로 재코드화하거나, 은어를 문법으로 구축하는 것일 수는 없다. 오히려 이와는 반대로 언어 활동―문법(언어)―인민―국가라는 존재 사이의 연결망을 어떤 임의의 지점에서 끊을 때에만 사유와 실천은 시대에 대처할 수 있게 될 것이다."[7] 시는 이 은어를 떠맡을 수 있을까?

시적인 것이 될 때 언어는 기존의 의미 교환 망을 끊고 달아난다. 문법을 파괴하며 의미 전달이라는 '기능을 벗어나며', 문법과 의미 체계를 떠받치고 있는 제도마저 위태롭게 한다. 그런데 이 기능으로부터 벗어난 언어가 어떻게 한낱 무의미한 일탈이 아닌 구체적인 정치적 행동으로 기능할 수 있는가? 시의 '기능 없는 기능'이 어떻게 가능한가? 바로 이 기능 없는 기능이 만들어 내는 정치적 효과가 우리가 시와 더불어 다음 글에서 살펴보아야 할 것이다.

---

5) G. Deleuze·C. Bene, *Superpositions*(Paris: Éd. de Minuit, 1979), 101쪽.

6) G. Deleuze, *Critique et clinique*(Paris: Éd. de Minuit, 1993), 16~17쪽.

7) 조르조 아감벤, 김상운 외 옮김, 『목적 없는 수단』(난장, 2009), 80~81쪽.

시와 정치

1 기능 없는 기능

우리는 어떤 것에 대해 물을 때, 결여된 형태, 즉 기형적 형태에 대해 묻는 것이 아니라 먼저 모범적 형태에 대해서 묻는다. 충만한 것에 대해 물어야 그것의 결여된 양식에 대해서도 답할 수 있기 때문이다. 그래서 묻자면, '정치'란 무엇인가? 만일 비유가 도움이 된다면, 플라톤이 그렇게 생각했듯 그것은 의술을 닮은 것이다. 의술은 의학적 지식과 기술을 사용해 신체를 나쁜 상태로부터 더 좋게 할 목적으로(ep' agatho) 다룬다. 정치도 지식(앎)과 기술을 사용해서 나라를 나쁜 상태에서 좋은 상태로 만드는 것이다.(플라톤, 『정치학』, 293d~293e 참조)

여기서 기술된 어떤 것도 직접적으로 시와 관련은 없다. 정치는 좋게 할 목적을 가진다. 진·선·미의 일치가 파괴된 오늘날의 세계에서 시는 정치와 달리 좋게(善) 할 목적을 가지지 않는 것 같다. 이런 시구를 보라. "지독한 독주를 입안 가득 털어 넣고/ 쓰디쓴 열매의 과즙을 삼키는/ 어느 먼 나라의 불운한 예술가처럼/ '저주받은 나의 어린 왕이여'".[1] 여기엔 좋음도 아름다움도 없고, 그저 문자 그대로 쓴 것만 있다. 또한 시는 철인 왕과 달리 정치에 필요한 어떤 '지식'도 가지고 있지 않다. 영리한 재상처럼 정치술을 가지고 있는 것도 아니며 투표처럼 민의를 대표하지도 않고 산문처럼 진실에 대해 보도하는 것도 아니다.

그런데도 우리들은 현재의 정치가 결여된 형태, 기형적 형태를 가질 때 양지의 언덕을 향하듯 시를 바라본다. 도대체 시와 정치 사이엔 어떤 관계가 수립 가능한가? 왜 정치의 결여된 형태 앞에서 시를 높이 쳐들어 올리는가? 시가 참된 치자(politikos)처럼 그 결여를, 어떤 방식으로라도, 얼마간이라도, 만회해 줄 수 있기에? 이런 기대에 매개되지 않고는 시와 정치를 함께 다룰 이유가 없을 것이다. 그렇다면 사람들은 시에 대해 어떤 정치적 '기능'을 기대하고 있는 듯하다.(어떤 작가의 표현을 빌려 그 기능을 "질문을 던지고 긴장을 주는 역할"(은승완)[2]이라 부를 수도 있으리라.)

그러나 시는 제작된 사물이지만 '용도성'이 없지 않은가? 마치 예술 작품으로서의 항아리가 물을 담는 '기능'을 수행하지 않는 것처럼 말이다. 아울러 시의 용도성이 없다는 것은, 시는 용도성을 산출하는 주체의 '의도'와 상관없다는 것이며, 그러므로 의도와 상관적인 어떤 명제(정치적 명제를 포함하여)도 시의 근본 구성에 속하지 않는다는 것이다. 따라서 시가 정치의 결여된 형태를 어떤 방식으로건 문제화하는 기능을 수행할 수 있다면, 그것은 일단 '기능 없는 기능'이라고 불려야 마땅하리라. 시와 정치의 관계에 대해 생각해 왔던 바들과 써 왔던 바들[3]을 숙고하고 총괄적으로 정리하는 측면을 가진 이 글은, 저 기능 없는 기능의 가능성에 관한 숙고이다.

---

1) 황병승, 『트랙과 들판의 별』(문학과지성사, 2007), 174쪽.

2) 「새로운 제1 철학: 불확실한 광장에서 나눈 불편한 우정 ─ 심보선, 진은영, 박시하, 은승완과 나눈 좌담의 흔적들(최정우 정리)」, 《자음과모음》, 2009. 겨울, 161쪽.(약호: 「불편한 우정」)

3) 여기엔 이 책의 1부와 2부 전체뿐 아니라 두 번의 좌담 「감각적인 것과 정치적인 것 사이에서(심보선·서동욱·김행숙·신형철)」(《문학동네》, 2009. 봄, 약호: 문학동네 좌담)과 「우리 문학의 이전과 이후 ─ 2000년대 이전과 이후의 우리 시(김춘식·서동욱·조강석·조연정·진은영)」(《문장 웹진》, 2010. 1, 약호: 웹진 좌담)가 속한다.

2 하지만 신도 이름 없는 것은 죽일 수 없다

늘 반복되는 시와 정치에 관한 논의의 최근 형태의 중심에 있는 것이
'6·9 작가 선언'이라는 데는 이견의 여지가 없을 것이다. 따라서, 작가
선언 참여자들의 다양한 입장은 통일될 수도 그리고 굳이 통일할 필요도
없는 것이지만, 그 선언의 참여자들의 목소리를 통해서 그것이 시와 정
치의 문제와 관련해 어떤 통찰을 가지고 있는지 살펴보는 것은 의미 있
는 일일 것이다.

《자음과모음》이 작가 선언에 대한 소회를 정리하는 비중 있는 자리를
마련했는데, 여기서 심보선은 이렇게 말한다. "생각해 보니 나는 용산에
대한 시를 쓰지 않았다. 그러나 무슨 상관이란 말인가? 내가 1/n의 하나
인 시를 쓰든 쓰지 않든 나는 이미 충분히 '새롭지' 않은가?"[4] 심보선의
이해에 따른다는 제한을 두고 말한다면, 용산 문제와 관련하여서는 시를
쓰고 안 쓰고는 관건이 아닌 듯하며, 그런 맥락에서 작품의 작품성을 수
립하는 것이 작가 선언의 핵심은 아닌 것 같다.(또 하나 여기서 우리의 관
심을 끄는 것이 있는데, 1/n이라는 '익명성'의 표식이다. 조금 뒤에 살펴볼 것이
다.) 은승완은 보다 분명하게 용산에 대한 글과 작품을 분리한다. "용산
에 대한 글들은 일종의 목적성을 띤 글들이잖아요. 작가가 자신의 작품
을 쓰는 것과는 또다른, 작품 자체가 목적이 아니라, 하나의 또다른 목적
이 있는 글이죠."(「불편한 우정」, 147쪽)

이런 것이 '용산에 관한 글'과 '작품'과의 관계라면, 그다음으로 용산
문제에 관여하는 이는 누구인가? 일단 시민이다. "제가 처음에 〔용산과
관련된 일을〕 제안할 때도 이런 말을 분명히 썼어요, 시민의 한 사람으로
서 행동하는 것이 더 중요하다고. 작가이기 이전에 시민이지 않느냐고."

---

4) 심보선, 「우리가 누구이든 그것이 예술이든 아니든」, 《자음과모음》, 2009. 겨울, 120쪽.(약호: 「예
술이든 아니든」)

(은승완의 말: 「불편한 우정」, 161쪽) 그러나 이 시민의 참여를 설명하기 위해선 또 하나의 항을 고려해야만 한다. 심보선은 말한다. "그들〔용산 문제에 참여하는 자들〕은 기존의 사회적 질서 안에서 자리를 부여 받는 추상적 범주들(시인, 시민)로 환원될 수 없는 존재가 된다."(「예술이든 아니든」, 119쪽) 기존의 어떤 사회적 위치도 차지하지 않는 이러한 정치적 주체는 오래도록 유럽 정치철학자들의 탐구 대상이 되어 왔는데, 그것은 데리다가 말하는 '사회적 틈새'나 '계산 불가능한 데모스〔民〕'와 상관적인 것이며, 들뢰즈가 말하는 '소수 민족' 같은 것이고, 아감벤이 사도 바울의 '잔여(remnant)' 개념과 더불어 탐구해 왔던 것이다. 이 모든 정치적 주체는 기존의 질서 안에서 정체성을 가지지 않는다. 은승완이 말하는 시민은 정체성을 지닌 것이고 보편적인 것이며, 계산 가능한 것이다. 심보선이 말하는 기존의 사회적 자리로 환원되지 않는 존재는 예측할 수 없는 것이며, 데리다 식으로 말하면 '계산 불가능한 독특성'이고, 그런 의미에서 합법적 절차의 관철로서의 정치를 초과하는 자이다. 그러니 이자는 존재라기보다는 차라리 어떤 일회적 '사건'이라 부르는 편이 적당할지 모르겠다. 만일 이러한 자가 정치적 비전을 사회 안으로 가지고 들어오려면 최소한 어떻게 해야 할까? 그는 계산 가능하며 정체성을 지니는 항인 '시민'에 매개될 수밖에 없을 것이다.[5] 데리다는 이 점을 다음과 같이 간명하게 표현한 바 있다. "계산 불가능한 정의는 계산할 것을 '명령한다'."[6] 기존의 사회적 질서 안에 자리를 가지지 않는 사건이 도착(倒錯)되지 않으려면, 그것은 어쨌든 사회와 관계 맺는 길을 찾아야 한다. 즉

---

5) 심보선은 기존의 사회적 자리에로 환원되지 않는 사건의 독특성이 가지는 중요성을 강조하면서도, 이것이 정치적 참여의 담당자(agent)로서 시민에 매개되는 일을 부정하진 않는다. "나는 여전히 청탁이 오면 잡지에 발표를 하는 시인으로, 선거와 같은 기회가 오면 주어진 추상적 권리를 주장하는 대한민국 시민으로 살아간다."(「예술이든 아니든」, 127쪽)

6) 자크 데리다, 진태원 옮김, 『법의 힘』(문학과지성사, 2004), 60쪽.

"계산 가능한 것과 계산 불가능한 것의 관계를 계산하고 협상해야"[7] 한
다. 이렇게 정체성을 지닌 시민과 그것을 초과하는 정체성 없는 정치적
사건 사이에 6·9 작가 선언의 주체는 걸쳐 있는 것 같다.

　용산에 대한 글과 작품과의 관계, 그리고 6·9 작가 선언의 주체가 이
러한 것이라면, 우리는 이제 6·9 작가 선언과 관련된, '작품의 위상'에
관한 심보선의 주장을 잘 이해할 수 있다. "은승완 씨가 들었다는 말,
'거기에 참여했는데, 작품 더 잘 써야겠는데.' 이런 식의 기준은 좀 아닌
것 같아요."(「불편한 우정」, 164쪽) 즉 작가 선언과 관련하여 작품의 정치
성은, 작품을 잘 쓰고 못 쓰는 우열에 달려 있지 않다. 앞서의 심보선의
말에 따르면, 용산에 관한 작품을 쓰는 것이 관건이 아니며, 선언에 참여
하는 주체가 은승완이 말하는 시민 (그리고 심보선이 말하는 시민을 초과하
는 정체성 없는 어떤 자)이라면, 시인이 수행하는 작품의 작품으로서의 정
체성의 수립은 여기서 일차적인 것이 아닌 것으로 보인다.("작품 자체가
목적이 아니라, 하나의 또다른 목적이 있는 글") 오히려 작가 선언과 관련하
여 관건이 되는 것은 심보선이 자신을 1/n이라는 익명적 표현을 통해 나
타냈을 때 염두에 두고 있는 공동체("우리"), 최정우의 말을 빌리면 "새
로운 문학적 관계, 새로운 문학적 공동체"(같은 글, 165쪽)인 것이다. 이
공동체는 '그 자체가 하나의 개체'이며, 거기 1/n이라는 익명성으로 참여
하는 자들을 작품을 더 잘 쓰고 못 쓰는, 또는 정치적으로 더욱 신실하거
나 그렇지 못한 위계질서에 따라 개인적 편차를 지닌 것처럼 나누는 일
은 별로 의미 있는 일이 못 된다.[8]

　이런 점에서 심보선이, 강정, 신용목, 김민정, 김소연, 진은영 등등의
1/n이 모여 공동체적이며 하나의 개체인 작품이 탄생하는 모습을 기술한
것은 매우 흥미롭다.(「예술이든 아니든」, 120~127쪽 참조) 이것이 흥미롭

---

7) 같은 책, 같은 곳.

다고 말하는 까닭은, 이러한 작업은, 개별적 인격이라고 우리가 믿어 온
것이 실은 익명적 발화자(그저 1/n로 불리는)라는 점에 대한 전적인 신뢰
를 바탕으로 해서만 가능하기 때문이다. 공동 작업이란, 두 개의 인격의
타협이 아니라, 인격적 개별자가 아닌 익명적인 것들이 함께 만들어 내
는 하나의 개체이다. 이런 공동체에서의 발화자는 '자아'가 아니라, '집
단 동작주(agents collectifs)'라는 개념 아래서 오래도록 성찰되어 온 익명
적인 것이다.

　만일 1/n이라는 익명성을 가지고 참여하는 저 발화가 작위적인 것이
아니라면, 발화는 '본성상' 코기토로부터 유래하는 것이 아니라 익명적
인 것이리라. 우리는 우리 신체와 정신이 다른 신체와 정신으로부터 작
용 받는다는 것을 알고 있다.(신체에 일어난 영향 및 그와 병행하는 관념)
그러나 스피노자적 성찰이 알려 주듯, 이 관념들을 단일성 속에서 조직
하고 통제하는 코기토라는 장치가 있다는 것은 부당한 가설로 보인다.
따라서 만일 우리 언표가 신체의 상태와 병행하는 관념의 표현이라면
이는 코기토에 매개된 것일 수 없으리라. 그것은 코기토 없는 익명적 언
표, "정체성 n의 값을 불확정적인 것으로 만들어 버"(「예술이든 아니든」,
126쪽)리는 언표이다. 언표의 원천이 코기토가 아니라 익명적인 것이라
는 점을 토마스 만처럼 훌륭하게 통찰하고 있는 작가도 없을 것이다.
"여기서 '진짜'라는 건 무슨 의미일까? 인간이 '자신'이라 하고 '나'라고
하는 자아가 정말 그렇게 자신의 시간적 육체적 경계선을 결코 벗어나지

---

8) 이런 관점에서 보자면 신형철이 취하는 방식, 즉 어떤 한 시인을 가리켜 '(정치적) 모험을 앞장서서
시도해 왔고 그렇기에 그 시인의 시가 호소력을 가진다.'라는 방식으로 시의 정치성을 평가하는 것
은, 작가 선언이 가능케 한 개체로서의 공동체 안에 '차등의 위계'를 도입하는 일이라는 점에서 다소
우려할 만한 것이다. 그것은 익명의 1/n을 통해 수립된 공동체의 정치성을 무화하고 개인별 차등성
속에 정치성을 차별적으로 분배할 위험을 안고 있지 않은가?(신형철, 「가능한 불가능 ― 최근 '시와
정치' 논의에 부쳐」, 《창작과비평》, 2010. 봄, 376쪽 참조. 약호: 「불가능」) 신형철의 이 글에는 바
디우의 시론에 대한 독특한 견해를 피력하는 것 외에도 몇 가지 언급할 만한 가치가 있다고 생각되는
내용들이 있는데, 여건이 되는 대로 이 글에서 취급해 볼 생각이다.

않고, 그 안에 응축되어 있는 어떤 것일까? (……) 한 특정한 사람이 다른 어떤 사람이 아니며, 바로 그 자신일 뿐이라는 가정은, 개별적 의식과 보편적 의식의 결합 과정을 모조리 무시한다는 점에서, 단순히 편리함만 따진 발상이 아닐까?"9) 토마스 만은 "사람들이 철저히 외면하고 어떻게든 잊고 싶었던 것, 자아라는 경계선 밖"(『요셉』, 312쪽)을 건너다보려 하는 것이다.

재미있게도 최근에 시집을 낸 한 시인 역시 토마스 만이 건너다보려 했던 자아의 바깥, 익명적인 영토를 탐색한다. "몇 번씩 얼굴을 바꾸며/ 내가 속한 시간과/ 나를 벗어난 시간을/ 생각한다".10) 얼굴을 바꾸는 것, 자아 너머 불확정적인 익명성을 찾는 것이 관건이다. 그리고 공동체 안에서 1/n을 가능케 하는 익명적 화자가 작위적으로, 또는 임의적으로 선택할 수 있는 지점이 아니라 발화의 근본에 있는 것이라면, 즉 편리에 따라 마이크를 바꾸듯 피상적으로 개인적 화자와 익명적 화자를 바꾸는 것이 관건이 아니라면, 익명적인 시적 언술을 탐색하고 그로부터 시와 정치의 관계를 해명하는 일이 우리의 핵심적인 과제가 될 것이다. 이런 관점에서 보자면, 《문장 웹진》이 마련한 최근 좌담 「우리 문학의 이전과 이후 ── 2000년대 이전과 이후의 우리 시」가 시에서의 '익명성' 문제를 논의 대상 가운데 하나로 삼았던 것은 얼마간 필연적이었다고 해도 좋지 않을까? 여기서 이끌어 내었던 결론들 가운데 하나는 "익명성의 정치학"(진은영의 표현)의 필요성이었다. 기존의 어떤 정체성에도 매개되지 않는 익명적 언술은 마치 신의 손길이 처형을 감행하려고 애굽에 나타났을 때, 문설주에 표시가 되어 있지 않아 기적처럼 지나치게 되는 어떤 집처럼,(역사의 사실은 반대로 정체성을, 그러니까 표식을 용서해 주었지만) 기존의 질서 안에 공동(空洞)의 자리를 만들어 낼 수 있지 않을까? 이런 맥

---

9) 토마스 만, 장지연 옮김, 『요셉과 그 형제들』(살림, 2001), 1권, 200쪽.(약호: 『요셉』)
10) 신해욱, 『생물성』(문학과지성사, 2009), 10쪽.

락에서 "하지만 신도 이름 없는 것은 죽일 수 없다".[11]라는 시구는 모든 익명적인 것들의 구원을 약속하는 묵시론적 울림마저 가지고 있다.

중요한 것은 발화의 근본에 익명성이 있다면, '시인들은 형식적으로만 그럴 수 있는 것이 아니라 내용적으로도 익명성을 구현해야 한다.'는 점이다. 가령 문자 그대로 익명성(고정된 이름 없음)을 이야기해 보기 위해 앞서 언급했던 시인의 경우를 보자. "*우리 집에 가자. / 우리 집에는 / 이름이 아주 많아.*"(『생물성』, 109쪽) 이 시구에서 익명성은 이름의 과잉을 통해 구현된다. 이름의 과잉이란 무엇인가? 하나의 기표에 고정되어 있지 못하고 임시 거처를 떠돌 듯 이름들 사이를 옮겨 다니는 진정한 익명적 유랑민의 상태일 것이다. 이러한 국면을 들뢰즈는 니체의 분열증적 상태(즉 하나의 기표에 고정되어 있지 못하는 익명적 상태)와 관련해 이렇게 기술한 바 있다. "문헌학 교수인 니체의 자아는 없다. (……) 상태들의 계열을 통과하는, 그리고 이 상태들을 역사상의 이름들과 동일시하는 니체적 주체가 있다. '역사상의 모든 이름들, 이것은 나다.'"[12] 이름이 많은 집은 가면이 많은 집이나 마찬가지며, 이름을 가지는 일은 가면 뒤에 숨는 일인 것이다.

이 시인은 또한 이름의 빈곤을 통해서도 익명성을 구현한다. "앞으로는 이름을 나눠 갖기로 하자. / 아주 공평하게."(『생물성』, 16쪽) 앞서의 경우와 정반대로 이름은 부족한 빵처럼 나누어야 하며, 공공 화장실처럼 함께 써야 한다. 이러한 이름의 공유가 개별성의 징표인 손금을 사라지게 하고 우리를 익명적인 것으로 만든다. "손금은 제멋대로 흐르다가 / 제멋대로 사라지고".(같은 곳) 이러한 이름의 공유를 통한 익명성의 구현에 관심을 가졌던 사람이 바로 토마스 만이다. "엘리에젤은 이따금 '자신'의 이야기를 하면서 아브라함의 종이었던 엘리에젤 이야기를 하기도

---

11) 조연호, 『천문』(창비, 2010), 53쪽.
12) G. Deleuze·F. Guattari, *L'anti-Œdipe*(Paris: Éd. de Minuit, 1972), 28쪽.

했던 것이다."(『요셉』, 199쪽) 방을 같이 쓰는 형제들처럼 엘리에젤이라는 이름 속에 여러 명이 들어가 산다. 말 그대로 이름을 나눠 갖는 것이다. 그리고 하나의 이름, 하나의 스피커를 통해 그 안에 들어 있는 익명적인 수많은 목소리가 들려온다.

또한 익명성은 정체성을 부여해 주는 질서인 유종체계의 와해로 나타나는데 가령 그 와해는 정체불명의(익명의) 괴물의 출현으로 그려진다. "잘 뒤섞여 반죽된 어떤/ 사생아 같은 걸 낳은 모양인데,/ (……)/ 누런 달빛으로 박아 놓은 짐승이/ 우리가 낳은 그 異物인지는/ 깨닫지 못했네".[13] 이물, 즉 우리가 익숙한 정체성을 지닌 것들과 다르다[異]는 언명을 통해서만 가리켜 보이는 저 미지의 괴물은 어떤 것인가? 캉기옘은 괴물을 다루고 있는 매우 흥미로운 책에서 조프루아 생틸레르를 참조하며 이렇게 이야기한다. "괴물성은, 다른 것에 의해 극복된 단계 안에 기관의 발달이 고착된 것이다. 그것은 배(胚)의 과도기적 형태의 잔존물이다. 주어진 종의 유기체에게, 오늘의 괴물성은 그저께의 정상 상태이다."[14] 우리의 흥미를 끄는 것은 마지막 구절이다. 오늘 정상이라면 그것은 발달 과정에서 이탈해 내일모레는 괴물이 될 것이다. 괴물은 오늘날의 정상 상태에 대해서 미래에 도래하는 것이며, 괴물 시는 앞서 가는 바람개비처럼 미래를 먼저 체험하게 해 주는 것이다. 그것은 기존의, 정상적인 것이라 일컬어지는 질서가 전복된 세계일 것이다.(익명성의 또다른 여러 국면들과 함의들은 1부의 「익명의 밤」 참조)

시가 구현하는 이러한 익명성은 어떤 의미에서 정치적인가? 뒤에 또 이야기하겠지만, 시는 용도성이 없기에 목적을 가지지 않으며 따라서 달성해야 할 정치적 과제도 내재적으로 가지지 않는다. 그 누구도 안타를 치기 위해 떨어질 지점을 예측해 보는 타자처럼 시를 쓰지 않으며, 이는

---

13) 강정, 『키스』(문학과지성사, 2008), 117쪽.

14) G. Canguilhem, *La connaissance de la vie*(Paris: J. Vrin, 2009(초판: 1965)), 230쪽.

시가 정치적 사안 앞에 서게 되었을 때도 마찬가지다. 이 점에 대해 심보선은 이렇게 말한다. "저는 어떤 효과나 결과에 대한 강박, 이걸 하면 무슨 일이 일어날까라는 질문을 자동적으로 하게 되는 그런 강박이 오히려 문제라고 생각해요. A라는 원인이 있고 그에 따라 B라는 효과가 있을 거라는 이 인과적인 상상력, 우리가 이렇게 하면 세상이 저렇게 바뀔 것이라는, 혹은 바뀌어야 한다는 강박 말이죠."(「불편한 우정」, 163쪽)

그러므로 시가 가지는 정치적 파괴력은 일차적으로는, 시 안에서 구현된 익명성이 기존의 분할 방식 안의 정체성을 가지는 한 지점을 목적으로 할 때가 아니라, 기존의 분할 방식의 정체성 자체를 와해시키거나 그와 불화할 때 확인될 수 있을 것이다. 이 점에 대해 필자는 한 좌담에서 이렇게 말한 적이 있다. "시의 정치성이란 한마디로 어떻게 발화가 정치적일 수 있느냐는 것이겠지요. 발화는 당연하게도 욕망의 표현입니다. 따라서 발화의 정치성은 욕망이 차지하고 있는 지점이 정치적이라는 것을 확인하는 데서 확보될 수 있을 것입니다. 욕망이 차지하고 있는 전복적인 정치적 지점을 확인하는 일은 공적 영역에서 용인되는 현금의 감성적 분할 방식이 욕망에 위배된다는 것을 인지하는 데서 달성될 수 있을 것입니다. 즉 현금의 감성적 질서 안에서 욕망이 부정적으로 나타나는 방식들, 가령 불만과 죄의식 등등을 인지하는 데서 달성될 수 있겠지요. 이런 식으로 욕망이 점유하고 있는 정치적 지점이 확인되고 나면, 욕망에 원천을 두는 시적 발화의 정치성도 확보할 수 있으리라 생각합니다."(문학동네 좌담, 389쪽)

만일 시를 통해서 '현금의 감성적 분할 방식이 욕망에 위배된다는 것이 인지'된다면, 우리는 시적 텍스트의 지위에 대해 조연정이 말하는 대로 "어떤 구체적 행위의 출발점으로서의 혁명적 욕망이 발화되는 곳이 텍스트"(웹진 좌담)라고 평가할 수 있을 것이다. 그리고 진은영이 말하듯 그 텍스트를 축으로, 즉 "서툰 시 한 줄을 축으로 세계가 낯선 자전을 시작"[15]하는 일이 벌어질 것이다. 위 인용에서 필자가 말한 시적 발화가 기존의 감성적 질서에 위배되는 지점을 가리켜 가령 신형철 같은 평론가는 매우 정확하게 "일상적 발화의 문법들과 냉전하면서" "시인들의 말들이 실패하는 지점"[16]이라 표현하기도 했다. 그러나 그는 근래엔, '현금의 제도는 최근 경직되었지만 꽤 유연하지 않은가'라고 우리의 제도를 긍정적으로 평하며 제도 안에서 시인들의 이 영예로운 실패 가능성을 부인하는 방향으로 나간다.(「불가능」, 375쪽)[17]

3 정치적 상상력은 가능한가?

얼마간 다른 차원에서 문제에 접근해 보자. 기존의 질서와 불화하며 그것을 와해시키는 익명성의 힘을 가지고 있다고 해서 모든 시적 발화는

---

15) 진은영, 『우리는 매일매일』(문학과지성사, 2008), 44쪽.

16) 신형철, 『몰락의 에티카』(문학동네, 2008), 14~15쪽.

17) 우리가 살펴본 대로 시인들은 형식 및 내용에 있어서 익명성의 구현을 이루어 왔다. 그런데 집단 동작주 같은 익명성과 정반대되는 '자기 자신이 되어야 한다.'는 내용의 코기토적 주체를 시의 정치성과 관련해 주장하는 신형철의 입장은 독특해 보인다.(「불가능」, 384~385쪽 참조) 분명한 것은 신형철이 말하는 투명한 코기토와 시인들이 구현하는 익명성은 결코 화해할 수 있는 성질의 것이 아니라는 점이다. '익명성의 정치'가 가지는 중요성을 잘 이해하고 있는 진은영은 어느 자리에선가 신형철이 말하는 코기토와 익명성의 시를 얼마간이라도 화해시켜 보려 했으나, 역설적이게도 그녀의 글은 오히려 코기토론이 비인칭 또는 익명성의 정치학과 얼마나 거리가 멀며 화해할 수 없는지를 선명하게 보여 주고 있다. 진은영은 말한다. "사실 철학에서 투명한 코기토란 (……) 본래적이고 순수하게 사유하는 자아를 가리키는 말이다. 그러나 철학적인 맥락에서 명명된 이 '투명한 코기토'에 대해 생각해 보자면 이 투명한 자아만큼 불투명한 것은 없다. 그것은 외부와의 아무런 영향 관계 없이 무조건적으로 의미와 행위의 원천으로서 단호한 불투명성을 가진다. 어떤 사물과 사건의 빛도 그것을 투과할 수 없다."(진은영, 「작가 선언 6·9 시민 강좌 ― 문학과 철학: 죽음을 맛보는 두 가지 방식」, 12쪽) 이 설명에서 읽을 수 있듯, 투명한 코기토와 불투명한 코기토가 있는 것이 아니라 코기토 자체가 불투명한 것이다. 이 코기토는 '익명성' 내지 '비인칭'으로 고려될 수 있을까? 진은영 자신도 잘 알고 있겠지만, 결코 그럴 수 없을 것이다. 신형철이 말하는 대로 이 코기토는 "자기 자신이 되어야 한다."(「불가능」, 384쪽)라는, 자기로의 회귀, 자기 동일성의 확립을 핵심으로 하며, 이는 정확히 익명성이나 'It'으로 표현되는 비인칭성의 대척지에 있는 것이다.

정치적인가? 우리는 시와 정치의 관계를 생각해 보았던 「감정 교육」(2부의 글)에서 브르통의 다음과 같은 구절을 문제 삼은 바 있다. "가장 단순한 초현실주의적 행위는 권총을 움켜쥐고 거리로 내려가서 군중을 향해 마구 쏘아 대는 것이다."[18] 도대체 이러한 '무모한 일탈'과 '기존의 감성적 질서를 정치적 맥락에서 재편하는 것'을 어떻게 구별할 수 있을까? 이러한 물음에 대해 시의 고정된 본질을 제시함으로써 해결을 구할 수는 없다. 작품의 고정된 본질을 찾는 일은 그때그때의 맥락 속에서만 수립되는 구체적인 정치적 장으로부터 오히려 작품을 도태시켜 버리고 만다. 따라서 정치성과 관련하여 시 작품이 가지는 자율성은 시의 비자율성(작품의 외부)을 경유해서 수립될 수밖에 없다. 작품의 자율성은 작품 외적인 것을 경유해서 수립된다는 점에 대해, 작가의 작품 활동을 염두에 둔 헤겔의 다음과 같은 구절이 실마리를 준다. 다음 인용에서 '사태 자체'나 '사회적 존재' 또는 '정신적 존재'라는 개념은 '작품'을 가리키는 것으로 보아도 무방하다. "사태 자체는 개개인의 행위이기도 하고 만인의 행위이기도 한 사회적 존재임으로 해서 그의 행위 역시 타인을 위한 것도 되는 사회적 행위이며 만인 각자의 행위도 되는 사태라는 것이 깨우쳐진다. 그야말로 온갖 것이 다 함께 어우러져 있는 그런 존재가 바로 정신적 존재인 것이다."[19] 나의 행위이자 타인의 행위의 소산이 작품이라는 것, 타인과 내가 함께 어우러져 수립하는 것이 바로 작품이라는 것이다. 사르트르는 헤겔의 이 텍스트에 영감을 받은 것으로 보이는 글에서 보다 구체적으로 이렇게 말하고 있다. "모든 것은 결코 미리부터 주어져 있는 것이 아니라, 독자 스스로가 씌어진 것을 부단히 초월하면서 발명해 나가야 하는 것이다. (……) 미적(美的) 대상이 출현할 수 있는 충분한 이유

---

18) 장폴 사르트르, 정명환 옮김, 『문학이란 무엇인가』(민음사, 1998), 181쪽에서 재인용.(약호: 『문학』)

19) G. W. F. 헤겔, 임석진 옮김, 『정신현상학』(한길사, 2005), 1권, 432쪽.

는 책에도 없고,(책에는 다만 그 출현에 대한 요청이 있을 뿐이다.) 또한 작가의 마음에도 없다. (……) 예술 작품의 출현은 그 이전의 여건으로서는 '설명될 수 없는' 하나의 새로운 사건이다. (……) 이렇듯 작가는 독자의 자유에 호소하여 그의 작품의 산출에 협력하기를 바라는 것이다."(『문학』, 66~68쪽) 이렇게 작품의 완성이 독자의 책임에 맡겨져 있다면, 그때그때의 정치적 맥락을 인식하고 그 맥락에 불가결한 것으로 작품을 탄생시키는 것은 바로 비평을 수행하는 독자인 비평가의 역할이라고 할 수 있을 것이다. 즉 비평을 통해 비로소 어떤 작품은 정치적 현장에서 자신의 고유한 본질을 획득하게 되는 것이다. 물론 이것은 비평가가 자신이 정치와 관련해 인식한 것을 시에게 가르친다는 뜻은 결코 아니다. 오히려 비평가는 현재의 정치적 인식들을 중단시킬 수 있는 텍스트를 시에서 발견한다.

이러한 것이 「감정 교육」과 '웹진 좌담'에서 탐구한 주제 가운데 하나였다. 그러나 이 글에서 우리는 이런 의문을 새롭게 추가할 수 있다. 작품을 수립하기 위한 비평가의 개입이 자의적인 것이 아니라면, 비평가의 개입을 가능케 해 주는, 작품의 수립이 정치적 맥락에서 어떤 식으로든 먼저 이루어져야 하지 않을까?

진은영의 글의 중심에서 출현하는 하나의 흥미로운 개념과 더불어 이 물음에 대한 답을 구해 보자. 그 개념이란 바로 **"정치적 상상력"**[20]이다. 이 개념은 과연 이런 것이 성립 가능한가 의혹에 빠질 만큼 해명하기 어려운 것이다. 이 글의 초두에서도 보았듯 고대 이래 정치는 정당하게도 '지식'과 '기술'에 맡겨져 왔으며, 상상력이 그것을 떠맡을 수는 없었다.(물론 정치가는 상상력을 동원해 이런저런 엽기적인 국책 사업을 펼칠 수도 있지만, 정치인의 다양한 행태를 기술하는 일이 이 글의 주제는 아니다.) 도대

---

20) 진은영, 「감각적인 것의 분배 — 2000년대의 시에 대하여」, 《창작과비평》, 2008. 겨울, 83쪽.(약
호: 「분배」)

체 '정치적 상상력'은 어떻게 가능한가? 만일 이 개념이 공공(公共) 앞에 시를 출현하게 하는 원천적인 힘이라면, 일단 저 어려운 꾸밈말 '정치적' 을 접어 두고 '상상력'이라는 명사와의 관계 속에서 시를 정의해 볼 수 있을 것이다.

시의 바탕에 상상력(이미지네이션), 즉 '이미지를 만드는 힘'이 있다면 시는 당연하게도 '이미지'로 정의될 수 있다. 시를 이미지로 정의하는 데 는 아무런 문제도 없다.[21] 어떤 이는 시가 근본적으로 이미지라는 점을 이렇게 확인하기도 한다. "가장 분명한 것은, 시는 경험의 직접적 독특 함인 이미지의 속박에서 벗어나지 못한다는 사실이다."[22]

그런데 이미지란 무엇인가? 그것은 실재로부터 두 배의 거리만큼 떨 어진 것, 다시 말해 진리로부터 두 번 멀어진 것, 바로 '비진리'이다. 필 자가 「시와 비진리」(2부의 글)에서 플라톤을 주로 염두에 두고 언급한 이 미지로서의 시, 이 비진리는, 현대 철학자들 사이에선 원본의 서자(庶子) 노릇을 하는 '시뮬라크르'라는 명칭으로 오늘날 더 잘 알려져 있다.(비진 리가 시뮬라크르라는 사실은 필자의 글의 가장 기본적인 사항이기 때문에 그 글 이 처음 소개될 때 강유정은 "이미지, 시뮬라크르라는 말로 달라져 온 비진리" 라고 친절하게 설명까지 덧붙인 바 있다.[23]) 현대 철학은 바로 이 비진리, 인 식이 아닌 것에서 영감을 얻는다. "사유 속에서는 아무것도 인식〔지혜〕에 대한 사랑(la philosophie)을 전제하지 않으며 오히려 모든 것은 어떤, 인 식〔지혜〕에 대한 혐오(une misosophie)〔즉 비진리〕에서 출발한다."[24] 이런 정황을 볼 때, 시뮬라크르(이것의 지위는 비진리이다.)를 사랑한다는 사람

---

21) 오히려 문제가 되는 것은 시에 관해 어떤 것도 해명하지 못하는 다음과 같은 진술이 여과 없이 인 쇄되고 있다는 사실에 있다. "내가 보기에 시의 최소 단위는 '시적으로 운동하는 언어'이다."(「불가 능」, 372쪽) 여기서 피설명항 '시'는 설명항에서 '시적으로'라고 다시 반복되고 있다. 이는 전형적인 오류로서, 설명(시적으로)은 설명되는 말(시)의 의미를 이미 알고 있을 것을 요구한다.

22) 알랭 바디우, 장태순 옮김, 『비미학』(이학사, 2010), 39쪽.(약호: 『비미학』)

23) 강유정, 「편집자의 말 — 오인과 진리」, 《세계의 문학》, 2009. 여름, 4쪽.

24) G. Deleuze, *Différence et répétition*(Paris: PUF, 1968), 181~182쪽.(약호: *DR*)

이 필자가 '비진리'라는 말을 쓰니까 모독이라도 당한 듯이 흥분한 것은 매우 흥미로운 현상 같다.[25]

시가 이미지라면, 이미지만의 내재적인 논리를 해명해야 할 것이다. 「시와 비진리」에선 이미지의 구조를 매우 선명하게 보여 주는 김지녀의 「크래커」[26]에 대한 분석을 통해 이러한 작업을 수행한 바 있다. 논의의 반복을 피하기 위해 짧게만 설명하자면, 이미지로만 되어 있는 세계는, '크래커'와 '콘크리트 벽'처럼 서로 상관없는 항(項)들이 번갈아 서로의 외관과 본질을 이루며, 이데아와 같은 고정된 진리(본질)에 매개되는 일은 일어나지 않는다. 마치 하나의 가면이 다른 가면 뒤에서 얼굴 역할을 해 주고, 또 반대의 일이 일어나듯이 말이다.

만일 시가 이미지이며 동시에 정치적일 수 있다면, 이러한 이미지의

---

25) 진리, 비진리, 시뮬라크르 등의 개념을 혼동한 데서 비롯된 이러한 현상은 신형철이 왜 필자의 글 「시와 비진리」를 시의 정치적 모험을 차단하는 글로 오독했는지 설명해 준다. 그는 시의 정치성과 관련해 필자를 문제 삼겠다고 하면서, 돌연 필자가 시를 비진리에 관련시킨 점을 비판한다. 시와 정치의 관계를 다루면서, 왜 그의 표적은 '시와 비정치'가 아니라 '시와 비진리'가 되었는가? 바로 '시는 비진리적이다.'라는 주장과 '시는 비정치적이다.'라는 주장을 그가 혼동했기 때문에, 그는 엉뚱한 표적을 비판의 대상으로 삼게 되었던 것이다. 시와 정치에 관한 여러 글을 통해 필자가 보이고자 했던 몇 가지 가운데 하나는 바로 '시가 정치적이기 위해서 진리 개념을 경유할 필요는 없다.'는 것이었다. 「시와 비진리」는 '시와 정치의 필연적 관계'를 전제로 두고 쓴 글로서, 시와 정치의 문제를 본격적으로 다룬 「감정 교육」을 참조할 것을 권하며 이렇게 말하고 있다. "시로부터 법을 와해시키는 '감성의 훈련 가능성'을 읽어 내면서 시의 정치적 실행 능력을 부각할 수도 있을 것이다.(이 마지막 방식을 최근에 과제로 삼아 본 적이 있다.)"(이 책, 126쪽) 신형철은 「시와 비진리」 안에 명백히 제시된 이러한 정치 논의에 대한 지침은 간과하고 있다. 이미지의 논리를 해명한 「시와 비진리」와 같은 계절에 쓰인, 시의 정치성을 다룬 「감정 교육」은 서로의 반쪽을 이루는 글이다.

26) 전문은 이렇다. "수백 개의 다이너마이트를 준비하고/ 폭파 전문가들은 콘크리트 벽에 뚫릴 구멍에 대해/ 토론을 시작했다/ 지구의 반대편에서/ 나는 그들과 함께 폭파 직전의 건물을 보고 있다/ 날씨는 쾌청하고/ 기온도 적당하다/ 크래커는 바삭바삭 잘도 부서진다/ 건물은 아직 그 모습 그대로 담담하게 서 있다/ 이미 깊고 큰 구멍의 뼈를 가지고/ 천천히 무너졌을 시간이 늙은 코끼리처럼/ 도시 한복판에 머물러 있다/ 까맣고 흰 얼굴들이 차례차례 지나간다/ 여러 번 크고 작은 눈빛이 오고 간다/ 벌컥벌컥 물 한 컵을 마시는 동안/ 아무렇지 않게 무릎을 꿇어 버린/ 벽과 창문과 바닥이/ 하늘 높이 솟았다 가볍게 흩어진다/ 방바닥에는 크래커 부스러기들이 잔뜩/ 떨어져 있다/ 먼지구름은 이제 곧 이곳을 통과할 것이고".

논리 안에서 정치성도 구현되어야 하지 않을까? '정치적 상상력', 즉 '이미지를 생산하되 그것이 정치적이 될 수 있도록 하는 일'에 우리는 근접해 가고 있는 것이다. 만일 전달하고자 하는 완결적인 명제(인식의 대상)가 있다면, 이 명제는 그 자체로 전달되어야 한다. 시에 이 명제를 싣는다면 최단 거리로 갈 수 있는 길을 우회하는 것이 될 뿐 아니라 시 자체를 하나의 수사(修辭)로, 명제를 치장하기 위한 포장지로 전락시켜 버리고 만다. 사정이 이렇다면 앞서 심보선이 용산 문제(명제 상관적인 것)를 대할 때 용산에 관한 시를 쓰든 쓰지 않든 그것은 관건이 아니라는 취지의 이야기를 한 것, 은승완이 용산에 대한 글은 목적성을 띤 글이며 작가가 자신의 작품을 쓸 때와는 또다른 것이라고 이야기한 것은 필연적인 것이다. 그런데 정치적 명제와 상관없으면서도 시가 정치성을 가지는 것을 보일 수 있다면, 즉 시가, 지향하는 목적 없이 정치적이고 수행하는 기능 없이 정치적 맥락 안에서 기능하는 것을 보일 수 있다면, 이는 명백히 시가 가질 수 있는 정치적 가능성을 확장하는 것이리라.

예를 들어 한 편의 시를 읽어 보자. 우리는 막 시인의 이름을 얻은 이 젊은이에 대해 아는 바가 거의 없으며, 오로지 그의 시 자체가 시인에 대한 정보의 전부라고 할 수 있다. 왜 이 시인의 작품인가? 여기서 그간의 시작(詩作)과 사회적 활동으로 문화와 사회 안에 (어쩌면 본의 아니게) 정체성을 가지게 된 시인들의 작품을 예로 들지 않는 것은, 자칫 그 정체성이 기존의 어떤 코드에도 의존하지 않는 야생적인 언어로 이루어진 시에 대해 접근하는 길을 차단할 수도 있겠다는 우려 때문이다.

달의 명암 경계선에서 지구가 떠오른다 오늘은 투우가 있는 날 물레타의 허리를 감고 불길이 오릅니다 타는 냄새는 날 흥분시켜 빳빳하게 바닐라 맛 웨하스가 부서져서가 아닙니다 5분 뒤의 비극은

투우 투 원 투우 원 투 링 위의 사람들은 연타를 노리고 있지
쨉 쨉 소는 연타가 없지 한 방뿐이지 뿔이지

투우사는 턱을 붙잡고 울고 있습니다 뿔을 태운 자는 지구로 소환되고 지
구에서 파견된 형사는 콜로세움 안으로 들어섭니다 마다가스카르 출신인 그
는 복싱으로 단련된 복근을 가지고 있습니다 나는 그의 배를 베어 물면 바닐
라 맛이 날 거라고 생각합니다 침이 돕니다

아침에 TV를 보셨습니까 나는 지금 고베산 와규의 육질에 대해 말하고 있
는 것이 아닙니다 뿔에 받혀 빨갛게 익은 사람의 속살을 이야기하는 겁니다
혁명은 이미 잿더미라구요 그냥 멍청히 서 있기만 했다는데 뇌가 완전히 익
어 버렸다더군요 웰던으로요 구타의 흔적이 없다고 그냥 넘어갈 문제가 아니
란 말입니다 이건

외계인을 죽여 본 적 있습니까 그들은 죽을 때 아무런 소리도 내지 않습니
다 소가 죽을 때처럼요 그들이 약한 게 아니라 인간이 약한 겁니다 왜 듣지
못합니까 바스러진 웨하스에서 바닐라 향이 퍼져 나가는데도요 이해할 수가
없습니다 복싱 글러브만 낀 사람을 소와 싸우게 하다니요

소가 죽고 사람과 외계가 싸우고 투우사는 턱이 아파도
우리 아직 타오르고 있습니다
　　　　　　　　——안웅선, 「핑크 팬더와 바닐라 맛 웨하스」 전문[27]

이 시에는 어떤 명제도, 전달되는 정보도 없다. 마치 "시가 가로막는
것은 논증적 사유, 디아노이아(dianoia)이다."(『비미학』, 38쪽)라는 말에 충

실하려는 듯이 진술들 간에는 어떤 논리적 연관성도 없다. 이 시는 쓰여 있는 액면가 그대로일 뿐 존립하기 위해서 시가 아닌 다른 어떤 것에 의존하지 않는다. 그런데 이 시는 어떻게 정치적인 시로서 수립되는가? 또는 어떻게 '이미지'는 '정치적'이 되는가?

진은영은 시의 정치성의 수립을 위해 다음과 같이 과제를 설정한 바 있다. "텍스트들 간의 얽힘과 직조를 만들어 내는 것은 문학 텍스트와 다른 사회적 텍스트의 끊임없는 접합이다."(『분배』, 83쪽) 그런데 진정 탐구해야만 하는 문제는 과연 이 접합(앞으로 필자가 '공명'이나 '종합'이라고 부를)이 어떻게 이루어지는가 하는 것이다. 물론 사회적 텍스트에 문학 텍스트를 종속시켜 문학의 완결성을 파괴하는 방식은 아니리라. 그럼 어떻게?

한편에는 사회적 텍스트로서 "살아서 불태워졌으며 죽어서 얼어붙은 자들이 있다."[28] 다른 한편에는 문학 텍스트, 바로 저 시 한 편이 있다. "아침에 TV를 보셨습니까 나는 지금 고베산 와규의 육질에 대해 말하고 있는 것이 아닙니다 뿔에 받혀 빨갛게 익은 사람의 속살을 이야기하는 겁니다 혁명은 이미 잿더미라구요 그냥 멍청히 서 있기만 했다는데 뇌가 완전히 익어 버렸다더군요 웰던으로요". 한편에 "죽어서 얼어붙은 자들이 있다"면, 다른 한편에 이런 시가 있다. "외계인을 죽여 본 적 있습니까 그들은 죽을 때 아무런 소리도 내지 않습니다". 보다시피 '두 텍스트는 서로 완전히 독립적으로 존립한다.' 그것은 마치 우리가 이미지의 구조를 밝혀내기 위해 살펴보았던 김지녀의 「크래커」에서 '크래커'와 '콘크리트 벽'이 상호 무관하게 존립하는 것과 흡사하다. 거기서 관건은 서로 분열된 이 두 항이 종속 관계를 맺지 않으면서도 어떻게 하나의 이미지를 구성하느냐였다. 이번에는 서로 무관한 사회적 텍스트와 문학 텍스트가 어떻게 공명하여 종합을 이루는가 하는 것이다.

---

28) 함돈균, 「잉여와 초과로 도래하는 시들 ─ 주체 과정으로서의 시 그리고 정치」, 《창작과비평》, 2009. 겨울, 38쪽.

무엇이 양자를 공명하게 해 주는가? 반성적 차원에서 추상화해 보면, 저 사회적 텍스트와 문학 텍스트 양쪽에 공존하는 것은 '불타다'나 '죽다'나 '침묵한 채 죽어 있는 시신' 같은 파편적인 사태를 표현하는 파편적인 말들밖에 없다. 이 말들은 어떻게 작용하는가? 이해가 쉽도록 하기 위해서 T. S. 엘리엇의 「황무지」를 우회로로 삼아 보자. 이 장시 5부 '천둥이 한 말'은 『우파니샤드』에 나오는 이야기를 다루고 있는데, 여기서 천둥은 '다(Da)'라고 말한다. '다'는 세 가지 서로 독립적인 말로 사람들에게 들려온다. 다타(주라), 다야드밤(공감하라), 담야타(자제하라)……. 여기서 '다' 자체는 원형 내지 플라톤의 이데아처럼 자기 동일성을 가지고 있는가? '다'라는 말 자체를 천둥의 말소리로서 듣는 사람은 없다. 그것 자체는 '정체성이 있는 것이 아니라', 오로지 다타, 다야드밤, 담야타라는 세 단어의 독립적인(서로 차이(무관계)를 지니는) 각각의 자기 동일성을 출현시키는 요소일 뿐이다. 이렇게 차이 나는 각각의 동일성이 산출된 후, 단어들은 유사한 두음을 가진 단어들의 자격으로서 서로 접합한다. 즉 '다'는 항들을 서로 독립시키는 방식으로 서로 연결 짓는 것이다.

우리가 취급하고 있는 사회적 텍스트와 문학 텍스트의 공명 내지 접합 역시 이와 마찬가지 방식으로 이루어진다. 불타고, 죽고, 침묵한 채 죽어 있는 사태는 그 자체로 정체성을 가지지는 않지만, 즉 오로지 분석을 위한 반성적 층위에서만 이렇게 그 자체 정체성을 가지는 사태처럼 기술되지만 두 개의 텍스트를 각각 자존적인 것으로 수립하면서 동시에 접합시킨다. 이러한 국면을 우리는 이렇게 기술할 수도 있을 것이다. "발산하는 두 이야기가 동시에 전개될 때, 둘 가운데 하나에 특권을 부여하는 것은 불가능하다. 이는 그 둘 사이에 우열이 없음을 말하는 것이다. 그리고 '그 둘 사이에 우열이 없다.'는 것은 그 둘 사이의 차이를 통해 언명되고 있으며, 또 오로지 그 차이를 통해서밖에는 언명되지 않는다. (……) 두 이야기 가운데 하나가 다른 하나를 통해 재생산되는 것은 아니고, 하나가 다른 것의 모델로 역할하는 것도 아니다. (……) 그러므로 일차적인 것과 이차적인 것을 지정할 가능성이 배제되듯 근원적인 것과 파생적인 것을 각각 지정할 가능성은 배제된다고 말할 수 있다."(DR, 163~164쪽) 두 항을 각각 완결적으로 만들면서 이루어지는, 차이 자체를 통한 종합이라는 관념을 보다 잘 이해하기 위해서 한 가지 예를 들어 보자. 김경주에게 다음과 같은 시구가 있다. "그는 음악이면서 동시에 사람인 존재다. 전생에 음악이었지만 현세에 사람으로 다시 환생한다."[29] 여기서 전생은 현세의 원인일까? 전혀 아니다. 음악과 사람은 각각 자신의 생 속에서 독립적이다. 그런데 바로 전생과 현세 사이의 순수한 차이가 두 항, 음악과 사람을 독립적으로 만들면서 동시에 종합된 하나로 만들어 주는 것이다. 우리가 다루고 있는 종합 내지 접합은 바로 이러한 것이다. 이러한 접합을 통해 사회과학적 명제에 의존하지 않는 그 자체 완결적인 텍스트는 그 완결성을 유지하면서도 정치적 이미지로 수립된다. 그리고 그 이미지는 하나의 특별한 마음의 능력, 즉 "정치적 상상력"이 우리 정신 안에서 저 접합(공명, 종합)을 수행하고 있다는 것에 대한 증거이기도 하다.

이렇게 하여 용도성이 없는 무상한 시의 언어는 그것이 여기 왜 존재하는지 알 수 없는 시신 한 구처럼 사회의 한복판에 놓이게 된다. 이제 '기능'을 하는 것일까? 그 기능이란 "질문을 던지고 긴장을 주는 역할"(은승완)인가? 아니면 그 외에 다른 것? 답을 할 필요는 없을 것이다. 종합의 어느 순간에 시가 울려 퍼지면 된다.

외계인을 죽여 본 적 있습니까 그들은 죽을 때 아무런 소리도 내지 않습니다

(……)

우리 아직 타오르고 있습니다

---

29) 김경주, 『나는 이 세상에 없는 계절이다』(랜덤하우스코리아, 2006), 113쪽.

익명적 주체와 타자

피부 주체
── 김행숙의 「타인의 의미」 또는 피부 시의 비밀

1 피부 시인

백화점에 갔다가 모 화장품 회사에서 공짜로 해 주는 피부 검사 이벤트에 혹해 유니폼 입은 처자들과 농담을 주고받으며 응하게 되었다. 아무리 사소해 보여도 객기로 모험에 뛰어드는 법이 아니다. 모공은 넓고 '피부 나이'는 내 '건강 나이'(이것도 진정한 비밀이건만!)보다도 많아 내일 죽어도 전혀 이상할 것이 없었다. 사실 얼굴의 사소한 기미는 얼마 전부터 점점 진해져 일전에 백 양은, 어머 그것은 이미 점이어요라고 말하며 태양과 바람을 누리는 오후의 나무처럼 온 잎사귀를 동원해 부산하고 고소하게 웃지 않았던가! 못된 것.

판매원 처자가 매일 세심히 수행해야 하는 과제물처럼 용법을 열거하며 늘어놓는 화장품 깡통들은, 초딩 때 나를 우울하게 만들었던 겨울 방학 숙제 이후 최대 물량이다. 내 '주체성'이 송두리째 와해되는 것같이 심란하네. 그리하여 오늘 여기 지면을 무지 낭비하며, 이비인후과에서 건강 검진을 받은 베토벤이 피아노를 머리로 쿵쾅 두들기는 심정으로 이 글을 남긴다. 그러나 더 이상 내 피부에 대해서 왈가불가하긴 너무 우울해 싫다. 대신 피부에 퍽이나 관심이 많아 보이는 어느 시인의 시 한 편부터 읽어야겠다.

김행숙의 세 번째 시집 『타인의 의미』는 그 선명한 제목이 강요하기나 한 것처럼 타자와의 마주침에 대해서 줄곧 생각하고 있다. 우리가 읽으려는 것은 여러 가지 면에서 타자와의 만남의, 그러므로 이 시집 자체의 '매뉴얼'이라고 할 수 있는 표제작 「타인의 의미」[1]이다. 이 시는 온통 하나의 관심거리, 바로 피부에 몰두하고 있다. 피부는 우리말로 쓰면 '살갗'이고 알파벳어의 skin이나 peau, 또는 한자 표기 皮膚를 고려하면 '가죽(살가죽)'과도 구별되지 않는다.

살갗이 따가워.
햇빛처럼
네 눈빛은 아주 먼 곳으로 출발한다
아주 가까운 곳에서

뒤돌아볼 수 없는
햇빛처럼
쉴 수 없는 여행에서 어느 저녁
타인의 살갗에서
모래 한 줌을 쥐고 한없이 너의 손가락이 길어질 때

모래 한 줌이 흩어지는 동안
나는 살갗이 따가워.
서 있는 얼굴이
앉을 때

---

1) 김행숙, 「타인의 의미」, 『타인의 의미』(민음사, 2010), 26쪽.(약호: 『타인』)

누울 때

구김살 속에서 타인의 살갗이 일어나는 순간에

사실 이 글은 어느 날 문자함에 들어온 놀라운 소식을 열어 보듯 이 시 한 편을 읽어 보자는 소박한 목적 외에 다른 것을 가지고 있지 않다.

2 보는 일보다 감촉하는 일이 중요한가?

이 시는 '타인'과 '피부'를 두 기둥으로 삼아 짜여 있다. 사실 이 시인의 주요 과제 자체가 피부가 가지고 있는 가능성을 시험해 보는 데 있다고 해도 과언이 아니다. "투시불가능한 피부에 대하여/ 너는 어떤 가능성으로 도달하는가".[2] 하이데거 식으로 말하면, 고유한 '존재 가능성(Seinsmöglichkeit)'에 대한 사유는 이 시인에게선 피부라는 지평 위에서 이루어진다.[3] 가령 주체의 정체성에 침투하는 변화(변신)도 피부(구체적으로 두피)를 통해 이루어진다. "두피가 힘차게 당겨진다 나는 變身을 도모한다".[4] 촉각 상관적인 (그리고 뒤에 보겠지만, 놀랍게도 '청각 상관적인')

---

2) 김행숙, 『이별의 능력』(문학과지성사, 2007), 16쪽.(약호: 『이별』)

3) 이 '가능성'은 존재자의 본성에 뒤이어 오는 우연적이거나 이차적인 능력 같은 것이 아니라, 존재의 '근본적 규정'이다. "현존재는 어떤 것을 할 수 있는 능력을 추가로 소유하고 있는 어떤 눈앞의 것이 아니라 오히려 그는 **일차적으로 가능 존재**이다. 현존재는 (……) 그의 가능성으로서 존재하고 있는 그 방식이다. (……) **어떤 실존 범주로서의 가능성은 현존재의 가장 근원적이고 최종적 적극적 존재론적 규정성이다.**"(마르틴 하이데거, 이기상 옮김, 『존재와 시간』(까치, 1998), 199쪽) 이러한 근본적 가능성을 우리는 피부라는 지평에서 찾고자 한다. 그런데 혹시라도 피부가 찢겨지는 데서, 즉 자신의 가능성을 상실하는 데서 비로소 자신의 역할을 다하는 사태가 발생한다면 어찌할 것인가? 이 경우 피부의 본질은 그의 불가능성, 즉 '할 수 없음'에 있는 것이 아니겠는가? 어쩌면 우리는 피부의 가능성을 그것의 실패인 '불가능성(할 수 없음)' 속에서 발견하게 될지도 모른다. 그리고 피부의 실패라는 것은 근본적으로 피부의 찢김 외에 다른 것이 아니다.

4) 김행숙, 『사춘기』(문학과지성사, 2003), 123쪽.(약호: 『사춘기』)

피부에 대한 관심은 얼마나 예외적인 것인가? 가령 촉각과 시각 두 가지를 놓고 볼 때 이 시인에게는 단연 촉각적인 것(피부 상관적인 것)에 우선권이 주어진다. "꿈에서 꿈으로 이동하듯/ 부드러운 우리는 보이지 않으니까".(『타인』, 33쪽) 이 구절이 알려 주듯 촉각은 긍정의 형태로,(부드럽다) 시각은 부정의 형태로 기술된다.(보이지 않는다) 서양 문명에서 시각이 가졌던 근본성을 고려해 본다면 이러한 촉각적 관심의 예외적 의의가 잘 드러날 것이다. 인식의 영역을 보라. 아리스토텔레스의 유명한 책은 다음과 같은 문장으로 시작한다. "모든 인간은 본성상 보려는 욕망을 가지고 있다. (……) 우리는 다른 감각들보다도 보는 것을 더 좋아한다." (『형이상학』, 980a 21~26) 아우구스티누스 역시 감각적 경험 일반을 '눈의 탐욕'이라 부른다.(『고백록』, 10권 35장 참조) 앎과 관련하여서만 아니라, 도덕과 관련하여서도 시각은 특별한 지위를 차지한다. 플라톤은 말한다. "'기게스의 반지'를 가졌건 갖지 않았건 간에, 그리고 그에 더하여 '보이지 않게 하는 하데스의 모자'를 가졌건 갖지 않았건 간에, 영혼은 올바른 것을 행하여야 한다는 것이 밝혀지지 않았는가?"(『국가론』, 612b) 기게스의 반지와 하데스의 모자는 그 소유자를 보이지 않게 만드는 것들이다. 정의란 바로 이런 장난감들의 힘을 빌리지 않고, '보이게 되는 데서' 실현된다는 것이다. 유대인들의 경우도 마찬가지다. 하데스의 모자를 쓰는 대신 아담은 "하느님 눈에 띄지 않게"(「창세기」, 3: 8) 덤불 속에 숨었다. 이 시선은 더욱더 강화되는데, 신약에 와서는 "비밀리에 보시는 네 아버지"(「마태오」, 6: 4)의 시선이 되기 때문이다. 서양 문명 전체가 도덕을 '보이게 되는 일'로 간주해 왔던 것이다. 손대면 안 되는 보석인 이졸데를 끌어안았던 트리스탄이 부왕의 시선 앞에 발각되었을 때 그는 무엇을 했는가? 놀랍게도 아담처럼 행동했다. 그러나 이 성실한 애인은 덤불 속에 자신의 몸이 아닌 연인의 몸을 감추었다. "이졸데는 무의식적인 수치심으로 고개를 숙이고 있다. 트리스탄 역시 무의식적인 수치심으로 자신의 망토 자락을 펼쳐 다른 사람의 시선으로부터 이졸데를 가린다."(바그너, 「트리스탄과 이졸데」, 2막 3장) 제거할 수 없는 칼 조각 같은 도덕 때문에 마음으로, 그리고 뒤에는 육체로 피를 흘리게 되는 이 불행한 사내는 연인만은 덤불 속에 숨은 듯 '보이지 않게' 하고 싶어 한다. 이러한 그의 행동은 시선 앞에서의 노출이 바로 법정에 소환되는 일임을 잘 알려 주고 있다. 레비나스가 말하듯, 도덕은 아담이 숨은 덤불 밖으로 걸어나와 '보이게 되는 것'이다. "이 주체에게 은신처란 없다. (……) 이 영광은 주체가, 낙원의 덤불(여기서 아담은 영원의 목소리를 듣는 데서 자신을 숨겼다.)을 닮은 은폐의 어두운 구석에서 밖으로 나옴에 의해서 영광스럽게 된다."[5] 그러니 "윤리는 보는 것이다.(l'éthique est une optique.)"[6]

이러한 시각적인 것, 즉 눈이 인식과 도덕 양 영역에서 누리는 근본성에 비하면 피부란 얼마나 하찮은 것인가? 가령 레비나스는 이렇게 말한다. "'근본적인 것'이나 '궁극적인 것'은 '피부' 자체에서 헐벗은 채 빛나나, 그 헐벗음을 알리고, 숨기며, 그것을 모방하고 변형시키는 피부를 포기해 버린다."(TI, 63쪽) 피부는 그 배후의 근본적인 것을 드러내 주지만, 숨김, 모방, 변형 속에서 왜곡시켜 버린다. 그렇기에 포기되어야 하는 것이다. 1961년 출판된 『전체성과 무한』에 이 구절을 남긴 레비나스가 피부의 진정한 중요성을 깨닫기 위해선 1974년의 또다른 주저 『존재와 다르게……』를 기다려야 했다.

그런데 유대 기독교 전통은 피부의 중요성을 완전히 망각하고 있었는가? 사실 피부가 자신의 삶에서 가지는 중요성을 간파했던 이가 있으니, 바로 피부에 내려진 징벌을 통해 무한자와 맞서게 된 욥이다. 욥에게 가장 중대한 감각은 피부에 온다. "나의 살갗은 굳어졌다가 터지곤 하네. (……) 견딜 수 없는 이 고통을 당하느니 차라리 숨통이라도 막혔으면 좋

---

5) E. Levinas, *Dieu, la Mort et le Temps*(Paris: Grasset, 1993), 224쪽.

6) E. Levinas, *Totalité et infini*(La haye: Martinus Nijhoff, 1961), xii쪽.(약호: *TI*)

겠습니다.”(「욥기」, 7 : 5~16) 그런데 욥에게 피부의 파열은 무한자 또는 절대적 타자에 대한 욕망과 함께 출현하는 것이다. “나의 살갗이 뭉그러져 이 살이 질크러진 후에라도 나는 하느님을 뵙고야 말리라.”(「욥기」, 19 : 26~27) 후에 토마스 만이 『요셉과 그 형제들』에서, 요셉을 잃은 야곱을 묘사하면서 쓴 다음과 같은 구절은 바로 「욥기」의 이 문장에서 영감을 얻었을 것이다. 아들을 잃은 고통에 휩싸인 야곱이 이렇게 욥처럼 묘사되고 있다. “야곱은 이따금 몸에 종기라도 난 것처럼 깨진 항아리 파편으로 북북 긁기도 했다. (……) 〔슬픔을 수습한 후〕 사기 조각으로 살갗을 긁기에 더 이상 미련이 없었다. 그것들은 주님과 질릴 때까지 논쟁을 벌일 때나 쓰였을 뿐 (……).”[7] 여기서 문장은 부정적인 방식으로 구사되고 있지만, 야곱이 무한과 만나는 방식은 바로 그의 피부의 괴로움을 통해서임을 잘 알려 주고 있다.

이렇게 피부는 무한 또는 절대적 타자와의 만남이 이루어지는 지평이다. 앙지외는 사변적이기보다는 임상적인, 피부에 관한 자신의 책[8]에서 “타인과의 교류의 최초의 장소이자 도구인 동시에 우리의 개별성의 보호 체계로서의 피부”(앙지외, 23쪽)라고 쓰고 있는데, 우리는 이 말을 우리의 맥락에서, 피부라는 제한성 속에서 우리의 개별성이 구성되며, 피부를 통해서 무한과의 만남이 이루어진다라고 바꾸어 쓸 수 있을 것이다. 그리고 바로 이런 양면성 때문에 피부는 역설적인 것이다.(우리는 이 역설을 극한까지 몰고 가 볼 예정이다.) 그전에 벌여 놓기만 하고 아직 대답하지 않은 문제를 마무리 지어야 하지 않을까? 욥의 신화가 알려 주듯 피부의 중요성은 의심할 바 없는 것이나, 시각과는 어떤 관계를 가지고 있는 것일까? 들뢰즈의 『차이와 반복』이 기록하고 있는 눈의 기원에 관한 자연 과학적 보고가 실마리를 줄 것 같다. “어떤 동물은 분산되고 흩어져 있

<hr>

7) 토마스 만, 장지연 옮김, 『요셉과 그 형제들』(살림, 2001), 2권, 409~430쪽.
8) 디디에 앙지외, 권정아·안석 옮김, 『피부 자아』(인간희극, 2008).(약호: 앙지외)

는 빛의 자극들이 자신의 신체의 특권적인 한 표면 위에 재생되도록 규정함으로써 자신의 눈을 형성한다."[9] 즉 특별한 촉각적인 것에 대해 피부가 발생적으로 응답하는 방식이 바로 눈이라는 것이다. 이렇게 보자면 빛은 근본적으로, 기원적으로, 피부를 건드리는 촉각적인 것이다. 우리가 읽고 있는 시의 첫 3행이 간파하고 있는 바도 바로 이런 사실이다.

> 살갗이 따가워.
> 햇빛처럼
> 네 눈빛은 아주 먼 곳으로 출발한다

이 구절은 무엇을 발견하고 있는가? 바로 눈빛, 시각적인 것에 응답하는 것은 근본적인 차원에서는 피부의 따가움 같은 촉각적인 것이라는 점이다. 이 점을 시인은 다시 이렇게 확인하고 있다. "다른 사람의 눈빛은 보이지 않는데도 촉각으로 맞은 것처럼 느껴지죠."[10] 눈이 시야를 잃었을 때 촉각적인 차원에서 작동 가능하다는 데리다의 다음과 같은 구절을 눈여겨보아야 한다. "눈들이 서로 건드린다(se toucher les yeux)라는 것은 무슨 뜻인가? (……) 우리가 시야를 잃고 있는 동안 보기 위해서 타자의 눈을 우리의 눈으로 건드린다는 뜻인가? (……) 이것은 어렵고 드물지만 불가능하지는 않다."[11] 시각이 그가 누리는 빛 속에서 망각하고 있는 그의 시원(始原)에는 바로 촉각이 자리 잡고 있다. 눈은 빛을 감촉하는 피부의 특별한 한 부분이다. 이런 맥락에서 우리는 "피부로 본다(voir avec la peau)."[12]라는 들뢰즈의 말이나, "우리는 만지듯이 보거나 들을 수 있다."[13]라는 레비나스의 말 또한 은유적인 의미 없이 이해할 수 있다. 만

---

9) G. Deleuze, *Différence et répétition*(Paris: PUF, 1968), 128쪽.(약호: *DR*)

10) 김행숙 인터뷰, 「타인을 통해 진짜 나를 찾아」, 《중앙일보》, 2008. 8. 8, 23면.(약호: 「인터뷰」)

11) J. Derrida, *Le toucher, Jean-Luc Nancy*(Paris: Galilée, 2000), 126쪽.(약호: *T*)

12) G. Deleuze·F. Guattari, *Mille plateaux*(Paris: Éd. de Minuit), 187쪽.(약호: *MP*)

지듯이 들을 수도 있는가? '보는 피부'만큼이나 흥미로운 '청각적 피부'
는 조금 뒤에 보게 될 것이다.

3 부드러움과 상처받을 수 있음

그런데 우리는 피부의 가장 긍정적인 가능성 한 가지를 놓치고 있는
것은 아닌가? 저 시인은 피부의 따가움에 대해서 이야기하고 있다. 그러
나 고통이 아닌 촉각, 애무로부터 얻게 되는 부드러운 느낌의 긍정성은
피부의 또다른 중요한 국면 아닌가? 왜 오로지 피부가 받는 긴장과 상처
에만 집중한단 말인가? 우리는 부드러움이라는 피부의 가능성을 놓쳐서
는 안 되며, 사실 이 시인 역시 애무의 부드러움을 매우 잘 알고 있다.
"쓰다듬어 주렴. 좋은 친구는 아주 **부드러워**."(『사춘기』, 83쪽) 심지어 피부
에 상처를 줄 수 있는 발톱 같은 날카로운 것조차 부드러움의 긍정성 속
에서 접근하고 있다. "그녀는 무엇으로 나를 어루만지고 있습니까? 열세
번째 발톱은 믿을 수 없이 부드럽고".(『이별』, 60쪽) '스킨십' 없이는 생각
할 수 없는 연인들과 어린이들 사이에 있는 삶 자체가 우리에게 선물일
뿐 아니라 불가피한 것이듯 '부드러움'은 이 시인이 놓칠 수 없는 주제이
며, 발톱 밑에서도 애무의 부드러움을 발견하는 이 구절만큼 레비나스의
다음 구절을 시적으로 확실히 옹호하는 것도 없다. "애무가 모든 접촉
속에 잠복해 있다."(*AQE*, 96쪽) 다른 자리[14]에서 살펴보았듯 (그러므로
이 자리에서 또 분석하지 않겠지만) 우리는 피부의 애무를 통해 무한히 나
의 손을 빠져나가는 자로서 타자와 조우한다. "애무 속에서, 찾는 것은

---

13) E. Levinas, *Autrement qu'être ou au-delà de l'essence*(La haye: Martinus Nijhoff, 1974),
   94쪽.(약호: *AQE*)

14) 필자의 글, 「애무의 글쓰기」, 『일상의 모험』(민음사, 2005) 참조.

거기에 존재하지 않는 것처럼, **피부는 달아난 것의 흔적처럼 있다.**"(*AQE*, 114쪽) 그리고 피부 뒤로 사라지는 자로 있어야만 타인은 문자 그대로 '다른' 이인 것이다. 나의 손에 거머쥘 수 있는 것인 한 그것은 동일자의 구성물에 불과하다.

그럼에도 불구하고 우리는 피부의 따가움, 상처받을 수 있음에 대해 집중해야만 하는가? 사실 최근 철학에서 애무에서 오는 '부드러움(tendre)'은 레비나스, 데리다, 낭시 모두의 사상이 집약되어 있는 주제이다. 데리다는 레비나스가 애무 및 부드러움과 관련하여 만든 사상의 궤적을 검토한 후 'tendre'라는 말의 이중성을 이렇게 이야기한다. "'동사로서 tendre'는 프랑스어의 지배적인 전통에서 '의도된 행동', 아마도 심지어 '남성성'을 내포한다.(라틴어 tendere와 프랑스어 tendre는 이런 뜻들이 있다. ~하는 경향이 있다, 내밀다, 제안하다, 넓히다 펴다, 계획하다 등등) 다른 한편 '속사로서 tendre'의 예는 이렇다. 그것은 자주 부서지기 쉬움, 섬세함, 또는 지향성을 가지지 않는 '**수동적인**' 상처받을 수 있음(vulnérabilité), 노출됨 등을 내포한다."(*T*, 111쪽) 누군가와 접촉(toucher)할 때 이러한 양면적인 성격이 'tendre'라는 말 안에 공존하게 된다. 그것은 남성적 힘으로서 타인을 거머쥐려는 힘으로 나타나지만, 그 안에서 숨길 수 없이 작동하는 것은 피부끼리 부딪칠 때의 부드러움이다. 참고로 마리옹 같은 경우는 애무에서 '접촉 자체'를 부정하지만, 그것이 우리가 지금 기술하고 있는 바로 그 애무로서의 접촉을 부정하는 것은 아니다. "만일 누군가 절대적으로 애무에 대해 말해야 한다면, 애무를 모든 접촉으로부터 해방시키는 일이 필수적이다. (……) 나 자신의 살은 더 이상 아무것도 건드리지 않는다. 왜냐하면 타자의 살은 어떤 것을 구성하지 않기 때문이다. 나 자신의 살은 이 타자의 살을 하나의 사물의 접촉적 저항으로 경험하지 않고, 반대로 그것을 저항하지 않는 것으로 발견한다."[15] 애무에서 타인의 살은 나의 접촉에 저항하는 사물이 아니기 때문에 애무에는 접촉 자체가 없다는 것이다. 다른 말로 풀면 애무에서 타인의 몸은 대상(ob-jet)이 아니라는 것인데, 이때 ob-jet라는 말에서 핵심은 '맞서서(against)'라고 뜻을 풀이할 수 있는 라틴식 접두사 ob에 놓여 있다. 애무에서 타인의 육체는 객관적으로 기술할 수 있는 여타 물질이 아니므로 나에게 맞서 있는 것(ob-jet)이 아니고, 따라서 주체의 대응 항이 아니며, 이런 이유로 주체가 접촉할 수 있는 것이 아니라는 것이다. 사실 이러한 생각은 "우리가 말하는 살은 물질(matière)이 아니다."[16]라는 메를로퐁티의 주장에 이미 어느 정도 함축되어 있던 바이다. 바꾸어 쓰면 살은 주체와 맞서서(ob) 던져져 있는 것이 아니기에 주체는 당연히 그것과 접촉할 수 없는 것이다. 그러나 우리는 결코 이런 주체와 객체의 관계 안에 건드림(toucher)이라는 용어를 다 집어넣을 수 없음을 알고 있다. 굳이 대응시키자면, 주객 관계에 근접하는 것은 건드림에 있어서 tendre가 오직 동사적일 때, 즉 '대상을 거머쥘 때'이며, 그것이 속사적일 때, 건드림은 마리옹이 말한 것과 같은 주객 관계 안에서 이해되지 않는다. 요컨대 애무의 부드러움 속에서 건드림의 행위는 소멸되지 않는다.

다시 본론으로 돌아오면, 앞서 인용한 데리다의 문장 안에 우리가 피부의 부드러움이 아니라 따가움이나 찢김 같은 것을 통해 피부의 비밀에 접근해야 하는 까닭이 드러나 있다. 바로 피부의 부드러움은 '부서지기 쉬움'이나 '상처받을 수 있는 가능성'을 통해서만 성립하기 때문이다. 그것은 공격에 그대로 '노출'된 상태이기에 부드러운 것이지, 갑옷처럼 스스로 방어할 수 있으면서 부드러울 수는 없다. 요컨대 죽음과 파괴를 담보로 피부는 부드러운 것이다. 그렇다면 당연하게도 부드러움의 심연에 자리 잡은 상처받을 수 있음에서 피부가 겪는 본질적 모험을 목격해

15) J.-L. Marion S. E. Lewis(tr.), *The Erotic Phenomenon*(The Univ. of Chicago Press, 2007), 120쪽.

16) M. Merleau-Ponty, *Le visible et l'invisible*(Paris: Gallimard, 1996(초판: 1964)), 191쪽.(약호: *VI*)

야 하지 않을까? 피부의 가능성인 상처받음은 피부를 하나의 난감한 '불
가능성'으로, 즉 죽음으로 인도하기도 할 것이다. 문자 그대로는 '피부가
터지다(Se faire crever la peau)'라고 읽을 수 있는 프랑스어 표현이 '살해당
하다'라는 뜻을 지니고 있는 데서 쉽게 읽어 낼 수 있는 것처럼. '피부의
찢김'과 함께 안온한 세계는 사라지고, 주체의 모험은 시작된다.

4 듣고 소리나는 피부

  이 모험을 따라나서기 전에 잠시, 매우 문제적이면서도 흥미로운 피
부의 청각적 면모를 살펴보아야겠다. 앙지외는 『피부 자아』에서 마르시
아스 신화에 대한 재미있는 분석(사실 이 책의 가장 흥미로운 국면)을 보
여 준다. 프리기아의 신 마르시아스는 아폴론에게 죽임을 당하는데, 이
는 그리스인들의 소아시아 정복의 신화적 반영이다. 민족들 간의 전쟁
을 반영하는 이 신화는 플라톤의 『국가론』에도 흔적을 남기고 있다.("우
리가 마르시아스와 그의 악기에 앞서 아폴론과 그의 악기를 선택한다 할지라도
(……)."(『국가론』, 399e))
  그런데 마르시아스는 어떻게 죽으며, 그의 피부에는 무슨 일이 일어나
는가? "마르시아스는 아폴론에 의해서 산 채로 모든 피부가 벗겨지고,
그의 피부는 소나무에 매달린 채, 혹은 못 박힌 채 남아 있다. (……) 마
르시아스의 손상되지 않은 피부는 케레네의 성채〔프리기아인들의 성채〕
밑 동굴에 보존되었고, 그 동굴로부터 메앙드르(Méandre, 프리기아의 중심
을 흐르는 강)의 지류인 마르시아스 강이 솟아났다.(……) 케레네의 동굴
속에 걸린 마르시아스의 피부는 음악처럼 흐르는 강물 소리와 자신의 신
봉자들이 부르는 노랫소리를 감지할 수 있었다. 그래서 프리기아인들의
멜로디 소리가 들리면 그 피부는 **진동**을 일으켰다. (……) 이 신화적 테

마는 아기와 어머니, 그리고 가정 환경 사이에서 이뤄지는 근원적인 소통이 촉각과 청각을 동시에 반영한다는 사실을 보여 준다. 소통한다는 것은 무엇보다도 **울려 퍼지는 공명**(共鳴) 속으로 들어가는 것이며, 타인과의 조화 속에서 **진동하는** 것이다."(앙지외, 99~103쪽) 이 신화는 피부가 가진 청각적 성격을 잘 알려 주고 있다. 피부는 자기 바깥의 다른 것(대상이나 타인)과 소리 또는 앙지외가 잘 파악했듯 '진동'을 통해 조우한다. 이러한 점을 잘 간파하고 있었던 이가 메를로퐁티이다. 그는 "사물들과 나 사이의 마법적 관계"(*VI*, 192쪽)를 여러 가지로 기술하는 가운데 다음과 같이 말한다. "사물들을 향한 신체의 덩어리의 파열(éclatement)은 나의 **피부의 진동**(une vibration de ma peau)이 매끄럽게 되거나 꺼칠한 것이 되게 한다."(같은 곳) '진동'은 분명 소리 상관적인 것이다. 자연 상태에서 소리를 만들어 내지 않는 진동이란 없다는 점에서 그렇다. 그런데 아예 피부의 진동이 없는 경우가 있다면? 그러나 자연 안에는 진동이 없는 경우란 없다. "우리가 일반적으로 주목하듯 **진동수가 전무**(全無)한 비율들은 **없다**. 실제적으로 전무한 포텐셜, 절대적으로 전무한 압력은 없다."(*DR*, 302쪽) 사물들의 침입에 대해 피부가 응답하는 방식이 진동이라는 소리 상관적인 것이다. 메를로퐁티에 따르면 이 진동 때문에 외부의 것들과 관계하는 피부의 표면은 매끄럽거나 꺼칠한 것이 된다. 피부의 이런 변화는 우리가 읽고 있는 시의 마지막 행에서 찾아지는데 "구김살 속에서 타인의 살갗이 일어나는 순간"이라고 표현되고 있다. 피부가 일어나는 일 또는 매끄럽게 되거나 꺼칠한 것이 되는, 한마디로 "구김살"이 생기는 변화는 우리가 쉽게 할 수 있는 경험 안에서는 가령 소름이라는 형태를 띨 것이다. 외부와의 조우 때문에 생기는 소름 같은 피부의 변화, 피부가 일어서는 일은 우리의 의지와 상관없이 겪는 수동적 체험이다. 그것이 앞서 우리가 데리다를 읽으며 피부와 관련해 이야기했던 '수동적인 상처받을 수 있음'의 한 표현이며, 시인이 저 구절과 관련하여 다음과 같이 말하는 이유이다. "종종 내가 왜 이러는지 모를 때가 있잖아요. 그러니까 내 살갗 자체가 타인의 살갗처럼 낯선 느낌이요, 타인의 살갗이 일어나는 거죠. 내 안에서."(「인터뷰」, 23쪽) 피부가 겪는 변화의 이 수동성이 지니는 의미가 무엇인가? 피부의 변화가 수동적이라는 것은 피부가 이미 나의 주체성의 지배 아래 있지 않다는 것, 레비나스의 표현을 빌리면 마치 "자아 안에 있는 타자"(*AQE*, 160쪽)처럼 나의 것이 아니게 되었다는 것이다.(이것이 시인이 피부를 내 안의 '타인의' 살갗으로 기술하는 이유이다.) 레비나스가 '이웃이 접근할 때' 일어나는 일로 기술하는 것도 동일한 것이다. "나는, 내가 참아 내는 일을 허락하고, 또 싫은 일에도 웃는 얼굴을 하는 것을 허락하는 능력을 가지고 있다. 따라서 모든 것은 내가 최초에 자리 잡고 있는 듯이 이루어진다. 이웃의 접근을 제외하고 말이다. (……) 그 어떤 것도, 모든 자유에 선행하여, 문제시되는 이것보다 더 수동적이지 않다."[17] 그러나 이 문제에 대한 본격적인 검토는 좀 더 미루자. 우리는 뒤에 보다 자세히 피부가 어떻게 수동성에 내맡겨지고, 따라서 어떻게 주체성의 소관이 아닌 익명적 영역이 되는지, 그리고 마지막으로 이로부터 어떻게 궁극적인 주체가 출현하게 되는지 살펴보게 될 것이다. 지금은 소리 나는 피부에 좀더 집중하고 싶다.

사실 피부의 소리 상관적 성격은 철학적 개념보다는 문학 작품을 통해 직관적으로 파악되어 왔다. 프랑수아 플라스의 『마지막 거인(*Les derniers Géants*)』(1992)은 서유럽의 수많은 문학상이 응답해 온 동화인데, 여기에는 피부로 소리를 내는 거인들이 출현한다. "그들의 몸에는 (……) 구불구불한 선, 소용돌이 선, 나선, 극도로 복잡한 점선들로 이루어진 정신없이 혼란한 금박 문신이 새겨져 있었습니다. (……) 이렇게 그려진 각각의 악보는, 한밤중에 그들이 하늘에 대고 부르던 기도의 음악에 대지가 화답하여

---

17) E. Levinas, *Entre nous*(Paris: Grasset, 1991), 75쪽.(약호: *EN*)

부른 진정한 노래였던 것입니다. (……) 그제서야 왜 그들이 이따금씩 애처로운 눈길로 나를 바라보는지 깨달았습니다. 그들은 왜소한 내 체구보다도 말 못하는 내 피부를 더 가엾게 여겼습니다. 그들이 보기에 나라는 인간은 말이 없는 존재였던 것입니다."[18] 프랑수아 플라스의 이 작품에서 중요한 것은 문신(악보)이 새겨진 피부가, 기도와 화답이라는 타자와의 관계 속에서, 소리를 통해 그 관계를 영위한다는 점에 대한 통찰이다.

우리가 다루고 있는 시인 역시 피부를 소리의 관점에서 접근할 때가 있다. "툭 빗방울이 떨어졌고 (……)// 피부에 붙어서. 마음도 착 달라붙어서."(『타인』, 122쪽) '툭'이란 말은 국어 사전에 따르면 "단단하지 않은 물체를 한 번 두드림, 또는 그 소리" 또는 "세게 치거나 건드리는 모양. 또는 그 소리"라고 되어 있다. 한마디로 빗방울의 '툭'은 '소리'의 표현이다. 피부가 외부 대상을 감지하는 방식은 바로 '툭', 마르시아스의 피부처럼 '소리'인 것이다. 마음(흔히 주체성을 표현하는)은 이 소리에 대한 피부의 응답으로서, "피부에 붙어서. 마음도 착 달라붙어서"만 탄생하는 것이다. 요컨대 여기서 외부 대상에 대한 피부의 응답인 소리와 주체의 탄생은 공외연적이다.[19]

피부의 음향적 성격을 보여 주는 또다른 예는 앙지외가 "그리스 신화인 마르시아스 이야기에 대한 아랍 지역의 변형"(앙지외, 373쪽)이라고 소개하는 것인데, 마르시아스 신화 이상으로 끔찍하다. 한 남자에게 예쁜 딸이 둘 있었다. 그런데 어찌어찌하다 보니 계모가 들어오고, 계모는 자신의 삶에 방해가 되는 딸들을 죽여 버린다. 둘째 딸을 특히 미워한 나머지 계모는 그녀의 피부를 벗겨 문을 괴는 받침대로 사용하는데, 문이 열리고 닫힐 때마다 피부는 노래하기 시작한다. "그만하세요. 그만 하세요. 아! 나의 새어머니! 나는 헤나 나무판자 위에 있어요. 그리고 나는

---

18) 프랑수아 플라스, 윤정임 옮김, 『마지막 거인』(디자인하우스, 2002), 44~46쪽.

이미 너무 많이 울었어요!"(앙지외, 374쪽) 결국 이 피부의 노래 때문에 새어머니의 죄는 폭로되고 그녀는 남편에게 죗값을 치른다. 이 이야기 역시 주체가 외부와 조우할 때 그 근본에 청각적 피부가 있다는 것을 암시하고 있다.

더욱 엽기적인 사례가 있으니, 바로 심훈의 「그날이 오면」(1930)이다. "그래도 넘치는 기쁨에 가슴이 미어질 듯하거든/ 드는 칼로 이 몸의 가죽이라도 벗겨서/ 커다란 북을 만들어 들처메고는/ 여러분의 행렬(行列)에 앞장을 서오리다/ 우렁찬 그 소리를 한 번이라도 듣기만 하면/ 그 자리에 거꾸러져도 눈을 감겠소이다".(부분 인용) 여기서 도대체 무슨 일 때문에 시적 화자가 기뻐하는지는 중요하지 않다. 심훈은 산 인간의 가죽을 벗겨서 북을 만든다. 무슨 렉터 박사도 아니고, 도통 엽기적이라고밖에 할 수 없는 이 미치게 즐거워하는 '피부 북'의 진실은 무엇인가? 바로 그가 "여러분"이라고 부르는 타자와의 조우를 위해 소리 나는 피부를 동원하고 있다는 점이다. 주체 외부의 것과의 만남은 피부의 소리를 통해 이루어진다.[20]

그런데 우리가 읽은 마르시아스의 신화와 그 아랍적 버전, 그리고 심훈의 시 모두 타자와의 만남을 위해 피부를 동원할 때, 피부를 찢어 버리고

---

19) '피부 시인'으로서 김행숙에게 소리 또는 청각이 중요한 지위를 차지한다는 점을 가장 잘 보여 주는 시는 바로 「모자의 효과」일 것이다. 시인은 다음과 같이 모자와 청각을 직접 연결시키고 있다. "모자를 쓰는 순간에 나는 귓속말이 전달되는 귓속으로 빨려 드는 것 같았어."(『타인』, 83쪽) 모자는 청각적인 것(귓속말)이 문화 안에서 모습을 드러내는 형태라는 점을 알지 못한다면 모든 것은 수수께끼로 남을 수밖에 없다. 모자가 청각적인 것이라는 점은 프로이트의 다음 구절에서 가장 잘 확인할 수 있을 것이다. "우리는 자아가 '듣는 모자'를 쓰고 있다는 것 ─ 우리가 대뇌해부학을 통해서 알고 있듯이, 한쪽에만 쓴 ─ 을 덧붙여야겠다. 그 모자를 삐딱하게 쓰고 있다고 말할 수 있을 것이다."(지그문트 프로이트, 「자아와 이드」, 박찬부 옮김, 『쾌락 원칙을 넘어서』(열린책들, 1997), 111쪽.(약호: 「자아와 이드」)) 청각이라는 것은 하나의 듣는 모자이며 표층부, 즉 대뇌피질이라는 일종의 '피부'에 위치한다. 즉 청각은 일종의 소리 듣는 피부인 것이다. 대뇌피질과 모자가 동종의 것이라는 점은 앙지외의 다음과 같은 분류에서도 잘 드러난다. "인간 사고의 토대가 되는 피부, **대뇌피질**, 성적인 결합은 다음과 같은 표면의 세 가지 외형에 상응한다: 싸개(피부), **모자**(뇌), 주머니(질)."(앙지외, 34쪽)

있다는 점은 의미심장하다. 피부는 파열됨으로써, 즉 더 이상 기능을 하지 못하는 자신의 '불가능성'에 도달함으로써 타자와 마주친다. 그렇다면 역설적이게도 피부의 불가능성은 바로 그것의 참된 가능성이지 않은가?

5 실비아 플라스

피부의 찢김을 통해서 타인과 마주치는 일은 우리가 읽고 있는 시의 시인이 피부와 더불어 수행하는 모험이기도 하다. 시인은 우리가 읽고 있는 저 시를 이야기하는 자리에서 이런 말을 전한다. "수많은 인연들 속에서 시인이 부닥치고 싶은 타인은 '나를 찢게 하는 이'란다."(「인터뷰」, 23쪽) 그녀는 개별성을 보호해 주는 이런 피부의 찢김을 통해 무엇에 도달하고 싶어 하는가? 바로 "몸과 몸의 구분이 뭉개지고 사라지는 촉각적인 순간"[21]이다. 뒤에 더 자세히 보겠지만, 이것은 몸과 몸의 구분이, 즉 개별적 구별이 사라진 '익명적 상태'이다.

타인과의 조우에서 피부의 이 찢김이라는 국면에 보다 더 가까이 가 보기 위해선 시간과 바다를 건너야 만날 수 있는 또 한 사람의 '피부 시인'을 참조해야 한다. 실비아 플라스의 작품들을 검토하다 보면 피부야말로 이 시인의 예술과 삶으로 들어서는 입구라는 느낌을 가지게 된다. 그녀의 작품들은 시기를 막론하고 피부에 대한 민감한 느낌들에 대한 기록으로 가득 차 있다. 가령 소설 『벨자』에서는 이렇게. "평소 같으면 드

---

20) 청각적 피부라는 이 흥미롭고도 어려운 주제를 우리는 이 글의 뒤에 이어지는 보론 「소리와 피부 ─ 타자를 향하는 자」에서 보다 자세히 살펴볼 것이다.

21) 김행숙, 「현대 시 100년 ─ 사랑의 詩: 정현종 '꽃피는 애인들을 위한 노래'」, 《동아일보》, 2008. 5. 15, A19면. 이 글에서도 시인의 사유를 사로잡고 있는 개념은 피부이다. "오늘 밤은 검은 피부다. 한없이 넓어질 수 있는 피부, '한없이 깊어질 수 있는' 피부다."(같은 곳)

레스와 흉한 피부색이 신경 쓰였겠지만 (……)"[22], "뺨 위로 리듬감 있게
머리를 빗질했다. 뺨에 전기가 이는 느낌이 들자 (……)".(『벨자』, 86쪽)
그녀의 일기 역시 피부에 대한 무수한 기록을 가지고 있다. "피부는 최
악이다. 기후 탓이다. (……) 햇볕에 살을 좀 태워야 한다. (……) 그러면
내 피부도 맑아지고 괜찮아질 텐데."[23] "증오가 내 살갗에 퍼석거리며
야단법석을 떨어댄다."(『일기』, 368쪽) "뺨을 델 듯 뜨거운 눈물이 줄줄
흘러내려 종이를 적셨고 (……)."(『일기』, 281쪽) 실비아 플라스의 작품에
는 자기 피부의 불완전성에 대한 불안, 완벽한 자아가 되기 위한 조건으
로서 완전한 피부에 대한 열망, 흥분과 희열 속에 피부가 파열되는 사건
이 시간적 발전의 단계 없이 계속 반복된다.

　　그녀는 자기 피부의 불완전성을 이렇게 기록한다. "이 흉터가 있는 불
완전한 피부는?"(『일기』, 389쪽) 이러한 평가는 피부에 대한 노골적인 불
만으로 표출된다. "긁어서 피부를 다 벗겨 버리고 싶다."(『일기』, 453쪽)
이러한 피부에 대한 불만은, 기원적으로 가졌었다고 상상하는 완벽한 보
호막으로서 피부, 즉 자궁에 대한 그리움으로 표출되기도 한다. "자궁으
로 돌아가고 싶어."(『일기』, 154쪽) "자궁 속으로 기어 들어가고 싶어 안
달이 났지."(『일기』, 189쪽) 나아가 피부에 대한 불만은 당연하게도 완전
한 피부에 대한 열망과 동전의 양면을 이루게 된다. 완전한 피부에 대한
강렬한 갈망은 그녀의 자아가 바로 피부 위에서 성립하고 있다는 것을
암시하고 있다.

　　그런데 그녀가 완전한 피부를 갈망할 때 계기로 삼는 것이 무엇인가?
바로 실비아에겐 매우 특별한 의미를 지니는 피부질환인 나병이다. 『벨
자』의 다음 구절이 알려 주듯 나병은 피부와 관련한 그녀의 정체성 확립

---

22) 실비아 플라스, 공경희 옮김, 『벨자』(문예출판사, 2006), 13쪽.(약호: 『벨자』)

23) 실비아 플라스, 김선형 옮김, 『실비아 플라스의 일기』(문예출판사, 2004), 561쪽.(약호: 『일기』)
일기이지만 꼭 필요한 경우 말고는 인용하는 구절에 일일이 연도와 날짜를 기입할 필요는 느끼지 않
는다. 구조적인 차원에서 접근하는 이 글에서는 연대기적 질서가 그리 중요해 보이지 않는 까닭이다.

에 늘 결정적 역할을 한다. "닥터 놀란은 날 무척 조심스럽게 대하는 사람이 많을 거라고 무뚝뚝하게 말했다. 한센병 환자라도 되는 듯 피하는 사람도 있을 거라고."(『벨자』, 290쪽) 일기에서도 마찬가지다. "나병이 발발할 것 같은 기분이다. 불안하고, 계단이 삐걱거리는 소리가 들린다. 비겁함으로 죽어 버릴 것만 같다."(『일기』, 453쪽) 나병은 그녀의 불완전한 피부의 최대치를 구성하는 것이다. 스메르자코프가 간질병이 발발할 것 같은 예감을 가지는 것과 마찬가지로 실비아는 나병이 발발할 것 같은 기분에 휩싸인다. 자기 피부(그리고 같은 의미에서 자기 정체성)의 불완전성에 직면할 때마다 말이다.(도대체 나병을 감기 기운처럼 느끼는 이런 사람도 있는가?) 자기 피부의 불완전성을 직시해야 하는 이런 위기와 직면할 때 그녀가 동원하는 해결책은 기적 중의 기적, 죽어서 '나흘 동안 썩은 피부'를 극복한 미용의 달인, 바로 전설이 나병 환자로 기억하는 나사로이다. 나사로의 매혹을 그녀는 일기에 이렇게 쓰고 있다. "마치 나병 환자 나사로 같은 느낌이 들었어요. 성경의 그 일화는 대단한 매혹을 지녔지요. 한 번 죽었던 나는 다시 살아났고, 심지어 자살 충동이 지닌 단순한 감각적 가치를 상습적으로 만끽하려 하잖아요.〔사족: 이 구절을 읽어 보면 그녀는 결국 자살에 성공할 수밖에 없었다.〕죽음에 아주 가까이 다가갔다가, 갈수록 짙어만 가는 (……) 흉칙스러운 징표와 흉터를 뺨에 달고 무덤에서 뛰쳐나오는 일이 주는 감각적 매혹. 흉터는 발갛게 바람맞은 피부 위에서는 죽음의 반점처럼 핏기 없어 보이고, 사진에서는 무덤처럼 칙칙하고 겨울처럼 창백한 피부에 대조되어 갈색으로 색이 어둡고 짙게 나온답니다."(『일기』, 214쪽) 그녀는 피부와 자아의 죽음을 '부활'이라는 대적할 것이 없는 무적의 기적을 통해 극복하려고 한다. 이러한 재생의 신화에 매혹된 덕에 실비아는 나사로의 자전적 버전을 만들기에 이른다. 바로 「나사로 부인」이 그것이다. 전체를 옮기고 싶은 멋진 시이지만, 다 베껴 쓰기엔 좀 팔이 아파서 앞부분만 적어 둔다.

나는 그것 다시 해냈다.
십 년마다 한 번
나는 그걸 해낸다.

일종의 걸어다니는 기적인데, 내 피부는
나치 램프갓처럼 빛나고,
문진(文鎭) 같고,
내 얼굴은 평범하고, 고운
유대인의 아마포 같다.

냅킨의 껍질을 벗기시지
오 나의 원수여. 내가 무서운가?

코, 눈구멍, 온전한 이빨이?
음산한 냄새는
하루면 사라질 것이다
곧, 곧 무덤
동굴이 먹었던 살〔肉〕이
돌아와 나에게 붙을 것이다
그러면 나는 미소 짓는 여인이다."[24]

이런 방식으로 죽음에 접근하고 싶은 충동과 실패한 자살에서 되돌아
올 때마다 그녀는 회복된 나사로처럼 피부를 돌려받았다. 살은 다시 돌
아와 붙고 그녀는 "미소 짓는 여인"이 된다. 이렇게 손상된 피부를 부활

---

24) 실비아 플라스, 이만식 옮김, 『어느 순수주의자에게 보내는 편지』(고려원, 1994), 89~90쪽.(약
호: 『편지』)

을 통해 그때그때("십 년마다 한 번") 재생시킨다는 점에서 나사로 이야기는 성형 수술의 유대 마술사적 버전이다. 그러니 실비아가 직접 성형 수술을 통해 피부의 실패를 만회하려고 노력하지 않는다면 이상할 것이다. 그녀는 실제로 「성형 수술」이라는 시에서 이렇게 말한다. "나 자신의 어머니가 되어, 나는 가제 속에 감싸여 깨어 있다,/ 아기처럼 연분홍색 부드러운 피부를 갖고."(『편지』, 47쪽) 성형 수술을 통해 실비아는 사자(死者)가 다시 살아나듯 아기의 새 피부를 가지고 태어나며, 여기서 "가제"는 나사로를 감았던 "유대인의 아마포"와 동일한 것이다. 이렇게 '불완전한 피부'와 그 피부에 위치한 불완전한 자아를 유대인의 마술과 성형 수술로 계속해서 복구하는 자의 피부란 어떤 것인가? "피부는 뿌리를 갖고 있지 않아, 종이처럼 쉽게 껍질이 벗겨진다."(『편지』, 46쪽) 나사로 부인이 반복해서 뿌리 없는 피부를 벗기고 또 재생할 때마다 그녀는 뿌리 없는 자의 운명이 그렇듯 다층적이 되어 간다. 우리 존재자들은 사실 모두 이런 다중성 속에 있는 것이 아닌가? 레비나스가 묘사하는 피부처럼 말이다. "수없는 스크린 위에 존재의 다수성을 가능케 하는 무수한 껍질들(pelure)로서의 이미지들 아래서 존재의 피부는 (……) 멀쩡한 채로이다."(*AQE*, 89쪽) 실비아는 피부의 이런 다중성 속에서 길을 잃고 지쳐 버린다. "피부는 1인치마다 내 다른 자아들의 무게가 헤아릴 수 없이 겹치고 또 겹쳐, 그만 쭈그러지고, 오므라지고, 주저앉아 버렸다."(『일기』, 369쪽) 겹겹의 피부 사이의 여러 자아들 사이에서 방황하다 피부가 (또는 자아가) 노쇠해 버리는 이런 상황은 『벨자』에서는 다음과 같이 무화과 열매의 피부에 투영되고 있다. "하나만 고르는 것은 나머지 모두를 잃는다는 뜻이었다. 결정을 못 하고 그렇게 앉아 있는 사이, 무화과는 쪼글쪼글검게 변하더니, 하나씩 땅에 떨어지기 시작했다."(『벨자』, 95쪽) 자꾸 되살아나는 나사로의 곤란처럼 피부는 수많은 자아들과 함께 그녀의 얼굴을 덮었고, 그녀는 겹겹의 피부 사이에서 길을 잃었다.

새로운 일이 일어난다. 나사로 놀이나 성형 수술을 통해 불완전한 피부를 복원하는 주체가 '피부를 찢는 희열'을 발견한 것이다. 어느 날 그녀는 이런 꿈을 꾼다. "입술에서 피부를 잡아떼었더니 피가 그렁그렁고였고, 입술 모양으로 ─ 내 입 전체의 껍질이 벗겨져 눈부신 빨간 피가 입술 모양 그대로 고였다."(『일기』, 482쪽) 피부를 파괴하는 이런 매혹적인 장면은 실비아의 시 「베인 상처」에서도 발견된다. "이 짜릿한 전율 ─/ (……) /윗부분이 깨끗이 잘려나갔다/ 살갗의/ 관절 같은 부분만 남겨놓곤."[25] 그런데 사실 이런 피부의 파괴는 타자와의 만남에서, 실비아의 가장 신화적인 기록에서 이미 발견되는 것이 아닌가? 타자와의 조우의 본질은 실비아에게 피부의 파괴 외에 다른 것이 아니다. 1956년 테드와의 첫 만남이 그렇듯이 말이다. "테드가 목덜미에 키스를 할 때 나는 그의 뺨을 오랫동안 세차게 물어뜯었고, 우리가 함께 방을 나설 때엔 그의 뺨에 피가 철철 흐르고 있었다. (……) 나는 마음속으로 남몰래 비명을 질러대었지. 아, **그대에게 나를 줄 수 있다면** 얼마나 좋을까라고."(『일기』, 239쪽) 이 의미심장한 텍스트는 타자와의 마주침에서 '피부의 파열'과 '나를 주기'(우리에겐 가장 본질적으로 보이는 두 가지)를 함께 엮어 놓고 있다. 이 텍스트만큼 레비나스의 다음과 같은 문장을 떠올리게 하는 것이 있겠는가? "**타자에 대한 자기의 노출, 그것은 피부와 얼굴의 직접성이다.**"(*AQE*, 106~107쪽) 테드와 실비아의 삶을 구성하는 것은 바로 피부의 파열이다. "우리 부부 사이에는 장벽이 전혀 없다 ─ 마치 우리 둘 다 ─ 특히 내 쪽의 피부가 ─ 피부가 하나도 없는 것처럼. 살갗이 하나밖에 없어서 항상 서로 부딪치며 심하게 **생채기**를 내는 것처럼."(『일기』, 487~488쪽) 개체성의 막을 형성하고 있던 피부가 찢기고 이루어지는 이런 타자와의 만남이 앞서 김행숙이 "몸과 몸의 구분이 뭉개지고 사라지는 촉각적인

---

25) 실비아 플라스, 윤준·이현숙 옮김, 『거상』(청하, 1986), 138쪽.

순간"이라 불렀던 것이다. 피부가 서로 갈라놓지 못하는 자들의 마주침
이 만들어 내는 이 "생채기"의 가능성을 우리는 앞서 '상처받을 수 있음'
이라는 개념으로 표현했었다. 실비아의 피부는 타인과의 마주침을 시험
해 보는 전적으로 새로운 국면으로 들어서고 있는 중이다.

그래서 실비아는 어떻게 되었는가? 그녀는 이 피부 체험(1956년)의 끝
에서 혹시라도 삶의 새로운 가능성을 보게 되었는가? 그러나 바람둥이
는 떠났고 피부 체험은 끝났다.(1962년) 추위와 가난 속에 버려졌다. 나
사로의 무덤은 이번에야말로 어떤 부름에도 응하지 않은 채 입을 다물고
말았다. 실비아는 우리가 아는 대로 가스오븐에 머리를 집어넣고 자살한
다.(1963년)

그러나 만일 실비아가 무덤의 숨겨진 비상구라도 이용한 듯 어떻게든
살아 나왔다면? 어딘가에서 시인으로 살며 타자와의 마주침과 피부의
따가움과 찢짐에 계속 몰입하고 있다면?

6 구멍과 익명성

그러면 우리는 이야기를 계속 이어 갈 수 있을 것이다.

피부는 개별성을 성립시키는 개체의 경계이므로 피부의 불가결한 파
열은 개별성의 상실, 즉 익명성을 가져올 것이다. 이는 피부가 익명적일
수 있는 가능성을 본성상 가지고 있음을 뜻한다. 따라서 피부의 본성을
탐구하는 자는 피부의 이 익명적 성격을 살피지 않을 수 없으리라. 아마
도 메를로퐁티는 피부의 익명성에 접근한 최초의 인물이 아닐까? 그는
촉각에 대해 이렇게 말한다. "나의 손은 안으로부터 접촉될 수 있음과
동시에 밖으로부터 접근할 수 있는 것이다. 예컨대 나의 다른 손에 의해
만져질 수 있다."(*VI*, 176쪽) 그런데 이 말은 재미있게도 프로이트의 다

음과 같은 말에서 그 원형을 찾을 수 있다. "사람의 육체, 특히 그 **표면** 〔피부〕은 외부적 지각과 내부적 지각이 생기는 장소이다. (……) 그것이 다른 것과 '접촉'할 경우 두 가지 종류의 감각을 지어내는데, 그중 하나 는 내부적 지각과 동일시할 수 있다."(「자아와 이드」, 112쪽) 이 두 텍스트 모두 피부의 접촉은 늘 만지는 것(외부적 지각)과 만져지는 것(내부적 지 각)을 동시에 함축한다는 이야기를 하고 있다. 여기에는 어떤 진실이 있 는가? 접촉하는 우리는 그 접촉과 동시에, 우리를 접촉하고 있는 타자 (외부의 것)를 만난다. 즉 모든 지각은 만지고 동시에 만져지는 지평(바로 피부) 위에서 일어나며, 이때 지각의 지평인 피부란 세계 안의 사물들 가 운데 하나이지 "고공비행을 하며 내려다보는 주체"(*VI*, 179쪽) 같은 것이 아니다. 지각은 세계 바깥에 있는 의식(데카르트적 코기토)을 통해 이루어 지지 않는다. 어떤 현상학자는 피부의 이러한 면모를 이렇게 기술한다. "나를 감싸고 있는 주머니인 피부는, 뫼비우스 띠처럼 내부가 외부인 비 틀려 있는 표면이다."[26] 내부적 지각은 외부적 지각을 전제하고서만 탄 생하기에 이렇게 말할 수 있는 것이다. "동시적으로 몸은 만져지는 것 '으로서' 사물들 사이로 내려오고, 만지는 자로서 모든 것을 지배한다." (*VI*, 192쪽) 요컨대 의식은 그것이 인식하는 세계 안의 대상에 오염되지 않은 크리스털 같은 투명성을 통해 사물을 지각하지 않는다. 늘 피부라 는, 외부를 지각하는 동시에, 그 외부적 지각의 규정에 의해 내부가 지각 되는 (즉 만지고 그 때문에 동시에 만져지는) 세계 안의 불투명한 한 사물을 지평으로 삼고서만 의식의 지각 활동은 성립하는 것이다. 주체의 의식은 이런 세계 안의 한 사물(피부)을, 망막에 맺히는 상을 굴절시키는 홍채에 난 숙명적인 상처처럼 끌고 다닌다. 메를로퐁티는 주체의 의식의 조건인 이 세계 안의 한 사물을 가리켜 "나 자신의 **타고난 익명성**"(*VI*, 183쪽)이

---

26) R. Bernet, "Deux interprétations de la vulnérabilité de la peau", *Revue philosophique de Louvain*(Août 1997), t. 95, n. 3, 441쪽.

라 불렀다. 피부는 지각하는 주체를 조건 짓는, 그 자체는 만지고 만져지는 능동과 수동이 공존하는 '익명적인' 사물인 것이다.

그런데 피부의 익명성에 대한 논의는 메를로퐁티에 제한되지 않는다. 그것은 무엇보다 우리가 피부에서 지금껏 다루지 않았던 것, 바로 모공을 비롯한 피부의 각종 구멍의 의미를 일깨워 줄 것이다. 무엇보다 "피부는 (……) 구멍을 가진 표면이다."(앙지외, 175쪽) 프로이트는 정신병자와 관련해 매우 흥미로운 관찰을 하고 있다. "자기 얼굴의 흉한 피부 때문에 삶의 모든 흥미를 잃어버린 환자가 한 사람 있다. 그는 자기 얼굴에는 누구라도 보면 금방 알 수 있는 검은 여드름과 그로 인해 생긴 구멍들이 있다고 말한다. (……) 처음에 그는 (……) 여드름을 짜 내는 것에 대단한 만족감을 느꼈다고 한다. (……) 그러다 차츰 그는 자신이 여드름 하나를 짜 낼 때마다 그 자리에 구멍이 생긴다는 사실을 생각하게 되었〔다〕."[27] 들뢰즈가 프로이트의 이 사례를 전유하며 말하듯 "피부를 에로틱하게 구멍들, 작은 점들, 작은 상처들 혹은 작은 구덩이들의 다수성으로 파악하는 것"(MP, 39쪽)이 정신병자(분열증자)의 특성이다. 그런데 분열증자의 이 구멍들이 바로 피부의 복수성(인격적 통일성이 없는 다수성)을 구현한다. "모든 것은 분열증자의 구멍을 통해 진행된다. (……) 물집과 여드름 투성이의 흰 피부 (……) 분열자 하나, 분열자 둘, 분열자 셋. 이런 식으로 '피부에 나 있는 구멍들 각각에서 자라는 아기들이 있다.'"(MP, 42쪽) 분열증자의 피부에는 구멍마다, 인격적 개별성의 징표를 가지지 않는 다수의 익명적인 아기들이 살고 있는 것이다.("분열증적 비인칭"[28]) 피부에 사는 이 다수의 종족들을 들뢰즈는 이렇게 표현하기도 한다. "바닷가를 덮치는 기생충, 피부에 서식하는 무리들. (……) 다수성으로 가득 찬 신체."(MP, 43쪽) 우리가 다루고 있는 시인이 분열증자처럼 보일 때가

---

27) 지그문트 프로이트, 윤희기 옮김, 「무의식에 관하여」, 『무의식에 관하여』(열린책들, 1997), 210쪽.
28) G. Deleuze, *Critique et clinique*(Paris: Éd. de Minuit, 1993), 18쪽.

있는 것도 바로 같은 맥락에서이다. 어떤 불안한 상태에서 시인의 화자는 이렇게 말하고 있다. "불안해요. 점이 자라고 있어요. 아주 통통해졌다구요. 내 얼굴을 만져 봐요. (……) 혹시 작은 벌레 같진 않나요?/ (……)// 내가 씰룩거린 게 아니에요. 어쩌면 터져 버릴지도 몰라요. 임신한 벌레 같아요. 곧 식구가 늘겠죠./ (……)// 언젠가 내 얼굴 위에서 문드러진 벌레가 줄줄이 쏟아진다면, 닦아 줄래요?"(『사춘기』, 46쪽) 이 시는 피부에 난 점, 여드름, 뾰루지 같은 것을, 그리고 들뢰즈의 표현을 빌리면 "피부에 서식하는 무리들"을 그리고 있다. 점은 유충들을 임신하고 있다. 이것은 이제 터져서 피부에 구멍을 만들고, 그 구멍에서는 벌레들이 쏟아져 나온다. "줄줄이 쏟아"지는 이 벌레들에 대해 시인은 "식구가 늘겠죠."라고 말한다. 화자의 구멍 난 피부는 "바닷가를 덮치는 기생충"처럼 익명의 벌레들이 종족을 이루고 사는 분열증적 다수성의 장이 되는 것이다.(들뢰즈적인 이 분열증의 긍정적 성격이 중요한 것임에도 우리는 이 자리에서 그쪽으로까지 논의를 끌고 갈 수는 없다.) 우리가 읽고 있는 시 안에서 이 분열증자의 피부는 또 어떤 모습으로 나타나는가?

    타인의 살갗에서
    모래 한 줌을 쥐고 한없이 너의 손가락이 길어질 때

   여기서 타인의 살갗은 앞서 이미 보았던 대로 내 안에서 타자화된 살갗이다. 그러니 결국 이는 화자의 살갗 안에서 일어나는 모험의 기록이다. 그 모험이란 바로 피부가 모래밭이 되는 체험, 즉 피부가 사막이 되는 일이다. 사막만큼 익명적 종족들의 세계를 잘 구현하는 것도 없을 것이다. 당연하게도 모래알들보다 더 익명적인 다수가 어디 있겠는가? 들뢰즈가 사막을 분열증자의 신체를 표현하는 개념으로 제시하는 것도 이 때문이다. "분열증자들은 그 안에 거주하는 여러 종족들이 사는 사

막을, 즉 다수성들이 매달려 있는 충만한 신체를 가지고 있을 뿐이다."
(*MP*, 43쪽) 그런데 피부가 이렇게 익명적 모래가 되는 일과 우리가 계속
다루어왔던 타인의 출현으로 인한 피부의 파열(피부가 익명적이 되는 사
건)은 어떻게 서로 관련 맺는 것일까? 그 연관은 '상처받을 수 있음'을
마조히즘의 관점에서 바라볼 때만 드러난다.

> 모래 한 줌이 흩어지는 동안
> 나는 살갗이 따가워.

마조히즘에 대해 침묵한 채 '타인에 의해 상처받음'의 비밀을 모두
파헤칠 수 있겠는가? 이 구절은 익명적 모래와 타인에 의해 살갗이 따
갑게 되는 마조히즘적 폭력을 병치시키고 있다. 어떻게 이런 병치가 가
능할까? "마조히즘은 우선 기관 없는 신체의 문제다. (……) 이 신체는
마치 피부에 달라붙어 있는 기관들을 떼 내려는 듯이 **피부를 벗겨 낸다**."
(*MP*, 186~87쪽)[29] 마조히즘적 체험, 즉 피부가 벗겨지는 상처받음이 비로
소 피부를 "모래 한 줌이 흩어지는" 사막으로, 익명의 장으로 만들어 주는
것이다.

7 "쉴 수 없는 여행": 익명에서 주체로

피부가 찢기는 이러한 순간은 '외상적(traumatic)'이라고도 불리어 왔
다. 이 순간은 가령 프로이트에서는 자극으로부터 보호하기 위해 형성된

---

29) 기관들이 유기적 통일체를 형성하지 않고 익명적 다수로 있는 것이 여기서 '기관 없는 신체'라는
용어가 뜻하는 바다. "기관 없는 신체는 기관들이 제거된 텅 빈 신체가 아니다. 오히려 그것은 신체
위에서 기관으로서 봉사하는 것이 (……) 〔유기적 질서 없는〕 다수들이라는 현상에 따라 분배되는
신체다."(*MP*, 43쪽)

외부막이 찢기는 순간으로 기술된다. "수용적 외피층을 갖고 있는 살아 있는 소포(小胞)에 대해서는 더 말할 것이 있다. (……) 그 표면은 자극에 저항하는 특별한 외피나 막피(膜皮)의 역할을 한다. (……) 〔반면〕 우리는 방어 방패를 꿰뚫을 정도로 강력한 외부의 자극을 '외상적'이라고 기술하고 있다. 외상의 개념은 자극에 대해서 효과적으로 대처하던 장벽에 어떤 파열구가 생겼다는 사실을 필연적으로 시사하게 될 것이다."[30] 그런데 이 파열된 피부는 사냥에서 벗겨 가지고 돌아온 짐승의 가죽처럼 익명성 속에서 자신의 모험을 마감하지 않는다. 우리가 예고해 왔던 것처럼, '창문이 없는 모나드'의 대척지에 '피부가 찢긴 모나드'라 불릴 만한 '주체'가 탄생한다.

그런데 익명성과 주체성은 서로 상반돼 보이지 않는가? 피부의 벗겨짐 (또는 파열) 때문에 도래하는 익명적 상태로부터 주체의 출현이 가능한가? 우리의 맥락과는 좀다르지만, 이를 매우 잘 기술하고 있는 작품이 (의외로!) 아감벤의 『호모 사케르』[31]이다. 근대 국가에서 주체의 구성을 다루는 이 책에서 우리는, 부정적인 차원에서이긴 하지만 익명적인 것이 주체를 구성하는 과정을 목격할 수 있다. 물론 이 과정은 '인간의 피부의 벗겨짐'이라는 사건과 더불어 진행된다. 이 책의 목적 가운데 하나는 "홉스에서 루소로 이어지는 근대 국가의 창건 신화를 처음부터 다시 읽"(『호모 사케르』, 221~222쪽)음으로써, 근대 국가에서 어떻게 "새로운 정치적 주체로서의 벌거벗은 생명"(『호모 사케르』, 242쪽)이 탄생하는가를 기술하는 것이다. 재미있지 않은가? 이 책의 목적은 저 인용문에 쓰여 있는 대로 '주체'의 탄생에 관한 기술인데, 이 주체는 바로 '벌거벗은' 자, 단도직입적으로 말해 '피부가 벗겨진' 자이다. 은유적인 의미에 제한해서 이렇게 말하는 것이 아니다. 아감벤 자신이 마리 드 프랑스의 단가(lais)

---

30) 지그문트 프로이트, 박찬부 옮김, 「쾌락 원칙을 넘어서」, 『쾌락 원칙을 넘어서』(열린책들, 1997), 38~41쪽.

31) 조르조 아감벤, 박진우 옮김, 『호모 사케르』(새물결, 2008).(약호: 『호모 사케르』)

에 나오는 늑대 인간과 플리니우스의 『박물지』를 다루며 벌거벗은 생명의 도래를 피부의 벗겨짐과 관련시키고 있다.(물론 이 이야기 속에서 인간의 가죽을 벗는 늑대 변신은 진짜 일어나는 변신이다.) "여기서 핵심적인 것은 (……) 인간의 **외피**를 비밀스럽게 벗었다 입었다 할 수 있는 가능성과 깊이 관련된 것이다. (……) 늑대 인간으로의 변신이 이루어지는 동안 (……) 국가가 분해되고 인간들이 더 이상 짐승과 구별되지 않는 어떤 영역 속으로 들어간다는 면에서, 이것은 예외 상태와 완전히 일치한다."(『호모 사케르』, 219쪽)[32] 관건이 되는 것은 '피부(외피)의 파열'인 것이다. 이렇게 피부가 벗겨지며 등장하는 것이 "인간과 짐승 사이의 **비식별역,** 늑대 인간"(『호모 사케르』, 216쪽)이다. '비식별역'이라는 단어만큼 이 책에 많이 등장하는 표현도 없을 것이다. '비식별역'이라는 표현이 알려 주는 것처럼 피부의 파열은 식별되지 않는 '익명적인 것'을 도래하게 한다. 이 비식별역에 들어선 자는 아감벤 스스로 명시하듯 "**익명의 벌거벗은 생명**"(『호모 사케르』, 244쪽)이다. 피부의 파열로 익명성이 도래하고, 이 익명의 장으로부터 주체가 탄생하는 모습을 이보다 명백히 기술하지는 못할 것이다. 이 익명적인 자, 늑대 인간이라는 '비식별적인' 자가 "인간은 인간에게 늑대(homo hominis lupus)"라는 홉스의 표현에서 참답게 '늑대'라는 말이 지목하는 자이다.(『호모 사케르』, 216쪽 참조) 이 '익명적인 자―늑대 인간―늑대'는 '기원으로서 자연 상태'라는, 국가 이전적인 '신화적 태고'를 가리키는 말이 아니라, 국가에 불가결하게 내재하는, "주권 권력에 대한 예속의 대상"(『호모 사케르』, 245쪽)인 정치적 '주체'이다. 『시민론』에서 홉스는 말한다. "서로에게 동일한 행위를 할 수 있는

---

32) 이 인용에서 '인간의 외피'는 'le vesti umane'의 번역어로 채택된 것인데, 이 이탈리아어의 문자 그대로의 뜻은 '인간의 옷'이다.(G. Agamben, *Homo sacer: Il potere sovrano e la nuda vita*(Torino: Giulio Einaudi editore s.p.a., 1995 e 2005), 120쪽 참조) 그러나 그 참된 의미는 무엇이겠는가? 인간이 늑대가 되기 위해 벗어 버려야 하는 옷은 인간의 가죽옷, 바로 피부밖에 없는 것이다. 즉 저 옷은 '인간의 외피' 외에 다른 것이 될 수 없다.

자들은 평등하다. 그리고 그 최대치 — 즉 **사람을 죽이는 일** — 를 저지를 수 있는 자들은 인간의 본성상 서로 평등하다."(『호모 사케르』, 246쪽에서 재인용) 이에 대해 아감벤은 이렇게 쓴다. "주체들의 신체가 살해 당할 수 있는 절대적 가능성이 서구의 새로운 정치적 신체를 형성하고 있는 것이다."(『호모 사케르』, 246쪽) '정치적 주체'를 구성하는 요인은, 익명적이라서 자신의 이름과 더불어 어떤 법적 보호도 받지 못하는 자가, 바로 그 이유 때문에 살해될 가능성에 놓여 있다는 점이다. 이런 식으로 서로에게 늑대인 인간들은 평등하며, 익명적인 이 자들은 그런 익명성을 자격으로 삼아 정치적으로 '주체'가 된다.[33]

우리 맥락으로 돌아와서, 타자와의 마주침 때문에 생기는 피부의 파열은 어떻게 주체의 탄생으로 이어지는가? 레비나스로부터의 다음 두 인용이 알려 주는 것처럼 타자와의 관계에서, 상처받을 수 있음은 피부에서 일어난다. "타인에 대한 노출로서의 상처받을 수 있음"(*AQE*, 93쪽), "타자에 대한 자아의 노출, 그것은 피부와 얼굴의 직접성이다."(*AQE*, 106~107쪽) 그리고 이 노출에서 일어나는 일은 타자에 의한 피부의 파열

---

33) 더 나아가 아감벤의 궁극적 관심은 '권력을 전복시키는 메시아적인 것이 예외 상태를 선포하는 일'(『호모 사케르』, 135쪽 참조)이며 그를 통해 도래하는 해방인데, 이러한 상태를 도래케 하는 긍정적 의미의 정치적 주체(홉스에서 볼 수 있는 것과 같은 '주권 권력에 대한 예속의 대상'이 아닌) 또한 '익명적인 것의 주체화'를 통해 달성된다. 아감벤은 이 "유일한 실재 정치적 주체"(G. Agamben, P. Dailey(tr.), *The Time That Remains*(Stanford, California: Stanford Univ. Press, 2005), 57쪽)의 가능성을 유대 전통의 '잔여(remnant, leimma)' 개념과 더불어 모색한다. 잔여로서의 주체란 무엇인가? "잔여의 개념은 국민(people)과 민주주의에 대한 우리의 낡아 빠진 생각들(비록 완벽히 포기할 수는 없는 것이나)을 제거하는 새로운 관점을 열어 준다. 국민은 전체도 부분도 아니며 다수도 소수도 아니다. 대신, 결코 전체나 부분과 부합할 수 없는 국민은 무한하게 잔여로 남으며 각 분할에 저항한다. (……) 이 잔여는 결정적 순간에 국민이 떠맡는 도식 또는 실체성이며, 그런 자격으로서 **유일한 실재 정치적 주체**이다."(위의 책, 57쪽) 국지적인 분할을 통한 정체성의 할당에 저항하는, 무한히 잉여로 남는 것이 잔여이다. 분할을 통해 얻어지는 정체성에 저항한다는 점에서 이 잔여는 '익명적인 것'이며, 그 자격으로서 새로운 정치적 주체의 자격을 부여받는다. 여기서도 '익명적인 것의 주체화'가 일어나는 것이다. 우리는 이러한 주체에 대해서 다음에 이어지는 글 「사도 바울, 메시아, 외국인」에서 보다 자세히 살펴볼 것이다.

이며, 그것은 자아를 감싸고 있던 피부를 벗어 타자에게 주는 일이다. "주체는 살과 피로 이루어져 있는 자이며 (……) **피부에 싸여 있는** 자이다. 이렇게 하여 그는 (……)〔타자에게〕 **피부를 줄 수 있다.**"(*AQE*, 97쪽) 피부가 주체의 주관 아래서 벗어나, 자아의 경계를 지키는 일을 하지 못하고 익명적이 된다는 것은 타자에게 귀속된다는 뜻임이 밝혀진다. 이 익명성은 레비나스의 경우엔 '익명적 있음(il y a)'으로 일컬어지는데, 재미있게도 레비나스는 "'익명적 있음'의 부조리는, 타자를 향하는 자(l'un-pour-l'autre)의 양태로서 (……) '의미를 지닌다.'"(*AQE*, 208~209쪽)라고 말한다. 어떤 의미에서 그런가? 피부는 싸개로서 개체성을 성립시켜 준다. 싸개로서 피부가 성립하는 한 주체란, 그 우위권상의 순서에서 볼 때, 타자와의 관계를 버리고 늘 자기 자신으로 회귀할 수 있다. 피부라는 은신처 아래 숨을 수 있다. 그러나 피부가 파열되어 망가진다면 자아(moi)는 어디로 회귀할 것인가? 그는 피부가 감싸고 있던 '회귀할 고향'인 자기(soi)를 상실한다. 이것이 바로 시인이 말하는, 떠나온 고향을 "뒤돌아 볼 수 없는 햇빛"의 운명이다. "왔던 곳으로 가지 못하고 대신 아주 먼 여행"(「인터뷰」, 23쪽)이 시작되고, 이제 자아가 자기 자신으로 회귀하지 못함으로 해서 주체의 동일성은 상실된다.("자기의 동일성의 취소"(*EN*, 76쪽)) 그럼 자아는 이제 어디로 가는가? 그는 "자기를 향하지 못하고, 〔오로지〕 타자를 향하는(pour l'autre et non pas pour soi)"(*AQE*, 100쪽) 자일 수만 있다. '자아가 자기라는 데서 성립하는 자기 동일성'이 없는 주체, 즉 '타자를 향하는, 타자와의 관계 속에서만 파악되는 주체'가 이제 출현하는 것이다. 바로 여기서 유대인들의 사상에서 서로 같은 방향을 향하는 평화로운 방식으로는 결코 만난 적이 없는 것으로 보이는 오래된 두 개의 명상(외재적인 것과 내재적인 것, 또는 레비나스적인 것과 스피노자적인 것)이 '얼마간 유사한 형식'을 얻게 되는 듯하다. 만족할 만큼 분명한 논의를 제공하고 있지는 않더라도 들뢰즈는 스피노자에서 개체(양태)의 본질은 다른 것과의 '관계' 속에서 이해되어야 함을 간파하고 있었다. "한 양태를 특징 짓는 관계를 그 양태의 본질로부터 연역할 수 있기는커녕, 우선 우리는 본질을 인식하기 위해선 관계를 인식하는 데 이르러야 한다."[34] 주체는 '자기성' 속에서 미리 주체로 구성되어 있는 것이 아니라, 타자를 향하는 '관계' 속에서 비로소 주체로서 성립하는 것이다.

그런데 우리에게는 이 관계란 어떤 것인가? 물론 우리의 이야기 전부가 알려 주듯 피부의 '접촉'이라는 관계이다. 이 접촉은 결코 물리적 인접성 같은 것이 될 수 없다. 사랑하는 이와 피부를 접촉했을 때 무슨 일이 일어나는가? 이미 달성된 물리적 공간의 인접성(contiguïté)을 우리는 여기서 더 이상 목적으로 하지 않는다. 그러나 우리는 아무리 가까이 있어도 '더욱 가까이, 더욱 가까이' 접촉하길 원한다. 피부의 접촉 안에서 달성되는 '근접성(proximité)'을 정의하는 것은 이것밖에 없다. 더욱 가까이, 그리고 더욱 가까이……. 이 근접함이 공간을 재단하는 물리적 인접과 상관없음을 시인은 이렇게 이야기하고 있다.

> 네 눈빛은 아주 먼 곳으로 출발한다
> 아주 가까운 곳에서

아주 가까운 곳에서 눈빛을 던지고 있는 타인은 여전히 아주 먼 곳에서 출발하는 자이다. 왜냐하면 피부의 접촉은 아무리 가까워도 그 가까움에 만족하는 법이 없기 때문이다. 가까움의 0도에 도달하였다면, 접촉은 종결되고 주체는 각자의 방으로 돌아갈 수도 있으리라. 그러나 이런 일은 결코 일어나지 않는다. 주체가 창문이 없는 모나드가 될 기회란 없다. 접촉에서 아주 가까운 곳에 있는 타인은 여전히 아주 먼 곳에 있다. 접촉 속에서 밀착해 오는 타인은 무한히 0도로 수렴할 뿐인 미완의 밀착

---

34) G. Deleuze, *Spinoza et le problème de l'expression*(Paris: Éd. de Minuit), 280쪽.

저편에 머물 뿐이다. 더욱 가까이, 그리고 더욱 가까이 종결을 모르고 밀착해 올 뿐이다……. 여기서 우리는 "뒤돌아볼 수 없는 햇빛처럼" 자기 집으로 회귀하지도 못하고 여행을 종결 지을 수도 없는 모든 위대한 여행자(아브라함, 전설 속의 화란인, 랭보, 그리고 접촉의 신화를 믿고 이국의 일터를 찾아온 노동자들)의 영혼을 불러내기 위해 시인의 시어를 필요로하게 된다. 바로 이것. "쉴 수 없는 여행". 타자를 향한 이 주체의 운명을 일컬을 이름은 "쉴 수 없는 여행" 외에 다른 것이 없다…….

8 에필로그

오랜 시간 일군의 사람들은 근본적인 자리에 놓여야 할 것이 데카르트에서 칸트에 이르는 동안 형성된 '의식적 주체'가 아니라 '몸'이라는 것을 강조해 왔다. 그러나 이 몸이라는 단어는 그간 얼마나 추상적인 형태로 머물러 왔던가? 도대체 몸의 어떤 부분이 코기토를 대체하여 근본적인 자리에 있단 말인가? 우리가 오늘 읽은 시인은 그에 대한 답변으로 피부를 제시한다. 이 겉표면이야말로 미지와의 위험스러운 조우가 일어나는 곳이며 진정한 주체가 탄생하는 곳이란다.

모든 백화점의 가장 화려한 장소는 1층이다. 그리고 예외 없이 1층 정문에서 가장 가까운 곳부터 우리의 외피 손질을 위한 멋진 도구들을 파는 화장품 매장이 줄을 잇는다. 마치 인간의 영욕이 온통 피부에 달려 있는 것처럼. 당연하지 않을까? 독재자가 되려는 일부 편집증 환자들을 제외하고는, 사람은 살아 있는 동안 이름을 남기기 위해서가 아니라 호랑이와 똑같이 가죽을 보존하기 위해 애쓰니까. 위대한 사건 속에서 찢기기 위한 가죽. 죽어선 뭐가 남든 그건 인간이 살아 몰두할 문제가 아니다.

이 영욕의 회랑을 지나쳐 정문을 걸어 나오니 이미 날은 저물어 있다.

괜히 피부 검사는 받아서 마음만 심란하네. 그런데 무슨 철학 선생이 공부는 안 하고 피부에만 신경 쓴다냐? 아 피부도 안 좋은데 겨울 바람은 왜 이리 쌩쌩 불어? 술친구나 불러낼까? 가만. 알코올은 또 피부에 얼마나 나쁘냐? 이런 이런…… 세상은 온통 피부군. 지상에서 우리가 드는 모든 시험을 주관하는 자처럼.

소리와 피부
— 김지녀의 「드럼 연주법」 또는 타자를 향하는 자

겨울은 갔지만 문제는 남아 있다. 우리가 살펴보았던 피부의 심오한 면모들 가운데, 어쩌면 가장 접근하기 어려운 것이 '청각적 피부'일지도 모르겠다. 영국 음악가 애블린 글래니를 모르지 않을 것이다. 50여 개의 타악기를 다루며, 작은 빗방울 소리나 천둥 소리까지 표현해 내는 이 연주자는 청각 장애인이다. 어떻게 소리를 듣고 소리의 표현을 조절하며 연주할 수 있을까? 바로 뺨, 발바닥 등의 피부로 전달되는 진동을 통해 그녀는 소리를 듣는다. 피부는 소리를 내고 그녀는 피부의 소리를 듣는다는 점에서, 즉 피부가 문자 그대로 고막의 역할을 한다는 점에서, 그것은 '청각적 피부'이다. 글래니의 경우는 청각적 피부라는 어려운 개념이 구체적인 경험 세계 속에서 어떻게 구현되는지 훌륭하게 보여 주는 예이다. 최근의 우리 시 문학 역시 이 청각적 피부, 소리 내는 피부의 개념에 응답하는 시를 가지고 있다. 김지녀의 「드럼 연주법」[35]이 그것인데, 이 시에서 피부 가죽은 그야말로 드럼으로서 소리를 낸다.

---

35) 김지녀, 『시소의 감정』(민음사, 2009), 24~25쪽.

먹은 것을 다 게워내고

비로소 내가 쓸쓸한 가죽으로 누워 있다는 걸 알았다

그릇처럼 흰 속살을 드러내지 않아도

가장 밑바닥까지 내려가는 떨림의 속도와 강도를

나의 가죽으로부터 느낄 수 있다

팽팽하게 잡아당겨진 가죽으로부터

나는 속이 텅 빈 종이에 가깝다

그때 내 성대는 나로부터 가장 멀리에서 멈춰 있다

밤새도록 굵게 비가 내려

두드려도, 희망은 열리지 않는 철문,

철문을 뚫고 유령처럼 나를 빠져나가는 소리를 들을 때

다만 배가 고프다는 것

비어 있다는 사실로부터

나는 거의 동물에 가깝다는 것

그러므로 나의 소리는 얼룩져 있다

기린 표범 물개의 무늬처럼 어떤 패턴처럼

공백(空白)의 공포로부터 달아나기 위해

아름다운 가죽이 되기 위해

나는 꼭 다문 입술로

언제라도 비를 맞으면서 걸어다닐 수 있다

어떤 무늬로든 소리 낼 수 있다

"어떤 무늬로든 소리 낼 수 있다"라는 마지막 구절이 알려 주듯 이 시는 피부를 청각적 측면에서 접근하고 있다. 이 시인에게 피부는 소리를 낼 수 있는 타악기의 가죽이다. "팽팽하게 잡아당겨진 가죽으로부터/ 나는 속이 텅 빈 종이에 가깝다". 가죽 주머니인 신체는 소리가 공명할 수 있도록 텅 비어 있다. 무엇이 피부로 연주하는 이 예술가의 신체를 텅 비게 하는가? 자기 신체를 가지고 공연하는 또 한 사람의 위대한 예술가인, 카프카의 '굶는 광대'가 그렇듯, 바로 허기가 예술을 완성한다. 허기가 만들어 내는 공복이 피부가 소리 낼 수 있는 빈 공명통을 만들어 내는 것이다. "먹은 것을 다 게워내고/ 비로소 내가 쓸쓸한 가죽으로 누워 있다는 걸 알았다/ (……)/ 다만 배가 고프다는 것/ 비어 있다는 사실 (……)".

그런데 이 피부는 왜 소리를 내는가? 앞서 우리가 보았듯 피부의 연주는 타자와의 조우를 수립한다. "소통한다는 것은 무엇보다도 **울려 퍼지는 공명**(共鳴) 속으로 들어가는 것이며, 타인과의 조화 속에서 **진동하는 것이다**."(앙지외, 99~103쪽) 이 시인에게서 역시 피부가 내는 소리는 자신으로부터 빠져나오는 길, 자신과는 '이질적인 것'인 것, 바로 '타자'와의 조우를 가능케 한다. "철문을 뚫고 유령처럼 **나를 빠져나가는 소리**"라는 구절이 알려 주듯 말이다. "그의 피부가 로고스이다."[36]라고 말함으로써 투르니에는 '음성'이 자리하는 곳이 피부임을 암시했다. 당연하게도 로고스는 포네(φωνή, 소리)이고 음성적 고시(吿示)이니까 말이다. 그런데 로고스를 발현하는 것, 즉 '말함'이란 '판단' 같은 것이기 이전에 타자와의 조우이다. "말함 속에서 주체는 '거주'하지 않고, 〔자기〕 영토 위에 서지 않고 이웃에게 접근한다."(*AQE*, 62쪽) 타인을 향해서 소리 내는 피부를 이야기하는 이 시는 바로 그러한 '피부의 로고스'를 구현하고 있는 것이다. 시인은 피부의 소리가 가능케 하는 이 타자와의 조우를 이 시의 시작 노트에서 이렇게 기록하고 있기도 하다. "피부의 **바깥**으로부터 전해 오는 미세한 자극에도 나는 진동했다. 나의 외부와 내부가 만나는 순간이었다. (……) 누군가 나를 두드려야만 내가 소리 낼 수 있다는 것. 아름다운 소

---

36) M. Tournier, *Gaspard, Melchior & Balthazar*(Paris: Gallimard, 1980), 53쪽.

리를 내기 위해서는 내가 더욱더 비어 있어야 한다는 것."[37] 피부는 가죽 주머니라는 그것의 '고립적 형태'를 통해 주체의 '단칭성(단독성, singularité)'을 수립해 준다. 그러나 피부 안에 갇힌 자는 피부의 소리를 통해 자신을 벗어나는 길, 타자와 조우하는 길을 얻으며, 고립성을 찢고서 '타자를 향하는 자'가 된다. 이러기 위해서 주체는 "더욱더 비"워져 내용이 소멸된다. 그리고 피부는 스스로 울리는 드럼처럼, 또는 '자기 촉발(Selbstaffektion)'의 장치처럼 자기 원인을 가지고 소리를 내는 것이 아니라, 바깥으로부터의 우연한 조우를 통해 수동적으로 소리 내기 시작한다는 점에서 저 '타자를 향하는 일'은 자발적 지향이, 그러므로 대상을 장악하는 주체의 힘의 표현이 아닐 것이다.

---

37) 『2009 작가가 선정한 오늘의 시』(작가, 2009), 49쪽.

사도 바울, 메시아, 외국인
──익명적 주체 또는 보편주의

1 무신론자를 위한 복음

혹시 이 글의 제목에 포함되어 있는 너무도 유명한 고유 명사 때문에, 무신론자인 내가 이 페이지를 펼쳐도 될까, 라고 그대가 죄의식을 느끼거나 순결을 잃어버리는 듯한 기분 나쁜 감정에 휩싸인다면, 걱정 말고 글을 읽으면서 찾아올 수 있는 수마(睡魔)와의 싸움이나 잘 대비하시라고 토닥토닥해 주고 싶다. 왜냐하면 근본적으로 복음은 무신론자의 것이 될 수밖에 없기 때문이다.

'창조'가 있다면, 그것은 무한자로부터 유한자의 떨어져 나옴, 즉 '분리'를 의미한다. 따라서 창조가 성공적이라면, 다수의 피조물들은 일원론적 전체로부터 떨어져 나와야만 한다. 에마뉘엘 레비나스는 창조에 대해 이렇게 이야기한다. "무로부터의 창조라는 이념은 바로 전체성에 통합되지 않는 다수성을 표현한다. (……) 무로부터의 창조는 체계를 깨뜨리며, 존재자를 체계 전체의 바깥에, 말하자면 그것의 자유가 가능한 곳에 정립한다."[1] 이러한 완벽한 분리가 무신론이 탄생하기 위한 필연적 조건이다. "분리 속에서 항들〔창조자와 피조물〕의 결합은 탁월한 의미에서 분리를 유지한다. 관계 안에 있는 존재는 관계로부터 방면되고, 관계 안에서 절대적이다."(*TI*, 82쪽) 피조물이 관계로부터 방면되고 관계 안에서 절대적이란 말은 완전히 독립적이라는 것, 즉 신을 필요로 하지 않는다는 것이다. 피조물은 그 명칭과 모순되게도 무신론자로서 창조될 수밖에 없다. 따라서 우리는 "무신론을 다음과 같이 부를 수 있을 것이다. 이러한 분리가 너무나 완벽해서, 분리된 존재자는 그것이 분리되어 나온 존재(être)에 참여하지 않고서도 전적으로 자신의 힘으로 실존(existence) 속에서 자신을 유지하고 마침내 믿음을 통해 무신론을 신봉할 수 있다고 말이다. (……) 분리를 성취한 영혼은 자연적으로 무신론자이다."(*TI*, 29쪽)

완벽한 분리는 존재자를 무신론자로 실존하게 한다. 심지어 무신론은 창조주에게는 영광이기까지 하다. "무신론자일 수 있는 존재자를 세운 것은 창조주에게는 틀림없이 하나의 큰 영광이다. 이 존재자는 자기 원인이 됨 없이 독립적인 시각과 언어를 갖고 자기 집에 머문다."(*TI*, 30쪽) 왜 영광인가? 바로 자기 발로 서는 데 아무런 문제가 없으며 독립적인 시각과 말을 가진 자가 복음에 귀 기울이는 일이 벌어지기 때문이다. 이것은 영영 안 읽힐 수도 있는 잊힌 저자에게 찾아오는 영광이 아닌가? 그리고 자연적으로 자기 발로 서서 신과 독립해 있는 자이기에 우리는 숙명적으로 무신론자로서 복음을 읽을 수밖에 없다. 알랭 바디우처럼, 좀 투박한 직접성과 더불어 다음과 같이 촌스럽게 말하지 않더라도 말이다. "가톨릭과 프로테스탄트. 그들이 무신론자들과 정립할 수 있기를."[2]

---

1) E. Levinas, *Totalité et infini*(La haye: Martinus Nijhoff, 1961), 78쪽.(약호: *TI*) 이 글에서 성서를 인용할 때는 대개 『공동번역 성서』(대한성서공회, 1977)를 따랐다. 다만 성서 인용을 포함하는 바디우, 아감벤 등의 저작상 문맥을 고려해야 하는 경우에는 위 저자들의 저서에 인용된 형태를 그대로 따르거나 저자들이 의도하는 바를 고려해 직접 번역했다.

2) 알랭 바디우, 현성환 옮김, 『사도 바울』(새물결, 2008), 14쪽.(약호: *B*)

2 니체, 프로이트, 바울

바울은 예루살렘 공의회에서 얻은 명칭 그대로 '외국인들(에드노이, εθνοι)의 사도'이다. 이 말의 본질은, 바울은 외국인들의 구원에 힘쓴 자라는 것이다. "그분은 자신의 몸을 바쳐서 유대인과 이방인이 서로 원수가 되어 갈리게 했던 담을 헐어 버리시고 그들을 화해시켜 하나로 만드시고 율법 조문과 규정을 모두 폐지하셨습니다."(「에페소」, 2: 14~15) 누구도 '세계시민주의'를 이렇게 완전하게 표현하지는 못하리라.(자유주의와는 아무런 상관 없는 이 코스모폴리타니즘을 우리는 뒤에 칸트, 데리다와 관련해 살펴볼 것이다. 어쨌든 바울은, 바디우의 표현을 빌리자면 "도시적 코스모폴리타니즘"(B, 47쪽)을 배경으로 하고 있는 자다.) 우리는 저 구절에 나오는 헐린 "담"을 불법 이민자들을 위한 수용소의 담으로, 폐지된 율법 조문과 규정을 외국인에 대한 법령으로 읽고 싶은 충동을 참을 수 없다. "하느님께서 불러 주신 우리들 가운데는 유대인뿐 아니라 이방인도 있습니다.「호세아서」에 이런 말씀이 있습니다. '내 백성이 아니었던 사람들을 내 백성이라 부르겠고 내 사랑을 받지 못하던 백성을 내 사랑하는 백성이라 부르리라.'"(「로마서」, 9: 24~25) 이처럼 가장 강력한 수단을 동원해 외국인들에게 토박이의 그것과 동일한 권리를 부여하려고 했던 세계 시민적 인물 가운데 한 사람이 바울이다.

그런데 '바울' 및 '유대메시아주의'의 인도를 받아 외국인 문제를 다루기에 앞서 묻자면, 어떻게 바울은 오늘날 우리가 직면한 정치적 난제들을 타개해 나갈 길을 알려 주는 스승의 자리에 있게 된 것일까? 오늘날 바울의 지위를 어떤 역사적 흐름을 배경으로 이해해야 할까? 사도 바울의 정치적 급진성은 최근의 진보적 사상가들(바디우, 조르조 아감벤, 슬라보예 지젝 등)을 열광케 했는데, 철학사적 흐름을 고려한다면 이 열광은 '바울에 대한 니체적 독해에 대한 반발'로 이해될 수 있다. 이제 보겠지만, 바디우의 말을 빌리자면 니체는 "바울이 예수를 '왜곡'한 것만큼 (……) 바울을 '왜곡'한다."(*B*, 120~121쪽) 바울의 부정적 초상화이자 비교적 오랜 시간 익숙해 왔던 니체의 이해란 무엇인가? 그것은 들뢰즈가 잘 요약하고 있듯이, 바로 가책의 인간으로서 바울, 죄의식을 핵심으로 하는 종교의 창설자로서 바울이다. "기독교를 발명한 자는 예수가 아니라, 가책의 인간, 원한의 인간인 성 바울이다."[3] 기독교의 본질인 이러한 가책을 어떻게 이해해야 할까? "복음이 시작됐고, 성 바울은 숭고한 왜곡을 완벽한 단계까지 밀어 올렸다. 우선 예수는 우리 '죄인들'을 위해 죽었을 것이다! 채권자는 자기 자신의 아들을 주었을 것이다. 그는 자기 아들로 대신 빚을 갚아 주었을 것이다. 왜냐하면 채무자가 막대한 빚을 졌기 때문이다. 아버지는 (……) 우리를 위해서, 우리 때문에 아들을 죽인다. (……) 기독교의 의식은 가책이다."(*NP*, 177쪽) 그리스도는 인간의 죄를 위해 대속(代贖)했다. 이 대속이란 인간이 신에게 진 빚을 신 자신이 대신 갚는 일이었다. 이렇게 채권자가 채무자에게 빚을 돌려받는 것이 아니라 오히려 빚을 갚아 주는 방식으로 구성된 종교 안에서, 구원받은 채무자인 인간들의 본성을 이루는 것은 바로 가책이다. 그리고 이 가책은 채권자에게 빚을 갚을 기회를 영원히 박탈당한 데서 — 채권자 자신이 채무자의 빚을 갚았으므로 채무자는 영영 빚을 갚을 기회를 잃는 것이다. — 생긴 죄의식이라는 점에서 극복 불능의 가책이다.

이러한 니체적 해석을 이어받아 서양 종교에서 가책의 발명자로서 바울의 지위를 확고하게 한 이가 있으니, 바로 프로이트다. 『토템과 터부』(1925)에서 얻은 인류학적 통찰을 유대 민족사에 적용해 본 작품인 『인간 모세와 일신교』(1938)에서 프로이트는 정신분석학적 견지에서 유대교와 기독교의 발생을 설명하기 위해, 젤린(E. Sellin) 등이 내놓은 당대의 고고

---

3) G. Deleuze, *Nietzsche et la philosophie*(Paris: PUF, 1962), 165쪽.(약호: *NP*)

학적 연구 성과에 힘입어 한 가지 가설을 세운다. 애굽을 탈출한 유대인들은 가나안에 들어가기 전, 탁월한 아버지이자 구원자인 모세의 격분하기 쉬운 성격과 그가 강요하는 엄격한 법(계명)을 견디지 못해 그를 살해했다는 것이다. 이것이 바로『토템과 터부』에서 기술된 '원초적 아버지(Urvater)' 살해의 유대 민족사적 버전이다. 이 아버지 살해로 인한 죄의식은 유대 민족의 무의식 깊은 곳에 새겨져 기나긴 잠복기에 들어가서, 어떤 식으로든 표면으로 뚫고 올라올 기회만 엿보고 있었다. 그리스도가 출현한 시대에 이르기까지 말이다.

여기서 바로 잠복기에 종지부를 찍고 그 죄의식을 표출해 새 종교의 초석으로 삼은 이가 바울이다. "이 시대의 죄의식은 더 이상 유대인에게만 국한되는 것이 아니었다. 이 시대의 죄의식은 지중해 연안의 모든 민족에게 육중한 불쾌감을 안겼다. (……) 이 울적한 상황의 해명은 유대교에서 나왔다. 주변 세계에서 갖가지 문제에 대한 접근이 시도되고, 그런 준비가 이루어지고 있을 무렵 이와는 상관없이, 명민한 정신으로 사태의 본질을 꿰뚫은 사내가 출현했다. 타르소의 사울(로마 시민으로서는 바울이라고 불리던)이라는 유대인이 바로 그 사람이었다. 그는 이렇게 주장했다. '우리가 이렇게 불행한 것은 우리가 아버지 하느님을 죽였기 때문이다.' (……) 그의 주장은 계속된다. '우리는 모든 죄에서 해방되었다. 우리 중의 한 분이 그 목숨을 희생시켜 우리를 풀어 주었기 때문이다.'"[4] 잠복기를 거치며 표출될 기회만 노리고 있던 죄의식이 어디로 뚫고 나와야 할지 알고 있었던 사람이 바울이다. 탁월한 아버지상인 모세와 매우 유사한 표상, 즉 파라오의 유아 살해로부터 살아남은 모세처럼 헤롯의 유아 살해로부터 살아남았으며, 모세와 마찬가지로 유대 민족의 구원자를 자처한 한 청년이 바로 그의 백성들의 손에 죽자 바울은 바로 이 청년

___
4) 프로이트, 이윤기 옮김, 「인간 모세와 유일신교」, 『종교의 기원』(열린책들, 1997), 183~184쪽.(약호:「모세」)

을 통해 원초적 아버지 살해에 대한 죄의식이 표면화할 수 있는 기회를 마련해 주었던 것이다. 아버지(하느님) 살해에 대한 죄의식 위에, 즉 "하느님에게 죄를 짓고, 그 죄업을 중단할 수 없는 데 대한 양심의 가책"(「모세」, 182쪽) 위에 유대 공동체를 올려놓고서 그 공동체를 기독교라 이름하였다. "유대 민족은 태고 시절의 위업인 동시에 억압이기도 한 아버지 살해와 밀접한 관계를 맺고 있다. 이것을 운명이라고 하는 까닭은, 이 민족이 탁월한 아버지상인 모세 개인을 선택하여 아버지 살해를 반복해 왔기 때문이다. (……) 뒷날 바로 이 시점을 바울은 원시 역사를 계승하는 시점으로 삼았다. 또 하나의 위대한 인물이 폭력에 의해 살해된 사건이, 바울에게는 새로운 종교 정립의 출발점이 되었다는 사실은 우연도 아니거니와 우리가 무관심하게 들어 넘겨도 좋은 문제가 아니다."(「모세」, 124쪽)

이렇게 사도 바울은, 니체 식으로 이야기하면 우리의 적극적 힘을 반응적으로 만드는 역할을 떠맡은 장본인, 다시 말해 우리를 우리 자신에 대해 부정적으로 매개한 사람, 곧 우리가 우리 자신과 대면하는 유일무이한 방식으로서 죄의식을 발명한 사람이다. 들뢰즈는 "반응적 힘들이 승리를 거두는 매 순간에 상응하는 메커니즘들은 프로이트주의 전체와 비교되어야 하는 무의식의 이론을 형성한다."(*NP*, 168쪽)라고 말한다. 즉 니체에서 힘이 자신의 본성에서 유리되어 자신을 가책의 거울에 비추어 보게 되는 일, 곧 반응적 힘이 되는 일은 프로이트에서 오이디푸스가 욕망을 죄의식에 매개하는 일과 동일한 메커니즘을 지닌다. 그리고 니체와 프로이트 양자에서 이 동일한 메커니즘을 역사 속에서 작동시킨 인물이 바로 사도 바울인 것이다.

바울에 대한 최근의 주목할 만한 해석들은 이런 니체적이고 프로이트적인 바울의 초상화를 뒤집어 버리는 데서 출발한다. 바울에 대한 연구서인 아감벤의 『잔여의 시간 — 로마서 주석』[5]에 따르면 '안티크리스트'

라는 개념과 더불어 수행된 니체의 기독교 비판은 재미있게도 바울의 사상을 적수로 삼고 있기보다는 바울의 사상을 고스란히 받아들이고 있다. 어떤 점에서 그런가? 「데살로니카인들에게 보낸 둘째 편지」에는 그리스도의 반대자로 '무법자(man of lawlessness)'(악한 자)가 등장한다.(「Ⅱ데살로니카」, 2: 4) "우리는 니체가 〔바울의 글에 나오는〕 '무법자'에 대해서 모르고 있었다고는 진심으로 믿을 수 없다. 니체는 바로 이 무법자의 형태를 통해서 자신과 안티크리스트를 일치시킨다. 그런데 이 무법자는 바울의 발명품이다."(A, 111~112쪽) 즉 니체는 바울의 텍스트에서 바울이 특정한 의미를 부여한 인물을 그대로 받아들이고 따름으로써, 바울의 전통에 서는 것이다. "따라서 『안티크리스트』는 하나의 메시아적 패러디로 읽힐 수 있는데, 여기서 니체는 자기 자신을 반(反)메시아라는 외투 아래 숨기고서 현실적으로는 그저 바울이 쓴 원고를 재인용할 뿐이다."(A, 112쪽) 역설적이게도, 니체가 바울의 사상을 인정하고 그 안에 거주하지 않는 한 니체의 바울 비판은 성립할 수가 없으며, 같은 맥락에서 니체가 더욱 격렬하게 바울을 비판할수록 그는 더욱더 충실히 바울이 열어 놓은 사상의 지평에 귀속될 수밖에 없는 것이다.

이렇게 아감벤이 니체 사상을 가능케 하는 근본 지평에서 바울을 발견한다면, 바디우는 니체와 프로이트의 바울 비판의 내용들을 보다 구체적으로 반박하면서 니체의 선구자로서 바울을 발견한다. 그는, 앞서 우리가 프로이트의 텍스트를 통해 확인했던, 신을 살해한 죄의식의 책임을 바울에 돌리는 오랜 습성을 이렇게 정면으로 논박한다. "실제로 유대인들에게 엄청난 신화적 죄를 덮어씌웠던 '신을 살해한 죄'에 대한 비난은 지엽적인 동시에 본질적인 이유로 바울의 담론에는 완전히 부재한다. (……) 예수를 죽음으로 몰고 간 역사적·상황적 과정 그리고 이 문제와

---

5) G. Agamben, P. Dailey(tr.), *The Time That Remains: A Commentary on the Letter to the Romans*(Stanford, California: Stanford Univ. Press, 2005).(약호: A)

관련해 책임의 소재를 묻는 것은 오직 부활만이 중요했던 바울에게는 전혀 관심 밖의 일이었기 때문이다."(B, 196쪽) 또한 바울은 니체가 말하는 바와 달리 현세적 삶을 부정하는 자가 아니다. 지금 주어져 있는 삶에 대한 가책, 죄의식은, 현세적 삶이란 긍정할 수 없는 부정적인 것이란 점을 함축한다. 이런 까닭에 부정적인 현세적 삶은 허구적인 '피안'의 긍정성에 쉽게 매개되는 것이다.『안티크리스트』에서 니체의 바울 비판은 바로 이 지점에 가 닿는다. "바울은 '세상'의 가치를 빼앗아 버리기 위해서는 불멸에 대한 믿음이 필요했다는 사실을 파악해 냈다. 그는 '지옥' 개념이라면 로마를 지배할 수 있으리라는 사실을 — 피안'이 '삶을 죽여 버린다'는 사실을 파악해 냈다."(58절)[6] 그런데 바디우에 따르면 "이 텍스트 중 맞는 것은 하나도 없다."(B, 138쪽) 현세적 삶을 부정하는 내세에 대한 긍정은 바울의 특징이 아니다. "'삶을 죽여 버리는 것[현세의 부정]'은 일종의 야성적 기쁨과 함께 '죽음아, 너의 승리가 어디에 있느냐.'(「I 고린토」, 15: 55)라고 묻는 자의 의도가 결코 아니라는 것을 우리는 안다. 오히려 '죽음을 죽여 버리는 것'이라는 공식이 바울의 기획을 보다 더 잘 요약해 줄 것이다."(B, 139쪽) 생의 긍정이 바울 사상의 핵심이라는 점은 다음에서도 잘 지적되고 있다. "이전에 율법 속에 자리 잡고 있을 때는 부활이 죽음에 대한 삶의 복속을 조직했던 데 반해 바울에게서 부활이란 그것에 기반해 **생의 중심이 생에 자리 잡게 해 주는 것이**[다]."(B, 121쪽)

바디우에 따르면 바울은 부정의 사상가가 아니라 니체와 마찬가지로 긍정의 사상가이다. "하느님의 아들 예수 그리스도께서는, '예'도 되셨다가 동시에 '아니오'도 되신 분이 아니었습니다. 그리스도 안에는 '예'만 있을 뿐입니다."(「II 고린토」, 1: 19) 또한 그는 율법을 해체하려 한 자이다. "그리스도께서는 우리를 위하여 십자가에 달려 저주받은 자가 되

---

6) 프리드리히 니체, 백승영 옮김,『니체 전집』(책세상, 2002), 15권, 311쪽.

서서 우리를 율법의 저주에서 구원해 내셨습니다."(「갈라디아」, 3: 13) 그런 점에서 바울은 현행적인 가치들을 보호하는 도덕법들을 전복하려 했던 니체적 기획을 수행한 자이다. 요컨대 "니체는 바울의 적이라기보다는 경쟁자이다. 두 사람 모두 인류 역사의 또다른 새로운 시대를 열려는 동일한 염원, 인간은 극복될 수 있고 또 극복되어야 한다는 동일한 확신, 죄의식 및 율법과의 관계를 끊어야 한다는 동일한 확실성을 공유하고 있다."(B, 140쪽)

그러니, 니체의 오랜 유산과 단절하고, 바울을 다시 읽을 때가 온 것이다. 물론 초점은 현금의 전 세계적인 징후인 외국인에 대한 배타적 정치를 극복하기 위한 하나의 정치 모델 확립을 위해 이 '외국인의 사도'가 무엇을 가르치는지에 맞추어질 것이다. 미리 말하면 그것은 주체 개념의 새로운 정립이라는 과제와 맞물려 있는데, 이 주체는 외국인에 대한 어떤 차별도 들어설 수 없는 절대적 보편성(바꾸어 써도 좋다면, '무규정성')을 내용으로 삼고 있어서, 주체라는 말이 무색하게도 '익명적' 주체이다.

3 바디우: 율법에 맞서는 바울의 보편주의

바울에 대한 바디우와 아감벤의 몇 가지 독해와 더불어 시작해 보자. 바울은 말한다. "하느님께서는 모든 인간을 차별 없이 대하신다."(「로마서」, 2: 11~12) 이 진술은 외국인에 대한 바울의 가르침을 요약하고 있다. 이를 우리는 외국인과 관련하여 다음과 같이 다시 읽어 볼 수도 있다. "하느님이 유대인만의 하느님이신 줄 압니까? 이방인의 하느님이시기도 하지 않습니까? 과연 이방인의 하느님도 되십니다. 하느님은 오직 한 분뿐이십니다."(「로마서」, 3: 27~30) 유일하게 올바른 것(이것을 바울은 이 구절에서 '한 분'이라고 불렀다.)이 있다면, (유대인이건 외국인이건) 모든 사람은 그에 대해 동일한 관계를 가질 수밖에 없는 것이다. 바디우는 이를 바울의 '보편주의'로서 정립하며 다음과 같이 말한다. "일자는 그가 말 건네는 주체들 안에 어떤 차이도 기입하지 않는다. 이것이 바로 사건 속에 뿌리를 두고 있는 보편성의 준칙이다."(B, 147쪽)

그런데 이 보편주의의 구현은 율법을 파괴하지 않고는 불가능하다.(율법이라는 단어가 너무 옛날이야기의 소품처럼 들린다면, 우리는 이 말을 개인의 행위 지침을 알려 주는 도덕법이나 외국인들을 토박이로부터 갈라 내는 특정 규정 등등으로 읽을 수도 있다.) 율법은 욕망에게 욕망이 생각지도 못했던 특정한 대상을 부여해 욕망이 특정한 형태를 갖추도록 강요한다. 무슨 말인가? 먼저 바울의 어려운 텍스트를 읽어 보자. "율법에 비추어 보지 않고서는, 나는 죄가 무엇인지 알지 못하였을 것입니다. 율법에 '탐내지 말라.' 하지 않았으면, 나는 탐심이 무엇인지 알지 못하였을 것입니다. 그러나 죄는 이 계명을 통하여 틈을 타서, 내 속에서 온갖 탐욕을 일으켰습니다. 율법이 없으면 죄는 죽는 것입니다. 전에는 율법이 없어서 내가 살아 있었는데, 계명이 들어오니까 죄는 살아나고 나는 죽었습니다."(「로마서」, 7: 7~10) 이처럼 탁월하게 욕망이 어떻게 부정적으로 법에 매개되는지 밝힌 텍스트도 없을 것이다. 정신분석학 이전에 바울은 이 텍스트를 통하여 탁월하게 "주체의 무의식 이론"(B, 156쪽)을 구성하고 있다. 율법이 없었다면 욕망은 율법이 금지하는 대상과 연결되는 일이 없었을 것이다. 율법의 출현과 더불어 욕망은 그것의 대상(율법이 금지하는 것)을 가지는 방식으로 자신의 정체성을 획득하게 된다. 이것이 바로 들뢰즈가 정신 분석을 비판하며, '프로이트의 오류 추리'라고 부르는 것의 원형이다. 애초에 욕망과 특정 대상이 연결되어 있어서 법이 욕망에게 그 대상을 금지시킨 것이 아니라, 법의 금지 때문에 욕망이 그 금지의 대상과 본의 아니게 연결된 것임에도 이 둘이 원래 연결되어 있는 듯이 생각하는 것이 바로 오류 추리이다.(가령 프로이트가 근친상간 금지라는 법으로부터

어머니에 대한 욕망의 본래성을 확정 짓는 것이 그렇다.[7])

바울이 율법과 관련해 지적하는 바도 동일한 것이다. 탐내지 말라는 율법은 무정형의 욕망에다 탐낼 만한 대상을 연결 짓는 방식으로, 욕망을 탐심으로 규정한다. 욕망이 관심을 가지는 특정 대상이 미리 있었던 것이 아니라, 율법의 금지를 통해 욕망은 '그 욕망이 먼저 의욕하는 바와 상관없이' 대상과 비끄러매진다. "율법의 금지란 그것을 통해 대상에 대한 욕망이 '무의지적으로', 무의식적으로, 죄의 삶처럼 이루어지는 것을 말한다."(B, 156쪽) "율법만이 욕망의 대상을 고정시키고, 주체의 '의지'가 무엇이든 욕망을 대상에 묶어 놓〔는다〕."(B, 153쪽) 요컨대 율법이 대상을 강요함으로써 욕망이 자신으로부터 소외되는 일이 벌어진다. 이 소외를 가리켜 바울은 '죄의 탄생과 나의 죽음'이라 일컬었다. 욕망이 있던 자리에 나는 더 이상 있을 수 없는 것, 그것은 바로 나의 죽음이 도래하는 것이다. 욕망의 주체가 있어야 할 자리엔 이제 율법 때문에 타율적으로 출현하게 된, 욕망과 특정 대상(금지의 대상)의 관계가 자리 잡는다.

율법은 특정 대상과 욕망을 비끄러매 놓음으로써 욕망이 특수하게 정체성을 가지게 만든다. 이것이 지니는 함축은 무엇인가? "바울에게 율법은 항상 하나의 특수성, 따라서 차이를 가리킨다. 〔그래서〕 율법은 일자의 작용이 될 수 없다."(B, 147쪽) 율법은 늘 특수한, 즉 국지적인 규정에 불과하다는 것이다. 그리고 이런 지엽적 규정이 바로 차이(차별)를 만들어 낸다. 어떤 의미에서 차이의 생산, 지엽적 규정이 차별로 이어지는가? 바울의 시대 율법은 유대인을 부름 받은 민족으로서 배타적으로 규정했다. 오늘날 외국인에 대해 배타적으로 자국민(가령 프랑스인)을 규정하는 법은 어떻게 작용하는가? "무엇이 공적인 영역에 프랑스인은 누구

---

7) 이러한 오류 추리에 대해선 필자의 책, 『들뢰즈의 철학 ─ 사상과 그 원천』(민음사, 2002), 130~131쪽 참조.

인가라는 유해한 질문을 심어 놓고 있는가? 하지만 우리는 누구나 그러한 질문에 대한 조리 있는 대답은 임의로 프랑스인이 아니라고 지칭된 사람들에 대한 박해뿐이라는 것을 알고 있다."(B, 22쪽) 자국민에 대한 규정이 실질적으로 가지는 함의는 외국인에 대한 차별과 박해라는 것이다. 바디우가 바울의 보편주의의 중요성을 부각시키는 까닭이 바로 여기 있다. "바울은 어떻게 보편적인 사유가 세계에 퍼져 있는 타자성들(유대인, 그리스인, 여자들, 남자들, 노예들, 자유인들 등등)로부터 '동일성'과 '평등'(더 이상 유대인도 그리스인도 없다.)을 '산출하는가'를 세세하게 보여 준다."(B, 210~211쪽)

바울은 말한다. "유대인이나 이방인이나 아무런 구별이 없습니다."(「로마서」, 10: 12) 이러한 바울의 보편주의는 주체를 새롭게 규정할 것을 요구한다. "보편성을 주장하는 것이 바로 주체이다."(B, 213쪽) 어떤 의미에서 주체는 토박이와 외국인의 차별을 넘어서는 보편적인 자가 될 수 있는가? 율법이 국지성과 차별성을 만들어 내므로 바로 이 율법에 응답하는 자리에서 국지적으로 성립하는 주체성을 초월하는 자리가 바로 보편적 주체의 자리이다. 현행적 법률이 마련해 주는 모든 정체성을 지닌 자리로 환원되지 않는 '잉여'의 자리, 바로 찌꺼기의 자리가 보편적 주체성의 자리이다. 그리고 이러한 주체성을 구현한 자가 바로 '율법'이 있던 자리에 '보편적 사랑'을 밀어 넣고자 했던 그리스도인 것이다.[8]

"우주적 총체성을 가로지르고 해체하는 그리스도라는 사건은 바울에 게서는 정확히 그러한 자리들〔율법이 규정하는 국지적 자리들〕의 헛됨을 가리킨다. 주체가 자신의 약함을 낱낱이 알리는 곳에서 실재는 오히려 모든 자리들〔율법이 정체성을 마련해 주는 자리들〕의 찌꺼기라는 것이 입증된다. '우리는 이 세상의 쓰레기처럼 되고, 이제까지 만물의 찌꺼기처럼 되었습니다.'(「I 고린토」, 4: 13) 따라서 우리는 찌꺼기의 주체성(subjectivité de déchet)을 수용해야 한다. (……) 바울에게 그리스도라는 사건은 율법에 이질적인 것이자 모든 규정들 위로 넘쳐흐르는 순수한 범람이〔다〕."(B, 111~112쪽) 보편성은 모든 국지적 규정과 그에 상응하는 표상, 이름, 정체성을 넘어서는 것이기에, 보편적 주체는 규정된 이름으로 불릴 수 없는 "어떤 익명의 주체"(B, 180쪽), "모든 정체성을 결여한 주체"(B, 17쪽)라 불려 마땅하며, 그 주체의 신념은 "비인칭적 믿음"(B, 118쪽)이라 불려 마땅하다.('인칭(격)성'이 하나의 규정이라는 점에서) 이런 익명적 주체의 삶을 바디우는 들뢰즈를 연상시키는 표현을 동원해 "장소 밖에 있는 것, 무상성의 노마디즘"(B, 151쪽)이라 부른다. 그리고 바로 그리스도가 이런 익명적 주체를 대표하는 자이다. "예수는 익명적 변수 (……) '어떤 사람'이 된다."(B, 123쪽)

---

8) 요컨대 바디우의 바울론에서 가장 근본적으로 대립하는 것 가운데 하나는 '법'과 '사랑'이다.(뒤에 보겠지만, 아감벤에게선 양자가 보다 복잡한 관계를 가지고 출현하는데, 법은 사랑을 통해서 요약(summary) 반복된다. 그런데 이 요약 반복은 법에 대한 즉결 심판(summary judgment)의 차원에서 이루어진다.) 법과 사랑의 관계(다르게 표현하면 유대교와 기독교의 관계)는 지젝의 바울론의 주요 주제이기도 하다. 바디우와 아감벤의 바울론을 논평하면서 지젝은 사안에 따라 바디우를 옹호하기도 하지만, 법과 사랑의 문제와 관련해서는 바디우와 대립적이다. "우리의 과제(니체의 '정오'에 비견되는 단계)는 과잉적 법으로부터 사랑으로 이행하는 것, 법의 영역에서 현상하는 사랑으로부터 법 너머의 사랑으로 이행하는 것인가?"(슬라보예 지젝, 김정아 옮김, 『죽은 신을 위하여』(도서출판 길, 2007), 184쪽(약호: 지젝)) 이렇게 '법 너머의 사랑'과 '법을 경험의 최종 지반'으로 보는 시각의 대립은 이미 라캉의 『세미나』 VI권에서 각각 스피노자적인 것과 칸트적인 것의 대비로 나타난 바 있다.(같은 곳 참조) 지젝의 입장은 근본적으로 후자의 견지에서 사랑을 법에 매개시키는 것이다. 다음과 같이 말이다. "문제가 되는 것은, 어떻게 법을 진실한 사랑(진정한 사회관계)으로 보완할 것인가가 아니라, 오히려 **어떻게 사랑의 병리적 흔적을 제거하고 법을 성취할 것인가이다.**"(같은 책, 190쪽) 그러나 바디우의 바울은 언제든 칸트적 사유의 대척지에 있을 수밖에 없는데, 법에 매개되는 한 욕망은 법이 지정하는 대상과 죄라는 형태 속에서 관계를 가질 수밖에 없는 까닭이다. "욕망의 대상이 율법의 계명에 의해 지정될 때 그러한 욕망의 자율성을 '죄'로 명명하고 그러한 죄의 결과를 주체가 죽음의 위치로 나아가는 것으로 규정하는 이런 식의 배치보다 더 반(反)칸트적인 배치는 생각할 수 없을 것이다."(B, 154쪽) 이런 맥락에서 보자면, 지젝이 라캉의 칸트적 면모와의 대립 관계 속에서 푸코 윤리학을 특징지었던 표현, "법 없는 보편성"(슬라보예 지젝, 주은우 옮김, 『당신의 징후를 즐겨라!』(한나래, 1997), 296쪽)은 바디우의 바울에게도 걸맞은 말인 것이다.

4 아감벤: '반복'의 시간과 '잔여'로서의 주체

아감벤이 그의 '로마서 주석'에서 그려 내고 있는 바울은 바디우의 그것과 비교해 볼 때 매우 흥미로운 점들을 보여 주는데, 그 까닭은 양자가 표면적으로 매우 대립적인 바울 해석을 보여 주면서도 한 겹 들추고 보면 많은 공통점을 가지고 있기 때문이다. 아감벤에게서도 관건이 되는 것은 바울과 더불어 '주체 개념'을 다시 확립하는 것, 더 정확히는 "유일한 실재 정치적 주체"(*A*, 57쪽)를 확립하는 것이다. 이 '잔여(remnant, leimma)'로서의 주체를 그는 마르크스적 프롤레타리아뿐 아니라, 재미있게도 들뢰즈의 소수 민족 개념 — 카프카론을 비롯한 그의 후기 저작들의 주요 개념이며 역시 '정체성을 초과하는 주체'라 일컬을 수 있는 것 — 과도 유사한 것으로 본다.("이 잔여라는 개념은 들뢰즈가 '소수 민족 (minor people)'이라 부른 것을 더 잘 이해할 수 있게 해 준다."(*A*, 57쪽)) 도대체 어떤 의미에서 이 주체는 정체성을 지닌 민족들(외국인에게 배타적인)을 초월하는 보편적 주체인가? 이 주체의 성립은 바디우에서처럼 율법과의 거리 두기에서 가능해진다.

일단 바디우와 아감벤 사이의 표면적 대립 관계가 드러나는 '시간의 문제'와 관련하여 이야기를 시작해야 할 것이다. 시간이라는 주제 아래서 아감벤은 앞서 바디우의 논의에서 보았던 '사랑'과 '법'의 관계를 다루고 있기 때문이다. 아감벤이 그의 바울론을 통해 힘 기울여 해명하고자 하는 것은 '메시아적 시간'의 정체이다. 이 시간에서 강조되는 것은 '현재'이다. "사도, 메시아의 사자(使者)의 시간은 더 이상 미래가 아니라 현재이다. 이런 이유로 메시아적 사건을 가리키는 바울의 전문 용어는 ho nyn kairos, 즉 '현재의 시간'이다."(*A*, 61쪽) 이제 보겠지만 적어도 현재의 중요성을 강조한다는 점에서는 이 '현재의 시간'을 주요 논점으로 삼는 아감벤과 새로운 사건의 "현재적(actuel) 가능성들"(*B*, 89쪽)에 집중하는 바디우가 동일한 면모를 가진다.

양자가 공통적으로 시도하는 '현재의 중요성' 부각은 사실 현대 철학 일반에 대해 반대 방향으로 사유의 길을 열어 나가는 측면이 없지 않다. 현대사상사에서 '현재'는 얼마나 자주 평가 절하되어 왔는가? 데리다가 비판하는, 자기촉발(auto-affection)에 기반하는 현전의 신화, 레비나스의 표상(Gegenwärtigung, re-presentation, 다시 현재화함)에 대한 비판 등만 꼽아 보더라도 말이다. 아감벤이, 직접 다음과 같은 언명을 통해, 현재를 평가 절하하는 철학자로 꼽고 있는 인물들은 쇼펜하우어와 하이데거이다. "최근 독일어에서 이 용어[현재 시간(Jetztzeit)]는 순수하게 부정적이고 반(反)메시아적인 함의들을 품고 있다."(B, 143쪽) 이 자리에서 다루지는 않겠지만, 아감벤의 바울론이 공들여 수행하고 있는 바 가운데 하나는, 현재를 평가 절하하는 이러한 철학에 반해 현재의 부정적 함의를 제거하는 벤야민을 (이제 다룰 '반복' 개념과 더불어) 부각시키는 것이다.

그런데 이렇게 현재의 중요성을 강조한다는 점 자체를 제외하면, 현재의 근본 구조로서 '기억'과 '반복'을 내세우는 아감벤과 '기억'을 부정적으로 평가하는 바디우 사이에는 차이가 있다. 어떤 의미에서 그런가? 아감벤은 말한다. "메시아적 시간은 하나의 잔여이다. 그것은 두 개의 시간[연대기적 시간과 묵시론적 시간] 사이에 남은 시간이다."(A, 62쪽) 그것은 "메시아적 중간 휴지"(A, 62쪽)이다. 이 두 개의 시간, 쉽게 정리하자면 창조부터 부활까지, 그리고 부활부터 메시아의 전적인 현전(parousia) 사이의 시간이 메시아적 현재 시간이다. 이 시간은 근본적으로 반복의 시간이다. "메시아적 시간은 반복을 유효하게 한다. 그것은 일종의 모든 것의 합계이다."(A, 75쪽)

현재인 메시아적 시간은 무엇의 반복인가? 물론 과거의 반복, 더 정확하게는 구약의 반복이다. "과거의 순간(아담, 홍해를 가로지르기, 만나 등)은 메시아적 지금의 형상[본보기]으로 인지되어야 한다."(A, 142쪽) 과거의 순간은 현재(메시아적 시간) 안에서 하나의 형상을 통해 인지된다. "타이포스〔형상〕의 개념을 통해서 바울은 하나의 관계 (……) 우리가 과거의 모든 사건과 '지금의 시간(ho nyn kairos)', 즉 메시아적 시간 사이의 본보기적 관계라고 부르는 것을 수립한다."(A, 74쪽) 다시 말해 과거의 사건들은 현재 안에서 하나의 형상을 통해 반복된다. 따라서 반복은 과거의 사건들이 현재의 한 형상 속에서 인지될 수 있도록 해 주는 요소이다. "반복은 현재와 과거 사이의 메시아적 카이로스[9]를 통해 설립된 본보기적 관계의 다른 면모이다."(A, 76쪽) 결국 과거는 현재 속에서 반복되는데, 그러한 반복의 국면은 과거가 현재 안에 들어 있는 형상을 통해서 인지되는 일이다. 이런 의미에서 "바울의 편지에서 본보기〔형상, typos〕와 반복은 단단히 서로 얽혀서 함께 메시아적 시간을 정의한다."(A, 142쪽)

아감벤이 말하는 이러한 형상과 반복을 보다 구체적인 예를 통해 이해해 볼 필요가 있다. 「로마서」의 구절들을 읽어 보자. "'간음하지 말라. 살인하지 말라. 도둑질하지 말라. 탐내지 말라.'라는 계명이 있고 또 그 밖에도 다른 계명이 많이 있지만 그 모든 계명은 '네 이웃을 네 몸같이 사랑하라.'는 한마디로 요약될 수 있습니다. 이웃을 사랑하는 사람은 이웃에게 해로운 일을 하지 않습니다. 그러므로 사랑한다는 것은 율법을 완성하는 일입니다."(「로마서」, 13: 9~10) 여기서 과거(율법)는 현재적인 메시아적 시간 안에 들어 있는 하나의 형상을 통해 반복된다. 위 구절에서 그 형상은 '사랑'이다. 사랑이라는 이 메시아적 현재의 형상 속에서 과거는 제대로 된 의미를 찾게 되는 것이다. 이것이 바로 "모든 것은 메시아 안에서 반복된다."(「에페소」, 1: 10)라는 말의 진정한 의미이다.

이렇게 현재 안에서의 반복을 통해 과거가 비로소 제 의미를 찾는다는 것은, 현재의 형상 속에서 과거가 판정을 받는다는 것을 뜻한다. "과거의

---

9) "이 말은 보통 '기회(때, occasion)'라고 번역될 것이다."(A, 69쪽)

반복은 또한 그 과거에 대해 선언되는 즉결 심판이다."(*A*, 78쪽) "메시아
적 시간은 과거의 요약적 반복, 심지어 법률상의 표현 '즉결 심판(summary
judgment)'의 형용사의 의미와 마찬가지의 요약적 반복이다. 과거의 이 반
복은 〔메시아적〕 기회의 충만함이고 완성(plērōma)이다."(*A*, 76쪽) 메시아
적 시간, 즉 현재 안에서 과거는 요약(summary)되는 방식으로 반복된다.
그런데 이 요약은 과거에 대한 판정, 즉 즉결 심판의 방식으로 이루어지
는 것이다. 앞서의 예를 통해 보자면, 과거의 율법들은 '사랑'으로 요약
되는데, 이 요약은 다름 아니라 율법들에 대한 즉결 심판의 결과이다.

   이러한 바울의 반복 사상은, 키에르케고르의 반복과 만회(Gjentagelse),
니체의 영원 회귀, 하이데거의 반복(Wiederholung) 등의 개념이 서양 철
학에서 출현하게끔 한 선구적인 지위를 가진다.(*A*, 75쪽 참조) 참고로, 지
젝 역시 바울과 관련하여 강조하는 바가 이 반복의 사상이다. "사도 바
울 신학의 열쇠는 반복이다."(지젝, 133쪽) 『잔여의 시간』의 마지막에서
아감벤이 벤야민의 '이미지(Bild)' 개념을 바울을 통해 풀어내는 까닭도
'반복'이라는 핵심 주제와 관련하여 바울이 벤야민에 대해 가지는 선구
적인 지위 때문이다.(*A*, 138~145쪽 참조) 벤야민은 말한다. "과거의 진정
한 이미지는 매 현재가 스스로를 그 이미지 안에서 의도된 것으로 인식
하지 않을 경우 그 현재와 더불어 사라지려 하는 과거의 복원할 수 없는
이미지이〔다〕."[10] 이것은 바로 과거의 진정한 의미를 현재의 형상 속에서
찾으려 했던 바울의 기획 아닌가? 사실 바울과 관련해서 언급하지는 않
지만, 이러한 반복은 들뢰즈의 반복의 한 핵심적 면모를 이루는 것이기
도 하다. 들뢰즈는 프루스트와 관련하여 이렇게 이야기한다. "중요한 것
은 주인공이 처음엔 어떤 것들을 몰랐지만 점차적으로 그것들을 배워 가

---

10) 발터 벤야민, 최성만 옮김, 「역사의 개념에 대하여」, 『발터 벤야민 선집』(도서출판 길, 2008), 5
　권, 334쪽.

고 마침내는 어떤 최종적인 계시를 얻는다는 점이다."[11] 어떤 것의 진정한 의미는 그것이 반복될 때 인지된다는 것이 이 구절이 말하는 바다. 과거 전체의 요약으로서 아감벤의 반복 또한 이러한 함축을 지니는 것이다. 물론 이러한 과거의 반복은 기억 없이는 불가능하다. "메시아적 반복에서는 기억과 같은 것이 관건이다."(A, 77쪽) 메시아적 시간에서, 과거는 기억을 통해서 반복될 수 있는 것이다.

그런데 바디우의 바울론은 바로 과거를 반복되게 하는 이러한 기억 개념을 배제하는 것을 핵심으로 한다. "그는 진리는 역사, 증언하기 또는 기억의 문제라고 믿지 않았다."(B, 119쪽) "'기억'은 어떤 문제도 해결하지 않는다."(B, 89쪽) 아감벤과 정반대로 바디우에게 그리스도는 율법의 완성이 아니다. "그리스도의 부활은 하나의 논거도 완성도 아니다."(B, 99쪽) 그럼 무엇인가? 그리스도라는 사건을 통해 "'역사'는 (……) 니체의 말대로 '두 동강 난다.'"(B, 86쪽) 메시아는 과거를 현재 안에서 반복하는 것이 아니라, 과거와 현재를 완전히 단절시킬 뿐이다. 과거의 기억은 없고, 현재만이 중요한 것이다. 바디우에서 예외적으로 과거의 율법이 환기되는 경우가 있는데 오로지 '전술'의 차원에서 필요한 경우에만 그렇다. "사랑의 법은 심지어 과거의 율법의 내용을 환기함(바울은 단 한 번도 정치적 동맹의 확장 기회를 놓치지 않는다.)으로써도 지탱될 수 있다."(B, 171쪽)

그러나 '법'과 '사랑'의 관계 수립에서 바디우와 아감벤이 정말로 그렇게 다른지 생각해 보자. 율법의 폐지와 관련하여 아감벤은 이렇게 이야기한다. "예외 상태의 여러 가지 역설들 중의 하나는 바로 예외 상태에서는 법의 위반과 법의 집행을 구별하는 것이 불가능하며, 따라서 규칙에 부합되는 것과 규칙을 위반하는 것이 전적으로 완전히 일치한다는 점

---

11) 질 들뢰즈, 서동욱 외 옮김, 『프루스트와 기호들』(민음사, 2004(개정판)), 53쪽.

이다. (……) 이것이 바로 유대교 전통(실제로는 모든 진정한 메시아주의 전통)에서 메시아가 도래하는 순간 벌어지는 상황이다. 이러한 메시아의 도래가 가져오는 첫 번째 결과는 바로 법 (……) 의 완성과 해소이다. 하지만 그러한 완성은 단지 규정과 금지의 항목을 담고 있을 뿐, 과거의 법과 동질적인 새로운 법으로 과거의 법을 대체하는 것을 의미하지는 않는다. (……) 오히려 그것은 토라의 완성이란 그것의 위반과 일치한다는 뜻을 함축하고 있다."[12] 즉 아감벤에서 반복(즉결 심판)을 통한 토라의 완성은 사실 율법을 '위반'하고 '금지'하는 일이다. 이것이 바로 바디우가 말하는 율법을 철폐하고 '역사를 두 동강 내는 단절'이 아니면 무엇이겠는가? 반대로 아감벤의 관점에서 보자면, 바디우가 말하는 단절 역시, 율법에 대한 즉결 심판 없이 어떻게 도달하겠는가?

바디우의 바울이 율법의 국지성과 단절함으로써 보편적 주체를 구성했다면, 율법에 대해 즉결 심판을 내리는 아감벤의 주체는 어떻게 보편적인 주체, 즉 외국인과 유대인이 분리되지 않은 그런 주체가 되는가? 앞서 말했듯이 주체는 잔여로서의 주체이다. "메시아적 구원, 신적 사업은 잔여로서의 주체를 가진다."(A, 54쪽) 이 잔여라는 개념은 바울의 독자적인 고안물이 아니라, 예언서에 수없이 언급되었던 것이다. 가령 다음과 같은 구절에서 신은 '잔여'를 남겨 강대국을 만들겠다고 한다. "비틀거리는 것들을 씨앗으로 남겨 강대국으로 만들리라."(「미가」, 4: 7) 이런 잔여로서의 주체를 다루고 있는 바울의 핵심 텍스트는 「로마서」(2: 1~26)인데, 여기서 바울은 외국인이건 유대인이건 악을 행하는 자는 신의 심판에서 자유롭지 못할 것을 이야기한다. 신이 심판을 거쳐, 구원의 사업을 위해 '남긴' 것이 바로 '잔여로서의 주체'이다. 이 '잔여'를 어떻게 이해해야 할까? 그것을 전체로부터 추려 낸 '부분'의 개념으로 이해

---

12) 조르조 아감벤, 박진우 옮김, 『호모 사케르』(새물결, 2008), 134~135쪽.

해서는 안 된다. "잔여가 수적 잔존자로 또는 부분으로 고려될 경우 처음부터 문제는 잘못 이해된다. 잔여를 종말론적 재앙으로부터 살아남은 유대인의 부분으로 (……) 이해한 몇몇 신학자들의 경우에서처럼 말이다."(A, 54~55쪽) 그렇다면 이 잔여란 무엇인가? "잔여는, 선택 받음이나 메시아적 사건과 관련하여 이스라엘이 떠맡은 견실성 또는 도식(figure)에 가깝다. 그러므로 잔여는 전체도, 전체의 부분도 아니다. (……) '결정적인 순간에 선택된 민족, 모든 민족은 필연적으로 전체가 아닌, 잔여가 될 것이다.'"(A, 55쪽) 즉 잔여는 특정 수적 정체성을 가지는 '인구' 같은 것이 아니다. 그것은 바로 메시아적 사업을 수행하는 주체가 따라야 하는 모범적 '꼴(figure)'의 이름인 것이다.

아감벤이 바울의 텍스트로부터 이러한 잔여로서의 주체를 이끌어 내는 까닭은 이 개념이 현금의 민주주의와 관련해 정치적 주체에 대해 사유하는 것을 돕기 때문이다. "잔여의 개념은 국민(people)과 민주주의에 대한 우리의 낡아 빠진 생각들(비록 완벽히 포기할 수는 없는 것이나)을 제거하는 새로운 관점을 열어 준다. 국민은 전체도 부분도 아니며 다수도 소수도 아니다. 대신, 결코 전체나 부분과 부합할 수 없는 국민은 무한하게 잔여로 남으며 각 분할에 저항한다. (……) 이 잔여는 결정적 순간에 국민이 떠맡는 도식 또는 실체성이며, 그런 자격으로서 유일한 실재 정치적 주체이다."(A, 57쪽) 즉 잔여로서의 주체는 사실적 차원에서 통계화 가능한 다수 또는 소수의 국민이 아니라, 결정적 순간에 민주주의의 주체가 (구원을 가능케 하는 자로서) 어떻게 처신해야 하는지 지침이 되는 도식이다.

이런 잔여로서의 주체는 '잔여'라는 말에서 잘못 읽어 낼 수 있는 그런, 전체의 '나머지' 부분이 아니다. 오히려 전체와 부분 속에서 주체에게 제한된 정체성을 부여하는 분할을 무한히 초월하는 잉여이다. 이러한 주체는 사실은 모든 국지적 정체성을 폐기하는 바디우의 '보편적' 주체와 유사하지 않은가? 지젝이 올바로 지적하듯 아감벤에서 잔여를 창출해 내는 분할은 보편성에 가 닿는다. "새로운 보편성을 발명하는 유일한 방법은 좀 더 근본적인 새로운 분할을 통해 기존의 분할을 극복하는 것"(지젝, 176쪽)이며, "이러한 보편성의 현실적 실존은 특정한 내용 전체를 가로지르는 급진적 분할이다."(지젝, 178쪽) 이런 분할을 통해서만 잔여는 특정한 국지적인 내용적 정체성을 가지지 않는(그러므로 익명적인), 모든 분할을 '초과'하는 보편적 주체가 될 수 있는 것이다. 그리고 이런 보편적 주체의 성립과 더불어서만 토박이와 외국인을 가르는 모든 장치는 폐기 가능하게 된다. 그러나 이 주체가 '외국인에 대해서' 특별한 위치(물론 사실적 위치가 아니라 '도식'이 되는 위치)를 점해야 된다는 점을 기술할 필요가 있지 않을까? 주체는 어떻게 외국인과 토박이들의 이익을 가르는 율법에 대해 구체적인 저항을 할 수 있는가? 바로 외국인을 '환대'할 수 있는 위치, 즉 외국인보다 더 낮은 자리에 위치하는, (외국인과의) '비대칭성'(그러므로 '평등'이 아닌)을 구현할 때 그럴 수 있지 않겠는가?

5 레비나스: 바울 이전의 메시아적 보편주의

바디우가 바울로부터 그려 낸 보편적 주체 예수는, 앞서 보았듯 '익명적 변수', '어떤 사람'이다. 그런데 이 예수의 지위는 어디서 오는가? 예수는 누구인가? 그는 '메시아'다. 예수의 지위는 '메시아' 개념으로부터 오는 것이다. 그러므로 메시아라는 개념 자체가 어떤 식으로든 예수의 보편주의를 준비하고 있지 않으면 안 될 것이다. 이렇게 바울이라는 우회로를 거치지 않고, 메시아 개념 자체에 대한 성찰로부터 보편주의를 이끌어 내는 이가 바로 레비나스이다. 매우 유명한 논문인 「메시아에 관한 텍스트들(Textes messianiques)」에서 레비나스는 보편주의의 관점에서 메시아를 다음과 같이 놀랍게 기술한다. "모든 사람이 메시아다."[13] 이러한 진술의 문헌적 근거는 탈무드의 다음과 같은 구절이다. "만일 메시아가 살아 있는 자들 가운데 있다면 그것은 나이리라."(*DL*, 119쪽에서 재인용) 나 자신이 메시아다. 어떤 의미에서 나 자신이 구원자(메시아)인가? "메시아, 그것은 나다. 나로 존재하는 것은 메시아로 존재하는 것이다. (……) 만일 '나'라고 말하는 존재가 아니라면, 궁극적으로 누가 타인들의 고통을 책임지겠는가?"(*DL*, 120쪽) 따라서 고통받는 타인들을 담당하는 모든 이가 메시아이다. 이런 까닭에 메시아는 개별적 실존이 될 수 없다. "그것은 개별적 메시아를 넘어서, 개별성이 어떤 단일한 존재자에 속하지 않는 실존(existence)의 어떤 형태를 알려 준다."(*DL*, 118쪽) 이것이 뜻하는 것은 레비나스에게서도 바디우에게서와 마찬가지로 메시아란 개인의 이름으로 부를 수 없는, 그러므로 비인칭적이고 익명적인 주체, 특정한 대상과 관련하여 정체성을 가지지 않는 보편적 주체라는 것이다.(바디우의 텍스트 곳곳에서 암시되는 레비나스에 대한 반감이 이런 사실을 확인하는 것을 방해하지는 못한다.)

레비나스는 이런 특정 맥락 속에 제한되지 않는 보편적 주체를 이렇게 표현하고 있다. "첫 번째 사람은 우주만큼이나 컸다. 어떤 사람들에게는 '땅에서부터 하늘까지', 또다른 사람들에게는 '동에서부터 서에까지'였다. (……) 유대적 보편주의는 하늘과 땅 사이의 틈만큼이나 높은 그 사람의 보편주의다."(*DL*, 126~127쪽) 이렇게 압도적으로 큰 사람이 있다. 바디우의 표현을 빌려 '익명적 변수' 또는 '어떤 사람'이라고 부를 수 있는 그는, 개인에 제한되지 않는 우주만 한 크기를, 그러니까 보편적 크기를 지녔다. 재미있게도 우리 시(詩)도 최근 이런 주체, 인격적 개별성 또는 국지성을 넘어서는 익명적 주체를 사유하려고 시도한다. 김행숙의 '한

---

13) E. Levinas, *Difficile liberté*(Paris: Albin Michel, 1963), 120쪽.(약호: *DL*)

사람'이 그렇다. "개체라고 말하기 힘든, 윤곽을 잡을 수 없는 그런 주체라고나 할까."[14] 여기서 '윤곽'은 국지성을 성립시키는 것이므로 거부된다. 개체성을 넘어서는 이런 주체 "그는 압도적인 부피를 지녔기 때문에"[15] 우리는 그가 어디서 '제한'되는지 모른다.

그런데 레비나스의 이 메시아적 보편주의의 성격을 보다 분명히 규명하기 위해, 레비나스 스스로 하듯 그것을 서양 정치 일반의 보편주의와 구별할 필요가 있다. "정치적 질서의 보편성으로 나아가는 흐름은 무엇인가? 그것은 다수의 신념들과 직면하는 데서 성립한다."(DL, 125쪽) 레비나스가 유대주의와 구별하여 보통 서구적 보편주의라고 기술하는 이러한 보편성은 '다양성의 공존 내지 조화'라는 말로 요약될 수 있을 것이다. 그러나 이러한 다양성의 공존 안에 피할 수 없이 잠재되어 있는 다음과 같은 위험을 보라. "잠시 동안 정치적 삶이 사람들 사이의 변증법적 화합으로서가 아니라, 폭력과 불합리의 악순환으로서 나타난다고 가정해 보라."(DL, 126쪽) 다양성을 오로지 평등에만 내맡겨 놓는다면, 그것은 잠재적 분쟁, 폭력, 억압의 위험에 원리상 노출될 수밖에 없지 않는가? 평등한 항들 사이의 대칭성은 늘 경쟁적이고 교환적이지 않는가? 따라서 타자에 대한 절대적 책임성(우리 맥락에서 바꾸어 쓰자면, '외국인에 대한 환대')이 보편성의 핵심에 자리하고 있음을 인지하는 것이 중요하다.[16]

"'타자의' 빛에 대한 〔앞서 본 서구적인〕 정치적 유혹이 극복되는 순간에, 나의 책임성은 보다 대체할 수 없는 것이 된다. 진정한 빛이 비출 수 있다. 그렇게 보편적이지 않은(non-catholique) 진정한 보편성은 명확해진

---

14) 김행숙, 「원리의 발명, 어느 좌표에도 찍히지 않는 점들의 좌표를 찾아서」, 《시안》, 2007. 여름, 204쪽.

15) 김행숙, 「한 사람 1」, 『이별의 능력』(문학과지성사, 2007), 90쪽.

16) 이 환대의 필연성에 대한 보다 자세한 내용은 필자의 글, 「노스탤지어, 외국인의 정서」, 『일상의 모험』(민음사, 2005), 341~345쪽 및 이 책 3부의 글 「예외 상태와 환대에 대한 오해들」의 4절 참조.

다. 그 보편성은 지구 전체에 봉사하는 데서 성립하며, 메시아주의라고 불린다."(*DL*, 95쪽) 메시아적 주체는 다음 인용이 보여 주듯 '외국인을 보편적으로 환대하는 주체'다. "신의 이미지는 상징 안에서가 아니라 외국인에게 행해진 정의 안에서 더 잘 존중된다."[17] 이 문장에 바로 이어서 레비나스는 놀라운 말을 던진다. "보편주의는 (……) 문자를 균열시킨다. 왜냐하면 보편주의는 폭발하는 형태로 이 문자 안에 잠들어 있기 때문이다." '문자(율법)의 균열'에 대한 이 대담한 언급은 바디우와 아감벤이 기술한 바울의 급진성과 동급이며, '더 중요하게는' 양자가 발견한 바울의 독창성을 양자보다 먼저 메시아주의에 귀속시킨다. 법이 만들어 내는 국지성과 제한성 너머에서만 외국인은 보편적으로 환대받을 수 있으며, 이런 까닭에 바디우에서처럼 법(문자)은 깨어져 나가야 한다.("주체의 탈문자화"(*B*, 162쪽)) 아울러 아감벤에서처럼 법의 진정한 의미는 그것에 대한 즉결 심판 또는 그것의 폭발 속에서만 찾을 수 있는 것이다.

그런데 중요한 점은 이러한 보편적 주체, 환대의 주체가 윤리라는 제한성 속에 갇혀 있다고 오인함으로써 그것을 탈정치화하는 어리석은 일은 벌이지 말아야 한다는 것이다. 데리다 식으로 말하면 "'정치적' 책임의 비극적인 분쟁성을 (……) 중립화하기 위해 너무도 쉬운 '윤리적'이라는 가정된 심급"[18]을 사용해서는 안 된다. "윤리를 사법과 정치를 무력화하는 '알리바이'로 만들어서는 안 된다."(ELM, 33쪽) 오히려 데리다의 지적처럼 레비나스가 열어 놓은 사유 지평에는 "혁명적 정치의 근원"(같은 곳)이 담겨 있다. "환대, 외국인, 집 없는 자, 항상 타자와 타자에 대한 타율적 굽음과 관련해선 레비나스의 정치관은 혁명적이다."(같은 곳)

---

17) E. Levinas, *Quatre lectures talmudiques*(Paris: Éd. de Minuit, 1968), 61쪽.

18) J. Derrida, "Entre lui et moi dans l'affection et la confiance partagée", *magazine littéraire*, Avril, 2003, 33쪽.(약호: ELM)

6 결론: 환대의 정치

그렇다면 외국인을 환대하는 주체의 보편성이 가질 수 있는 '정치적 형식'이란 어떤 것인가? 바로 '세계 시민'이라 할 수 있을 것인데, 이런 정치적 형식을 발견하기 위해 칸트의 『영구평화론』의 몇 구절을 읽어 볼 필요가 있다. "본래는 어떤 사람도 지구상의 특정 지역에 대해 남보다 더 우선적인 권리를 가지고 있지 않다."[19] "〔사람들은〕 일반적으로 인류에게 공동으로 귀속되는 '지구의 표면'에 대한 공동의 권리를 행사함으로써 교제를 하게 된다."(『영원한 평화』, 37쪽) 데리다가 다음과 같이 논평하듯, 이러한 사실로부터 보편적 환대는 '세계 시민적 권리'라는 정치적 형식을 얻게 된다. "우선 칸트는 '제한 없이' 보편적 환대성에서 세계 시민적 권리를 이해하는 것으로 보인다. 그것은 사람들 사이의 영구 평화의 조건이다."[20]

물론 칸트의 환대성 개념에는 구체적인 한계들(외국인은 영구 거주권은 없고, 방문권만이 있다는 것 등)이 도사리고 있으므로 데리다처럼 환대의 권리를 변형시키고 향상시킬 필요가 있다.(이런 변형과 향상은 엄밀히 말해 칸트 자신에게 위배되는 것은 아닌데, 칸트는 세계시민법을 아직 작성되지 않은 것으로, 영구 평화를 접근 중인 것으로, 그러니까 변형과 향상의 과정 가운데 있는 것으로 기술하고 있기 때문이다.(『영원한 평화』, 40쪽 참조)) "어떻게 〔환대의〕 권리를 변형시키고 향상시킬 것인지 아는 것이 관건이다. (……) 피난자들의 도시에 대한 이 경험, 나는 또한 그것을 장소를 마련해 주는 것, 사유를 위한 하나의 장소를 열어 놓는 것으로 생각한다. 그리고 그것은, 도래할 민주주의와 권리에 대한 '실험'과 관련한, 피난처 또는 환대

---

19) 임마누엘 칸트, 이한구 옮김, 『영원한 평화를 위하여』(서광사, 1992), 37쪽.(약호: 『영원한 평화』)

20) J. Derrida, *Cosmopolites de tous les pays, encore un effort!*(Paris: Galilée, 1997), 51쪽.(약호: *C*)

성이다."(C, 57~58쪽) 지구 표면에 대한 권리가 보편적 주체로서 내게 있다면, 그것은 오로지 그 땅을 외국인에게 내주고 집을 마련해 주기 위해서가 아닐까?[21] 그것이 어쩌면 바울을 포함한 오랜 메시아주의 전체가 말하고자 한 첫말이자 끝말이었을 것이다. 집을 내준 주체는 자신의 보편성을 이렇게 확언하고 있다. "스스로 **모든 사람의 종이 되었습니다.**"(「Ⅰ고린토」, 9 : 20)

---

21) 타자에게 장소를 마련해 주는 이 일은 현실적인 '건축'과 떼어서 생각할 수 없을 것이며, 이런 맥락에서 우리에게 '건축이란 무엇인가'에 대해 사유할 것을 강요한다. 우리는 5부의 글 「건축이란 무엇인가」에서 이방인 문제와 관련하여 건축의 의미에 대해 생각해 볼 것이다.

외국인과 악마
─ 데빌스 네버 크라이

　그런데 외국인들은 먼저 유럽에서 그리고 다음엔 전 세계에서 환대 받기보다는 혐오와 저주의 대상이 되어 왔다. 이 저주는 외국인들에 대한 특별한 표상을 창출하고 또 이 표상은 다시 외국인 혐오의 발판이 되어 주었던 것은 아닐까? 그 가운데 대표적인 것이 바로 '악마' 표상일 것이다. 그렇다면 외국인의 현재적 위상을 이해하기 위해서 문화가 어떻게 이 표상을 생산하는지 몇몇 고전적인 풍속화를 통해서 그 기록을 따라가 볼 필요가 있다.

　"악마들은 울지 않는다.(Devils never cry.)" 전 세계적으로 220만 장 이상 팔려 나간 초대형 히트 게임 「데빌 메이 크라이(Devil May Cry)」에 나오는 유명한 대사이다. 단테의 대사는 이어진다. "눈물은 오로지 인간들만이 가진 선물이다." 물론 이렇게 말하는 단테는 지옥의 죄인들과 악마들을 방문하고서 시를 쓰는 단테가 아니라 이 게임의 주인공인 악마 사냥꾼 단테이다. 도대체 왜 악마들은 울지 않는 것일까? 왜 '눈물'은 악마들을 인간들의 세계 저편의 외딴 섬에 고립시키는 강물 구실을 하는 것일까? 그리고 보다 근본적으로, 인간들은 왜 악마들을 가만히 놔두지 못하고 늘 잡담과 연구와 명상과 저주의 대상으로 끌어오는 것일까?

이런 질문들을 마주할 때마다 참조해야 하는 장면이 있다. 유럽 내재적인 갈등 양상들을 추적함으로써 유럽 정신의 파탄을 드러낸 토마스 만의 『마의 산』에는 요양소의 환자들이 강신술(降神術)에 매혹되는 사건이 기록되어 있다. 사실 이 부분은 악마와 관련된 파우스트 전설을 다룬 『파우스트 박사』 이전에 파우스트적 테마에 대한 토마스 만의 관심을 드러내고 있다. 다음 구절에서 보듯이 말이다. "베르크호프 요양원에는 어떤 악령(惡靈)이 배회하기 시작했다. 한스 카스트로프는 이 악령이 전에 그 불길한 이름을 들어 둔 그 악마의 직계일 것이라고 막연하게 느끼고 있었다."[22]

요양원의 사람들이 몰두하는, 죽은 이의 영혼을 불러내는 악마적인 의식에 대해 계몽주의자 세템브리니는 이렇게 경고한다. "사기와 진실을 결정하고 구별하는 윤리적 용기가 퇴폐하기 시작하면 생 그 자체, 비판, 가치, 혁신적 행위도 끝장이며 도덕적 회의가 무서운 분해 작용을 일으키기 시작합니다."(『마의 산』, 917쪽) 이 계몽주의자는 초현실적인 것에 대한 관심의 위해성이 비도덕성에 있음을 모든 세대에 대한 경고가 될 만하게 날카롭게 파악하고 있는 것이다. 그런데도 다보스 산정에 머무는 이들의 사악한 호기심은 이미 죽은 환자인 요하임 짐센의 영혼을 불러내기까지 한다. 왜 이 고요한 산정에서 더할 나위 없이 평온한 삶을 누리는 사람들이 이토록 초현실적인 것에 몰두하는가?

초현실적인 것에 관한 관심은 인간의 떨쳐 버릴 수 없는 악습 가운데 하나이다. 경험된 것, 눈에 보이는 것에 머물지 못하고, 초현실적인 세계로 월권하려는 인간 정신의 소질을 대표하는 지성 가운데 하나로 에마누엘 스베덴보리를 꼽을 수 있다. 18세기 스웨덴의 심령술사인 스베덴보리는 어느 날 낯선 사람이 뒤를 따라왔는데 예수였더라는 등 흥미로운 내

---

22) 토마스 만, 곽복록 옮김, 『마의 산』(동서문화사, 1976), 937쪽.(약호: 『마의 산』)

용으로 가득 찬 신비서들을 남겼는데, 그를 옹호하는 자들은 이렇게 말한다. 다음은 보르헤스의 글이다. "〔그는〕 예수의 방문을 받게 되는데, 몇몇 사람들은 광기가 발작한 것이라고 생각한다. 그러나 명쾌하게 쓰인 그의 작품들을 읽어 보면 어느 대목에서도 광인을 대하고 있다고는 생각할 수 없기 때문에 이러한 주장은 인정할 수가 없다."[23] 이렇게 말할 수 있는가? 보르헤스는 독서 노트 류의 이 에세이 「에마누엘 스베덴보리」에서 자기 소설의 분위기와 얼마간 친화적이기도 한 이 신비주의자의 저작들을 변호한다. 아마도 초능력자 사냥꾼이자 마술사인 제임스 랜디가 3세기 전 유럽의 어느 서점에서 스베덴보리의 저작들을 만났다면, 그는 요즘처럼 이 심령술사와 대결했으리라. 그런데 18세기에도 제임스 랜디의 역할을 했던 사람이 있었으니, 바로 임마누엘 칸트였다. 그는 스베덴보리가 빈틈없이 써 내려간 그의 환상 체험을 철학적 관점에서 분석한 『시령자의 꿈』이란 책을 쓰기도 했는데, 초현실적인 세계로 날아가 온갖 해괴한 것들에 대해 신비적인 지식을 쌓고 돌아와 사람들을 기만하려는 우리 정신의 악습을 칸트만큼 준엄하게 비판한 사람도 없다.

그러나 다보스 산장의 저 환자들, 부유함과 평온함의 강물에 빠져 죽은 시체처럼 각자의 시간이 엄청나게 불어난 저 지루한 부르주아들이 유령을 불러내려는 사악한 유혹에 빠진 데는, 인간의 보편적인 악습을 넘어서는, '정치적 속임수'가 작용하고 있었다. 『마의 산』은 뛰어난 소설이지 정치 평론이 아니므로 그 속임수의 실체를 고지식하게 명시하고 있지는 않다. 그런데 1차 세계대전 직전의 평화로운 시절에 사람들이 왜 유령 쫓기 같은 괴상한 일에 몰입했는지를 밝혀낼 수 있는 실마리를 제공하는 텍스트가 재미있게도 의외의 지점에서, 바로 사르트르의 자서전 『말』에서 발견된다.(사르트르가 바로 『마의 산』의 시간대, 1차 세계대전 전의

---

23) J. L. 보르헤스 지음, 박병규 옮김, 「에마누엘 스베덴보리」, 『허구들』(녹진, 1992), 239쪽.

평화로운 시대에 유년기를 보낸 사람이 아닌가?) 사르트르는 말한다. "그 무렵 유럽은 질식 상태에 빠져 있었다. 소위 '삶의 즐거움' 때문이었다. 아무리 둘러보아도 적(敵)이 될 만한 것을 찾지 못한 부르주아지는 자기 자신의 그림자를 보고 무서워하는 데 취미를 붙였다. 권태를 고의적인 불안과 맞바꾸었던 것이다. 강신술이니 심령체(心靈體)니 하는 말들이 유행했다. 우리 집 맞은편에 있는 르 고프 가 2번지에서는 탁자돌리기〔교령술의 일종〕를 했다."24) 식민지에 대한 위대한 승리들을 통해 모든 적들을 제압한 서양의 부르주아들은 먼저 "삶의 즐거움"을 만끽했다. 이 시기, 이들이 누린 감미로움에 대해 W. G. 제발트는 벨기에를 예로 들어 이렇게 쓰고 있다. "벨기에가 식민지 경영과 더불어 아프리카 대륙에 세력을 확대함으로써, 브뤼셀의 자금 시장과 천연 자원 중개소에서 현기증이 날 정도로 많은 거래가 이루어지고, 벨기에 주민들은 무한한 낙관주의에 고무〔되었다〕."25) 그다음 사르트르의 글이 알려 주듯, 부르주아들은 평화와 풍요의 또다른 이름인 권태 속에 빠져 죽지 않기 위해서, 그리고 무엇보다 자기 자신을 적으로 만드는 내분을 통해 스스로 소멸하는 불행을 겪지 않기 위해서 새로운 적을 만들어 낼 필요가 있었다. 그런데 그들이 만들어 낸 적은 바로 강신술과 심령술이 열어 주는 세계, 유령과 악마가 들끓는 '초현실계'였던 것이다.

이 적들은 적으로서 얼마나 안성맞춤인가? 악마와 유령들에겐 인권이 없기에 이들을 때리고 학대할 때는 법적 대응을 할까 봐 걱정할 필요가 없다. 악마를 죽이면 그것은 당연히 '살인'이 아니라 '퇴마'이다. 악마는 울 줄 모르므로(데빌스 네버 크라이) 퇴마사는 양심이 아플 감정적 동기마저 가질 기회가 없다. 악마는 그 이름 그대로 '악'하기에 그를 공격하는 나는 언제나 자동적으로 '선'하다. 이렇게 보자면 얼마 전 전쟁을 일으켰

---

24) 장폴 사르트르, 『말』(민음사, 2008), 161~162쪽.
25) W. G. 제발트, 안미현 옮김, 『아우스터리츠』(을유문화사, 2009), 13쪽.

던 어떤 국가 원수가 '악의 축'이라는 '악마들이 사는 초현실계'를 고안
해 낸 일은 참 의미심장하다. 사람들이 아닌 일종의 '그림자', 악마를 적
으로 삼아 싸우는 일만큼 논쟁의 여지가 없이 정의로운 일이 어디 있겠
는가? 이런 의미에서 후세인을 악마의 동성연애 상대자로 희화하며 조
롱한 극장용 「사우스파크」(1999)는 가장 부시적인 작품이었다. 여기서
악마의 친구는 공포 영화 같은 순수한 공상물에 머물지 않고 누군가를
가리켜 보일 준비가 되어 있었던 것이다.

　서양 안의 이방인인 살만 루시디가 정확하게 간파했듯 악마라는 가면
은 가장 약한 희생물들의 얼굴에 강제로 씌워졌다. 『악마의 시』[26]의 인도
인 주인공 살라딘 참자에게 무슨 일이 일어났던가? 이 친영파 인텔리는,
문자 그대로 악마가 되고 나서야 비로소 런던의 모든 뒷골목에서 학대받
는 '흉한 외모를 지닌 자들', 바로 '외국인들'의 대열에 합류하여 그들의
운명을 이해하게 된다. 그는 영국의 경찰차 안에서 학대를 받는다. "밀
폐된 경찰차, 그 속에 타고 있는 세 명의 이민국 요원과 다섯 명의 순경
적어도 지금으로서는 그것이 그에게 주어진 세계였다."(『악마』, 232쪽) 그
는 학대 속에서 자신에게 묻는다. "이런 굴욕이 또 있을까! 난 지성인이
었는데, 그렇게 되기 위해 얼마나 노력했는데!"(『악마』, 233쪽) 영국인들
에게 이 동양인이 지성인인지 아닌지 구별될 수 있을까? 당연히 아니다.
이 소설의 흥미로운 점은, 영국인과 다른 이 이질적인 자, 바로 타자는
지성인인지 아닌지, 범죄자인지 아닌지, 그리고 무엇보다도 인간인지 괴
물인지 악마인지 전혀 구별되지 않는다는 것이다. 영국인들에게 인지되
지 않는 주인공의 초현실적인 악마 변신에 대해 화자는 이렇게 이야기한
다. "참자로서는 납득하기 어려운 점이 하나 있었는데, 이렇게 곤혹스럽
고 터무니없는 사태가 벌어졌는데도(즉 그가 괴상망측한 도깨비로 둔갑했는

---

26) 살만 루시디, 김진준 옮김, 『악마의 시』(문학세계사, 2001), 상권.(약호: 『악마』)

데도) 남들은 한없이 진부하고 평범한 일인 듯한 반응을 보인다는 사실이었다.”(『악마』, 231쪽) 왜 그런가? 그는 악마 변신 이전부터 이미 영국인들에게 본질적으로 혐오스러운 것, 바로 악마였기 때문이다. 그의 악마 변신은 새삼스러운 것이 아니며 애초에 그는 악마와 등가적인 외국인이었던 것이다.

경찰의 발에 짓밟히고 학대 받는 악마 살라딘은 바로 유럽의 타자, 색깔 있는 피부를 지니고 코가 낮은 자, 혐오스러운 외모의 ‘외국인’인 것이다. 메타포는 논리적 관계 없이, 어떤 한 항을 통해 그와 상관없는 다른 항을 들여다보게 해 주는 경이를 이루어 낸다. 그러나 이 경이에는 위험이 도사리고 있다. ‘악마’가 외국인의 메타포가 된다는 것은 수사법이 저지를 수 있는 가장 큰 범죄 아닐까? 악마도 울 수 있다. 데빌 메이 크라이……. 타자의 밤은 깊다.

무엇이 외국 이론 수용의 문제인가[1]

야니스 스타브라카키스의 글에 대한 나의 첫 반응은 어리둥절함이었다. 어떻게 그렇게 많은 무고(誣告)가 가능할까? 만일 적절히 대응하려고 든다면 우선 각 요점별로 무수한 인용들과 어떻게 내 입장이 아닌 것을 내 것으로 그가 지적했는지를 하나하나 지루하게 설명해야 하는 따분한 일을 시작하지 않을 수 없다.

— 슬라보예 지젝[2]

1 외국 이론 수용을 점검하기

《창작과비평》(2009. 여름, 144호) 인문학 특집에 실린 황정아의 글 「묻혀 버린 질문 ─ '윤리'에 관한 비평과 외국 이론 수용의 문제」(약호: 황 1)는 부제가 알려 주는 대로 '외국 이론 수용의 문제'를 다룬다. 문학과 사회의 여러 문제들을 타개해 나갈 사유의 자양분을 얻기 위해 많은 비평가들은 외국 이론 공부에 관심을 가져 왔다. 이런 관심은 단지 최근 우리의 경우에만 속하는 것이 아니라, 사상 일반이 성장해 나가는 방식 자체의 근본 요소이기도 하다. 따라서 외국 이론이 올바로 수용되고 있는지 '점검'하는 일은 상시적으로 이루어져야 하는 중요한 작업이며, 나아

---

1) 이 글과 다음에 이어지는 글은, 앞의 글 「사도 바울, 메시아, 외국인」에 대한 황정아의 반론에 대한 재반론으로 작성된 글이다. 이 두 편의 재반론을 통해 우리가 메시아주의와 관련해 다루어 오고 있는 여러 논제들, 특히 법에 대한 반성의 논점이 보다 분명하게 드러나리라 생각한다. 이 두 편의 글은 지금 이 책의 일부를 이루지만, 논쟁적 상황과 관련되어 있으므로 발표 당시의 현장감을 살리는 방향으로 편집했다.

2) 슬라보예 지젝, 강수영 옮김, 「"혹자가 부르기를……": 야니스 스타브라카키스에 대한 답변」, 『법은 아무것도 모른다』(인간사랑, 2008), 237쪽.

가 그 자체가 외국 이론 수용의 필수적인 부분을 차지한다. 그런데 이 점검하는 작업이 외국 이론에 대한 오해에 근거한 잘못된 비판을 내용으로 할 경우엔, 그 자체 하나의 심각한 외국 이론 수용의 문제가 되며, 비판의 대상이 된 다른 이들의 작업조차 부당하게 훼손된다. 이 글은 황정아가 수행한 점검 작업이 바로 이런 경우에 해당하는 것은 아닌지 검토하는 것을 목적으로 한다.

황정아가 비판적 점검의 대상으로 삼은 것은, 최근 많은 관심의 대상이 되고 있는 바디우나 아감벤 등을 다룬 국내 학자와 비평가들의 글이다. 이 글의 필자도 그 가운데 하나다. 황정아는 "〔바디우, 아감벤 등등의〕 이론가를 매개 삼아 등장하는 〔국내 논자들의〕 급진적 언사들이 얼마나 탄탄한 인식에 근거하는가를 점검하려는 것"(황 1, 117쪽)이 자신의 의도라고 말한다. 이 글 역시 황정아의 저 의도를 충실히 따르면서, 외국 이론 수용에서 진정으로 탄탄한 인식에 근거하지 않는 것이 어떤 것인지 밝혀 볼 것이다. 그러므로 이 글은 어떤 면에서는 황정아가 수행한 외국 이론 수용 문제에 대한 점검에 협력해서, 얼마간이라도 그것을 더 완성에 근접하게 해 보려는 의도를 가지고 있다.

그런데 지젝의 저 구절에서처럼, "어떻게 그렇게 많은 무고(誣告)가 가능할까." 어리둥절하게 만드는 황정아의 글이 가진 모든 문제들을 드러내자면, 문장들에 일일이 주석들을 달아 비판하는 긴 글쓰기를 시도해야 할 것이다. 독자들을 지치게 할 이 이상적 글쓰기에 욕심을 내고 싶지는 않다. 그보다는 황정아의 외국 이론 수용 점검의 기본 문제점이 무엇인지 판단할 수 있는 핵심적인 지점들을, 필자에 대한 황정아의 비판을 주로 검토하면서 드러내고자 한다.

2 아감벤과 법의 위반

계간 《세계의 문학》(2008. 가을, 129호)은 세계적으로 국가 및 법의 차원에서 소외되고 있는 외국인들을 다각적으로 조명해 보려는 차원에서 '외국인이란 무엇인가'라는 특집을 꾸민 바 있다. 황정아가 비판하는 필자의 글은 이 특집의 일부로 마련된 「사도 바울, 메시아, 외국인 ― 익명적 주체 또는 보편주의」(이 책 3부의 글; 약호: 서 1)[3]이다. 외국인들의 사도라고도 불렸던 바울과 메시아주의에 대한 철학적 사색들과 더불어 법과 이방인 문제를 생각해 보려는 의도를 가진 글이며, 부제 '익명적 주체 또는 보편주의'가 알려 주듯, 메시아적 주체 개념을 통해 '익명성'이란 개념을 숙고해 보려는 시도이기도 하다.[4]

필자의 글에 대한 황정아의 비판, 그리고 법과 관련된 제안은 이렇게 요약될 수 있을 것이다. 아감벤이 말하는 메시아주의와 '법의 위반'이란 주제는 관계가 없는데 필자는 그렇게 본다는 것, 바디우와 관련해 '법의 철폐'라는 도식이 성립하지 않는데 필자는 그렇게 본다는 것, 부당하게 바디우의 논의와 레비나스의 논의를 연관시킨다는 것, 법의 영역을 천착하기 위해 바디우나 아감벤과는 다른 지젝을 참조하자는 것 등이다. 이 모든 비판과 제안에 문제가 있다. 이제 보겠지만, 황정아는 바디우와 아감벤 등과 관련해서는 그들의 텍스트에 실제 기록된 내용과 반대되는 잘못된 비판을 하고 있으며, 지젝과 관련해서는 '위험한 발상'이라고 스스

---

3) 인용시 제시하는 쪽수는 이 책의 해당 글의 쪽수이다.

4) '익명성'은 몇 년 전부터 필자의 공부의 중심적 화두인데, 가령 이 책의 가장 첫머리에 오는 「익명의 밤 ― 최근 시 읽기」(《세계의 문학》, 2007. 가을)에서는, 강정, 이원, 조연호, 김행숙, 황병승 등이 보여 준 최근 시의 핵심으로 '익명성'을 제시했다. 익명성이 최근 시의 핵심이라는 필자의 생각은 그 뒤에 다른 비평가도 다시 확인하고 있다. 「익명의 밤」을 쓴 이듬해에 발표된 이광호의 「익명적 사랑, 비인칭의 복화술」(《현대한국시》, 2008. 여름)이 그렇다. 이광호는 이 글을 최근 출간된 평론집 『익명적 사랑』의 표제작으로 삼기도 했는데, 이러한 결정은 최근 우리 시에서 익명성이 가지는 중요성을 얼마간 간접적으로 확인해 준다.

로 비판했던 사상을 대안적으로 제안하는 이해 못할 일을 수행하면서, "실정적인 법(으로 대표되는 권력 기제)"(황 1, 117쪽)을 어떻게 할 것인가에 대한 답을 구하고자 한다. 요컨대 "외국 이론을 인용한 몇몇 '윤리' 비평이 상당히 급진적인 수사를 동반하는 데 비해 치밀한 점검을 생략하고"(황 1, 120쪽) 있다는 황정아의 비판은, 궁극적으로 독자들이 확인할 문제겠지만, 황정아 자신이 돌려받아야 할 평가라고 생각된다.

아감벤부터 살펴보자. 황정아는 말한다. "메시아주의적 주체와 '율법'의 관계가 서동욱이 주장하듯 (그에 따르면 바디우와 더불어) '아감벤에서 반복(즉결 심판)을 통한 **토라**(율법)의 완성은 사실 율법을 '위반'하고 '금지'하는 일이다.'라는 것으로 귀결되는지 살펴볼 차례이다."(황 1, 115쪽) 그리고 결론적으로 황정아는 이렇게 이야기한다. "아감벤이 메시아주의와 법의 관계를 폐지나 위반으로 볼 수 없다는 점을 강조한 사실은 분명해진다."(황 1, 116쪽) 이러한 황정아의 주장과 달리 아감벤은 메시아주의에서 다음과 같이 '율법의 위반'(더 정확히는 '율법의 위반을 통한 율법의 완성')을 강조한다.

오히려 그것은 **토라**의 완성이란 그것의 위반과 일치한다는 뜻을 함축하고 있다. 이것이 바로 가장 급진적인 메시아주의 운동이 일말의 주저도 없이 확신하는 내용으로서, 예컨대 사바타이 제비의 메시아주의 운동은 '토라의 완성은 그것의 위반이다.'라는 구호를 내건 바 있다.[5]

위 국역본 인용 (그리고 아래에 나오는 또다른 인용)에서 '위반'은 아감벤의 이탈리아어판 원본에서 'trasgressione'이며, 이 단어는 문자 그대로 '위반'이라는 사전적 의미를 갖는다.[6] 법의 위반이 법을 완성시키는 일이라

---

5) 조르조 아감벤, 박진우 옮김, 『호모 사케르』(새물결, 2008), 135쪽.(약호: 『호모 사케르』)

6) G. Agamben, *Homo sacer: Il potere sovrano e la nuda vita*(Torino: Giulio Einaudi editore s.p.a., 1995 e 2005), 66, 67쪽.

는 '역설'을 아감벤은 아래와 같이 설명하며, 이를 "모든 진정한 메시아주의 전통"(『호모 사케르』, 134쪽)의 핵심으로 제시한다. 메시아의 도래라는 '예외 상태'[7]에서는 다음과 같은 일이 일어난다.

예외 상태의 여러 가지 역설들 중의 하나는 바로 예외 상태에서는 법의 위반과 법의 집행을 구별하는 것이 불가능하며, 따라서 규칙에 부합되는 것과 규칙을 위반하는 것이 전적으로 완전히 일치한다는 점이다. (……) 이것이 바로 유대교 전통(실제로는 모든 진정한 메시아주의 전통)에서 메시아가 도래하는 순간 벌어지는 상황이다.(같은 책, 134쪽)

필자의 글에서(서 1, 246~247쪽) 이미 인용하고 분석하기도 했던 위 구절들이 알려 주듯 황정아가 비판적 고찰의 대상으로 삼은 '율법의 완성은 그것을 위반하는 일이다.'라는 주장은 실은 필자의 것이 아니라, 아감벤 자신의 것이다. 따라서 메시아주의가 함축한 율법의 위반이란 주제를 비판한다는 것은 아감벤의 이름을 걸고 아감벤을 비판하는 일이다. 결국 황정아는 필자의 글뿐 아니라 자신이 다루고 있는 철학자의 텍스트도 잘 읽지 않고 비판하고 있다.

법의 완성은 법의 위반을 통해 달성된다는 것을 아감벤은 잠재성으로서 믿음의 언어가 작동하는 방식과 관련해 이렇게 쓰기도 한다. "그것은 (……) 사실상의 사태들이나 율법상의 사태들을 폐지하고 버리는 데서 작동하고, 그 사태들을 자유롭게 사용할 수 있는 것으로 변화시키는 것이다."[8] 황정아는 메시아주의와 법의 관계를 '폐지'로 볼 수 없다고 말했지

---

7) 이 예외 상태는 기존의 권력이 만들어 내는 예외 상태와는 다음과 같은 점에서 다르다. "유효한 권력이 그러한 예외 상태를 선포하는 것이 아니라, 권력을 전복시키는 메시아가 그것을 선포한다는 차이가 있[다]."(『호모 사케르』, 135쪽)

8) G. Agamben, P. Dailey(tr.), *The Time That Remains: A Commentary on the Letter to the Romans*(Stanford, California: Stanford Univ. Press, 2005), 137쪽.(약호: *A*)

만(황 1, 116쪽) 아감벤은 문자 그대로 '폐지'라는 표현을 쓰며, 법적인 것들은 그것들의 폐지를 통해 자유롭게 사용된다고 주장하고 있다. 위 번역문에서 '폐지'로 옮긴 말은 이탈리아어 원문으로는 'decreare'이고,[9] 황정아가 사용한 영역본으로는 'de-create'이다. 말 그대로 '창조(create)'를 접두사 'de'를 통해 '부정'하는 일, '폐지'의 뜻이다. (아감벤이 성찰하는 '법의 폐지와 완성의 일치'라는 메시아주의 사상은 '폐지하다(aufhören lassen)'와 '보존하다(aufbewahren)'라는 이중적 의미를 함축하는 헤겔의 '지양(aufheben)' 개념에까지 영향을 미치고 있는 서양 정신의 심오한 유산이기도 하다.(*A*, 99쪽 참조)) 이렇게 법을 위반하거나 폐지함으로써 법을 성취하는 일을 필자는 황정아가 비판한 논문에서 아감벤의 또다른 개념 '즉결 심판'을 사용해 이렇게 정리하기도 했다. "아감벤에서처럼 **법의 진정한 의미는 그것에 대한 즉결 심판 또는 그것의 폭발 속에서만 찾을 수 있는 것이다.**"(서 1, 252쪽) '법의 진정한 의미'는 즉결 심판을 통해 법의 과거적 의미를 폭발시키듯 청산함으로써 얻을 수 있다는 것이 이 문장이 의미하는 바다.[10] 하얀 것은 하얗고 파란 것은 파란 이 모든 분명한 사실 속에서 황정아는 무엇을 비판하고 있는 것인가?

---

9) G. Agamben, *Il tempo che resta*: *Un commento alla Lettera ai Romani*(Torino: Bollati Boringhieri, 2000), 127쪽.

10) 여기서 '즉결 심판'이라 번역한 'summary judgment'는 단어들의 뜻 그대로 충실히 이해되어야 한다. 바울의 다음과 같은 텍스트가 이 개념에 대한 실마리를 준다. "간음하지 말라. 살인하지 말라. 도둑질하지 말라. 탐내지 말라.'라는 계명이 있고 또 그 밖에도 다른 계명이 많이 있지만 그 모든 계명은 '네 이웃을 네 몸같이 사랑하라.'라는 한마디로 요약될 수 있습니다. 이웃을 사랑하는 사람은 이웃에게 해로운 일을 하지 않습니다. 그러므로 사랑한다는 것은 율법을 완성하는 일입니다." (「로마서」, 13: 9~10) 율법들은 '사랑'으로 요약(summary)되고, 사랑이라는 의미를 가지도록 '판정(judgment)' 받는 것이다.(서 1, 244~245쪽 참조) 이렇게 율법에서 과거의 의미들이 '폐지'되고 '하나의' 사랑으로 완성되는 것이 즉결 심판이 뜻하는 바이다.

3 바디우와 법의 철폐

바디우와 관련된 황정아의 비판이 잘못되었다는 점 역시 바디우 자신의 문장을 통해 단적으로 드러난다. 황정아가 필자를 비판하는 요지는 필자가 바디우의 바울론에서 보편주의를 율법의 파괴 및 철폐와 관련해 해석한다는 점이다. "서동욱은 보편주의의 의미를 주로 (율)법의 '파괴'와 '철폐'라는 견지에서 해석해 낸다."(황 1, 107쪽) 그런데 이와 달리 바디우의 바울론에 나오는 문장들은 "'법의 철폐' 같은 도식이 성립하기 어려움을 확인시"(황 1, 108쪽)켜 준다는 것이다. 그래서 부당하게도 필자에 의해서 "바디우의 보편주의는 '(타자/외국인을 차별하는) 율법 철폐'로 환원되는 절차를 거"(황 1, 109쪽)치게 된다는 것이다. 그러나 황정아의 주장과 반대로 바디우의 바울론은 문자 그대로 법의 철폐를 강조하고 있다. 다음과 같이 말이다.

게다가 그리스도라는 사건은 본질적으로 단지 죽음의 제국일 뿐인 율법에 대한 폐지이다.[11]

그냥 '곁다리로', 부수적으로 율법을 철폐하는 것이 아니다. "본질적으로, 정확하게, 문자 그대로(proprement)" 율법을 '철폐'하는 것이다. 그것이 바디우가 이해한 그리스도라는 사건이다. 위 국역본에서 '율법에 대한 폐지'라고 옮긴 말은 원문에 "l'abolition de la loi"[12]라고 되어 있으며, 황정아가 참조한 영역본에도 "abolition of the law"라고 되어 있다.[13] 'abolition'은 우리가 손쉽게 확인할 수 있듯 프랑스어 사전이나 영어 사전

---

11) 알랭 바디우, 현성환 옮김, 『사도 바울』(새물결, 2008), 165쪽.(약호: *B*)

12) A. Badiou, *Saint Poul: La fondation de l'universalisme*(Paris: PUF, 1997), 91쪽.

13) A. Badiou, R. Brassier(tr.), *Saint Paul: The Foundation of Universalism*(Stanford: Stanford Univ. Press, 2003), 86쪽.

이나 '철폐'나 '폐지'라고 뜻을 소개하고 있다. 요컨대 바디우의 저 표현은 세 나라 말로 된 바디우의 책 가운데 어떤 것에 입각하건 '법의 철폐' 외에 다른 방식으로 이해할 도리가 없다.

바울에게서 법의 철폐가 불가피한 근본적인 이유는 진리가 기존의 법에 포섭되어서는 안 되기 때문이다. 그런데 황정아는 바디우에서 법과 진리의 관계에 대해 이렇게 말한다. "진리와 법의 관계를 시원하게 해명해 주기보다는 더욱 의심하고 고민하게 만드는 것이다."(황 1, 108쪽) 이런 불분명한 말은 아무런 인식도 주지 않을 뿐 아니라, 더 나쁘게는 진리는 적극적으로 법에 비판적으로 대항한다라는 바디우의 바울론의 문장들을 가려 버린다. "그것〔진리〕은 구조적인 것도 아니요, 공리적인 것도, 법적인 것도 아니다. (……) 진리의 법(loi)이란 존재할 수 없다."(B, 32쪽) 여기까지는 황정아도 동의하리라. 그런데 바디우의 바울론은 법이 진리와 다르다 또는 무관하다는 사실을 확인하는 데 그치는 것이 아니라, 법을 적극적인 '논박'과 '비판'의 대상으로 겨냥한다.(그리고 이렇게 법에 대한 비판과 폐지라는 과제가 먼저 수립되기에 법에 대한 전술도 뒤에 나올 수 있는 것이다.) "진리의 생성을 법에 포섭시키려는 모든 것을 논박할 것이다. 이를 위해서는 이미 폐기되고 유해한 유대적인 율법과 오로지 구원의 길들에 대한 현학적 무지일 뿐으로 운명을 우주적 질서에 복속시킬 뿐인 '그리스적 법칙'에 대한 근본적인 비판이 불가피하다."(B, 33~34쪽) 법은 '근본적인 비판(une critique radicale)'과 '논박'의 대상이다. "바울의 계획은 보편적인 구원론은 어떠한 법 (……) 과도 화해가 불가능하다는 것을 보여 주는 것이다."(B, 85쪽)

바디우가 긍정하는 법이 있는데, 그 법은 '사랑의 법'으로서 이것은 그 성격상, 철폐되어야 할 율법과 결코 혼동되어서는 안 된다.(설령 사랑이 "정치적 동맹의 확장의 기회를 놓치지 않"(B, 171쪽)기 위해 기존의 율법을 '전술'의 차원에서 활용하는 경우는 있더라도 말이다.(서 1, 246쪽 참조) 그러나 이

전술은 다음과 같은 율법과의 단절을 위해 마련된 것임을 잊어서는 안 된다. "새로운 사람에게 사랑은 그가 이행한 율법과의 단절을 완성한다."(B, 171쪽)) 황정아 자신도 사랑의 법이 '기존의' 율법과 전혀 다르다는 것을 바디우의 바울론을 다룬 논문 「보편주의와 공동체」에서 이렇게 인정하고 있다. "이 사랑의 법은 기존의 율법과 달리 '금지가 아닌 긍정'이며, 신앙을 지닌 주체에 일관성을 부여하고 진리의 효력을 발휘하게 하는 역할만 담당한다고 본다."[14]

'보편주의'의 근본이 되는 이 사랑의 법을 '기존의 질서'를 구성하는 율법과 구분하여 바디우는 "문자를 넘어서는 법",(B, 167쪽) "문자적이지 않은 법"(B, 168쪽)이라 부르기도 한다. 메시아주의의 심오한 유산인, 탈문자화된 법, 국지적인 지역에 소속된 사람들을 보호하기 위한 성문화된 법을 극복하는 보편적인 법, '법이 깨어질 때 도달하는 법'을 어떻게 이해할 수 있을까? 우리는 이런 '역설적 면모'를 지닌 법의 형태를 메시아주의에 대한 오랜 연구 성과인 레비나스의 작품들과 더불어 이해해 볼 수 있다. 바디우와 마찬가지로 레비나스는 '문자로 기록된 법의 파열로부터 시작되는 보편주의'를 이렇게 옹호한다. "보편주의는 〔선민(選民)적인〕 특수주의적 문자〔율법〕를 능가한다. 또는 보다 정확하게는, 보편주의는 이 문자를 균열시킨다. 왜냐하면 보편주의는 폭발하는 형태로 이 문자 안에 잠들어 있기 때문이다."[15] (서 1, 252쪽 참조) 유대인의 선민주의를 지탱하고 있던 문자(율법)가 '보편주의의' 진정한 의미를 얻기 위해서는 역설적이게도 그 문자는 깨어져 나가야 한다는 것이다.

그런데 황정아는 필자가 레비나스의 메시아주의에 대한 구절들을 바디우와 아감벤의 메시아주의에 대한 구절들과 관련시켜 논점을 부각시

---

14) 황정아, 「보편주의와 공동체 —— 기독교를 둘러싼 바디우, 지젝, 니체의 논의」, 《안과밖》(영미문학연구회 편), 2006, 21호, 465~466쪽.(약호: 황정아)

15) E. Levinas, *Quatre lectures talmudiques*(Paris: Éd. de Minuit, 1968), 61쪽.

키는 것에 대해 "정치적 정답"을 제시하는 것이라고 "의구심이 솟는다" (황 1, 109쪽)라고 말한다. 해명되어야 할 것인데, 도대체 '정치적' 정답이란 무엇을 뜻하는 말인가? 학자를 정치적 고려에 따라 정답을 조정하는 자로 취급하려는 듯한 황정아의 저 놀라운 표현은 사실 개념으로서는 성립 불가능한데, '정답'이란 개념은 자기 완결적일 뿐 본질적으로 어떤 수식어도 허용하지 않는 까닭이다. 그러나 비난을 위한 수사(修辭)가 목적일 경우엔 저 말은 제값을 다할 것이다. 바디우 및 아감벤의 메시아주의에 관한 텍스트를, 그들과 비슷한 시대에 현대 유럽 사상에서 메시아주의를 연구한 주요 학자의 사상과 대질시키면서 공부하는 것이 왜 '정치적'이란 말을 들어야 하는가? 물론 우리는 레비나스와 바디우 사이의 차이를 잘 알기에 "바디우의 텍스트 곳곳에서 암시되는 레비나스에 대한 반감"(서 1, 250쪽)이 있다는 사실을 명시하는 것을 잊지 않았다. 이런 차이는 바디우와 아감벤 사이에도 있다는 것 역시 명시된다.(서 1, 242쪽 참조) 그러나 이런 차이를 늘 표시하지 않더라도 사상들 간의 비교 작업은 사상들이 서로 다르다는 전제를 그 자체 안에 함축한다. 근본적인 이유는, 어떤 사상과 완전히 일치한 채로 표현될 수 있는 것은 그 사상 자신밖에 없기 때문이다. 이런 맥락에서 평등을 비롯한 몇 가지 개념에 대해 필자가 바디우와 어긋나는 접근을 한다는 황정아의 지적(황 1, 109쪽 참조)은 무의미하다. 왜냐하면 '어긋나는 주장을 한다.'는 지적은 황정아처럼 바디우나 아감벤의 텍스트 자체를 사실과 다르게 전달하는 일에 대해 비판적 효력을 가지는 것이지, 애초에 어긋나는 사상들을 대질시키는 작업에 대해서는 그렇지 못하기 때문이다. 결국 바디우와 레비나스 철학이 어긋난다는 황정아의 저 지적은 잘 알려진 사실에 대한 확인에 불과하다. 어떤 사상에 대한 비판이 효력을 가질 수 있는 경우는 그 사상을 수립하는 내적 논리의 문제점이 겨냥되었을 때일 것이다. 그런데 황정아는 중요한 내적 논리를 문제 삼는 경우에는 다음과 같이 설명을 중지한다.

"'환대'와 '낮은 위치'의 연결이 갖는 논리적 문제점 같은 것은 일단 접어
두기로 하자."(황 1, 109쪽)

상반된 텍스트들의 비교를 통해 우리가 알지 못했던 숨겨진 의미를 드
러내 주는 것은 정치적인 일도 나쁜 일도 아니며, 공부의 본질에 속하는
일일 것이다. 우리가 텍스트들끼리 대화하게 만들고 그것들이 숨기고 있
는 의미를 쏟아내게 만들기를 두려워한다면, 우리는 텍스트를 그대로 복
사하는 작업인 필경(筆耕) 외에는 다른 것을 할 수 없으리라. 그리고 학
자가 되기보다 필경사가 되는 일은, 부바르와 페퀴세가 그랬듯 온갖 사
상을 동원한 실험이 실패로 돌아가서 만사가 시들해진 뒤에 선택해도 늦
지 않다.

4 황정아의 글 두 편과 지젝

황정아는 글의 말미에서 지젝을 참조할 것을 권한다. 앞서 말했듯 황
정아의 글은 '외국 이론 수용의 문제'에 관한 것인데, 이 지젝에 관한
부분만큼 외국 이론 수용의 한 문제점이 무엇인지 잘 드러내 주는 것도
없다.

황정아는 논의를, "법의 영역을 천착해야 한다는 얘기가 되지 않을까"
(황 1, 118쪽)라고 마무리 지으며, "법의 편에서 할 수 있는 이야기"(황 1,
118쪽)를 변호하고자 한다. 이런 맥락에서 "바디우나 아감벤과는 전혀 다
른 태도로 접근한 지젝을 참조하는 것도 한 가지 방법일지 모른다."(황 1,
119쪽)라고 제안한다. 바디우나 아감벤과 전혀 다른 태도를 가졌다고 강
조하면서 황정아가 지젝을 내세우는 까닭은, 황정아 자신이 말하듯 "[바
디우나 아감벤에게는 진리나 메시아와 구별되는] '법'의 영역에서 이러저러한
입장을 취하고 변화를 도모하는 일이 해결책이 될 수 없다는 전제가 있기 때문"

(황 1, 118쪽)이다. 앞서 우리가 얻은 성찰을 황정아의 이 문장에 요약적
으로 덧붙이면, '기존의' 법의 영역 안에서 해결책을 찾을 수 없다는 저
전제로부터 아감벤과 바디우는 메시아주의와 바울을 다루며 법의 위반
(을 통한 완성)과 법의 철폐(를 통한 사랑의 법 구현)를 이야기했던 것이다.
결국 황정아는 자신이 비판의 대상으로 삼았던 우리 글의 주장으로 합
류하고 있다.

그렇다면 지젝과 더불어 법의 편에서 할 수 있는 이야기를 하기 위해
선 바디우와 아감벤을 비판했어야 하지 않을까? 사실 아감벤에 대해서
는 그렇게 하고 있다. 황정아는 "왕성하게 활동 중인 이들〔바디우와 아감
벤〕의 진면목이나 사상사적 중요성을 짚어 낼 능력은 없"(황 1, 102쪽)다
고 말하지만, 이 말과 달리 중대한 비판을 내놓고 있다. 아감벤에 대해,
"그가 대립을 해결하기 위해 또다른 대립을 들여오고 한 층위에서 발생
한 일을 수습하기 위해 또다른 층위를 설정하는 방식으로 끝없이 물러
나기만 하는 게 아닌가 하는 느낌"(황 1, 117쪽)을 받는다고 비판한다. 그
런데 황정아의 이 비판은, 충분히 해명해야 할 중요 사안임에도 불구하
고 고작 위 문장 이상의 설명이 없어서 우리는 황정아가 무엇 때문에, 어
떤 근거로 비판하는지 알 수가 없다. 아감벤 철학에 대해 끝없이 물러나
기만 하는 '무한 퇴행'의 혐의, 즉 논리적 취약성의 혐의를 두지만 어떤
점에서 그런지에 대한 설명은 전혀 해 주고 있지 않은 것이다. 따라서 아
감벤에 대한 황정아의 저 비판이 정당한 것인지 평가하기 위해선 우리는
황정아의 설명을 기다릴 수밖에 없으며, 이 글에서는 다만 지젝을 참조
하자는 황정아의 주장이 가지는 문제점만을 지적할 수밖에 없겠다.

황정아는, 법에 대한 지젝의 발언이 "기존의 질서가 암묵적으로 금지하지
만 명시적으로 허용하는 것에 철저히 충실하게 따르는 일이야말로 가장 전복적
이라는 주장과 연결되고 '인권' 같은 개념에도 결과적으로 더 적극적인
평가를 내리는 과정을 세세히 따라가는 일이 필요하다."(황 1, 119쪽)라

고 제안한다. 법의 영역을 천착한다는 목적 아래, 철학자들끼리의 "더 정확한 비교를 위해",(같은 쪽) 그리고 "'보편주의'와 '평등'이라는 오래된 주제와 다시금 씨름하고 이 주제를 새롭게 조명하"(같은 쪽)기 위해 필요한 일이라는 것이다. 여기서 "기존의 질서가 암묵적으로 금지하지만 명시적으로 허용하는 것에 철저히 충실하게 따르는 일이야말로 가장 전복적이라는 주장"은 황정아에 따르면, 지젝의 저작『무너지기 쉬운 절대성』[16]의 147쪽에서 150쪽에 나오는 내용이다.(황 1, 119쪽 각주 16 참조)

그런데 황정아는 지젝에 관한 자신의 글 「보편주의와 공동체」 말미에서 "결론을 대신하는 몇 가지 의견을 제시"하고자 한다면서,(황정아, 482쪽) 지젝의 저 책의 똑같은 페이지의 동일한 내용과 관련해 다음과 같이 비판하고 있다.

실상 지젝이 말한 '언플러깅'〔일거에 이루어지는 단절〕이나 내적 위반의 금지로서의 사랑은 다분히 위험한 발상일 수 있다. 자신에게 가장 소중한 것을 잘라 내는 윤리적 행위를 강조할 때(*FA*, 150쪽) 드러나는 정치적 선명함과 전투성은 한편으로 우리 시대가 절실히 요구하는 덕목이라는 생각이 들지만 어떤 억지가 엿보이는 것이 사실이다. 이런 억지는 제아무리 단호해도 '단절'로는 해결되지 않는 것을 그냥 무시하고 밀어붙이기 때문에 생기며 그런 밀어붙이기는 사태를 더욱 악화시킬 수 있다.(황정아, 482쪽)

위 인용에 나온 지젝의 '언플러깅'(마치 플러그를 뽑듯 일거에 이루어지는 단절)이라는 개념은 황정아가 설명하고 있듯이 "자신에게 가장 소중한 것을 잘라 내"고 "철저히 법이 외적으로 허용하는 것만 하는 일"(황정아, 472쪽)을 뜻한다. 이런 일의 예는 지젝이 말하듯, 적들에게 인질로 잡

---

16) S. Žižek, *The Fragile Absolute or, Why is the Cristian legacy worth fighting for?*(NewYork: Verso, 2000).(약호: *FA*)

힌 자신의 부인과 딸("자신에게 가장 귀중한 것"(*EA*, 150쪽))을 모두 쏘아 죽이고 자신이 따라야 할 원칙대로 행동한 카이저 소제(영화 「유주얼 서스펙트」의 주인공)의 경우에서 찾을 수 있다.(*EA*, 149~150쪽 참조) 황정아는 이런 식으로 법을 충실히 따르는 일을, 위 인용에서 보듯 '다분히 위험한 발상', '억지', '단절로는 해결 안 되는 것을 그냥 무시하고 밀어붙여서 사태를 악화시킬 수 있는 것' 등으로 비판하고 있다. 그런데 《창작과 비평》 인문학 특집에 실린 「묻혀 버린 질문」에선 저 비판을 말 그대로 묻어 버리고서, 자신이 비판한 지젝의 주장을 '세세히 따라가 볼 필요가 있는 것'으로 권장하고 있다. 동일한 책의 동일한 페이지의 동일한 내용이 한편에선 억지와 위험한 발상으로 평가 절하 되고, 다른 한편에선 따라가 볼 필요가 있는 대안적 사상으로 제시되는 것이다. 결국 위험한 발상이며 억지라고 자신이 이미 판정한 물약을 우리에게 복용해 보라고 권하고 있다. 바로 이것이 「묻혀 버린 질문」의 부제가 제기하고 있는, 황정아의 '외국 이론 수용의 문제'이다. 「묻혀 버린 질문」의 필자는 외국 이론 수용의 문제라는 화두를 잘 제기했으나, 외국 이론을 그때그때 말을 바꿔 가며 수용하는 자기 자신이 바로 그 문제라는 사실은 이야기하지 않는다.

　가장 중요한 사안일지도 모르겠는데, 「묻혀 버린 질문」의 문제 설정과 관련해서도 논의가 필요하다. 황정아가 법에 대한 위의 이론을 세세히 따라가 볼 필요가 있다고 제안한 까닭은 '궁극적으로' "한편에서 계속 발목을 붙잡는 엄연하고 실정적인 '법(으로 대표되는 권력 기제)의 영역'을 어떻게 할 것인가라는 의문에 답을 구하기 위해서이다."(황 1, 117쪽) 그렇다면 황정아는 자신이 억지라고 평가한 위의 이론이, 실정적인 법을 취급하는 데 실제로 어떤 도움을 주는지 역시 해명해야만 할 것이다. 요컨대 "실정적인 '법'(으로 대표되는 권력 기제)"과 대면하여, "자신에게 가장 소중한 것을 잘라 내"(황정아, 482쪽)고 "철저히 법이 외적으로 허용하는 것만 하는 일",(황정아, 472쪽) "기존의 질서가 (……) 명시적으로 허용하는 것에 충실하게 따르는 일이야말로"(황 1, 119쪽) 어떻게 "가장 전복적"인지 보여 주어야만 할 것이다. "가장 전복적"인 결과를 가져올, 기존 질서와 법이 명시적으로 허용하는 것에 충실히 따르는 일이란 과연 어떤 것인가? 가령 얼마 전, 어떤 사람들은 법대로 잘했다고 평가하기도 했던 검찰의 충실한 활동 같은 것도 이런 일에 속하는가?[17]

5 나가면서

갑작스레 찾아드는 문제들 때문에 당황하는 우리들에게 이론이란 누군가 말했듯 필요한 도구들을 꺼낼 수 있는 기분 좋은 공구 상자와 같다. 문제들과 맞닥뜨렸을 때 우리는 무엇이든 찾아내 휘둘러야 한다. 그래서 학자들과 비평가들은 공부를 하고 있는 것이라고 생각한다. 최근 이들의 공부는 바디우의 표현을 빌려 말하면, '화폐적 추상이 날뛰는 동안 실추된 사유 일반'을 회복하려는 노력으로 이해될 수 있다. 이 '사유함의 실추'는 여러 가지 얼굴을 하고서 찾아오는데, 가령 얼마 전 우리 주변에선 인문학의 위기라는 이름으로 자신을 알려 오기도 했다. 실추를 만회하기 위한 하나의 노력으로 《창작과비평》 특집은 '이 시대는 어떤 인문학을 요구하는가'라는 물음을 던졌으리라. 이런 물음과 더불어, 공부가 제대로 이루어지고 있는지 서로 이야기해 보는 것은 늘 의미 있는 일이겠지

---

17) 황정아의 제안과 다른 식으로 현실적인 권력과 법, 그리고 무엇보다 '전복'의 문제를 취급하는 방식들이 당연히 있을 것이다. 예를 들면《창작과비평》 같은 호 서평에 실린 김종엽의 다음과 같은 가설적 형태의 착상이 눈길을 끈다. "'80년 5월에 광주 시민군의 폭력은 법 보존적 폭력으로 분식된 법 정립적 폭력에 대항하여 **국가-법을 파괴하려고 한 (벤야민적 의미에서) '신적 폭력'**이었던 것은 아닐까?"(399쪽) 실제로 우리는 '법에 맞서는 진정한 전복'의 의미를 알기 위해 다음 글「예외 상태와 환대에 대한 오해」에서 벤야민의 '신의 폭력'을 자세히 공부하게 될 것이다.

만, 근거 없는 비판이 이 일에 개입한다면 우리가 방황해야 될 우회로는 쓸모없이 더욱더 길어질 것이다.[18]

18) 마지막으로 본문 가운데서 다루지 않았던 '동일성과 차이'에 관한 한 가지 문제를 이 각주를 통해 언급하고자 한다. 황정아는 동일성과 차이를 대립시키면서, '차이' 개념으로부터 정치적 억압이 출현한다는 점을 다음 문장을 통해 말하고 싶어하는 듯하다. "수용소에서는 '사소한' 차이가 생사를 가르는 절대적 차이가 되었음을 상기시키며 오히려 동일성을 폐쇄한 결과가 나치라고 주장한 바 있다." (황 1, 110쪽) 만일 이 주장이 존재론적 차이 개념에 대한 비판으로 사용될 수 있다고 황정아가 생각한다면, 이는 정치적 현장에서의 동일성의 폐쇄(차별)와 '존재론적 차원의 차이'를 혼동했기 때문이다. 역시 나치 수용소 체험에 대해서 이야기하고 있는 레비나스의 한 에피소드를 통해 이 혼동을 드러내 보자. 1940년대 레비나스가 나치 수용소에 수감되어 있을 때, 포로들은 독일군인들과 주변 주민들로부터 우리가 잘 알고 있는 차별적인 대우를 받았다. 차별 받는 한에서 포로들은 모두 '인간 이하로서 동등했다.' 유일하게 포로들을 독일인들과 차별하지 않고 동등하게 반기는 이가 있었으니, 바로 수용소에서 기르던 개였다. 레비나스는 이 개를 "나치 독일의 마지막 칸트주의자"라고 불렀다.(E. Levinas, *Difficile liberté*(Paris: Albin Michel, 1963), 220쪽) 왜 이 개는 한 사람의 도덕철학자의 이름으로 불리는가? 군인들이 포로들을 모두 동등하게 차별했다면, 이 개는 포로들이 지닌 '차이 자체'를 다른 사람들을 대할 때와 '동일한' 존중의 대상으로 삼고 있었던 것이다. 들뢰즈의 차이 개념 역시 차별이 아니라, 존재론적 평등을 함축하는 개념이다. 존재자들 사이에 '차이'만이 있기 때문에, 존재는 어떤 위계적 질서에도 매개되지 않고, 직접 평등하게 존재자들에게 분배된다는 것이 들뢰즈의 차이 개념이 함축하는 바다. 들뢰즈가 말하는 "모든 물방울을 위한 단 하나의 동일한 대양(大洋)" (G. Deleuze, *Différence et répétition*(Paris: PUF, 1968), 389쪽)은 바로 차이 나는 존재자들과 위계 없이 동등하게 관계하는 존재를 표현하는 말이다. 요컨대 존재론적 차이는 정치적 동등성, 즉 평등을 준비하는 개념이다. 이 '차이'는 '차별'과 아무런 상관이 없다.

예외 상태와 환대에 대한 오해들
―― 벤야민의 열매

1 들어가는 말

발터 벤야민은 국적을 가지고 있지 않았다. 공권력이 그에게 국경을 넘지 못하도록 했고, 그는 낯선 곳에서 죽었다. 그때 유럽에서, 유구한 전통을 가진 환대의 정신은 헤카베처럼 저 비참한 바닥에 굴러떨어져 있었다…….

운명 자체가 이방인이었던 이 불우한 사상가의 이야기는 얼마간의 편차를 두고 늘 수많은 이방인들을 통해 반복되어 오지 않았는가? 법은 폭력적이고, 국가 안에 있을 때나 국가 밖에 있을 때나 언제나 국경 바깥에 머무는 것이나 마찬가지인 타자들을 사냥감처럼 따라다니고 있다. 국내외적으로 법에 대한 비판적 성찰과 환대의 의미를 새기는 여러 작업들의 출현은 바로 이러한 타자들에 대한 관심에서 비롯된다. 벤야민이 남긴 글들로부터 성찰의 자양분을 끌어올리는 현대 철학이 수행하는 법에 대한 반성적 접근들을 살펴보는 이 글 역시 마찬가지다. 구체적으로 이 글은 법에 대한 비판적 성찰 가운데, 카를 슈미트적 예외 상태와 대립하는 '진정한 예외 상태'에 대한 조르조 아감벤의 성찰과 자크 데리다의 '타자' 및 '무조건적 환대' 개념의 정치적 의미를 분명히 하는 것을 목적으로 한다.

이 글의 또다른 목적은 이러한 주제들을 다루는 철학자들과 국내 연구자들의 논의에 대해 충분한 근거를 마련하지 않고 비판하고 있는 황정아의 두 편의 글을 비판하는 것이다. 황정아가 자신이 편집 위원으로 있는 《창작과비평》(약호: 창비)의 지면을 빌려 필자의 글 「사도 바울, 메시아, 외국인」(이 책 3부의 글, 약호: 서 1)을 비판하면서 시작된 논쟁의 소산인 그 두 글에 대한 반론인 필자의 이 글은, 논쟁을 시작했던 창비에서 지면을 얻지 못했다.[1] 기쁘게도 이 글은 벤야민을 다루는 《세계의 문학》 특집에 기여할 수 있게 되었는데, 그 까닭은 법의 문제를 건드리고 있는 아감벤과 데리다의 논의가 당연한 듯 벤야민의 텍스트 읽기를 요구하고 있었기 때문이다.

2 기존의 질서에 충실히 따르는 일은 전복적인가?

논쟁적 맥락을 가지는 글인 만큼 이 글은 황정아가 필자와의 논쟁에

---

1) 「묻혀 버린 질문 — '윤리'에 관한 비평과 외국 이론 수용의 문제」(《창작과비평》, 144호, 약호: 황 1)에서 황정아는 다른 연구자들의 글과 함께 필자의 위 글을 비판했는데, 이에 대해 필자는 「무엇이 외국 이론 수용의 문제인가」(《창작과비평》, 145호; 이 책 3부의 글 「무엇이 외국 이론 수용의 문제인가」, 약호: 서 2. 이 글에서 인용시 제시하는 쪽수는 이 책을 기준으로 함)라는 반론을 썼다. 지금 쓰는 이 글은 이 반론에 대해 황정아가 다시 쓴 「이방인, 법, 보편주의에 관한 물음」(《창작과비평》, 146호, 약호: 황 2)에 이어지는 글이다. 그렇다면 이 글은, 창비의 특집 지면에 실린 황정아의 글에서 비롯된 논쟁의 진행 과정을 지켜보고 그 논쟁의 최종 성과가 무엇인지 알 권리가 있는 창비 독자들의 입장을 고려하자면, 마땅히 창비 지면에 실렸어야 하지 않을까? 그러나 그렇게 되지 못했는데, 창비 편집진이 반론을 싣고 논쟁의 성과들을 지켜보자는 필자의 제안을 거절했기 때문이다. 문예지에 싣기에 논쟁이 너무 전문적이라는 것이 이유였다. 그러나 이 논쟁의 내용이 창비 독자들이 수용하지 못할 만큼 전문적이라고 생각하지는 않는다. 또한 창비가 이 정도의 학술적인 내용도 취급하지 못하는 비전문적인 잡지라고 생각하지도 않는다. 이 점은 논쟁에서 필자의 글과 동류의 주제를 취급하는 황정아의 글이 계속해서 창비의 '특집' 지면에 실렸다는 사실만으로도 잘 알 수 있다.

서 견지해 온 입장을 얼마간이라도 정리하지 않고는 이루어질 수 없을 것이다. 황정아가 해명했어야 하지만 그렇게 하지 못한 중요한 주장 가운데 하나는 "기존의 질서가 암묵적으로 금지하지만 명시적으로 허용하는 것에 철저히 충실하게 따르는 일이야말로 가장 전복적이라는 주장"(황 1, 119쪽)이다. 이런 주장의 제시는 "한편에서 계속 발목을 붙잡는 엄연하고 실정적인 '법(으로 대표되는 권력 기제)의 영역'을 어떻게 할 것인가라는 의문에 답을 구하"(황 1, 117쪽)고자 한다는 황정아의 문제의식에서 비롯된 것이다. 그래서 실정적인 법이 발목을 붙잡을 때, 기존의 질서가 허용하는 것에 철저히 충실하게 따르면 '가장' 전복적일 수 있다는 주장은 도대체 어떻게 성립 가능한가라고 황정아에게 물었다.(기존의 사법적 질서에 입각해서 권력이 수행하는 각종 억압과 보복을 잘 알고 있는 우리에게 황정아의 주장은 놀라운 것임에 틀림없다.) 이러한 논의 이후 황정아의 대답은 다음과 같다. "의미 없는 법의 효력을 해체하기 위해서는 법의 의미를 회복하고 그 의미에 기대어 저항을 구축하는 것이 효과적인 방법일 수 있다는 것이다. 그런 점에서 지난 글에 밝힌 대로 지젝의 입장이 하나의 중요한 참조 사항이라는 의견에는 변함이 없고 (……)."(황 2, 91쪽) 황정아는 자신의 의견이 "지난 글(「묻혀 버린 질문」)과 달라지지 않은 편"(황 2, 77쪽)이라고 말하므로 우리는 황정아의 두 글에 나오는 저 두 의견 모두를 논의의 탁자에서 존중해야 한다. 우리가 보았듯 황정아는 「묻혀 버린 질문」에서 슬라보예 지젝을 참조하며, 실정적인 법으로 대표되는 권력 기재 앞에서 기존의 질서에 충실히 따르면 가장 전복적일 수 있다고 말했다. 이번에는 법의 의미를 회복하고 그 의미에 기대어 저항을 구축해야 하며, 이런 점에서 자신은 변함없이 지젝을 참조하고 있다고 말한다. 이 두 주장 가운데 하나를 폐기하지 않고 양자를 종합해 보면, 황정아가 말하는, 저항이 거기 기대야 할, 회복해야 할 법의 의미가 무엇인지 드러난다. 바로 그 법의 의미란 '기존의 질서'이며, 기존의 질서에 충실히 따르는 일이 곧 법의 의미에 기대 저항을 구축하는 일이다. 결국 황정아는 문제적인 주제인, 기존의 질서에 따르는 일이 어떻게 가장 전복적인지에 대하여서는 이번에도 전혀 해명하지 않고, 이 주장을 법의 의미를 회복하고 그 의미에 기대 저항하자는 다른 말로 덮어씌우고 있을 뿐이다.(현행적 법을 따르는 일을 수단으로 삼아 저항하는 시도들을 긍정적으로 검토하더라도, 그것은 '가장 전복적인 것'과는 거리가 멀며, 이미 주어진 법의 한계 안으로 떨어지는 제한적 저항에 불과하다. 만일 법을 수단으로 이용할 수 있는 법에 매개되지 않는 근본적인 힘들, 가령 스피노자라면 개별자들이 부여 받은 '자연적 힘들'로 이해했을 것의 긍정성과 법에 대한 우선성으로부터 탐색을 시작하지 않는다면 말이다. 이러한 탐색이 없다면, 법을 저항의 수단으로 사용할 수 있게끔 하는 원인과 그 결과조차 알 수 없을 것이며, 법의 의미가 무엇인지조차 암흑에 빠질 것이다.)

필자가 비판한 여러 사안들에 대한 황정아의 해명을 일일이 이 지면을 통해 분석하는 것은 크게 가치 있는 일같이 보이지는 않는다. 왜 그런지 한 가지만 예를 들어 보자. 황정아의 글은 알랭 바디우나 아감벤 같은 "이론가를 매개 삼아 등장하는 급진적 언사들이 얼마나 탄탄한 인식에 근거하는가를 점검하려는 것"(황 1, 117쪽)이 자신의 비판의 목적이라고 말하며 국내 논자들을 비판했다. 가령 황정아는 바디우에게서 성립하기 어려운 '법의 철폐'를 주장했다고 필자를 비판한다. 그러나 황정아는 실제 바디우가 "그리스도라는 사건은 본질적으로 단지 죽음의 제국일 뿐인 율법에 대한 폐지이다."[2]라고 문자 그대로 법의 철폐를 주장했다는 지적을 받자, 그 다음 글에선 "법의 철폐를 이야기했는가 아닌가의 여부가" 자신의 쟁점이 아니라고 말을 바꾼다.(황 2, 82쪽) 바디우와 관련해 황정아가 가장 강조했던 바가, '법의 철폐'라는 주장이 바디우에게 없다는 것

---

2) 알랭 바디우, 현성환 옮김, 『사도 바울』(새물결, 2008), 165쪽.

이었는데도 말이다. 이런 것이 황정아가 변론하는 방식이다. 썼던 글을 번복하는 방식으로 자신을 변호함으로써 황정아는 스스로 자신의 글을 파괴하는 결과를 낳는다. 사정이 이렇다면 시간과 지면을 들여 황정아의 변론의 모든 오류를 일일이 드러내는 일이 누구에게 그다지 쓸모 있을까? 오히려 이 글에서는 '예외 상태'와 '환대'라는 현대 철학의 중요한 논의와 관련해 우리를 오해에 빠트릴 수 있는(그러므로 반드시 점검해야 하는) 황정아의 오류를 살펴보는 데 지면을 사용하려 한다.

3 바로크 비애극과 바로크적 예외 상태

벤야민은 그의 유명한 「역사의 개념에 대하여」(1940)의 여덟 번째 테제에서 '진정한 예외 상태'에 대해 이렇게 말한다. "억압 받는 자들의 전통은 우리가 그 속에서 살고 있는 '비상사태(Ausnahmezustand, 예외 상태)'가 상례임을 가르쳐 준다. 우리는 이에 상응하는 역사의 개념에 도달하지 않으면 안 된다. 그렇게 되면 진정한 비상사태〔예외 상태〕를 도래시키는 것이 우리의 과제로 떠오를 것이다. 그리고 그로써 파시즘에 대항한 투쟁에서 우리의 입지가 개선될 것이다."[3] 법적 폭력으로부터의 해방을 내용으로 갖는 '진정한 예외 상태'를 희구하는 이 구절은, 현대 정치의 다양한 국면에서 예외 상태를 읽어 내는 아감벤의 사상에 어떤 식으로 개입했을까? 이 절 전체를 통해 우리는 이 물음에 답할 것이다. 일단 황정아가 벤야민의 진정한 예외 상태에 대한 아감벤의 논의에 대해 무엇이라 이야기하는지 보자. "심지어 (벤야민의 '진정한 예외 상태'나 유대교 메시아주의를 논할 때처럼) 어떤 '전회'의 단초를 기술하는 듯 보이는 대목에서조

---

3) 발터 벤야민, 최성만 옮김, 「역사의 개념에 대하여」, 『발터 벤야민 선집』(도서출판 길, 2008), 5권, 336~337쪽.

차 적어도 『호모 사케르』에서는 소개 이상의 적극적 태도를 유보한다."(황 1, 113쪽)

문맥을 설명하자면, 여기서 '전회'란 "법의 지배로부터 벗어날 수 있는 독특한 '전회'"(황 1, 112쪽)를 뜻한다. 그리고 이런 전회와 더불어 벤야민의 '진정한 예외 상태'에 대해서 아감벤은, 단지 그런 주장이 있다는 것을 소개할 뿐, 그것의 긍정성에 대한 적극적 태도는 국외자처럼 유보한다는 것이다. 과연 그런가? 법의 지배로부터 벗어날 수 있는 전회와 동류로 위에서 취급되고 있는 벤야민의 진정한 예외 상태에 대해 아감벤은 아무런 적극적 찬동도 하지 않는가? 황정아는 아감벤이 벤야민의 다음과 같은 주장, "통치하는 폭력이라고 부를 수 있는 법 정립적 폭력을 거부해야 한다."[4]라는 주장에 입각해, 적극적으로 벤야민의 사상을 수용하고 있는 페이지들을 간과하고 있는 듯하다. 다음과 같이 말이다. "법 정립을 위한 수단으로서의 폭력이 결코 법과의 고유한 관계를 폐기하지 못하며, 그리하여 법을 '필연적이고 밀접하게 폭력과 연루된' 채로 남아 있는 권력의 권좌에 올려놓는 반면 **순수한 폭력은 법과 폭력의 연결망을 폭로하고 절단하며**, 그리하여 궁극적으로는 통치하거나 집행하는 폭력이 아니라 순수하게 작동하고 현현하는 폭력으로 나타날 수 있다."[5] 진정한 예외 상태를 불러오는 법 바깥에서 작동하는 이 폭력을 우리는 뒤에 살펴보게 될 것이다.

기존의 법의 지배로부터 벗어날 수 있는 길을 아감벤에게서 읽어 내지 않으려는 황정아의 관점은 다음 문장에서 보다 분명히 드러난다. "예외 상태에 대한 아감벤의 분석을 곱씹어 볼수록 특정 범주의 누군가에서 '호모 사케르'의 특징을 발견하는 일 자체가 그리 생산적인 행위가 되지

---

4) 발터 벤야민, 「폭력의 비판을 위하여」, 자크 데리다, 진태원 옮김, 『법의 힘』(문학과지성사, 2004), 168~169쪽.(약호: 「폭력」. 데리다의 『법의 힘』에서 인용할 때는 약호: 『법』)
5) 조르조 아감벤, 김항 옮김, 『예외 상태』(새물결, 2009), 120~121쪽.(약호: 『예외』)

못함은 물론이고 어떤 '바깥'을 상상하기가 여간 어렵지 않으리라는 무거운 느낌이 남는다."(황 1, 112쪽) 이 문장의 앞부분은 현재의 구체적인 정치적 맥락 (즉 "특정 범주의 누군가")에서 호모 사케르에 대응하는 정치적 주체를 발견하지 말 것을 종용하며 아감벤의 텍스트를 왜곡하고 있다. 왜냐하면 바로 아감벤은 현재의 구체적 맥락 속에서 호모 사케르에 해당하는 자들을 발견해 내기 위해 그의 책들을 썼기 때문이다. 가령 『호모 사케르』 2권 1부의 다음과 같은 문장을 보자. "부시 대통령의 명령에서 새로운 점은 그것이 그러한 개인들〔미국의 국가 안보를 위협하는 행위가 의심되는 모든 외국인〕의 법적 지위를 철저하게 말소하고, 그렇게 함으로써 동시에 법적으로 명명하거나 분류할 수 없는 존재를 만들어 냈다는 것이다."(『예외』, 17쪽) 이 구절은 바로 미국에서 외국인의 지위가, 법적 지위가 말소된 채로 법의 억압을 받는 이른바 호모 사케르에 해당하는 것이 되었다는 것을 이야기하고 있다. 이런 현재의 구체적인 정치적 상황이 아감벤이 책들을 쓰게 된 동기이자 그의 저작들에 생명력을 불어넣는 추동력인 것이다. 그런데 바로 황정아는 '특정 범주의 누군가에서 호모 사케르의 특징을 발견하는 것이 생산적이 아니라고' 못박음으로써 아감벤을 그가 개입해야 할 특정한 정치적 맥락으로부터 떼어 놓고 있다.

아울러 저 문장의 뒷부분은 예외 상태를 통해 실행되는 법적 지배력에서 벗어나는 것이 회의적이라고 말하고 있다.("어떤 '바깥'을 상상하기가 여간 어렵지 않으리라는 무거운 느낌이 남는다.") 이것은 아감벤의 저작이 지닌 정치적 실천력을 무장 해제시키는 일이 아닌가? 우리는 '바깥을 건너다보는 일'이 불가능하다는 이러한 황정아의 해석과 달리 아감벤이 어떻게 기존의 질서 바깥으로, 또는 기존의 법 바깥으로 벗어나고자 하는지 보이고자 한다.

아감벤은 그러한 작업의 중요한 부분에서 바로 벤야민의 통찰에 힘입고 있다. 보다 구체적으로 그는 벤야민을 예외 상태에 대한 또 다른 이론가인 슈미트와 대결시키면서, 벤야민에게서 억압적인 예외 상태를 전복시키는 "실제적 예외 상태〔진정한 예외 상태〕"(『예외』, 112쪽)의 가능성을 적극적으로 부각시키는 것이다. 황정아가 말하듯 벤야민의 이론에 대해 "소개 이상의 적극적 태도를 유보"(황 1, 113쪽)하는 것이 결코 아니다. 오히려 아감벤의 이론 핵심에 벤야민의 '진정한 예외 상태' 개념이 놓여 있다. 그런데 벤야민이 말한 진정한 예외 상태는 "바로크적 예외 상태"(『예외』, 111쪽)라 불리기도 한다. 왜 이 예외 상태는 '바로크'와 관련을 가지는가? 바로 벤야민이 『독일 비애극의 원천』(1928)에서 바로크 비애극상의 군주의 지위를 다루며 이 예외 상태를 밝혀내고 있기 때문이다. 벤야민은 이렇게 말한다. "바로크 시대의 주권 개념은 비상사태〔예외 상태〕에 대한 논의에서 전개되었〔다〕."[6]

사실 주권자 또는 군주의 지위에 대한 성찰은 『독일 비애극의 원천』의 가장 독창적인 국면 가운데 하나를 이루고 있다. 벤야민은 바로크 비애극의 주권자가 지닌 특성을 다음과 같이 기술한다. "폭군의 몰락에서 언제나 우리를 매혹하는 부분은 그 인물의 무력함과 타락상이 그의 역할이 신성 불가침한 권력을 지니고 있다는 그 시대의 확신과 모순 관계에 있다는 데 있다."(『비애극』, 104쪽) 주권자는 절대적 권력이 있는 것처럼 보이지만, 그 권력 안에서 절대적 폭력을 행사하기보다는 권력을 상실하고 다른 피조물들처럼 '몰락'한다는 것이다. 따라서 바로크 비애극이라는 이 "드라마가 폭군 드라마인지 아니면 순교자 이야기인지 근본적으로 불분명해진다."(『비애극』, 106쪽)[7] 주권자에 대한 이러한 통찰은 슈미트의 견해와 정면으로 대립하는 것이다. 아감벤에 따르면 슈미트에게서는 예외 상태를 통해 군림하는 주권이 있지, 예외 상태 자체를 주권의 권한으로부터 독립시킬 여지는 없다. "슈미트에 따르면 순수한 폭력, 즉 완전

---

6) 발터 벤야민, 최성만·김유동 옮김, 『독일 비애극의 원천』(한길사, 2009), 94쪽.(약호: 『비애극』)

히 법 바깥에 있는 폭력 같은 것은 있을 수 없다. 왜냐하면 예외 상태 속에서 그런 폭력은 배제를 통해 법 안에 포섭되기 때문이다."(『예외』, 106~107쪽) 이러한 슈미트의 견해, 즉 법 바깥에서 법을 위협하는 폭력을 부정하는 "파시스트 공법학자"(『예외』, 103쪽)의 견해는 "법의 지배로부터 벗어날 수 있는 독특한 '전회'"의 적극적 의미를 부정하는 어느 연구자의 견해와 상통하는 면이 있는 것 같다.

벤야민은 이러한 슈미트와는 전혀 다른 방향으로 나아간다. 아감벤이 '공백을 둘러싼 거인족들의 싸움'(『예외』, 103쪽)이라는 이름 아래 벤야민과 슈미트를 대립시키면서 서술했듯이 말이다. "「폭력 비판론」에서 벤야민의 전략이 순수하고 아노미적인 폭력의 존재를 확실히하는 것을 목표로 삼은 반면 슈미트는 반대로 그런 폭력을 법적 맥락 속으로 되돌려 놓으려 한다."(『예외』, 106쪽)

『독일 비애극의 원천』에서는 어떤가? 이 책은 주권자가 신과 동일시되는 슈미트의 견해에 맞서서 "주권과 초월, 군주와 신 사이의 일치를 분쇄해 버리는 (……) '하얀 종말론'"(『예외』, 111쪽)을 내세운다. 종말 또는 파국 속에서 주권자는 신이 아니라 "피조물의 정점에 있는 자"(『비애극』, 102쪽)로서 몰락한다. "그〔주권자〕는 신이 그에게 부여한 무제한적이

---

7) 이와 관련해 잠깐 우리 문학으로 눈을 돌리자면, 우리 시 역시 파국 속에서, 한 세계 자체가 사라지는 것처럼 어떤 희망도 남기지 않고 완벽하게 몰락하는 주권자를 잘 알고 있는 듯하다. 성윤석의 시가 그렇다. "그러던 어느 날 이 세기의 王이랄 수 있는/ 자신의 눈앞에서 불가피한 전쟁이 벌어지고/ 그는 오로지 애첩만을 데리고/ 협곡 깊은 곳으로 몸을 숨기게 되는 것이다./ 그때 곧이어 그의 심복인 한 장수가/ 뒤따라와 말 위의 그를 처단하고/ 죽어 가는 그의 눈앞에는 애첩이 깔깔거리며/ 가장 아름답게 웃고 있는 것이다."(『극장이 너무 많은 우리 동네』(문학과지성사, 1996), 46쪽) 황병승의 「왕은 죽어 가다」 역시 주권자의 무기력을 표현하고 있다. "오늘 밤도 그대들은 나에게 할 말이 너무 많고/ 우리는 함께 그걸 나눠 갖기는 틀렸구나, 라는 말밖에 할 수가 없구나// 불의 악기며 어둠으로부터의 신앙(信仰)(……)/ 그렇다, 나는 혼돈의 음악을 연주하는 대담한 공주를 두었나니/ 고리타분한 백성들이여,/ 기절하라! 단 몇 초만이라도/ 내가 뭐, 라는 말밖에 나는 할 수가 없구나."(『여장남자 시코쿠』(랜덤하우스중앙, 2005), 76~77쪽) 백성들과의 단절된 소통 속에서 무기력해진 왕은 고작 "내가 뭐"라는 한마디밖에 할 수 없는 것이다.

고 위계적인 위엄을 불러들인 알력의 희생자로서 가련한 인간 상태로 추락한다."(『비애극』, 102쪽) 아감벤이 『독일 비애극의 원천』에서 군주(신이 아닌, 신의 희생자)의 운명과 관련하여 강조하는 것이 바로 이런 '종말론'이다. 이 종말 속에서는 법적 예외 지역에 대한 슈미트적 통치가 이루어지는 것이 아니라, 법이 탈정립되는 파국이 찾아온다. "예외 상태는 오히려 아노미인지 법인지 절대로 결정할 수 없는 지대가 되며, 그러한 지대 안에서 법질서와 피조물의 영역은 하나의 동일한 파국 속에 빠져 들어가게 된다."(『예외』, 112쪽) 이 파국의 핵심은 기존의 법질서의 파괴 뒤에 새 시대가 열린다는 데 있다. "이 폭력에 고유한 본질적 특징은 법을 만들어 내지도 보존하지도 않으며 단지 **법을 탈정립시켜 새로운 역사 시대를 연다는 것이다.**"(『예외』, 106쪽) 새로운 역사를 여는 이러한 '바로크적 종말론'이 존재한다. 그리고 지나가면서 이야기하자면 이것이 바로 벤야민 전집의 독일 편집자들에 대한 아감벤의 비판을 야기한 부분이다. "벤야민의 원래 텍스트에는 '바로크적 종말론이란 것이 있다.(Es gibt eine)'로 되어 있는데, 편집자들은 이상하게도 문헌학적 주의를 전혀 기울이지 않은 채 이것을 '바로크적 종말론 따위는 없다.(Es gibt keine)'로 수정해 버린 것이다."(『예외』, 110쪽)[8] 바로크 종말론을 긍정하는 아감벤의 이 비판은 "지상을 파국적으로 소멸시키기"(『비애극』, 95쪽) 위한 저 비애극의 정신을 돌이켜 보는 데서 나오는 필연적 결과이다. 그러므로 바로크적 종말, 그러니까 법의 탈정립과 주권자의 몰락은 존재한다.

「폭력의 비판을 위하여」(1921)에서 벤야민은 이런 종말(전복)을 가져오는 것을 '신의 폭력'이라 부르며 "신의 폭력은 법 파괴적"(「폭력」, 164쪽)이라고 설명한다. 그리고 법에 대해 가지는 폭력의 이러한 위상이 바로 벤야민이 슈미트적 예외 상태의 대척지에서 제시하는 "진정한 예외 상

---

8) 실제로 현재 주어캄프에서 나오는 전집판(246쪽)과 단행본판(56쪽) 『비애극』은 모두 "Es gibt keine barocke Eschatologie.(바로크적 종말론은 없다.)"라고 쓰고 있다.

태"의 핵심을 이룬다. "기회 있을 때마다 폭력을 다시 법적 맥락 속에 기입하려는 슈미트의 시도에 벤야민은 폭력이 ─ 순수한 폭력으로서 ─ 항상 법 바깥에 존재한다는 것을 확실히 논증하는 식으로 응수하고 있는 셈이다."(『예외』, 115~116쪽) 이 순수한 폭력은 결코 법에 의존하거나 법에 포섭되지 않는다. "순수한 폭력(법을 만들어 내지도 보존하지도 않는 인간 행동에 벤야민이 붙인 이름) 또한 언젠가 포획되어 법적 맥락 속에 기입되어야 할 인간 행위의 어떤 원초적 형태 따위가 아니다."(『예외』, 117쪽) 이 폭력은 법적 맥락 안에서 무엇을 '위하여' 있는 수단이 아니기에 "순수한 수단", "목적 없는 수단"(『예외』, 119쪽)이라는 역설적인 지위를 가지는 것이다. 벤야민의 텍스트[9]에서 이끌어 낸 이 '목적 없는 수단'을 아감벤은 '정치의 고유 영역'으로 자리매김하며, 한 저작의 제목으로 삼기까지 했다.("정치의 고유 영역인 순수 수단의 영역"[10]) 사정이 이런데도 아감벤은 벤야민의 '진정한 예외 상태' 이론에 대해 소개 이상의 적극적 태도를 유보한다고 말할 수 있는가? 기존의 법을 충실히 따르면 전복이 이루어진다고 주장하는 한 연구자가 벤야민이나 아감벤을 참조할 수 있는 길은 없는 것 같다.[11]

이러한 법에 대한 '지양'을 아감벤은 '폐지하다(decreare)'라는 동사를 통해 표현하기도 한다.(서 2, 226쪽 참조) 그런데 황정아는 필자가 decreare(de-create)를 '폐지하다'라고 옮긴 것이 번역상 문제가 있는 것처

---

9) "목적들에 대해, 정당화된 수단도 아니고 정당화되지 않은 수단도 아니며 수단과는 다른 방식으로 관계를 맺고 있는 다른 종류의 폭력을 생각할 수 있다면 어쩔 것인가?"(「폭력」, 160쪽)

10) 조르조 아감벤, 김상운·양창렬 옮김, 『목적 없는 수단』(난장, 2009), 10쪽.

11) 이런 맥락에서 김재희에 대한 황정아의 비판 역시 잘못된 것이다. 우리가 논의해 온 바와 상관적인 맥락에서 김재희는 벤야민의 '신의 폭력'을 이야기하며, 슈미트적 예외 상태에서 벗어나는 "전복의 가능성, 오히려 삶이 법으로 탈바꿈할 수 있는 가능성"을 찾는 관점에서 아감벤을 독해한 바 있다.(김재희, 「외국인, 새로운 정치적 대상」, 《세계의 문학》, 2008. 가을, 246쪽) 황정아는 이를 "대안'의 제시로 과잉 해석한 인상이 짙다."(황 1, 112쪽)라고 비판하지만, 바로 정확한 의미에서 아감벤은 벤야민의 바로크적 예외 상태나 신의 폭력 등을 통해 슈미트적 예외 상태에서 벗어나는 대안을 숙고하고 있다.

럼 말한다. "서동욱이 이 대목에서 근거를 둔 영역본에 따르면 '폐지하고 버리는'에 해당하는 단어는 'de-creating and dismantling'인데 이를 근거로 폐지를 주장하기에는 무리가 많다."(황 2, 88쪽, 각주 10) 황정아는 「묻혀 버린 질문」에서와 마찬가지로 여기서도 문헌상의 오류[12]를 저지르고 있다. 사전적 뜻 대신 번역어에 대한 사적(私的)인 느낌에 입각하고 있는 이 비판이 진지한 고려의 대상이 될 수 있는지는 의문이지만, 혹시라도 황정아의 글이 잘못된 독해 안내자가 될 우려가 있기에 여기서 바로잡을 필요가 있다. 아감벤에게서 '법의 폐지'라는 주장을 이끌어 내는 데 무리가 있는가? '폐지'를 표현하기 위해 아감벤은 'decreare'뿐 아니라 많은 단어를 사용하는데, 그 가운데 하나가 'revocazione(revocation)'이다. 이 단어는 문자 그대로 '폐지'라는 사전적 의미를 갖는다. 아감벤은 말한다. "메시아적 소명은 모든 소명의 **폐지**이다.(La vocazione messianica è la revocazione di ogni vocazione.)"[13] 기존에 부여 받은 율법과 그것에 매개된 삶의 폐지가 메시아적 소명이라는 것이다. 명백히 '기존의' 법에 대한 '지양', 폐지라는 테마가 아감벤에게 존재하는 것이다.[14] 그리고 이런 법의 폐지는 바로 아감벤이 거의 모든 주제에서 가르침을 받고 있는 스승인 벤야민의 바로크적 종말론의 핵심에 자리 잡고 있는 것이기도 하다. 따라서 법을 이야기할 수 있다면, 기존의 법 바깥에 있으며 그것을 폐지하는 저 신의 폭력이 법이라고 이야기해야 한다. 벤야민의 제자답게 아감벤이 『호모 사케르』 연작의 한 매듭을 마무리하면서 이렇게 결론지을 때 알 수 있듯이 말이다. "그때서야 비로소 우리는 '순수한' 법을 눈앞에

---

12) 가령 「묻혀 버린 질문」의 문헌상의 오류는 '율법의 완성은 그것을 위반하는 일이다.'라는 아감벤의 저작에 나오는 주장을 필자의 주장으로 오인하고 비판했던 것 등을 들 수 있다.(서 2, 264쪽 참조)

13) G. Agamben, *Il tempo che resta: Un commento alla Lettera ai Romani*(Torino: Bollati Boringhieri, 2000), 29쪽.(이 책의 영역본으로는 23쪽)

14) "법의 위반(을 통한 완성)"(서 2, 272쪽)이라는 주제와 관련해 이 '지양'의 이중적 의미와 그것이 가지는 헤겔 철학과의 상관관계는 이미 앞 장에서 논의했으므로 여기서 반복하지는 않겠다.

서 보게 될 것이다. 벤야민이 말한 '순수한' 언어나 '순수한' 폭력이라는 의미에서 말이다."(『예외』, 167쪽)[15]

4 환대, 타자, 폭력

이제 현대 철학의 또다른 주요 개념인 환대와 타자에 대해서 살펴보자. 현대 정치철학에서 '무조건적 환대' 개념이 가지는 정치적 함축을 가장 세심하게 부각시킨 철학자가 데리다인 만큼 우리는 데리다의 글들을 참조하지 않을 수 없다. 우리는 '타자에 대한 환대'라는 데리다의 테마를 살펴본 후 저 타자라는 개념의 정치적 함축을 좀 더 분명히 하기 위해 그가 벤야민의 「폭력의 비판을 위하여」를 어떻게 해석하는지 살펴볼 것이다.[16] 이러한 작업은, "그들(이방인·외국인)에 대한 '무조건적 환대'로서의 윤리에 대한 의구심이 앞섰다."(황 2, 79쪽)라고 말하며 우리 비평을 문제 삼은 황정아의 견해가 옳은 것인지 시험해 보는 일이기도 하다. 황정아는 "그것(무조건적 환대)이 지닌 정치적 함의를 감지하기 쉽지 않다."(황 2, 80쪽)라고 말하기도 하고, 환대와 관련해 "정치적 무의미에 가까운 느낌이다."(황 2, 80쪽)라고 하기도 하는데, 우리는 황정아가 생각하는 바와 달리 환대가 매우 중요한 정치적 의미들과 관계하고 있음을 보게 될 것이다.

칸트 이래로 서양 사상이 오랜 세월 성찰해 온 윤리의 '무조건성' 문제부터 살펴보자. 황정아는 이렇게 말한다. "최근의 비평 담론에서 '윤리'는 때로 '절대적'이라거나 '무조건적'이라거나 하는, 겉보기에 무시무

---

15) 다른 글에서 필자는 이러한 내용을 바울 및 메시아주의와 관련하여서는 이렇게 표현했다. "아감벤에서처럼 **법의 진정한 의미는** (……) 그것의 폭발 속에서만 찾을 수 있는 것이다."(서 1, 252쪽)

16) 다만 우리는 벤야민의 이 어려운 텍스트에 접근하는 해석자들 사이의 편차라는, 그 자체 별도의 지면을 요구하는 논의는 이 글의 범위 바깥에 둘 수밖에 없으리라.

시하게 억압적인 형용구들을 당당히 동반하면서 한층 강화된 모습으로 나타난다."(황 1, 101쪽) 황정아는 윤리의 무조건성이 무시무시하고 억압적이라고 말한다. 그런데 황정아가 이해하는 바와 달리 '윤리는 무조건적일 때가 아니라 바로 조건이 붙을 때 무시무시해지는 것'이다. 데리다가 이런 조건적 상황을 잘 기술하고 있다. "주권은 오만하게 내려다보면서 타자에게 이렇게 말하죠. 네가 살아가게 내버려 두마, 넌 참을 수 없을 정도는 아니야, 내 집에 네 자리를 마련해 두마, 그러나 이게 내 집이라는 건 잊지 마."[17] 여기서 "이게 내 집이라는 건 잊지 마."라는 '제한' 아래서의 이방인에 대한 환대는 보다 구체적으로 이렇게 표현될 수 있다. "우리는 타자가 우리의 규칙을, 삶에 대한 우리의 규범을, 나아가 우리 언어, 우리 문화, 우리의 정치 체계 등등을 준수한다는 조건을 내걸고 환대를 제의합니다."(『테러』, 234쪽) 이러한 환대가 "조건적 환대"(같은 곳)이다. "인색한 환대, 자신의 주권에 집착하는 환대"(『테러』, 233쪽)라고 불리기도 하는 이 조건적 환대는 "한 국가 공동체에게 더 이상의 외국인이나 이민 노동자 등등을 환영해 달라고 하는 것이 예의에서 벗어나게 되는 한계"(같은 곳)를 이방인이 넘지 않는 한에서 그를 받아들이는 것이다. 이런 "조건적 환대"(『테러』, 234쪽)는 왜 무서운 것인가? 바로 그것은 '법의 도착(倒錯) 가능성', 타락 가능성을 내포하고 있기 때문이다. "법의 (환대에 관한 법이기도 한 이 법의) 도착, 타락 가능성이란 다름 아니라 자기 자신의 환대를, 요컨대 자기 자신에 대한 환대를 가능하게 해 주는 자기만의 자기 – 집을 보호하기 위해서, 또는 보호하겠다는 주장에 의해 잠재적으로 이방인 혐오자가 될 수 있다는 점이다. (……) 나는 나의 집에서 주인 (……) 이고 싶고, 나의 집에 내가 원하는 사람을 맞이할 수 있기를 원한다. 나는 나의 '내 – 집'을, 나의 자기성(ipséité)을, 나의 환대 권한을, 주

---

17) 지오반나 보라도리, 손철성·김은주·김준성 옮김, 『테러 시대의 철학: 하버마스, 데리다와의 대화』(문학과지성사, 2004), 232쪽.(약호: 『테러』)

인이라는 나의 지상권을 침해하는 이는 누구나 달갑지 않은 이방인으로, 그리고 잠재적으로 원수처럼 간주하는 것으로 시작한다."[18] 조건적으로 환대하는 이는 자기 집의 자산의 손실을 참을 수 없을 때 그 집의 법을 동원해 이방인을 경계한다.

바로 이렇게 법이 이방인 혐오의 도구로 도착될 가능성을 경계하기 위해서 '무조건적 환대'의 필연성에 대해 생각해야 하는 것이다.[19] 앞 절에서 살펴보았던 벤야민적인 순수 폭력이 법 바깥에 있는 것과 얼마간 유사하게 무조건적 환대는 법의 바깥에 있다. "그 어떤 국가도 순수 환대를 제 법률에다 기입할 순 없겠죠."(『테러』, 235쪽) 그렇다면? "그러나 이 순수하고 무조건적인 환대를, 환대 그 자체를, 최소한 사유해 보지도 않는다면, 우리는 환대 일반의 개념을 갖지 못할 것이며 (자신의 의례와 법규, 규범, 국내적 관례나 국제적인 관례로 이루어지는) 조건부 환대의 규준조차 정할 수 없을 겁니다. 이 순수 환대의 사유(그 나름의 방식으로 그 역시 하나의 경험인 사유) 없이는, 타자에 대한 관념, 타자의 타자성에 대한 관념, 다시 말해, 초대 받지 않고도 당신의 삶으로 들어오는 그 혹은 그녀에 대한 관념을 갖지도 못할 겁니다. 우리는 심지어 사랑의 관념도, 어떤 총체나 '집합(ensemble)'에 편입되지 않으면서도 타자와 '더불어(ensemble) 살아가는' 방식에 대한 관념도 갖지 못할 겁니다. 무조건적 환대는 법적이지도 정치적이지도 않지만, 그럼에도 불구하고 정치적인 것과 법적인 것의 조건입니다."(『테러』, 235쪽) 무조건적 환대가 없다면, 우리는 외국인 문제를 비롯한 여러 사안들에 대한 현행적인 법적 수행들,

---

18) 자크 데리다, 남수인 옮김, 『환대에 대하여』(동문선, 2004), 89쪽.(약호: 『환대』)

19) 그런데 황정아는 환대에 대해 이렇게 비판한다. **"환대라는 관계망으로 (……) 도무지 들어올 수 없는 타자의 가능성을 배제한 것이 아닌가?"**(황 2, 79~80쪽) 그렇다. 환대의 철학은 환대의 관계망으로 들어올 수 없는 타자의 가능성을 배제한다. 이것은 황정아가 생각하는 바와 달리 환대의 약점이 아니라 환대의 영예이다. 환대의 관계망에 들어올 수 있는 타자와 들어올 수 없는 타자를 가르는 구분은 마치 국경을 통과해 입국할 수 있는 자와 없는 자를 가르는 법의 구분 같은 것이며, 환대가 허용되는 한계를 명시함으로써 그 한계를 초과하는 자들을 배척할 수 있는 가능성을 열어 놓는 일이다.

정치적 관례들을 평가하고 비판할 수도 없다. 즉 중복적 표현을 감수하며 쓰자면, '법의 합법적 도착'을 와해시키기 위해선 법 바깥에 있는 환대가 필요한 것이다. 그러므로 무조건적 환대는 실천이라기보다 실천을 가능하게 해 주는 심급이다. 이러한 것이 바로 무조건적 환대가 가지는 정치적 의미다.

이처럼 법 바깥에서 법을 위협하는, 타자에 대한 무조건적 환대가 정치적 사안에 대해 가지는 관계는 분명해졌지만, 타자가 지니는 정치적 의미를 보다 분명히 밝히기 위해서 데리다의 벤야민론(이 텍스트는 환대를 직접 다루지는 않지만)을 얼마간 살펴보고 싶다.

앞서 보았듯 '보편적인' 정치적 맥락을 가지는 것이라는 점에서 무조건적 환대는 한 개인에게 베풀어지고 마는 개인적 선행(善行)의 차원으로 환원될 수 없다. 톨스토이의 『주인과 하인』을 주석하는 페이지들에서 모리스 블랑쇼는 이 점을 원리적인 차원에서 잘 깨닫고 있었다. 눈 속에서 얼어 죽어 가는 하인 니키타의 몸을 녹이려고 그를 끌어안는 주인에 대해 블랑쇼는 무엇이라 이야기하는가? "이러한 시각에서 죽는다는 것은 항상 니키타의 몸 위에 몸을 눕히려고 애쓰는 것, **수많은 니키타의 세계 위에 몸을 펼치는 것, 모든 다른 사람들을 그리고 모든 시간을 껴안는 것이다.**"[20] 여기서 주인이 환대하는 니키타라는 타자는 모든 타자들의 '환유'인 것이다. 당연하게도 '모든 타자들은 서로 다르다.' 그러나 이는 타자에 대한 환대는 한 개별자에게 고립적으로 관여하고 일회적으로 끝나는 일이라는 것을 뜻하지 않는다. 즉 환대는 개별적 고립성으로 환원되지 않는, 모든 고립된 개별자들을 넘어서는 다른 자(가령 모든 자)에 대해 수행되는 것이다. 그러므로 이 타자는, '전적으로 다른 자(개별자)는 실은 모든(보편적인) 타자이다.'라는 말을 통해 표현되어야 할 것이다. 이

---

20) 모리스 블랑쇼, 박혜영 옮김, 『문학의 공간』(책세상, 1990), 228쪽.

말은 "보편성과 단칭성의 예외성 사이의 계약"[21]을 담고 있다. 그리고 이 보편적 맥락을 지니는 타자가 어떤 개별적 '정체성'을 지닌 자로 환원되는 것도 아니라면 이자는 '전적으로 다른 자는 전적으로 다른 자일 뿐이다.'라고밖에 일컬어지지 않을 것이다. 즉 타자는 "근본적인 이질성론(異質性論, l'hétérologie radicale)" 내지 "가장 환원 불가능한 이질성론(l'hétérologie la plus irréuctible)"(*DM*, 115쪽)을 구성한다. 저 모든 구절들을 담아 낼 수 있는 데리다의 한 문장이 바로 "Tout autre est tout autre."이다.(*DM*, 114쪽 이하 참조)

그런데 바로 모든 특정한 맥락 속에 있는 타자들을 가리켜 보이는 이 환유적 타자, 즉 모든 것들과 다르면서도 그 모든 것들을 자신의 '흔적'처럼 담고 있는 이 타자는 오래전부터 '신'이라 불려 오기도 했다. 토마스 만은 이러한 신의 면모를 다음과 같이 간명하고 멋지게 표현했다. "신이 곧 구별이시다!"[22] 신은 개별적인 모든 것들과 전적으로 구별(다르게)됨으로 해서, 전적으로 다르게 구별되는 모든 것들(즉 타자들)의 본성을 표현한다.[23] 혹은 구별되는 모든 다른 것은 신의 흔적들이다.

이런 신적 '타자'를 데리다는 벤야민의 「폭력의 비판을 위하여」를 숙고하는 어느 구절에서 발견하고 있다.(우리는 벤야민의 텍스트가 문자 그대로 일종의 '신'의 문제, 바로 '신'의 폭력을 다루고 있음을 잊어서는 안 된다.) 이 텍스트를 다루고 있는 『법의 힘』에서 데리다는 이렇게 말한다. "그러나 누가 서명하는가? 그것은 항상 그렇듯이 신, **전혀 다른 자**다. (……) 신은 이처럼 순수한, 그리고 본질상 **정당한 폭력**의 이름이다. 이외의 다른 폭력이란 존재하지 않고, 그것 이전에는 어떤 폭력도 존재하지 않으며, 그것 앞에서 다른 폭력은 스스로를 정당화해야 한다. 권위와 정의,

---

21) J. Derrida, *Donner la mort*(Paris: Galilée, 1999), 121쪽.(약호: *DM*)

22) 토마스 만, 장지연 옮김, 『요셉과 그 형제들』(살림출판사, 2001), 1권, 512쪽.

23) 또는 이렇게 말할 수도 있을 것이다. "모든 타자, 즉 타자들 각자는, 타자이므로 〔전적으로 구별되므로〕 신이다."(*DM*, 121쪽)

권력, 폭력이 그 안에서 하나를 이룬다. 항상 타자가 서명한다는 것, 아마도 이 논문이 서명하는 것은 바로 이것이리라. 자신의 진리, 곧 항상 타자가, 전혀 다른 자가 서명하며, 모든 타자는 전혀 다르다〔모든 타자는 모든 타자다.(tout autre est tout autre.)〕라는 진리 속에서 실패하는 서명의 시도.”(『법』, 124~125쪽. 대괄호는 번역자의 것, 원문 병기는 인용자의 것임) 앞 절에서도 보았듯 신의 폭력은 기존의 법 바깥에서 법을 파괴한다. “신의 폭력은 법을 정초하는 대신 법을 파괴한다.”(『법』, 115쪽) ‘정당한 폭력의 이름’ 난에 서명하는 자는 신이다. 그리고 매우 당연하게도 정치적 맥락에서 이 폭력을 야기하고 거기에 자기 이름을 서명하는 신은 고전 형이상학의 존재자로서의 신이 아니다. 그렇다면 폭력과 관련하여 서명하는 이 신은 누구인가? 데리다는 바로 “항상 타자가 서명한다.”라고 말한다. 그러고 나서 이 타자를 이렇게 설명한다. “Tout autre est tout autre.” 우리는 앞서 이 말의 여러 의미를 숙고하면서, 여기서의 타자가 고립적이고 개별적인 선한 행위의 대상 같은 것이 아니라 보편적인 성격을 지니는 것임을 보았다. 그리고 신은 순수 폭력의 이름 난에 서명하는 모든 자들을 대리하는 “절대적 환유의 이름”(『법』, 125쪽)이다.(사정이 이렇다면 데리다의 「독립선언들」에 나오는 표현을 빌려, 신을 “가장 좋은 이름 일반의 이름”이라 일컬어도 좋으리라.(『법』, 179쪽)) 이렇게 타자를 둘러싼 데리다의 논의들, 그 가운데 환대와 벤야민의 텍스트에 관한 논의들을 중첩시켜 볼 때 우리는 절대적 환대와 관련해 숙고했던 타자는 동시에 전적인 타자, 신의 폭력에 이름을 서명하는 자라는 것을 알게 된다. “읽을 수 있는 사람에게는, 곧바로 **타자의 이름을 겹쳐 놓으면서**”(『법』, 126쪽) 신적인 서명은 이루어진다.

그러나 벤야민이 말하는 ‘신의 폭력’은 사실 정체성이 없는 것이 아닌가? 신의 폭력은 그것의 정체를 규정할 수 있는 판단의 대상도 아니며 예측할 수도 없는 것이다. 벤야민 스스로 이 점에 대해 말하기도 하지만,

아감벤이 다음과 같이 잘 정리하고 있다. "사실 벤야민은 그것〔신의 폭력〕을 판단할 수 있는 어떤 실증적인 기준도 명시하지 않을 뿐만 아니라, 그것을 판단할 수 있는 어떤 구체적인 사례가 존재할 가능성마저 부정한다."[24] 그렇다면 어떤 의미에서 신의 서명이 타자의 서명이라고 말한단 말인가? 이는 규정할 수 없는 폭력에 대해 '타자'라는 '규정'을 주는 일이 아닌가? 그렇지 않다. 여기에 데리다의 저 문장이 가지는 '전적으로 다른 것은 전적으로 다른 것이다.'라는 말의 의미가 있다. '전적으로 다르다.'라는 식으로 성격상 모든 정체성으로부터 벗어나는 것(앞서 "근본적 이질성론"이란 말을 통해 표현한 것)이 타자(전혀 다른 자)이며 신의 폭력이기도 하다. 그래서 그것의 도래는 정체성 없는 것의 침입, "기대되지도 초대되지도 않은 모든 자", "절대적으로 낯선 '방문자'", "신원을 확인할 수 없고 예견할 수 없는 도착자"(『테러』, 234쪽)의 도래일 것이다. 만일 이를 환대의 관점에서, 환대의 용어로 표현한다면, 타자에 대한 환대란 늘 "'초대(invitation)'의 환대가 아니라 '방문(visitation)'의 환대"(같은 곳)일 것이다. 같은 맥락에서 저 타자의 서명은 '모든 타자는 다르다.'라는 진리 속에서 '실패'한다. 전적으로 다른 자, 타자는 바로 '다르다'라는 그 성격상 어떤 하나의 고착된 이름으로 서명할 수 없다는 것이 이 실패가 뜻하는 것이다. 따라서 서명의 실패는 정말 서명이 이루어지지 않는 진정한 실패가 아니라, 오히려 신적 서명의 본성을 고스란히 담고 있다.

5 유예된 장례(葬禮)

첫 줄을 쓰면서 잠깐 떠올렸던, 그러니까 마음의 영사실에 어쩌다 틀

---

24) 조르조 아감벤, 박진우 옮김, 『호모 사케르』(새물결, 2008), 146쪽.

어 놓게 되는 벤야민의 영상 하나에 대해 이야기하면서 이 글을 마치고
싶다. 이방인들은 어떻게든 낯선 곳에서 땅을 가지려고 노력할 수밖에
없다. 이 저주 받은 운명은 그들이 죽은 후에도 계속된다. 탈출을 위한
벤야민의 마지막 노력을 우리는 잘 알고 있다. 그와 함께 국경을 넘었던
구를란트 부인은 편지를 통해 다음과 같은 벤야민의 마지막 날을 전한
다. "우리는 모두 국적이 없었고 사람들은 우리한테 며칠 전에 국적이 없
는 사람들을 에스파냐로 입국시키지 말라는 지시가 내려왔다고 말했어
요."[25] 이렇게 환대는 무산된다. 다음 날 경찰들은 망명자 일행을 프랑스
국경까지 다시 데려갈 것이었다. 벤야민은 다급해졌을 것이다. 그리고
아침 7시가 되었다. 벤야민이 그녀를 불렀다. 그는 자기가 지난밤 10시
에 많은 양의 모르핀을 먹었는데 그녀가 이 일을 병으로 진술해 보라고
부탁했다. 그리고 의식을 잃었으며, 급히 불려 온 의사는 아무런 책임도
질 수 없다고 말했는데 이미 그가 죽어 가고 있었기 때문이다. 다음 날
사망진단서가 교부되었다. 그녀는 벤야민을 위해 그 국경 마을 포르부에
무덤을 산다. "나는 5년짜리 묘지를 구입하기도 했어요."(『우정』, 386쪽)
그러나 몇 달 뒤 한나 아렌트(벤야민은 그녀에게 이미 여러 번 자살하고 싶다
고 말했었다.)가 포르부를 찾았을 때 그녀는 벤야민의 묘지를 찾을 수 없
었다. 낯선 곳에 무덤을 사는 일, 그리고 무덤을 찾을 수 없게 됨으로써
무덤이 그의 국적 없는 주인처럼 영원히 장소를 가지지 못하게 된 일이
마음을 아프게 한다.

　오래전부터 이방인들은 법이 자신들을 받아들이지 않는 곳에서, 죽은
뒤에까지 장소를 가지려고 애걸한다. 아내 사라가 죽자 이방인 아브라함
은 헷 사람들에게 가서 무어라 청하는가? "나는 당신들한테 몸 붙여 사
는 나그네에 지나지 않으나, 내 아내를 안장하게 무덤으로 쓸 땅을 좀 나

---

25) 게르솜 숄렘, 최성만 옮김, 『한 우정의 역사: 발터 벤야민을 추억하며』(한길사, 2002), 384쪽.(약
　호: 『우정』)

누어 주십시오."(「창세기」 23 : 4) 단지 유대인만이 아니다. 그리스의 나그네도 마찬가지인데, 데리다는 이렇게 쓰고 있다. "이국 땅에 온 이방인 오이디푸스는 그러니까 은밀한 장소를 찾아간다. 일종의 불법 이민자인 그는 그 장소에서 죽음 속으로 숨게 될 것이다."(『환대』, 120쪽) 그것이 "죽음의 비합법적 장소"(『환대』, 119쪽)라면 그 장소는 없는 것이나 다름 없다. 이 장소 없음은 죽은 이의 이방인으로서의 운명을 거듭 확인해 주며 사람들을 울게 만든다. "죽음에서 '고정 – 거처 – 없는 – 자'의 불가시성·장소 부재·비장소성 (……) 그러한 점들이 보이지는 않지만 두 눈 속에서 울고 있는 것이다."(『환대』, 129쪽)

이 장소 없음, 이방인의 비합법성은 그의 상을 치르는 일이 계속 유예되도록 만든다. 오이디푸스에 대한 다음과 같은 글은 놀랍게도 벤야민의 묘지에 대한 글로도 읽힌다. "묘소가 없다는 것이 아니라 봉분도 없이, 어디라고 한정 지을 수 없는 장소에, 묘비도 없이, 눈물을 뿌리러 갈 확실한 장소도 없이 발길을 멈출 곳 없이 매장된 점이다. 정해진 장소가 없으니, 한정 지을 '토포스'가 없으니 상(喪)은 거부된 것이다. 또는 같은 말이기는 하지만 초상 치르기 없이 정해진 장소 없이 상은 약속되고 있다. 그러니까 결국 그것은 아무리 애써도 무슨 수를 써도 끝날 수 없는 상(喪)처럼, 무한대의 상처럼 약속된다. 유일하게 가능한 초상은 치르는 것이 불가능한 초상이다."(『환대』, 126쪽)

이 불가능한 장례, 유예된 장례는 그 유예의 시간이 열매가 익는 시간이라도 된 듯 학문을 탄생시킨다. 법에 대해 비판적 대척지를 형성하는 두 주제인 바로크적 예외 상태와 환대는 '서로 다른 형태로' 결실을 맺은 그 열매 외에 다른 것이 아니다.

헤겔과 벤야민에서 바로크적 군주의 몰락

우리가 이 장의 본문(3절)에서 살폈던 중요한 주제 가운데 하나는 벤야민의 '바로크적 예외 상태'였다. 이 예외 상태는 법으로부터의 배제를 통해 역설적으로 법의 지배를 행사하는 슈미트적 예외 상태의 대척지에 있는 것으로서, 아감벤이 표현하듯 '주권과 초월, 군주와 신 사이의 일치를 분쇄'해 버리는 '하얀 종말론,' '바로크적 종말론'을 수립한다. 이 예외 상태 속에서 법과 아노미는 구분되지 않으며, 군주는 법을 정립하는 폭력을 수행하는 것과 반대로, 법과 함께 파국 속으로 빠져든다. 요컨대 법 바깥의 예외 상태 속에서 군주는 신이 아니라 피조물의 일부로서 소멸하는 것이다. 우리 시가 발견하고 있는 것처럼 말이다. "그때 곧이어 그의 심복인 한 장수가/ 뒤따라와 말 위의 그를 처단하고/ 죽어 가는 그의 눈앞에는 애첩이 깔깔거리며/ 가장 아름답게 웃고 있는 것이다."(성윤석, 「극장이 너무 많은 우리 동네 2」에서)

이러한 독일에서의 바로크적 군주의 몰락을 헤겔의 사상과 비교해 보아야 한다. 헤겔 역시 『정신현상학』[26]에서, 바로크 시대라고 일컬을 수

---

26) G. W. F. 헤겔, 임석진 옮김, 『정신현상학』(한길사, 2005), 2권.(약호: 『정신현상학』)

있으며, 그 자신의 명명에 따르자면 '교양의 세계'인 혁명 전야의 프랑스를 배경으로 절대 군주의 몰락 가능성을 이렇게 기술하고 있다. "권력의 의지로 넘쳐나는 군주의 자기는 고귀한 의식과의 연을 끊어 버리고 스스로가 보편성을 일탈한 전적으로 고립된 우연의 존재가 됨으로써 조금이나마 자기를 능가하는 의지 앞에서 맥없이 허물어지고 만다."(『정신현상학』, 91쪽) 벤야민이 관심 가졌던 바로크적 군주의 몰락 가능성을 얼마간의 편차 속에서 헤겔은 프랑스를 배경으로 생각하고 있었던 것이다. 어떻게 군주는 '맥없이 허물어지는' 것일까?

이를 해명하기 위해선 먼저 군주가 어떻게 탄생하는지부터 알아야 한다. 어떤 한 '고귀한 의식'이 보편적인 것, 즉 국가에 헌신하고자 할 때 이 헌신은 '봉사하는 영웅주의'로 일컬어진다. 그런데 보편적인 것에 대한 한 의식의 이 봉사는 의식 자신의 개인적인 일상적 삶을 하나의 장애물로 여길 수밖에 없다. 왜냐하면 개인적 삶은 보편적인 것에 대한 '전면적인' 헌신을 본성상 허용하지 않기 때문이다. 레비나스 식으로 표현하자면 물 한 모금을 마시는 것, 신선한 공기를 호흡하는 것 등등 일상적 삶을 구성하는 것들은 철저한 개인적 향유이며, 이런 의미에서 보편에 봉사하기 위한 수단의 의미로 다 환원되지 않는 이기적인 것이다. 따라서 "죽음에 이르러서야 완결되는 일상적 존재의 방기"(같은 책, 84쪽)가 과제가 된다. 죽음만이 이기적인 개인적 향유의 바탕을 제거할 수 있기 때문이다. 그런데 고귀한 의식은 죽음의 값을 치르고서라도 개인적인 것을 말끔히 제거하고 공동체를 위해 헌신할 수 있을까? 그렇지 않다. 죽음을 통해서 이루어지는 일이란 "완전한 공동 세계로 들어서는 것이 아니라 화해 불가능한 생사의 대립으로 이행하는 데 지나지 않는다."(같은 곳) 따라서 개별적 의식이 보편적인 공동체에 완벽하게 헌신할 수 있기 위해서는 죽음 말고 다른 것이 필요하다. 그 다른 것, 즉 "자기의 독자성을 참으로 희생하는 행위는 죽음도 마다하지 않을 만큼 자기를 완전히 내던지듯이 방기하면서도 여전히 자기를 유지하는 것이어야만 한다."
(같은 곳) 죽음은 이기적인 일상적 향유를 끝장내지만, 동시에 보편에 봉사하기 위한 수단으로서의 삶 역시 함께 끝내 버리기 때문이다.

어떻게 개별적 의식은 완벽히 보편적인 것으로 살아남을 수 있는가? "개별자로서의 자기와 이에 대치되는 보편자로서의 자기를 확고히 통일"(같은 곳)하는 일이 어떻게 가능한가? 바로 개별자 자신이 보편적인 것과 일체가 됨으로써 가능하다. 보다 정확히, 개별적인 '나'가 보편적인 것, 바로 '국가'가 되면 되는 것이다. 이렇게 하여 교양 세계는 개별적인 것과 보편적인 것을 통일시키는 명제를 얻게 된다. '내가 곧 국가다.(L'Etat, c'est moi.)'

그런데 이때 이루어지는 일이란 실은 무엇인가? 군주의 출현을 우리는 "권력이 개별자로서 자기의 위상을 확립하면서 자기의식을 지닌 것으로 현재화한다."(같은 책, 88쪽)라고 기술할 수 있다. 즉 개인에 대한 보편적인 것의 종속, 권력의 개별 의식화가 이루어지는 것이다. 군주는 "국가 권력과의 대등성을 전적으로 상실하고 국가 권력을 자기 휘하에 두는 것이 된다."(같은 책, 91쪽) "국가 권력이 자체 내로 복귀하여 정신으로 군림한다는 것은 국가 권력으로서의 체통을 상실하고 자기의식의 한 요소로 자리 잡는 것이나 다름없다."(같은 책, 90쪽) 즉 법의 수립의 관점에서 기술하자면, 주권자는 보편적인 법의 상위에서 법 제정적 폭력을 수행할 수 있는 지위를 획득하게 된다.

그렇다면 우리가 본문 중에서 살폈던 슈미트적 예외 상태에서 보듯 주권자는 신과 일치하는 존재일 수 있는가? 그렇지 않다. 벤야민이 말하고 아감벤이 주석하는 '진정한 예외 상태'에서처럼 법 바깥에 서 있는 군주는, 바로 법 바깥에 있다는 그 이유 때문에 아노미에 노출되고 아노미 속에서 파멸한다. 다시 앞서 인용한 헤겔의 문장을 읽어 보자. "권력의 의지로 넘쳐나는 군주는 보편성을 일탈한 전적으로 고립된 우연의 존재가 됨으로써 조금이나마 자기를 능가하는 의지 앞에서 맥없이 허물어지고 만다." 국가와 같은 보편적인 것을 자기 자신과 일체화시킨 의식, 즉 보편적인 것을 개별화한 의식인 군주는 바로 그 이유 때문에 보편적인 것 속에서 자리를 차지하지 못한다. 그는 늘 보편적인 질서 바깥에 있다. 보편적 법의 필연성에 의존하는 존재가 아닌, 개인의 의지에만 의존하는 존재인 군주는 바로 그 사실 때문에 우연적이다. 따라서 군주의 의지가 우연히 획득하고 있는 권력은 보편적 법의 필연성에 의해 보호 받지 못하고, 다른 의지들의 강함과 약함 앞에, 즉 우연적 조건들 앞에 내맡겨져 있다. 이런 상황은 '개념상' 바로 '순수한 아노미' 외에 다른 것이 아니다. 여러 차이점에도 불구하고, 교양 세계의 군주와 얼마간 비슷한 사정을 우리는 로마의 황제에게서도 찾아볼 수 있다. "일체의 현실적 권력을 장악하고 있다고 자부하는 세계의 지배자는 자기야말로 현실의 신이라고 여기는 어처구니없는 자기의식에 젖어든다. 그러나 실제로 이 지배자는 현실의 권력을 통제하기에는 너무나 미흡한 형식적인 자기에 지나지 않는바, 그가 움직여 대면서 자기만족을 취하는 것은 어처구니 없는 방종이다."(같은 책, 61~62쪽) 법의 상위에 섬으로써 그가 지닌 권력이 보편적 필연성이 아닌 우연성의 범주에 들어선 군주는 아노미 속에서 방종할 수는 있지만, 동시에 그 방종은 군주의 의지를 능가하는 보다 강력한 의지 앞에선 보호 받을 길 없이 무너질 가능성을 내포하고 있다.

시인들

한 사람의 욕조
—— 김행숙의 시들

1 가루 시인, 욕조에 누워 매너 없이 굴다

욕조 안에 축 늘어져 있는 언니 한 분이 계시다. 언니의 말을 빌리면
"저녁 해처럼 뚝 떨어지는 팔"[1]이 길게, 마치 다비드가 기록한 마라의
최후의 순간처럼 길게, 그러나 마라와 달리 비극 없이 느긋하게, 욕조 밖
으로 늘어져 있다. "길고 외로운 팔을 욕조 밖으로 늘어뜨리는 것이다."
(『이별』, 147쪽) 목욕을 늘 너무 오래하는, 또는 목욕탕을 너무 좋아하는

---

1) 김행숙, 『이별의 능력』(문학과지성사, 2007), 표4 글.(약호: 『이별』) 이 글에서 김행숙의 저작은
다음과 같은 약호를 따른다. 『사춘기』(문학과지성사, 2003)(약호: 『사춘기』), 『문학의 새로운 이
해』(청동거울, 2004)(약호: 『이해』), 『문학이란 무엇이었는가』(소명출판, 2005)(약호: 『문학』),
『창조와 폐허를 가로지르다』(소명출판, 2005)(약호: 『창조』), 『타인의 의미』(민음사, 2010)(약호:
『타인』)
　참고로, 이 글은 시론과 관련된 김행숙의 다양한 글들을 필연적으로 언급할 수밖에 없을 것인데, 시
인 자신의 다음과 같은 생각이 그것을 요구하기 때문이다. "시와 시론은 각각 떨어져 있는 작업인 채
로 그 팽팽함으로써 서로의 음(音)에 의미 있는 개입을 할 수 있지 않을까."(김행숙, 「폭발하는 사물
들, 글쓰기의 공간」, 《시안》, 2007. 봄, 211쪽.(약호: 「폭발」)) 시와 시론을 비끄러매 놓고 있는 시인
자신의 다음과 같은 구절에서 볼 수 있듯 김행숙에게서 양자는 서로 긴밀히 개입하고 있다. "종종 시
를 내놓는다는 것은, 의식적인 수준에서 명확해진 게 아니라 하더라도, 시론을 함께 제출하는 모종의
사건이 되기도 한다."(김행숙, 「예술과 게임」, 《시안》, 2006. 여름, 201쪽.(약호: 「예술」))

이 언니의 동거인은 참을 수 없어서 문을 두드린다. "죽었니? 살았니? 누군가 노크를 했어요. 나는 '아직'이라고 했는데, 대답이 되었을까요?" (『사춘기』, 91쪽) 목욕탕을 독차지한 언니야. 설마 대답이 되었겠니? 가족들에게 좀 매너 있게 굴어 보자. 그런데 이때부터 4년 후까지도 아랑곳하지 않고 욕실 문을 걸어 잠근 채 오랜 시간 물속에 잠기곤 했던 것이 분명하다. 그녀의 동거인은 4년 뒤에 나온 두 번째 시집에서도 여전히 문 밖에 서서 이렇게 소리치고 있으니 말이다. "당신의 목욕 시간은 너무 길어, 당신은 소리치는 것이다."(『이별』, 147쪽) 언니의 반응은 그동안 더욱 뻔뻔해졌다. "아주 길어져야 하는 것들이 있다고 나는 소리치는 것이다."(같은 곳) 아, 이 언니는 도대체 욕조에 잠긴 채 무엇을 하고 있는 것일까?

실은 놀랍게도 욕조에다 수프를 끓이는 중이다. 자기 몸을 재료로 끓이는 수프 말이다! "더 휘저어라. 나는 충분히 섞이지 않았다. 나는 생각 못한 알갱이처럼 남아 있어서 목에 걸리고."(같은 곳) 이렇게 욕탕 속에서, 수프를 마실 때 목에 걸리지 않도록 자신의 알갱이가 다 풀어질 때까지 휘젓고 있는 그녀는 마치 오래도록 소중히 수프를 끓여 온 작은 솥에서 놀랍고도 새로운 것을 만들어 내려는 연금술사를 닮았다. 아니면 욕조에서 자신의 몸을 가지고 뭔가 발견을 수행하는 아르키메데스를 닮았나? "욕탕은 예로부터 발견의 장소였네."(『사춘기』, 63쪽) 시 쓰기라는 욕조 속에 들어가 있을 때도 그녀는 자기 몸을 잘게 부수어 무슨 일이 일어나는지 알아보는 것 외에는 관심이 없다. "시 쓰는 몸이 되어 갈 때, 내 몸에 일어나는 증상은 **몸이 미세하게 갈라지는 것 같고** (……).["]2) 다 풀리지 않은 알갱이가 목에 걸려 짜증날까 봐, 김행숙이 좋아하는 두 개의 기계, 「초콜릿 분쇄기」와 '풍차'가 열심히 돌아가며 모든 것을 고운 가루로

---

2) 김행숙, 「꿈의 뿌리는 몸에 있고 몸의 뿌리는 꿈에 있다」, 《시안》, 2005. 겨울, 201쪽.

만들어 버린다. "고운 가루약이야// (……)// 초콜릿과 밤하늘은 분간이 안 되고/ 비명 소리는 분쇄되지."(『사춘기』, 40쪽) "내일은 귀에 풍차를 달겠어. 내겐 가루로 만들고 싶은 것들이 있지. 내일은 꼭 풍차가 돌 거야." (『이별』, 59쪽) 가루로 만들어진 것들은 이제 "분간이 안" 된다. 물청소도 '가루' 비누를 물에 섞어 모든 것을 분간되지 않도록 녹여 버리는 수프 끓이기의 일종이다. "가루비누, 7일을 내릴 듯이 퍼붓고 군인들이 마침내 물청소를 시작했어요. (……) 더러운 강아지들이 사라지고 우리가 이윽고 발가벗은 기분이 들면, 거지와 집에서 아침저녁으로 세수하는 사람들을 **구별할 수 없으면,**// (……)// 우리는 점점 유리처럼 **투명해졌어요.**" (『사춘기』, 101~102쪽) 알갱이가 걸리지 않는 고운 가루를 만드는 것 또는 그 가루를 쏟아 붓고 수프를 끓이거나 물청소를 하는 것은 분간되지 않게 하는 것, 구별할 수 없게 되는 것, 바로 개인으로서 정체성(동일성)을 사라지게 하는 것이다. 정체성의 이 소멸을 김행숙은 보이지 않게 되는 것, 바로 '투명'해지는 것이라고 표현하기도 하는데, 이것만큼 그녀가 바라는 것도 없다. "내가 되고 싶었던 건 투명 인간이었다."(『사춘기』, 표4 글) 이 투명 인간에 대해선 곧 자세히 살펴보게 될 것이다.

　그녀는 무엇을 하려고 자신을 포함해 모든 형체를 지닌 것들의 정체성을 빼앗아 가루로 만들고 욕조에다 수프를 끓이는 것일까? 이 수프는 도대체 어떤 수프인가? 아마도 정체성이나 형체를 지닌 것들에 앞서는 다음과 같은 수프가 아닐까? "생물학자들은 생물체를 가능하게 해 준〔유기체적〕'생명 이전의 수프 상태'에 대해 말하고 있다."[3] 왜 김행숙은 우리가 익숙한 유기체의 정체성을 견디지 못하는가? 이 무정형의 익명적 수프 속에서 그녀는 무엇을 바라는가? 욕조와 수프는 곳곳에 있다. 「한 사람」 연작의 '한 사람' 역시 어떤 개인을 가리키는 것이 아니라 일종의

---

3) G. Deleuze, *Cinema 1: L'image-mouvement*(Paris: Éd. de Minuit, 1983), 93쪽.(약호: *IM*)

욕조이다. "우리들은 어디에 모여서 한 사람이 되었나."(『이별』, 93쪽)라는 구절이 알려 주듯 여러 사람들이 섞여 들어가 한 덩어리를 이루는 그런 욕조 말이다. "인간적인 차원의 부피랄 수 없는 거대함에 대한 막연한 상이 있어요. 덩어리 같은 것. (……) 우리는 분별이 흐릿해지면서 덩어리가 되는 거죠. 너이기도 하고 나이기도 한, 그런 한 사람."[4]('우리'라고 불리기도 하는 이 '한 사람'은 뒤에 자세히 보겠지만 김행숙의 사유의 특징을 가장 잘 담고 있는 몇 가지 개념 가운데 대표적인 것이다.) 하늘에서 이동하는 거대한 수프, 모든 형체 지닌 것들을 빨아들여 뒤섞고 정체성 없는 가루로 만들어 버리는 수프도 있으니, 바로 '폭풍'이다. 폭풍 속에 형체 지닌 것은 아무것도 없기에 그녀는 「폭풍 속으로」에서 이렇게 말한다. "무엇이 있었는지 모르겠다."(『사춘기』, 123쪽) 이 '무엇이 없는' 수프, 폭풍 속에서 그녀는 무엇을 하고 싶어 하는가? "나는 變身을 도모한다."(같은 곳) 결국 첫 시집의 마지막에 실린 「폭풍 속으로」와 두 번째 시집의 마지막에 실린, 목욕탕 분쟁에 관한 「사라지는, 사라지지 않는,」은 그녀가 시작(詩作) 전체를 통해서 하고자 하는 바를 집요하게 반복한다. 그것은 형체 지닌 것의 알갱이를 고운 가루로 만들어 미지의 새로운 것을 출현시키는 것, 바로 '변신'이다.(이 변신은 얼마나 중요한 화두인가? 4절에서 자세히 보겠지만, 김행숙의 시 세계를 대표하는 한 명칭인 '이별의 능력'이란 바로 "'자기 동일성'의 굴레에서 벗어나, 창조적인 변신의 과정 속에 투신"(『백조』, 227쪽)하는 능력을 가리킨다.) 가루를 반죽해서 수행하는 이 생성, 변신은 때로 진흙 인간에 몰두한 창조주의 최초의 놀이라는 점에서 가장 신성한 놀이인 흙장난으로 표현되기도 한다. "다음 날 아침, 0.01은 길에 쓰러져 있었다. (……) 나는 쭈그리고 앉아 흙장난을 하는 아이처럼 0.01을 모으고, 곱게 뿌리고, 깊게 팠다."(『이별』, 24쪽) 아니면 모래 가루가 만들어 내는

---

4) 김행숙, 「원리의 발명, 어느 좌표에도 찍히지 않는 점들의 좌표를 찾아서」, 《시안》, 2007. 여름, 204쪽.(약호: 「원리」)

형태 변화로 표현되기도 한다. "그 모래 언덕에 누웠던 몇몇 여자들은 변했다."(『사춘기』, 105쪽) 이러한 변신은 『장자』의 자려가 이미 감탄하며 목격하고 있었던 바가 아닌가? "자래가 병이 났다. 숨이 차서 헐떡거리며 곧 죽을 것 같았다. 그 아내와 자식들이 둘러싸고 울고 있었다. 자려가 문병을 가서 그 꼴을 보고 말했다. '쉬이, 저리들 가요. 죽는 사람을 놀라게 하지 말아요.' 가족을 물리치자 그는 문가에 기대서서 자래에게 말했다. '위대하구나, 조화의 힘은 또 자네를 무엇으로 만들고 어디로 데려가려는 것일까. 자네를 쥐의 간(肝)으로 만들려나, 아니면 벌레의 팔뚝으로 만들려는가.' 자래가 대답했다. (……) '지금 천지를 커다란 화로로 여기고, 조화를 훌륭한 대장장이로 생각한다면 무엇이 되건 좋지 않은가?'"[5] 천지의 화로 속에서 변신하는 자래를 바라보던 자려가 오늘날 다시 감탄하며 바라보고 있는 것은, 무엇을 만들어 낼지 알려 주지 않은 채 온갖 종류의 가루가 뒤섞이고 있는 새로운 화로, 김행숙의 욕조이다.

2 시의 주어지지 않은 역사

시인은 아무런 고정된 형체도 원하지 않는다. 정체성을 지닌 형태들의 파괴가 너무도 중요했던 나머지, 그것은 외부를 지각하는 방식을 평가하는 척도가 될 정도이다. "어떤 감각에 특별히 끌리느냐는 질문은 나도 언젠가 받은 적이 있는 것이었다. (……) 나의 경우에는 굳이 말하자면, 촉각. 촉각은 거리가 없는 감각이랄 수 있다. 이미지를 시각적인 차원에서 존립케 하는 최소한의 거리마저 사라졌을 때, 형태는 뭉개지고 일그러진다. 더 이상 대상이라고 할 수 없게 너도 변하고, 더 이상 주어라고 할 수 없

---

5) 안동림 역주, 『장자』(현암사, 1993), 200~202쪽.

게 나도 변한다."(「원리」, 197쪽)(이미 우리는 다른 관점에서, 김행숙의 시에서 '촉각'이 가지는 중요성을 살펴본 바 있다.(3부의 글 「피부 주체」 참조)) 그녀는 고정된 형태 없이 알갱이가 다 녹은 수프가 되고 싶을 뿐이다. "3월이 오면 뜨거운 눈사람처럼 끝까지 녹아 버릴 작정입니다."(『이별』, 126쪽) "나는 거의 물이다."(『사춘기』, 50쪽) 사물들이 형태를 잃고 시럽으로 변하기도 한다. "딸기 시럽같이 성수대교를 흘러가는 자동차들은 어디서/ 어디서 스르르 녹겠지."(『사춘기』, 78쪽) 또는 변덕스러운 바람이 수행하는 하늘의 반죽 속에서 알갱이를 다 녹이고 액체가 되고 싶어 한다. "나는 돌풍과 함께 지나가는 소나기였어요."(『이별』, 21쪽) 이렇게 형체를 잃어버린 물은 당연하게도 정체성 없는 것, 이름 부를 수 없는 것, 바로 익명적인 것이다. "물결처럼, 아는 이름을 부를 수 없네."(『이별』, 146쪽) 형체를 파괴하는 것이라는 점에서 이 물을 들뢰즈의 표현을 빌려 "파괴적인 물"(IM, 65쪽)이라 일컬을 수 있을 것이다. 들뢰즈는 영화에서 프랑스 유파에 대해 "물을 유기적 일관성이 없는 형태로 탈바꿈시켰다."(IM, 65쪽)라고 말하는데, 이는 김행숙의 액체에 대해서도 적절한 말일 것이다. "전(前)유기체적인, 강력한 발아성으로서의 생명력"(IM, 76쪽)을 가진 이 액체는 "2분간 담배 연기, 3분간 수증기"(『이별』, 12쪽)로 변하기도 하는데, 이것은 어떻게 '비개인적인 개별화'를 수행하는가? 가령 어떻게 "너이기도 하고 나이기도 한, 그런 한 사람"(「원리」, 204쪽)을 출현시키는가? 너이기도 나이기도 하므로, 인격적 동일성(정체성)이 부재하지만, 동시에 '한 사람'이라는 개별성을 지니므로 '주체'라고 불러야 마땅한 이것은 도대체 어떤 주체인가? 가루와 액체 속에서 변신을 거쳐 출현하는 이 주체의 정체에 대한 해명이 이 글의 관건이다.

그런데 비유기적 생성 또는 변화에 대한 김행숙의 사고가 이래도 좋고 저래도 좋은 여러 몽상 가운데 외관이 그럴듯해 보이는 하나를 골라잡은 임의적인 것이 아니라 필연적인 좌표 위에 놓여 있다는 것을 먼저 보이는 것이 중요하리라. 시는 시인이 설정한 시작(詩作)의 방향과 문학사적 위치라는 두 겹의 좌표 위에 놓인다. 시작의 방향 찾기를 하는 데 문학사에 대한 의식이 필연적인 것은 아니므로 이 두 가지가 반드시 일치하는 것은 아니나, 김행숙의 경우엔 서로 긴밀히 연관되어 있다. "내가 서 있는 여기는 어딘가? '이 시대'에 시는 무엇일 수 있는가?"(『문학』, 4쪽)라는, 자기 시 공부의 역사적 좌표를 가늠하려는 물음이 알려 주듯이 말이다. 그 좌표의 이름부터 확인하고 시작할까? 김행숙은 자신이 쓴 한 저작의 저자 소개를 적고 있는 난에 "시의 주어지지 않은 역사에 관해 관심이 있다."(『이해』, 앞날개)라고 쓰고 있는데, 바로 이 '시의 주어지지 않은 역사'라는 화두가 김행숙의 시작(詩作)이 방향 찾기의 좌표로 삼고 있는 것이다.(이 '주어지지 않은 역사'란 개념의 기원은, 누구나 어렵지 않게 알아챌 수 있을 뿐 아니라 시인 자신이 밝히고 있듯, 나츠메 소세키의 『문학론』의 다음 구절에서 온 것이다. "주어진 서양 문학사를 유일한 진리로 인식하여 무엇이든지 이에 비추어 생각한다는 것은 시야가 너무 좁아지는 일일지도 모른다. 역사니까 아마 사실인 것은 틀림없을 것이다. 하지만 나는 주어지지 않은 역사라면 얼마든 머릿속에서 구성 가능하고 조건만 갖춰지면 언제든지 이를 실현하는 것이 가능하다고까지 주장해도 상관없으리라고 믿고 있다."(『문학』, 5쪽에서 재인용))

앞서 보았듯 개인의 동일성의 사라짐, 생성, 변화는 김행숙에게 "유리처럼 투명해"지는 것, '투명 인간'이 되는 것으로 표현되었다. "만약 내가 단 하루만이라도 투명 인간이 될 수 있다면, 무조건 달리고 또 달릴 거야. 다만 멀어지기 위해. 내가 사라지는 곳으로부터 더 멀리에서 나타나고 싶었다."(『사춘기』, 표4 글) 그런데 시인은 이런 정체성이 부재하는 변화에 대한 욕구를 문학사적 좌표와 겹쳐 놓고 있다. "문학이 사라지는 곳에서, 문학은 새로운 육체로 또다른 생을 살기 시작할 것이다. 나는 이 새로운 육체의 운명과 더불어 나의 생을 실천하고자 한다. (……) 내가 사라지는 곳으로부터 나는 더 멀리에서 나타나고 싶다. '주어지지 않은 역사'이므로 내가 아는 건 아무것도 없다."(같은 곳) 문학은 사라진다. 또는 다르게 말하면 김행숙은 문학으로부터 사라져서 투명 인간이 된다. 도대체 어떤 문학으로부터 그녀는 사라지고 싶은가? 익살맞은 구석이 없다고 할 수 없는 다음 구절이 그 문학을 잘 알려 주고 있다. "논문을 쓰기 위해 1920년대 당시의 잡지들을 읽으면서 제가 느꼈던 건 이런 거였어요. '아, 난 이렇게는 쓰지 말아야지.' 또는 '난 죽어도 이렇게는 안 써.'라고 말이죠."[6] 바로 그녀는 근대 문학으로부터 자신을 사라지게 하고 싶은 것이다. 그녀는 자기 책을 이렇게 결론짓는다. "1920년대 동인지 문헌을 통해 '근대 문학'이 구성되는 현장을 재구해 내는 작업은 근대 문학의 기원을 들여다보는 일이었다. (……) 근대의 산물이라 할 수 있는 문학사가 자신의 역사성을 보지 못할 때, '근대'의 시선은 한국 문학사 전체를 가로지르면서 판단의 주체가 된다. 이 책이, 근대 문학의 역사성을 드러냄으로써 현재의 문학적 지평을 상대화하고 문학사적 판단이나 평가의 방식을 반성적으로 되짚어 볼 수 있는 계기로 이어질 수 있기를 빈다."(『문학』, 284쪽) 다분히 가라타니적인 이 구절에서 역사성이란 말이 뜻하는 것은 문학은 고정된 본질을 가지지 않는다는 것이다. 근대 문학은 시간적으로 국지화된 문학이며, 따라서 근대 문학에 대해선 '문학이란 무엇인가?'라는 문학의 본질에 대한 물음이 아니라, '문학이란 무엇이었는가?'라는, 문학이 시간적으로 상대화된 형태에 대한 물음이 걸맞는다.

그런데 왜 '죽어도 이렇게는 쓰기 싫은' 근대 문학이 김행숙의 물음의 대상이고 연구 대상인가? 바로 다음과 같은 이유 때문이다. "'문학이란 무엇인가?'라는 질문은 '문학이란 무엇이었는가?'라는 질문과의 대

---

6) 「사춘기의 마녀들」(퍼슨웹 인터뷰)(http://www.personweb.com/sub10/poetry/index_01.htm).
　(약호: 퍼슨웹)

312

결을 통할 때만, 그리하여 그것과 충돌하고 그것 바깥으로 튕겨져 나올 때라야 현재적인 의미에서 지금도 문제적일 수 있을 것이다. 달리 말해, '문학이란 무엇이었는가?'를 넘어서는 자리에서 '문학이란 무엇인가?'라는 질문은 '주어지지 않은 역사'를 향해 열릴 것이다."(『문학』, 6쪽) 그녀는 바로 오늘날 '문학이란 무엇인가?'라는 물음에 답해 오는 것을 찾기 위해 '문학이란 무엇이었는가?'라는 질문의 형식 속에서 근대 문학을 연구했던 것이다. 그리고 근대 문학이 "근본적인 회의와 의심의 대상"(『문학』, 4쪽)인 한에서만, 문학이란 무엇인가라는 질문은 그것이 유효해지는 지평을 확보할 수 있다. 그런데 이 지평은 어떤 형태로 확보되는가? 문학이란 무엇인가는 아직 주어지지 않은 역사, 미래의 역사에 대해 던지는 질문이므로, 바로 이론적 해명의 대상이 아니라 실천의 대상일 수밖에 없다. "'문학이란 무엇인가?'는 해명되고 이해되는 게 아니라 **실천되는 것이다. 그것은 다시 구성되는 어떤 것이다.**"(『문학』, 6쪽) 이 문학은 어떻게 실천되고, 구성될 수 있을까? 당연하게도 시 쓰기를 통해서, '문학이란 무엇이었는가?'라는 질문의 시야에 포착된 어떤 익숙한 것에도 의지하지 않는 시작(詩作)을 통해서 가능할 것이다. 따라서 문학 연구자로서 도달한 저 '실천'이라는 결론은, 필연적으로 시인으로서 출발점을 구성하게 된다. 첫 시집의 다음 글이 알려 주듯 말이다. "나는〔문학의〕이 새로운 육체의 운명과 더불어 나의 생을 **실천**하고자 한다."(『사춘기』, 표4 글) 주어지지 않은 역사란 이렇게 실천되는 역사이며, 그것이 뜻하는 바는 시 쓰기란 알려지지 않은 행위, 안전한 정체성을 기존의 어떤 것을 통해서도 구하지 않는 미지(未知)의 행위라는 것이다. 또는 그것은, 김행숙의 표현을 빌리면, "미리 예정된 방향이 없는 움직이는 길 자체를 창출해 내는 문제"(「폭발」, 206쪽)이다. 김행숙의 시가 모종의 전위성을 가졌다고 판단할 수 있다면 바로 이런 사정 때문이다.

3 고백의 의미, 얼굴

그런데 우리는 지금 전혀 구체적인 해명을 하지 않고 마구 건너뛰고 있다. 도대체 김행숙이 "근본적인 회의와 의심의 대상"(『문학』, 4쪽)으로 근대 문학을 지목할 때, 그 문학의 근본을 구성하는 것은 무엇인가? 그 내용에 대한 구체적 해명 없이는 그녀가 시의 주어지지 않은 역사 속에서 무엇을 실천하고 있는지 역시 도무지 알 수 없을 것이다. 근대 문학의 핵심에서 발견되는 것은 바로 근대성의 핵심을 이루는 것이기도 한 '주체' 개념이다. "이들〔동인지 문학인들〕에게 인간의 위대한 힘은 판단과 행위의 주체로서의 '나'로부터 발원하는 것이었다. (……) '주체성'은 그가 나아가야 할 방향을 알려 주는 나침반과 같은 것이다."(『문학』, 158~159쪽) 그리고 이 주체는 '내면성'과 그 내면성에 접근하는 기재로서 '고백'을 필수적인 요소로 갖춘 주체이다.

푸코의 다음과 같은 기술에서 읽을 수 있는, 고백 및 그 고백이 비추어 주는 주체의 내면성과 진리의 불가분의 관계는 근대적 문학 형식의 한 근본적 특징을 이룬다. "거기에서 아마 문학상의 변화가 유래했을 것이다. 즉 〔기사들의〕 무공 혹은 〔성인들의〕 성덕의 '시련'에 관한 영웅담이나 초자연적인 이야기에 집중되어 있던 이야기하고 듣는 즐거움으로부터, 고백이라는 형식 자체가, 뚫기 어려운 것으로서 비추어 대는 진실을 자기 자신의 내면으로부터 말들 사이로 떠오르게 하려는 한없는 노력에 따라 규제되는 문학으로 이행된 것이다."[7] 철학에서도 사정은 마찬가지인데, 이제 진리는 고백을 통해 주체의 내면에서 발견을 기대할 수 있는 것이 되었다. 데카르트를 암시하는 푸코의 다음 구절에서 볼 수 있듯이 말이다. "거기에서 또한 이 새로운 방식의 철학하기, 즉 (……) 그토록 수많은 인상들을

---

7) M. Foucault, *La volonté de savoir*(Paris: Gallimard, 1976), 80쪽.

가로질러 의식의 근본적 확실성을 구해 내는, 자기 자신에 대한 **검토를** 통해 진리와의 근본적 관계를 탐구하는 작업이 출현하게 되었다.”[8] 김행숙이 근대적 주체성의 근본 특징으로 지목하는 것도 바로 이런 내면성을 지닌 주체와 그것의 필수적 표현 기관으로서 ‘고백’이다. “1920년대 동인지는 ‘내면을 들여다보는 인간’이 문학사에 본격적으로 등장하게 되는 장면을 보여 준다. (……) ‘고백’은 내면의 표현으로 간주되었다. (……) ‘내면’과 ‘표현’을 매개하는 언어는 투명해져야 하는 것이었다.”(『문학』, 279쪽) 문학 연구자로서 그녀가 이렇게 한편으로 근대적 주체성의 본성인 고백에 대해 비판적으로 접근할 때, 다른 한편으로는 고백의 폐기를 시도하는 새로운 시적 움직임들에 다음과 같이 주목하는 것은 당연할 것이다. “고백의 문학적인 역사는 꽤 깊다. 그런데, 1990년대 이후 시들에서 왜 새삼 ‘고백’이 문제적인 형식으로 떠오르게 될까. (……) 그것은 근대적인 주체성을 심각하게 다시 묻는 시적 도전이기도 하다.”(『이해』, 195쪽) 시인으로서도 김행숙이 제일 싫어하는 것은 바로 근대 시가 보여 주는 그런, 내면과 고백이라는 표현을 연결시켜 주는 투명한 언어이다. “그리고 시가 일인칭 고백이라면 자신의 내면을 투명하게 드러내는 게 관건일 텐데, 그런데 그게 그렇게 싫더라고요.”(퍼슨웹) 이런 식으로 그녀는 ‘문학이란 무엇이었는가?’라는 물음에 답해 오는 것과의 대결 속에서 시 쓰기의 좌표를 마련하고 있다. 주체의 관점에서 이야기하자면, ‘문학이란 무엇이었는가?’라는 반성적 물음에 답해 오는 것들의 대척지에 있는 ‘주어지지 않는 역사’ 속에서 출현할 주체는, 고백하는 주체를 비롯한 기존의 어떤 익숙한 주체의 자리에도 속할 수 없는 것이다. 이런 관점에 제한해서 보자면, 이 주체는 바디우의 다음과 같은 기술에 걸맞은 주체이다. “주체가 자신의 약함을 낱낱이 알리는 곳에서 실재는 오히려 모든 자리

---

8) 같은 곳. 이에 대한 자세한 논의는 필자의 책, 『차이와 타자 — 현대 철학과 비표상적 사유의 모험』(문학과지성사, 2000), 237~240쪽 참조.

들의 찌꺼기라는 것이 입증된다. (……) 따라서 우리는 **찌꺼기의 주체성**을 수용해야 한다."[9] 새로운 주체의 운명은 기존의 어떤 자리에도 안착하지 못하며, 마치 욕조 속에서 부유하는 찌꺼기처럼 떠돈다. 이 찌꺼기로부터 어떻게든 '한 사람'이, 주체가 만들어질 것이다.

그런데 이 미지의 주체가 어떻게 알갱이들이 출렁거리는 욕조 속에서 탄생하는지 살피기에 앞서, 얼핏 김행숙에게 남아 있는 것처럼 보이는 데카르트 류의 근대적 주체성의 흔적들이 실은 근대적 주체성과 아무런 관계가 없음을 보이는 일이 중요하다. 가령 그녀의 시 속에도 근대적 주체의 기관인 고백이 출현하는 것처럼 보인다. "나는 뱀을 빌려 **고백하겠다**. 나는 뱀의 성질이 아니라 뱀의 **모양**을 빌릴 수 있다."(『사춘기』, 39쪽) 여기서 "모양"이란 '겉모습에 지나지 않는 것'을 가리킨다. 즉 고백의 본질을 구성하는 "성질"은 제거하고 내용 없는 고백의 껍데기(모양)만을 취하겠다는 이야기이다. 이 자작시를 해설하면서 김행숙은 이러한 점을 다음과 같이 이야기하고 있다. "이 시에서 고백은 어떤 진실에 다가가는 길이 아니다. 고백의 내용은 없고, 고백의 형식조차 빌린 것에 불과하다. 이 시는 다만 자의식적으로 고백이라는 코드에 감추어져 있는 느낌과 감각적인 이끌림에 대해 말하고 있을 뿐이다."(『이해』, 180쪽) 고백이 노리는 진실에 해당하는 것, 고백의 내용에 해당하는 것, 바로 주체의 내면이란 존재하지 않는다. 이럴 때 고백의 형식은 무엇이 되는가? 그것은 "느낌과 감각적인 이끌림"만을 주는 것, 한낱 겉껍데기에 불과한 고백의 이름만을 가지고 노는 수사적 장난에 지나지 않는다. 이렇게 고백체가 고백의 기능을 수행하지 않고 '나'라는 텅 빈 이름만 남은, 수사적 장난의 대상이 될 수 있는 까닭은 본래 '나'라는 화자가 저만의 내면성을 지닌 개별적 주체와 필연적 관계를 갖지 않기 때문인데, 이를 토마스 만은 다

---

9) 알랭 바디우, 현성환 옮김, 『사도 바울』(새물결, 2008), 111쪽.

음과 같이 훌륭하게 기술하고 있다. "우리가 자아라고 말하는 육체의 경계선을 벗어나 더 깊은 이야기 층으로 내려가게 되면, 이따금 의식이 흐릿해져서 〔다른 사람들의 이야기들을〕 마치 우리 자신의 이야기인 양 일인칭으로 말할 수도 있을 것이다."[10] '나'라는 일인칭 고백의 기재를 통해 이야기되는 것은 수많은 다른 자들의 목소리라는 것이다. 이 점은 김행숙에게서도 마찬가지다. "'황국 신민의 서사'로 첫 페이지가 시작되는 앨범들을 넘기면서 나는 '즈믄의 어린이'들이 사진기 앞에서 지었던 단순한 표정들과 포즈를 내 몸 어딘가에 기억하고 있다는 느낌이 들었다."(『창조』, 13쪽) 이 구절이 보여 주듯 나("내 몸")라고 불리는 자아란, 인격적 개별성이 아니라, 여러 인물들(즈믄의 어린이들)이 함께 들어 있는 공중목욕탕 같은 곳이다. 기억 자체가 그녀에겐 개인적인 것이 아니라 집단적인 것, 모든 인물이 뒤섞여 있는 것이다. "기억 속에선 여러 시간대가 겹쳐 있고 얽혀 있다. 또한 이 시간 여행은 한 개인의 육체적인 나이와 생활 공간을 넘어서 까마득한 그 어느 때, 어느 곳으로 우리를 데려가기도 한다."(『이해』, 232쪽)

그런데 일인칭 화자를 개별자의 내면성과 떼어 놓았다고 해서 근대적 고백체는 완전히 폐기된 것인가? 가령 고백체는 하나의 회화적 이미지로, 즉 '자화상'으로 변신할 수도 있지 않은가? "'자화상'은 고백의 전형적인 양식이다."(『이해』, 181쪽) 김행숙도 분명히 자화상을 그린다. 가령 「움직이는 자화상」(『타인』, 80쪽)이 그렇다. 그러나 여기서도 사정은 고백체와 마찬가지다. 고백이 고백해야 할 내용은 상실한 채 무늬만 남은 것처럼 자화상에서도 그려져야 할 내용, 즉 인격적 개별성을 식별할 수 있는 징표로서의 얼굴은 사라지고, 자화상은 그 이름에 값하지 못하는 껍데기로만 남는다. 자화상에서 그려지는 것은 "폐허라는 누드"(1행)이다.

---

10) 토마스 만, 장지연 옮김, 『요셉과 그 형제들』(살림, 2001), 1권, 309쪽.

얼굴의 식별 가능성은 그것의 '조형성'에 의존하는 반면, 김행숙의 자화상은 "폐허"라는 말이 알려 주듯 조형성이 부재하는 것, 식별 가능한 얼굴이 아닌 것이다. 폐허가 들어서면 조형성은 파괴되고, 조형성을 본질로 하는 얼굴도 사라진다. "형상이라는 조형적 상징을 포기하는 지점에서 (……) 얼굴들은 특이한 거울 안에서 이지러진다."[11] 자화상의 '폐허'를 채우고 있는 것은 구체적으로 무엇인가? 그것은 바로 "고기라는 축제의 현장",(30행) "남은 고기"(23행)이다. 도대체 고기가 무엇이길래? 가령 들뢰즈는 이렇게 말한다. "고기는 인간과 동물의 공통 영역이다."[12] 따라서 고기는 개별적 인간을 구별해 낼 수 없는 익명적 영역, 즉 "인간인지 동물인지 '식별할 수 없고 구분할 수 없는 영역'"(*FB*, 20쪽)을 가리킨다. 결국 김행숙의 자화상은 개별적인 인간 주체의 내면 탐색이라는 근대적 고백의 변형이 아니다. 김행숙에게 얼굴은 '나'라는 고백의 장치가 가리켜 보이는 주체와 아무런 관련을 가지지 않는다.("**얼굴을. 나라고 부를 수 없을 때까지.**"(『이별』, 39쪽)) 얼굴은 개별적인 인격적 동일성의 징표가 아니라, 동일성 없이 욕조 속의 찌꺼기처럼 모이고 흩어지며 변화하는 익명적인 것일 뿐이다. "숫자로 헤아려지지 않는 표정들이 부드럽게 찢어지고 빠르게 흩어질 때마다/ 모르는 얼굴들이 태어났네."(『이별』, 146쪽) 이 빠르게 흩어지는 변화무쌍한 얼굴, 즉 고정되어 있지 않은 얼굴을 김행숙은 다음과 같이 명시적으로 근대적 주체의 특성인 내면과 대립시킨다. "많은 얼굴들, **고정되지 않는 얼굴들.** 그것은 어쩌면 '내면'이라는 말, 너무나 오랫동안 사용되면서 관습의 더께가 앉고 닳고 익숙해져 버린 그 용어를 떠나야 하는 것일지도 모른다."(「폭발」, 216쪽) 욕조 속에 온 세상의 가루를 집어넣고 알갱이를 휘저으며 수프를 끓이고 있는 김행숙에게

---

11) G. Deleuze, *Difference et répétition*(Paris: PUF, 1968), 44쪽.(약호: *DR*)

12) G. Deleuze, *Francis Bacon: Logique de la sensation*(Paris: Éd. de la différence, 1981), t. I, 21쪽.(약호: *FB*)

는 얼굴 역시 초콜릿 분쇄기나 풍차가 만들어 내는 가루처럼 되어 버린다. 모래 가루 말이다. "오늘은 얼굴을 (……) 모래알같이 꾸미고".(『이별』, 15쪽) 근대인들에겐 주체성이 '나침반'이었다면(『문학』, 159쪽) 이제는 바람이 나침반으로서 방향을 찾는다. 그리고 이 바람에 따라 가루로 이루어진 세계의 풍경은 형태를 버리고 이지러지기 시작한다. "바람이 나침반인가? 문이 자꾸 펄럭이니 문 밖의 풍경은 빠르게 늘어났다가 줄어들고".(『사춘기』, 57~58쪽)

4 이별의 능력, 옆, 우리, 한 사람

개별적 정체성을 지닌 주체와 '결별'하는 힘에게 명칭을 주자면 그것이 바로 '이별의 능력'이다. 그런데 재미있게도 이 이별의 능력은 '만남의 능력'이기도 하다. "이별의 능력이 최대치에 이르는데/ (……)/ 이웃들에 대해 손을 흔들지."(『이별』, 13쪽) 이웃들에게 손을 흔드는 이 행위는 작별의 표시가 아니라, 이제 우리가 인용할 구절들이 알려 주듯 이웃들과의 만남의 행위이다. 어떤 의미에서 이별은 만남인가? 이 주제가 얼마나 중요했던지 시인은 여러 글에서 이별의 능력에 대해 반복해서 설명한다.(지나가면서 하는 이야기이지만, 김행숙의 시들은 자의적으로 해석될 수 없도록, 매우 엄밀하게 그녀의 시론적 산문들에 의해 제한 받고 있다.) "'가장 위대한 생각'을 '다시' 하기 위한 망각, 새로운 출구로서의 망각의 능력이란 '자기 동일성'이나 '이데올로기'에 고착되지 않을 수 있는 힘이자 어떠한 강력한 권위에도 속지 않을 수 있는 힘이다. (……) 망각의 능력은 명랑하게 이별할 수 있는 능력이다. 그것은 타자들과 능동적으로 계속해서 접속할 수 있는 정신의 상태에 대해 붙이는 이름이다."(『창조』, 228쪽) 고정된 정체성을 지닌 주체를 '망각'하고 '변신'의 과정에 뛰어드는 것은 첫 시집부터 김행숙의 관심사였다. "기억하는 힘을 줄이기 위한 나의 노력[망각의 노력]은 미덕에 속한다. 나 역시 먹구름같이 모였다가 파래지거나 노래진다고 할 수 있다."(『사춘기』, 28쪽) 이 구절에서 변신은 물이 가득 담겨 있는 하늘의 욕조인 '먹구름'을 통해 이루어진다. 계속 이별의 능력에 대해 읽어 보자. "우리에게 필요한 것은 '너'를 향해 마음을 여는 용기, '나'와 이별하는 능력 같은 거라고 할 수 있다. (……) 수많은 작별의 순간들을 우정은 포함한다. 그렇게 나는 너를 만난다."[13] "움직이는 좌표들 그 어디에서 만났으며 그리고 그 어디에서 이별했는지 우리는 분명하게 알지 못하지만, 예술적인 계보나 우정의 기록에서 만남의 가장 빛나는 의미는 어떤 **특이점**이 새로이 발생하는 이별의 순간에 새겨져 있을 것이다."(「예술」, 200쪽) 이 구절들에서 망각 또는 이별이라 불리는 것은 '나(주체)'와 이별하는 능력이며, 동시에 "우정"이라 불리는 것, 타자와 만나는 능력이다. 그래서 작별의 순간들은 우정을 포함하는 것이다.[14]

우정은 김행숙의 가장 중요한 생각거리 가운데 하나이다. "저는 사랑보다는 우정에 관심이 많아요. 억압적이지 않은 유대감 같은 거 말이죠."(퍼슨웹) 이런 우정이 만들어 내는 다양한 생산물들이 바로 김행숙의 시가 기록하고 있는 것들이다. "우리는 친구가 되었다. 우리의 우정이 초월한 것은 나이뿐만이 아니었다. 믿음은 믿음을 초월하여 많은 것을 가능하게 하였다."(『이별』, 42쪽) 도대체 이 우정이 가능하게 하는 것이 무엇일까? 앞서 보았듯 근대적 주체의 여러 함의들이 거부된 만큼, 그것

---

13) 김행숙, 「진은영과 친구 되기」, 《시안》, 2006. 봄, 204쪽.

14) 물론 타자와의 마주침에 몰두하는 최근의 세 번째 시집 『타인의 의미』에서 타자와의 만남은 부드러운 유대감 같은 우정으로부터는 상당히 멀어져 있다. 오히려 세 번째 시집에서 인상적으로 등장하는 것은 "애매"(『타인』, 14쪽), "싸움"(22쪽), "영원한 수수께끼"(23쪽), "살갗이 따가[움]"(26쪽), "너의 줄기를 자르[는 일]"(44쪽), "가장 미운 얼굴"(59쪽) 등을 통해 드러나는 타자와의 불일치를 통한 일치의 사건이다. 이 불일치는 단적으로 이렇게 표현되기도 한다. "당신이 죽은 지 일 년이 지났는데 나는 슬퍼하지도 못했을까 봐 진짜 두려워요."(121쪽) '상처받음'으로 일컬어질 수 있는 이러한 세계에 관해선 3부의 글 「피부 주체」에서 다루고 있다.

은 인격적 개별자인 주체들끼리의 우정은 될 수 없을 것이다. 그런 뜻에서 앞서의 인용에서 등장하는, 우정의 현실화로서의 '특이점'이란 개념역시 다음과 같은 반인간주의적이고 반주체적인 의미로 이해되어야 한다. "'전(前)개인적인 것', 바로 그것이 특이점(singularité) 자체이다." (DR, 228쪽) 연작(「옆에 대하여」)으로도 쓰인 '옆'이라는 개념 또한 이별의능력의 상관 개념으로서 우정 또는 타자에 대한 관심을 표현한다.("옆엔어떤 아이가 누워 있을까요?"(『이별』, 52쪽)) 이 개념 역시 인격적 개별성으로서의 주체와 상관없는 것, 오히려 만남을 통해 주체의 고유성을 용해시키고 주체를 변신시키는 운동을 표현한다. "'옆'은 나의 변신과 확장의계기이면서 더불어 우리가 속해 있는 비근한 풍경이다."[15] 여기서 '우리'란, 개체적 고립성을 뛰어넘어 여럿이 모여 만들어 내는 '한 사람' 또는'특이점'과 바꾸어 써도 좋은 개념이다. 그리고 이런, 인격성이나 내면성등을 지닌 개별적 주체와 상반되는 '우리'란, 전례를 찾자면 프루스트의수수께끼 같은 텍스트가 그토록 공들여 탐구하던 바이기도 하다. 프루스트의 다음 문장에서 대괄호 안은 우리가 탐구하는 개념들을 꼬리표처럼메모해 둔 것이다. "우리는 자신이 누구인지 모르기에 〔즉 내면성(자기성)을 지닌 주체가 아니기에〕 결국 아무도 아니다.〔익명성〕 또 그렇기 때문에새로이 무엇이든 될 수 있다.〔변신〕"[16] 이별의 능력을 통해 도달하는 이런 '우리' 또는 '한 사람'은 도대체 어떻게 가능한가? 철학은 오래도록이런 개별성을 넘어서는 '한 사람', 모순된 표현이 허용된다면 '비개인적주체'를 탐구해 왔다.(근대인 가운데도 그런 탐구를 수행한 이가 있었으니 스피노자가 그렇다. "스피노자의 철학은 코기토의 형이상학이나 절대적 주체성의 형이상학이 아니다."[17] 스피노자는 말한다. "만일 많은 개

---

15) 김행숙, 「흑색 신비의 풍경」, 《대산문화》, 2005. 봄, 19쪽.

16) M. Proust, *À la recherche du temps perdu*(Paris: Gallimard, Pléiade 문고, 1988), t. Ⅲ, 371쪽.

17) J. Derrida, *Points de suspension*(Paris: Galilée, 1992), 280쪽.

별자들이 모두 동시에 하나의 결과의 원인이 되게끔 하나의 활동으로 협동한다면, 나는 그런 한에서 그 모두를 하나의 **특정한 개별자로 여긴다.**"(『에티카』, Ⅱ권, 정의 7) 여기서 다수가 만들어 내는 '하나의 특정한 개별자'가 바로 인격적 개인성을 넘어선 '우리'라는 주체이다.[18] 김행숙이 설명하는 '한 사람' 역시 이런 식의 주체이다. "개체라고 말하기 힘든, 윤곽을 잡을 수 없는 그런 주체라고나 할까. 그런 주체는 차라리 타자들의 집합소 같기도 하죠.「한 사람」 연작은 말하자면 그런 느낌 속에서 나왔어요. 시에서 '우리들'이라고 호명할 때도 그런 느낌 속에서 쓰는 경우가 많아요."(「원리」, 204쪽) 들뢰즈가 자신의 과제를 "사적 주체를 (……) 집단 동작주(agents collectifs)로 대체하는 것"[19]이라고 설정했을 때, 인격적 개별자(사적 주체)에 대립하는 '집단 동작주' 역시 '한 사람' 또는 '우리'라고 불릴 수 있는 것이다. 이 '한 사람'은 무엇인가? "우리들은 어디에 모여서 한 사람이 되었나. 우리는 이곳까지 달려오면서 많은 이름들을 붙였다, 뗐다, 붙였다, 투명 테이프처럼. 안녕. 안녕. 금방 버려진 이름들과 함께하였던 (……)."(『이별』, 93쪽) 이 구절이 명시하듯 '한 사람'은 개별성을 넘어선 것이며 따라서 인격적 정체성의 징표인 이름이 떨어져 나가 부유하는 것이다. 이 '한 사람'을 빚어 내기 위해 김행숙은 기계들(초콜릿 분쇄기, 풍차)과 욕조를 동원해 개인적 주체를 가루로 분쇄하고, 형태와 정체성이 사라지도록 뒤섞었던 것이다. 도처에서 '우리'가 섞인다. "우리는 아픔 없이 잘게 부서질 수 있습니다. 우리는 잘 섞일 수 있습니다."(『이

---

18) 참고로, 헤겔 역시 표면적으로는 비슷한 주체를, 한 사람 안에 온갖 사람이 들어 있는 주체를 이야기하고 있기는 하다. "그것은 (……) 그야말로 온갖 개인을 품에 안고 있는 그런 개인으로 있는 주체이다."(G. W. F. 헤겔, 임석진 옮김, 『정신현상학』(한길사, 2005), 1권, 432쪽) 이것도 한 사람 안에 다수가 들어 있는 욕조의 표현인가? 그러나 헤겔은 우리의 것과는 근본적으로 다른 것에 입각하고 있는데, 그것이 '부정성'이다. 주체 안에 들어 있는 온갖 개인은 헤겔에게선 "부정적인 힘을 지닌 타자"(같은 책, 371쪽)이다. 그리고 '부정성'은 근본 개념이 아니라, 파생적인 개념에 불과하다. 부정성의 파생성에 관한 자세한 논의는 필자의 글, 「들뢰즈에 대한 오해들」, 《문학인》, 2002. 가을 참조.

19) G. Deleuze·F. Guattari, *L'anti-Œdipe*(Paris: Éd. de Minuit, 1972), 323~324쪽.

별』, 66쪽) "내 입에서 그녀들이 흘러나와/ 깜짝, 놀라기도 했어요.
(……) 우린 조금씩 어지러워지거나 천천히 섞였지만."(『사춘기』, 43쪽) 개
인이라는 주체와 이별하고 가루가 되어 우리라는 만남을 이루는 일은 김
행숙에게 기쁨이라는 말과 교환 가능할 만큼 열렬한 희구의 대상이다.
"가루가 되어 날아가는 것들에게도 칼끝같이 번쩍이는 기쁨이 있지."
(『이별』, 134~135쪽) 이 가루가 뭉쳐서 만들어 내는 '한 사람'에 구체적으
로 어떻게 도달할 것인가?

5 쌍둥이, 귀신

길들은 많으나 가장 흥미로운 두 가지만 살펴보자. 일단 쌍둥이가 개
인성을 포기하고 '한 애(한 사람)'가 되는 양식이다. "나는 늘 한 애라고
생각했어요. 내 사랑하는 쌍둥이들아."(『사춘기』, 44쪽) 구체적으로 어떻
게 이렇게 '한 애'가 되는가? 쌍둥이들은 다음과 같이 뒤섞인(뒤엉킨)다.
"나의 쌍둥이 동생 0.5가 내 이름을 걸고 약속을 하는 바람에 나는 배신
자가 되었다. 나는 억울한 마음으로 0.5의 멱살을 잡고 뒤엉켰는데, 누가
누구인지 알 수 없는 기분이 들어서 갑자기 힘이 빠져 버렸다. 아, 날아오
는 주먹과 주먹 뒤에 남아 있는 똑같은 얼굴! 얻어맞으면서, 나는 (……)
형제애를 느꼈다."(『이별』, 22쪽) 고립된 개인으로서의 주체 개념은 이런
쌍둥이의 비밀에 전혀 접근할 수 없다. 쌍둥이의 주체성이란 위의 싸움
에서처럼 서로 반죽되어 구별되지 않는 '한 사람'이 될 수 있는 가능성에
서 성립하는 것이다. 투르니에가 『메테오르』에서 성찰했던 것도 이런 쌍
둥이 주체의 비밀이었다. "내 생각으론 진짜 쌍둥이성은 두 운명을 반죽
할 힘을 가진 확신의 문제이다."[20] 이렇게 두 운명이 구분될 수 없이 하
나로 섞인 주체성을 그는 "미분화된 한 덩어리 (……) '일반화된 쌍둥이

성'"(『메테오르』, 2권, 186쪽)이라고 부르는데, '미분화된 한 덩어리'는 바로 김행숙이 이야기하는 '한 애' 또는 '한 사람'이 다른 문학 안에서 메아리칠 때 들리는 이름이라 해야 할 것이다. 들뢰즈 또한 투르니에의 쌍둥이 주체성이 인격적 개별성으로의 주체화와 다른 새로운 주체임을 주목하여 '탈주체화된 쌍둥이 영웅'이라 부르며, 이를 근대적인 주체를 통하는 방식과는 다르게 삶이 개체화되는 양식이라고 말한다. "탈주체화된 쌍둥이 영웅 (……) 삶의 개체화는, 삶을 이끌고 삶을 지탱하는 주체의 개체화와는 다른 것이다."[21] 고립된 개인이라는 주체가 아니라 비개인적인 '한 사람'으로서의 쌍둥이를 통해 삶이 개체화되는 모습을 어디서 발견할 수 있을까? 물론 서구적 근대의 사고방식 너머에서, 가령 도공족의 삶 속에서 우리는 여러 사람이 뒤섞인 '한 사람', 쌍둥이의 구현을 목격한다. "도공족은 본성상 이중적이다. 잡종, 혼합물, 쌍둥이 형성물이다. 그리올이 말하듯, 도공족 대장장이들은 (……) '섞여 있는 것'이다."(MP, 516쪽) 즉 한 대장장이는 한 인격적 개인이 아니라, 이를테면 "혼합물", 즉 쌍둥이들이 뒤섞여 만들어 낸 '한 사람'이다. 이런 다수의 뒤섞임, 쌍둥이의 혼합을 통해 출현하는 주체를 김행숙은 이렇게 기록하고 있다. "당신과 당신은 u와 U/ 너희들은 커플링 같구나/ 나는 당신을 끼고 당신은 당신을 끼고/ (……) 조용해진 당신과 당신은 W와 w/ (……) 나는 당신을 당기고/ 당신은 당신을 당기고".(『이별』, 84~85쪽) 커플링이란 표현에서 읽을 수 있을 뿐 아니라, 외관상으로도 U와 u, W와 w는, A와 a, E와 e처럼 다른 생김새의 형제가 아니라 '비율만 다른 동일한 형태의 쌍둥이'다. 이것들은 '서로 끼거나 서로 당기는' 방식으로 개체적 고립을 너머 하나의 주체로 혼합된다. '비개인적 주체' 말이다.

　다음으로 귀신들이 출현하는데, 김행숙의 욕조 속에서 이들의 출현

---

20) 미셸 투르니에, 이원복 옮김, 『메테오르』(2001, 서원), 1권, 175쪽.(약호:『메테오르』)

21) G. Deleuze·F. Guattri, *Mille plateaux*(Paris: Éd. de Minuit, 1980), 319~320쪽.(약호: *MP*)

은 매우 필연적이다. 귀신의 본성에서 유래하는 운동을 김행숙은 「귀신 이야기 2」에서 이렇게 기술한다. "나는 내 멋대로 흘러 다니지만".(『사춘기』, 24쪽) 정체성을 지닌 모든 유기적 형태들은 어떻게 되었던가? 가루가 되어 욕조에서 섞이고 물처럼, 딸기 시럽처럼 되어 흘러 다니게 되었다. 이렇게 흘러 다니는 방식으로만 운동할 수 있게 된 액체적인 것을 사유할 수 있도록 해 주는 개념이 '귀신'인 것이다. 또한 김행숙의 화자는 유기적 형태를 잃고 투명 인간이 되었음을 우리는 보았는데, 그 말 그대로 이 투명한 것은 개체적으로 고립되지 않고, 모든 것들과 섞이며 모든 것들을 '통과'시킨다. "나를 총총히 관통해 사람들이 지하로 흘러갔다. (……) 나는 분명히 장애물이 아니다."(『사춘기』, 29쪽) 이렇게 유기체의 고립된 실체적 폐쇄성을 뚫고 서로 통과할 수 있게 된 자를 사유하는 필연적 개념 역시 귀신이다. "사람을 그냥 통과할 때 (……) 정말 신이 된 기분이야."(『사춘기』, 24쪽)

　그런데 액체성을 지니고 흘러 다니는 이 귀신이 활동할 수 있도록 해 주는 조건이 바로 잠이다. 잠이란 무엇인가? 잠이 가지는 여러 가지 중요한 함의가 있는데 그 가운데 한 가지는 다음과 같은 특성이다. "'잠'은 일차적으로 생물학적인 현상이지만, 동시에 특이한 심리적인 경험을 동반한다."(『이해』, 210쪽) 즉 잠은 꿈을 꾸는 힘으로서 중요성을 지니는데, 잠을 자야만 악몽이 나타나 귀신이 몸 안으로 흘러 들어올 수 있는 문을 열어 주는 까닭이다. 김행숙이 기이하게도 악몽을 소중히 여기는 이유가 바로 여기에 있다. "잠과 함께 누리는 꿈의 경험이 가끔은 두렵고 괴로운 것이기도 하지만, 왜 그런지 악몽조차도 이상한 매혹의 빛깔을 띤다."[22]

　악몽이 문을 열어 주면 액체의 형태 (또는 무형태)로 운동하는 귀신이

---

22) 김행숙, 「빛의 소묘」, 《시안》, 2006. 가을, 216～217쪽.

몸 안으로 흘러 들어온다. "남자의 바깥에서 나는 안으로 들어가기 위해 미끄러지는 것이다."(『사춘기』, 65쪽) "나는 약간 우울해진 물고기들과 조금 더 악몽 内에서 흘러 다니기로 한다."(『사춘기』, 66쪽) "너무 깊이 들어왔구나. 여기서 언제 우리가 만난 적 있니? 나는 주인같이 말했지만 그가 골 속을 유령처럼 흘러 다닐 때 나는 그의 뒤를 졸졸 따라다녔다./ (……) 그는 너무 오래 잠을 자고 있다."(『사춘기』, 62쪽) 이렇게 귀신들 또는 타자들은 악몽 속으로 들어와 꿈을 꾸는 자 자신과 '겹쳐진다.' 악몽 속에서 타자와 '겹쳐지는' 이러한 사건을 사유하기 위한 시인의 개념이 바로 '주름'인 것이다. 악몽에 관한 한 편의 시(「당신의 악몽 2」)는 다음과 같이 말한다. "이빨 없이 잠드네 (……) /주름 속에 접힌 것들이 펄렁한 잠옷을 부풀게 해 (……) /목소리도 잘게 구겨지지. 당신을 주름 속에 가둬야겠어."(『사춘기』, 51쪽) 김행숙은 "'잠의 주름들'이라는 표현에 충만한 의미를 부여하는 정신적인 잠자는 사람들"[23]에 속한다. 잠자는 동안 악몽 속에 들어선 채 나와 '겹쳐져 있는' 타자("당신")는 말 그대로 내 영혼 속에 '구겨져 들어온 부분', '겹쳐진 부분', 즉 영혼 안의 주름이다. "주름들은 영혼 안에 있으며, 영혼 안에서만 현실적으로 실존한다."(P, 31쪽)라는 말의 한 국면을 우리는 김행숙의 잠에서 목격하는 것이다. 이렇게 영혼은 타자와 겹쳐진 주름을 가짐으로써, 다수가 만들어 내는 '우리'나 '한 사람'으로서의 주체, 비개인적 주체가 되는데, 이런 주체의 본성은 '다수'라는 말의 어원 안에 고스란히 간직되어 있다. 다수(multi-ple)라는 것은 어원학적으로 많은 주름(pli)을 뜻한다는 점에서 말이다.(P, 5쪽 참조) 아울러 꿈을 불러오는 잠 속에서 개별자들이 한 영혼의 주름을 이루면서 '개인적인 차이들을 지워 버리고' 비개인적인 주체로 출현한다는 점에서 김행숙의 잠은 다음과 같은 투르니에의 성찰에 들어맞는 것이다.

---

23) G. Deleuze, *Le pli*(Paris: Éd. de Minuit, 1988) 52~53쪽.(약호: *P*)

"밀물이 저녁마다 아이들이 모래 위에 남겨 둔 흔적들을 지우듯이 잠은 우리 사이의 모든 차이들을 지우고 있었으니까."(『메테오르』, 1권, 175쪽)

모래 위에 그려진 주체의 얼굴을 끊임없이 지워 나가는 김행숙의 시들("너의 얼굴이 일그러진다."(『이별』, 16쪽))과 더불어 우리도 개인적 구별이 없는 저 익명의 해변에 서 있다. 거기 선 자는 천지의 화로를 굽어보는 자려처럼, 익명의 알갱이로 부글거리는 우주의 욕조를 바라본다. 이 욕조에 들어가 세상만사를 잊은 듯 골똘히 알갱이를 휘젓는 자는 아마도 '주체 없는 익명적 삶의 근본적 자유'(1부의 「익명의 밤」 참조)를 희생시키지 않으면서도 주체라는 개념을 사유해 보려 했던 이로 기억될 것이다. 그리고 욕조 속에서 막 생겨나고 있는 이 주체, 이 한 사람은, '자기'라는 고립된 호두알 속에서와는 다른 방식으로 '나'라는 호명에 응답해 오는 것들과 우리 공동체의 본성에 대해서 보다 잘 사유하게 해 주는 미지의 손님, 고유 명사들이 질 나쁜 포스트잇처럼 그에게 붙어 있지 못하고 팔랑거리며 떨어지는 그런 이일 것이다.[24]

---

24) 그런데 이 주체는 매우 특별한 체험 속에 놓이기도 하는데 그것이 바로 타자에 의해 상처받음이다. 어떻게 자신이 찢기는 상처, 즉 자기성의 파괴 속에서, 타자를 향한 자라는 주체성은 구성되는가? 이러한 주제를 우리는 김행숙의 또다른 세계를 다룬 3부의 글 「피부 주체」에서 생각해 보았다.

시차의 시
—— 김경주 시집 『시차의 눈을 달랜다』

1 여행자 시인

시인은 여행을 한다. 랭보나 베를렌 같은 유럽의 저주받은 방랑자들이 한때 사로잡혔던 운명의 바구니에 떨어진 수확물처럼, 그는 나그네다. 이 시집에 수록된 「여독」이 보여 주듯 그 여행은 "진티엔에서 밍티엔까지 기차의 침대칸에 누워"[1] 이루어지기도 하며, "우시에서 난징까지 사오싱에서 황산까지 청두에서 링구스까지 빈자의 숙소는"(79쪽) 이어지고, 또 랭보가 한때 탔던 '취한 배'에 실려 가듯 "이과두주海에서 공부가 주海로 페리가 객차들을 싣고"(31쪽) 가는 몽환적인 서정을 동반하기도 한다. 그의 시들은 여행자의 애상을 가득 채우고서 흔들리는 물병 같은 것이다. 첫 시집 『나는 이 세상에 없는 계절이다』[2]에 나오는 이런 서글픈 구절들이 말해 주듯이 말이다. "여관의 말뚝에 매인 산양은 왜 밤새 우는 것일까"(『계절』, 14쪽), "내 몸의 이역(異域)들은 울음들이었다".(『계

---

1) 김경주, 『시차의 눈을 달랜다』(2009, 민음사), 30쪽. 이 시집에서의 인용은 약호 표시 없이 본문 중 괄호 안에 쪽수만을 써 준다.

2) 김경주, 『나는 이 세상에 없는 계절이다』(랜덤하우스중앙, 2006).(약호:『계절』)

절』, 15쪽)

여행에 대한 시인의 거의 태생적이라고 할 만한 관심과 열광은 다음과 같은 말에서 잘 암시되고 있다. "언제나 '도덕 교과서'보다 '사회과 부도'를 펴는 일이 즐거웠다."[3] "지도를 펴면 설렌다."[4] 그러나 그는 지도를 보고 여행하는 자는 아니다. 지도는 곧 부정된다. "어떤 낯선 삶에 도착했더라도 우리는 포켓에서 삶의 지도를 쫙 펴 놓고 손가락으로 예측할 수 없다. (……) 지도에 없는 여행지를 찾아 떠나는 것이 삶에 다름 아니므로 당신은 그 지도에 없는 여행지들을 통과하면서 하나의 삶이 된다. 이것이 여행과 삶의 사이이다."(P, 72쪽) 이 시집을 포함하여 김경주의 시 세계 전체의 가장 중요한 화두인 '사이'라는 낱말과 우리는 벌써 마주치고 있다. 여행은 삶을 완성시키는데, 여행과 삶 그 둘 '사이'에 있는 것, 바로 '지도의 부재'가 그 완성을 이루어 주는 것이다.(물론 이제 보겠으나 '사이'는 '지도의 부재' 이상의 훨씬 풍요로운 의미를 지닌다.) 삶은 지도에 나와 있지 않고, 지도 없는 여행이 창조해 나가는 것이 삶이다. 여행에 관한 한 위대한 소설에서 미셸 투르니에가 발견했듯이 말이다. "그 거리는 이제 여행을 통하지 않고서는 창조될 수도 유지될 수도 없었다."[5] 거리와 그에 대한 안내자인 지도가 있고서 여행이 있는 것이 아니라, 여행을 통해 거리가 창조된다. 따라서 이 여행은 목적지의 정체가 없는 여행, 이렇게 말해도 좋다면 정체를 숨긴 '익명의' 여행이다. 김경주가 여행에 대해 다음과 같이 말할 때도 그는 정체를 규정할 수 없는 이 익명의 여행에 자신의 몸을 싣는다. "이것도 아니다. '이런 것이 아니었다.'라고 중얼거리는 것이 여행일지 모른다."[6] '아니다'를 통해 정체를 한정(규정)하는 일을 포기하게 만드는 '무한한' 것이 여행이다. 그래서

---

3) 김경주, 『펄프 키드』(뜨인돌, 2008), 9쪽.

4) 김경주, 『Passport』(랜덤하우스, 2007), 24쪽.(약호: P)

5) 미셸 투르니에, 이원복 옮김, 『메테오르』(서원, 2001), 2권, 93쪽.(약호: 『메테오르』)

6) 김경주, 『레인보우 동경』(넥서스BOOKS, 2008), 163쪽.(약호: 『동경』)

그에겐 종종 이런 일이 일어난다. "지도에 표시되지 않은 마을에 나는 와 있는 것이다."(P, 75쪽) 또는 김경주의 여행길(아니면 그의 한평생)은 "죽은 새의 눈으로 따라가 본 이 항해"(54쪽)처럼 실은 보이지 않는 것(정체 없는 것)이기도 하다. 그가 쓴 희곡 「블랙박스」에 나오는 에피소드가 말하고 있는 것도 바로 이러한 '정체성 없는 여행의 본질'이다. "아이는 미술 시간에 비행기를 그리지 않고 비행기가 하늘에 만든 흰 연기만을 그리곤 했어. (잡음) 열심히 비행기를 도화지에 그려도 아이는 비행기가 그림 밖으로 날아가 버린다는 걸 안 거야. 공기 속으로 사라지는 연기처럼 말이야."[7] 도화지라는, 사물이 정체성을 가지고 출현하는 지평 바깥으로 빠져나가는, 보이지 않는 것 또는 연기 같은 것이 비행기로 대표되는 여행이다.

이러한 여행이야말로 정처 없는 여행, 목적지를 가지지 않는 여행, 보들레르가 말한 떠나기 위한 떠남이 관건인 여행이다. "진정한 여행자들은 떠나기 위해 떠나는 자들이다."(보들레르, 「여행」) 그리고 소모적인 오락으로서의 관광이 아닌 이런 여행에서만 진정한 '배움'은 이루어진다. 투르니에는 이 점을 다음과 같이 기록한 적이 있다. "내가 묘사할 수 있는 한 가지 유형의 여행이 있는데, 그것은 나쁜 여행, 즉 관광입니다. 관광(tourisme)이란 무엇입니까? 그것은 '한 바퀴 도는 것'입니다. 관광이란 단어 속에는 '일주(tour)'가 들어 있지요. 관광객은 아무런 변화 없이 출발점으로 되돌아옵니다. (……) 반대로 훌륭한 여행자는 여행으로 인해 다른 모습으로 변모됩니다. 그는 여행 동안에 고생을 하고 배워서 풍요해집니다."(『메테오르』, 293~294쪽) 그렇다면 관광을 하지 않는 이 시인은 도대체 여행을 통해 무엇을 배우는가?

---

7) 김경주, 「블랙박스」, 『숭어 마스크 레플리카』(이매진, 2009), 408쪽.(약호: 「블랙박스」)

2 시차(時差)

바로 그는 '시차'를 배우고 있는 것이다. 시인이 여행자의 필수품인 지도를 부정하는 까닭도 지도는 여행의 핵심인 시차를 결코 나타내지 못하기 때문이다. "지도는 시차를 표현하지 못한다."(P, 394쪽) 때로 '사이'나 '틈'으로 불리기도 하며, 궁극적으로 주체 안에 나 있는 간극으로 밝혀질 이 '시차'야말로 김경주 시의 비밀을 간직하고 있는 열쇠다. 여행에 대한 시인의 몰두는 어쩌면 당연한 것인데, 당연하게도 여행만큼 시차를 잘 가시화하는 것도 없기 때문이다. "여행의 언어는 시차이다. (……) 여행이란 아주 단순하게 말하면 시차를 겪다가 오는 일종의 경험인데, 그 경험의 끝에서 우리는 늘 새로운 시차를 겪어야 한다."(P, 391쪽) 모든 여행은 시간 여행이다. 그리고 시간 여행이란 시차를 경험하는 것 외에 다른 것이 아니다. 이러한 시차는 일정하게 제한된 공간 속에서 영위되는 우리의 일상적 삶 속에서는 드러나지 않는다. 투르니에가 그의 여행 소설에서 말하듯 시차는 "공간에 의한 시간의 이상한 오염, 즉 장거리 이동이 시간과 공간을 전복시키는 변질"(『메테오르』, 260~261쪽)인데, 여기서 표현되듯 바로 '장거리 이동', 즉 여행을 통해서만 시차는 모습을 드러낸다. 국지적인 공간 안에서만 유효하며, 일상적 시간을 측정할 때만 기능을 발휘하는 시계는 시차를 발견하려 할 때는 쓸모없는 물건이 되어 버린다. 이런 까닭에 김경주가 만든 인물은 마치 시계를 비웃기라도 하려는 듯 여행할 때 죽은 시계를 차고 다닌다. "죽은 시계를 차고 있군요."(「블랙박스」, 323쪽) 아니면 차라리 이렇게 말해야 할 것이다. 시차를 찾아 나서는 이는 애초에 시차를 측정할 수 있는 시계를 잃어버리고 있는 것이나 마찬가지며, 그 잃어버린 시간은 오로지 날짜 변경선을 지나며 시차를 만들어 내는 비행기 같은 이례적인 시계를 통해서만 발견될 것이라고. "동네에서 시계를 잃어버렸는데 그걸 찾기 위해 배낭을 메고 동네가 아닌

전 세계를 떠도는 자의 눈을 생각해"(52쪽) 김경주가 미지의 여행지를 '시제(時制)'의 관점에서 접근하는 것도 같은 이유에서이다. "이방(異邦)은 내가 배운 적 없는 시제에서 피는 또 하나의 시제".(14쪽) 오로지 여행을 통해 도달할 수 있는 '이방'만이 시차를 담아낼 수 있는 시제를, 또는 시차의 비밀을 알려 준다. 또한 시차라는 것은 어떤 국지적인 영역을 지배하는 정체성을 지닌 어떤 시간이 아니기에, 특정 지역의 특정 시간대와는 늘 무관한 "이질(異質)의 시제"(31쪽)를 통해 표현될 것이다.

이런 까닭에 국지적인 공간 안에서만 유효할 뿐, 시차라는 시간을 측정할 줄 모르는 시계는 그저 무시되고 만다. "나는 항상 죽은 시계를 차고 여행을 간다."(P, 24쪽) 이미 말했듯 시차가 가시화되는 것은 날짜 변경선인데, 날짜 변경선의 발견을 소재로 한 움베르토 에코의 흥미로운 소설에서 주인공이 날짜 변경선을 넘는 마지막 여행을 앞두고 시계를 버리는 것도 김경주와 같은 이유에서이다. 시계는 시차에 대해 무지한 까닭이다. "배에 실려 있던 시계란 시계는 모두 바다에 처넣었다. 시간에 저항하는 여행을 앞두고 이로써 시간을 지우고 싶었던 것이었다."[8]

김경주에게서 시차를 가시화하는 것은 분명 날짜 변경선 (또는 시간 변경선)이다. "우리는 언제나 하나의 시간 변경선 근처에 떠 있었다. 사람의 책에서 나는 그것을 '시차'라고 배웠다."(P, 28쪽) 이런 까닭에 시간 변경선에 접근할 수 있는 대표적인 기재인 비행기가 주목 받는다. 「종이로 만든 시차」는 비행기에 대해 이렇게 이야기하고 있다. "현실의 영역에서 종이비행기를 날리게 하는 것은 (……) 어떤 시차의 부력이라고 보아야 하는 것이다. (……) 비행기는 명백하게 시차를 빚어내는 기계임에 틀림없지만, 그 시차를 만드는 기계를 이해하는 첫 번째 수칙은 그 기계로의 '탑승'이다. 그것은 비행기의 내부인 '기내(機內)'에 들어가는 것이

---

8) 움베르토 에코, 이윤기 옮김, 『전날의 섬』(열린책들, 1996), 하권, 654쪽.

다. 종이비행기는 기내를 보이지 않고 날아가는 종이의 행로이기도 하는 것이다."(97~98쪽) 비행기야말로 지상의 일상적 시계를 대신하는, 시차를 측정하는 시계다.("시차를 비행기라고 부를 수밖에 없었던 진실"(P, 31쪽)) 이 비행기라는 시계를 들여다보는 일이 '탑승'인데, 이 탑승을 통한 시차의 측정을 김경주는 희곡「블랙박스」전체를 통해 가시화하기도 했다. "착륙할 곳을 찾지 못하고 허공에서 한 시간 동안, 하지만, 지상의 시간으로는 무려 이틀 동안이나 실종된 채 활공을 반복하고 있다. 미아가 되어 버린 비행기는 (……) 우리가 해독할 수 없는 시차 속에서 멀미를 한다."(「블랙박스」, 292쪽) 잠깐 지나가면서 이야기하자면, 두 번째 시집『기담』도 '시차' 안에서 일어나는 일을 드라마화하고자 했던 이「블랙박스」의 설정과 매우 유사한 설정 속에서 시작된다. 이 시집 전체를 위한 무대 설정을 김경주는 "알 수 없는 **사이**"[9]라 일컫는데, 이는 위의 "해독할 수 없는 시차"의 또다른 이름이다. 이 시집 전체는 이 '사이'에서 이루어지는 한 편의 드라마다. "이 극은 **사이**에서 빚어지고 **사이**에서 지워진다."(『기담』, 10쪽)

이렇게 여행자 시인은 여행을 통해 시차에 몰두한다. "여행은 태도의 문제라기보다는 침묵의 **차이** 같아."(39쪽) 시차는 정체성을 지닌 어떤 것으로서 보이거나 들리기보다는, '침묵하고 있는 차이'이다. 그것은 그야말로 보이지도 들리지도 않는 '익명적인 것'이다. 이 익명적인 시간이 도시마다 나라마다 국지적인 시간들을 가르면서, 전 지구를 지배한다. 그런 의미에서 여행자가 발견한 이 시간의 차이, 시차는 우리가 일상적으로 경험하는 모든 시간을 생산해 내는 근원적인 시간인 것이다. 이 근원적 시차는 어떻게 작동하는가?

---

9) 김경주, 『기담』(문학과지성사, 2008), 9쪽.(약호:『기담』)

3 프루스트적 체험, 윤회, 지체

시차가 가시화되는 모습은 매우 다양하다. 그것은 다음 구절이 알려
주는 것처럼 타인과의 관계를 수립하는 근본적인 것이기도 하다. "마치
서로 다른 시간을 살아온 사람이 사랑을 막 하려고 할 때 몰려드는 현기
증처럼 (……) 그런 시차 앞에서 우리는 인생이 아무 때나 함부로 갈아탈
수 없는 기차라는 것을 느끼곤 한다. (……) '아주 오랜 시간 시차를 겪고
나서야 우린 겨우 만날 수 있었던 거라구.'"(P, 395쪽) 타인과의 관계라는
이 시차가 『레인보우 동경』에서는 '틈'이라는 이름으로 성찰된다. "나는
사람의 틈에서 태어났고 사람들의 틈에서 살아가고 있어."(『동경』, #76,
310쪽) 우리의 삶 전부가 바로 타인과의 관계라는 이 틈 또는 시차 안에
자리 잡고 있다.

또한 시차는 사물 자체를 수립한다. 가령 김경주가 중요하게 생각하는
시적 오브제인 휘파람의 경우를 보자. "제 시의 중요한 코드 중에 휘파
람이 있는데요. 어린 시절 대중탕에 갔다가 돌아오는 길거리에서 아버지
가 불던 휘파람 소리가 신기했어요. (……) 언젠가 타이의 시골로 여행을
갔는데, 화장실에서 취해 휘파람을 불다가 이런 생각이 들었어요. 이국
의 골목에서 그 옛날 아버지가 분 휘파람을 만날 수 있겠구나. (……) 그
런데 제가 아버지의 휘파람을 만나고도 못 알아보면 너무 억울해 오열할
것 같았어요. 그것이 제가 말하는 시차이고 거기서 비롯된 연민이에
요."[10] 시차와 관련된 이 휘파람 장면은 첫 시집에서는 이렇게 형상화된
다. "나는 어느 유년에 불었던 휘파람을 지금 창가에 와서 부는 바람으
로 다시 본다."(『계절』, 58쪽) 여기서 바람과 휘파람의 관계를 수립시키는
시차란 분명 '프루스트적 체험'과 관련이 있다. 『되찾은 시간』에서 프루

---

10) 「김혜리가 만난 사람: 시인 김경주 — 취한 말들의 시간」, 《씨네21》, 2009. 2. 17, 690호, 82쪽.

스트는 말한다. "자아 속에 어떤 감각(차에 담근 마들렌의 맛, 금속음, 걸음의 감촉)이 생겨나, 그것이 자아 주위에 작은 영역을 퍼뜨리며, 동시에 다른 장소(레오니 고모의 방, 철도의 객차, 생 마르코 영세소)에 공통되고 있었다."[11] 여기서 이루어지는 체험이란 현재적 감각인 마들렌의 맛 속에서 그것의 본질로서, 다른 시간에 속하는 레오니 고모의 방을 발견하는 것이다. 또한 금속음 속에서 다른 시간대의 철도의 객차를, 걸음의 감촉에서 다른 시간대의 생 마르코 영세소를 본질로서 발견하는 것이다. 이 발견의 핵심에 있는 것이 현재적 사물과 그것의 본질을 이루는 다른 사물 사이의 '시차'다. 휘파람의 시차 역시, 현재적 사물("창가에 와서 부는 바람")의 '본질'로서 다른 장소와 다른 시간에 속하는 사물("유년에 불었던 휘파람")의 발견을 가능하게 해 준다. 이때 하나의 사물(바람)은, 현재적인 형태와 그것 안에 깃들어 있는 전혀 다른 시간대(유년)의 형태 사이의 차이, 즉 시차에서 수립된다. 그렇다면 시차의 또다른 이름은 '환생' 또는 '윤회'가 아닐까? 과거의 전혀 다른 시간과 장소의 사물이 현재의 또다른 사물의 '외관'을 쓰고 나타난다는 점에서 말이다.

이 점은 '자아'에 관한 김경주의 성찰에서 잘 드러난다. 그는 "자신이라는 시차"라는 표현을 쓰며 이렇게 말한다. "나는 어느 시에서 사람은 누구나 자신이라는 시차를 걷디다 가는 것이라고 쓴 적이 있다. 그리고 삶은 끊임없이 그 시차를 여행하다 가는 것이라는 생각으로 나는 지금까지 내게 머물 수 있었다."(P. 401쪽) 이와 관련된 시구는 다음과 같다. "자신이라는 시차를 견디는 일이란 꿈이란".(『계절』, 100쪽) '시차로서의 자신'을 어떻게 이해해야 할까? 이런 구절들이 실마리를 준다. "그는 음악이면서 동시에 사람인 존재다. 전생에 음악이었지만 현세에 사람으로 다시 환생한다."(『계절』, 113쪽) 어떤 자아가 '하나의 음악이 환생한 결과물'

---

11) M. Proust, *À la recherche du temps perdu*(Paris: Gallimard, Pléidade 총서, 1989), t. IV, 452쪽.

이라는 설정이다. 현재의 자아는 전생의 음악과 전혀 다른 외관을 가지고 있지만, 자아의 본질을 이루는 것은 그 외관과 전적으로 다른(차이 나는) 전생의 음악이다. "음악은 시차를 갖는 순간 다른 언어가 되기 때문이다."(『기담』, 10쪽)라는 구절 역시 이런 맥락에서 이해되어야 한다. 전생의 음악과 현재의 자아는 전혀 다른 시간대에 속하며, 음악은 현재의 자아가 사용하는 전혀 다른 언어 속에 깃든다.

그러므로 우리는 여기서 주체에 관한 하나의 이론이 수립되고 있는 것을 목격한다. '에고'가 있다면 그것은 어떤 고정된 정체성을 지닌 고립적인 실체로서 있는 것이 아니라, 현재와 과거 사이의 '시차' 속에서 성립하는 것이다. 이것이 바로 '윤회'의 본질이 아닌가? 들뢰즈는 윤회를 이렇게 기술한 적이 있다. "하나의 삶에 대해 말할 수 있는 것은 다수의 삶에 대해서도 말할 수 있다. 각각의 삶이 어떤 지나가는 현재라면, 하나의 삶은 다른 삶을 다른 수준에서 다시 취할 수 있다. 이것은 철학자와 돼지, 범죄자와 성인이 거대한 원뿔의 서로 다른 수준에서 동일한 과거를 연기하는 것과 같다. 이것이 바로 윤회(métempsychose)라 불리는 것이다. 각각의 인물은 자신이 연기할 소리의 높이와 톤, 그리고 아마도 가사까지 선택할 것이다. 하지만 어떤 가사를 말하든 곡조(air)는 늘 같다."[12] 다른 시간에 속하는 두 가지가 '시차'를 매개로 서로 겹치는 것, 또는 시차를 두고 반복되는 것이 윤회의 본질인 것이다. 전생의 음악은 이 생에서 다른 언어나 다른 가사가 되고 다른 자아로 생성되지만, 이러한 생성은 시차를 두고 반복되는, 같은 곡조의 후렴 같은 것이다. 주체가 있다면, 그것은 바로 시차로부터 생산되는 이 후렴의 운동일 뿐이며, 원형적인 고정된 정체성을 지닌 어떤 것이 반복되는 것은 아니다. 그저 원형도 기원도 없는 후렴들의 차이를 떠도는 것이 주체일 뿐이며, 그런 점에서

---

12) G. Deleuze, *Différence et répétition*(Paris: PUF, 1968), 113~114쪽.

말 그대로 주체는 "자신이라는 시차"이다.[13]

그런데 현재의 바람 속에 깃든 "유년에 불었던 휘파람"이 되었건, 현세의 사람의 본질을 이루는 전생의 음악이 되었건, 현재와 과거 사이의 '시차라는 이 특별한 시간'의 핵심을 이루는 것은 바로 '지체됨'이다. 시차에 있어서의 지체됨을 시인은 다음과 같은 구절들 속에서 암시하고 있다. "이제 눈을 뜨면/ 누구나 자신이 아직 돌아오지 못한 바람의 시차라고 생각해 보아야 한다."(86~87쪽) "바람은 언제나 인간의 장례에 가장 늦게 도착하는 조문객이다."(88쪽) 이 '늦어짐' 또는 '지체됨'이 바로 시차의 본질을 이루는 것이다. 어떤 의미에서? 가령 유년에 불었던 휘파람은 오로지 현재의 바람 속에서 감각될 때만, 그 바람의 핵심을 이루는 본질로서의 자격을 지니는 것이지, 애초부터 그런 것은 아니다. 음악 역시 현세에서나 어떤 사람의 전생의 자격을 누리는 것이지, 전생의 시점에서부터 애초에 그랬던 것은 아니다. 즉 현재적 사물이나 사람의 본질을 구성하는 것으로서의 과거 시간은 늘 뒤늦게, 지체되는 방식으로만 본질의 자격을 지니는 것이다. 그 과거는 그것이 현재였던 시점이 아니라, 지금 시점 속에서만 '뒤늦게' 본질이 된다. 요컨대 지체됨은 시차의 핵심적인 국면을 구성하며, 시차는 지각하는 본질을 생산한다.

4 생성하는 것과 고정된 것

이번 시집에서 특히 두드러지는 시차의 또다른 핵심적인 국면이 있다. 타자와의 관계에서건 사물의 경우에서건 자아의 경우에서건, '어떤 것을 출현시키는 원리'로서의 시차는 고정된 것과 생성 변화하는 것 양자 사

---

13) 이러한 윤회와 반복의 차원 속에 들어 있는 주체에 관한 또 다른 논의는 「이미지와 시간」(2부)의 142쪽 이하 참조.

이의 '부조화의 조화'에서 성립한다. 우리는 「시차의 건축 2」에서 좋은 예를 찾는다.

> 유리창에 입김으로 그려 놓은 건축들이 흘러내린다
> 그건 시차의 눈을 달래는 머릿속의 가장 아름다운 물방울들
>
> —「시차의 건축 2」(51쪽)에서

유리창에 입김으로 그리는 건축물을 떠올려 보라. 건축물은 '건축물'이라는 명사에 응하여 정체성과 고정된 사물성을 지닌다. 그런데 그 건축물의 배후에서 그것을 수립하고 있는 것은 바로 순간순간 생성 변화하고 있는 입김 내지 입김 위를 흘러내리는 물방울들이다. 건축물과 아무런 공통분모도 없을 뿐 아니라, 건축물의 견고한 정체성과 대조적으로 계속해서 변화하는 무형의 입김 사이를 비끄러매 주고 있는 것이 '시차'다. 고정된 항구적인 시간(영원성)과 생성 변화하는 시간 사이의 차이 말이다. 그리고 입김과 물방울들의 운동을 주관하는 생성 변화하는 시간으로부터 출현하는 이차적 생산물이 건축물의 불변하는 고정적 사물성이라는 점에서, 김경주의 시차에선 '움직이지 않는 영원성의 움직이는 이미지'라는, 시간에 대한 플라톤의 정의가 완전히 거꾸로 서 있다. 이제 유동적인 생성으로부터 이차적으로 출현하는 착시 현상이 사물의 영원성이 된다.

타인과의 관계에서의 시차도 마찬가지다. 타인과의 관계를 표현하는 이미지 가운데, 김경주가 매우 소중하게 여기는 것으로서 그의 책들에 반복해서 등장하는 것이 있는데, 연인의 머리를 감겨 주는 행위이다. "그녀의 머리를 마지막으로 감겨 주었던 세숫대야를 찾고 있다고?"(『계절』, 93쪽) 이런 머리를 감겨 주는 이미지는 이번 시집에서도 다음과 같이 반복되며, '시제'의 문제와 결부되고 있다. "집에 들어와 머리를 감다

가 누군가 마지막으로 따뜻한 물에 머리를 감겨 달라던 시제가 떠오릅니다."(30쪽)(앞서 말했듯 김경주에게 시제는 '시차'를 포착해 낼 수 있는 것으로서의 시제다.) 그리고 머리카락과 관련된 다음과 같은 또다른 중요한 이미지를 이 구절과 함께 읽어야 한다. "이번 생은 머리칼을 지갑에 나누어 가지지만".(47쪽) 도대체 물에 머리를 감기는 행위와 '시차의 시제'는 무슨 관련이 있는가? 또 지갑에 머리칼을 보관하는 행위는 왜 중요한가?

이 문제들을 이해하기 위해서 우리는 다음과 같은 중요한 텍스트를 참조해야만 할 것이다. "어느 날 나는 나의 자취방 부엌에서/ 그녀의 머리를 처음 감겨 주었어./ 세숫대야에 (……)/ 그녀가 떠나가고 남은 머리칼들을/ 나는 오래도록 버리지 못했어./ 나는 아끼는 시집 속에/ 몇 가닥의 머리칼들을 아직 기르고 있지."(P, 371쪽) 머리카락은 신체의 일부로서, '살아 있는 것'이다. 그리고 김경주에게 타인과의 관계의 중요한 국면은, 연인의 저 살아 있는 신체의 일부, 머리카락을 매만지는 따스하고 에로틱한 행위로 표현된다. 그러나 이 애무로 가득 찬 관계가 남기는 것은 무엇인가? 그것은 세숫대야의 물 위에 뜬 '죽은 머리카락'이다. 그러면 죽음을 통해서 더 이상 움직이지 않고 비로소 영원한 고정성을 획득하게 된 머리카락은 타인과의 관계의 종말을 암시하는가? 결코 그렇지 않다. 이 죽은 머리카락을 추억의 형태로 지갑이나 책갈피에 간직하는 행위는 타인과의 관계의 또다른 중요한 국면을 이루는 것이다. 이것이 바로 타인과의 관계에서 발생하는 '역설적인 시차'다. 한편으로 살아 움직이는 유동적인 신체의 일부로서 머리카락을 감기는 행위가 있고, 동시에 죽은, 고정된 신체로서 머리카락을 추억으로서 보관하는 행위가 있다. 이 생성하는 시간(애무하는 시간)과 고정된 시간(추억)의 차이 속에 타인과의 관계가, 연애가 자리 잡고 있는 것이다.

이제 우리는 왜 시인이 이렇게 말하는지 알 수 있다. "누군가 죽은 내 머리칼을 닦아 주는 순간에 떠오를 시제는 (……) 단 몇 초간 바라본 시

야가 한 사람의 유적이 될 수도 있는 시간입니다.”(30쪽) 머리카락을 닦
아 주는 생동하는 시간은 동시에 그 생동하는 몇 초가 죽은 유적(죽은 머
리카락)으로 고정되는 시간이기도 한 것이다. 요컨대 삶이 생동하는 바로
그 시간에 동시에 유적을 생산하는 시간이 시차의 핵심에 자리 잡고 있
다. “네 몸 안을 떠도는 유적이야. (……) 나는 시간이야.”(P, 386쪽) 하나
의 연애의 시간 안에 시간의 균열이, 시차가, 두 개의 시간이 있다.

　　김경주 시에 가장 자주 등장하는 오브제 가운데 하나인 ‘바람’ 역시 이
러한 시차를 구현한다.

　　　어떤 단층을 보면 나비의 상여가 된 바람이 있다는데
　　　저녁에 그 바람을 맞이하면 나비의 데드마스크를 쓰게 될까
　　　　　　　　　　　　　　　　—「나비의 데드마스크」(23쪽)에서

　　이 시는 첫 시집의 다음 구절들에 맥이 닿아 있다. “바람은 살아 있는
화석이다 살아 있는 모든 것들이 사라진 뒤에도 스스로 살아남아서 떠돈
다”.(『계절』, 30쪽) “그 바람을 열면 누군가 무덤을 나와 묽은 얼굴을 하
고 지나간 흔적이 있습니다”.(『계절』, 37쪽) 이러한 구절들에서 알 수 있
듯이 김경주의 독특한 발상은 바람을 유동적인 것이기보다는 ‘단층’에서
발굴되는 ‘화석’이나 ‘데드마스크’처럼 고착된 영원성을 지닌 것으로 본
다는 점이다. 어떻게 이런 발상이 가능한가? “몇천 년 전부터 살았던 바
람”(『계절』, 94쪽)이라는 표현이 알려 주듯 바람만이 영원한 것이며, 그
바람에 실려 가거나 바람 앞에 서 있던 것들은 모두 생성 변화 속에서 소
멸하기 때문이다. 그렇기에 바람은 살아 있던 것의 표정이 고착된 데드
마스크이거나 살아 있던 것의 영원한 정지를 기록하고 있는 무덤일 수
있는 것이다. 즉 유동하는 바람 안에는 소멸한 것들의 흔적이 영원성 속
에 남아 있다. 이렇게 바람 안에는 생성 변화하는 생명들과 그들의 고착

된 영원한 죽음의 표정이라는 이중적 시간의 시차가 간직되어 있다.

또 모래가 시차를 구현한다. 모래의 움직임은 아마도 이와 같을 것이다.

　아무도 모르는

　사이

　조금씩 바닥에 가루로 흘러내린
　그 시차의 이름을
　이제 나는 쓸 것이다

—「개명(改名)」(34～35쪽)에서

아무도 모르는 사이 흘러내리는 가루 같은 모래는 어떤 의미에서 시차를 구현하는가? "모래는 가만히 있는 것처럼 보여도 움직이고 있다."(59쪽)라는 구절이 말해 주듯 모래에는 운동과 정지라는 이질적인 시간의 차이가 새겨져 있다. 이 시차는 알지 못하는 사이에 움직이며 살아 있는 것을 묻는 모래의 유동성과 그로부터 생성되는 무덤의 고착성으로 표현되기도 한다. "모래가 지나간 곳에서는 무덤 냄새가 난다/ (……)/ 모래는 순장을 원하는 것은 아닐까/ 모래는 스스로의 무덤을 갖지 못해/ 다른 것들의 몸을 빌려 자신을 묻고 있는 것은 아닐까".(59쪽) 때로 여기서의 '무덤'을 화석이 대신한다.(화석이야말로 생명이 묻혀 있는 돌무덤 아닌가?) "불을 끄고 모래를 생각하다 보면 화석에 잠긴 그 눈동자에 모래가 흘러내리는 꿈을 꾸게 된다".(40쪽) 여기서는 '모래의 운동 자체'가 고착된 것(눈동자 화석)과 생성 변화하는 살아 있는 것(눈동자)을 겹쳐 놓는 시차가 된다. 모래는 한편으로 화석과 같은 돌이며, 다른 한편으로 생명체처럼 움직이고 변화하는 것인데, '아무도 모르는 사이' 생명체를 덮어가며 영원한 것(돌)과 움직이는 것(생명)의 상이한 두 시간이 '화석' 안에서 겹치도록 만든다.

김경주의 시 쓰기는 온통 이렇게 시차에 몰두하고 있다. 시인은 말한다. "고립된 언어를/ 이 '사이'에 둔다".(63쪽) 바로 '사이에', '시차 속에서' 그의 시어들은 존립한다. 또 그는 이렇게 말하기도 한다. "이상도 이하도 아닌 눈금으로 시를 쓴다".(100쪽) 역시 이상도 이하도 아닌 것은, 이상이나 이하로 나아갈 때 얻게 되는 어떤 정체성도 없이 '사이'에 존립하는 시차인 것이다. 이런 시차 속에 놓인 시인의 언어에는 우리 모두의 운명이 새겨져 있지 않은가? 태초에 가졌던, 그런 의미에서 종국에 되찾게 될 그런 원형적인 동일성 없이, 차이의 물결에 휩쓸려 있는 운명 말이다. 모범으로 가질 원형이 없으므로, 그 원형을 기준 삼아 세워지는 차등의 위계 역시 없을 것이다. 그러니 우리의 짧은 생애는 시인이 발견한 차이, 우리 자신의 동일성을 깨뜨리며 내면에 나 있는 깊은 시차로부터 위로 받을 수 있겠지. 시인의 애상과 더불어, 어느 짧은 오후에 잠깐 모였다 다시 형태를 잃어버리는 구름이 그렇듯.

사람의 눈으로 들어온 시차가 구름의 수명을 위로한다
—「연두의 시제」(15쪽)에서

안부를 묻고 사랑을 하고 슬픔을 어루만졌지
— 김지녀 시집 『시소의 감정』

1 아홉 개의 손가락, 그리고 화석

시인은 손가락이 아홉 개다. 이렇게 쓰고 있다. "이런 밤에는 편지를 쓰네 아홉 개의 손가락으로, 사라진 몸의 어디쯤을 횡단하고 있을 나의 손가락 하나에게".[1]

사라진 하나의 손가락이 만든 빈자리를 가지고 글쓰기를 시작하며, 또한 최종적으로 글이 가닿는 곳 역시 사라진 그 하나의 손가락이다. 글쓰기의 출발점과 목적지가 이 손가락인 셈이니, 그야말로 그것은 시 짓기의 추동력 자체라고 해야 하지 않을까?

그런데 시인의 손가락을 관찰한 이들은 모두 놀라고 만다. 시인은 극히 정상적으로 열 개의 손가락 모두를 가지고 있기 때문이다! 도대체 무슨 일이 벌어진 것일까? 시인은 손가락에 대한 개인적 기록도 남기고 있는데, 시인을 가장 가까이서 보아 온 어머니도 손가락에 대한 상처의 기억이 분명하지 않고 놀랍게도 시인 자신조차 손가락을 잃었을 때의 아픔

---

1) 김지녀, 『시소의 감정』(민음사, 2009), 85쪽. 이 시집에서의 인용은 약호 표시 없이 본문 중 괄호 안에 쪽수만을 써 준다.

과 통증에 대해서 아는 바가 없다.[2] 시인 자신을 포함한 그 누구도 손가락의 상실을 제대로 증언해 줄 수 없는 것이다. 오로지 손가락을 잃었다는 사실만이 시인의 마음 안에 있으며, 그 손가락이 내내 시인을 불편하게 하면서 글을 쓰게 만들고 있다. "내내 나머지 손가락 하나가 불편한 감정을 데리고 다녔다. 그사이 밤새워 썼다 지우는 글자들이 많아졌다." (「고백」, 31쪽) 열 개를 모두 가지고 있으면서 하나를 잃어버리고 있는 이것은, 정말로 아홉 개의 손가락을 가지고서 잃어버린 하나를 아쉬워하는 자의 것과는 다른 괴이한 고통이다.

이 당혹스러운 사태 앞에서 정신 분석의 유산을 깨워 내며 시인이 손가락에 대한 '환상'을 가지고 있다고 믿어야 하는가? 가령 가위눌린 꿈(외상을 치료하기 위해 그 외상의 자리에 반복해서 되돌아오는 일)을 기록한 듯한 어떤 시에서 그녀는 손이 잘려 나가는 체험을 한다. 그 대신 마치 대가로 지불한 것처럼 어떤 이의 손이 푸른 가지로 회복된다. "보이지 않는 손이 나의 손을 잡고 있다 **조여지는 내 손목이 잘려 나가기를 그의 손에서 푸른 가지가 돋아나기를**".(74쪽) 또한 「강박증을 앓는 손가락」이 등장한다. 강박증, 즉 내적 강제에 의해 실행하지 않을 수 없는 그런 행동이 살아남은 아홉 개의 손가락에 찾아온다. "그때 주머니에 쑤셔 넣은 내 손가락들은 제멋대로 삼각형을 그리기 시작했다".(105쪽)

한 정신 속에서 무슨 일이 일어난 걸까? 답을 얻기 위해선 어쩌면 인생 전체로 확장되어야 하는 흥미로운 질문, 무수한 가설을 징검다리처럼 요구할 이 질문은 이 작은 글에선 취급하기 적당치 않을 것이다. 오로지 우리는 가시적인 '사실들'만을, 즉 평균적 시각 속에 당연한 듯 출현해 있는 극히 정상적인 열 개의 손가락, 그리고 사라진 하나의 손가락에 대한 시인의 끊임없는 관심만을 남겨 두고자 한다.

---

2) 김지녀, 「첫 번째 고백」, 《세계의 문학》, 2007. 봄, 31쪽 참조.(약호:「고백」)

그리고 그것은 김지녀 시의 비밀을 채우기에 충분할 것이다. 표상 가능한, 정체성을 지닌 열 개의 손가락을 '늘 부족하게 만드는' 하나의 손가락, 그러나 그것이 무엇인지 정체를 확인할 수조차 없는 '익명의' 손가락, 그래서 "이곳에 오지 못한 지문(指紋)"(85쪽)이라 불리는 것이 시를 밀고 나간다. 어쩌면 세상 자체가 그렇다. 열 개의 손가락처럼 완벽하지만, 참을 수 없는 불구가 배후에 도사리고 있는 것이다. 라블레의 주인공들이 누리듯 부족함이 없지만, 그 부족함 없는 세계를 위협하며 배후에서 들끓고 있는 무엇인가가 있다. 열 개의, 이른바 정상적인 손가락으로도 다 채워지지 않는 하나의 알 수 없는 손가락이 세상을 향해 성가시게 손가락질을 하고 있는 것이다. 그것은 "파도나 비가 되어 떠다닐 나의 손가락"(86쪽)이라는 구절이 말해 주듯 생성 변화하는, 정체성이 없는 것이라서, 그 손가락질의 공격 앞에 서 있는 우리는 속수무책이다. 김지녀의 시 짓기는 바로 세계의 배후에 도사리고 있는 이 익명의 어떤 것의 타격으로부터 시작되며 동시에 그것에 가닿고자 하는 노래, 오르페우스의 손에 소중히 들린 채 길을 찾는 수금 같은 것이다.

미지의 손가락 또는 세계의 배후에 숨겨진 이 비밀에 대한 접근은 어떻게 이루어지는가? 어쩌면 이런 날을 떠올려 보아야 할지도 모른다. 우리는 그날 잎사귀들이 황금색으로 구워지고 있는 깊은 산속으로 들어서게 된다. 꼭 이번 생이 아니더라도, 어느 생을 지나가는 동안, 산꼭대기의 살이 드러난 지층 속에서, 막 헤엄치는 모습을 고생대의 디카로 찍은 듯이 멈추어 있는, 한 마리 물고기의 화석과 마주치게 된다. 그러곤 뼈의 무늬를 발견하리라. 한평생 돌로 만든 악기처럼 소리 속을 지나가며 울던 물고기의 이석(耳石)에 겹겹으로 새겨진 저 깊은 동심원들을…….

이 시집의 머리에 놓여 있으며 가장 아름다운 시 가운데 하나인 「耳石」은 바로 물고기가 한평생 들은 소리를 기록한 저 "귓속에서 자라나는 돌멩이"(15쪽, 고딕체는 원저자의 것임)에 대해 말하고 있다.(무늬를 깎는 동안 "천천히 단단해지며 돌멩이가"(15쪽) 자라게 하는 이 소리의 역할은 간혹 바람이 떠맡기도 하는 것 같다. "바람이 데리고 온 먼 곳의 먼지들은 낮게 휘돌다 단단해진다".(49쪽) 이석을 만드는 소리처럼 바람은 먼지를 자신의 회전 속에 '단단하게' 가두어 돌을 만들어 내기도 하는 것이다.)

'이석' 같은 저런 작고 사소한 대상 또는 '크래커'나 '시소', 아니면 '지퍼', '오르골' 같은 일상 속의 평범한 사물을 선택해, 기성의 어떤 의미나 이론이나 은유 또는 상징에 매개되는 일을 피하면서 그 사물 자체에 몰두하는 것은 김지녀 시의 전형적인 특성이다. 대상을 세심히 헤쳐 보는 이러한 시작(詩作)은 이미 시단으로부터 "찬찬한 살핌과 시선의 섬세함이 느껴진다."[3]라거나 "형상화 능력이 뛰어나고 (……) 그의 타고난 음악성과 섬세한 감각의 촉수는 시가 운문으로서 보여 줄 수 있는 한 아름다움에 이르고 있다."[4]라는 평가를 이끌어 낸 김지녀 시의 미적 특성을 산출해 왔다. 그렇다면 섬세한 시선 또는 섬세한 감각의 촉수에 걸려든 물고기의 돌 속에서 그녀는 무엇을 바라보고 있는 것일까?

이것은 소리가 새겨 놓은 무늬에 대한 기억이다

(……) 천천히 단단해지며 돌멩이가 또 한 겹, 소리의 테를 둘렀던 것이다

언젠가 산꼭대기로 치솟아 발견될 물고기와 같이, 내 귓속에는 소리의 무늬들이 비석처럼 새겨져 있다
　　　　　　　　—「耳石」(15~16쪽)에서(고딕체는 원저자의 것임)

시인은 화석 안에 그려진 돌의 한평생을 바라보고 있다. 돌을 정물의

---

3) 문혜원, 「드넓은 상상력, 말들의 틈새」, 『2009 젊은시』(문학나무, 2009), 55쪽.
4) 나희덕, 「시 부문 심사평」, 《세계의 문학》, 2007. 봄, 11쪽.

대상으로 삼는 경우는 종종 있지만, 돌의 일생 또는 돌의 운명에 대해 이 야기하는 작품은 드물다. 아마도 여와씨에게 선택받지 못한 삼만육천오 백한 번째 돌의 일생을 기록한 조설근의 『석두기(石頭記)』 정도가 여기 해당될까? 일생 동안 새겨진 소리의 무늬는 그러나, 시인이 말하듯 보이 지 않는 "투명한 물결"(15쪽)로서, 우리가 알고 있는 표상 체계 또는 의 미 질서에 귀속하지 않고 그것을 그대로 투과해 버린다. 열 개의 손가락 을 그대로 놔둔 채 사라진 하나의 손가락처럼 말이다.

이 이름 붙일 수 없는 또는 얼굴이 없는, 그러므로 우리가 알고 있는 기 존의 표상 방식으로는 무어라 일컬을 수 없는 익명의 돌을 시인은 "나는 아 직 한 장의 얼굴을 갖지 못한 흉상"(17쪽)이라 부르기도 한다. 이것은 얼굴 없는 흉상에 관한 이야기다. 이것은 언젠가 소리가 지나가며 이석에 남긴 레코드의 가지런한 홈 같은 무늬, 판독할 길 없는 비석에 대한 응시이다.

2 이름 없이, 수천 번 다르게

그런데 익명의 돌멩이에 대한 이야기를 계속해 나가도 될까? 사실 시 인은 많은 경우 적어도 표면상 '나'라는 '고백체' 화자를 내세우고 있는 데, 고백체는 익명성과 가장 거리가 먼 '에고' 또는 주체성의 표현이 아 닌가? 그러나 김지녀를 '주체가 지닌 내면의 풍경을 바깥으로 끌어올리 는 고백'의 시인으로 읽는 것만큼 큰 오해도 없을 것이다. 이 시인에게 '나'는 주체의 내면을 이끌어 내는 고백의 장치가 아니라 오히려 익명성 의 표식으로 보인다. "시는 '나'에 관한 그 '무엇'이다. '무엇'은 아직 이 름이 없고, 내용도 없다."[5] 시는 나에 대해 관여하지만 이때 '나'는 주체의

<hr>

5) 김지녀, 「시(詩), 시하다」, 《시와 반시》, 2008. 여름, 265쪽.(약호: 「시」)

'이름'이 아니며 나를 통해 드러나는 주체 '내면의 내용물' 같은 것도 없다는 것이다. '나'는 주체 속에 들어 있는 정령을 불러내는 주문이 아니라 정체 없는 익명의 야유가 들려오는 얼굴 없는 스피커와도 같다. 이름이 없으므로 당연히 "아무도 나를 불러 주지 않네"(26쪽)라고 말할 수밖에 없는 것이 '나'라는 발화 형태가 지닌 속사정이며, 이 익명적 세계에서 호명은 빗나간 화살처럼 나의 정체도 타인의 정체도 밝혀내지 못하고 비인칭의 벽에 부딪힐 뿐이다. 시집의 표제작인 「시소의 감정」이 이런 사정을 잘 알려 주고 있다. "우리가 일제히 언니, 하고 불렀을 때/ 비인칭 주어처럼/ 길어서 다 부를 수 없는 이름처럼/ 언니는 해석될 필요 없이 거기에 앉아 있다".(40쪽) '해석'되어서 밝혀질, 인물의 정체성 같은 것은 없는 것이다. 오로지 인물 아닌 것, "비인칭"이, 익명성이 있다. 지나가면서 문학사적 맥락을 잠깐 보자면, '나'를 내세운 발화는 주체가 내면을 드러내는 방식이 아니라 오히려 익명성의 구현이라는 이러한 생각은 갖가지 화법을 실험했던 토마스 만이 그의 유명한 작품에서 흥미롭게 몰두했던 것이기도 하다. 다음 구절을 기억할 것이다. "'접니다.' 요셉이 간단하게 대답했다. (……) 진지하게 미소를 지으면서 간단하게 '접니다.'라고 대답하는 것은 이 자리에 어울리지 않았다. (……) '접니다.' 혹은 '나다.'라는 대답은 집사라는 직분에 국한된 질문을 넘어서서 '네가 누군데?' 혹은 '네가 뭔데?'라고 되묻고 싶은 충동을 느끼게 했기 때문이다. 간략히 말해서 '접니다.' 혹은 '나다.'는 아득한 곳에서 들려오는, 오래된 문구로 자기가 누구인지 알아맞혀 보라고 사람들에게 호소하는 문구였다."[6] '저' 또는 '나'라는 화자는 그 안에 누가 들어 있는지 알아맞힐 수 없는 수수께끼, '내용 없이' 텅 빈 익명의 상자일 뿐이다.

　　결국 김지녀 시의 '나'는 정체를 밝혀낼 수 있는 '인물'이기보다는 "당

---

6) 토마스 만, 장지연 옮김, 『요셉과 그 형제들』(살림, 2001), 5권, 57~58쪽.

신이 읽어 낼 수 없는 나의 여백"(81쪽) 같은 것이다. 주체가 지닌 인격성의 내용물을 채우는 내면이 사실 텅 비어 있으므로, 이 화자는 인격적 주체가 아니라 동물(에 가까운 것으)로 나타나기도 한다. "비어 있다는 사실로부터/ 나는 거의 동물에 가깝다는 것".(24쪽) 따라서 이 '나'가 만들어 내는 목소리 또한 동물의 무늬같이 나타난다. "그러므로 나의 소리는 얼룩져 있다/ 기린 표범 물개의 무늬처럼 어떤 패턴처럼".(24쪽) 이 글의 말미에서 우리는 지금은 낯설게 느껴질 수 있는 이 동물의 소리가 어떻게 "새소리 같기도 하고 물고기 지느러미 같기도 한 말들로"(42쪽) 기적처럼, 그리고 아름답고 부드럽게 개화하는지 보게 될 것이다.

또 시인은 이 '나'에 대해서 이렇게 이야기하고 있다. "복잡하고 변화무쌍한 관계들 혹은 모습들의 얽힘으로 이루어진, '나'는 복수이면서 단수인 존재이기 때문이다."(「시」, 265쪽) 나라는 표면적 단수 안에 숨겨진 이 심층적인 복수성 또는 '다수성'은 "내 요리책에는 천 가지 표정이 들어 있어요"(64쪽) 같은 구절을 통해 드러나기도 한다. 이 '천 가지 표정'은 서로 소통을 해서 하나로 통일될 수 있는 것이 아니라, 서로를 알아보지 못하는 '분열된' 상태 속에 들어 있다. 이러한 사정을 잘 보여 주는 장면이 있다.

에이, 라는 점에서 그들은 동일하다
(……)
작은 여자 A와 큰 여자 a는
집으로 돌아오는 버스 안에서 덜컹거린다
서로를 알아채지 못한다
　　　　　　　　　　　　　　　　—「A 그리고, a」(30~31쪽)에서

'나'라는 고백체의 화자 안에 하나의 인격이 아니라 익명적 다수가 들어 있는 것처럼, '에이'라는 명칭 안에는 다수가, 즉 'A'와 'a'가 들어 있다. 그런데 이 둘은 하나의 동일한 '에이'를 구성하는 것이 아니라, "서로를 알아채지 못"한 채, 서로 무관한 자들로 남아 있다. 이것이야말로 주체성의 근본인 '자기의식'의 와해 아닌가? '자아(I)'가 '자기(self)'라는 데서, 또는 김지녀 식의 부호에 따라 쓰자면 A가 a라는 데(A＝a)서 성립하는 자기의식은 근대인들이 주체의 근본 구조로 제시했던 것이다. 헤겔의 다음과 같은 구절이 잘 명시하고 있듯이 말이다. "이러한 실상을 깨우치는 것이 '자기의식'이다. 나는 나를 나 자신으로부터 구별한다. 그러나 이렇게 구별되는 것이 구별된 것이 아니라는 것이 나에게 직접 깨우쳐진다. 동질자로서의 내가 나 자신에게 반발하여 구별이 생기지만 여기서 구별된 것은 그저 구별되었다는 것뿐, 그것이 나에게는 전혀 다른 어떤 것이 아니다."[7] 그리고 헤겔은 '자아'와 '자기'가 분열되지 않는 것, 바로 '자아가 곧 자기(A＝a)'라는 이 자기의식을 이렇게 평가한다. "자기의식이야말로 지금까지 지탱되어 온 의식 형태의 진리"(『정신현상학』, 204쪽)이다. 그런데 현대적 정신의 주된 경향은 바로 이러한 자기의식의 와해로부터 탄생한다. 예를 들면 이런 구절이 있다. "탈출은 가장 근본적이면서도 가장 용서할 수 없는 사슬, 자아가 자기 자신이라는 이 사슬을 깨트릴 것을 요구한다."[8] 김지녀가 기술하고 있는, 자아가 자기를, 또는 A가 a를 알아보지 못하는 사태 역시, 다른 방식으로긴 하지만, 바로 자기의식의 이러한 와해를 이야기하고 있다. 자기의식이 와해된 그 자리에서, '자아가 자기 자신이다.'라는 동일성의 의식 형태를 구성하지 못하는 분열된 자들이, 그러니까 '익명적 다수'가 출현하는 것이다. 앞서 읽은 구절에서 시인이 "복잡하고 변화무쌍한 관계들" 또는 "복수"라고 부른 것들의 출현 말이다. 그런데 시인은 바로 이 익명적 다수성을 다른 어디서가 아니라 바로 '근원'

<hr>

7) G. W. F. 헤겔, 임석진 옮김, 『정신현상학』(한길사, 2005), 1권, 203쪽.(약호:『정신현상학』)
8) E. Levinas, *De l'evasion*(Montpellier : Fata morgana, 1982), 73쪽.

의 자리에서 발견하고 있다.

> 그러나 나의 떨림에도 근원은 있다
> 차가운 내 살 속에도 자갈과 모래처럼, 또 나뭇잎처럼 켜켜이 쌓인 사람들이
> 있다
>
> ——「여진」(32쪽)에서

시인은 자갈과 모래알처럼 "켜켜이 쌓인 사람들", 즉 익명의 다수가 "근원"에서부터, 표면에서 발화를 하는 '나'를 '떨리게' 만든다고, 즉 주체의 기반을 뒤흔든다고 말한다. 그러니까 가장 정확한 의미에서 나는 "불안한 진동을 감지하는 바닥"(32쪽)인 것이다. 이렇게 기반이 흔들린 주체의 상태는 '카오스'라는 말로 일컬어지기도 한다. "그것은 일종의 카오스다. '나'는 혼돈 그 자체일 뿐이다."(「시」, 265쪽) 김지녀 시에 다음과 같이 수없이 등장하는 '생성·변신'하는 자아의 변주들은 바로 고정된 정체성을 지닌 주체가 부재하는 이 혼돈, 카오스의 구현 외에 다른 것이 아니다.

> 철자 하나 잘못 쓰인 글자처럼 나는 쓱쓱 지워지고 받침 없이 끝이 없이 펼쳐지고
>
> ——「잃어버린 천장」(100쪽)에서

> 이 순간 나는 유신론자 아니 유물론자 아니 아무것도 아니
>
> ——「여진」(32쪽)에서

> 내 얼굴은 곰팡이 슬어 가는 벽이 되었다가 깊은 우물이 되었다가 하얗고 동그란 달이 되었다가

다시 들여다보면 아무것도 끌어 담지 못하는 그물

　　　　　　　　　—「루나틱 구름에 휩싸인 얼굴」(22쪽)에서

어제와 다른 길을 가며 모습을 바꾸는 달

　　　　　　　　　　　—「기쁘거나 슬프거나」(59쪽)에서

당신들은
물들어 가는 잎이었다가 구름이었다가

　　　　　　　　　　　—「천 년 동안, 그늘」(69쪽)에서

　고정된 정체성 없이 익명의 어떤 것이 계속 '생성'되고 있다. 그런데 이 생성은 무엇을 빚어내는 생성인가? 정체성 없이 들끓는 다수성으로 부터 무엇이 출현하고 있는가? 시인은 말한다.

　　이름 없이도 따뜻한 입김으로
　　나무는 하루에 수천 번 다르게 빛나는 잎을 틔우고

　　　　　　　　　　　—「코하우 롱고롱고」(42쪽)에서

　바람을 뜻하는 라틴어 스피리투스 또는 아니마는 두 가지를 동시에 함축하고 있는데 바로 '영혼'과 '숨결'이다. 흔히 '성령'이라고 번역되기도 하는 유대인들의 뤼아 역시 같은 맥락에서 '생명의 바람'이란 뜻을 지닌다. 여기서 시인이 말하는 "따뜻한 입김"은 바로 만물이 살아서 생성되게끔 하는 이러한 바람, 신이 진흙에 영혼이 깃들게 하기 위해 후 불어넣은 입김과 동일한 지위를 가지는 것이다. 또한 시인이 "나는 갈증을 느끼며 파랗게 변해 가는 피부 속에/ 활공하는 바람의 말들을 기록하고 있다"(49쪽)면서 '갈증'과 '바람'을 대립시킬 때나 "당신과 나는 바람이 가득한 상자랍니다"(53쪽)라고 말할 때 이것 역시 모두 진흙에 영혼을 불어넣는 숨결로서의 바람에 대한 기록이다.(그래서 그녀의 시에선, 영혼의 징표인 바람을 지닌 자들이 나누는 '사랑' 또한 기이하게도 특정한 바람의 모습으로 표현되는 것이리라. 몸 안에 들어선 바람의 가장 통제할 수 없는 파토스적 형태인 '기침' 말이다. "우리는 지구의 밤을 횡단해/ 잠시 머물게 된 이불 속에서 기침을 하고".(46쪽) 이 자리에서 길게 이야기할 수는 없지만, 이것은 신의 입김이 깃든 생명이 정치에 관여할 때 하게 되는 기침, 바로 김수영적 기침과는 또다른 흥미로운 형태의 숨결이다.)

그런데 만물을 생명 지닌 것으로 출현시키는 이 입김은 바로 "이름 없이도"(42쪽) 자기 과업을 수행하는 것, 바로 익명적인 것이며, 이 생명의 힘으로부터 "빛나는 잎"이 출현한다. 아무런 고정된 정체성 없이 이루어지는 출현이기에, 당연하게도 이 잎은 "수천 번 다르게" 생성한다. 자연 안에서 싹 트고 만발했다가 사그라들어 떨어지고, 어느새 다시 환생한 조상처럼 피어 있는 모든 생명체들, 위대한 익명의 힘의 증언자들을 바라보며 우리가 쉽게 수긍할 수 있듯이 말이다. 그런데 시인은 "빛나는"이라는 찬사를 담은 꾸밈말을 가지고 이 생성이 지닌 '긍정성'을 확인하고 있다. 무엇이, 이 생성의 역사에서 빛나고 있는가?

3 어떤 고고학: 모든 사물이 제자리로 가기 위해 흔들린다

익명적 생성의 이 빛나는 긍정성에 접근하기 위해선, 김지녀 시의 가장 독특한 국면 가운데 하나인 '고고학적 취향' 또는 '고생물학적 취향'을 이해해야 하리라. 첫 시 「耳石」의 화석("언젠가 산꼭대기로 치솟아 발견될 물고기"(16쪽))에서부터 암시된 시인의 이 취향은, 이후 수많은 별난 대상들을 시의 수장고 안에 수집해 들인다. "선사 시대의 금 간 유물"(80쪽), "지구에서 가장 오래 살았다는 나무"(49쪽), 멸종한 "콰가얼룩말"(70쪽), 이스터 섬의 해독 불가능한 상형 문자 "롱고롱고"(42쪽) 등등. 도대체 이 고물들이 왜 필요한가? 일단 시인이 하듯이 고고학자의 시선을 가지고 지표 아래로, '밑바닥'으로 내려가 보자.

> 여기는 얇은 주름이 잡힌 호수의 밑바닥
> 손톱으로 긁어 보면
> 이곳에 살다 간 사람들 살냄새가 바스스 일어나 말을 건네고
> ──「루나틱 구름에 휩싸인 얼굴」(22쪽)에서

방 안에서 호수의 밑바닥을 발견하고 그 바닥을 손으로 쓸어 보며 사라진 자들("이곳에 살다 간 사람들")의 흔적, "살냄새" 같은 것을 탐색하는 이는 분명 고고학자의 자질을 지니고 있다. 발굴에 몰두하는 이 시의 고고학적 노동은 다음과 같이 붓을 들고 유물 표면의 '살비듬'을 터는 듯한 몸짓으로 변주된다.

> 가장 부드러운 붓으로 털어도 그 얼굴에서 떨어지는 살비듬은
> 내가 걸어 보지 못한 대륙의 바위이거나 나무뿌리일 것이다
> ──「먼지의 얼굴이 만져지는 밤」(66쪽)에서

밑바닥에 도달하고자 하는 고고학자의 노력은 심지어 신체(가죽)를 하강의 계측기로 동원하기도 한다. "가장 밑바닥까지 내려가는 떨림의 속도와 강도를/ 나의 가죽으로부터 느낄 수 있다".(24쪽) 그리고 위의 시가 이야기하듯 고고학자가 밑바닥에서 발견하는 것은 생경한 풍경, 한번 발을 들여놓아 본 적이 없는 "내가 걸어 보지 못한 대륙의 바위이거나 나무뿌리"이다. 물리적 공간에 대한 이 기술을 정신의 영역으로 옮겨 놓는

다면, 김지녀가 밑바닥에서 탐색하고자 하는 것이 무엇인지 더욱 분명해
지는데, 그것은 바로 "**얇은 의식 너머의 저쪽, 실루엣**"(39쪽)이다. "녹슨 수
도꼭지가 저 밑바닥에서 올라오는 물을 꽉 물고 놓아 주지 않"(39쪽)듯이
우리에게 익숙한, '의식 상관적인 현금의 표상 체계'가 꽉 막고 있는 미
정형의, 정체불명의 '저쪽' 세계에 그녀는 접근하고 싶은 것이다. 이 미지
의 영역에 비하면 평균적 일상이 지배하는 현재의 질서가 가지는 의미는
시인에겐 아무래도 좋은 미미한 것에 불과하다. "갑남을녀 사이에서 갑
이어도 을이어도 슬프지 않았다".(101쪽)라는 무심한 말이 알게 해 주듯.

그런데 익숙한 질서 저쪽의 실루엣을 잡아 보려는 시인의 고고학적 제
스처는 분명 또 한 사람의 고고학자의 발굴 작업을 떠올리게 하지 않는
가? "의식에 전적으로 주어져 있는 것이 아닌 규칙들"[9]을 탐구하는 고고
학자, "우리가 친숙해 있는 분절들과 분류들을 문제시해 보아야 한다."
(*AS*, 32쪽)는 자 말이다. 이러한 고고학적 의혹이 바로 열 개의 손가락을
지녔으면서도 아홉 개의 손가락으로 글을 쓰는 시인의 정신 한구석에 도
사리고 있다. 열 개의 손가락은 그 자체 충족적인 표상 체계처럼 보이지
만, 시인의 불길한 눈길에 그것은 하나의 손가락을 잊어버리고 있는 체
계이다. 우리 의식이 매우 익숙하게 정상적으로 받아들이는 그 열 개의
손가락이 불완전하다는 것을 폭로하고 거기에 타격을 가하며, 마침내 평
균적 일상의 시각에서 볼 때 완벽히 정돈되어 보이는 그 표상 체계가 허
물어지게 하는 것이, "얇은 의식 너머의 저쪽"을 바라보는 화자가 노리
는 것이다. 하도 아름답고 잘 세공된 공격성 없는 언어들 사이에서 이 일
은 이루어지고 있어서, 그것은 희석된 알코올처럼 위협적인 향기를 거의
만들어 내지 않고서 은폐된 채이지만 말이다.

도대체 열 개의 손가락을 위협하며, '밑바닥'으로부터 출몰하고 싶어

---

9) M. Foucault, *L'archélogie du savoir*(Paris: Gallimard, 1969), 274쪽.(약호: *AS*)

하는 저 '정체불명'의 잃어버린 손가락, 이름 없고 내용 없고 표정 없는 그 익명의 것은 무엇인가? 시인에게 그것은 아홉 개의 손가락의 부족을 매워 줄 완벽한 열 번째 손가락이지만, 열 개의 손가락 모두를 이미 구비한 평균적 세계의 관점에선 곤혹스러운 권리 주장을 하고 있는 열한 번째 손가락이다. 늘 넘치거나 모자라는 저 손가락, 그래서 표상의 안정성을 붕괴시킬 폭발물과도 같은 저 손가락은 마치 살아 있는 자에게 찾아온 그의 시신(屍身)과도 같다.

시의 언어는 언어적 표상 체계에도 타격을 가할 이 위협적인 미지의 사물을 드러내 줄 수 있을까? 시인은 이미 시의 사명을 '규정할 수 없는 것', 즉 '정체성을 부여할 수 없는 익명의 것'을 가시화하는 작업이라 설정한 바 있다.(이렇게 말이다. "쉽게 규정할 수 없는 마음들을 단 하나의 말로, 눈빛으로, 옮기는 일".(고백」, 31쪽)) 그래서 멸종한 콰가얼룩말 한 마리를, 그러니까 평균적 의식의 지표면을 꿰뚫고 들어간 어두운 밑바닥에서 손가락 같은 뼈로 발견될 말 한 마리를 시의 지평에서 발굴하는 일이 벌어진다. "얼룩말이면서 말이기도 아니/ 얼룩말이 아니면서 말도 아닌"(70쪽) 그런 점에서 정체성 없는 이례적인 말이 모습을 드러낸다. 이 말의 출현은 현재의 표상 체계 안에 담아낼 수 없는 곤혹스러운 존재의 난입이며, 결국 그것은 우리에게 익숙한 질서를 이렇게 무너뜨린다.

아빠이면서 엄마이기도 아니
아빠가 아니면서 엄마도 아닌
우리가 콰가얼룩말처럼
정직한 종족으로 살았으면 좋겠다, 생각했다
                    ——「콰가얼룩말의 웃음소리」(71쪽)에서

우리가 익숙해 있는 가장 기본적인 질서(아빠 엄마)를 교란시키는 괴

이한 사물에게 붙은 저 "정직한 종족"이란 명칭은 이 교란이 가져오는
긍정성을 더욱 분명하게 하고 있다. 때로는 사물들의 질서 배후를 와해
시키는 '지진'이 콰가얼룩말의 역할을 하기도 한다. 질서 체계 내지 분
류 체계를 와해시키는 것이 고생물학자가 발견한 콰가얼룩말의 뼈들이
라면, 지진 역시 우리 몸을 통과하며 고정되어 있는 사물의 분절들을 해
체한다. 요컨대 분절되는 지점들을 지배하는 경첩들이 지진의 타격 아래
떨어져 나가고 비로소 뼈들이 움직이기 시작하는 것이다.

> 수백 개의 뼈가 움직이기 시작한다
>
> (……)
>
> 모든 사물이 제자리로 가기 위해 흔들린다 (……)
>
> ——「여진」(32쪽)에서

　여기서 "모든 사물이 제자리로 가기 위해 흔들린다"는 표현은 앞 시
에서의 "정직한 종족으로 살았으면 좋겠다"는 구절과 정확하게 호응한
다. 모든 질서를 와해시키는 지진은 사실 사물들을 "정직한 종족"의 자
리 또는 "제자리로" 돌리기 위한 힘인 것이다. 그리고 그 힘을 우리는 이
미 "수천 번 다르게 빛나는 잎을 틔우"(42쪽)는 익명의 "따뜻한 입김"에
서 확인한 바 있었다.
　이렇게 우리가 가진 질서와 표상 체계에서는 발견할 수 없는, 그러므
로 정체와 이름이 없는 '모든 사물의 제자리' 또는 '정직한 종족의 자리'
에 도달하기 위해선 지표 밑을 들여다보게 해 주는 장치들, 고생물학이
나 지진이 시인에게 필요했다. 그런데 그 "제자리"라는 것은 정말 우리
에게 익숙한 모든 것의 와해를 감수하고도 한번 가 보아야만 하는 곳인
가? "제자리"라는 명칭이 무색하게 실은 아무 자리도 아닌 익명의 거기
에 도대체 어떤 미지의 사건이 기다리고 있기에?

시인에게 그 사건이란 무엇보다 새로운 말의 세계가 출현하는 사건
이다. 즉 새로운 사건은 마치 시인이라는 직분을 눈여겨본 듯 김지녀에
게 언어적 차원에서 도래하고 있다. 시인은 지금의 표상 체계 안에선 하
나의 정체불명의 수수께끼로 남아 있을 뿐인 고고학적 대상을 손에 집어
든다. 바로 이스터 섬의 해독되지 않은 상형 문자 "롱고롱고" 말이다. 그
리고 이내 그 문장은 우리에게 가시적일 수 있는 형태, 즉 해독된 형태로
제시되는데 그것은 우리가 가진 표상 체계 안에서는 도저히 존립할 수
없는 기이한 사랑 이야기이다. "모든 새들이 물고기와 교미했네 그리고
해가 태어났네".(42쪽) 기이한 사랑, 낯선 관계, 낯선 출산, 낯선 세계의
침입이 이렇게 일어난다. 혹자는 이 침입을 '모든 정렬된 표층과 모든 평
면의 해체'라고 일컫고 싶어 했을 것이다. 그리고 롱고롱고의 언어로부
터 다시 시인의 언어가 이렇게 태어난다.

> 새소리 같기도 하고 물고기 지느러미 같기도 한 말들로
> 안부를 묻고
> 사랑을 하고
> 슬픔을 어루만졌지, 롱고롱고
>
> ——「코하우 롱고롱고」(42~43쪽)에서

그것은 지금의 표상의 중심에 있는 인간의 말이 아니다. 고정된 자리
나 실체성을 지닌 어떤 자의 말도 아니다. 새소리에서 물고기 지느러미
의 느린 율동으로 이동하는 언어, 정체를 집어낼 수 없는 변신하는 언어
가 그것이다.

이 세상의 구획과 질서가 그러한 언어를 참아 낼 수 있을까? 물론 세
상은 침입자가 만들어 낸 틈을 통해 깨어져 나가는 것을 증오한다. 그래
서 시인은 이 시집의 어느 한구석에선 세상의 견고한 질서에 부딪힌 언

어가 겪는 고통과 어려움을 토로한다. "다정한 눈빛을 보내지만, 묵음의 이야기만이 눈동자를 맴돌다 흘러나온다".(46쪽) 언어는 침묵 속으로 움츠러든다. 그러나 결국, "묵음" 속에 머무는 저 사랑하는 이들을 위로하듯 새들과 물고기들은 하늘과 바다를 뒤섞은, 있어 본 적이 없는 공간에서 사랑을 나눈다. 그러곤 이 시집의 모든 시들의 탄생 자체가 증언하듯, 우리가 익숙해져 온 질서와 의미 체계를 파괴하고 걷어 내는 말들이 도래한다. 그런데 대체 무엇을 위해 이 파괴를 대가로 치러야 하는 걸까? 시인이 말하듯 그것은 안부를 묻고 사랑을 하고 슬픔을 어루만지기 위한 이유 외에 아무것도 없다. 그런데 안부와 사랑과 위로의 언어를 우리는 가져 본 적이 없었던가?

　아니, 그것은 늘 곁에 있었지. 그러나 오래 돌보지 않은 창문 밖 황혼처럼, 오늘도 아무도 모르는 동안 인사와 위안과 사랑의 말들은 어두워지는 지구의 어느 외진 곳으로 빨려 들어가려 한다. 내일도 그럴 것이다. 급류에 휘말린 어린아이를 붙잡듯 시를 써서 말들을 보호하지 않는다면……. 그래서 시인은 꼭 붙잡아 본다. 늘 옆에 있었으나 시인 없이는 깨어나지 않았을 말들을, 그러므로 하나의 삶을.

렉터 박사, 외과 수술, 아니 식사
─강기원 시집 『바다로 가득 찬 책』

1 고기가 흘러내리는 인간

직립 보행을 하지 못하는 인류를 보았는가? 척추가 없어서, 옷걸이에서 흘러내리는 외투 같은 사람은? 흘러내리다 못해 콧물이나 가래처럼 바닥에 고여 있는 인간은? 아니면 껌으로 만든 사람을 본 적이 있으신지? 스핑크스처럼 창백하기 짝이 없는 고대의 멋진 석재 색깔을 가지고 있지만, 한 번 밟아 버리면 그야말로 납작하게 보도블록 위의 '껌'이 된다. 그놈의 척추가 없어서리……

직립 보행은 얼굴을 들게 만들어 시선을 해방시키고 바닥을 짚지 않아도 되는 손의 신축 기능을 발달시켰다. 척추를 들게 되면서 우연히 얼굴과 손이 만나자 그 절묘한 균형 속에서 탄생한 것이 바로 글쓰기다. 시선을 통해 글을 읽고, 또 손으로 쓸 수 있게 된 것이다. 예외 없이 글쓰기라는 욕조 속에서 허우적대고 있는 시인들이란, 생명이 직립 보행이라는 파도, 항구적이지도 않고 길지도 않을 파도를 잠시 갈아타고 있는 동안 그 물살에서 우연히 생겨나 아주 잠깐 동안 반짝이는 물거품 같은 존재이다. 글쓰기라는 것은 생명이 척추를 들게 된, 우주 시간으로 치면 빛이 눈으로 들어와 눈꺼풀이 자동적으로 내려가는 것보다 더 짧은 순간 동안에 이루어지고 있다. 지구상에는 이 눈꺼풀이 내려가는 순간을 문학의 광선으로 밝은 방처럼 만들며 그 순간 안에서 한평생을 보내는 생물들도 있다.

그런데 강기원의 시들은 그것이 글쓰기의 소산인데도, 직립 보행의 파도 위에 실려 가기를 거부한 생명체의 것이다. 이 시들을 탄생시킨 자는 척추에 걸려 있는 얼굴과 손의 소유자, 즉 '인간'이 아니라, 척추 없이 흘러내리는 고기이다. 지탱해 줄 것이 없기에 그것은 바닥에 떨어지면서 퍼즐 조각처럼 흩어져 버린다. "퍼즐의 몸 흩어지다/ 조각난 머리, 젖가슴, 허벅지, 무릎뼈가/ 밟히다, 짓밟히다".[1] 바닥에서 밟히는 껌 같은 고기 인간이 나타난 것이다.

생명이 지금 어쩌다 척추동물에게 잠시 잠깐 얹혀 살고 있다고 해서, '이 생명이 언어를 빌려 몸 밖으로 기어 나온 형태'인 시가 척추동물에게 백년가약 헌신할 필요가 어디 있겠는가? 저 혼자 자유로운 생명은 시의 도움으로 척추 없는 고깃덩어리와 더불어 바닥을 뒹굴 수도 있지 않겠는가? 고고학자 르루아구랑이 예언하는 미래의 인류처럼 말이다. "어떤 중대한 변화도 손과 치아의 상실 없이는, 즉 직립 보행의 상실 없이는 이루어지지 않는다. 앞쪽 사지들에 남아 있는 것을 사용해 버튼들을 누르면서 누워서 살아가는 치아 없는 인류를 전혀 생각할 수 없는 것은 아니다."[2] 미래의 인간은 이렇게 껌이나 가래침처럼 바닥에 붙어 사는 고기일 것이며, 사실 더 이상 인간에 부합하지도 않을 것이다. 강기원의 시적 화자도 온 힘을 다해 이렇게 인간이라는 유기체를 저버린다. "나를 폭파시킬 수 있었다면 그리했을 거예요// 콧방울, 혓바닥, 유두, 배꼽, 은밀

---

1) 강기원, 『바다로 가득 찬 책』(민음사, 2006), 80쪽. 이 시집에서의 인용은 약호 표시 없이 본문 중 괄호 안에 쪽수만을 써 준다.

2) A. Leroi-Gourhan, *Le geste et la parole*(Paris: Albin Michel, 1964), t. 1, 183쪽. 우리는 5부의 「신체 연구」에서 이러한 르루아구랑의 생각을 '춤'과 관련해서 좀 더 숙고해 볼 생각이다.

한 그곳까지/ 바벨의 뇌관을 박는 거지요".(56쪽) 그래서, 폭파 뒤에 이 유기체의 폐허 뒤에 무엇이 남는가? "머리도 없다/ 가슴도 없다/ 발도 없다/ 물론 오장 육부도/ 영혼도 없다".(98쪽) 남은 것은 손인데 인간처럼 글을 쓰는 손이 아니라, 땅바닥을 기는 것과 마찬가지로 벽에 붙어 기기 위한 덩굴손이다. 물론 얼굴도 사라진다. "경계가 없는 이, 목, 구, 비"(48쪽), "눈과 함께 코도, 입도, 귀도 떼어져/ 새로운 더듬이가 자라나 보다"(41쪽).

이러한 척추와 고기의 불화, 즉 해체에 직면한 인간—유기체는 강기원 시의 가장 큰 특징으로서 첫 시집 『고양이 힘줄로 만든 하프』에서부터 강조되고 있던 바였다. 가령, 그 불화는 내장이 모두 쓸려가 사라져 버리고 피리처럼 앙상하게 혼자 남은 척추의 모습으로 표현되기도 했다. "몸 속으로 비가 쏟아져 들어왔어/ 구멍마다 흘러나오는/ 황톳빛 빗물/ 함께 쓸려 가는 내장/ (……)// 비는 그쳤으나/ 구멍이 뚫린 채로 나는 남겨졌어// (……)/ 속이 빈/ 뼈들의 마디".[3] 고기 없이 버려진 '척추 피리'만 남는다. 여기서 몸에 구멍을 뚫는 비가 하는 것과 동일한 역할을 이번 시집에서는 몸에 뇌관을 박기 위한 「피어싱」이 하고 있다는 것은 두말할 것도 없다.(사실 많은 점에서 첫 시집은 이번 시집의 청사진 또는 스케치와도 같다.) 그런데 강기원에게는 도대체 왜 이렇게 유기체에 구멍을 뚫고 못 살게 하고, 결국 유기체를 벗어 내던지는 일이 중요한가?

2 한니발

무슨 까닭으로 이렇게 척추를 제거하고 인간이라는 고기를 너무 큰 옷

---

3) 강기원, 『고양이 힘줄로 만든 하프』(세계사, 2005), 18~19쪽.(약호: 『하프』)

처럼 옷걸이에서 흘러내리게 만드는가? 앙토냉 아르토의 다음과 같은 유명한 말로부터 시작해 보자. "신체는 결코 유기체가 아니다. 유기체들은 신체의 적들이다." 그러면서 그는 "눈꺼풀들이 팔꿈치, 슬개골, 대퇴골, 발가락과 짝지어 춤추게 하고 싶다."라고 쓰고 있다.[4] 유기체(organism), 즉 '기관들(organs)의 조화'가 함축하고 있는 바는, 개별적 기관들의 쓰임은 하나의 전체에 매개되어 있다는 점이다. 그런데 개개 기관들이 경험적인 데 반해, '전체'라는 것은 경험되지 않는 이념(ideal), 그러므로 형이상학적인 것이다. 유기체라는 것은, 개개 기관들이 이 전체라는 형이상학적 이상을 목적으로 삼는다는 것, 즉 목적론을 암암리에 함축하고 있다. 형이상학적인 이념, 그러므로 보이지도 않고 들리지도 않는 허구를 '위해' 개별적 기관들이 만들어졌다는 것은, 전체적인 조화를 위해 개별자들 각각의 소명이 '이미' 부여되었다고 주장하는, 신체에 대한 일종의 '신학'이다.(그런데 신체에 대한 이 신학 때문에 얼마나 많은 사람들이 고통 받고 있는가? 가령 이 신학은 남성 기관의 쓰임과 여성 기관의 쓰임을, '전체적인 조화의 이념을 바탕으로 미리 명시해 놓고서' 이 기관들을 사적으로 사용하려는 동성애자들을 단죄한다.)

그러므로 문학이, 신체에 대한 학문이든 선입견이든 이데올로기든, 모든 종류의 억압적인 교의 배후를 엿보고자 원한다면,(그리고 사실 문학이라는 놀고 먹는 뻔뻔한 쾌락이 교살 당하지 않고 우리 곁에 있는 것은 단지 이 욕구를 실현하기 때문이다.) 그것은 유기체의 이념과 투쟁하며 신체를 해방시켜야 할 것이다. 문학은 "껍질만으로 잘도 속는/ 시력 나쁜 세상에게/ 멋지게 복수"(33쪽)해야 할 것이다. 직립 보행을 하면서 얼굴을 번쩍 들고 미소와 화장이라는 가면을 배운 동물, 땅을 짚지 않아도 되면서 손이 정교해지고 고상한 안부 편지 쓰는 법과 악수라는 예절을 배운 동물

---

4) J. Derrida, *L'écriture et la différence*(Paris: Seuil, 1967), 279, 281쪽에서 재인용.

로부터 척추를 제거하고, 그를 '관습'으로부터 해방시켜야 한다. 유와 종
이라는 일반적인, 그러므로 추상적인 분류 체계(이 분류 체계의 산물이 바
로 인간이란 개념이다. 이성을 가진(종차) 동물(유))로부터 개별적인 생명들
의 특이성을 되찾아야 한다.

신체를 해체하는 강기원의 시들 배후에는 바로 이런 과제들에 응답하
고자 하는 열망이 도사리고 있다. 그런데 어떻게 시 안에 그런 열망을 실
현하기 위한 장치를 심어 놓을 것인가? 비인간적, 또는 '인간 이전적 풍
경'에 어떻게 도달할 것인가? 첫 시집에서는 직립 보행 하는 자의 잘난
두 기관인 손과 얼굴을 버리기 위해 짐승으로 변신하는 방식을 택했다.
뱀이 되어서 직립 보행을 버리고 바닥을 기어가기. "모래 자루처럼 탱탱
해져서 바닥을 밀고 간다/ (……)/ (손가락이 없으면 이리도 간단하군)".
(『하프』, 25쪽) 손의 부재에 대한 확실한 만족! 또한 "시력 나쁜 세상", 선
입견과 관습과 전통이 눈을 가리고 있는 인간적 세상 속에서, 벽에 걸어
놓은 넓적한 칠판 같은 직립 보행자의 얼굴 위에 생겨나는 바람에 기껏
해야 백팔십 도밖에 보지 못하는 눈을 동물의 것으로 바꾼다. "삼백육십
도 회전하는 게의 눈/ (……)// 내 눈은 양껏 밀고 당겨 백팔십 도/
(……)/ 이렇게 부탁해 본다/ 게야, 시 쓰는 내게/ 네 눈을 빌려 주련?"
(『하프』, 24쪽) 시를 쓰기 위해선, 인간 아닌 자의 언어에 도달하기 위해
선 동물이, 그러므로 가공되지 않은 자연이 될 필요가 있었던 것이다.[5]
눈이 회벽 같은 인간의 얼굴로부터 떨어져 우주에 떠 있는 어떤 별처럼,
게의 안구가 되어 삼백육십 도 회전할 필요가 있었던 것이다. 보르헤스
가 지하실에서 바라본 '알렙'처럼 말이다.

이 시집 『바다로 가득 찬 책』의 경우는 어떤가? 이번엔 인간의 신체를
잘라 내는 외과 수술을 단행한다. 물론 척추동물 너머의 가능성을 시험

---

5) 우리가 「동물 변신 문학」(1부)에서 살펴보았던 것처럼 말이다.

해 보고 있는 시인에게, 생명을 인간이라는 유기체 안에 잘 보존하는 것을 목적으로 삼는 외과 의사는 별 쓸모가 없다. 오히려 신체의 모욕자이자 해체자, 가령 한니발 렉터 박사 같은 사람의 외과 수술이 절실한 것이다. "그 미치광이/ 렉터 박사가 아니어도/ 피부는 모으고 싶지/ 퀼트처럼 조각조각 잇대어 보고 싶지".(32쪽) 사실 강기원이 "사라진 목, 부서진 팔다리"(『하프』, 125쪽)라는, 척추 제거의 염원을 렉터 박사를 통해 실현하리라는 것은 첫 시집에서도 어느 정도 예견되어 있었던 듯하다.「양들의 침묵」에나 나올 듯한 다음 장면이 암시하듯이 말이다. "무늬 없는 등판에 지도를 그려 넣어/ 벽에 거는 일은 어때".(『하프』, 124쪽) 이런 외과 수술의 결과 무슨 일이 일어나는가? 척추 동물의 자랑, 얼굴과 손과 직립 보행 하는 다리가 그야말로 엿같이 되어 버린다. "맘에 안 드는 얼굴은/ 깔아뭉갤 엉덩이로/ 분주했던 팔다리는/ 의연한 등판으로"(32쪽) 되는 것이다. 신학자들이 정체성을 애써 마련해 놓고 구분한 것들도 마구 뒤섞여 한 양푼의 우주적 비빔밥이 된다. "아예 여자를 남자로/ 천사를 악마로 바꾸어 보고 싶지".(32쪽)

그런데 우리는 렉터 박사가 외과 수술의 예술가일 뿐 아니라 특별한 요리사라는 것도 잘 알고 있다. 그는 도마 위에 인육을 올리지 못해 안달이 난 사람이다. 아마도 이 시집 곳곳에 이름이 거명되건 안 되건 렉터 박사의 유령이 출몰한다면, 바로 강기원 역시 식인 취향을 가지고 있기 때문이리라.

> 중국의 용문(龍門)에선
> 인간으로 만두를 빚었지
> 그곳의 만두 맛은 정말 특별해
>
> ——「만두」(22쪽)에서

골즙까지 남김없이 빨아 먹는 것 앙상한 늑골만 남을 때까지

　　　　　　　　　　　　　　　　　　—「복숭아」(15쪽)에서

늑골의 강력분

땀과 눈물의 소금기

숨결 효모

수줍은 미소의 당분 약간

칠 할인 체액을

　　　　　　　　　　　　　　　　—「베이글 만들기」(24쪽)에서

　나열하자면 이 엽기 취향의 요리들은 끝이 없다. 인간이라는 유기체로부터 해방된 고기가 놀랍게도 곧바로 요리 재료로 선택된다는 이 당혹스러운 사실을 어떻게 이해해야 할까? 모든 선입견, 관습, 추상적 개념들로부터 벗어나기 위해 인간의 척추를 버리고 흘러내리는 고기에 도달했건만, 그것은 결국 요리 재료를 얻기 위해서란 말인가? 도대체 척추로부터 흘러내리는 고기의 매력이 무엇이기에 이 시적 화자를 군침을 흘리는 식인귀로 만드는가?

3 칼 한 자루

　고기란 얼마나 매력적인가? 고기의 매력을 이해하기 위해 읽어 볼 필요가 있는 한 구절을 우리는 미셸 투르니에의 『마왕』에서 발견한다. "정육점과 거기 걸려 있는 갈퀴, 그 갈퀴에 걸려 있는 껍질 벗긴 짐승의 잔혹하고 거대한 알몸뚱이, 시뻘건 살뭉치, 끈적끈적하고 금속성 광택이 나는 간, 분홍빛이 돌고 스펀지처럼 생긴 허파, 외설적인 형태로 네 쪽으

로 나뉜 어린 암소의 궁둥이가 내보이는 주홍빛 내부, 특히 그 날고기들 위로 지나다니는 엉긴 핏덩이와 찬 기름 덩이의 향기 (……)."[6] 이 시집의 화자라면 군침을 흘리고도 남을 모습이다. 척추에 고기가 제대로 잘 걸려 있을 때 우리가 그것에 대해 매력을 느끼는 방식이 있다. 예컨대, 목이 긴 여자, 키 큰 남자 등등……. 그런데 이런 인간―유기체가 아닌 고기를 매력적이도록 해 주는 것은 무엇인가? 도대체 어떻게 고기는 우리의 정서를 발동시키는가?

가령, 푸줏간에 매달린 고기들을 자주 그린 프란시스 베이컨은 고기 속에 '이물질'을 쑤셔 넣음으로써 고기의 매력을 깨워 낸 듯하다. 바로 칼을, 아니 칼 같은 척추를 쑤셔 넣는다. "베이컨에게 척추는 살인자가 아무것도 모르고 잠자고 있는 사람의 신체 안에 쑤셔 넣은 피부 밑의 칼일 따름이다."[7] 베이컨에게서 척추란 상처를 내며 깊이 파고든 칼 같은 이물질이기에 고기는 조화로운 유기체의 형태로부터 해방되어, 피를 흘리며 아래로 흘러내리기 시작한다. 붉은 고기 살의 매혹이 시작되는 것이다. 강기원에게서도 부재하는 척추를 대신하는 칼이 있다. 카프카의 「형제 살인」과 매우 재미있는 유사성을 가진 한 편의 시가 보여 주는 것처럼 말이다. "너는/ 온몸이 수렁인 양/ 칼을 삼켰지/ 그래도 나는 다시/ 칼을 찔러 댔어/ 그러면 너는 다시/ 칼을 삼켜 버리는 거야".(34~35쪽) 고기가 매혹을 발휘하기 위해서는 칼에 찔려야 한다. 몸속 깊이 칼날을 삼켜야 한다. 그러기 전엔 그것은 고기라기보다는 생동감을 잃고 '정지한 사체(死體)'에 불과하다.[8] 칼을 찔러 넣을 때 비로소 고기는 붉은빛으로 젖어 들며 충격적인 정서를 방향제처럼 발산하는 매혹의 덩어리로 완

---

6) M. Tournier, *Le Roi des Aulnes*(Paris: Gallimard, 1970), 112쪽.

7) G. Deleuze, *Francis Bacon: Logique de la sensation*(Paris: Éd. de la différence, 1981), t. Ⅰ, 20쪽.(약호: *FB*)

8) 아마도 '사체'에 대해선 별도의 성찰이 필요할 것이다. 우리는 사체라는 특이한 존재에 대한 놀라운 존재론을 다음 장에서 성윤석의 시 속에서 살펴볼 것이다.

성된다. 역설적이게도 유기체를 죽이는 칼이 고기를 사체로 머물게 하지 않고 또다른 생명력을 얻게 하는 것이다.

> 주방장의 노련한 칼질에
> 뇌가 아직 살아 있는 그것이
> 푸른 쓸개도, 부레도 없는 그것이
> 분장이 얼룩진 피에로처럼
> 물속을 벌겋게 물들이며
> 헤엄치기 시작한다
> 탄성을 내뱉는 이들에게
>
> ——「가을날의 피에로」(36쪽)에서

칼로부터 어떻게 고기가 생동감을 얻게 되는지 이보다 더 잘 설명하지는 못할 것이다. 칼의 마술과 같은 수완은 사체로부터 "탄성"이라는 '잉여 가치'를 이끌어 낸다. 이렇게 해서 강기원의 엽기적인 요리 재료들, 즉 아직 식지 않은 고기와 그 고기 표면에서 모락모락 피어나는 정신적 요소들(가령 '불안' 같은 것)이 마련된다. "허파며 간, 쓸개, 혓바닥, 뇌수에 핏물까지/ 아낌 없이 내어 줄 토막 난 몸뚱이",(20쪽) "피의 시럽",(25쪽)「곰국」속의 "기고 기어 온 무릎/ 감추어 둔 꼬리",(26쪽) "창자와 벌름거리던 숨구멍과/ 대구의 생식기 (……) /내 끓어진 애와/ 벙어리 가슴과/ 텅 빈 아기집",(28쪽) "고름 두 덩이/ (……) 쾌감 충분히/ 지저귐 큰 스푼 둘, 불안 넉넉히"(18쪽) 등등. 이렇게 강기원의 시에서 고기의 매혹에 최초로 눈뜨는 마음의 능력은 "식육의 허기"(20쪽)이다.

척추 혐오자이고 도살의 광적인 팬이며 렉터 박사의 분신이자 요리광인 시적 화자의 모험은 이 허기와 식도락의 숨바꼭질에서 끝나는가? 칼의 마술이 이끌어 내는 매혹은 혀끝을 자극하고 사라질 뿐인가? 우리는 길잡이를 얻기 위해 프란시스 베이컨의 고기로 다시 돌아가 볼 필요가 있다. 그는 자신의 고기 체험을 이렇게 이야기한다. "나는 항상 도살장과 고기에 관련된 이미지에서 매우 충격을 받았다. 나에게 이런 〔도살장에 걸려 있는 고기들의〕 이미지는 십자가형의 모든 것과 긴밀하게 연관되어 있다."[9] 도살된 채 척추에서 흘러내리는 모든 고기는, 십자가 ─ 역시 이것도 일종의 척추다. ─ 에서 흘러내리는 그리스도 고기를 표절한 것이다.(이런 점에서 그리스도야말로 모든 도살장과 냉동 창고에 걸린 고기들의 모범이자 수호 성인이다.) 우리는 강기원에게서도 이런 고기 체험(아니, 오히려 영적 체험이라 불러야 하나?)을 발견한다.

살덩이들이 있어

(……)

십자가에 달리지 않고도

전신을 내어 드리는

크고 맑고 슬픈 눈동자가 있어

순하게 끔벅이는

보이지 않는 눈동자가 있어

─「차디찬 고깃덩어리」(20~21쪽)에서

여기서 고기가 십자가에 달리지 않았다는 진술 안에 숨은 진짜 진술은 '십자가에 매달렸다.'는 것이다. 그렇지 않다면 맥락도 없이 십자가를 언급할 이유가 없지 않겠는가? 부정의 방식으로 십자가를 긍정하고 있는 것이다. 이 십자가 체험, 그러니까 척추에서 흘러내리며 죽어 가는 고기(반대로 유기체는 척추에 매달려 있기에 살아간다.)의 가르침은 바로 제물로 바친 고기 중의 고기, 바로 어린 양의 '대속(代贖)'의 이념이다. 렉터

---

9) F. Bacon, *L'art de l'impossible*(Geneve: Éd. Skira, 1976), 55쪽.

박사의 제자인 강기원 이 식인귀, 진정한 요리가 아니라면 차라리 끼니를 거를 이 요리의 달인, 고기의 매혹을 곧바로 '식육의 허기'에 가져다 붙이는 지독한 먹보이자 육식 애호가는, 놀랍게도 십자가에 매달린 고기 앞에서 "슬픈 눈동자"와 마주친다. 당연하게도 여기서 슬픔은 고기의 것이 아니라 그것을 느끼는 화자의 것이며, 그 눈은 반 에이크 가(家)의 천재적인 두 형제, 후베르트와 얀이 겐트의 위대한 패널 속에서 경배했던 양의 것과 다른 것이 아니다. 고기가 슬픔이라는 것을 가르치는 순간 음식을 삼키는 자의 목은 껄끄러운 어떤 것으로 막혀 버리고 식도락은 종말을 고한다. 먹보는 세상이 고기로 가득 찬 즐거운 음식 창고가 아니라, 눈길이 분주하게 슬픔을 실어 나르는 곳이라는 것을 알게 된다.

4 먹이기 또는 구원

들뢰즈 또한 고기의 가르침에 감화를 받은 인물 가운데 하나인데, 그는 그 가르침을 이렇게 풀이한 바 있다. "고통받는 모든 인간은 고기에 속한다. 고기는 인간과 짐승 사이의 공통 영역이고 이 둘의 식별 불가능한 영역이다. (……) 고통받는 인간은 한 짐승이고, 고통받는 짐승은 한 인간이다. (……) 예술, 정치, 종교 그 무엇에서든 혁명적인 사람이라면 (……) 죽어 가는 송아지들 '앞에서' 책임을 느끼는 하나의 극단적인 순간이 있지 않았겠는가? 이 순간에 그 사람은 〔역시 송아지들과 같은〕 한 마리의 짐승 이외에는 아무것도 아니다."(FB, 20~21쪽) 한 자루의 칼이 고기로부터 이끌어 내는 잉여 가치의 최종적 비밀, 미각으로 환원되지 않는 이 가치가 무엇인지 이 구절은 단적으로 보여 주고 있다. 그것은 강기원이 고기의 "크고 맑고 슬픈 눈동자", "순하게 끔벅이는 보이지 않는 눈동자"로부터 이끌어 낸 가치와 동일한 것이다. 그것은 이제 우리가

'전회'라는 이름으로 설명할 가치다.

　사실 육식 (또는 식인)의 역사에서, 저 신비한 어린 양고기(성체(聖體)라고 제대로 불러 볼까?)의 출현은 혁명적인 전회다. 육식의 꽃인 식인은 프로이트가 『토템과 터부』에서 쓰듯이, 잡아먹는 대상의 힘을 자기 것으로 만들기 위한 의례였다. "어느 날 쫓겨난 형제들이 함께 돌아와 아버지를 죽이고 잡아먹는다. (……) 먹는 행위를 통해 그들은 아버지와의 동일시를 달성하고 각자가 그 힘의 일부분을 자기 것으로 만든다."[10] 이렇게 "먹는 행위를 통해 사람 육체의 부분들을 〔나와〕 합체함으로써, 그 사람이 가진 특성들을 자기 것으로 만드는 것이다."(「토템」, 323쪽) 이런 육식 풍습의 전통에서 신비한 어린 양이 행한 전회는 '잡아먹기'를 '내어 주기' 또는 '먹이기'로 대체했다는 것이다. "이것은 너희를 위하여 내어 주는 내 몸이다."(「루가」, 22: 19) 잡혀 먹는 고기가 아니라, 타자를 먹여 살리는 고기, 타자에게 힘을 나누어 주는 고기가 출현한 것이다.

　이 시집은 "야수인 예수"(54쪽)와 렉터 박사라는, 식인 풍습에 기원을 두는 두 인물을 큰 축으로 삼아 설립되었다고 해도 과언이 아니다. 렉터 박사의 이야기나 그리스도의 이야기나 모두 고기 애호가들의 이야기이고, 식인 풍습의 향수에 관한 이야기이며, 외과 수술 (또는 몸을 찢어 제자들에게 나누어 주기)에 관한 이야기이고 저녁 식사에 관한 이야기다. 다만 이 두 인물은 잡아먹기와 먹이기라는 서로 상반된 방향의 운동을 한다. 그리고 확실히 고기를 잡아먹는다는 매혹적인 행위 안에서 '먹이기'라는 전혀 상반된 운동을 발견하게 된 것은 시적 화자의 정신세계에서 큰 전회에 해당한다.(당연한 이야기겠지만 먹는 일의 매혹을 모른다면, 먹이기도 할 수 없다. 이런 뜻에서 잡아먹기는 궁극적으로 먹이는 일을 준비하고 있었던 것이다.) 자신의 고기를 먹이는 일의 매혹은 이 시집 도처에서 발견된다.

---

10) 지그문트 프로이트, 이윤기 옮김, 「토템과 터부」, 『종교의 기원』(열린책들, 1997), 403~404쪽.(약호: 「토템」) 인용은 원문에 의거해 약간 수정함.

허기진 네게
인상 깊은 만두를 먹여야지
만두소처럼 나로 너를
온전히, 맛있게, 그득하게 채워야지

—「만두」(23쪽)에서

나의 얼굴, 팔, 다리, 심장을 대접하겠습니다
(……)
무향(無香)의 다감한 속살
이제 그대만을 위해 내어 드립니다 기꺼이

—「베이글 만들기」(24~25쪽)에서

나인 줄은 모르게
감쪽같이 뽀얘져서
고추 후추 듬뿍 뿌려
나인 듯 아닌 듯
자 드세요

—「곰국」(26~27쪽)에서

시인의 노정부터 잠깐 이야기하자면, 첫 시집의 「선짓국」이 선짓국이
라는 객체 속에서 영성체의 이미지를 발견하는 데 그쳤다면, 이 시들은
객체가 아닌 나라는 주체를 먹거리로 만들어 타자에게 적극적으로 먹이
는 행위를 감행하고 있다는 점에서 하나의 도약으로 이해해도 좋을 것
이다.

그런데 도대체 '잡아먹기'로부터 '먹이기'의 발견, 고기를 식용으로 다
루는 방식에서 나타난 이 큰 전회의 본질은 무엇인가? 그것은 이타적(利

他的) 자아 또는 윤리적 자아의 탄생인가? 우리는 이를 '윤리적' 또는 '도덕적'이라고 부르고 싶은 유혹의 함정에 빠져서는 안 될 것이다. 문학(물론 오로지 진짜 문학)은 법의 파괴자일지언정, 어떤 법도(그러므로 도덕법도, 교의도, 윤리도) 설립하지 않는 까닭이다.

해답을 얻을 수 있는 실마리를 우리는 하나의 같은 소재를 첫 시집과 이번 시집이 어떻게 서로 다르게 접근하는지 살펴봄으로써 이끌어 낼 수 있다. 앞서 말했듯, 첫 시집의 많은 시들은 이번 시집의 시들을 위한 청사진으로 이해할 수 있다. 강기원의 요리 특기 가운데 하나인 '염장'을 공통적으로 다루고 있는 첫 시집의 「자반」과 「미하(米蝦)」가 염장의 진정한 의미에 도달하기 위해선 이 시집의 「절여진 슬픔」으로 끌어올려질 필요가 있었다. 앞의 두 편에서 염장은 아래와 같이 그저 막다른 골목처럼 묘사되고 시는 더 이상의 진전 없이 끝을 맺는다.

> 남겨진 건
> 더 이상 부패하지 않을 염장의 날들
>
> —「자반」(『하프』, 37쪽)에서

> 덜 삭은 눈알로
> 바다를 읽는
>
> 굽어질 등도 없이
> 모든 다리를 오그리고
> 사라져 갈
>
> 쌀새우
>
> —「미하(米蝦)」(『하프』, 39쪽)에서

그야말로 장례식의 마지막 절차를 끝내고 난 것 같은 이 쓸쓸한 풍경은 이 시집의 「절여진 슬픔」에선 연애 놀이의 한 장면처럼 바뀐다.

> 한 말 굵은 소금에 절여 볼까
> 컴컴한 광 속에서
> 한 오백 년 푹 삭아 볼까
> (……)
> 그대 혀끝에
> 올려진다면
> 그게 나인 줄고 모르고
> 삼켜진다면
> 그리운 그대 속내
> 알아보는 거야
>
> ——「절여진 슬픔」(28쪽)에서

달라진 것은 무엇인가? "사라져 갈// 쌀새우"가 처한 죽음과도 같은 막다른 골목을 열어 주는 것은 무엇인가? 바로 유한성 속에서 홀로 죽는 대신 '사랑하는 이에게 자신을 먹이는 사건'이다. 그러므로 해서 "그대 속내 알아보는" 사랑의 놀이는 개체의 죽음을 넘어, 나의 고기를 먹은 사랑하는 이의 생명 속에서 계속되는 것이다. 이것이 내가 나의 유한성을 넘어서, 타자가 누리고 살아갈 시간 한 조각을 쪽배처럼 얻어 타고 계속 살아 나가는 방식이다. 사랑하는 타자의 몸속에서 살아남기. 유한한 개체들의 한계를 뛰어넘어 구원 받는 방식으로 이것 말고 다른 길이 있겠는가? 결국 '먹이기'라는 행위의 본질에서 일어나고 있는 것은 바로 '구원의 사건'이다.

그리고 이렇게 타자를 먹임으로써 그를 구원하고 동시에 내가 구원 받는 것, 그것이 바로 '어머니 대지'가, 우주가 살아 나가는 방식이다. 아차! 나는 아직 이 시집의 모든 말들을 쏟아 내는 이를 당신에게 소개하지 않는 실례를 했구나. 당신과 만나자마자 찻잔을 사이에 두고 앉기 전에 했어야 하는 일인데! 수많은 이름을 가졌지만, 그는 결국 어머니다. "말의 뿌리를 잡아 보고 싶은 거네/ 그 거대한 근/ 온몸으로 받아들여/ 반쪽 아닌 온통으로/ 개안(開眼)하고 싶은 거네".(13~14쪽) 이 화자는 말의 물건까지 탐낼 정도의 색녀인가? 그보다는, 마리아 바르바라보다도 더 수태와 출산만을 영원히 반복하기를 열망하는 자, 그러므로 한 개체로서의 여자라기보다는, 코라(Khôra), 바로 생명들의 요람인 '무규정적인' 어머니 대지다. 바로 '익명적 주체' 말이다.[11] "다시 수태를 꿈꿔야겠다"(113쪽)라고 말하는 그것은 "만물을 삼키고 뱉어 내는 소용돌이"(12쪽), 만물을 '먹이고 먹는 일'을 돌보는 질서, 그러므로 우주의 바퀴를 회전하게 하는 "위대한 암컷"(12쪽)이다.

---

11) 이 개념에 대해서는 이 책 3부의 글 「피부 주체」, 「사도 바울, 메시아, 외국인」을 통해 살펴보았다.

묘지론
―성윤석 시집『공중 묘지』

1 묘지

인간은 무엇을 집어 들었을 때 시를 쏟아 내는가? 그것은 술잔이나 한 송이 꽃일 수도 있고 여자의 매끄러운 손목일 수도 있으며 때로는 발화 물질을 채운 채 머리끝을 불꽃으로 장식한 음료수 병이나 차가운 쇠 파이프일 수도 있다. 심지어 미역국을 뜨기 위해 잡은 숟가락일 수도 있다.

그런데 성윤석은 엉뚱한 것을 찾아다닌다. "죽은 자들의 아파트에 눈이 내릴 때/ 나는 무덤을 파고 아래로/ 아래로 내려갔지요."[1] 현역 묘지 관리인이기도 한 시인, 당신은 무덤 속에서 무엇을 찾는가? 대답은 않고 고집 부린다. "어쨌든 저는 무덤 아래로 아래로/ 더 내려가야겠어요."(53쪽) 거기엔 무엇이 있나? 물론 "무덤 속에서 해골들이 굴러다"(78쪽)니지. 당신은 바로 이것들을 집어 들기 원했나? 해골들을?

우리는 꽃이나 술잔이 아니라, 묘지에서 방금 파낸 해골을 손에 들자마자 명상에 빠지는 시인들의 전통을 안다. 묘지에서 꺼낸 관리, 변호사,

---

1) 성윤석, 『공중 묘지』(민음사, 2007), 36쪽. 이 시집에서의 인용은 약호 표시 없이 본문 중 괄호 안에 쪽수만을 써 준다.

광대의 해골을 손에 들자마자 쉴 새 없이 떠들어 대던 햄릿을 기억하는
가?(셰익스피어, 『햄릿』, 5막 1장 참조) 그의 명상 이후로 전 유럽의 문인들
은 수세기 동안 해골을 집어 들었고 또 던져 버렸다. 해골을 손에 든 이
유럽인에 대해서 폴 발레리는 이렇게 말한다. "만약 그가 하나의 해골을
집어 든다면 그것은 저명한 것이리라. 그것은 누구의 해골이었던가?"[2]
사유에 빠지기 위해 무덤으로 들어가는 시인들, 시체와 마주해야만 시를
쏟아 내는 묘지 시인들이 출몰한다. 문학의 역사가 배출한 가장 위대한
묘지 시인을 꼽자면 아마도 괴테일 것이다. 그가 손에 집어 들었던 해골
은 정말 저명한 것인데, 도둑맞았던 하이든의 것과 더불어 유럽에서 가장
유명한 실러의 해골이었다. 1826년 괴테는 실러의 해골을 들고 감격에
젖은 나머지 이렇게 외친다. "비밀스러운 유골 그릇! (……)/ 그대를 내
손 안에 잡을 자격이 내게 있는가?"(「실러의 해골을 바라보며」, 26~27행)
그리고 말한다. "해골을 사랑하는 자는 없으리라./ 그러나 사정을 잘 아
는 나는 거기에 쓰인 글을 읽었다."(13~14행) 그래, 글이다. 시체엔 무엇
인가 읽어 낼 정보가 있다. 미셸 투르니에가 말하듯 시체엔 읽어 내야 할
비밀이 담겨 있다. "시체는 우리에게 그의 비밀, 즉 생명의 비밀을 내비
칩니다."[3] 그리고 시체에 대한 문학의 모든 열광과 관심이 바로 여기서
탄생한다.("그들은 시체에 비상한 관심을 갖고 있지."[4])

　기필코 무덤 아래로 내려가고자 하는 성윤석의 행동은 일단 이런 오래
된 문학적 관심의 틀 안에서 이해할 수 있다. 해골을 손에 들어야 석화된
두개골 속에 들어 있는 시인의 미지근한 뇌가 생각을 시작하니, 그는 묘
지기가 될 수밖에 없다.("자네 이제 묘지 관리인 다 되었네."(38쪽)) 그에겐
사유도 회상도 시신이 썩은 흙을 손에 넣었을 때 비로소 시작된다. "무

---

2) P. Valéry, *Œuvre*(Paris: Gallimard, Pléiade 총서, 1989), t. Ⅰ, 993쪽.

3) 미셸 투르니에, 이원복 옮김, 『지독한 사랑』(섬앤섬, 2006), 98쪽.

4) 제임스 조이스, 김종건 옮김, 『율리시즈』(범우사, 1988), 상권, 177쪽.(약호: 『율리시즈』)

덤 아래로 아래로/ 내려갔어요./ 그 아래 들에는 일찍 죽은/ 아버지도 보이고/ 서른일곱에 죽은/ 아우도 보였지요."(36쪽) 성윤석의 이런 묘지 취향을 어떻게 이해해야 할까? 이 묘지 취향은 죽음에 대한 은유가 아니다. 죽음의 의미에 대한 성찰을 보여 주는 것이라면 '죽음을 향한 존재'의 문서(하이데거)에서부터, 서민들의 묘지에서 인간의 근본적 한계를 명상하는 토머스 그레이의 걸작 「시골 교회 묘지의 송시」에 이르기까지 도서관의 목록을 풍부하게 채우고 있다. 어떤 의미에서 성윤석의 시체 취향은 죽음에 대한 성찰과는 무관하다. 죽음은 생명의 대립으로서 '무(無)'이다. 아니면 하이데거에서 보듯 유한성이라는 존재함의 방식이 가능하기 위한 근본 조건이다. 그러나 성윤석의 관심은 죽음이라는, 삶의 결정적 사건보다는, '시체라는 특별한 물체'에 가닿는다. 이런 풍경이 있다. 화장(化粧)을 전혀 안 하는 사람도 자의와 관계없이 단 한 번은 화장을 하게 되는데, 시체가 된 후 입관을 위한 의식을 준비할 때가 바로 그렇다. 전문가가 한 젊은이를 정성껏 치장한다. "그는 솜으로 사내의 모든 구멍들을/ 틀어막고 경동맥과 경정맥을 찾아 주사액을/ 주입한 뒤 사내의 모든 피를 뽑아낸다".(44쪽) 그리하여 산 자가 가질 수 없는 새로운 얼굴이 탄생한다. "살아서 가질 수 없는 아름다운 얼굴의/ 한 사내는 완성된다".(45쪽) 결국 죽음은, 모든 형태의 관념론적 성찰이 알려 주는 바와 달리, '무'가 아닌 것이다. 한 사내는 죽음을 거치는 동안 사라지기는커녕 더할 나위 없이 아름다운 표정을 가지게 된다. 메를로퐁티도 이 점을 똑같이 이야기하지 않는가? "얼굴은 (……) 심지어 사망해 있을 때도 무엇인가를 표현하지 않을 수 없게끔 되어 있다."[5] 죽음 뒤에, '무'가 아니라 무언가를 표현하는 표정이 남아 있는 것이다. 밀란 쿤데라의 관심을 끈 것도 죽음이 '무'로 만들지 못하고 여전히 잉여물로 남겨 놓고 마

---

5) M. Merleau-Ponty, *Phénoménologie de la perception*(Paris: Gallimard, 1995(초판: 1945)), 516쪽.

는 표정이었다. "여자가 시트를 걷었다. 그는 낯익은 얼굴〔죽은 자의 얼굴〕을 보았다. 창백하고 아름다운, 그러나 완전히 다른 얼굴이었다. (……) 그가 한 번도 본 적이 없는 그 이상한 미소는 폴에게 보내는 것이 아니었다."[6] 마찬가지로 성윤석의 관심도 죽음이 아니라, 죽음이 골치 아픈 '잉여물'로 남겨 놓고 만 시체에 가닿는다. 그것은 살아서 가지지 못했던 온갖 표정으로 우리를 혼란에 빠트린다. 성윤석의 손에 들린 시체의 이 아름다운 얼굴이 가리켜 보이는 것은 대체 무엇인가? 시체에 새겨진 어떤 정보를 우리는 읽을 수 있는가?

2 문 닫은 극장

시체가 알려 주는 정보를 추적하기 전에 시인의 도정을 잠깐 돌아볼 필요가 있다. 우리는 성윤석을 '극장의 시인'으로 기억한다. 시인이 이번 시집에서 사유를 시작하기 위해 무덤으로 내려갔다면, 『극장이 너무 많은 우리 동네』에서는 극장으로 들어갔었다. 온 이웃이 알아차릴 정도로 그는 극장에만 몰두했다. "날마다 영화를 보러 가는, 내 얼굴을/ 이웃들은 대부분 보고야 말았다네".[7] 막 서른이 된 젊은이의 첫 시집에서 극장은 왜 중요한가? 바로 젊은이에게는 '영화 같은 삶에 대한 신앙'에 쉽게 빠져 버릴 권리가 있기 때문이다. "사람들은 사랑과 정열만으로도/ 떠날 수 있고 누군가 복수를/ 꿈꾸는, 바람 불고 비 내리는/ 거리에 가면/ 나타났다 없어지는 죽음에/ 가면 **우리 삶도 영화가/** 될까 새로운 필름을 예고하는/ 나날의 극장에 가면".(『극장』, 12~13쪽) 젊은이는 "우리 삶도 영화가 될까"라고 질문할 권리를 가진 자다. 극장엔 절망도 종말도 없

---

6) 밀란 쿤데라, 김병욱 옮김, 『불멸』(민음사, 2010), 406~407쪽.

7) 성윤석, 『극장이 너무 많은 우리 동네』(문학과지성사, 1996), 44쪽.(약호: 『극장』)

다. 영원한 삶이 눈앞에 펼쳐지듯 '새로운 필름'이 언제나 스크린 위에서 번쩍일 것이기 때문이다. 그래서 이 요술의 집 좌석에 앉아 스크린을 응시하고 있자면 '죽음도 나타났다 없어질 수 있을 것 같다.' 혹 죽음이 찾아오더라도 그것은 초라하고 구질구질한 장례 절차로 찾아오는, 우리 현실을 구성하는 죽음이 아니라, 전설 속의 영웅이 겪는 죽음, 사실 죽음이라기보다는 영웅 서사시에 가까운 그런 것이다. 한 번 몰입하면 벗어날 수 없는 이 스크린의 환상 속에는 가난에 대한 걱정도 내일의 실직에 대한 불안도 없다. "사랑과 정열만으로도" 살아갈 수 있는 곳이 극장의 세계이며, 극장에 앉은 이는 그야말로 "이 세기의 왕"(『극장』, 46쪽)이다.

그런데 서른 살 젊은이가 앉아 있던 극장으로부터 11년 멀어진 이 시집의 화자에게는 어떤 일이 벌어지는가? "걷다가 어느새 당도한 옛 극장터./ (……)/ 옛 극장터 앞에서 잠시 누군가를/ 기다려 보다/ 만화 속 풍경처럼 나는/ 다시 걸어간다."(64쪽) 극장은 문을 닫았고 터만 남았으며, 늘 환상으로 가득 차던 커다란 하얀 벽면은 이미 되돌아갈 수 없는 '옛날'일 뿐이다. 영화에 대한 냉소적인 암시의 시 「시여 헛것이여」가 기록하듯 이 환상은 이제 "헛것"(93쪽)임이 밝혀진다. 극장의 시대가 끝난 것이다!

영화 주인공을 흉내 내며 '이 세기의 왕'이라 자칭하던 자는 애첩을 끼고 이 세기가 그에게 서사시적으로 부여한 역사적이고도 장대한 역할을 수행했었다. 바로 '군주의 몰락'이라는 대주제의 주연 말이다. "어느 날 이 세기의 왕이랄 수 있는/ 자신의 눈앞에서 불가피한 전쟁이 벌어지고/ 그는 오로지 애첩만을 데리고/ 협곡 깊은 곳으로 몸을 숨기게 되는 것이다."(『극장』, 46쪽) 그러나 이젠 변했다. "옛날의 나는 내가 아니었다".(90쪽) 왕이었던 자는 이제 다음과 같은 사실을 시인하고 만다.

나는 이 세기의 왕이 아니었음을
나는 불혹의 나이를 가진, 더 이상
이 드라마의 주인공이 아니었음을
뭘 해도 주인공의 그것이 아니었음을
아니 처음부터
왕이 아니었음을, 주인공이 아니었음을
—「눈을 끔벅거려 보이라니」(101쪽)에서

그래서 오늘은 어떤가? 소심하고 변변치 못하며, 평범함의 등급에조차 턱걸이를 하다 말다 하는 지금의 이 중년 사내는 애첩을 거느리기는커녕 싸구려 술집에서 미시족에게 어리바리하게 월급이나 털리기 일쑤다. "월급날 지하 무허가 단란주점에서 순진한 후배 불러내,/ 무슨 무슨 미시족/ 손 한 번 겨우 잡아 보고 허리 한 번 겨우 껴안아 보고/ 지갑째 털리고 어두운 골목을 혼자서 걸어 나올 때/ 비로소 다시 돈 벌고 싶어지니"(27~28쪽)라고 못나게 중얼거린다.

'극장에서 무덤으로의 이행' 비밀이 여기 있다. 무덤은 시인의 정신세계 속에서 화려했던 극장의 종말이 만들어 낸 필연적 결과다. "비석도 상석도 없이 무연분묘 한 채 언덕에 있다./ (……) 묘지 인부들의 호명도 없이 무연 (……) 극장을 나오며 지었을 웃음소리와도 이젠 무연".(16쪽) 이 구절이 알려 주듯 무덤이란 바로 극장과의 인연이 끊어진 자가 필연적으로 들어설 수밖에 없는 곳이다. 그리고 화려한 극장의 스크린이 찢어진 곳 또는 "잘려 나간 필름"(39쪽)(이는 첫 시집의 "새로운 필름을 예고하는 나날의 극장"(『극장』, 12쪽)과 정확히 대척지에 있는 표현이다.)의 자리에는 변변치 못한 사십 대 월급쟁이의 쓰레기 같은 삶이 있다. 삶이 쓰레기라는 것을 읽어 내기 위해서 그는 무덤(이제 자세히 살피겠지만, 못 쓰는 고기를 버리는 일종의 쓰레기통) 아래로 내려가 썩은 해골을 집어 들 필요가 있었

던 것이다. 그리고 외친다. "우리의 다음은 썩은 쓰레기이리라."(66쪽)

　　그런데 성윤석의 '쓰레기론'을 살피기 전에 극장을 좀 더 세심하게 폐업해야 하지 않을까? 시인의 수많은 시를 쏟아 내게 했던 극장이라는 시 공장은 정말 영영 폐기된 것인가? 극장 폐기의 의미를 단순하게 결론지어서는 안 될 것이다. 영예와 쇠락 사이에도, 극장과 묘지 사이에도 사실 극단적인 이분법은 불가능하며 칼로 자른 듯한 단계의 구별도 없는 까닭이다. 단순화한 허구적인 구성 속에서가 아니라면 삶은 어느 순간 갑자기 쇠락하지 않는다. 우리가 모르고 있었을 뿐 삶은 애초에 쇠락해 있다. 우리는 왕좌를 가진 적도 잃어버린 적도 없으며 "처음부터/ 왕이 아니었음을, 주인공이 아니었음을"(101쪽) 지금에야 깨달을 뿐이다. 그렇다면 극장으로 내려가는 동작은 묘지로 내려가는 동작을 이미 어떤 식으로든 숨기고 있지 않겠는가?『극장이 너무 많은 우리 동네』에서 극장으로 내려가는 모습이 마치 지하 무덤으로 내려가는 모습과 닮은 것은 바로 이런 까닭이다. 그는 무덤 속으로 들어가듯 극장으로 들어간다. "극장에 가면/ (……) 깜깜한/ 지층 한 발 한 발 밑을 요량하며/ (……)/ 밑바닥 꺼져/ 우리가 사라질지도 모르는/ 의자에 앉아"(『극장』, 12쪽)와 같은 구절은 전형적인 옛 분묘 탐색자의 모습을 담고 있다.(이렇게 밑바닥이 꺼져 우리가 사라질지도 모르는 불안한 상태에서 환상의 스크린을 보여 주던 극장 의자는, 이 시집에서 환상의 소멸과 함께 혼란투성이 최악의 생으로 결론지어진다. 다음과 같은 위와 유사한 표현 속에서 말이다. "발밑이 순간순간 끝 모를 곳으로 꺼져 버리는/ 혼란투성이의 생"(40쪽)) 결국, 극장에서 분묘 탐색자처럼 더듬더듬 헤매던 서른 살의 시인은 영화 같은 삶을 꿈꾸던 와중에도 이미 시체에 대한 취향을 암암리에 드러내고 있었다고 봐야 할 것이다. 대상을 시체로 파악하는 다음 구절에서 알 수 있듯이 말이다. "흰 눈이 뭉쳐지거나 나무들이 베어져/ 사람들이 되어 갔다 복개천 부근에도/ 헝겊으로 만든 사체가 머리를 아무 쪽으로나/ 둔 채 누워 있었다".(『극장』, 38쪽)『극장이 너무 많은 우리 동네』를 철없는 젊은이의 환상에 대한 기록으로 둥둥 떠다니지 않게 하는 힘이 바로 여기 있다. 영화를 꿈꾸는 삶의 배후에서 중력처럼 잡아당기는 무덤과 시체라는 세상의 비밀, 이 시집『공중 묘지』에 와서야 전면적으로 노출된 그 비밀을 그는 이미 얼마간 알아채고 있었던 것이다.

그렇다면 극장의 스크린은 마치 숨겨 놓았던 그림을 이제야 보여 주듯 묘지 풍경을 보여 줄 수 있지 않겠는가? 아직 허물어지지 않은 매우 특별한 영화관이 어딘가 한 채쯤 남아 있지 않겠는가? 막다른 골목 같은, 해골의 비밀을 숨기고 있는 극장, 그러므로 더 이상 환상으로 묘지를 가리지 못하는 실패한 극장, 문 닫은 극장 말이다. "산역 인부 하나가 삽을 들고/ 무덤들을 내려다보고 있는 게 아니겠어요./ 자신의 영화를 혼자서 돌리고/ 또 돌리는 실패한 영화감독처럼".(38쪽) 화자는 이제 터만 남은 극장에 앉아 스크린도 벽도 없이 휑하니 뚫린 전면을 통해 세상 마지막 장면인 묘지들을 바라본다. 11년 전 영화 같은 삶의 환상 속에서 떠돌아다니던 극장은 이 시집에서야 비로소 묘지 중턱에서 자기 자리를 찾고 영원히 고정된 하나의 프로그램만을 상연하게 된다. 무덤이라는 프로그램 말이다.

3 쓰레기

이렇게 그는 하나의 극장에서 또다른 극장으로 향했다.("나는 극장 통로를 천천히 빠져나와야 했다./ 그리고 다시 다음 극장으로 가는 고속 도로에 있었다."(42쪽)) 그런데 묘지를 상연하는 이번 극장은 어떤 방식으로 '쓰레기'로서의 삶을 보여 주는가? 시체를 만지는 사내는 어떻게 죽은 자의 표정에서 쓰레기의 정보를 읽어 내는가? 삶의 정수를 시야에 몰아넣기 위해서 문학은 무덤이라는 렌즈에 눈을 가져다 대곤 했다. 가령 조이스는 아일랜드 사회를 바라보기 위해서 하나의 관(무덤)이 필요했다. "아일랜드 사람의 가정은 각자의 관이니라."(『율리시즈』, 215쪽) 지나가면서 하는 말이지만, 『율리시즈』의 6장, 그리고 "눈물 맺히던 그곳에는 애벌레가 기어다닌다."라는 송장에 대한 묘사(90행)가 들어 있는 발레리의 「해변의 묘지」와 더불어, 성윤석의 시들은 끔찍한 무덤 속 풍경을 가장 적나라하게 묘사하는 그리 많지 않은 기괴한 문학적 성과에 속한다.(가령 시 「알박기」를 보라.) 시인의 사유가 묘지를 통해 궁극적으로 쓰레기에 가닿고 있다는 것은 그가 사윗거리로 무덤들 가운데 무연분묘를 가장 선호한다는 데서도 잘 나타난다. "묘적부에서도 지워져 버린, 아무것도 알 수 없고 아무도 알려 하지 않는 연고 없는 무덤 한 채 저 언덕 위에 있어"(16쪽) '익명적인 것,' 무연분묘가 그의 관심의 중심에 있다. 무연분묘는 왜 쓰레기인가? 쓰레기의 정체성은 그것과 필연적으로 결합하는 동사 '버리다'로부터 얻어진다. 무용지물이 되어 '버려지는' 것이 쓰레기다. 무연분묘야말로 "버려진 무덤 한 채"(102쪽)이며, 쓸 곳도 없고 처치 곤란한 쓰레기인 것이다.

사실 본질적으로 묘지라는 곳은 쓸 곳이 없는 죽은 고기, 다시 말해 계속 옆에 두었다가는 악취를 풍기는 쓰레기를 가져다 버리는 곳이 아닌가? 밀란 쿤데라 소설의 한 주인공이 정확히 이해하듯 말이다. "프란츠에게 공동묘지는 뼈다귀와 돌덩어리의 추악한 하치장〔쓰레기장〕에 불과했다."[8] 성윤석의 묘지도 온갖 것이 다 버려지는 쓰레기장이다. 먼저 애완견이 묘지 관리 사무소 근처에 버려진다. "오늘도 누가 애완견 한 마리를 사무소 앞에 버리고 갔답니다. / 저 꼬리 치는 놈을 보세요. 밥 달라고 말이에요."(52쪽) 그다음엔 "미혼모가 버리고 간 쓰레기통 속의 아

---

8) 밀란 쿤데라, 이재룡 옮김, 『참을 수 없는 존재의 가벼움』(민음사, 2009), 166쪽.

이"(20쪽)의 시체가 공동묘지로 인도된다.(쓰레기통에 버렸다는 문자 그대로의 의미로 이 시체는 정확히 쓰레기다.)

쓰레기란 무엇인가? 그것은 일종의 사물임에도 사유의 대상으로 삼기 매우 어려운 사물이다. 쓰레기는 하나의 존재자임에도 쓰레기의 존재론(쓰레기의 존재에 대한 사유)이란 것은 있었던 적이 없었다. 왜 그런가? 존재자는 그것이 가진 '기능'이나 '아름다움'이나 마땅히 갖추어야 하는 '형상(form)'을 통해 존재의 근거를 얻게 되며,(이 근거를 해명하는 일이 존재론이다.) 존재자가 갖추어야 할 이것들(존재자에 근거를 주는 것들)이 망가지고 상실되었을 때 그 존재자는 쓰레기가 된다. 따라서 쓰레기는 필연적으로 존재론의 시야 바깥에 떨어질 수밖에 없다. 그러나 쓰레기는 엄연히 존재하는 것이 아닌가? 존재론 바깥을 스캔들처럼 떠도는 '잉여' 존재로서 존재론을 늘 위협하면서 말이다.

그러니까 쓰레기는 '무'가 아닌 것이다. 이런 쓰레기의 존재를 사유하는 것(즉 존재론의 위반!)에 무슨 뜻이 있을까? 아마도 쓰레기야말로 산업 사회에서의 삶에 접근하기 위한 가장 훌륭한 통로일 것이다. 레비나스는 이렇게 말한다. "사물들은 어떤 면에서 산업 도시들처럼 존재한다. 여기서 모든 것은 생산이라는 목적에 맞추어져 있지만, 또한 가득한 매연과 쓰레기와 슬픔 자체가 존재한다. (……) 그 사물의 헐벗음은 그것의 무용성이며 (……) 그 사물은 언제나 탁하고 적대적이며 추하다."[9] 바로 익명적인 잉여 존재, 추한 것, 쓸모없는 것, '생산의 목적에 위배되는 것'으로서, 산업 사회가 온갖 청결함과 깔끔함과 세련됨으로 숨기고 있는 이 쓰레기가 역설적이게도 산업 사회에서 사물의 존재 양식의 정수가 된다. 고도로 발전한 자본주의에서 사실 쓰레기란 용납할 수 없는 것이다. 자본주의는 쓰레기를 싫어한다. 그것은 생산과 소비 과정의 불완전함으로 인해 생기

---

9) E. Levinas, *Totalité et infini*(La haye : Martinus nijhof, 1961), 46쪽.

는 자원의 낭비이기 때문이다. 자원의 효율적 활용이라는 이상에 맞추어 쓰레기가 잉여적인 것으로 남아 있을 새도 없이 말끔한 상품으로 재생산 되게끔 하는 것이 자본주의의 꿈이다. 쓰레기의 잉여성을 도무지 참아 내지 못하는 자본주의의 생산 과정을 묘사한 성윤석의 다음 구절을 보라. "끝없이 재생되는 플라스틱 잔해들이다./ 잔해들은 분쇄기에 달려들어 가/ 다시 가루가 되고 곧 사출기 속에서 녹아 새로운 금형을 기다린다./ 샴푸 뚜껑들이 하얗게 쏟아졌다."(63쪽) 쓰레기가 반드시 원료로 재활용되어야만 합리적인 생산 과정의 이상은 실현된다. 투르니에의 표현을 빌리면 "쓰레기 앞에서 인색한 후회를 하는 자들",[10] 그러니까 쓰레기의 유출로 자원이 낭비되는 것을 통탄하는, 합리적인 산업 사회의 설계자들은 "생산과 소비라는 2대 기능이 쓰레기 없이 이루어지는 것을 생각한다. 그러나 그것은 완전한 도시 변비증에 대한 꿈이다."(『메테오르』, 102쪽) 잉여물 없이 오차를 만들지 않고 생산과 소비가 대응하는 것은 이루어질 수 없는 꿈이며, 체제의 도달할 수 없는 환상이다. 산업 사회 도시는 그 도시의 청결과 꿈에 대한 모든 표어들, 수억 원을 들여 억지로 만든 이미지들(가령 올림픽을 유치하려고 화장한 도시들에서 흔히 보는)이 무색하게도, 그것의 세련됨에 대한 저주로 생겨난 샴쌍둥이 같은 도시 쓰레기를 끌고 다녀야 한다.

만일 사정이 그렇다면 결코 재생하지 못하는 것들, 즉 늘 쓰레기로 남는 것들에 대해 사유하는 것은, 정확히 계산된 체제의 합리적 과정이라는 이상을 방해하는 이물질이 유령처럼 떠돌고 있음을 폭로하는 '정치적 행위'가 아니겠는가? 바로 이 지점에서 쓰레기에 대한 성윤석의 사유가 가지는 의의를 발견할 수 있다. 도시가 재활용하지 못하는 가장 대표적인 쓰레기가 바로 시체다. 어떤 도시도 반가워서가 아니라 마지못해

---

10) 미셸 투르니에, 이원복 옮김, 『메테오르』(서원, 2001), 1권, 102쪽.(약호: 『메테오르』)

서 시체를 수용한다.(아, 물론 대왕이나 성자의 유골처럼 위조지폐로 사용되는 시체는 여기서 예외다. 우리가 말하는 것은 죽어서도 그저 보통인 자들이다.) 시체는 늘 도시의 불청객이다. 이렇게 말이다. "여자 시체 하나가 있었다./ (……)/ 사내들이 나와 (오오 이 땅에서 죽은 게 아니라고)/ 장대로 서로의 기슭을 향해/ 몰아붙이고 있었다."(43쪽) 시체들 또는 그들의 아파트인 묘지야말로 도시가 어쩔 수 없이 낭비하는 것, 실은 도시 안의 어떤 합법적인 자리도 주기 싫은 것, 골치 아픈 것이며, 잉여적인 것이다.(예외로 민속학자와 고고학자들은 묘지를 반기지만, 그때 묘지는 묘지로서의 본래적인 의미를 이미 상실했다. 누구도 유물로서의 가능성에 투자하는 심정으로 매장하지는 않으니까 말이다.) 그러니까 시체야말로 합리적 생산 과정의 불완전성을 폭로하는 스캔들, 바로 쓰레기의 대표자가 아니겠는가?(시체와 더불어 자연 과정의 양대 쓰레기인 배설물도 이미 연료의 형태로 생산 과정에 뛰어들었으니, 이제 인간의 시체야말로 쓰레기의 유일한 대표자로 불려 마땅하다.) 따라서 성윤석이 '쓰레기로서의 삶'과 '시체의 집인 무연분묘'를 이렇게 동일시 내지 중첩시키는 것은 당연한 일이다.

어젯밤의 의지와 능력은
벌써 쓰레기통에서
생과 함께 늘어진다.
(……)
껍데기도 없이
투구도 없이
내놓고 사는 것들은 쓰레기다.
흔적도 없이 사라진 무연분묘

—「소라」(39쪽)에서

무연분묘에 들어 있는 해골은 결국 쓰레기통 속에 들어 있는 생을 가리켜 보인다. 모든 하찮은 것들, 지리멸렬한 것들, 지치고 병든 것들, 그러니까 체제의 쓰레기에 해당하는 것들을 발견하기 위해선 묘지로 들어가 무용(無用)의 해골을 집어 들 필요가 있었다. 이제 우리는 모든 보잘것없는 것들에 관한 그의 시구들에 어떻게 다가가야 하는지 좌표를 가지게 된 것이다. 어떤 보잘것없는 삶이 있는가? 화자의 어머니는 같은 정신 병원에 있는 젊은 친구를 꼭 챙겨 주고 싶어 한다. "모든 기대가 다 사라진 어머니의 얼굴/ 이제 남은 소원이 있다면/ 같은 병동에 있는 젊은 친구, 나에게 취직 부탁하는 일./ 사회생활이 되면 이 병원에 있겠느냐고/ 원장은 흘려들으시라지만,/ 그 젊은 친구 얘기할 때만 웃으시는 어머니".(28쪽) 이렇게 더 이상 아무런 유용한 기능(사회생활)도 하지 못하는 인간이 '무'가 아니라 하나의 '존재자'로 포착되기 위해선, 그리고 그 존재자를 발견한 어머니의 시선을 알아채기 위해선 묘지와 묘지의 본질인 쓰레기에 대한 긴 성찰, 그러니까 버려진 모든 것들에 대한 탐구가 필요했던 것이다.

4 타자, 그리고 매장되고 싶은 욕망

우리는 이미 성윤석의 가장 중요한 '묘지 욕망'('매장되고 싶은 욕망'을 이렇게 부르자.)에 상당히 근접하고 있다. 결국 성윤석이 쓰레기장으로서의 묘지에서 발견하는 것은 무엇인가?

들판에선 아무것도 서로의 울음소리를 듣지 않는다.
너와 내가 그러하단다.

—「곤충들」(91쪽)에서

개별자들을 무연분묘 속에 버려진 쓰레기로 만드는 것은 바로 사람들이 내는 울음소리를 서로 듣지 않는다는 사실이다. '무연'의 표현, 고립의 표현인 "울음소리를 듣지 않는다."라는 진술이 타자와의 관계의 근본을 구성한다.("너와 내가 그러하단다.") 물론 그 관계는 '관계의 부정' 외의 다른 것이 아닌데, 그들이 쓰레기답게 서로에게 버려진 까닭이다.

성윤석의 '묘지 욕망'이 작동하기 위해서는 이런 변변치 못한 것들의 세계, 즉 쓰레기의 세계가 먼저 발견되어야 했다. '묘지 욕망'이란 무엇인가? 우리에겐 특정한 장소에 묻히고 싶은 근본적인 욕망이 있다. 그리스와 유대의 오래된 문헌들이 공통적으로 증언하듯이 말이다. "아버지는 낯선 땅에서 돌아가시기를 소원하셨어요."(소포클레스, 「콜로노스의 오이디푸스」, 1713~1714행) "하느님께서는 너희를 반드시 찾아오실 것이다. 너희는 그때 여기에서 내 뼈를 가지고 그리고 올라가거라."(「창세기」, 50: 25) 모두들 묻히고 싶은 어떤 곳을 소원한다. 그런데 이 문헌들이 가리키는 묻히고 싶은 특정한 장소란 공통적으로 어디인가? 바로 '여기'와 '다른 곳'이다.

사실 묻히고 싶다는 욕망은 논리적으로 '여기와 다른 장소' 외에는 바라지 않는다. 그것이 지금 주어진 장소라면 욕망이 생길 리 없기 때문이다.(우리는 이미 자기에게 속한 것을 욕망할 수는 없다.) 즉 이 욕망은 늘 '다른 것'에 대한 욕망일 뿐이다. 그렇다면 성윤석의 '묘지 욕망'이 추구하는 다른 곳, 그가 묻히고 싶어 하는 곳은 어디인가? 놀랍게도 그곳은 바로 '타자(다른 자)'다.

> 그녀는 내가 빌린 집의
> 작은 난로 같고
> 내가 오래 먹은 감기약 같고
> **뼈를 묻고 싶은 사막의 모래 같고**
>
> ——「오랜 사랑 1」(116쪽)에서

"뼈를 묻고 싶은" 욕망이 가닿는 자리에 타자(그녀)가 있다. 무덤 속으로 들어가 해골을 집어 들었을 때, 발견한 것은 쓰레기였다. 쓰레기의 세계는 '묘지 욕망'이 작동하기 위한 조건이었다. 그리고 「오랜 사랑 1」의 저 아름다운 구절들이 알려 주듯 그 욕망의 정체는 타자를 향한 사랑의 욕망이었던 것이다.

그런데 묻히고 싶다는 희구로 나타난 이 사랑의 욕망은 궁극적으로 새로운 삶과 새로운 세상에 대한 욕망이기도 하다.(사실 신의 아들에 대한 놀라운 유대 신화가 알려 주듯, 무덤이야말로 새로운 삶, 바로 자신의 부활 프로그램을 상연하고자 하는 자라면 반드시 객석에 앉아야 하는 극장이 아니겠는가? 그리고 이 독생자 이전의 까마득한 옛날부터 이미 우시르와 탐무즈는 부활하기 위해 무덤에 묻혔다.) 그런데 이 새로운 삶과 새로운 세상에 대한 욕망은 새로운 언어에 대한 욕망으로 출현한다. 구조주의가 여러 가지 방식으로 하도 열심히 전도를 해서 이제 딱히 새로울 것도 없는 교리이지만, 세계는 언어적으로 구조화되어 있으므로, 새로운 세계에 대한 욕망은 당연히 새로운 언어(재미있게도 그것은 이제 '구조적이지 않은' 언어겠지만)에 대한 욕망이어야 한다. 성윤석에게 그 새로운 언어란 어떤 언어인가?

> 달팽이관에 문제가 생겼다나요.
> (……)
> 전정기관이 망가지면
> 귓속에다 칩을 박고
> 언어를 다시 배워야 된다고 하지
> 않겠어요. 저는 언어를 다시 배운다는 말에
> 좋아라 했지요.
> 아, 새로 배울 그 언어는 얼마나 신선할까요.
> 이리 와 봐, 나는 널 좋아해.

이런 말을 다시 배울 것 아니겠어요.

—「달팽이관」(68~69쪽)에서

시인의 욕망이 가닿은 새로운 언어, 세상의 모든 질서를 재편할 그 말이란, 아주 단순하지만 너무 완벽하고 잘생겨서 사람들이 한 번쯤 꼭 혀 위에 올려놓고 싶어 하는 한마디, "나는 널 좋아해."로 표현되는 사랑의 언어다.

이 위안 없는 삶에서 겨울과 봄 무덤 속으로 끊임없이 내려가는 자는 바로 이 사랑의 말 한마디, 세상이 다시 시작되게 하는 새 언어를 찾고 있었던 것이다. 머리에 눈발 날리고, 또 봄이 산허리를 감을 때 구름처럼 풀씨를 날리는 묘지들, 그리하여 시야를 가린 눈과 풀씨의 등을 타고 저도 모르게 '공중에 뜬 이 집들'은 일찍 세상을 뜬 아우의 나이처럼 가볍고 슬프다. 공중에 묻힌 자들의 집은 하나하나 바람에 주소를 새긴 무연의 고장인데, 지금 막 저 언어를 배운 이는 바람이 그 집을 영영 돌려주지 않을까 봐, 새 언어를 기도처럼 계속 되뇐다.

연애의 흔적
—— 권혁웅 시집 『그 얼굴에 입술을 대다』

1 연애 시인을 문병하다

권혁웅이 연애 시집을 썼다. 그러니 그것으로 되었다. 연애시를 해설하는 멍청한 짓이 어디 있겠는가? 그것은 마치 데이트 중인 연인들의 내밀한 속삭임을 옆에서 따라다니며 중계하는 것 같은 얼빠진 짓이다. 아름다운 사랑의 시어가 혀에 자꾸 감겨들어 자기의 말과 자기의 연애와 구별될 수 없을 때까지 시와 친해지는 시간, 시집을 손에 든 각자에게 돌아올 내밀한 시간만 있으면 되는 것이다.

그런데 이게 다여도 좋지만, 다가 아닐 수도 있다. 멀쩡하게 잘 살던 이가 온몸으로 격렬한 감각들을 통과시키며 사랑의 병을 앓는다면, 그가 왜 이렇게 정신이 나갔는지 궁금하지 않겠는가? 매몰찬 인간이 아니라면, 자신의 온몸을 사용해 생생한 감각들을 수집하는 이 넋빠지고 병든 이를 문병해야 옳지 않겠는가? 그러니까 이 글은 '무슨 바람이 병을 실어 온 거야? 어째 이리 되셨어? 쯧쯧.' 이렇게 시인에게 문병 가서 걱정 반 호기심 반을 섞어 길게 쏟아 내는 주책없는 수다 같은 것이다. 그러니 이런 진심도 밝혀야겠다. 이 수다가 자기만의 시간을 가지면서 우리 시대의 사랑 노래와 조용히 친해지는 일을 끊임없이 방해할 잡음이 될 수도 있다는 불길한 느낌이 드는 이라면, 부디 이 글을 미리 봉인하시라.

2 감각의 논리

시인은 통념, 도덕, 문법 등등 그 어떤 것에 의해서도 가공되지 않은 '야생적 감각'을 수집하는 일에 몰두한다. 그러기 위해선 무엇이 필요한가? 바로 감각에 응답할 수 있는 것, 바로 '감각들 전체로서의 몸'이다. '공명'이라는 방식으로 몸은 감각들에 대해 응답한다. "심장 근처에도 약음기(弱音器)라는 게 있어서 떨리는 줄을 지그시 누를 수 있으면 좋겠다 서로 다른 선(線)이 **공명**을 부를 터이니".[1] "바람이 쓰다듬는 뭉클한 몸만이/ 현(絃)을 흉내 내어/ 공명하고 있었을 뿐 그랬을 뿐".(85쪽) 이 시집의 시작 도구인 이런 공명 장치로서의 몸은 이미 비평가로서 권혁웅이 시에 접근하기 위한 통로로서 발견한 근본 개념이기도 하다. "시인의 몸은 세상의 여러 자극과 정보를 받아들이는 수용기(受容器)이거나 **공명통**이다."[2] 그러니 원초적 감각들에 도달하기 위해 몸을 사용하는 것, 구체적으로 말하면 "신열(身熱)이 내 몸의 고도에/ 등고선 한 줄을 더 적어 넣을 때"(24쪽) 또는 "열기가/ 서둘러 얼굴에 후끈할 때"(85쪽) 몸을 통과하는 그 감각을 포착하는 것이 관건이다.

이렇게 감각의 비밀에 도달하는 작업을 권혁웅은 무엇이라 부르는가? 바로 '감각의 논리'라는 이름으로 부른다. 감각의 논리는 권혁웅이 자신의 비평집 제목으로 고려했을 만큼 시에 대한 그의 사유에서 핵심적인

---

1) 권혁웅, 『그 얼굴에 입술을 대다』(민음사, 2007), 34쪽. 이 시집에서의 인용은 약호 표시 없이 본문 중 괄호 안에 쪽수만을 써 준다.

2) 권혁웅, 『미래파』(문학과지성사, 2005), 8쪽.(약호: 『미래파』)

지위를 차지한다. "처음에는 들뢰즈의 저서 이름을 빌려, 이 책에 '감각의 논리'란 제목을 붙이려 했다."(『미래파』, 8쪽) 시 분석뿐 아니라, 그의 또다른 주요 관심 대상인 신화 역시 그에게는 감각의 논리를 통해 접근해야만 하는 대상이다. "신화의 논리는 감각의 논리다."[3] (뒤에서 보겠지만 이 말은 그 단순한 표현과 반대로 매우 복잡한 내용을 담고 있다.) 도대체 감각의 논리란 무엇인가? 그가 밝히듯 이 개념은 들뢰즈로부터 온 것인데, 들뢰즈의 베이컨론에서 핵심을 차지하는 이 논리는 실은 세잔으로부터 온 것이다.[4] 감각의 논리는 얼핏 보기엔 형용 모순 같은 "비이성적 논리"(FB, 55쪽)라는 말로도 표현된다. 왜 형용 모순처럼 보이는가? 서양 사상의 역사 속에서 그리스인들의 말 로고스는 이성, 판단, 개념, 정의, 근거, 관계 등으로 이해되어 왔으며, 이런 로고스에 내재한 법칙을 사람들은 논리라 불러 왔기 때문이다. 그런데 사실 그리스인들은 로고스와는 다른 원천적 능력을 또 하나 가지고 있었는데, 그것이 바로 '아이스테시스'다. 이는 어떤 것을 '감각적으로 인지함'이라는 뜻이다. 로고스 또는 이성과는 본성상 다른 원천인 아이스테시스의 '질서'를 규명하는 것이 감각의 논리이므로, 이는 당연하게도 '비이성적' 논리다. 들뢰즈에게 이 감각의 논리는 구체적으론 '리듬'이다.(FB, 31, 55쪽 참조) "따라서 궁극적인 것은 바로 리듬과 감각 사이의 관계이다."(FB, 31쪽)

감각의 논리에 몰두해 온 권혁웅의 이번 시집에도 들뢰즈의 '리듬'에 필적하는 감각의 '논리', 아니면 감각들 사이에 성립 가능한 '질서'에 상응하는 것이 있을까? 반드시 있어야만 할 것이다. 왜냐하면 자연적 상태 속에서 우리는 이미 혼돈 상태의 감각들과 더불어 있기 때문에, 이 혼돈을 경험하기 위해서라면 반드시 예술이 필요한 것은 아니기 때문이다.

---

3) 권혁웅, 『태초에 사랑이 있었다』(문학동네, 2005), 13쪽.(약호: 『태초』)
4) G. Deleuze, *Francis Bacon: Logique de la sensation*(Éd. de la différence, 1981), t. Ⅰ, 31쪽 참조.(약호: *FB*)

예술이라는 인위적인 노고의 산물이 이 자연적 상태의 감각들로부터 발견해 내는 것이 있다면, 그것은 바로 우리가 자연 상태 안에 들어 있을 때는 모르는 것, 감각들의 질서일 것이다. 권혁웅은 어떤 질서를, 어떤 감각의 논리를 발견하는가?

실마리는 시집의 첫 쪽부터 주어진다. "몸이 일러 주는 순서를 따"(「자서」)르는 것이, 권혁웅이 감각들 사이의 질서를 발견하기 위해 채택하는 바다. 감각들이 출현하는 지평이 몸이라면, 그것들의 질서는 몸 안에서 발견될 것이다. 우리는 이 점을 권혁웅 자신의 문장들을 통해서 확인할 수 있을 것이다. "감각이 어떻게 시를 낳는가?"(『미래파』, 8쪽)라는 물음이 그의 근본 화두다. 그런데 이 감각의 소산인 "시가 동일성의 산물이라는 것은 시적 대상이 자아의 변체라는 걸 뜻하는 게 아니다. 그것은 이질적인 대상들〔이질적인 감각들의 집적체〕을 하나의 지평에 놓고 생각한다는 뜻이다."(『미래파』, 17쪽) 감각들의 집적물로서 시는 어떻게 하나의 동일성을 획득하는가? '동일성'은 '논리적 개념'이므로, 이 물음을 우리는 '어떻게 한 편의 시는 (또는 시 속의 감각들은) 하나의 논리적 구조를 획득하는가?(‘감각의 논리의 규명’이라는 과제)'라고 바꾸어 물을 수 있다. 이는 통일적인 의식 같은 동일한 자아에 의해 그렇게 되는 것이 아니다. "대상이 의식의 산출이라고 생각할 때, 흔히 오독이 일어난다."(같은 곳) 이와 달리 시의 동일성은 이질적인 대상들(즉 잡다한 감각들의 덩어리)이 통일적 의식과는 다른 하나의 '지평'에 놓일 때 주어질 수 있다는 것이다. 감각들에게 논리를 부여해 주는 이 지평이 바로 "몸이 일러 주는 순서"다.

감각의 질서(감각의 논리)를 가능하게 해 주는 "몸이 일러 주는 순서"는 실로 다채롭다. 그것은 몸 안에 난 "등고선 한 줄"(24쪽)이며, "동심원 두 개"(61쪽)이기도 하며, "귓바퀴에 말려들었다가, 기어이 빠져나가는 도돌이표들"(67쪽)로 표현되는, 귓바퀴의 구조가 만들어 내는 반복(도돌이표)의 질서이기도 하다. 또한 "탈수기처럼 윙윙대는 몸"(54쪽)에서

‘윙윙’ 같은 리듬, “마음이 (……)/ 부르르 흔들릴 때”(37쪽)에서 ‘부르르’ 같은 리듬, “숨찬 몸”의 “저 빠른 박절(拍節)”(85쪽) 같은 리듬이 감각들에게 논리를 부여해 주는, 몸 안에 난 규칙이다.(특히 「심장」이라는 부재가 붙은 일곱 편의 시들이 다른 신체 부위를 다루는 시들보다 집중적으로 감각들이 통과하는 몸 안의 질서를 규명하고 있다.)

그런데 권혁웅이 발견하는 감각의 질서 가운데 가장 독특하고 흥미로운 것을 꼽자면, 바로 “몸의 기울기”(46쪽, 77쪽)라고 일컫는 ‘수리물리학적 질서’다. 문학 작품 속에 들어선 감각들 (또는 감각적 대상들)이 서사의 규칙(이야기의 이치)이나 이성적인 (즉 비감각적인) 논리적 규칙에 종속되지 않고, 감각만의 고유 규칙으로서 수리물리학적 질서를 가진다는 것을 발견한 대표적 인물은 토머스 하디의 독자로서 프루스트였다. 프루스트의 화자는 하디의 소설에 대해 이렇게 말한다. “『푸른 눈』에서는 무덤들이 **평행**으로 늘어서 있고, 배들 역시 **평행선**을 그리고 있지요. 그리고 두 명의 남자와 그들이 사랑하는 여인의 시체가 실려 있는 열차들은 서로 인접해 있지요. 또 한 남자가 세 명의 여자를 좋아하는『애인』과 반대로 한 여자가 세 남자를 좋아하는『푸른 눈』사이에도 어떤 **평행 관계가** 있어요.”[5] 하디의 소설에서 감각적 대상들의 질서는 서사의 규칙이나 이성적 논리와는 무관하다. 그 감각적 대상의 질서는 ‘평행선’이라는 수리물리학적 질서에서 온다.

하디의 평행선처럼 감각들의 질서를 수립해 주는 수리물리학적 논리가 권혁웅에게선 바로 ‘몸의 기울기’다. “각도를 일 도씩 낮추며 원목은 뒤틀려 가고”(78쪽) 같은 구절이 알려 주듯 권혁웅에게 감각 배열의 규칙성은 ‘각도’상의 기울기 속에서 주어진다. 그렇다면 정녕 궁금한 것은 이런 것이다. 도대체 감각들이 따르는 기울기 속에서 무슨 일이 일어나는

---

5) M. Proust, *À la recherche du temps perdu*(Paris: Gallimard, Pléiade 총서, 1988), t. Ⅲ, 878~879쪽.

가? 몸은 무엇을 향해 기우는가? 몸을 기울게 만드는 것은 바로 '타자'이며, 그래서 기울기 속에서 일어나는 사건이란 타자와의 조우다. "팔다리가 엉킨다 윗목을 들어 아랫목으로 기울인 것처럼"(86쪽) 같은 구절이 명시하듯 몸의 기울기는 다른 이와 팔다리가 엉키게 하는 일을 이루어 내는 것이다. 아마도 다음 구절은 기울기가 이루어 내는 사건을 가장 결정적으로 보여 준다고 할 수 있겠다. "이리저리 떠다니는 계란 노른자처럼 그 사람 쪽으로 중심이 조금 옮겨 가는 일".(64쪽) 몸의 기울기에 따라 계란 노른자처럼 감각들은 한쪽으로 쏠린다. 기울기는 이렇게 타자를 맞이하는 조건이다.("내 몸의 기울기가/ 너를 맞을지도"(46쪽)) 감각에 대한 연구인 이 시집이 연애 시집일 수 있는 까닭은 바로 이 때문이다. 감각들의 질서를 만들어 내는 것, 종이 밑에 숨긴 자석처럼, 흩어진 쇳가루 같은 감각들에 형태를 부여해 주는 것, 자전의 축처럼 감각들을 질서 속에서 회전하게 하는 것이 바로 타자다. 연애란 기운 은하수처럼 타자를 향해 밤새 쏟아지는 감각 외에 어떤 다른 것일 수 있겠는가? 그리고 연애시란 타자를 향해 기운 몸의 논리, 감각의 질서의 해명 외에 또 어떤 것일 수 있겠는가?

3 세계수 또는 원형(原型)의 문제

그런데 우리는 권혁웅의 또다른 중요한 시적 화두 한 가지를 다루지 않을 수 없을 것인데, 이것이 일견 감각의 논리와 모순되어 보이기 때문이다. 최근 시인들 가운데 권혁웅만큼 '신화'에 지대한 관심을 가지는 이도 드물다. 왜 신화에 관심을 가지는가? 신화에 대한 관심은 일단 그의 문학 연구의 발전 과정상 필연적인 결과로 보인다. 출판된 것 가운데 가장 먼저 쓰인 그의 글들을 담은 『한국 현대 시의 시작 방법 연구』의 근본 관심사는 이런 것이다. "언술로서의 은유, 환유, 제유 이론을 세우고자 하는 것이 이 논문의 주요 목적 가운데 하나이다."[6] 여기서 관심은 언술의 이 여러 형태들(가령 은유)에 제한된다. 그러나 신화 연구인 『태초에 사랑이 있었다』는 이런 언술 방식들의 발생적 원천으로서 '신화라는 언술'을 발견한다. "신화 시대에 자연은 신의 활동이 이루어지는 터전이었다. 이를테면 천둥소리는 분노한 신의 음성이었고 번개는 신의 무기였는데, 이것은 은유가 아니다. (……) 은유가 수사의 영역에서 확립되면서 이 동일성에 금이 갔다. (……) 천둥소리는 신의 고성을 '표현'하고 번개는 신의 분노를 '표현'한다. 표현된 것과 표현하는 것 사이에는 틈이 있어서, 어떤 인과성도 허락하지 않는다."(『태초』, 8~9쪽) 신화적 세계 안에 분열이 끼어들면서 '표현된 것'과 '표현하는 것'이 나뉘고, 이 둘을 관계 짓는 언술 방식으로 태어난 것이 은유라는 것이다. 즉 시작 방법에서 다룬 언술 방식의 기원으로 파고들면 거기엔 신화적 언술이 있다.

그런데 이와 구별되는, 보다 본질적인 신화 연구의 동기가 있다. "신화는 우리가 살아가는 것, 그러니까 삶이야말로 진짜 삶의 부분에 지나지 않는다고 말한다."(『태초』, 8쪽) 이 문장에서 앞의 삶은 개인적인 것, 뒤의 삶은 개인을 통해 반복되는 근원적인 보편적 삶을 가리킨다. 권혁웅의 관심은 늘 이 보편적 삶의 틀, '잠정적으로' 원형이라고 불러도 좋을 초개인적인 삶의 밑그림 내지 청사진에 가닿는다. "같은 일이 아들 대에 또 일어난다."(『태초』, 46쪽)라는 말(뒤에 보겠지만 이 말의 뜻은 매우 주의 깊게 이해되어야 한다.)에서 읽을 수 있듯, 그는 개인들의 삶을 통해 반복되는 원형을 추적하는 자로 보인다. 그가 신화에 관심을 가지는 까닭은 신화가 바로 이 원형을 가리켜 보이기 때문이다. 원형에 대한 관심은 그의 시 비평에서도 중심에 놓이는데, 그는 한 시인의 작업을 이렇게

---

6) 권혁웅, 『한국 현대 시의 시작 방법 연구』(깊은샘, 2001), 63쪽.

평하기도 했다. "우리가 **잃어버렸던 세계의 원형**을 복원하려는, 거의 불가능에 가까운 작업을 해내고 있다."(『미래파』, 160쪽)

권혁웅의 관심은 원형이고, 원형은 신화가 간직하고 있다고 할 때, 그가 믿기에 이 원형을 가장 잘 드러내는 신화적 소재는 무엇인가? 아마도 '세계수'일 것이다. 세계수는 세계를 지탱하는 나무다. "세계의 나무는 세월의 풍화 작용에도 아랑곳없이 거뜬하게 세계를 지켜 낸다."(『태초』, 188쪽) 어떻게 이 나무는 세계를 지탱하고 지켜 내는가? 바로 인간을 포함한 만물의 '가계'를 자신의 뿌리와 가지를 통해 만들어 내는 방식으로 그렇게 한다. "인간은 나무에서 태어난다. 지상에 뿌리박은 남근에서 인간이 태어난다는 상상은 자연스러운 것이다."(『태초』, 192쪽) 돌에서 태어났다고 믿는 원숭이처럼 자유로운 단독자로의 인간은 실은 자기만의 개성을 지닌 단독자이기보다는 세계수가 표현하는 원형이 취할 수 있는 한 양태, 한 경우일 뿐이라는 것이다.

이러한, 삶의 원형으로서 세계수 (또는 신화)가 노골적으로 첫 두 시집의 뼈대 역할을 한다. 첫 시집은 시집의 제목으로까지 채택된 「황금나무 아래서」를 앞부분에 놓고, 「다시, 황금나무 아래서」로 끝난다. 황금나무가 뭐냐고? 이것이 바로 '세계수'다. "황금나무를 본다/ 저 나무는 세계수 (……)".[7] 두 번째 시집을 정리하는 마지막 두 편의 시는 「내게는 느티나무가 있다」인데, 곧 언급하겠지만 이 느티나무도 바로 세계수다. 그는 자기가 사는 짧고 유한한 삶을 온통, 보편적인 신화적 원형을 표현하는 세계수를 비추는 환등기 필름처럼 봉헌하고 있는 것이다. 삶은 원형적 세계수(신화가 보여 주는 원형적 삶)가 현실화되는 경우들에 불과하기 때문이다. 황금나무를 기술하는 이런 구절을 보라. "이제 나무에 기대어 나는 내가 꾼 **꿈들이**/ 신화의 어느 먼, 지금은 잊혀진/ 하나의 家系였다고

---

7) 권혁웅, 『황금나무 아래서』(문학세계사, 2001), 12쪽.(약호: 『나무』)

생각하며".(『나무』, 13쪽) 여기서 '꿈'이나 '신화'는 결코 자의적으로 해석되어서는 안 되며, 시인 자신이 실마리를 제공하듯 캠벨의 관점에서 이해되어야 한다. "캠벨이 말했듯 신화가 집단의 꿈이고 꿈이 개인의 신화라면 시는 그 둘이 접속하는 자리에 놓여 있다. 시는 꿈과 신화를 잇는 현대의 환상이다."(『태초』, 8쪽) 시 안에서 개인의 꿈은 인류의 보편적 가계라 부를 수 있는 신화에 접속한다. 권혁웅에게 세계수는 혈혈단신인 것처럼 살아가는 개개인의 삶의 바탕에 실은 보편적 원형이 놓여 있음을 주장하는 장치다. "내 몸을 온통 물들이는 황금나무"(『나무』, 12쪽), "나무 그림자는 천천히 회전하는 중이다 (……) 가장 작은 그늘이 나를 따라 나온다"(『나무』, 117~118쪽) 등의 구절에서 볼 수 있듯, 개인은 세계수의 그림자 안에, 신화가 알려 주는 원형적 가계도 안에 들어 있다. 개인은 자신이 개성적이라고 착각하지만 그의 삶의 색깔은 원형적 삶(황금나무)이 물들여 놓은 것일 뿐이다.

　두 번째 시집에서도 개인의 삶에 침투한 세계수가 결론의 자리에 놓인다. "느티의 가계에도 내통이라는 게 있지 (……) 느티는 내게 몸을 기대며 슬쩍 정을 통하지 (……) 그가 나와 내통할 때/ 내 몸의 물관과 체관을 오르는 게 있지".[8] 이렇게 삶은 보편적 원형(느티나무)과 정을 통한 결과물, 즉 원형을 내 몸을 통해 현시한 결과물이다. 수많은 개별적인 삶의 배후에 움직이지 않는 원형이 있다는 것을 시인은 이렇게 확신한다. "느티가 흔드는 건 가지일 뿐/ 제 둥치는 한 번도 흔들린 적이 없다".(『마징가』, 124쪽)

　이 흔들리지 않는, 그러므로 부동의 원형을 탐구하는 근본적 관심에 비하면, 그의 시집들 외면에 노출된 주제란 얼마나 피상적인가? 『마징가 계보학』은 삼선동 일대의 가난한 삶을, 『그 얼굴에 입술을 대다』는 연

---

8) 권혁웅, 『마징가 계보학』(창비, 2005), 126쪽.(약호: 『마징가』)

애를 다룬다. 그런데 일견 상관없어 보이는 서로 다른 이 탐구들은 모두 원형에 대한 사고를 표현하고 있다는 데서 동일하다. 『마징가 계보학』을 떠받치는 원형적 틀은, 현대의 ‘신화’(또는 현대인의 무의식의 설계도)라 할 수 있는 대중문화의 아이콘들(마징가, 배트맨, 요괴 인간, 애마 부인 등등)이며, 『그 얼굴에 입술을 대다』에서의 그것은 신화 속의 ‘상상 동물 이야기’ 시리즈다.(특히 「상상 동물 이야기」 5, 6, 10, 11, 12, 13, 15, 16 참조) 이 시리즈 외에 사소한 부분에서도 신화적 흔적은 발견되는데, 가령 “그를 배광(背光)으로 두르고 또 두르는 일”(64쪽) 같은 구절을 보라. 이번 시집에서 유일하게 등장하며, 다른 글에서도 권혁웅이 좀처럼 쓰지 않는 ‘배광’이란 단어는 신화적 유래를 가진다. 그에게 배광이란 신화적 용어로서 “신이한 탄생에 수반되는 배광”(『태초』, 275쪽)인 것이다.

그의 시들이 이렇게 신화적 원형을 채용한다는 사실이 알려 주는 바는 무엇인가? 잠깐 곁가지 삼아 말하자면, 우리는 권혁웅의 시가 비평집 『미래파』에서 옹호하는 일군의 젊은 시인들의 시와는 다른 류의 것이라는 점을 의아해하며 또 재미있어한다. 『미래파』에서 다루는 시와 권혁웅의 시의 차이는 무엇인가? 권혁웅의 시들은 사람들이 의식적이나 무의식적으로 ‘공유’하는 원형적 틀(신화, 마징가 시리즈, 애마 부인, 상상 동물들)을 밑그림 삼아 의미와 감각들을 배치하는 것처럼 보인다. 반면 『미래파』의 시들은 우리가 익숙한 틀에서 일탈하는 의미와 감각들, 랭보라면 ‘모든 감각들의 무질서’(또는 무질서라는 질서나 불일치의 일치)라 불렀을 것을 드러내고자 한다.(권혁웅은 『미래파』에서 다루는 시인들에 대해 이렇게 말한다. “세대가 바뀌면 그 세대에 통용되던 미학과 세계관이 바뀐다.”(『미래파』, 171쪽) 즉 이들의 시에서는 ‘일탈적 세계관’이 강조되지, 바뀌지 않는 신화적 틀이 강조되지는 않는다.) 이런 까닭에 권혁웅의 시들은 『미래파』에서 다루는 최근 시인들의 시에 비해 안정적이며 덜 급진적인 느낌을 주는 것이다.

이제 하나의 중요한 물음과 맞닥뜨린다. '감각의 논리'와 '신화적 사유'는 어떻게 양립 가능한가? 신화란 '공유되는 선이해'다. 반면 감각의 논리는 앞서 분석했듯 '이해에 앞서는' '경험론적' 법칙, 또는 경험을 받아들이는 심성의 수용력인 감성(sensibility)의 법칙이다. 감각의 논리의 원천은 몸이지 신화가 아니다. 이런 정황 때문에 일견 권혁웅이 모순에 빠진 것처럼 보일 수 있다. 그러나 이 모순은 신화에 대한 그의 독특한 관심을 간과하는 한에서만 모순이다. 신화에 접근할 때 그는 "신화에 숨은 몸의 논리를 분석 대상으로 한다."(『태초』, 14쪽) 이 말이 함축하는 바는 무엇인가? 몸의 감각은 신화적 선이해를 바탕으로 하는 것이 아니라, 몸의 논리(감각의 논리)를 일반화한 표현 또는 집단화한 표현이 신화라는 것이다. 오로지 이런 한에서만 신화는 권혁웅의 관심을 끈다. 논리적 순서상 몸은 신화에 앞서 오고, 신화는 뒤미처 몸의 논리를 확인한다.

가령 「그녀를 먹어 치우다」를 보자. '젖가슴'이라는 부제가 붙은 이 시는 애인의 젖가슴에 대한 탐닉으로 읽어도 좋을 것이다. "그녀를 나는 불편하게, 다 파먹었다"(66쪽)라는 구절은 애인의 젖가슴에 에로틱하게 반응하는 감각의 논리를 드러낸다. '그녀를 먹어 치우는' 방식으로 표현된 몸의 논리(감각의 논리)는 그 자체 신화에 대한 어떤 이해도 필요로 하지 않는다. 다만 반성적으로 우리는 신화 안에서 애인을 먹어 치우는 몸의 논리의 일반성을 확인할 뿐이다. 이렇게 말이다. "사람이 사람을 죽이고 죽는다는 것, 서로 간에 먹고 먹힌다는 것, 이것은 엑스터시의 신화적 표현이다. 사지절단의 신화는 바로 이 엑스터시의 논리, 사랑의 논리를 보여 주는 신화이다. (……) 그대를 사랑해서 나는 그대의 몸을 접수한다."(『태초』, 301쪽) 즉 애인을 먹는다는 감각의 논리, 개별적 육식 안에서 기능하는 논리를 일반화한 하나의 명칭이 '사지절단의 신화'인 것이다. 이것이 뜻하는 바는 사실 '신화적 원형' 또는 '신화라는 기원'은 존재하지 않는다는 것이다. 이렇게 말해도 좋다면, 신화는 감각의 논리(몸의 논리)에 뒤늦게 첨가된 가짜 기원일 뿐이다. 또는 데리다 식으로 말하면, 감각의 논리가 성립한 뒤에 '사후적으로' 첨가된 기원일 뿐이다. 따라서 '원형'이라는 말은 그 말 그대로 믿어서는 안 되는 위험한 표현이며, 원형의 신화인 플라톤주의는 자리할 곳이 없다. 이 점을 시인은 "**원본이 따로 없으니**"(『나무』, 64쪽)라는 말로 명확히 표현했다.

원본이나 전통은 그 말뜻과 모순되게도 그 자체 기원의 자리에 있지 않다는 점을 토마스 만보다 더 잘 꿰뚫었던 사람도 없을 것이다. 신화, 즉 인류가 직면하는 당대마다 '무한히 반복되는 원형적 이야기'를 다룬 위대한 작품이 토마스 만의 『요셉과 그 형제들』[9]이다. 그런데 여기서 그는 원형이 기원적 지위를 가지고 반복되는 것이 아니라는 점을 다음과 같은 구절들 속에서 강조한다. "야곱도 구속력 있는 전통의 좋은 점을 실감했다. 그러나 아브라함의 손자는 이렇게 미리 틀이 정해진 똑같은 형태〔에〕 (……) 만족하기에는 너무도 독창적인 정신의 소유자였다. (……) 그래서 그는 틀에 박힌 이야기뿐 아니라, 자기가 하고 싶은 대로 자유롭게 말하고 탄식했다."(『요셉』, 2권, 414쪽) "본받은 자의 체험은 아버지의 그것과 방식이 다르다."(『요셉』, 3권, 265쪽) 권혁웅의 경우도 마찬가지다. 원형을 본받은 자의 체험은 '순수한' 원형 자체를 통해 설명되지 않는다. 왜냐하면 원형이 따로 있고, 그 원형의 "왜곡과 변형"(『태초』, 14쪽)이 있는 것이 아니라, '그때그때의 왜곡과 변형이, 원형이 존립하는 유일무이한 방식 자체'이기 때문이다.

신화가 원형으로 기능하지 않는다는 것을 보다 분명하게는 이렇게 표현할 수 있을 것이다. 권혁웅이 푸코에게서 빌려 온 개념 틀 안에서 이야기하자면 원형(신화)과 현실(본받은 자의 체험)의 관계는 유사 관계가 아니라 상사 관계다. "미학에서 하나의 텍스트가 다른 텍스트와 유사 관계

---

9) 토마스 만, 장지연 옮김, 『요셉과 그 형제들』(살림, 2001).(약호: 『요셉』)

에 놓였다는 것은, 하나가 다른 하나의 원본이거나 복사본이라는 뜻이다. (……) 그러나 상사 관계에 놓인 텍스트들은 다르다. (……) 하나가 다른 하나의 선행 형식이 아니다."(『미래파』, 128쪽) 즉 상사 관계에는 기원이 없다. 그것은 원본과 파생적인 복사본 사이에서 성립하지 않고, 원본과 복사본 없는 '편차를 지닌' 닮은꼴들 사이에서 성립한다. "일자〔원형〕로 환원되지 않는, 일자에 의해 계층화되지 않는 (……) 이쪽과 저쪽은 서로 닮았다는 점에서 비슷할 뿐이다."(『미래파』, 352쪽) 신화의 텍스트와 현실의 텍스트의 관계도 이와 마찬가지다.

가령 『그 얼굴에 입술을 대다』 안에 있는 신화인 「상상 동물 이야기」는 어느 것 하나 원형으로(따라서 참된 모범으로, 그러므로 '진리'로) 기능하지 않는다. 오히려 그것은 몸의 논리를 표현하는 수사적 기재로 기능한다. 가령 용이 되기 위해 뱀이 허물 벗는 일은 고작 비뇨기과의 포경수술과 상사 관계에 놓이면서 희화된다.(87쪽 참조) 여기에 권혁웅의 모든 신화적 시들의 비밀이 있다. 신화가 진리로서 기능하지 못하는 지점, 신화가 희화되는 방식으로, 부차적 치장거리로 전락하는 지점에서 그의 시들은 언어를 기존의 진리와 의미의 질서, 관념적 원형으로부터 떼어 놓는다. 언어는 '원형을 모욕하는 방식을 통해' 이미 있어 온 의미와 질서에서 해방되며, 그 언어와 더불어 우리도 그렇게 된다.(그리고 이런 해방 외에 우리가 문학에서 무엇을 바랄 수 있겠는가?) 그렇다면 세계수의 가계에 충실하지 않아도 될까? 앞서 인용했듯 토마스 만은 야곱에 대해 이렇게 말한다. "미리 틀이 정해진 똑같은 형태〔신화〕에 만족하기에는 너무도 독창적인 정신의 소유자였다." 권혁웅에게도 미리 정해진 세계수의 가계에 전적으로 수동적으로 귀속하는 일은 일어나지 않는다. 이렇게 말이다. "내 가계에 관해서는 내게/ 맡길 일이다".(『나무』, 37쪽) 가계는 그 자체 원천으로 존재한 적이 없고, 그것을 떠맡는 '나'가 수행하는 변형 속에서만 원형으로 존립한다. 가계를 떠맡는 이 '나'란 누구인가? 그것은 의식도 인격도, 원형을 왜곡 없이 복사하는 전통의 적자(嫡子)도 아니라, 바로 감각의 논리를 수립하는 '몸'이다. 결국 가계, 세계수, 신화는 몸이 만들어 내는 감각의 논리에 맡겨져 있다.

4 흔적

신화는 감각의 논리를 일반화하는 장치다. 그런 점에서, 설령 신화가 감각의 논리를 발견하기 위한 용이한 지침서가 되어 준다 해도, 일차적인 것은 감각의 논리, 또는 감각의 논리의 지평으로서 몸이다. 권혁웅에게 감각의 논리의 근본적 형태는 '몸의 기울기'라 표현된 것이며, "온몸의 제대로근이/ 너를 향해 풀어질지도"(46쪽)라는 구절이 알려 주듯, 중력처럼 내 몸의 기울기를 만드는 것은 '너', 바로 타자다. 그리고 타자에게 기운 이 몸이 겪는 일을, 우리는 잘 알려진 표현에 따라 '연애'라 부른다. 그렇다면 몸의 이 기울기를 따라 배열된 감각들, 즉 감각의 질서를 궁극적인 한계에까지 따라가 보자. 이 한계란 감각의 논리의 좌절이라기보다는 감각의 논리가 모습을 갖추도록 해 주는 최종 지점일 것이다. 보다 우리에게 익숙한 용어로 쓰자면, 그것은 모든 감각이 가장 선명한 모습으로 제자리를 찾는 연애의 궁극적 지점을 일컬을 것이다.

그 어떤 것도 한계 없이 모습을 갖추진 못한다. 이런 구절을 보자. "제가 그은 밑줄 속에 무안(無顏)을/ 숨겨 두는 것".(69쪽) 여기서 무안, 즉 부끄러워 얼굴 보이지 못함 또는 보일 얼굴이 없음, 그러므로 '모습 없는 것(얼굴 없는 것)'은 '밑줄'이라는 한계 또는 윤곽 속에서만 출현한다. 한계를 명시하는 이런 선들은 시집 도처에 그어져 있다. "실금"(21쪽, 58쪽, 79쪽), "코 밑에 기다란 틈"(36쪽), "어깨를 타고 앉은 저 가는 선"(47쪽) 등등. 그런데 몸의 기울기의 한계 지점이라 할 수 있는 이런 선들은 도대체 어떤 본성을 지녔는가? 그것은 무엇을 나타내는 흔적인가? 감각의 논리 또는 몸의 기울기를 지배하는 이 흔적은 타자의 출현 방식이 만들어 낸 자국이다. 당연히 그럴 수밖에 없는데, 앞서 보았듯 몸의 기울기는 타자(더 구체적으로는 애인)에 의해 발생하기 때문이다. 더 정확히 말해 이 흔적은 "누군가 적어 넣은 게 있었나"(19쪽)라는 물음이 역설적으로 답을 해 주듯 타자가 만들어 낸 선, 타자가 적어 넣은 흔적이다.

그런데 타자의 출현 방식을 나타내는 이 흔적의 실상은 참담하기 그지 없다. 그것은 "고인 물 사라진 자리에 남은 얼룩처럼"(17쪽) 타자(애인)의 사라짐, 부재를 나타내는 실패의 흔적이기 때문이다. 그 흔적은 애인에 대한 "목측(目測)을 가로막는 목책"(22쪽)이며, "그가 없는데도/ 물 풍선처럼 터지는 향기"(33쪽)이고, 부재하는 자의 "입술 자국"이다. "원 샷을 끝낸/ 유리컵만 남을 것이다 보이지 않는/ 입술 자국만 남을 것이다".(78쪽) 흔적이란 "그예 모퉁이를 돌아간"(35쪽) 자의 사라짐의 표식, 애인이 없어졌다는 뼈아픈 선고이다. 그런데 권혁웅의 연애시에서 특이한 점은 이 부재의 흔적이 애인과 만나는 일의 실패 기록이 아니라, 바로 애인과 만나기 위한 유일무이한 방식이라는 점이다. 사실 부재를 통해 역설적으로 애인을 만나는 방식은 첫 시집에서부터 시인의 관심을 사로잡았다. "이제 빗살이 당신과 그 사람 사이에/ 어떤 간격을 만들어 놓았는지 궁금하다면 (……) 저 부재에 주파수를 맞춰 보라/ 그러면 당신은 오래된 라디오처럼 잡음이 많은/ 그 사람의 목소리를 들을 수 있을 것이다".(『나무』, 11쪽) 간격 때문에 생겨난 '부재'가 오히려 그 사람의 목소리를 내게 건네준다. 도대체 이런 사태를 어떻게 이해해야 할까? 흔적이 우리에게 알게 해 주는 바는 무엇인가?

저 많은 가슴들을 벗어 놓고
그녀가 어디로 갔는지는 묻지 마라

(······)

그 여자를 만질 수 있다고 생각하지 마라

—「수국」에서

　　수국(水菊)을 가리키는 "저 많은 가슴들"이라는 흔적은 타자를 결코 만질 수 없다는 것, 즉 어떤 방식으로도 타자는 나의 '소유'가 될 수 없다는 것을 알려 준다. 타자, 즉 애인이 있던 부재의 자리에는 오로지 "바람"만이 자리할 뿐이다.("그 사람이 오래된 타일처럼 떨어져 나갔다/ 대신에 그곳을 바람이 들고 난다".(14쪽)) 애인은 손에 쥘 수만 없는 것이 아니다. "그의 말은 휘갈겨 쓴 난문이었다".(59쪽) 즉 그는 읽을 수 없고 파악할 수 없기에, '인식의 실패를 통해서만' 접근할 수 있다. 애인은 "발을 뻗어도 손을 저어도 닿지 않는 깊이"(48쪽)를 가진 자, 즉 '이해의 영역을 넘어서 있는 자'이다. 그런데 어떻게, 이렇듯 타자는 소유될 수도 인식될 수도 없음을 나타내는 징표인 '흔적'이 역설적이게도 오히려 타자를 만나게 해 준단 말인가? 레비나스는 이 흔적의 수수께끼를 설명하기 위해 완전 범죄를 예로 든 바 있다. "흔적의 진정한 의미는, 완전 범죄를 이루려고 고심하면서 자신의 흔적을 지우고자 했던 자가 남긴 자국 속에서 나타난다."[10] 범죄 현장엔 시체와 흉기 등 온갖 흔적들이 있다. 완전 범죄는 범인을 결코 포획할 수 없는 실패의 사건이다. 그러므로 이 흔적들은 타자(범인)가 영영 사라졌다는 표식이 아닌가? 그런데 역설적이게도 타자를 붙잡을 수 있는 모든 가능성이 실패했다는 것을 가르치는 이 흔적들이 그 타자와 우리가 만나는 유일무이한 방식이다. 이렇게 말해도 좋다면 우리는 늘 우리의 손에 잡히지 않는 것으로서만, 이미 달아난 범인 같은 '과거'로서만 타자와 만나는 것이다. 권혁웅이 애인의 흔적에 대

---

10) E. Levinas, *En découvrant l'existence avec Husserl et Heidegger*(Paris: J. Vrin, 1982), 200쪽.(약호: *DEHH*)

410

해 이렇게 말할 때 알 수 있듯이 말이다. "언젠가 한 번은 네가 이곳을 지나쳐 갔다".(35쪽) 이 구절과 동일한 울림을 가진 문장 속에서 레비나스는, 결코 어떤 식으로도 되돌릴 수 없다는 점에서 흔적 속에서 영영 사라진 타자를 "기억되지 않는 과거"(*DEHH*, 198쪽)라 불렀다. 흔적을 더듬는 자는 '늘 뒤늦게 오는 자'이며, 같은 의미에서 애인은 '늘 이미 사라진 자,' 즉 잃어버린 과거이다. 애인은 "땅끝을 찾아가 데려온 여자처럼 고개를 돌리면/ 사라지는 것"(16쪽)이다. 권혁웅의 연애시들이 애조 띤 안타까움을 담고 있는 까닭은 바로 애인을 놓쳐 버린 실패의 흔적에 대한 몰두가, 즉 되돌릴 수 없고 가질 수 없는 것에 대한 몰두가 애인과 만나는 유일무이한 방식인 까닭이다. 이 괴로운 몰두는 중지할 수가 없다. 왜냐하면 레비나스가 말하듯 애인이란 흔적 속에서 "자기를 내주기를 거부하는 가운데 자기를 주는 자"[11]이기 때문이다.

시럽처럼 흘러 다니는 달걀이 모습을 갖추기 위해 안에서 껍질의 내피와 부딪치듯, 이 흔적을 하나의 마지막 한계로 좇으면서, 권혁웅의 감각의 논리, 몸의 기울기의 논리는 완성된다. 결국 감각들이란 애인의 흔적이라는 초점에 모여든 빛줄기들 같은 것이라는 점에서 감각의 논리는 곧 사랑의 논리인 것이다. 그렇기에 보편 법칙으로서 감각의 논리를 공부하는 논리학자는 이렇게 결론을 내린다. "어디나 사랑의 길 아닌 것이 없다."(『태초』, 15쪽)

그런데 마지막으로 우리를 궁금하게 하는 것은 이런 것이다. 애인을 놓치는 방식으로만 애인과 관계할 수 있는 이런 백전백패의 운명이 사랑의 본질이라면, 사랑은 과연 좋은 것인가? 프루스트의 저 질투 많은 주인공처럼 늘 너무 많은 돈을 주면서도 애인이 자기 것이 되지 않을까 봐 괴로워해야 하는가? 사르트르가 「머지않아 어느 날」을 작곡한 검고 짙은

---

11) E. Levinas, *Noms propres*(Montpellier: Fata morgana, 1976), 154쪽.

눈썹의 미국인에 대해 말하듯, 자기가 원하는 대로 자기를 생각해 주지 않는 한 여자가 늘 있기 마련이다. 아마도 바로 이래서 연애란 좋은 것이리라. 내가 원하는 바, 내 욕심에 매개되는 자(이것을 우리는 내 욕심을 실현하는 '도구'라 부른다.)가 아닌 것, 오히려 내 바람이나 욕심으로부터 끝없이 달아남으로써 나의 힘을 무화하는 자가 애인이다. 나의 욕심이라는 목적을 '위해서' 수단으로 매개되는 일 없이 출현하는 자란, 바로 다른 무엇도 아닌 '그 자체가 목적인 자'이다. 이것이 깨닫게 해 주는 것은 무엇인가?

연애란 처음도 끝도 발전도 지향점도 없는 삶, 무기물들의 반복되는 조합과 분해처럼 무지몽매한 삶 안에 '궁극 목적'이라는 예외적인 낱말이 고전 형이상학과 상관없이 들어올 수 있도록 해 주는 기적 같은 사건이라는 것이다. 이 목적을 향해 몸 안의 감각들은 살아나고, 기다림이라는 희망의 형식이 생겨나며, '내일엔? 또 그다음 내일엔 네가 찾아올까? 다음 생에도 널 만나게 될까?' 같은 물음이 바람처럼 머릿속을 지나가는 가운데, '도래할 미래'가, 그러므로 오늘이나 십 년이나 백 년 같은 유한성 속에서 끝나지 않을 생이, 인간에게 생겨난다.

익명성 또는
문화의 끝

점쟁이, 일기예보, 탐정 소설
—어떻게 무질서에서 질서를 구하지?

"단서가 뭐냐고요?" "단서가 꼭 있어야 한다고 누가 그러디?" "항상 단서가 있는 법이잖아요." "단서 자체는 아무 의미도 없어." "진짜 아무 단서도 없단 말이에요?" "단서가 없다는 게 단서라면 모를까." (……) 온종일 나는 공원을 쏘다니며 실마리를 찾아다녔다. 그러나 문제는 내가 무엇을 찾고 있는지 그것조차 모른다는 것이었다.

—조너선 사프란 포어[1]

1 처녀 도사에게 손금을 보이고 질서에 대해 묻다

점쟁이, 일기예보, 탐정 소설…….

도대체 마리오네트의 관절같이 제각기로 노는 이 세 가지를 하나라도 없으면 넘어지는 무쇠솥의 다리들이라도 되는 양 묶어 놓은 까닭은 무엇인가? 일찍이 세익스피어의 장군을 어리둥절하게 했던 '땅에서 솟아난 거품 같은' 이 셋에 대한 상념은, 2월 하순의 유난히 따뜻했던 어느 날 밤, 나도 모르게 손바닥을 내민 채 처녀 도사의 예언을 두려움 속에 경청하던 가운데 뿌리칠 수 없이 뇌수의 밑바닥에 자리 잡았다. 이 예언의 울림을 뭐라 표현해야 할까? 유르스나르는 하드리아누스 황제가 손금에 쓰인 우주의 섭리를 듣는 놀라운 순간을 이렇게 기록하고 있다. "그는 (……) 손바닥에서 하늘에 쓰인 말들에 대해 무언지 모를 확인을 읽는 것

---

1) 조너선 사프란 포어, 송은주 옮김, 『엄청나게 시끄럽고 믿을 수 없게 가까운』(민음사, 2006), 25~26쪽.

이었다. (……) 하나의 손이 별들의 말을 확인했다."[2] 점쟁이의 말을 경청하던 이 밤은 하드리아누스의 모든 날들 가운데 가장 경이로운 날이 아니었을까? 그러나 나름 경탄스러운 예언을 했던 저 처녀 도사의 신변은, 아마도 생활화된 주의 없음 때문에 생각 없이 주절대다가 지금 후회막급으로 튀어나올 뻔한 그녀의 성씨 하나로라도 쉽게 위태로워졌을 것이다. 삶의 선택을 도사에게 양도하고 맥 놓고 운명에 실려 가려는, 저 하루하루가 지겹고 힘들고 암울한 자들의 감당 못할 방문(그리고 뒤이은 불만)으로 그녀의 일생을 망쳐 놓아서는 안 되리라는 마음의 경고가 겨우 요동치는 혀끝을 마지막 순간에 진정시킬 수 있었다. 아무런 이름도 혀끝에 태우지 않으련다.

우리는 늘 카오스를 견디기 어려워하며, 실오라기처럼 가늘고 짧은 것일지라도, 삶을 보호해 줄 '질서'를 발견하길 원한다. 그래서 늘 예측하고, 예언자를 찾아가고, 점괘를 듣고, 겨우 안도한다. 때로는 한 국가 전체가, 아니 고대의 한 세계 전체의 운명이 점괘와 더불어 움직이던 적도 있었다. "월나라 왕 구천은 문왕의 팔괘를 본받아 점을 쳐서 적국을 깨뜨려 천하의 패권을 잡았습니다."[3] 이제 이런 식의 세계는 사라졌으며, 사람들은 마침내 빈손으로 어두운 벽에 기대 천천히 흘러내리며 절망하고 마는 것이다. 마녀들과 마주친 저 스코틀랜드의 장군처럼 예측을 저주하면서. "두 가지 뜻이 있는 애매한 예언으로 사람을 속여 말로는 약속대로 하여 주는 것같이 하고, 희망을 가지면 그것을 깨뜨려 버리는 것이다."(셰익스피어, 『맥베스』, 5막 8장) 늘 삶의 희망은 점괘를 구하는 자신만을 위해 신들이 만들어 놓은 질서가 있으리라는 기대에서 시작하고, 비극은 그 질서(그것이 정말로 있건 없건)에 대한 잘못된 해석 때문에 생겨난다. 어쩌면 운명에서 심각하게 저주해 본 것이라곤 고작 일기예보밖에

<hr>

2) 마르그리트 유르스나르, 남수인 옮김, 『하드리아누스의 회상록』(세계사, 1995), 40쪽.
3) 사마천, 김원중 옮김, 『사기 열전』(민음사, 2007), 2권, 776쪽.

없을지도 모르지만, 벗어 놓은 신발의 방향, 지금 막 오른 계단의 숫자, 어젯밤 꾼 꿈을 한동안 꺼림칙하게 회상하는 우리는 모두 저렇게 탄식하는 맥베스의 후예들이며 예측의 희생양들이다.

점쟁이, 일기예보, 탐정 소설, 이 세 가지는, 마치 물살 빠른 암초 지대에서 백기를 흔드는 조난자에게 흘러온 구명정처럼, 세상의 숨겨진 질서를 환히 들여다보게 해 준다. 불안의 안개를 걷고 잘 맞아떨어지는 우주의 톱니들을 보여 준다. 어딘가에 꼭꼭 숨겨져 있는 징후(기호)에 대한 탁월한 독해를 통해서 말이다. 우리는 점쟁이나 기상 캐스터나 탐정의 안내에 따라 기호를 해독해 내고 마침내 숨겨진 질서에 다가가고 싶다. 카오스가 '두렵고' 앞날이 암울한 우리는 T. S. 엘리엇이 "유럽에서 가장 슬기로운 여자"라고 부른 "점쟁이 소소스트리스 부인"(「황무지」, 1부) 같은 이를 찾아다닌다. 세상 곳곳에서 시도 때도 없이 수수께끼의 상형 문자가 새겨진 손을 여자들에게 내민다. "푸른 눈의 미남자 제가 손금을 봐 드리죠. (……) 그녀는 주름살을 헤아린다."[4] 이렇게 "지금 빛이 안 드는 골방에서 창녀들은 손금을 볼지 모른다."[5] 반신반의하며, 두려운 눈으로 손금을 내려다보는 우리는 지금 기대 속에서, 보일 듯 말 듯한 무엇엔가 유혹받는다.

2 징후와 질서에 대한 감수성: 점쟁이, 일기예보, 탐정 소설

1) **점쟁이**: 정말 '두려움' 때문에 우리는 점쟁이를 찾는다. 스피노자는 『신학정치론』에서 이에 대해 말하고 있다. "미신을 만들어 내고, 유지하고, 강화시키는 것은 바로 두려움이다. 이 말에 대한 증거로 분명한 예를

---

4) 제임스 조이스, 김종건 옮김, 『율리시즈』(범우사, 1988), 하권, 33쪽.
5) 이성복, 「새들은 이곳에 집을 짓지 않는다」, 『남해금산』(문학과지성사, 1986), 28쪽.

제시하기를 요구한다면, 알렉산더 대왕의 경우를 들 것이다. 그가 미신 때문에 예언자에게 문의한 것은 수사의 입구에서 운명을 두려워하기 시작했을 때뿐이다. 다리우스에게 승리를 거두고 난 후에는, 새로운 불운 때문에 두려움에 빠지게 되는 날까지 점쟁이와 예언자에게 조언을 구하지 않았다."[6] 즉 아무런 질서도 보여 주지 않으며, 무엇도 확실한 것이 없는 미래에 대한 두려움이 예언자를 찾게끔 한다. 스피노자는 이 책에서 예언자를 다루고 있는데, 예언자란 탁월한 재능(이 재능의 정체는 실은 '상상력'이다.)에 따라 '자연의 빛'(이성)과는 다른 경로, 즉 기호(징후)를 통해 지식을 획득하는 자로서, 우리 맥락에서 바로 점쟁이와 같은 자이다. 이들은 "상상력에서 나온 망상들, 꿈들, 그리고 다른 중요치 않은 유치하게 터무니없는 것들을 신의 대답으로 믿는다."(OC, 607쪽) 꿈을 비롯한, 세계 안에서 만날 수 있는 이 모든 '터무니없는 것들'이 그들이 지식의 원천으로 애지중지하는 '기호들'이다. 이 점쟁이나 예언자들은 "신이 자신의 의향을 인간의 정신이 아니라 (기호로서) 가축의 내장 속에 썼다고 생각하거나, 또는 바보나 광인, 그리고 새들이 신의 영감이나 직감에 의해 이 명령들을 나타낸다고 생각한다."(같은 곳) 또한 기호들에 친숙한 그들의 비범한 능력은, 점쟁이들을 찾아가는 우리들이 그들에게서 기대하는 유일한 것이기도 하다. 밀란 쿤데라가 말하는 것처럼 말이다. "우리는 (……) 점쟁이가 외부의 어떤 지혜 창고와 보이지 않는 관〔管〕으로 연결되어 있기를 요구한다."[7] 요컨대 "그들은 한없이 가짜 이야기를 꾸며 내며, 마치 자연 전체가 그들과 함께 미쳐 버린 듯이 자연 속에서 이상한 것들을 해석해 낸다."(OC, 607쪽) 그러나 이러한 기호들로부터 확인하는 것은, 세계의 질서에 관한 예외적인 지식이 아니라, 고작 점쟁이 개인의 억견이나 편견이다. "예언이나 표시들은 예언자들의 억견에

---

6) B. Spinoza, *Œuvres complètes*(Paris: Gallimard, Pléiade 총서, 1954), 608쪽.(약호: *OC*)

7) 밀란 쿤데라, 김병욱 옮김, 『불멸』(민음사, 2010), 214쪽.(약호: 『불멸』)

따라 달라졌다. 또 한편 예언자들의 억견은 서로 다르고, 그들은 서로 다르게 보고, 또 서로 다른 편견을 가졌다."(*OC*, 641쪽)[8]

2) **일기예보**: 점괘 가운데는 누구의 일상 속에나 늘 있는 점괘, 저녁마다 티브이 속에서 꼭 보게 되는 점괘, 바로 일기예보가 있다. 사람들은 날씨와 관련해서도 점쟁이들과 마찬가지로 미래 속에 숨겨져 있을, 세계의 질서에 대해서 인식하고자 한다. 기상 상태만큼 우리의 삶과 밀접하게 관련된 것도 없다. 우리의 삶과 밀접하게 관련되어 있다는 말은, 세계에 대한 이론적(계산적·과학적·사변적) 접근 이전에, 도구를 사용하고 의식주의 문제를 해결하는 생활의 근간에 날씨가 개입한다는 말이다. 이와 관련하여 하이데거는 『존재와 시간』에서 모든 날씨 변동을 초래하는 '바람'에 대해 이렇게 말한다. "토지 경작에서 남풍이 비를 예고하는 기호로서 '타당하게 통용된다면, 이 경우 이러한 '타당함'〔은〕(……) 어떤 그 자체로 이미 눈앞에 있는 것〔이론적 대상을 말함〕에, 즉 기류와 특정한 지리학적 방향에 추가되는 첨가물이 아니다. (……) 토지 경작의 둘러봄이 참작하는 방식으로 비로소 남풍을 바로 그것의 존재에서 발견하는 것이다."[9] 남풍은, '바람의 질서를 확립하기 위한 과학', 즉 기상학이라는 학문의 대상이기보다는 토지 경작이라는 농부의 실천, 존재함의 바탕에 속하는 것이다.

이렇게 날씨가 삶의 바탕에 자리 잡고 있는 만큼, 사람들은 늘 날씨를 완벽히 소유하길 갈망해 왔다. 헤로도토스가 『역사』에 기록한 크세르크세스의 이야기를 보라. 그리스를 정복하고자 군사를 일으킨 이 페르시아 왕은 헬레스폰토스 해협에 다리를 놓아 병력을 이동시키고자 했다. 그런데 다리가 개통되자마자 예측하지 못했던 '바람'이 불어와 다리를 파괴

---

8) 예언이 왜 지식으로서 성립하지 않으며, 한낱 예언자의 몽상의 소산에 불과한지에 대해선 필자의 글, 「예언이란 무엇인가?」, 『일상의 모험』(민음사, 1995), 369~379쪽 참조.

9) 마르틴 하이데거, 이기상 옮김, 『존재와 시간』(까치, 1998), 116쪽.

해 버렸다. "이 소식을 들은 크세르크세스는 헬레스폰토스에 대해 크게 노하여, 가신들에게 바다에 300대의 채찍형을 가하고 또한 족쇄 한 쌍을 바닷속으로 던져 넣으라고 명했다."[10] 이 이야기만큼 날씨를 지배하고자 하는 인간의 갈망을 잘 드러내 주는 것도 없다. 날씨는 징벌을 통해서라도(!) 반드시 지배 아래 두어야 하는 대상이었던 것이다.

그리고 그 지배는 결국 기상의 징후들에 대한 완벽한 해석을 통한 법칙의 수립을 통해 달성될 것이었다. 사람들은 기상과 천문 현상이라는 '기호'를 해독해 우주를 지배하는 질서에 대한 '인식'에 도달할 수 있으리라 기대한다. 이 기호 해독에서 주어지는 지식을 통해 날씨를 지배할 수 있으리라는, 즉 날씨에 대한 질서를 수립할 수 있으리라는 기대를 가지고 있다. 이 기대는, 날씨가 예측 가능한 것이 되기 위해서 점괘라는 법칙의 지배 아래 종속했으면 하는 희망으로 굴절되기도 한다. 우리는 이를, 허구가 구성되기 위해 요구되는 까다로운 조건들이 비교적 느슨한 (그러므로 욕망이, 우리 시대에서나 기세등등해진 합리성의 원칙을 무시하고 보다 여과 없이 노출될 수 있는) 고전 소설들에서 쉽게 찾아볼 수 있다. 예를 들어 나관중의 『삼국지』를 보라. 이 소설에서 날씨 및 날씨의 원인으로 간주되어도 좋은 천문이라는 기호에 대한 해독은 점쟁이 식의 법칙 만들기와 구별되지 않는다.

예를 들어 볼까? 손견은 자미원(紫微垣, 황제를 상징하는 별) 주위에 부연 기운이 서려 있는 것을 보고, 황제의 별이 저렇게 밝지 못하니, 역적이 나라를 어지럽힐 것이라고 예측한다.[11] 괴량은 장성(將星)이 떨어지는 것을 보고, 저것이 손견일 것이라고 유표에게 말한다.(1권, 171쪽) 이숙은 광풍이 일고 검은 안개가 하늘을 뒤덮자, 동탁이 용위(龍位)에 오르려는

---

10) 헤로도토스, 박광순 옮김, 『역사』(범우사, 1987), 491쪽.

11) 나관중, 황석영 옮김, 『삼국지』(창비, 2003), 1권, 147쪽.(이하 『삼국지』에서의 인용은 약호 표시 없이 인용문 뒤 괄호 안에 권수와 쪽수를 씀.)

징조라고 해석한다.(그야말로 한 인간의 운명 지도를 보여 주는 일기예보다.)
(1권, 208쪽) 왕립은 금성과 화성의 행로에서, 대한(大漢)의 천기와 운수
가 다했음을 예측한다.(2권, 44~45쪽) 저수는 금성의 진로를 보고 큰 화
가 닥칠 징조라며 원소에게 고한다.(3권, 136~137쪽) 은규는 황성(黃星)
이 출현하자 양주와 패주 사이에서 진인(眞人)이 나올 것이라 예측한
다.(3권, 155쪽) 조조는 천문을 보다, 남방의 기운이 찬연하니 강남을 도
모하기 어려울 것이라 말한다.(3권, 222쪽) 일진광풍을 보고 간옹은 점을
쳐서 크게 흉한 징조라고 경고한다.(4권, 111~112쪽) 공명은 간밤에 서북
쪽에서 별 하나가 떨어졌다며, 황족 하나가 세상을 떠났을 것이라 한
다.(5권, 115쪽) 방통은 태을수(太乙數, 전란·재화를 다스리는 별자리)에 대
해 공명과 다른 해석을 내놓는다.(이렇게 의견 일치보다는 해석상의 분쟁을
초래하는 것이 기호 해독의 근본적인 특징이다.)(6권, 55~56쪽) 공명은 칠석
명절에 형주에서 큰 별 하나가 떨어지는 것을 보고, 방통이 죽었다며 통
곡한다.(6권, 63쪽) 공명은 삼태성(三台星)을 보고 자신의 죽음을 점치고,
별에 기도를 올려 운명을 바꾸려 한다.(9권, 170~174쪽) 등등. 『삼국지』
는 그야말로 천문과 일기예보의 전쟁, 또는 일기를 완벽한 과학(점쟁이의
예측 과학) 속에 포섭하고 싶다는 이상(理想)의 문학적 표현이다. 적벽대
전을 앞두고 공명이 원하는 날짜와 시간에 칸트의 시계만큼 정확하게 불
기 시작하는 동남풍을 보라.(6권, 15~17쪽) 레비나스가 말하듯 이러한 날
씨의 지배는, 근대 세계에 와서는 모든 것을 '나'의 처분에 두고자 하는
주체성의 기획으로 수렴된다. "모든 것은 나의 처분에 달렸다. 심지어
내가 조금이라도 계산하기만 하면, **별들**〔천문 또는 점성술적 의미의 별〕도
내가 매개자나 수단으로 예측하는 그런 것이다."[12] 『삼국지』의 후예들인
중국인들은 또다시 천문을 읽기 시작했는데, 무려 1년 뒤를 예측하려고

---

12) E. Levinas, *Totalité et infini*(La haye: Martinus Nijhoff, 1961), 7쪽.

했다. 베이징 올림픽이 개막하는 2008년 8월 8일 오후 8시에 비가 올 것이니, 요오드화은으로 비구름이 머금은 물기를 말끔히 짜내서 비를 오지 못하게 해야겠다는 것이었다.

그런데 과연 별들 또는 별들의 질서가 만들어 내는 날씨는 주체가 계산 가능한 것인가? 날씨의 기호는 계산 가능한 질서를 알려 주는가? 아마도 『삼국지』가 고전인 까닭은 저 많은 날씨와 천문에 대한 사이비 과학의 범람에도 불구하고, 세계의 카오스적 본성, 예측 불능, 질서의 부재에 대한 통찰을 담고 있기 때문이리라. 예컨대 태사(太史) 초주가 공명에게 하는 말을 들어 보자. "'누구보다도 천문에 밝으신 승상께서 어찌하여 무리하게 일을 도모하려 하십니까?' 공명이 말한다. ''천도(天道)'란 원래 덧없이 변하는 것이니 어찌 그에 얽매이겠는가?'"(8권, 160~161쪽) 천도, 요즘 말로 하면 날씨란 덧없이 변하는 것, 질서의 올가미에 가둘 수 없는 것이다. 제아무리 천문에 밝은 자라도 말이다. 이러한 공명의 생각은 삼국지 전체를 통틀어 어찌 보면 가장 중요하다고도 할 수 있는 한 전투에서 구체화된다. 다음과 같은 회한 가득한 시구를 낳게 한 전투, 공명이 다 잡은 사마의를 놓치고 만 상방곡 전투 말이다. "광풍이 골 안으로 불어 불길이 치솟는데/ 어찌 생각했으랴, 푸른 하늘에서 소나기 퍼부을 줄을."(9권, 162쪽) 상방곡에서 불에 타 죽었어야 마땅할 사마씨 삼부자는 '예측하지 못한' 소나기 덕에 살아난다. 인간은 날씨를 자신의 계산에 매개하는 자가 아니라, 질서도 없고 예측할 수도 없는 날씨의 본성 안에서 혼란스러워 할 수밖에 없는 나약한 자라는 것을 이 전쟁만큼 잘 보여 주는 것도 없다. 미셸 투르니에가 통찰하듯 날씨란 근본적으로 무질서한 것, 법칙이 부재하는 것, 따라서 징후에 대한 해독이 늘 실패로 귀결되는 것이다. "기상 현상을 철저히 분석하여 법칙 속에 가두어 두려는 과학은 신성모독이자 조롱이지. '바람은 그가 원하는 곳에서 불며 너는 그의 소리를 듣느니라. 하지만 너는 그가 어디에서 오며 어디로 가는지도 모르니라.'라고 예수께서 니코데모에게 말씀하셨지. 그렇기 때문에 기상학은 필연적으로 실패할 수밖에 없다네. 일기예보는 끊임없이 실제 현상에 의해 우롱당하기 일쑤지."[13] 날씨가 기상학을 배신하는 이러한 우주의 어쩔 수 없는 진실, 또는 "외면적으로만 하늘의 현상을 알고 그것을 역학적 모델로 환원시키려는 기상학의 빈곤함"[14]에 대한 폭로는 최근 우리 문단의 한 신인 작가의 작품 속에서 수행된 바이기도 하다. 일기예보의 실패가 우울하게 가리켜 보이는 '우리 운명의 예측할 수 없음'에 대한 폭로 말이다.(김상묵의「날씨」[15])

3) 탐정 소설: 일기예보만큼이나 기호 해독을 통해 세계의 숨겨진 질서에 도달해 보겠다는 야심을 가진 것이 또 있다. 바로 탐정 소설이다. 무질서로부터 세계를 구해 내고자 하는 자, 외면적인 카오스 속에 숨겨져 있을 질서를 확신하고 그리로 나아가는 자가 탐정이다. 가령 레베르테의 탐정 소설『플랑드르 거장의 그림』에서 탐정은, 모든 추리 작업을 가능케 하는 근거로서 우주의 질서를 다음과 같은 대화 속에서 확신한다. "'젊은이는 정말로 감춰진 메시지를 모두 판독할 수 있다고 생각한다? 다시 말하건대, 어떤 체계를 적용하면 모든 것을 풀 수 있다는 거요?' '전 그 점에 대해 확신합니다. 왜냐하면 범우주적인 체계가 있기 때문입니다. 논증할 수 있는 것은 논증하도록 하고, 버릴 것은 버리는 보편적인 법칙들 말입니다.'"[16] 모든 수사와 추리 작업을 가능케 하는 범우주적 질서에 대한 이 탐정의 신념은 다음과 같이 요약될 수 있겠다. "모든 사물은 서로가 상호 불가분한 관계이자 유기적인 관계에 놓여 있었다."(『플랑드르』, 162쪽) 외면적인 부조화 속에 숨겨 있으나 발견 가능한 우주적 질서가 있으리라는

---

13) 미셸 투르니에, 이원복 옮김,『메테오르』(서원, 2001), 1권, 167쪽.

14) 위의 책, 2권, 285쪽.

15)《세계의 문학》, 2007. 봄.

16) 아르투로 페레스 레베르테, 정창 옮김,『플랑드르 거장의 그림』(열린책들, 2002), 288쪽.(약호: 『플랑드르』)

탐정 소설의 이 이념을 움베르토 에코는 그의 네 번째 대작인『바우돌리노』에 등장하는 한 인물을 통해 다음과 같이 표현하기도 한다. "우리는 대립들 사이의 조화를 다시 찾아야만 해요. 신들을 도와주어야만 해요."[17] 탐정 소설의 신성한 임무란 신들이 수립한 조화의 발견이다. 이 정도 되면 탐정 소설은 이미 '형이상학'이다. 신들이 수립한 질서의 확인이라는 점에서 형이상학과 탐정 소설은 형제지간이나 다름없는데, 보르헤스를 매료시킨 탐정 소설의 면모도 바로 이런 형이상학적 특질이었다.(보르헤스의 형이상학적 취미에 대해서 우리는 잘 알고 있다. "두 가지 열정이 나로 하여금 용기를 가지고, 심지어 행복감까지 느끼며 불행했던 시절들과 맞서 싸우도록 만들어 주었다. 그것들은 바로 음악과 형이상학이었다."[18]) 보르헤스는 말한다. "다소 경멸을 갖고 읽는 탐정 소설이 무질서 시대에서 질서를 구해 내고 있다."[19] 정말로 탐정 소설은 '코스모스', 즉 '조화로서의 우주'를 찬양하는 낙관적인 문학인 것이다.

　그러나 탐정들의 위대한 발견을 가능케 해 줄 저 코스모스, 우주의 규칙성은 어디서 성립하는가? 오히려 허구라는 폐쇄된 작위적인 조건 속에서가 아니라면, 추리는 갈 곳을 잃고 좌초하는 것이 아닌가? 탐정 소설가 레베르테가 은연중 흘리고 있는 다음과 같은 말도 이 점을 증언하고 있다. "현실에서야 많은 사건이 우연에 의해 발생하지만 픽션에서는 그것과 반대로 거의 모든 사건이 논리적인 법칙에 따라 일어나게 되어

---

17) 움베르토 에코, 이현경 옮김,『바우돌리노』(열린책들, 2002), 하권, 673쪽.

18) 호르헤 루이스 보르헤스, 황병하 옮김,『보르헤스 전집』(민음사, 1996), 3권, 116쪽.(약호:『보르헤스』. 이 약호 뒤에 전집의 권수 쪽수를 차례로 표기함.)

19) 호르헤 루이스 보르헤스, 박병규 옮김,「탐정 소설」,『허구들』(녹진, 1992), 264쪽. 그러나 이제 본문 중에서 확인하겠지만 보르헤스에게서 오로지 질서와 형이상학에 대한 취향만을 발견하는 것은 그의 반만을 보는 것이다. 다른 한편에서 그는 우리 삶에 근본적인 불확실성이 끼어들고 있음을 간파하고 있었다. "나는 그리스인들이 알지 못했던 그 어떤 것에 대해 알게 되었습니다. 불확실성."(『보르헤스』, 2권, 103쪽)

있으니까."[20] 그렇다. 탐정인 주체가 논리적 법칙을 사건 해결에서 자기 마음대로 사용할 수 있도록 뒷받침해 주는 조화와 규칙은 제한된 항들만이 있는, 즉 예기치 못한 변수의 개입이 의도적으로 차단된 허구, 탐정 소설이라 불리는 허구 속에서나 가능한 것이다. 이러한 점은 보르헤스 역시 통찰하고 있는 바이다. "탐정 소설을 습작한 경험이 있는 던레번은 미스터리의 해결은 항상 미스터리 자체보다 열등한 것이라는 생각을 하고 있었다. 미스터리는 초자연적인 것, 심지어 신성한 것과도 관계되지만, 그것의 해결은 인간의 손의 장난에 불과하다."(『보르헤스』, 3권, 183쪽) 여기서 '신성한 것'은 바로 우리의 '예측하는 지성의 계산 능력'을 뛰어넘는 것을 가리킨다. 미스터리는 이런 인간의 능력 바깥에서 발생한다. 이에 비하면 탐정 소설이라는 해결책은 한낱 '손장난', 손바닥만 한 인간의 지성 위에 세워진 가짜 우주인 것이다.

오히려 세상은 우연과 카오스로 가득 차 있는 것이 아닐까? 레비나스가 묘사하듯이 말이다. "'조각난 세계' 혹은 '뒤죽박죽이 된 세계' 등의 표현은 일상적이고 평범한 것이 되어 버렸지만 그래도 역시 세계에 대한 본래적 느낌을 표현하고 있다. 사건들과 이성적 질서 사이의 균열, 물질처럼 불투명한 정신들 상호간의 불가해성, 서로에 대해 터무니없는 것들로 취급되는 논리 체계들의 다수성, (……) 그것이 수행해야 할 본질적 기능에 있어서 부적격하게 된 지성 (……)."[21] 이 구절은 세계의 무질서 또는 카오스, 그리고 '추리'라는 질서 회복의 작업을 더 이상 할 수 없게 된 '지성의 무능력'에 대해 이야기하고 있다. 세상 안에서 만나는 어떤 징후(기호)도 더 이상 지성을 세상의 보편적 질서로 안내해 주지 못한다. 질서와 규칙에 대한 열쇠를 담고 있는 기호, 해석이라는 노고를 통해 질서로 안내해 줄 기호란 존재하지 않는 것이다.

---

20) 아르투로 페레스 레베르테, 정창 옮김, 『뒤마 클럽』(시공사, 2002), 454쪽.
21) 에마뉘엘 레비나스, 서동욱 옮김, 『존재에서 존재자로』(민음사, 2003), 27쪽.

　　이런 점에서 볼 때 에코의 『푸코의 추』는 매우 특별한 탐정 소설이다.
이 소설은 기호에 대한 해석의 성공으로 끝나기보다는, 기호 해석의 부
질없음, 기호들의 무가치함과 의미 없음에 대한 깨달음으로 끝나니 말이
다. 먼저 과수원을 비유적으로 사용하는 다음과 같은 두 가지 진술을 비
교해 보자. 어떤 탐정 소설은 다음과 같은 상징을 통해 세계의 질서에 대
한 긍정을 표현하고 있다. "정해진 지점에서 과수원을 바라보면 무질서
하게 보이다가도 위치를 바꾸면 기하학적인 규칙으로 배열된 게 보이거
든요."(『플랑드르』, 377쪽) 이렇게 과수원의 보이지 않던 규칙을 발견할
수 있다는 것이 일반적인 탐정 소설의 낙관론이라면, 『푸코의 추』에는
이와 정반대의 과수원이 등장한다. "나는 그 포도밭을 잘 알고 있다.
(……) 어떤 수학자도 그 포도 고랑들이 오름순으로 되어 있는지 내림순
으로 되어 있는지 알 수 없을 것이다."[22] 세계 안에는 '순서'가 대표하는
'어떤 질서도' 없다는 말이다. 이 소설은 아무런 해석할 것이 없는 세상
에 마치 의미심장한 기호가 들어 있는 듯 끊임없이 해석을 수행하는 인
간의 어리석음에 대한 냉소와 체념으로 끝난다. "'그들'은 나를 찾고 있
다. (……) 내가 '지도(地圖)'가 없다고 하면 더 열을 내서 찾겠지. (……)
조금 있으면 그들이 여기 닿겠지. 오늘 내가 생각한 것을 적어 놓고 싶
다. 하지만 그들이 그걸 읽으면 거기서 무슨 이상한 이론을 유추하여, 내
말에 담긴 비밀 메시지를 해독해 내느라고 오랜 세월을 허비할 것이다.
(……) 내가 아무 말도 하지 않아도 그들은 거기서 다른 의미를 찾아낼
것이다. 그게 그들의 생리이다."(『푸코의 추』, 821~822쪽) 이 구절만큼 기
호를 해석해서 뭔가 합리적인 질서를 발견해 내려는 인간의 '생리'와 그
것의 부질없음을 잘 표현하고 있는 것도 없을 것이다. 징후를 남기건 남
기지 않건, 사람들은 그들의 최고의 상상력과 지성을 동원해 '징후'로부

---

22) 움베르토 에코, 이윤기 옮김, 『푸코의 추』(열린책들, 1990), 하권, 821쪽.(약호:『푸코의 추』)

터, 혹은 '징후 없음'으로부터 뭔가 의미 있는 질서를 발견하고자 한다. 그러나 세상은 의미를 숨기고 있는 책이 아니라, 그저 백치의 얼굴처럼 무의미한 카오스의 덩어리일 뿐이다. 또는 흄이 말하듯 해명 불능의 수수께끼일 뿐이다. "자연이라는 이 책은 어떤 지성적인 담론이나 추리보다는, 설명할 수 없는 거대한 수수께끼를 담고 있다."[23]

모든 얼토당토않은 기호 해석에 대한 환멸 뒤에 주인공이 깨닫는 것은 해석되어야 할 기호도 상징도 비유도 없는 세계가 줄 수 있는 이런 놀라움이다. "그 순간은 무엇의 상징도, 기호도, 징후도, 인유도, 비유도, 수수께끼도 아니었다. 그 순간은 그저 그 자체였다. 그것은 다른 무엇을 나타내지 않았다. 그 순간에는 모든 게 충족되었으며, 모든 걸 보상받았다."(『푸코의 추』, 813쪽) '아무것도 가리켜 보이지 않는 이 무의미한 세계'의 비밀은 무엇이고, 어떻게 그 무의미함에도 불구하고 충족적이며 주인공에게 보상을 줄 수 있는지는 이 소설의 가장 중요한 핵심을 이루는 것이지만, 애석하게도 이 문제가 우리 논의의 중심에 있지는 않다. 우리에게 남겨진 깨달음은, 고정된 상징·기호·징후 등등이 부재하는 이런 세계는 쓸데없는 '징후의 해석'에서부터 최종적으로 도달할 '형이상학적 질서'를 망상하는 탐정 소설의 침입을 허용하지 않는다는 것이다.

3 성(?) 루벤스의 환시(幻視)

신은 우리에게 우주의 질서로 안내해 줄 기호를 남기지 않았다. 살아 있어야 할 질서의 자리엔 실은 카오스라는 무덤이 도사리고 있으며, 은유나 상징을 통해 숨겨진 비밀을 가리켜 보이는 의미심장한 기호들도 존

---

23) J. Derrida, *De la grammatologie*(Paris: Éd. de Minuit, 1967), 28쪽에서 재인용.

재하지 않는다. 데리다는 이러한 점을 (현대적 글쓰기의 상황과 관련하여) 다음과 같이 훌륭하게 기술하고 있다. "글을 쓰는 것, 그것은 〔써 내는〕 모든 페이지가 진리를 담은 유일한 텍스트로 스스로 제본되는 것을 보는 신학적인 확신을 상실한 것만은 아니다. (……) 이 상실된 확신, 신적인 글의 이 부재는 (……) '현대성' 같은 것을 단지 모호하게 정의하고만 있지 않다. 그것은 **신적 기호**(signe divin)의 **부재**와 **강박**으로서 현대 미학과 비평 전체를 지배한다."[24] 세계의 질서를 숨기고 있는 '신적 기호'는 부재한다. '진리를 담은 유일한 텍스트'라 불리는 '발견해야 할 질서'도 없다. 세계를 조화로운 전체로 묶어 주는 질서가 있으리라는 '신학적인 확신'도 상실했다. 하루하루는 속절없이 카오스의 빠른 물살에 휩쓸려 사라진다. 그것이 우리가 담겨 있는 세계, '우연들의 놀이'에 불과한 어느 망가진 도시 같은 세계이다.("바빌로니아는 우연들의 영원한 놀이 그 이상의 어떤 것도 아니기 때문이라는 것이지요."(『보르헤스』, 2권, 115쪽)) '무질서로부터 어떻게 삶을 구해야 하나?' 또는 세상이 카오스(chaos)라면, 이 카오스로부터 도래할 수 있는 '질서(cosmos)'는 없는가? "카오스＝코스모스",[25] "카오스와 코스모스의 내적 동일성"(*DR*, 168쪽)은 불가능한가?

　　사실 우리 마음은 '질서'에 대한 소질을 가지고 있다. 제임스 조이스는 『스티븐 히어로』에서 이렇게 이야기한다. "마음은 사물을 **전체**와 **부분**으로 고려한다. 또 그 자체 및 **다른 사물과의 관계** 속에서 고려하고, **부분들 간의 균형**을 조사한다."[26] 여기서 마음이 관심을 가지는 '부분들의 균형'이나 '사물들의 관계가 형성하는 전체'는 모두 '질서'를 표현하는 말들이다. 이 질서에 도대체 어떻게 접근할 수 있단 말인가? 조이스가 그 유명한 '에피파니(epiphany)'를 통해 이야기하고 싶어 하는 것이 바로 이런 질

---

24) J. Derrida, *L'écriture et la différence*(Paris: Éd. du Seuil, 1967), 21쪽.

25) G. Deleuze, *Différence et répéition*(Paris: PUF, 1968), 161쪽.(약호: *DR*)

26) J. Joyce, *Stephen Hero*(New York: A New Directions Book, 1944), 212쪽.(약호: *SH*)

428

서에 대한 접근 가능성일 것이다. 에피파니란 무엇인가? "먼저 우리는 우리가 바라보는 대상이 '하나의' 완전한 사물임을 알아본다. 그런 다음에 그것이 유기적으로 구성된 구조물, 즉 사실상의 한 '사물'임을 알아본다. 마지막으로 부분들의 관계가 정교하고, 부분들이 특별히 적절한 조화를 이루고 있을 때, 우리는 그것이 존재하는 바로 그 사물임을 알아보게 된다. 그러면 바로 그 **대상의 영혼**이 (……) 외관이라는 허울을 벗고 우리에게로 다가온다. (……) 조화로운 구조를 지닌 가장 평범한 대상의 영혼이 우리에게 빛을 비추는 것 같다. 그러면 그 대상은 에피파니를 달성한 것이다."(*SH*, 213쪽) 여기서 조이스는 '대상의 영혼', 즉 우연히 만난 대상 속에서 운 좋게도 얻게 되는 그 대상의 '본질'에 대해 이야기하고 있다. 이 대상의 영혼이란 프루스트가 켈트인의 신앙을 상기시키며 말한 것, 즉 징후들(기호들)과의 우연한 마주침이 건네주는 '영혼'과 다르지 않다. "켈트인의 신앙에 따르면, 우리와 사별한 이들의 영혼은 어떤 하등 생물, 짐승이나 식물, 무생물 안에 사로잡혀 있다. 그래서 우리가 우연히 그 나무의 곁을 지나가거나, **영혼이 갇혀 있는 사물**을 손에 넣거나 하는 날(이날은 대부분의 사람에게는 결코 오지 않긴 하지만)이 올 때까지는 이들의 영혼은 확실히 잃어버린 채로 남아 있다."[27] 여기서 "영혼이 갇혀 있는 사물"로부터 영혼의 현시가, 바로 조이스에겐 에피파니를 통해 '대상의 영혼'이 현시하는 것에 해당한다. 조이스에서 대상의 영혼이란 우연히 만나게 된 기호(징후)가 우리에게 깨닫게 해 주는 세계의 질서, 그 기호가 포함되어 있는, 각 부분들이 적절한 조화를 이루고 있는 질서이다. 도대체 점쟁이도 아닌데, 세상에서 우연히 만나는 기호를 통해 어떻게 세상의 질서에 대한 "갑작스러운 정신적 현시(a sudden spiritual manifestation)"(*SH*, 211쪽)를 얻는단 말인가?

---

27) M. Proust, *À la recherche du temps perdu*(Paris: Gallimard, Pléiade 총서, 1987), t. I, 43~44쪽.

　이런 질서에 대해 확신한 조이스의 작품 안에서 우리는 에피파니의 많은 예들을 찾을 수 있겠지만, 조이스의 것이 아닌 보다 흥미로운 경우 한 가지를 이 자리에선 이야기하고 싶다. 쿤데라의 『불멸』에는 루벤스라는 별명의 바람둥이가 등장하는데, 그가 바로 놀라운 에피파니의 체험자다. "그의 삶의 무게 중심이 (……) 사회 경력 추구가 아니라 여자들에 대한 성공에 있"(『불멸』, 425쪽)었던 만큼 그는 수많은 여자들을 편력했다. 이 점을 과소평가 말기 바란다. 설령 여자를 침대 위에 쓰러뜨리는 일이 유일무이한 관심사라도, 그것에 한 인간의 삶의 모든 무게가 실려 있다면, 우리는 그것을 굶는 광대의 경우처럼 삶의 정수에 도달하려는 노력으로 존중해 주어야 한다. 유럽은 '돈 후안' 이래로 이에 대한 전통을 수립하고 있지 않은가?

　어느 날 로마의 한 미술관에서 루벤스는 한 점의 성화(聖畵)와 마주치며 조이스가 "갑작스러운 정신적 현시"라 부른 것을 체험한다. 그림은 십자가 위에서 죽어 가는 그리스도와 양옆의 두 도둑을 소재로 하고 있었다. "십자가 주위에서는 한 무리 병정과 시민들, 그리고 어중이떠중이들이 그 전시된 여인〔그리스도를 가리킴〕을 바라본다. (……) 자신의 몸 위로 꽂히는 그 모든 시선을 느끼며 그녀는 손바닥으로 두 가슴을 덮었다. 그녀의 왼쪽과 오른쪽에는 각각 도둑을 한 명씩 짊어진 다른 십자가 두 개가 세워져 있다."(『불멸』, 489쪽) 이 그림이 루벤스에게 갑작스럽게 깨닫게 해 준 것은 무엇인가? 어떤 의미에서 이 '그림 – 징후'는 외따로 노는 무의미한 삶의 한 조각이 아니라 질서의 일부를 이루고 있는가? 이 그림은 그것이 아니었다면, 그저 망각 속에 묻혀 버리거나 아니면 무의미하게 지나간 한순간이 되어 버렸을 어떤 사건과 공명한다. 루벤스의 정부(情婦) 및 그의 친구와 쓰리섬(!) 섹스 직전까지 갔던 어느 호텔 방에서의 사건 말이다! "파리의 어느 큰 호텔에서 이루어진 그 류티스트〔정부의 별명〕와 두 사내의 만남은 자극적이었다."(『불멸』, 461쪽) 이 만남은 그것 자체로 무의미하게 사라지는 듯했다. "두 사내와 한 여자의 자극적인 만남은 속편 없는 에피소드로 남았다. (……) 류티스트는 그의 기억에서 거의 완전히 사라져 버렸다."(『불멸』, 461쪽) 그런데 바로 저 그리스도와 두 도둑의 그림이 이 사건과 공명하면서 사건의 의미를 일깨우고 있는 것이다! 쿤데라가 다른 맥락에서 사용한 표현을 가져다 쓰자면, 루벤스는 "두 여성의 형상이 혈족 관계임을 깨달았다. 두 형상은 그 자체로는 우연히 마주친 무의미한 것이었지만, 서로 연관을 맺는 순간부터, (……) 결정적인 두 사건으로 나타났던 것이다."(『불멸』, 416쪽) 루벤스의 '정신 속에서' 그림의 인물들은 과거 그들이 호텔에서 했던 에로틱한 동작을 그대로 흉내 내고 있었다. "첫 번째 도둑이 그녀 쪽으로 몸을 숙여 그녀의 손 하나를 잡더니, 천천히 가슴으로부터 떼어 내, 가로판자 한쪽 끝까지 팔이 활짝 펼쳐지게 한다. 두 번째 도둑이 그녀의 다른 손을 붙잡고 같은 동작을 수행하자, 류티스트는 두 팔을 활짝 펼치게 되었다. (……) 루벤스는 이 광경에서 눈을 뗄 수가 없었다. 이윽고 거기서 눈을 뗀 그는, 그 순간이 '로마에서의 루벤스의 환시(幻視)'라는 이름으로 종교사에 들어가야 한다고 생각했다."(『불멸』, 489~490쪽) 결국 루벤스는 그의 삶 속에서 가장 중요한 '의미'를 가지는 하나의 '견고한 질서'(로마의 성화, 그리고 류티스트와의 쓰리섬이라는 두 항 사이의 '필연적 관계')를 발견하게 된 것이다. "그는 속으로 중얼거렸다. 나의 모든 인생 체험에서, 내게 남은 것은 사진 한 장〔파리의 호텔에서 류티스트와의 기억〕뿐이다. 아마도 가장 내밀하고 가장 깊이 나의 성생활 속에 묻혀 있던 사진, 내 성생활의 정수를 담은 사진 같다. 최근 들어 나는, 어쩌면 바로 그 사진을 되살리기 위해 정사를 한 것인지도 모른다."(불멸, 493~494쪽) 그렇다. 로마의 그림이 '환시'(조이스라면 '에피파니'라 부르고 싶었을 것이다.) 속에서 그에게 건네준 것은 그의 모든 성적 편력의 정수, 그러므로 그의 인생 자체의 '정수'였다. 그의 삶의 모든 무상한 노력, 그러니까 수많은 부질

없는 섹스는 바로 그 정수가 담긴 사진을 재생시키기 위한 노력에 불과
했다. 요컨대 그는 그의 삶의 구심점이자 모든 행동을 지배하는 '원리(질
서)'를 발견한 것이다.

　우연히 만나는 기호는 이렇게 우리의 경험 속에 숨겨 있던 의미, 그것
을 경험할 당시엔 알 수 없었던 의미를 드러내 주고, '우리 삶을 지배하
는 질서'가 무엇인지 깨닫게 해 준다. 이것은 형이상학자들과 신학자들,
또는 형이상학자의 마음을 가진 일부 과학자들이 그토록 찾아 헤맨, 세
계와 우주 안의 '미리 준비된 질서나 법'이 아니다. '어떤 이름도 허용하
지 않는' 지나쳐 간 '혼돈'으로부터 질서를 생산하는 것, 그러므로 자기
인생의 정체없이 바스라진 부스러기들을 모아 하나의 전체를 형성하는
것이다. 이런 것을 가리켜, '카오스로부터 아주 나중에 주어지는 코스모
스, 질서, 법'이라고 불러야 하지 않겠는가? '카오스인 채로 코스모스인
것 말이다.' 그것을 예전부터 사람들은, 만들어져 감, 바로 '성장(form-
ation)'이라는 말로도 불렀다. 스스로 형성(form)하는 자기 삶의 질서, 또
는 자기 삶의 궁극적인 '형식(form)'을 갖추는 일 말이다. 어쩌면 평생을
사용해야 하는 지난한 노력 뒤에야 얻을 수 있는…….

알코올 중독

새벽 다섯 시에 깨어 오똑 앉아
늘 소주를 마셨더라
—김지하[1]

1 낙타 과음 또는 우울증

연말이 오고 있다. 이루 헤아릴 수 없이 많은 송년회에 질릴 대로 질린 후, 내년 초 추악한 겨울을 뒤로한 채 순결한 봄을 맞으며 누가 또 어김없이 이런 울적한 이야기를 꺼낼 것이다. "또 새로운 한 해가 시작되었다. 연말연시를 보내자면 이런저런 모임에 술자리들을 통과하게 되기 마련이다. 취흥이 도도한 자리를 우아하고 깔끔하게 헤쳐 나오기란 쉽지 않은 일이다. 주석이라는 것이 과잉과 낭비를 본성으로 하는 것이라서 자칫하면 과장된 말과 행동으로 인해 크고 작은 내상을 입거나 입히기 쉽다. 그중에서도 가장 대처하기 어려운 부상은 대개 자책이나 자기혐오일 것이다."[2] 알코올 과다 복용에 관한 서영채의 이 후회의 글 내지 삶은 본의 아니게 김수영의 「낙타 과음(駱駝過飲)」(1953)을 모범으로 삼고 있다.(이는 모순되게도 '독창적인 모방'인데, 알코올 때문에 하게 되는 후회스러운 회상은 개개인에게 독자적으로 일어나지만 모두에게 똑같이 일어나는 일인

---

1) 김지하, 『애린』(실천문학사, 1986), 둘째권, 30쪽.(약호: 『애린』)
2) 서영채, 「춤추는 별을 위하여」,《문학동네》, 2006. 봄, 18쪽.(약호: 서영채)

까닭이다. 김수영도 서영채도 인간의 운명에 쓰인 글을 베끼고 있는 것이다.)
김수영은 "머리가 무거웁고 오장이 뒤집힐 듯 메스꺼워서 오정이 지나고
한참 후까지 누워 있었다."[3]라고 앓는 소리를 하며, 전날 밤의 크리스마
스 파티를 이렇게 회상한다. "Y여, 내가 어째서 그렇게 과음을 하였는지
모르겠다. (……) 어저께는 자네 집 아틀리에에서 춤을 추고 미친 지랄을
하고 나서 어떻게 걸어 나왔는지 전혀 기억이 없다. 어떤 자동차 운전수
하고 싸움을 한 모양이다. 눈자위와 이마와 손에 상처가 나고 의복이 말
이 아니다."(김수영, 19쪽) 아마도 그는 "유닉하게 생긴 입에 칠한 루즈"
가 인상적인 "B양에 대한 그리움" 때문에, 아니면 B양이 오기로 하고 오
지 않은 스트레스 때문에 술을 퍼마신 모양이다. "B양이 어저께 무슨 까
닭으로 참석하지 않았지?"(같은 곳) 물어 뭐 하는가? 김수영 니가 무슨 왕
자라고 어느 여자가 불시에 찾아올 봉변의 위험을 감수하고 술주정뱅이
의 술판에 기꺼운 마음으로 앉아서, 같은 얘기를 무한 반복으로 청취하며
크리스마스를 보내겠는가? 자꾸 오라니까 마지못해서 예, 예 대답만 하
고 안 간 거지. 그런데 주정꾼이 그런 것에 생각이 미칠 리 없다. 그래서
요즘은 이렇게 한다. "술에 절어 옛 사람의 집 번호를 누르는 이들이 가
끔 있다."[4] 휴대폰은 물론 없고 전화도 귀하던 김수영의 시대엔? 사정은
더 무시무시했는데, 주정꾼은 여자의 집에 찾아가기까지 한다. "그러고
보니 나는 어제 억병이 된 취중에도 B양을 보러 갔던가?"(김수영, 19쪽)

이렇게 밤새 동물의 왕국을 꾸미고 놀던 주정꾼에게 새벽에 남겨진 정
서는 무엇인가? 50여 년의 간격을 두고 선후배 문인이 다음과 같이 나란
히 괴로워하듯 그것은 '염세'의 정서이다. "너무 참혹한 귀결만이 기다리
고 있는 것만 같아! 내 자신에게 고백하기도 무서워. 이를테면 죽음이 아

---

3) 김수영, 「낙타 과음」, 『김수영 전집』(민음사, 1981), 2권, 19쪽.(약호: 김수영)

4) 권혁웅, 『그 얼굴에 입술을 대다』(민음사, 2007), 57쪽.

니면 못된 약의 중독 따위일 것이니까."(김수영, 21쪽)[5] 그래서 결론은, "주여, 다시는 나로 태어나지 않게 하여 주소서."(서영채, 18쪽)라는 자신에 대한 저주 내지 망상적 기대. 이 정서의 학명(學名)을, 「낙타 과음」의 후계자는 "대취 후 우울증"(서영채, 19쪽)이라고 정확하게 부르고 있다. 왜 정확한가 하면 프로이트가 「애도와 우울증」에서 기술하듯 "우울증의 정신적 특징은 근본적으로 고통스러운 낙담, (……) 그리고 자신을 비난하고 자신에게 욕설을 퍼부을 정도의 자기 비하의 느낌을 가지는 것 등이고, 자신이 처벌받았으면 하는 망상적 기대를 갖는 것에서 정점에 도달"[6]하기 때문이다. 주여, 다시는 나로 태어나지 않게 하여 주소서 같은 처벌에 대한 기대 말이다……. 잭 런던이 보여 주듯 "술을 오래 마시면 결국 누구나 우울증에 빠"[7]진다. 정말 미친 듯이 퍼마신다고 할 수밖에 없는 알코올 문학의 진수, 베네딕트 예로페예프의 『모스크바발 페투슈카행 열차』 역시 알코올과 우울증 사이의 비밀스러운 친분 관계를 잘 간파하고 있다. "너는 스스로도 알고 있잖아, 만약 아침 해장술을 병째로 마신다면, 계산상 두 번째인 그 술이 너의 영혼을 우울하게 만들 거라는 것을 말이야, 잔으로 마시는 세 번째 술까지는 비록 오랫동안은 아니겠지만, 어쨌든 그게 너의 영혼을 우울하게 만든다는 걸 알고 있잖아."[8] 아마도 이러한 우울증을 열쇠 삼아 알코올 중독이라는 비밀의 문을 열어 보려고 해야 하지 않을까?

---

5) 알코올을 포함한 약물 복용 때문에 생길 수 있는 똑같은 종말에의 예감을 우리는 미셸 투르니에의 주인공에게서도 발견한다. "오늘은 약, 내일은 술, 그 다음에는 담배, 그 후에는 마취제, 이렇게 하다가는 마침내 자살에 이르지 않을까?"(미셸 투르니에, 이원복 옮김, 『메테오르』(서원, 2001), 2권, 231쪽)

6) 지그문트 프로이트, 윤희기 옮김, 「슬픔과 우울증」, 『무의식에 관하여』(열린책들, 1997), 249쪽.(약호: 「우울증」) 인용은 원문에 의거해 약간 수정됨.

7) 정유석, 『작가와 알코올 중독』(랜덤하우스중앙, 2005), 108쪽.(약호: 정유석)

8) 베네딕트 예로페예프, 박종소 옮김, 『모스크바발 페투슈카행 열차』(을유문화사, 2010), 62쪽.

2 마지막 술잔을 연기하는 자들

술은 사람을 바보스럽게 만든다. 토마스 만의 『마의 산』의 주인공 한스 카스트로프는 빈혈 때문에 매일 흑맥주를 마셔야 했다. "소년이 학교에서 돌아와, 세 번째 식사를 할 때면 매일 영국산 흑맥주를 컵에 가득 따라 마시게 했다."[9] 흑맥주는 피를 만들기 때문에 유럽의 병원들에선 산모에게 출산한 당일부터 미역국 대신 흑맥주를 먹이기도 한다. 그래서? 빈혈 때문에 늘 맥주를 마신 소년은 어떻게 되었는가? "'멍' 하는 버릇, 즉 입가를 느른하게 하고, 별다른 것을 생각하지도 않으면서 허공을 멍하니 바라보는 버릇을 더욱 조장시켰다."(『마의 산』, 44쪽) 그러나 바보가 되어도 아랑곳하지 않고 예나 지금이나 죽어라 마신다. "'취하러 나가야 하지 않겠어?' 피그가 말했다. 그래서 둘은 나가서 취했다."[10] 이렇게 허구한 날 일없이 마시는 주정꾼들의 세계를 토마스 핀천만큼 즐겁게 기록한 작가도 없을 것이다. 심지어 초기작들을 모은 단편집 『늦게 배우는 자』에는 "8살 때 이미 잠자리에 들어 맥주를 마시는 습관에 빠졌다가, 아홉 살 때엔 종교에 심취했던 호건 슬로스롭이라는 아이"[11]도 출현한다. 핀천의 주인공들뿐만이 아니다. "독한 조그만 위스키 잔 다섯이 있는 것을 보니 신이 나지 않을 수가 없었던 것이다."[12] "성스러운 1파인트의 술만이 디덜러스의 혀를 풀 수 있지."[13] 이렇게 술 때문에 기쁨과 함께 재능을 되찾는 조이스의 주인공들뿐만이 아니다. 플라톤이 『향연』에서 기록하듯 소크라테스도 오늘날처럼 밤을 새고 잔을 돌려 가면서 퍼마셨다. "잠에서 깨어 보니 거의 새벽이고 닭이 울고 있었는데, 몇 사람은

---

9) 토마스 만, 곽복록 옮김, 『마의 산』(동서문화사, 1976), 44쪽.(약호:『마의 산』)

10) 토마스 핀천, 설순봉 옮김, 『『브이』를 찾아서』(민음사, 1991), 563쪽.

11) 토마스 핀천, 김성곤 옮김, 「은밀한 화합」, 『제49호 품목의 경매』(벽호, 1998), 327쪽.

12) 제임스 조이스, 김병철 옮김, 『더블린 사람들』(문예출판사, 1977), 123쪽.

13) 제임스 조이스, 김종건 옮김, 『율리시즈』(범우사, 1988), 상권, 67쪽.

돌아가고 또 몇은 잠을 자고 있었다고 하네. 그런데 아가톤과 아리스토 파네스, 그리고 소크라테스만이 그때까지 잠들지 않고 큰 술잔을 왼쪽에 서 오른쪽으로 돌리면서 포도주를 마시고 있었다더군."(『향연』, 223c) 누가 마지막까지 남았는가? 물론 소크라테스다. 그는 쉴 새 없이 비극과 희극에 대해 떠들어 대고 있었는데, 나머지 두 술 친구는 "대화를 거의 따라가지 못하는 상태였기에, 잠결에 머리를 끄덕이기 시작했다."(223d) 그리스인들이, 플라톤의 대화록이 주로 보여 주는 것처럼, 명철한 논변만을 주고받는 이상적인 소통을 영위했던 것이 아니라, 듣지 못하고 이해하지 못하면서, 다른 모든 시기의 인류와 마찬가지로 술과 잠을 못 이겨 건성으로 끄덕거리며 살아갔음을, 즉 대화의 숙명적 본성에 충실했음을 알려 주는 대목이다. 소크라테스는 어찌되었는가? 모두 잠든 후 세수하고 여느 날과 똑같이 하루를 보낸 다음 저녁이 되자 집으로 돌아가 쉬었다고 전한다. 자기 선생을 이렇게 기술하는 이상주의자 플라톤의 의도는 명백한 것으로 보인다. 그는 술꾼의 이데아를 논하고 있는 것이다. 알코올로 육체가 완전히 정복당하더라도 이데아와 친화적인 영혼은 말짱한 '피안적 술꾼' 말이다. 이 피안적 술꾼론은 다음 대목에서 절정에 달하고 있다. "소크라테스는 자청해서 술을 마시지는 않았지만, 우리가 권하여 마실 수밖에 없는 경우에는 모든 사람을 능가했는데, 가장 놀라운 것은 아무도 그가 술 취한 모습을 본 적이 없다는 점이라네."(220a) 자청해서 마시지는 않으나 누가 마시자면 그를 위해 어쩔 수 없이 마셔 주는, 그럼으로써 아무런 죄 없는 자기 몸을 원한 적 없는 쾌락이 우연히 지나가게 된 듯 처세하는, 오늘날에까지 통용되는 술꾼의 모럴이 기원적으로 수립되는 이 놀라운 장면을 보라! 이 모럴리스트에게 있어서 술은 몸으로 들어가되, 정신은 본성상 육신의 감옥 저편에 있는 까닭으로 취하는 법이 없다.[14]

　이렇게 볼 때 칸트는 '술'과 '참된 것' 사이에 형성된 긴장 관계의 역사 속에서 분명 플라톤적 성찰에 종지부를 찍은 사람이다. 플라톤에게서 참된 것, 바른 것, 바로 이데아는, 휴지처럼 쉽게 술에 젖고 맥을 못 추는 육체를 통해 접근할 수 있는 것이 아니라, 육체와 상관없는 영혼을 통해 접근할 수 있는 것이다. 반대로 칸트는, 몇 가지 모호한 태도를 보이면서도 술이라는 물질적 수단이 우리를 '참된 것'으로 이끈다고 말한다. "마음을 열게 하는 음주는, 어떤 도덕적 특성, 즉 솔직성을 운반하는 물질적 수단이다."(『실용주의적 관점에서 본 인간학』, A73/B74) 아마도 친구를 원수로 만드는 취중 '진담'을 늘어놓아 본 적이 있는 사람이라면 왜 이렇게 칸트가 술을 정직한 음료로 추켜 세우는지 잘 이해할 것이다. 이처럼 술과 진실을 서로 비끄러매 놓는 칸트의 사상을 충실히 따르는 문학이 있다면 아마도 로버트 그레이브스의 다음 구절이리라. "와인 탓은 하지 마라. 와인은 진실만을 말하니까."[15] 술은 영혼보다는 육신에 작용하면서도 우리를 정직하게 만드는, 비플라톤적이면서도 정의로운 물질인 것이다.

그러나 칸트적인 예외 말고는, 음주 이데아론의 '황혼 이후' 철학자들의 음주 행태는 소크라테스의 그것과 비교해서 비참하도록 격이 떨어지는 길을 걸어간 듯하다. 헤겔이 그렇다. "헤겔 역시 친구들과의 술자리를 즐겼다. 늘 늦게 돌아오는 헤겔을 본 대학의 늙은 수위 한 명은 어느 날 그에게 이렇게 말했다. '어이, 헤겔 군, 그렇게 마시다간 그나마 안 좋은 머리가 돌이 되어 버릴 걸세.' 또 어느 날 수위가 '헤겔 군, 그렇게 마시다간 죽을지도 모르네.'라고 경고하자, 헤겔은 (분명 혀가 꼬여 불분명한 발음으로) '그저 원기 회복을 위해 한잔 걸쳤을 뿐'이라고 대답했다."[16]

---

14) 그런데 여기에는 위대한 텍스트라면 잠재적으로 곧잘 가지게 되는 그런 종류의 아포리아가 있다. 정신은 육신의 감옥 저편에 있기에 술에 취하지 않은 맑은 상태를 유지할 수 있다. 그러나 또한 술에 취하지 않는 것은 육체적 능력 또는 육체적 건강이 충만할 때가 아닌가? 따라서 술의 문제는 우리가 이데아에 접근할 때 육체의 지위를 애매하게 만든다.

15) 로버트 그레이브스, 오준호 옮김, 『나는 황제 클라우디우스다』(민음사, 2007), 2권, 29쪽.

16) 테리 핀카드, 전대호 · 태경섭 옮김, 『헤겔, 영원한 철학의 거장』(이제이북스, 2006), 48쪽.

푸코의 영혼 또한 술에 절은 그의 육신과 함께 바닥으로 곤두박질친다. "그[푸코]는 레스토랑에서 푸짐한 식사도 자주 했고 술도 잘 마셨다. 그 당시의 친구들은 그가 지독히 취했던 사건들을 몇 건이나 얘기해 주었다. 어느 날인가는 식사 후 건배를 하기 위해 잔을 들고 일어섰다가 취기에 못 이겨 그대로 땅바닥에 넘어진 적도 있었다."[17] 그런데 헤겔이나 푸코 이상으로 술 때문에 큰 사고를 친 이가 있으니, 바로 사르트르다. 고등학교 교사였던 그는 졸업식에서 연설을 하기로 되어 있었으나 그럴 수 없었다. 전날 밤 대학에 합격한 제자들과 술에 취해 갈보집까지 다녀온 후 과음으로 몸을 가눌 수 없었던 것이다. "다음 해의 졸업식 때에도 그 무뢰한[사르트르]이 또 보였다. 그는 (……) 부축을 받은 채로 붉은 양탄자 위로 비틀비틀 앞으로 나아가서 연단으로 올라가더니 비상 계단을 통하여 곧 사라져 버렸다. 그러고는 보이지 않았다. 그가 술에 취했었으며, 그 전날 저녁에 대학입학자격고사에 합격한 제자들을 축하하려고 그…… 저…… 간단히 말해서 여자들과…… 뭐라고 말해야 할까? 그러니까 시내 갈보집에서 제자들과 그 전날 저녁에 술에 취해 있는 것을 보았다는 말이 들렸다. 사람들은 이 사실을 알고서 기겁을 했다!"[18] 이런 추태 이상으로, 술 때문에 죽음에 이르는 경우도, 다들 알다시피 허다하다. 가령 로맹 롤랑이 말하듯 베토벤의 죽음도 술이 한몫을 했을 것이다. "그렇게 된 것은[죽음에 이를 심각한 병을 갖게 된 것은] 베토벤이 알코올 음료를 과음한 탓도 있다고 그는 보고 있다. 이것은 이미 말파티 박사의 의견이었다. '앉기만 하면 마셨다.'"[19]

우리는 술을 마신다. 죽음에 이르기까지, 죽어 가면서 술을 마신다. 프루스트의 최후의 나날들을 기록한 인상 깊은 일화가 보여 주듯, 음주

---

17) 디디에 에리봉, 박정자 옮김, 『미셸 푸코』(시각과 언어, 1995), 상권, 148쪽.

18) 안니 콘엔 솔랄, 우종길 옮김, 『사르트르』(도서출판 창, 1993), 상권, 217쪽.(약호:『사르트르』)

19) 로맹 롤랑, 이휘영 옮김, 『베토벤의 생애』(문예출판사, 1998(2판)), 82쪽.

에는 쾌락 이상의 것이 있다. "식사를 하지 않은 것은 이미 오래전부터의 일이었지만 그는 이제 커피까지도 마시지 않게 되었다. 나는 뜨겁게 데운 우유만은 마시게 해 보려고 애를 썼다. (……) 그는 그것도 마시지 않았다. (……) 그는 차가운 맥주밖에 마시려 하지 않았다. 그런 건강 상태에서, 그리고 그렇게 추운 방에서, 그것은 미친 짓이었다. (……) 오딜롱이 한밤중에 맥주를 가지러 리츠 식당의 텅 빈 부엌으로 달려간 것이 몇 번이나 되었던가!"[20] 프루스트의 마지막 일용할 양식은 술이었다. 술만으로 양식이 될까? 성석제에 따르면 그렇다. "알코올에도 열량이 있어. 실속이 없어서 살찌게 만들지는 않지만 열량은 열량이니 술이 밥이요, 안주라는 말도 맞아. 술을 마시는 동안에는 안 먹어도 어지간히 견디는 거야."[21] 여러 가지 이유에서 정말 이 말대로라면 얼마나 좋겠는가! 어쨌든 헐레벌떡 쫓아오는 죽음이 손을 대기 전까지, 프루스트가 몸 안에서 마지막 문장들을 다 끄집어내 안전한 종이 위에 영원히 보존시키자면 양식, 아니 술이 필요했던 것이다. 이런 점에서 사르트르의 음주 또한 프루스트의 것만큼이나 감동적이다. 『변증법적 이성비판』을 쓸 무렵 그는 점심때마다 "포도주 1리터"(『사르트르』, 하권, 44쪽)를 주문했다. 평소 "알코올 과용으로 녹초가 된 그는 그냥 간단히 말하여 기진맥진했다."(같은 책, 43쪽) 하루 일과를 위해 담배와 각종 각성제와 더불어 "1리터가 넘는 알코올(포도주, 맥주, 백포도주, 위스키 등등)"(같은 책, 48쪽)을 섭취했다. "거인의 복용량을 들이켠 셈이었다."(같은 곳) 왜 그랬는가? 물론 프루스트처럼 몸속에 들어 있는 마지막 한 문장까지 짜내기 위해서, 그러니까 몸의 기계실을 쉴 새 없이 가동하기 위해서였다. "기계실의 박자를 맞추어 주고 피스톤에 영양을 공급해 주기 위하여 잠을 줄이고 많은 담배와 많은 술을 피우고 마시며 온 힘을 다 내었다."(같은 책, 43쪽)

---

20) 셀레스트 알바레, 심민화 옮김, 『나의 사랑, 프루스트』(홍성사, 1978), 378쪽.
21) 성석제, 「해방」, 『홀림』(문학과지성사, 1999), 75~76쪽.

이런 놀라운 생산력의 밑바닥을 이루기도 하는 술에 대한 욕망은 잊히는 법도 중단되는 법도 없다. 가령 알코올에 대한 한 시인의 다음과 같은 욕망을 보자. "윤사월 도화는 꼭 팝콘 같다: 저 팝콘을 안주 삼아/ 소주 한 병 비우고/ 따사로운 도화 나무 아래/ 잠이나 원 없이 잤으면".[22] 그러나 그럴 수 없다. 일하러 가야 하기 때문이다. 그래서 욕망은 종말을 고했는가? 천만에! 이 이상적인 도화원 풍경 속에서의 음주를 시인은 13년 후의 시집에서 기어이 만족시키고 만다. 기어코 그는 도화원의 황홀경에 필적할 풍경 속에서 진로 한 병을 까고 마는 것이다. "가장자리를 밝혀 중심을 비추던/ 그 따갑게 환한 그곳; 세상으로부터 잊혀진/ 中心樹, 폭발을 마치고/ 난분분한 붉은 재들 흩뿌리는데/ 나는 이 우주 잔치가 어지러워서/ 연못가에 眞露 들고 쓰러져 버렸네."[23] 이렇게 알코올에 대한 욕망은 하고자 하는 일은 해야 직성이 풀리는 것이다. 죽을 때까지, 위공자 무기(無忌)처럼 마셔야 하는 것이다. "빈객들과 더불어 밤낮으로 술자리를 벌여 좋은 술을 마시고 많은 여자를 가까이했다. 이렇게 밤낮으로 즐기고 마시기를 4년이나 계속하더니 결국 술 중독으로 죽고 말았다."[24]

죽음에 이르기까지 술을 마시는 이유는, 일단 표면적으로는 자신이 알코올 중독이 아니며, 충분히 마시지 못했다는 나름대로의 합리적 근거와, 언제든 음주를 중단할 수 있다는 자신의 실천 이성에 대한 신뢰를 가지고 있기 때문이다. 이 시의 화자처럼 말이다.

아내 입에서
알콜중독이란 말이 나왔다
시인한다

22) 황지우, 「도화나무 아래」, 『겨울-나무로부터 봄-나무에로』(민음사, 1985), 88~89쪽.

23) 황지우, 「물 빠진 연못」, 『어느 날 나는 흐린 주점에 앉아 있을 거다』(문학과지성사, 1998), 68쪽.

24) 사마천, 김원중 옮김, 『사기 열전』(민음사, 2007), 1권, 440~441쪽.

친구 입에서
알콜중독이란 말이 나왔다
시인한다
후배 입에서
알콜중독이란 말이 나왔다
시인한다

한밤중
바람은 몹시 불고 비 뿌리는 한밤중
소줏잔 앞에 앉아 스스로 묻는다
참으로 중독인가?
아니다!
외쳐 부인한다
홀로
소줏잔 앞에서 한밤중에.

──『애린』(35~36쪽)

  사람들에게 알코올 중독자 소리를 듣고 한밤중에 혼자 소줏잔을 기울이고 있으면서도 알코올 중독을 부인한다. 시인이 창조한 이 화자를 우리는 잭 런던의 경우와 동일하게 진단할 수 있으리라. "온갖 중독 증상들은 갖추고 있으면서도 이것을 부정하고 음주를 합리화하는 것이 알코올 중독의 한 특징이다."(정유석, 113쪽) 다자이 오사무가 남긴 지옥과도 같은 작품의 화자 역시 마찬가지로 마지막 나락으로 가는 길목에서 여전히 중독이 중독이 아니라 상승의 절호의 기회인 줄 안다. 종국에 술이 약으로 대체되는 이 어두운 길에서 무서운 물질이 마지막으로 딱 한 번만 더 허락되면 모든 저주가 풀릴 것 같다.(그러나 마지막 한 번은 또 '연기'될 것이다.) "술 아니면 그 약, 둘 중 하나가 아니면 일을 못해요. (……) 나는요, 그 약을 쓰기 시작하고 나서 술은 한 방울도 안 마셨어요. 덕택에 몸 상태가 아주 좋아요. 나도 언제까지나 시원찮은 만화 따위를 그리고 있을 생각은 없다고요. 이제부터 술도 끊고 건강도 되찾고 열심히 공부해서 반드시 훌륭한 화가가 돼 보일게. 지금이 중요한 때라고요. 그러니까, 네? 부탁입니다."[25] 여기서 약은 술의 자리로 옮겨 와 있다.[26] 그런데

---

25) 다자이 오사무, 김춘미 옮김, 『인간 실격』(민음사, 2004), 127쪽.(약호: 『인간 실격』)

26) 우리는 알코올의 자리로 찾아와 보다 강력한 매력을 발산하는 이러한 약의 모습을 이 작은 각주 안에 넣어 둘 수밖에 없겠다. 줄리언 반스는 알퐁스 도데에 대해 이렇게 말한다. "알퐁스 도데는 (……) 하룻저녁 동안 원기 있고 재치 있게 되려고 자신이 직접 다섯 대의 모르핀 주사를 연달아 놓고 자살의 유혹에 빠졌다."(줄리언 반스, 신재실 옮김, 『플로베르의 앵무새』(열린책들, 2005), 266쪽) 라고 말한다. 악마와 계약하듯 잠깐 동안의 원기를 위해 위험한 약의 유령을 풀어놓는 것이다. 『인간 실격』의 화자도 모르핀을 습관적으로 자신에게 주사하며 이렇게 말한다. "능률을 올리기 위해서는 싫어도 이 짓을 하지 않으면 안 되거든. 내가 요새 기운이 아주 왕성하지? 자, 일이다. 일. 일."(『인간 실격』, 128쪽) 오늘날의 시인들도 약을 찾아 헤맨다. "약을 구하기 위해 거리를 쏘다닌다".(김경주, 『기담』(문학과지성사, 2008), 22쪽) 알퐁스 도데나 다자이 오사무의 경우처럼 그것은 꿈과 같은 기적을 만들어 주기 때문이다. "호주머니에 돈이 좀 있을 땐/ 꿈꾸는 약을 샀지 매일 밤 계속될 것 같은 아름다운 꿈".(황병승, 『트랙과 들판의 별들』(문학과지성사, 2007), 44쪽) "한 웅큼의 알약을 집어 삼키고, 시야 가득 물결치는 도형들의 호흡을 따라 우리는 여행을 떠났네".(같은 책, 186쪽) 이런 약물의 황홀경은 문혜진의 「표범 약사의 비밀 약장」에서 알코올과 뒤섞여 상승 작용을 하며 정점에 도달한다. "자물쇠를 채운 캐비닛, 감춰 둔 만다린 오렌지 빛 알약들, 태엽 장치를 풀고 표범 약사는 매일 자신을 위한 처방을 내리지 피가 솟구치는 오전에 세 알, 참을 수 없이 화가 치밀어 혈관이 폭발하는 저녁에 다섯 알, 말랑말랑한 귓불, 솜털로 뒤덮인 목덜미를 물어뜯고 싶어 눈알이 튀어나오면, 팔뚝에 진정제를 투여하고 약국 바닥을 긁으며 뒹굴지 (……) **표범 약사는 약국 문을 닫고 소주를 마신 후 침대에 누워, 황홀한 장면을 불러올 비밀스런 수액을 혈관에 꼽지** 누구나 자기만의 기념비적인 마취제가 필요해! (……) 어이없이 죽지 마! 견딜 수 없다면 셔터 뒤에서 거품을 물고 누워 마음껏 울부짖어!(문혜진, 『검은 표범 여인』(민음사, 2007), 44~45쪽) 그러나 약물 중독은 매번 약물의 포기와 유혹이 공존하는 0도(度)에서 모든 것을 다시 시작하고, 고작 해방을 다시 정형화된 환상 속에 집어넣는 일로 귀착한다. 그래서 이런 지적도 나오는 것이다. "약물 중독자들은 삶의 새로운 길을 지칠 줄 모르고 다시 그려 나가는 선구자나 실험자로 간주될 수 있다. 그러나 그들의 신중함조차도 신중함의 조건을 갖추고 있지 않다. 그래서 그들은 작은 죽음과 기나긴 피로로 이어지는 길을 따르는 거짓 영웅들의 무리 속으로 다시 추락한다."(G. Deleuze·F. Guattari, *Mille plateaux*(Paris: Éd. de Minuit, 1980), 349~350쪽) 따라서 어쩌면 "취하기에 이르는 것, 그러나 맹물을 마시면서 그렇게 취하는 것(헨리 밀러)"(같은 곳)이 중요하다. 이것은, 우리가 뒤에 결정적으로 살펴보겠지만, '화학적 길들을 따라 도달할 수 있는 모든 것을 다른 길들을 통해서도 도달할 수 있다.'는 것을 함축하고 있다. 참고로 우리는 약을 찾는 일과 관련해, 삶 안에 나 있는 보이지 않는 가능성들을 드러나게 하려

늘 충분히 마셨다고 생각하지 못하고, 마지막 한 잔을 무한히 멀리 연기하는 알코올 중독의 특징은 바로 알코올 중독 특유의 시간 구조, 우울증의 시간 구조에서 유래하는 것이다.

3 알코올 중독의 시간 구조

알코올 중독의 독특한 시간 구조란 어떤 것인가? 그것은 프루스트적 성공과는 다른 시간이다. "알코올 중독자는 동시에 두 시간, 두 순간을 살지만, 전혀 프루스트적인 방식으로는 아니다."[27] 프루스트의 결론적 주제를 응축하는 '되찾은 시간(le temps retrouvé)'이라는 말이 알려 주듯 프루스트에게는 잃어버린 과거를 새로운 형태로 되찾는 것이 문제다. 프루스트에서도 두 시간의 공존이 문제인 까닭은, 이 되찾은 시간의 조명 아래서 현재적 지각이 이루어지기 때문이다. 즉 현재 지각하는 마들렌의 맛이 단지 설탕과 버터의 맛에 그치는 것이 아니라, 그 무엇과도 바꿀 수 없는 행복감을 주는 이유는 되찾은 시간으로서 과거의 콩브레의 조명 아래서 지각이 이루어지는 까닭이다. 이런 뜻에서 프루스트의 화자는 두 순간을 동시에 산다.

알코올 중독자도 두 순간을 동시에 살지만, 프루스트와는 전혀 다른 의미에서이다. 두 순간을 살게끔 하는 알코올 중독자의 시간은 어떤 것인가? "알코올 중독자는 반과거나 미래 시제의 삶을 살지 않으며, 단지 어떤 '복합과거'만을 가질 뿐이다."(*LS*, 185쪽) 과거의 일시적 행위나, 현

는 시도를 우리 시대의 풍속화로서 기록한 흥미로운 문헌을 가지고 있는데, 김경주의 다음 글이 그렇다. 김경주, 「오빠의 손장난이 너무해」, 《세계의 문학》, 2008. 여름 참조.

27) G. Deleuze, *Logique du sens*(Paris: Éd. de Minuit, 1969), 184쪽.(약호: *LS*)

재와 관련해서 이해된 과거의 행위를 나타내는 복합과거는 '현재조동사'
와 '과거분사'라는 두 개의 동사 또는 '두 순간'으로 이루어진다. 복합과
거의 이 두 순간이 알코올 중독자가 사는 시간이다.(나는 마셨다.(j'ai bu.))
"자신의 취기로부터 중독자는 상상적인 과거를 구성한다. 마치 과거분
사의 달콤함이 현재조동사의 딱딱함과 조합하는 듯이."(LS, 185쪽) 그런
데 이 두 순간에 걸친 취객의 삶의 특성은 그것이 왜 프루스트적인 시간
과 다른지 살펴봄으로써만 두드러지게 드러나는 것이다. 프루스트에서
과거란 '되찾은 시간'인 반면, 알코올 중독자에게 과거('마시다'의 과거분
사 'bu')란 현재(현재조동사 'avoir')와 일치하지 못하고, 끊임없이 현재 배
후로 뒤처지는 '잃어버린 시간'이다. "여기서 복합과거는 결코 하나의
거리 또는 하나의 성취를 표현하지 않는다. 현재 순간은 'avoir' 동사의
시간인 반면, 모든 존재는 동시적인 다른 순간 내에서, 분사의 개입, 동
일화의 순간에 '지나가 버린다.〔과거가 되어 버린다.〕'"(LS, 185쪽) 술을 마
신 순간은 현재와 일치하는 법이 없다. 과거분사적인 삶을 사는 알코올
중독자에게 그 순간은 늘 현재조동사 뒤로 끊임없이 물러나는 시간이다.
따라서 술을 마신 순간은 늘 잃어버린 시간으로, 상실된 것으로만 도래
할 뿐이다.

이 상실이 바로 알코올 중독을 「낙타 과음」의 저자와 그 후계자가 체
험하는 우울증의 조건으로 구성하는 것이다. "과거의 이 탈주 효과, 모
든 측면에서 대상의 이 상실은 알코올 중독의 우울증적[28] 측면을 구성한
다."(LS, 186쪽) 여기서 과거의 탈주라고 표현된, 현재(현재조동사) 뒤로

---

28) 이 말은 'dépressif'를 번역한 것이다. 우리는 이 말을 우울증(mélancolie)에 대응하는 것으로 사
용한다. "의기소침(dépression)의 개념은 사실상 우울증에서 외에는 전혀 완전히 엄밀하게 정의되
지 않았다."(R. Chemama(dir.), *Dictionnaire de la psychanalyse*(Paris: Larousse, 1995), 72
쪽) 조울증(psychose maniaco-dépressive)이라는 말 안에 간직되어 있는 이 표현은 '기원적으로'
우울증과 같은 것으로 탐구되었다. "조울정신증〔조울증〕이란 개념의 기원은 (……) 우울증의 일반
적인 역사와 맥을 같이한다."(엘리자베스 루디네스코 외, 강응섭 외 옮김, 『정신분석 대사전』(백의,
2005), 1050쪽)

의 과거 시간의 달아남이 알코올 중독의 우울증을 구성한다는 것이다. 어떤 점에서 그런가? 대체 우울증이란 무엇인가? "우울증 환자가 자기를 평가할 때 중점적으로 고려하는 바는 바로 자아가 빈곤해지고 있다는 것에 대한 두려움과 또 그것을 스스로 단정적으로 인정하는 발언인 것이다."(「우울증」, 255쪽) 우울증은 대상의 상실로 인한 자아의 빈곤함에서 발생한다.

그런데 대상의 상실이란 시간적 또는 문법적 차원에서는 도저히 현재(현재조동사)와 합치할 수 없는 과거(분사)로 표현되는 것이다. 그런데 대상의 이 상실은 왜 노스탤지어 같은 것이 아니라 우울함을 야기하는가? 다시 말해 왜 대상의 상실은 저 후회하는 문인들이 죽지 못해 체험하듯 자기에게 욕설과 저주를 퍼부으며 비하하고 자기에 대한 징벌을 욕망하도록 만드는가? "우울증 환자의 자기 비난은 사랑하는 대상에 대한 비난인데, 그것이 환자 자신의 자아로 돌려진 것이다."(같은 곳) 우울증에 따라다니는 저주, 자기 모욕 내지 자기에 대한 징벌은 자기가 상실한 대상에 대한 섭섭함을, 그 대상을 잃어버린 자신에게 돌린 결과이다. 그러므로 과거분사의 형태로 영원히 대상을 상실하고 있는 알코올 중독자는 잃어버린 대상의 자리를 메우기 위해 술을 마시나, 술 마시기는 어떤 대상도 돌려주지 않고 다시 숙명적으로, 복합과거 속의 과거분사 형태로 주체의 손아귀에서 빠져나가는 '잃어버린 순간'이 될 뿐이고 우울은 계속된다. 이 점을 하루키보다 잘 기술하고 있는 작가도 없다. "놈은 잃어버린 것과 재회하기 위하여 더욱 깊은 알코올의 안개 속을 방황하기 시작했다."[29] 이렇듯 술이 '잃어버린 대상'과의 만남에의 욕구의 표현이라는 것은 『펠리컨 브리프』의 알코올 중독자가 잘 보여 주고 있는 바이기도 하다. 자기 제자와 연인 관계인 이 법대 교수는 연인에게 술친구가 되어 달라고 이

---

29) 무라카미 하루키, 박은주 옮김, 『양을 둘러싼 모험』(한양출판, 1992), 76쪽.

렇게 졸라 댄다. "만일 강의를 빼먹고 나와 함께 술을 마시지 않으면 헌법에서 F를 줄 거야. (……) 블러디메리를 마시고, 그 다음에 포도주를 마시고, 그다음엔 또 아무거나 하자고. 난 벌써 로젠버그가 그리워."[30] 여기서 술 속에서 재회를 바라는 잃어버린 대상, 그리워하는 대상이란 바로 죽은 사람(로젠버그)이다. 이 그리움이 알코올 중독자가 술잔을 손에서 놓지 못하는 이유, 또는 그의 마지막 술잔이 영원히 연기되는 이유이다. 잃어버린 대상을 거머쥐기 위해 술잔을 손에 잡으나, 그것은 이내 과거분사의 형태로 멀리 달아나 버린다. 다음 시구 역시 그런 사정을 잘 알려 주고 있다. "알코홀릭(alcoholic), 그것은 연약한 한 존재가 자신을 열정적으로 위로하고 있다는 뜻이다// 나빠질 때까지, 더 나빠질 때까지".[31] 현재(현재조동사)의 잃어버린 대상의 자리를 메우기 위해 주체는 한잔의 술을 계속 그 자리에 부어넣는다. "홀로〔고립되어〕존속하는 것이며 죽음을 의미하는 이 경화되고 무미건조한 현재에게 승리하기 위해서, 모든 것은 (……) 다시 마시는, 또는 차라리 다시 마신 필연성을 결정한다."(LS, 187쪽) 그러나 다시 마셔 봤자 대상은 과거분사의 형태로 영원히 미끄러져 사라질 뿐이다. 그러므로 "나빠질 때까지, 더 나빠질 때까지", 다시 말해 영원히 음주는 계속될 뿐이다. 알코올 중독자에게 마지막 한 잔은 늘 가장 이상적인 충족감에 한 걸음 미치지 못하는 부족한 잔인 것이다.

아! 도대체 「낙타 과음」의 저자와 그 후계자의 비가를 왜 이렇게 중독자 특유의 비염 때문에 코밑으로 흘러내리는 오물처럼 길게 쓰고 있는가? 아마도 「낙타 과음」을 끝맺는 김수영의 저 뻔뻔한 낙관론 때문이 아닐까? 숙취 속에서 시인은 말한다.

---

30) 존 그리샴, 정영목 옮김, 『펠리컨 브리프』(시공사, 1992), 64쪽.
31) 황병승, 「그리고 계속되는 밤」, 『트랙과 들판의 별』, 44쪽.

　　머릿속은 방망이로 얻어맞은 것같이 지끈지끈 아프고 늑골 옆에서는 철철 거리며 개울물 내려가는 소리가 나네.

　　이렇게 **고통스러운** 순간이 다닥칠 때 나라는 동물은 비로소 생명을 느낄 수 있고 설움의 물결이 이 동물의 가슴을 휘감아 돌 때 암흑에 가까운 낙타산의 원경이 황금빛을 띠고 번쩍거리네.(김수영, 22쪽)

　　알코올 중독자의 이 건강함은 어디서 오는 것일까? 우울한 숙취의 고통 속에서 비로소 '생명을 느끼는' 이상한 건강함은? 김수영 같은 이는 어째서 알코올을 통해서 인간 이전의 동물적 생(명)의 진실에 근접하는 것일까? 그 모든 이론의 여지가 없는, 희생과 낭비를 치르고 나서도, 어째서 알코올 속에서만 뭔가 한 줌 외면하지 못할 삶의 비밀을 주시하게 되는 것일까? 아마도 이 무겁고도 우울한 질병의 비밀은 니체의 다음과 같은 말을 실마리 삼을 때만 문을 열어 줄 것이다. "건강이 더 양호한 상태 아래선 나는 최고의 사유를 하는 자가 아니었을 것이며 예리하지도 냉정하지도 못했을 것이다. (……) 병자의 관점에서 '더 건강하다'는 개념과 가치를 파악하든지 하면서 (……) 나는 오랜 수련을 했고 진정한 경험을 얻었다."(『이 사람을 보라』, I, 1장) 니체의 후계자인 들뢰즈도 비슷한 맥락의 이야기를 알코올 중독에 대해 풀어놓는다. "왜 건강으로 만족할 수 없는가라고 묻는다면 (……) 우리가 제공받은 것은 건강보다는 죽음이기 때문이라고 대답해야 하리라."(*LS*, 188쪽) 그래서? 우리는 생의 건강함 속에서는 엿볼 수 없는 어떤 비밀을 죽음의 이름으로 알코올 속에서 바라보고 있는가? 이 죽음은, 니체의 말대로라면, 어떤 뜻에서 더 건강한 삶의 평원을 보여 주는가? 아마도 알코올 중독적 우울증이 암시하는 근본적인 것이라면, 과거분사 속에서의 회복할 수 없는 대상 상실이 알려 주듯, 주체는 대상을 그가 지배 가능한 표상인 '추억'이나 '개념' 등을 통해 자기에게 '매개'할 수 없다는 것이다. 이것이 함축하는 바는 주체는 주체 자신과 결코 합치할 수 없다는, 즉 주체는 동일성이 없다는 진실, '주체의 죽음'이라는 진실일 것이다. 우울증 속에는 주체와 대상(상실한 대상)의 구별이 없다.(바로 그렇기에 잃어버린 대상에 대한 원망은 거꾸로 자신에 대한 저주가 될 수 있는 것이다.) 그런데 주체와 대상 각각은 서로 간의 관계 속에서만 정체성을 얻으므로, 엄밀히 말해 우울증 속에서 대상의 존재와 의미의 근거(hypokeimenon) 역할을 할 수 있는 자기 매개적인 능동적인 주체성은 사라진다.

사실 주체의 이 동일성(정체성) 없음 때문에 우리는 알코올의 쾌락을, 해방을 맛보지 않는가? 몽테뉴가 알코올을 찬양할 때는, 어떤 관점에서 바로 주체성이 없는 해방의 상태로 알코올이 생명을 고양시키는 발판을 제공하기 때문이다. "옛날 사람들은 술로 며칠 밤을 연달아 새우며, 낮에도 계속했다. 그러니 여느 때에도 더 많이 더 힘차게 마셔야 한다. (……) 우리가 인생을 살아가는 동안 소중히 여기는 쾌락은 인생에 더 많은 자리를 차지해야 한다. 그리고 상점을 보는 아이나 노동자들처럼 술 마시는 기회를 어느 경우라도 거절해서는 안 되며, 이 욕망을 항상 염두에 두어야 할 일이다. (……) 술에 취함은 각자의 본성을 다루기에 좋고 확실한 시련이며, 그와 아울러 나이 먹은 사람들에게 제정신을 가지고는 해 볼 생각도 못하는 춤과 음악을 즐기는 용기를 주기 때문이다."[32] 따라서 몽테뉴가 찬양한 알코올이 지닌 이 해방적 (또는 비주체적) 본성과 사회적 통제 기구를 들뢰즈가 다음과 같이 대립시키는 것은 우연이 아니다. "우리는 약물이나 술의 효과들(이것들의 '계시')이, 만일 이 물질들의 사용을 규정하는 사회적 소외의 기법들이 혁명적 탐구를 통해서 전복된다면, 이 사용과는 독립적으로 세계의 표면에서 그 자체로서 다시 체험되고 회복될 수 있으리라는 희망을 포기할 수 없다."(*LS*, 188~189쪽)[33] 물론 이 말은

---

32) 몽테뉴, 손우성 옮김, 『나는 무엇을 아는가』(동서문화사, 2005), 402~404쪽.

버로즈(Burroughs)의 다음과 같은 충고를 전제할 때만 의미 있는 것이다.
"우리가 화학적 길들을 따라 도달할 수 있는 모든 것을 다른 길들을 통
해서도 도달할 수 있다는 것을 유념하라."(*LS*, 189쪽) 화학 물질인 알코
올 속에서, 또는 그것이 비화학적인 많은 것들을 대표하는 길에서 주체
가 자신과 합치하지 못하는,(동일성이 없다는) 그러므로 대상을 자신에게
'매개'하지 못하는 이 사실은 비극이 아니요, 자신에 대한 자기의 '부정
성'이나 '모순'의 표현도 아니요,(부정성이나 모순은 헤겔이 알려 주듯 동일
성의 표현이다.) 생이 주체 없는 삶 위에, 즉 '익명성' 속에 놓여 있다는 것
을 뜻할 뿐이다. "위대한 건강"(*LS*, 189쪽)이라 이름 붙일 수 있는 그 '주
체 없는 삶' 말이다. 이 건강을 앓는 자의 시야 속에서 저 낙타 산은 금빛
으로 반짝이고 있었던 것은 아닐까? 주체라는 상상적 동일시의 환시 속
에서 우울의 늪을 헤매던 이가 비로소 깨어나 아침노을과 함께 그 누구
의 것도 아닌, 그러므로 이름 없이 자연에 귀속할 생의 근본을 들여다보
게 되었을 때……

---

33) 참고로 들뢰즈는 후기엔 이와는 다른 입장을 보인다.(그와의 대담을 담은 영상물인 『들뢰즈의 A,
  B, C……(*L'abecedaire de Gilles Deleuze*)』(Éd. montparnasse, 2004)의 「음주(Boisson)」 항목,
  그리고 G. Deleuze, *Cinema 1: L'image-mouvement*(Éd. de Minuit, 1983), 204~205쪽 참조)

건축이란 무엇인가?
──또는 '장소'에 대하여

1

사람들은 집을 지어 밖으로부터 자신을 보호하고 손님을 맞아들이거나 쫓으며 거주한다. 그리고 한 공동체는 마음을 다해 신전 건축에 임하고서, 사제가 새벽에 신전의 거대한 문을 좌우로 힘겹게 밀어젖히면 신에게 감사의 제사를 올린다. 물론 이 '신'에는 전능한 자뿐 아니라 한때 인간이었다가 기념할 만한 전쟁에서 죽은 귀신들도 포함될 것이며, 이들을 위한 신전에는 여러 형태의 기념비들도 포함될 것이다. 또 운동 경기를 위한 건축물들이 있다. 횔덜린이 찬란한 질서를 가졌던 한 세계, 그리스의 사라짐을 노래하며 "이제 올림피아에는 무기도, 경기에 참가한 황금빛 마차도 소리 내지 않는가?"(「빵과 포도주」)라고 회한에 젖었듯, 경기장은 한 세계의 구성에 관여하며 한 세계의 몰락은 경기장의 황폐를 통해 이룩된다. 올림픽 같은 세계적인 경기를 유치하고 대규모 건축 사업을 벌이는 최근 국가들에서도 얼마간 목격할 수 있듯이 말이다. 극장들도 경기장과 동일한 운명을 띤다. 극장이라는 건축물의 몰락과 함께 그 극장을 통해 자신의 영광과 오욕을 드러냈던 한 세계도 사라진다.("어찌하여 오랜 성스러운 극장들조차 침묵하고 있는가?"(「빵과 포도주」)) 극장의 드라마, 즉 그리스인들이 한때 소유했던 잊혀진 '오락'을, 오늘날 우리는 '고전' 또는 '명작'이라는 형태로 화석을 발굴하듯 소중히 조각조각 살려내 '삶이 아닌 곳'에, 즉 도서관과 박물관이라는 납골당에 겨우 보존할 뿐이다.

삶은 이렇게 건축(각종 토목을 포괄하는 넓은 의미에서)과 더불어 이루어진다. 우리는 카프카의 「굴(건축, Der Bau)」의 주인공처럼 건축에 몰두하는 동물이며, 공기 가운데서 숨 쉬며 살아 있듯 건축 가운데 살아 있다. 우리의 환경인 자연조차도 실은 건축 이전에 있는 것이라기보다는, 『존재와 시간』의 다음 구절에서 짐작할 수 있듯 각종 건축과 더불어서만 발견될 수 있는 것이다. "길, 거리, 다리, 건물 등에서 배려에 의해서 자연이 특정한 방향에서 발견되어 있다."[1]

우리가 건축하는 동물이 아니면 안 된다는 것은, 의식'주'라는 표현 속에서뿐 아니라, 주택의 소유를 위해 한평생 추첨과 대출과 빚 갚음과 이사에 시달리는 우리네 고달픈 운명 자체가 잘 말해 주고 있다. 그러나 우리가 시달리는 주택 문제는 반쯤만 건축의 근본 문제일 것이다. 하이데거는 말한다. "거주함의 본래적인 곤경은 주택이 모자란다는 사실에 비로소 존립하는 것이 아니다."[2] 그러면 건축을 둘러싼 쟁점은 무엇인가? 건축의 근본 의미는 그것의 독일어 어원에서 한 면모를 드러낸다. "건축하다를 뜻하는 고대 독일어인 'buan'은 거주함을 의미한다. (……) 고대어 bauen은 '인간은 그가 거주하는 한에서 있다.'라는 것을 의미하는데, 그러나 동시에 돌본다(hegen), 보호한다(pflegen), 즉 밭을 갈다 혹은 포도를 재배한다 등을 의미한다."(『강연』, 186~187쪽) 혹시 오늘날 건축이 문

---

1) 마르틴 하이데거, 이기상 옮김, 『존재와 시간』(까치, 1998), 104쪽.(약호: 『존재와 시간』)

2) 마르틴 하이데거, 이기상 · 신상희 · 박찬국 옮김, 『강연과 논문』(이학사, 2008), 208쪽.(약호: 『강연』)

제에 휩싸여 있다면, 바로 이 '돌보는 일'을 수행하고 있지 못해서가 아닐까? 우리가 시달리는 주택의 독점과 부족 등 각종 문제는 건축의 본성이 입는 이런 손상의 한 징후일 것이다.[3] 탄생부터 죽음까지 우리는 건축과 더불어 있지만, 건축은 우리에게 알려져 있지 않다. 삶이 비밀인 것과 같은 정도로 건축 또한 우리에게 비밀인 것이다. 비밀인 것은 그것의 본성이 사라졌을 때 우리를 괴롭히며 비로소 그것에 대해 생각하게끔 강요한다. 그러니 물음이 시작된다. 건축이란 무엇인가?

2

건축에 대한 물음은 당연하게도 장소, 공간에 대한 물음과 얽혀 있다. 건축에 사용하는 측량 도구들을 살펴보면 건축은 과학이 관여하는 객관적인 삼차원적 공간 안에서 존립하는 것처럼 보인다. 건축 부지는 거기에 건축을 허용하는 공동체가 공유하는 단위를 통해 측정되고 매각되며, 건물 역시 공통적인 단위를 통해 지어진다. 이렇게 객관적 수치들을 통해 재단할 수 있는 삼차원의 공간은 어떻게 생겨난 것일까? 아마도 객관적으로 측량 가능한 삼차원의 공간은 우리 존재자들의 존재 방식에서 기인하는 것이 아닐까? 하이데거는 말한다. "결코 먼저 가능한 위치의 어떤 삼차원적인 다양성이 주어져 있고 그것이 눈앞에 있는 사물들〔과학을 비롯한 이론적 탐구의 대상〕로 채워지는 것이 아니다. 공간의 이러한 차원성은 손안의 것〔일상 속에서 사용하는 대상〕의 공간성 안에 아직 은폐되어 있다. '위에'는 '천장에'이고, '밑에'는 '바닥에'이고, '뒤에'는 '문 옆에'이다. 모든 '어디에'는 일상적인 왕래의 움직임과 길에 의해서 발견되고

----

3) 우리는 이 자리에서 필요에 따라 하이데거의 글들을 종종 읽기는 하겠으나, 하이데거와는 많은 거리를 두고서 건축의 이 '돌보는 일'이란 본성을 탐구하게 될 것이다.

둘러보며 해석되는 것이지, 관찰하는 공간 측정에서 확정되거나 기록되는 것이 아니다."(『존재와 시간』, 146쪽) 즉 우리가 공간을 살아나가는 방식(천장에, 바닥에, 문 옆에 등등)에서 이차적으로 파생된 것이 바로, 과학과 그에 빚진 기술의 개념을 통해 묘사될 수 있는 객관적인 삼차원의 공간이다. 이렇게 보자면 결국 우리 자신의 존재 방식 자체가 공간적인 것이다. "현존재가 공간적인 셈이다."(『존재와 시간』, 157쪽) 그렇다면 우리의 거주가 객관적인 삼차원의 공간 안에서 이루어진다고 말하기보다는, 거주함이라는 우리의 공간적 존재 방식이 객관적 공간을 창출한다고 말해야 할 것이다. 레비나스의 다음과 같은 구절이 이야기하는 바도 바로 이것이다. "거주함은 객관적인 세계 속에 위치지어지는 것이 아니라, 객관적인 세계가, 나의 거주함에 대한 관계를 통해 위치지어진다."[4] 이렇게 보자면, 거주함은 근본적인 차원에서 학문이나 지식〔가령 건축학〕의 대상이 될 수 없다. "거주함의 사건은 지식, 사유 (……) 등을 초과한다."(TI, 126쪽) 왜냐하면 공간과 건물에 대한 지식을 이차적인 것, 파생적인 것으로 창출하는 것이 바로 공간적 존재로서 우리가 취하는 존재 방식인 거주함이기 때문이다. 따라서 건축의 본성은 건축과 건축술에 대한 '학문'을 통해서가 아니라, 거주함의 본성에 대한 해명에 이를 때만 모습을 드러낼 것이다.

그런데 실없는 소리 한마디 하자면, 가령 우리가 공간적이긴 한데 그 공간적 존재 방식이 이차원적이라면 어떨까? 그러면 모든 문제는 달라진다. 일단 건축에서 창문이 사라질 것이다. "우리〔이차원의 존재자들〕네 집들은 창문이 없어요. 집 안에서나 밖에서나, 밤이나 낮이나 언제 어디서나 빛은 우리를 골고루 비추기 때문입니다. 빛은 어디서부터 오는지는 모릅니다."[5] 이차원에는 빛의 원천인 다른 천체란 있을 수 없을 것이므

<hr>

4) E. Levinas, *Totalité et infini*(La haye: Martinus nijhof, 1961), 126쪽.(약호: *TI*)
5) 에드윈 애벗, 윤태일 옮김, 『플랫랜드 이야기』(늘봄, 1998), 26쪽.

로, 빛의 존재는 수수께끼다.(이차원 속의 태양은 명색이 태양이지만 다른 사물처럼 외부로부터 빛을 받아야 한다.) 빛의 원천이 이차원 안에 없기에 북향을 찾기 위해선 오로지 중력에만 의존해야 할 것이다.(그것도 오직 이 이차원적 거주의 평면이 벽 위의 액자나 달력처럼, 서 있다고 할 경우에만 가능하다.) 이렇게 존재자가 공간적으로 존재하는 방식이 건축이 가능하기 위한 객관적 공간과 특정한 건축술을 산출한다.

3

　건축은 건'물'을 만드는 일이며, 그러므로 하나의 '사물'을 만드는 일이다. "사물들(건물들, 장소들과 같은 양식으로 존재하는 사물들)을 산출하는 활동이 건축함이다."(『강연』, 204쪽) 건축물 자체의 공간성은 앞서 말했듯 공간적으로 존재하는 존재자(바로 우리들)에 의존하고 있다. 그뿐 아니라 이 건축물이라는 사물 자체가 하나의 공간을 구성하는 장소이다. "이러한 사물들〔건축물들〕은 공간들을 허락하는 장소들이다."(같은 곳) 건축물이 공간을 허락한다는 것은 무슨 뜻인가? 가령 하나의 건축물로서 '다리'를 생각해 보자. "다리는 강물에게는 그것이 흘러갈 수로를 허용〔마련〕해 주고, 동시에 죽을 자들에게는 그들이 강변의 양쪽 토지를 오고 갈 수 있도록 길을 마련해 준다. 〔각각의〕 다리들은 다양한 방식으로 안내한다. (……) 항상 또 그때마다 다른 방식으로 다리는 인간들의 갈팡질팡하는 길들과 분주한 길들을 이리저리로 안내하는데, 이로써 인간들은 다른 쪽 강가에 이르기도 하고 또 마침내는 죽을 자로서 다른 쪽에 이르기도 한다."(같은 책, 195~196쪽; 대괄호 — 옮긴이) 다리가 놓여야 강물은 비로소 익명적 자연으로부터 벗어나 인간의 삶 안에서 자리를 차지한다. 이런 의미에서 다리는 강물이 우리 곁에 출현한 바 그대로 있어야 할 자리를, 그러므로 그것의 본질을 부여해 준다. 또한 다리 때문에 강 옆으로 자리 잡은 마을들은 왕래할 수 있는 거리 가운데 놓이며, 다리를 오가는 인간의 삶 또한 생겨난다. 이런 까닭에 마을과 거기서 사는 자들의 마땅히 있어야 할 자리는 다리로부터 얻어진다고, 즉 다리는 그들의 본질적 자리를 마련해 준다고 할 수 있다. 이런 의미에서 건축물은 사물들과 사람들이 놓여 있는 본래적 '공간'을 열어 주는 것이다.

우리는 '건축물로서의 신전(神殿)'의 경우 역시 생각해 볼 수 있다. "신전으로서의 작품이 비로소 자기 주변에 〔인간들이 살아가야 할 삶의〕 행로와 〔헤아릴 수 없을 만큼 다양한 삶의〕 연관들을 모아서 이어 주는 동시에 통일한다. 이러한 〔삶의〕 행로와 연관들 속에서 탄생과 죽음, 불행과 축복, 승리와 굴욕, 흥망과 성쇠가 인간 존재에게는 숙명적인 모습으로 다가온다. (……) 나무와 목초, 독수리와 황소, 뱀과 귀뚜라미가 비로소 그것들 자신의 선명한 모습 속에 들어오게 됨으로써 **그것들은 본래 있는 그대로 나타나게 된다.**"[6] 물론 여기서 핵심적인 내용은 마지막 문장에, 즉 신전 건축이 사물들을 본래 있는 그대로, 바로 본질 가운데서 드러나게 한다는 데 있다. 한 민족의 신전은 영광을 얻든 굴욕을 얻든 그 민족을 바로 그 민족이게끔 해 준다는 점에서, 본질 구현의 업무를 떠맡는다. 널리 읽힌 어느 소설 속에서 이집트의 파라오가 마치 고대의 하이데거처럼 다음과 같이 말하는 바도 같은 맥락에서 이해된다. "신전을 세우는 일은 중단되어서는 안 된다. (……) **신전을 건축함으로써 그는 자기의 백성을 일으켜 세우는 것이다.**"[7] 신전 건축은 한 민족을 그들의 본질 가운데서 일으켜 세운다. 건축과 한 민족의 일어섬(하이데거라면 사건(생기, Ereignis)이라고 불렀을)의 이런 근본적 연관은, 열주(列柱)에 관한 소설이며 그런 의미에서 건축에 관한 소설이기도 한 우리 작가의 작품 속에서도 쉽게 확인된

---

6) 마르틴 하이데거, 신상희 옮김, 『숲길』(나남출판, 2008), 54~55쪽.(대괄호 —— 옮긴이)

7) 크리스티앙 자크, 김정란 옮김, 『람세스』(문학동네, 1997), 1권, 327쪽.

다. 다음 문장에서처럼 말이다. "고대에 있어서 건축은 한 집단의 공동체 작품이며 그 집단의 운명과도 같은 존재다."[8] 건축은 한 민족의 '운명'을, 그들의 일어섬과 종말을 관장한다.

대지 위에 세워진 신전이라는 하나의 형태, 건축물이라는 형태 없이는 세상은 그저 형태 없는 질료, 원초적인 카오스에 불과할 것이다. 건축을 통해 이 카오스로부터 고유한 형태 지닌 것들이 비로소 '그것들의 본질 가운데서' 출현한다는 점에서 건축은, 태초에 카오스에 전기 에너지처럼 침투하던 말소리(로고스)를 닮은, 가장 근원적인 예술이라 할 만하다. 레비나스의 다음 문장은 바로 그런 사정을 암시하고 있는 것이다. "사물에다 외관 같은 것을 부여해 주는 것은 예술이다. 외관을 통해 대상들은 보여질 뿐 아니라 전시된다. 질료의 어두움(obscurité de la matière)은, 분명히 외관을 가지지 않는 존재의 상태를 표시한다. 건물 개념에서 빌려 온 외관의 개념은 우리에게, 아마도 건축이 최초의 예술임을 암시한다. (……) 외관을 통해, 비밀을 간직하고 있는 사물은 노출된다."(*TI*, 167쪽) 질료의 어두움 또는 카오스로부터 삶과 사물들이 본래적인 형태를 가질 수 있도록 해 주는 것이 건축이다. 들뢰즈 역시 레비나스와 마찬가지로 "카오스에 하나의 구도를 부여하는"[9] 건축의 힘에 주목하면서 이렇게 말한다. "예술은 (……) 집과 더불어 시작한다. 이런 까닭에 건축은 최초의 예술이다."(*QP*, 177쪽)(그런데 제한을 두자면, 형태와 관련된 이러한 정의는 결과물로서의 건축물과 관련해서만 타당할 것이다.)

이렇듯 건축이 존재자들을 그것들의 본질 가운데서 출현하게 해 주므로, 만일 건축의 위기가 도래한다면 그것은 바로 존재자들의 위기 자체가 될 것이다. 그러면 어떤 식으로 '건축의 위기'는 도래할 수 있는가?

---

8) 송대방, 『헤르메스의 기둥』(문학동네, 1996), 1권, 257쪽.

9) G. Deleuze·F. Guattari, *Qu'est-ce que la philosophie?*(Paris: Éd. de Minuit, 1991), 186쪽.(약호: *QP*)

아마도 건축이 존재자들을 그들의 본질 가운데서 출현시키는 대신에, 건축물 자신의 본질에 맞추어서 출현할 것을 존재자들에게 강요할 때 그럴 것이다. 가령 건축물들의 무서운 범람(댐, 유원지, 신개발 지구의 공공 주택 등등) 때문에 자신의 본질을 잃어버리고 출현하는 존재자들이 있다.(우리는 위기에 처한 이 존재자들을 상당히 오래전부터 여러 가지 뜻을 담을 수 있는 유용한 개념인 '환경'이라고 불러 왔다.) 한 예로 라인 강에 서 있던 예전의 목교와 대조를 이루는 지금의 수력 발전소를 보라. "수백 년 동안 강 사이를 연결해 주던 낡은 목교처럼 사람들이 라인 강 물줄기에 수력 발전소를 세운 것이 아니다. 오히려 강 물줄기가 발전소에 맞추어 변조되었다. 그 강은 이제 강으로서 존재하고 있는 그 양상을 볼 때, 즉 수압 공급자로서 존재하고 있는 것을 볼 때 **발전소의 본질에 맞추어 존재하고 있는 셈이다.**"(『강연』, 22쪽) 이제 강은 그 자신의 본질 속에서가 아니라, 발전소의 본질에 맞추어 변질된 채로 존재한다. 이처럼 근대의 과학 기술을 체득한 탐욕은 건축 속에 들어와 존재자의 본질을 위협한다.(어떤 사람들은 지금 존재자들의 운명과 관련한 비슷한 위험을 시험해 보고 있지 않은가? 하나의 운하에 대한 계획과 더불어서 말이다.)

이러한 위협을 스타인벡이 『분노의 포도』에서 쓴 다음 구절만큼 정확히 파악하고 있는 것도 없을 것이다. 다음에서 '능률적'이라고 일컬어지는 '트랙터'는 말할 것도 없이 존재자들의 터전인 대지를 자신이 원하는 모습대로 가공하는 현대 기술을 가리킨다. "〔현대 기술은〕 너무나 능률적이기 때문에 경이의 감정이 땅으로부터 빠져나가 버린다. (……) 트랙터 운전수의 마음속에는 땅에 대해 아무것도 모르고 또 아무 관계도 없는 그런 사람들만이 느끼는 경멸의 감정이 싹트게 된다. (……) 땅이라는 것도 그 성분을 분석한 것보다는 훨씬 더 이상의 어떤 요소가 있는 것이다. 화학적 현상 이상의 존재인 인간 대지 위를 걷고, 돌멩이를 피하기 위해서 쟁기의 방향을 바꾸기도 하고, 불쑥 내밀고 있는 암석 위를 지나치기 위해서 쟁기의 손잡이를 슬쩍 놓기도 하고, 점심을 먹기 위해 대지 위에 무릎을 꿇기도 하는 그 인간, 자기의 화학적 성분 이상의 그 인간이야말로 화학적 성분으로 분해될 수 있는 토지 이상의 토지를 아는 것이다. 그러나 땅 위에서 죽은 트랙터를 몰고 있는 그 기계 같은 인간은 땅을 알지도 사랑하지도 못한다. 그가 아는 것은 화학뿐이다. 그는 땅을 경멸하며 자기 자신마저 우습게 생각하고 있는 것이다. 함석판 문이 닫히고 그가 집에 돌아가도 그의 집은 전혀 땅은 아니다."[10] 여기서 '능률적'이라는 한마디 말로 평가되는 현대 기술이 즐겨 변장하는 한 가지 모습이 건축이라면 어쩌할까? 그때 건축은 대지를 착취할 수 있고 대지 위에 기어 다니는 사람들, 아니 존재자들 전부를 착취할 수는 있어도, 대지가 그것의 본질 가운데서 출현할 수 있게 해 주지는 못한다. 바로 이런 까닭에 근대 과학 기술에 매개된 것이 아닌 건축의 본질을 생각하는 것은 존재자들을 돌보는 일, 즉 존재자들을 그들의 본래성 속에서 출현시키는 일을 골몰하는 길로 나아가는 발걸음이 아닌가?

존재자들을 돌보고 보살피는 것은 그것들을 자신의 본질 안에 놓아두는 일이다. "본래적인 보살핌(Schonen〔아끼고 사랑하며 소중히 보살핌〕)이란 긍정적인 어떤 것이며, 우리가 어떤 것을 처음부터 **그것의 본질 안에 그대로 놓아둘 때, 즉 우리가 어떤 것을 오로지 그것의 본질 안으로 되돌려 놓아 간직할 때** (……) 일어난다."(『강연』, 190쪽; 대괄호 — 옮긴이) 그리고 하나의 장소로서 건축물이 존재자들에게 그것들의 본래적인 공간을 열어 준다면, 건축은 바로 존재자들을 돌보는 자 또는 그들의 수호자라 일컬을 수 있을 것이다. "장소는 사방의 수호(Hut〔파수〕)이자 혹은 이 동일한 낱말이 말하듯이 〔사방을 수호하는〕 하나의 집(Huis, Haus)이다."(같은 책, 204쪽; 대괄호 — 옮긴이) 이렇게 '집'은 존재자들을 보호할 수 있으며, 어떤 것

---

10) 존 스타인벡, 전형기 옮김, 『분노의 포도』(범우사, 1985), 150~151쪽.

을 보호한다는 것은 그것을 온전히 자신의 본질 가운데 놓아둔다는 것
이다.

따라서 늘 본질로부터 벗어나 방황하는 존재자들이 걱정거리가 되며,
이 존재자들의 본질이 구현되는 곳, 바로 '고향'을 찾아 주는 것이 관건
이 된다. 결국 존재자들이 고향을 잃어버리고 있다는, '고향 상실'이 문
제인 것이다. "인간이 거주의 본래적인 곤경을 아직도 전혀 바로 그 곤
경으로서 숙고하지 않는다는 점에 인간의 고향 상실(Heimatlosigkeit)이 성
립하고 있다면, 어찌될 것인가?"(같은 책, 208쪽) 이런 관점에서 볼 때 윤
대녕의 「은어낚시통신」은 존재자들의 방황의 초점이 고향에 맞추어져야
한다는 것을 노골적으로 이야기하는 재미있는 작품이다. 이 소설의 다음
구절을 보라. "정말 나는 지금까지 내가 있어야 할 장소가 아닌, 아주 낯선
곳에서 존재하고 있었다는 생각이 차츰 들기 시작했다. (……) 그러나 그
먼 존재의 시원, 말하자면 내가 원래 있어야만 하는 장소로 돌아가기까지 나
는 보다 많은 밤과 낮을 필요로 해야 했다."[11] 있음의 '시원', 즉 존재자
가 위치해야 할 원래의 장소를 문제 삼고 있는 이 구절은 존재자의 본질
의 구현이 '장소'에 달려 있음을 말하고 있다. 즉 존재자들의 본질 구현
의 장소인 고향에 대한 감수성을 통해 화자는 인도 받고 있는 것이다.

그런데 건축이 원래적 장소를, 즉 고향을 되찾는 일이라면, 우리는 '순
수한 기원' 속에 놓여 있어야 하는 자들인가? 만일 우리가 고향의 토박
이들이라면, 건축을 통해 우리가 하는 일은 잃어버렸던 집의 주인, 또는
고향의 주인 자리를 되찾는 것이다. 그리고 아마도 자기 집 또는 자기 고
향에 머무르는 일이 개체를 넘어서 수행된다면, 이 일은 혈통을 지키는
일을 통해서 수행될 것이다. 그런데 이러한 것은 사실 현실적·잠재적으
로, 타인을 주인 있는 건물과 땅에 들어와 사는 이방인으로 만들어 내는

---

11) 윤대녕, 『은어낚시통신』(문학동네, 1994), 79~80쪽.

일이 아닌가? 이방인을 주인의 잠재적 텃새에 늘 노출시키는 일이 아닌가? 그러므로 존재자들을 그것들의 본질 가운데 있게 해 줄 수 있는 장소인 집 또는 건축물의 본성에 대해 좀더 묻고 싶다. 모든 존재자들을 본질 가운데 출현하게끔 하는 건축 자체의 본성은 본래적 장소나 고향이 아니라, 혹시 '본질 없음'이 될 수는 없을까? 시원적 고향 대신에 지반을 없애는 일이 건축이 될 수는 없을까?

4

하나의 건축물로부터 시작해 보자. 사라졌지만 아직도 잘 기억하고 있는 뉴욕의 쌍둥이 타워 말이다. 이 건축물은 하나의 '본질적 장소'일 수 있는가? 보드리야르는 이 건축물에 대해서 이렇게 말한다. "이 쌍둥이 타워는 두 개의 펀치 테이프처럼 보입니다. 오늘날 그것들은 서로 복제되고, 이미 복제 상태 속에 있는 것 같습니다."[12] 쌍둥이 타워가 '이미' 복제된 상태 속에 있다고 했을 때, '이미'라는 말이 강조하는 바는 복제는 원본 뒤에 이차적으로 이루어지는 것이 아니라, '가장 앞서는' 사건이라는 점이다. 그 까닭은 쌍둥이 타워의 복제는 원본 없는 복제, '상호 복제'이기 때문이다. 바로 '기원 없는' 복제가 쌍둥이 타워가 존립하는 방식이다. 기원이 없다는 것은, 쌍둥이 타워는 '본래적 장소' 또는 '고향'의 지위를 가지지 않는다는 뜻이다. 본래적 장소 대신에, 복제라는 비본래적 장소가 건물이며, 비본래적인 것이라는 점에서 그것은 개념상 순수 기원과 다른 것, '이질적인 것'이다. 이렇게 이 건축은 '순수 기원이 부재하는 이질성'이며, 형식 논리상의 모순을 피하지 않는 하나의 어려운 개념인 '기

---

12) 장 보드리야르 외, 배영달 옮김, 『건축과 철학』(동문선, 2003), 15쪽.

원적 이질성'을 통한 장소의 구성이다.

이러한 기원도 본질도 가지지 않으며 본래적 고향도 아닌 건축이 어떤 의미에서 존재자들로 하여금 자신의 본질 가운데 있을 수 있도록 해 주는가? 존재자가 자신의 본질 가운데 있다는 것은 무엇을 의미할까? 본질 가운데 있다는 것은 자기 자신으로 있다는 것이며, 그것은 '자기 자신에게로 돌아옴'을 통해 달성된다. 아울러 자기 자신에게 돌아오는 일은 영접 받는 일 없이는 불가능하다.(어떤 형태의 것이든 영접이 없다면 입국 거부자와 같은 처지가 되리라.) 인간학적으로 표현하자면, 건축과 관련하여 이 영접을 우리는 '집 안에서의 안락함'이라고 할 수 있을 것이다. 안락함 속에서 비로소 우리는 참되게 우리 자신으로서 있다고 느낀다.(반대로 자신의 본질 가운데 있지 않을 때 우리는, 하이데거 식으로 표현하자면, '마음이 불편함'을 느낀다.) 집 안에서의 안락함이라는 이 느낌이 본질 가운데 있음의 표현일 것이다. 또한 이 본질 가운데 있음이란 '자기가 자기 자신으로 있는 일(나는 자아다, A=A)'이므로, '내재성'의 달성이라 이를 만하다. 레비나스가 "내재성은 구체적으로 집을 통해 '성취된다.'"(*TI*, 127쪽)라고 말하는 것은 바로 이런 까닭에서이다.

요컨대 "거주한다는 것은 내면으로의 전향, 자기에게로 오는 것, 피난처에 들어서듯 자기 속으로 은둔하는 일이다. 그것은 환대와 기대와 인격적 영접에 대한 응답이다."(*TI*, 129쪽) 그런데 환대와 영접은 자신이 아닌 타자로부터 받는 것이다. 내가 편히 쉴 수 있는 나의 침대, 나를 고요한 안정 속에 놓아두는 거실 등등은 모두 나와 '다른 것'이다. 더 정확히 이야기하자면, 집의 안락함은, 어머니와 아내와 형제와 친구 같은 나와 '다른' 이들, 즉 '타인'의 영접을 통해 이루어진다. 이것이 뜻하는 바는 무엇인가? 존재자의 본질은 그 존재자가 바로 자기 자신일 때 구현되는데, 집이, 그러니까 건축이 하나의 장소로서 존재자의 본질을 구현하게 해 줄 수 있다면, 그 까닭은 집 안에서 존재자가 자기 자신으로 회귀할 수 있기 때문이다. 그런데 집에서의 자기 자신으로의 회귀가 앞서 말한 대로 자기와 이질적인 것, 곧 타자(다른 것)의 환대를 통해 이루어진다면, 자기의 자기됨(A＝A, 자기성)은 이질적인 것의 개입을 통해서 달성된다는 것을 의미한다. 즉 나의 본질이라는 순수성은 순수 기원 같은 것이 아니라, '이질적인 것의 개입을 통해 결과하는 부차적인 것'이다. 요컨대 존재자들의 본질 근저에는 비본질, 이질적인 것, 순수하지 못한 타자성 같은 것이 놓여 있으며, 고향이나 순수한 원천이 아니라 이 이질적인 것의 자리를 구현하는 것이 바로 건축이다. 카프카가 건축에 관한 소설에서 말하듯 우리는 "자기 집에 있다기보다는 오히려 그들의 집에 있는 셈이다."[13] 그들의 집, 타자의 집, 바로 이질적인 것을 통해서만 나는 나 자신이 된다. 데리다가 『예술 작품의 기원』에 등장하는 하이데거의 신전에 관한 논의와 관련하여 말하는 바도 이와 다른 것이 아니다. "그의 텍스트들 가운데 하나에서 하이데거는 신전은 신이 현전하는 장소라고 말한다. 그러나 이것이 함축하는 바는, 이미 신전은 신을 영접하기 위한 빈 장소라는 것이다. (……) 모든 다른 예술은 재현의 목적물을 가진다. 그러나 건축은 재현해야 하는 그런 목적물에 의존하지 않는다.〔가령 신전은 신을 재현하지 않는다.〕(……) 건축은 다른 예술보다 '현전적'이다. 그러나 이와 동시에, 가장 '현전적'이라는 것은 가장 강력하게 현전의 반대에, 즉 부재에 준거하고 있다는 것이다."[14] 신전 건축은 신의 순수한 본질 같은 것을 재현하지 않는다. 신이 도래하기 위해선,(즉 신의 '본질'이 구현되기 위해선) 오히려 신전 건축은 신이 도래해서 차지할 '빈 자리'로 이루어져야 한다. 요컨대 이 건축은 '부재'라는 '본질 없음'으로 이루어져야 한다. 역설적이게도 '본질 없음', 본질과 '다른 것', 본질에 대해 '이질적인 것',

---

13) 프란츠 카프카, 이주동 옮김, 「굴」, 『단편 전집 1: 변신』(솔, 1997), 639쪽.

14) J. Derrida·P. Eisenman, *Chora L Works*(New York: The Monacelli Press, 1997), 8쪽.(약호: *CW*)

바로 '본질의 타자'가 건축의 본질인 것이다.[15]

신전 같은 하나의 건축물뿐 아니라 도시 또한 그렇다. 서양의 도시와 상반된다고 바르트가 묘사하는 도쿄 같은 도시 말이다. "모든 중앙은 진리의 장이 되어야 한다는 서양 형이상학주의에 따라 우리 도시의 중심부는 늘 꽉 차 있다. (……) 내가 지금 말하고 있는 도시(도쿄)에는 중요한 역설이 있다. 이 도시에는 중심부가 있지만 그 중심부는 텅 비어 있다. (……) 그 중앙부는 하나의 사라진 개념에 불과하다."[16] 바르트가 '텅 비어 있다'고 파악하고 '사라진 개념'이라 부르는 중심은 황궁을 말한다. 바로 이 텅 빈 곳, 부재, '사라진 영역'이 거대한 하나의 장소, 바로 도쿄의 중심을 이룬다.

이 부재를 지워 버릴 '충만한 현전'이란 없다. 만일 그런 것이 있다면

---

15) 신전의 이름을 빌려 진행되는 이러한 논의의 배후에서 데리다가 정말 이야기하기 원하는 것이 그리스인들의 개념 '코라(Khôra)'라는 것을 굳이 말할 필요가 있을까? "코라는 공간, 공간화이다." (*CW*, 108쪽) 코라란 재현적(표상적) 사물들이 공간을 가지고 출현하게 해 주는 것이라는 점에서 물리적 사물이 놓이는 하나의 공간이라기보다는 그런 물리적 공간을 '공간화하는 공간'이다. 즉 코라는 "그 안에 놓이는 사물에 대한 공간화"(J. Derrida, *Khôra*(Paris: Galilée, 1993), 92쪽)이다. 코라를 통해 사물은 수리 · 물리적으로 접근 가능한 하나의 공간 안에 놓이게 된다. 이런 비물리적인 특이한 장소인 코라는 데리다를 통해 유명해지긴 했으나, 코라에 대한 이러한 논의의 기원은 사실 데리다 이전에 하이데거에게서 찾아져야 한다. "코라는 다음과 같은 것을 의미할 수는 없는지? (……) 다른 것을 있도록 놓아두는, 그래서 다른 것에게 '자리를 만들어 주는' 그런 어떤 것."(마르틴 하이데거, 박휘근 옮김, 『형이상학 입문』(문예출판사, 1994), 114쪽) 코라는 물리적 사물의 장소가 아니라 사물이 물리적 장소를 가지게 해 주는 텅 빈 영역이다.(따라서 코라의 이 비어 있음은, 물리적 공간상에서 사물의 현전의 대립 항으로서의 사물의 부재가 아니다.) 하이데거의 코라에 대한 데리다의 언급도 같은 맥락에서 이해되어야 한다. "하이데거는 코라가 기하학적 공간인 데카르트적 연장(extension)을 준비한다고 말한다."(*CW*, 11쪽) 즉 객관적으로 표상 가능한 물리적 사물의 장소를 출현시키는 것이 코라이며, 코라 그 자체는 사물 및 사물의 공간에 대한 어떤 기술(記述)도 포착해 낼 수 없는 빈 것이다. 요컨대 건축의 근저를 이루는 것이 본질 없음이라는 점을 그리스인들은 이미 코라라는 개념을 통해 눈치채고 있었다. 참고로 이 코라를 건축적으로 구현시키려 했지만 끝내 현실화하지는 못한 작품이 바로 데리다와 피터 아이젠만의 공동 작업인 '코랄웍스'이다. 이 건축 프로젝트에 대한 자세한 논의는 필자의 글, 「해체주의 예술: 아이젠만과 코랄웍스」, 『네 정신에 새로운 창을 열어라』(민음사, 2002), 216~223쪽 참조.

16) 롤랑 바르트, 김주환 · 한은경 옮김, 『기호의 제국』(민음사, 1993), 40~42쪽.

아마도 그리스인들의 집회 장소가 (그것도 형이상학이 상상한, 한낱 우리가 도달할 수 없는 장소의 '이상(理想)'으로서) 그럴 것이다. 키토는 말한다. "아티카의 기후가 안겨 준 최상의 혜택은 바로 커다란 집회들이 야외에서 개최되었다는 점이다. (……) 아테네에서는 이 모든 것이 모두에게 공개되었다. 이것들이 공기와 태양에 노출되었기 때문이다."[17] '이상'으로서 그리스적 장소에서 이루어지는 모든 것의 '공개'와 '노출', 이를 우리는 모든 것의 본질의 현전이라 바꾸어 부를 수 있다. 당연하게도 본질이 구현되고 나서야 그 본질의 힘을 빌려 모든 것은 은폐되지 않은 채 노출될 수 있으니까 말이다.

그러나 북쪽에, 즉 '추운 겨울의 땅'에 몰려 사는 자들에게 이런 '이상적 장소'는 영영 사라진 '신화적 낙원'에 불과하다. 루소를 해설하는 자리에서 데리다가 다음과 같이 이상의 땅 그리스와 북쪽의 겨울 국가들을 대립시키듯이 말이다. "야외는 (……) 살아 있는 말들 사이에 대리적 매개의 부재이다. 그것은 그리스 도시 국가의 요소이다. (……) 그런데 북쪽은 야외의 가능성들을 제한한다."[18] 그래서 북쪽의 도시들은 야외의 장소에서 존재자들의 본질을 직접 출현시키는 일을 하지 못한다. 이와 달리, 본질을 직접 구현하는 그리스적 야외와 '다른 것', '이질적인 것'의 '대리'를 통해서만 존재자들의 본질은 구현된다. 이 순수한 고향(그리스적 야외)을 대리하는 가짜, 고향의 '복제물'이 바로 북쪽 도시들의 '무도회'이다. "우리에게, 축제를 겨울에 대리 보충하는 것이, 결혼시킬 처녀들을 위한 무도회이다. 루소는 이 무도회의 실행을 권장한다."(G, 435쪽) 즉 존재자들의 본질을 구현하는 순수 고향을 대신하는 모방품, 가짜, 대리자인 무도회를 통해서만 존재자들의 모임은 가능하고, 그 모임 속에서 그들의 본질 구현도 가능하다. 이것이 뜻하는 바는 존재자들의 본질을

---

17) H. D. F. 키토, 박재욱 옮김, 『고대 그리스, 그리스인들』(갈라파고스, 2008), 56쪽.

18) J. Derrida, *De la grammatologie*(Paris: Éd. de Minuit, 1967), 434쪽.(약호: *G*)

출현시키는 장소는 본질 없는 장소, 가짜 장소라는 것이다. 이미 어떤 시인은 '집'의 본질 자체가 본질 없는 가짜 장소에 의해 구성되어 있다는 것을 예리하게 눈치채고 있었다. 김혜순이 쓴 물거미의 집에 대한 구절을 보라. "조용히 강물 속으로 무너져 내리는 그녀의 집".[19] 물거미의 집처럼, 발 디딘 안식처란 흐르는 물, '본래적인 것과 비본래적인 것을, 또는 경계를 규정할 수 없는 영토인 것'이다. 집의 이상적 모델 같은 것이 없으므로, 이 집에선 "도대체 어디가 문이고 어디가 벽인 거야?"[20]라는 물음만이 쩡쩡 울린다. 이상적으로 미리 규정되어 있는 모델 또는 청사진이라곤 아무것도 없는 집이 어떻게 가능한지 우리는 이제 시험해 보게 될 것이다.

5

　건축이 본질 없는 장소, 텅 빈, 부재의 장소라는 것이 정치적으로 왜 중요한가? 앞서 우려의 대상이었던 토박이들의 신화, 자신이 고향에 자리 잡고 있다고 하는 그런 신화들을 '그야말로 신화로서' 폭로하기 때문이다. 한 장소의 본질의 자리가 텅 비어 있다는 것은 그 장소가 누구의 고향도 될 수 없다는 것이다. 부재를 고향으로 가진 자들은 오로지 실향민들, 즉 고향 없는 자들뿐이다. 이러한 부재하는 고향은 '팩시밀리'를 닮았다. '그 자체 무의미한 지점'인 팩스가 지구상의 임의적인 공간들을 존재자들의 본질이 구현되는 장소로 만들어 준다는 점에서 말이다.[21] 여기엔 토박이와 이주민의 구별이 없다.(부재를 본질로 하는 장소의 토박이가

---

19) 김혜순,「물거미의 집」,『한 잔의 붉은 거울』(문학과지성사, 2004), 54쪽.

20) 위의 책, 99쪽.

21) 이에 대한 논의는, 자크 데리다,「팩시텍스처」,『Anywhere 공간의 논리』(현대건축사, 2001), 20~41쪽 참조.(약호:「팩시텍스처」)

성립 가능한 개념이겠는가?) 이런 주인 없는 장소, 부재라는 기원의 자격으로 모든 존재자들의 본질을 구현하는 장소가 왜 중요한가? 그것은 건축의 핵심이란, 내 땅 또는 조상의 땅을 되찾고 재건하고 일구는 것이 아니라, 본질 없는, 그런 의미에서 '익명의 땅'이 고향 없는 자들에게 분배되는 일이라는 것을 일깨우기 때문이다. 그리고 '보살핌'은 이런 익명의 주인 없는 땅이 고향 없는 자들의 장소로, 주택으로 될 때 비로소 성립한다. 바로 이런 '장소 아닌 장소' 또는 본질 없는 장소인 팩시밀리와 같은 역할을 건축이 수행하면서 장소에 대해 권리를 주장하는 모든 순수한 혈통들을 무효화시킬 수 있기에 데리다가 제시하는 "건축이 정치를 대신한다."(「팩시텍스처」, 29쪽)는 명제가 성립 가능한 것이다.

마지막으로 묻자면, 이런 본질이 부재하는 장소, 건축물은 구체적으로 어떻게 지어질 수 있겠는가? 그것은 한낱 머릿속 놀이에 불과하지 않겠는가? 만일 우리가 건축이란 하나의 모델(그것이 역사적 규범이건, 한 건축가 개인의 마음 안에 있는 것이건)에 따라 생겨난다고 여긴다면, 그렇다라고 대답해야 할 것이다. 이런 모델(본질) 없이 건축은 태어날 수 있는가? 즉 현실적으로 지어지는 건축은 부재만을 본질로 가지는 장소, 즉 비본질적 장소가 될 수 있는가?

가령 그런 건축의 실마리를 우리는 '버추얼 하우스(The Virtual House)'에서 찾을 수 있을 것 같다. 들뢰즈에 대한 일종의 주석을 수행하면서 라이크만은 말한다. "버추얼 하우스는 가장 많게, 가장 복잡하게 '서로 다른 가능 세계들'을 동일한 용기에 모으는 집이다. 버추얼 하우스는 〔이미〕 '마련된 조화'의 필요 없이, 구축된 평면에 이 '서로 다른 가능 세계들'이 함께 존재하게끔 한다. (……) 잠재적 구축(Virtual construction)은 모든 가능성들을 미리 설정하려는 유기체화로부터 벗어난다."[22] 버추얼

---

22) J. Rajchman, *Constructions*(Cambridge, Mass : The MIT Press, 1998), 117~119쪽.(약호: *C*)

하우스는 미리 마련된 모델들, 원형들, 유기적 조직들로부터 탄생하지 않는다. 피터 아이젠만과 그의 동료들 역시 이렇게 말한다. "건축에서 잠재적인 것의 현실화란 선험적 규정이나 재현이 아니다. 그것은 잠재적인 것의 생성의 많은 가능한 현실화들 가운데 하나로서 형태 개념을 제안하는 것이다."[23] 건축에서, (이상적인) 모델 없이, 즉 본질 없이, 잠재적인 많은 것들은 어떻게 현실화할까? "잠재적 구축은 다음 같은 하나의 공간을 구축한다. 그 공간의 규칙이 그 공간 안에서 일어나는 바들에 따라서 변경되는 공간 말이다."(C, 119쪽) 어떻게 이렇게 우연성이 규칙의 자리를 대신하면서, 고정되지 않은(미리 모델로 확정되지 않은) 잠재적인 것들을 현실적인 건축물로 만들어 내는가? 만일 '통로' 또한 건축에 속한 것이라면, 이런 버추얼 하우스의 가장 좋은 예는, 산에 나 있는 동물들의 '이동로'가 될 것이다. 이런 길의 건축에는 미리 결정된 어떤 모델도 개입하지 못한다. 오로지 동물들이 규칙 없이 만들어 내는 수많은 발자국들(잠재적인 것들)이 어떤 '정도(degré)'에 이르러 현실화한 것이 그런 길이다. 그것은, 주거 형태와 거주자의 이상적 모델을 상정 않고도, 거주하는 이의 동선과 행동 방식에 가장 일치하는 집, 거주하는 이의 동선과 행동 자체가 탄생시키는 집이 가능하다는 것을 알려 준다. 굳이 개념화하자면, 수많은 힘들이 모여 출현하는 '강도적 크기'로서의 집⋯⋯.

　건물의 이상(理想)이 있다는 것은 거기 사는 자의 이상적 형태가 있다는 것과 같다. 누가 그런 잘난 이상적 인간인가? 그리고 누가 그런 이상적 인간이 되지 못하는 변변치 못한 자들인가? 이런 질문들이 아무런 지표 없이 공허한 대답만을 얻고서 좌초한다면, 우리는 본질 없이, 그러니까 모델 없이 태어나는 집들과 더불어, 대륙들 사이에서 고향 없이 자유롭게 오가는 삶들이 행복을 얻는 모습을 보게 될 것이다.

---

23) I. Rocker, "The Virtual: The Unform in Architecture", *ANY*, No. 19/20, 1997.

애인에게 문자를 날리다

제목만큼 상큼하기보다는 춘곤증의 촉매제와도 같을 이 글은, 어느 사석에서 모 출판사 대표가 자기는 아직 문자 보낼 줄 모른다고 고백하자, 앞자리에 있던 한 소설가가 '그럼 애인 없으시겠네?'라고 논평했을 때, 왜 저 고백에 저 뜬금 없는 논평이 꼭 맞아떨어지는 느낌일까라는 의문이 바다새가 물고기를 노리고 수면으로 돌진하는 속도로 두뇌를 통과하면서, 뇌세포 어디선가 암세포처럼 뭉게뭉게 생겨나기 시작했을지도 모른다.

애인 만들기와 문자 날리기. 잠옷에 넥타이를 맨 것처럼 언뜻 대면이 어색할 것 같기도 한 이 두 가지는, 어느 날 지겨워진 술자리를 못 이긴 누군가가 한번 결합시켜 보았더니 기막힌 맛을 내더라는 '김치 맥주'처럼, 왠지 잘 맞아떨어진다. 바야흐로 문자의 시대이다. 감점의 위협에도 불구하고 수업 시간에, 상사에게 찍힐 것을 각오하고 근무 시간에, 아니면 한밤중 옥상에서 담배 한 대 피우며, 또는 아침 식사 뒤 싱크대 앞에서 설거지 중에, 사람들은 마치 태만이 필생의 본업이고 마음은 콩밭에 보물처럼 묻어 놓았다는 듯 어디론가 끊임없이 문자를 날린다. 그러다 보니 문자 간수를 못해서 핸드폰을 발로 밟아 뽀사 버리고 가정 법원에서게 되는 이들까지 심심찮게 생겨난다. 잘 한다.

왜 핸드폰은 통화하는 데보다 문자를 날리는 데 더 많이 사용되는 것일까? 쪼들리는 살림에 한 푼이라도 덜 드니까, 궁색한 삶의 어쩔 수 없는 선택으로 문자를? 그런데 이런 사람들이 하루에도 수십 건 영양가 없는 문자를 주고받는 비경제적인 삶을 살아간다. 업무상의 전화는 할 말만 하고 끊으면서. 또한 문자 보내기는 목소리와 화상을 직접 전달할 수 있는 기계의 기능을 사용자가 스스로 퇴보시키는 아둔한 짓이 아닌가? 그러나 최상의 만족을 주는 기계의 기능이란 사용자 자신이 결정하는 것 아니겠는가? 더구나 여기서 통화보다 문자 보내기를 선택한 사용자는 별나게 살아가는 몇몇 개인이 아니라, 오늘날 매우 보편적인 인간이기도 하다. 문자 날리기에 대한 열광, 도대체 그 비밀은 어디에 있는 걸까?

사실 '연애편지'라는 특수한 글쓰기가 암시하듯 사랑의 만남은 문자 또는 글쓰기에 의해 '대리'되는 본성을 가지고 있다. 역설적이게도 연애는 피와 살을 가진 인간의 직접적 만남을 통해서가 아니라 글쓰기가 대리해 줄 때만, 대리라는 '간접성'을 통해 싱싱하고 생생해지는 것이다. 가령 도스토옙스키가 『악령』에서 투르게네프의 캐리커처라 해도 좋을 대문호 카르마지노프에 대해 쓰고 있는 구절을 보라. 카르마지노프가 문학회에서 작품을 낭독하는 모습을 화자는 이렇게 비웃고 있다. "그것은 어떤 여성에 대한 천재의 사랑이었는데, 솔직히 말해서 좀 어색한 것 같았다. 내가 보기에는, 자신의 최초의 키스를 이야기하기엔 이 천재적 작가의 땅딸막한 몸집은 어쩐지 어울리는 것 같지 않았다."[1] 비웃음을 야기하는 이 불행한 어색함은 도대체 어디서 기인하는가? 바로 글쓰기와 그것이 대리해 주는, 이른바 피와 살을 가진 인간(글쓰는 자)이 한꺼번에 등장했다는 사실이다. 인간은 글쓰기 (또는 그것이 담고 있는 이야기) 뒤로

---

1) 표도르 도스토옙스키, 이철 옮김, 『악령』(범우사, 1988), 하권, 169쪽.

숨겨져야만 하며, 글에 의해 대리되는 방식으로만 출현해야지, 땅딸막한 몸집으로 직접 출현해서는 안 되는 것이다.

유사한 상황은 발자크의 삶 속에서도 발견된다. 발자크와 그의 연인 한스카 부인 사이를 오래도록 대체했던 것은 글쓰기, 연애편지였다. 글쓰기의 이 대리 기능을 무시하고 발자크가 직접 한스카 부인 앞에 나타났을 때 무슨 일이 벌어졌던가? 일설에 따르면 "그녀는 이 음유 시인의 촌스러운 모습에 실망과 놀라움을 감추지 못했다는 것이다."[2] 그녀의 남편 또한 마찬가지다. "그런 비만증에 그런 외모를 가진 시민 계급 남자에게서 사랑에 불타는 편지들을 남몰래 받았다는 것을 그가 어떻게 짐작이나 했겠는가?"(『발자크』, 352쪽) 그저 부인의 안목에 조소를 금치 못했을 것이다. 만일 연애가 본질적으로 글쓰는 자의 직접적 현전과 상관없이 글쓰기라는 대리를 통해서만 성립하는 것이라면 말이다. 발자크의 연애의 실존은, 비만증의 글쓰는 자를 대리하고 있는 편지 속의 "날씬하고 창백하고 절반은 열렬하고 절반은 우울한 눈길을 한 천상의 시인"(『발자크』, 350쪽)에 있음이 분명하다.

그렇다면 어떤 의미에서 애인은 문자 속에서만 찾아온다는 것인가, 를 묻기 전에 오랜 나이를 먹은 '연애편지'와 이제 막 봄날을 맞은 청춘인 '문자 보내기'가 동일한 것인지 구별해 볼 필요도 있을 것이다. 둘 다 문자 표현의 기재이더라도 말이다. 어떤 시인은 이렇게 불평한다. "그 여자에게 편지를 쓴다 매일 쓴다/ 우체부가 가져가지 않는다 내 동생이 보고/ 구겨 버린다 이웃 사람이 모르고 밟아 버린다".[3] 그러나 이런 배달의 태만에서 오는 편지의 비극, 셰익스피어의 「로미오와 줄리엣」에 등장하는 편지의 비극 같은 것은 문자 보내기에서는 일어나지 않는다. 왜 문자 보내기는 우리 시대 최고의 소통 수단으로 사랑받는가? 어쩌면 문자

---

2) 슈테판 츠바이크, 안인희 옮김, 『발자크 평전』(푸른숲, 1998), 351쪽.(약호: 『발자크』)

3) 이성복, 「편지」, 『뒹구는 돌은 언제 잠 깨는가?』(문학과지성사, 2007), 41쪽.

보내기도 대기현상처럼 예측 불허인 전파의 변덕 때문에 편지만큼이나 수많은 불발탄을 가지고 있을 것이다. 그러나 문자에는, 편지에서 있을 수 있는 막연한 기다림의 시간이 없으며, 불발탄은 답신 없음에 대한 안달 덕에 즉시 발견될 수 있고, 대화는 '실시간'이라는 환상 속에 다시 쉽게 이어진다. 답신에 대한 기다림의 시간, 소통을 망쳐 놓을 만한 침묵의 시간은 없다고 해도 좋을 것이다. 물론 편지 쓰기의 경우에도 예외적인 상황이 없는 것은 아니니, 카프카 같은 이는 편지의 침묵 앞에서 요즘 아이들처럼 안달복달을 해서 기어코 답신을 받아 내기도 한다. 이렇게 말이다. "사람들은 뒤로 쭉 기대어 편지를 집어삼키며, 그 편지들을 삼키는 것을 중단하고 싶지 않은 것 외에는 아무것도 염두에 없습니다. 왜 그런지 그 이유를 설명해 주십시오. 밀레나."[4] 여기서 '편지 삼키기'란 요즘 식으로 이렇게 번역할 수도 있겠다. '밀레나, 문자 좀 씹지 말래?'

　어쩌면 문자는 음성의 전달보다도 '실시간적'이며, '현전(présence)'에 충실하다. 전화는 받지 못하면 그걸로 불발이며 처음부터 다시 시작해야 한다. 또한 받기 곤란한 시간에 불청객처럼 울리는 벨소리 또는 쓸데없이 시간을 빼앗는 광고용 전화, 예절의 수호자로서의 명성을 잃지 않기 위해 차마 끝내지 못하는 통화 등등이 얼마나 많은가? 이 모든 점들은, 전화란 우리 삶이 담겨 있는 시간의 질서에 잘 들어맞기보다는 시간과 불화하는 존재라는 것을 알려 준다. 반면 문자는 원하는 시간에 핸드폰의 폴더를 열어 확인할 수 있으며, 원하는 시간에 답할 수 있다. 한마디로, 자신이 원하는 방식으로 시간을 편성하려는 주체의 의도에 충실하게 순응하는 것이 문자이다. 주체의 시간에 꼭 맞추어서 출현한다는 점에서, 문자는 시간적 불화 없는 현전 또는 실시간성의 수호자라 불러도 좋으리라.

---

4) 프란츠 카프카, 박환덕 옮김, 『밀레나에게 보내는 편지』(범우사, 2003), 40쪽.

그런데 이런 상황은 역설적이지 않은가? 수신자에게나 송신자에게나 근본적으로 문자는 피와 살을 가진 인간의 대리자이며, 따라서 직접적 현전과는 거리가 멀다. 또한 문자라는 이 대리자 때문에 그것을 보내는 자의 현전 또는 도래가 '연기'된다는 점에서 문자는 실시간적이라기보다는 오히려 시간적 '지체'를 초래한다. 그런데도 문자가 사랑하는 이의 현전을 실시간적으로 그때그때 확인할 수 있도록 해 주는 까닭은 무엇인가? 도대체 왜 실시간과 현전이라는, 우리를 편하게 해 주는 '착시 현상'이 생겨나는 것일까? 바꾸어 물으면 대리자이며 본질적으로 간접적일 수밖에 없는 문자가 연애에서 어떻게 직접성, 실시간, 현전 등의 이차적 효과를 생산해 낼 수 있는 것일까?

아마도 그것은 애인 자체의 출현이 근본적으로 간접성과 시간적 지체(연기)에 의존하기 때문이리라. 가령 미셸 투르니에의 소설에 등장하는 어떤 불행한 젊은 여자는 연애에서 자신의 대리적 지위를 이렇게 확인하고 있다. "그는 분명 그러한 방식이 내가 누군가를 대신하고 있다는 것을 알게 해 준다는 것을 모를 정도로 어리석었다."[5] 그녀는 오로지 남자가 필요로 하는 것을 대리함으로써만 그의 애인으로서 출현할 수 있는 것이다. 루소의 『고백록』에서도 우리는 애인의 대리적 본성을 확인할 수 있다. 그런데 『고백록』에서는 이같이 대리적 본성을 지닌 애인이 누구인가 하면, '어떤 한 인간'이라기보다는 바로 '자위행위'이다. "아! 만약 내가 나의 인생에서 한 번이라도 사랑의 쾌락을 충만함 속에서 맛보았더라면, 내 연약한 존재는 그런 즐거움을 느끼기에는 충분치 못했으리라는 상상밖에 안 든다. 나는 사랑의 행각을 벌이는 도중에 죽었을 것이다."(『고백록』, 제8권) 약골 중의 약골이라고 여길 수밖에 없는 루소가 죽음을 불러오는 이런 무서운 성행위와 직접 대면하는 일을 피하기 위해 한 것은 무

---

5) 미셸 투르니에, 이원복 옮김, 『메테오르』(서원, 2001), 2권, 80~81쪽.

엇인가? 데리다가 말하듯 바로 "평생 그는 자위행위라 부르는 위험한 대리 보충에 호소해야 했다."[6] 피와 살을 지닌 인간들 사이의 성행위는 자위행위라는 가짜 섹스, 상상력이 만들어 낸 성교의 그림 문자에 의해 대리되는 한에서만 루소에게는 비로소 감미로운 연애가 되는 것이다.

펠리체에게 보낸 카프카의 수많은 연애편지 또한, 직접적 만남을 두려워하여 그림 문자의 대리 속에서만 연애를 발견한 루소의 경우와 동일하게 이해되어야 한다. 들뢰즈와 가타리는 카프카의 경우를 이렇게 설명하고 있다. "여자에 대한 사랑을 편지에 대한 사랑으로 대체하라. (……) 편지는 발화 주체의 도래를 알리기 위한 것이 아니다. (……) 편지의 발송, 편지의 도정, 우체부의 노정과 동작들이 발화자의 도래를 대신한다. (……) 펠리체와의 서신은 〔발화자의〕 이 '도래의 불가능성'으로 가득 차 있다. 만남과 도래를 편지의 흐름이 대신한다."[7] 우리 시대의 카프카라면, 이 인용의 마지막 문장을 '만남과 도래를 문자 보내기가 대신한다.'라고 바꾸어 쓰고 싶어할 것이다.

이 모든 것이 알려 주는 바는 무엇인가? 바로 연애에 있어서 애인의 출현이란 문자의 대리에 의해서만 가능하다는 사실이다. 문자에 의해 직접적 도래와 만남이 방해 받고 끊임없이 연기되는 방식이 역설적이게도 애인이 찾아오는 방식이다. 문자에 의한 대리는 방해 받은 미완의 연애, 아직 비등점까지 끌어올려지지 않은 사랑, 피와 살을 만지기까지는 한참을 더 기다려야 하는 노정의 중간 지점이 아니라, 연애의 완성 자체이다. 또는 도래하지 않은 애인에 대한 '기다림'이야말로 애인이 출현하는 방식이라고 말해야 한다. 연애의 이러한 역설을 문자 날리기의 시대 이전에 잘 알고 있었던 이가 있으니 바로 시인 김수영이다. 늦가을에 쓴 어느

---

6) J. Derrida, *De la grammatologie*(Paris: Éd. de Minuit, 1967), 223~224쪽.

7) G. Deleuze·F. Guattari, *Kafka: Pour une littérature mineure*(Paris: Éd. de Minuit, 1975), 53~56쪽.

일기에서 그는 이렇게 기록하고 있다. "로선생의 말대로 '상원'에 가서 기다렸으나 그는 오지 않았다. (……) 애인은 오지 않았지만, 애인을 만나고자 기다리는 순수한 시간을 맛보았다는 것만으로 나는 만족할 수 있다."[8] 로선생은 김수영이 포로수용소 시절에 만난 간호 장교인데 이후 서울에 와서까지 두 사람의 만남은 계속되었다. 김수영은 로선생에 대한 연정을 담은 연애시 「겨울의 사랑」(1955)을 쓰기도 했다. 수고 형태로밖에 남아 있지 않던 이 작품은 오랜 시간 묻혀 있다가 최근 『김수영 육필 시고 전집』 발간을 준비하면서 비로소 발굴되었다.[9] 저 로선생을 기다리며 김수영은 비록 그녀를 만나지는 못했지만 만족할 수 있다고 말한다. 완성된 연애가 아니라면 어떻게 만족이 있을 수 있겠는가? 오히려 그의 만족 자체가 이미 그의 연애는 완성되었음을 뜻하는 것이다.

이 연애의 완성은 역설적이게도 애인의 부재 속에서만, 그녀의 도래가 연기되는 한에서만 이루어지고 있다. 김수영은 모든 연애를 가능하게 하는 "순수한 시간", 바로 본질적인 연기의 시간을 누리고 있는 것이다. 놀랍게도 애인에 대한 저 사랑의 시 「겨울의 사랑」이 바로 직접적 만남이 아니라, 대체물에 의해 연기되는 만남의 시간이 연애의 핵심임을 증언한다. "니가 너의 육체 대신/ 준 요ㅅ보/ 니가 너의 애무(愛撫)/ 대신 준 흰 속옷 (……)".[10] "대신"의 논리가 연애를 지배한다. 김수영은 대리하고 보충해 주는 대체물들 뒤로 도래가 무한히 연기된 자로서 애인을 만나고 있는 것이다.

핸드폰을 음성을 전하는 기계가 아니라 글을 쓰는 기계로 만들어 버린 우리 시대의 연애는, 우리의 삶이란 바로 문자의 대리적 기능과 이 대리 때문에 생겨나는 무한한 지체 위에서 표류하는 것이라는 사실이 만들어

---

8) 김수영, 『김수영 전집』(민음사, 1981), 2권, 320쪽.
9) 김수영, 『김수영 육필시고 전집』(민음사, 2009), 480~485쪽에 수록.
10) 위의 책, 484쪽.

낸 어떤 효과가 아닐까?

음, 잠깐만!

미안하지만 중요한 연락이 와서 이제 그만 이야기를 끝내야겠다. 금을 세공하는 장인이 쓰는 작은 도구들로 정성껏 다듬은 듯한 부드럽고 경쾌한 소리가 들리면서, 핸드폰이 반짝이기 시작한다. 오지 못하는 로선생이 문자를 보냈을 것이다. 김수영은 들고 있던 헤밍웨이를 덮고 '상원'의 낡은 테이블 위에 놓여 있던 핸드폰을 집어 든다. 작은 문자들로 반짝이는 창문을 바라보는 그의 눈에 미소가 가득하다. 그는 이제 엄지손가락을 놀려 평소의 신념과 달리, 비문과 소리 나는 대로 표기된 단어들, 자음과 결합되지 않은 'ㅎ'이나 'ㅋ'으로 가득 찬 답신을 하나 날릴 것이다.

트리스탄의 도덕

1 트리스탄

트리스탄(Tristan)의 이름을 말하려고 하면 피할 수 없이, 슬프다(triste)는 말을 함께 발음해야 한다. 이 이름의 울림보다 더 우아하고 마음 아프게 하는 것은 없다. 소라 속에 든 파도 소리처럼, 또는 바위에 난 구멍을 미친 듯이 통과하려는 물결처럼 이름 속에서 이미 그의 운명이 메아리치고 있다. 용서받을 수도 변명할 수도 없이 모든 것을 자신의 죽음으로 해명해야 하는 운명 말이다. 이졸데의 말처럼 그는 "마음을 죽음에 바친 사람"이다.(바그너, 「트리스탄과 이졸데」, 1막 2장)

나는 아일랜드의 어느 바닷가에서 끔찍한 칼자국을 몸에 간직한 채 죽어 가는 이 젊은이를 떠올린다. 운명이 저버린 그는, 연인이 그를 만나러 바다를 건너오는 도중에 죽었다. 그가 죽은 줄도 모르고 소금기 많은 아일랜드의 바람이 그의 머리카락을 흔들면서 천진난만한 장난을 치고 있었다. 어둠이 오기까지, 태양이 오래도록 흐느끼며 죽음에 지친 얼굴을 바라보았다……

트리스탄의 선율이 들려온다. 한없이 불안하고 위로 받을 곳 없이 슬프며, 아무것도 제대로 서 있는 것 없고 그 무엇도 건강하지 못하다. 트리스탄의 이야기에 마음을 빼앗긴 사람 가운데 하나인 토마스 만은 이졸데의 느낌을 가진 가브리엘레가 눈으로 덮이기 시작하는 옛 성에서 피아노로 연주하는 이 전주곡의 불안감에 대해 이렇게 쓰고 있다. "음 하나하나 사이의 간격을 불안할 만큼 늘어뜨렸다. 밤중에 외로이 헤매는 연인의 목소리를 나타내는 그리움의 모티프는 불안하게 묻는 쪽의 심경을 조용히 전달하고 있었다."[1] 원하는 것을 소유할 수 없는 트리스탄은 어둠이라도 손에 붙잡아서 자신의 사랑에 대해 묻고 싶은 것이다. 어느 매듭도 쉽게 풀릴 기미가 없다. 전주곡의 모든 선율은 죽고 싶어, 죽고 싶어라고 반복해서 말하며, 2막에서야 등장하는 유명한 노랫말들을 이미 예고하고 있다. "사랑의 밤이여, 내가 살아 있다는 것을 잊게 해다오."(2막 2장) 트리스탄은 자신이 살아 있다는 사실을 잊고 싶은 남자다. 에로스는 미친 기차처럼 타나토스를 향해 질주한다. 이렇게 프로이트의 근본 주제가 이미 바그너의 이 악극에서 예고되고 있는 것이다. 살아 있는 것들은 그가 뛰쳐나온 무기물, 즉 죽음의 상태로 회귀하는 것을 목적으로 한다. 생명 자체는 하나의 긴장 상태일 뿐이며, 죽음만이 아무런 긴장 없는 무기물의 상태를 되돌려 줄 것이므로, 생명 가진 것들은 어떻게든 이 죽음 한 조각을 맛보려고 고도로 강화된 흥분 상태에 도달했다가 모든 긴장이 일시에 소멸한 상태로 추락하는 일을 반복한다. 생명체가 일생 동안 몰두하는 이 우울한 작업을 우리는 섹스라고도 부른다. 우리는 애인의 몸을 끌어안고 죽고 또 죽는 것이다. 죽음은 "항상 도래하고 있는 죽음",[2] 나날의 바닥에 놓여 있는 죽음이다. 우리는 마지막에 다시 이 죽음의 이야기로 돌아올 것이다.

누구나 알듯 트리스탄과 이졸데의 이야기는 불륜의 이야기이다. 드뷔

---

1) 토마스 만, 안삼환 외 옮김, 「트리스탄」, 『토니오 크뢰거, 트리스탄』(민음사, 1998), 388쪽.

2) G. Deleuze, *Différence et répétition*(Paris: PUF, 1968), 148쪽.

시의 「펠레아스와 멜리장드」(1903)라는 또 하나의 불륜과 죽음의 이야기가 출현하기 전까지 인류는 바그너 실험이 만들어 낸 사랑과 죽음의 이화학 반응에 매료되었다. 이후 알반 베르크의 놀라우면서도 흉악한 작품 「룰루」(1935)에서 보듯 불륜은, 계급적 폭력과 정교해진 현대적 법률이 예술에 대한 인간의 몰두를 지도하는 바람에, 더러움과 사악함, 그리고 매춘의 영역으로 굴러 떨어졌다. 주인공 룰루에 대한 끔찍한 평가를 보라.(이 작품은 프랑크 베데킨트의 두 편의 희곡 「지령(地靈)」(1895)과 「판도라의 상자」(1904)를 대본으로 만들어졌으므로, 다음 대사들은 모두 베데킨트의 것이다.) "이년은 모든 타락의 원천이며, 유혹하여 타락시키고 독을 뿌리는데, 먹잇감은 느끼지도 못하는 사이에 파멸하지요."(「룰루」, 서막; 「지령」의 서곡) 정말 파멸은 사랑의 마취 속에서 파멸인지도 모르는 사이 찾아오는 것이다. 결국 이 더러운 애정 행각의 주인공은 어떤 고귀함도 간직하지 못한 채, 실존 인물이기도 한 살인마 잭 더 리퍼(Jack the Ripper)의 손에 생을 마감한다. 그는 손에 묻은 룰루의 피 때문에 이렇게 불평한다. "근데 내가 필요할 땐 꼭 수건이 없어!"(「룰루」, 3막 2장; 「판도라의 상자」의 3막) 사랑은 충족되면 그 자리에서 빨리 닦아 내 버리고 싶은 더러운 것이 되었다…….

그러므로 트리스탄의 슬픈 이야기를 오늘날 떠올리는 것은 상당히 복고적이며, 현실 감각이 없다는 뜻에서 낭만적인 일이다. 그러나 반대로 이러한 사실은 사랑 때문에 죽는 자들에게 성자적 가치, 라면 좀 심하고, 별종 내지 희귀종적 가치를 부여하는 일을 허용하게 해 준다. 알반 베르크가 창조해 낸 세계, 더러움과 매춘과 위법과 추문의 세계에 대항해 부정한 사랑을 가치와 도덕의 차원에서 사유하게 해 주는 자가 트리스탄인 것이다.

그러므로 트리스탄의 눈길을 계속 따라가 보자. 한없이 다가가도 그 여자에게는 손이 닿지 않는다. 오로지 '밤의 장막' 뒤에서만, 손을 대면 여자의 더없이 매끄러운 살결 밑에서 점점 빠르게 흘러가는 따뜻한 혈액의 움직임을 느낄 수 있다. 너 어디 있느냐고 묻는 신을 피해 덤불 속에 몸을 숨긴 벌거벗은 아담처럼, 어둠 속에서 얼굴과 신분을 숨기고서만, 그리고 어둠 속에서 부왕의 신뢰를 저버리고서만 이 벌거벗은 남자는 여자를 소유할 수 있다. 그래서 트리스탄은 흡혈귀처럼 태양을 저주하며 외친다. "낮의 악마여! 아침의 꿈이여! 허황된 속임수여! 모두 사라져라! 사라져라!"(「트리스탄과 이졸데」, 2막 3장) 빛에 노출되는 일은, 부정한 자들에겐 한낮 허황된 속임수이다. 마치 플라톤의 동굴에서 그림자에 탐닉하는 사람들처럼 말이다. 어둠 속에서 태양이 생겨나고 별들이 그 주위를 돌며, 햇볕과 우기의 바람을 타고 온 천둥과 비가 생명을 길러 내고, 생명이 물에서 기어 나와 인간이 되고, 인간이 어느 날 나무 그루터기에 앉아 쉬게 되었을 때 도덕과 가치라는 몽상을 하게 된 사건을, 밤의 연인들은 반복하고 싶지가 않다. 그들에게는 햇볕과 그로 인한 만물의 탄생 이전의 어둠, 죽음으로 가는 열차인 에로스만 있으면 된다. 트리스탄은 더 이상 살고 싶지가 않은 것이다. 사랑 때문에 상처받은 이 기사에게 그가 법과 정의를 가지고 다스려야 할 영토는 한낱 잿더미로 보일 뿐이다. 사랑에 빠진 자는 이토록 어리석게, 세계와 한 여자를 맞바꾼다.("이졸데, 난 세상을 버렸소."(「트리스탄과 이졸데」, 1막 5장)) 그러므로 사실 그는 저지른 죄악의 측면에서 보자면 로마를 불태운 네로와 다를 것이 없다. 이것이 뜻하는 바는, 부정한 사랑에 빠진 자는 좋은 이름을 얻으려고 해서는 안 되며 비루한 것들 속에 뒤섞여 기뻐해야 한다는 것이다. 조각배에 눕혀진 채 아일랜드 해협의 깊고 무서운 소용돌이를 건너는 어느 젊은이의 곪은 상처에서 나는 지독한 냄새와도 같이 말이다. 그러나 어쩌면 위대한 군주도 될 수 있었던 그에게 후회는 없고, 얼굴과 가슴을 스치던 긴 머리카락에 대한 그리움만이 남아 무서운 바람 속에서 바다를 다 건널 때까지 오랜 뱃멀미의 위안이 되어 준다.

2 기게스

배신은 사랑의 배다른 형제처럼 그의 형을 괴롭히고, 더 놀랍게는, 고양시키기도 한다. 동고동락한 이들을 배신하고라도 맛보고 싶은 것이 있는 것인가? 트리스탄은 밤이 햇살 아래 녹아내리지 않고, 죽음이라는 견고한 얼음의 조직으로 굳어지기를 갈망했다. 햇볕의 추궁하는 소리가 영원히 들리지 않는 밀도 높은 침묵의 얼음 속에 갇히고 싶어 했다. 그것은 자신의 쾌락은 오로지 밤의 장막 뒤에서만 태어날 수 있는 성격의 것이기 때문일 뿐만 아니라, '누구도 자신을 목격하는 것을 원치 않았기 때문이기도 하다.' 그런데 숨어서 햇빛 아래 나서고 싶어 하지 않는 이 사내를 기묘하게 닮은 인물, 트리스탄처럼 왕비를 차지한 인물, 그러나 트리스탄의 거꾸로 된 초상화 또는 트리스탄의 악령이라 할 만한 인물이 전래 설화 속에서 발견되는데 그가 바로 기게스이다.

기게스는 누구인가? 헤로도토스의 『역사』 1권 「리디아의 고사(古史)」의 에피소드가 바로 왕을 저버리고 왕비를 차지한 기게스 이야기를 전하고 있다. 이 이야기를 통해 헤로도토스는 기게스로부터 시작하는 메름나스 가(家)가 어떻게 헤라클레스 가를 대신해 왕권을 가지게 되었는지를 설명하고 싶어한다. 그러나 도덕 또는 부정한 사랑이라는 관점에서 볼 때 기게스 이야기의 핵심 가운데 핵심을 이루는 그가 지닌 보물의 진면목을 알기 위해선 우리는 헤로도토스보다는 플라톤을 펼쳐야 한다. 플라톤은 기게스(또는 그의 조상)가 리디아 왕의 목자였다고 전한다.(『국가』, 359c 이하) 어느 날 심하게 지진이 일어나 땅이 갈라졌다. 그는 그 갈라진 틈을 통해 아래로 내려갔는데, 거기에는 속이 비고 문들이 달린 청동 말한 필이 있었다. 그 문을 통해 안을 들여다 보니 안에 사람보다 훨씬 큰 송장이 있고, 송장의 손에는 반지가 끼워 있었다. 기게스는 그것을 빼 가지고 바깥으로 나왔다. 그런데 어느 날 양치기들의 모임에 참석했을 때

무심코 반지를 돌리자 자신이 사람들에게 보이지 않게 된다는 사실을 알게 되었다. 햇빛으로부터 숨을 수 있는 능력, 빛의 추궁을 피할 수 있는 밤의 능력을 얻게 된 것이다. 그러자 기게스는 언제든 밤을 불러와 자신을 가려 줄 수 있는 이 반지의 힘을 빌려 왕비와 간통하고 왕을 살해한 후 나라를 차지했다. 이후 니벨룽의 반지에 이르기까지 이 저주받은 보석은 남방과 북방을 가리지 않고 유럽 전역의 신화 속을 떠돌게 된다. 그런데 이 설화를 소개한 후 플라톤은 기게스의 반지를 가졌건 가지지 않았건 '정의(正義)'를 행하여야 한다고 말한다.(『국가』, 612b 참조) 그러므로 플라톤에게 정의란 숨지 않는 것, 빛의 추궁을 피하지 않는 것, '보이게 되는 것'이다. 설령 자신을 보이지 않게 만들 수 있는 능력을 지니고 있을지라도, 빛 앞에 나서는 것이다.

3 노출

사랑을 나누는 자들은 흔히 이런 보이지 않게 하는 장치인 기게스의 반지를 사용한다. 에로스도 프시케와 사랑을 나눌 때 자기 얼굴조차 보지 못하게 했고, 로엔그린도 엘자에게 이름을 숨겼다. 로엔그린은 말한다. "정체가 밝혀지면 곧 떠나야 하오."(바그너, 「로엔그린」, 3막 3장) 고귀한 신분이 노출되면 여자들에게 엮일까 봐 그랬나? 그들에겐 정체를 숨기고 몰래 고급 홍등가를 드나드는 명문가의 자제들을 닮은 구석이 있다.

그러나 어떤 이들은 기게스의 반지를 손가락에서 빼서 다시 그것이 기어 나온 대지의 갈라진 틈으로 던져 버린다. 가령 이집트의 요셉이 있다. 또다른 트리스탄적인 인물인 요셉은 잘 알려져 있다시피 여주인을 탐했다는 죄목으로 법정에 선다.(트리스탄, 기게스, 요셉 — 세계사의 밤인 설화는 오로지 가져서는 안 되는 보석에 손을 댄 이 부정한 사내들의 이야기만을 기를 쓰고 하고 있다. 마치 보편사의 어떤 괴로운 수수께끼를 꼭 풀어 보고 싶다는 듯이 말이다.) 이제 요셉은 지하 감옥에 갇힐 것이다. 토마스 만은 요셉의 이야기를 다룬 소설에서 주인 포티파르(보디발)가 내리는 선고를 이렇게 기록하고 있다. "네 영혼이 너 자신에게 스스로 내릴 벌은 계산하지 않았다. 지금 흉측한 이름을 가진 세 마리의 짐승이 네 발목을 붙들고 있을 테니까. 그 짐승들의 이름이 '수치'와 '잘못'과 '조소'라고 했더냐? (……) 넌 고개를 푹 숙이고 수갑을 찬 채 침묵하고 있다. (……) 너는 입을 다물 수밖에 없을 것이다. 네게는 오늘 그 외에는 다른 방도가 없다. 그렇게 날렵하고 재치 있게 그리고 고상하게 기분 좋은 말을 하던 너였지만 오늘만은 그럴 수 없을 것이다."[3] 요셉의 재치 있는 입은 고장 난 기계처럼 작동을 멈추고서 그의 자아를 숨기고 보호하지 못한다. 요셉은 기게스의 반지를 떨어뜨려 버렸다. 그의 입은, 내면의 은신처에 보이지 않도록 자아를 감추고서 빛의 추궁 앞에서 변명하지 못한다. 그의 내면에서 수치, 잘못, 조소라는 세 짐승이 무섭게 으르렁거리는 덕분에, 그의 자아는 보이지 않는 내면을 향해 한 발짝도 발을 들여놓지 못하는 까닭이다. 레비나스가 말하는 바도 같은 것이다. "만일 수치가 여기 있다면, 이는 우리는 우리가 숨기고 싶어 하는 것을 숨길 수 없다는 것을 뜻한다."[4] 수치는 은신처를 불태우고 자아를 발가벗긴다.

그런데 요셉은 무슨 죄를 지었기에 세 마리 짐승에게 쫓기는 신세가 된 걸까? 성서의 화자는 여주인의 침실에서 본 것을 점잖지 못하게 시시콜콜 기록하지는 않았다. 그러나 토마스 만은 그렇게 했다. 말로는 여주인의 유혹을 거절하고 또 지혜롭게 설득하면서도 그의 몸은 제멋대로 움직여, 그의 남성이 당나귀처럼 되었던 것이다! "말은 그럴싸하고 영리한

---

3) 토마스 만, 장지연 옮김, 『요셉과 그 형제들』(살림, 2001), 4권, 976~977쪽.(약호:『요셉』)
4) E. Levinas, *De l'évasion*(Montpellier : Fata morgana, 1982), 86쪽.

능변이었지만 그럼에도 그는 당나귀가 되어 가고 있었다. 아, 얼마나 충격적인 모순인가!"(『요셉』, 954쪽) 그렇게 당나귀처럼 된 그의 몸을 여주인이 보고야 말았다. "나는 그의 무기를 보았다!"(같은 곳) 그러고는 그녀가 더욱 미쳐서 요셉에게 매달리는 바람에 요셉은 옷을 빼앗긴 채 달아났던 것이다. 이렇게 그의 육체의 증거가 이미 여주인을 원한다고 말하고 있었기에, 요셉은 수치와 잘못과 조소라는 짐승에게 쫓길 수밖에 없었다. 그리고 그는 기게스의 반지만큼 탁월한 그의 언변으로 변호를 하며 자기를 보이지 않도록 가리지 않았다. 그는 자기를 '노출'되게 만들었다.

이제 나는 트리스탄의 손가락에서 서서히 빠져나가 바닥으로 떨어지는 기게스의 반지를 보고 있다. 인공 폭포가 태양의 열기를 식혀 주는, 이집트 장군의 대저택에서 일어난 것과 똑같은 사건이 북유럽의 어두운 성에서도 일어났다. 요셉의 주인처럼 비탄에 빠진 왕이 자신의 명예로운 신하에게 묻는다. "트리스탄이 내게? 정말 그가 날 배신하고, 충성심을 지웠단 말인가? 명예의 수호자였던 그가, 명예와 진실을, 모두 잊었단 말인가? 방패 대신 트리스탄이 선택한 예절은 어디로 갔는가?"(「트리스탄과 이졸데」, 2막 3장) 그러자 트리스탄은 요셉처럼 고개를 들지 못한다. 바그너는 이렇게 기록한다. "트리스탄은 고개를 숙인다. 그의 표정에는 슬픔이 더욱 커져만 간다."(같은 곳) 기게스의 반지와도 같은 밤의 장막에서 트리스탄은 이제 걸어 나와 빛 아래 서서 이렇게 탄식한다. "왕을 배신한 모습으로 정체가 드러난 것이다!"(같은 곳) 그리고 그는 무엇을 했을까? 그는 아무런 방어도 하지 않은 채 왕의 옆에 있던 멜롯의 칼에 몸을 던졌다. 우리는 트리스탄이 멜롯 따위는 상대가 되지 않는 대단한 검술의 소유자임을 잘 안다.(이졸데의 말을 떠올리라. "트리스탄과 싸워 이길 사람은 없어요."(1막 5장)) 그러나 그는 멜롯의 칼 앞에서 자기를 방어하지 않았다. 기게스의 반지를 빼 버린 자, 자기를 숨길 은신처를 불태워

버린 자는 그렇게 칼 앞에 자신을 무방비로 노출시킨다. 레비나스가 말하듯 "보여지지 않고 본 기게스와 반대로, 여기서 나는 보지 않고 보여진다."[5] 트리스탄은 제단 위의 양처럼, 고개를 숙였기에 그 자신은 볼 수 없는 높은 곳의 정의 앞에 자기 자신을 잘 보이도록 놓아두었다.

칼을 버리고 정의 앞에 자신을 노출시키는 것, 은신처로 달아나지 않고 변명(가령 인류의 가장 오래된 변명은 "여자가 그 나무에서 열매를 따 주기에 먹었을 따름입니다." 또는 "내가 내 형제를 지키는 사람입니까?"이다.)하지 않는 것이 트리스탄의 도덕이다. 정의가 부를 때 "저 여기 있습니다.(me voici.)"라고 자신을 노출시켜서 '저(me)'라는 대격(accusatif)의 불편함 속에, 즉 '비난(accusation)받을 수 있는 가능성'에 처하게 두는 것이 그의 도덕이다. 이렇게 트리스탄은 그의 몸이 영원히 간직하게 될 끔찍한 칼자국 때문에 도덕법의 한 모형이 되었다……. 나중에 독일인과 유대인이 법 앞에 철저히 자신을 노출시킴으로써 이 운명을 다른 맥락에서 반복한다. 그리고 아마도 전 유럽이, 그리고 전 세계가 반복한다. 칸트에서 법(정언명법)은 '내용이 없는 텅 빈 형식'이므로 '미리' 인지하고 학습할 수 있는 '지식'의 형태를 가지지 않는다. 오로지 행동에 대한 법의 실행, 즉 선고를 받는 방식으로만 우리는 법과 마주하며 우리의 행위는 노출된다. 요컨대 모든 행위는 자연의 법칙 아래 행복하게 머물 수 없는, 판결된 행위이다. 그리고 자신을 늘 법 앞에서 대격의 자리에, 비난받을 수 있는 가능성이 도사린 자리에 놓아두는 일은 당연하게도 프라하의 유대인의 우울한 운명이기도 하다. 누군가 『심판』을 주석하며 말하듯 "요제프 카의 존재 그리고 그의 육체 자체가 결국에는 소송과 일치하게 된다."[6] 법원이 진행한 소송은 시작된 적도 없는데, 그는 남은 인생 전체를 소송으로 만드는 방식으로, 즉 법 앞에 노출시키는 방식으로 자신이 실존하도

---

5) E. Levinas, *Dieu, la Mort et le Temps*(Paris: Grasset, 1993), 225쪽.
6) 조르조 아감벤, 박진우 옮김, 『호모 사케르』(새물결, 2008), 126쪽.

록 했기 때문이다. 객관적 절차와 상관없이 법이 감지되자마자 동시에 '유죄 판결이 그의 실존에 대한 규정'이 된다. 법의 표적이 되는 하나의 고유 명사와 그만큼의 죄의식을 가지고 보이지 않는 법 앞에 복종하는 자의 운명은 이런 것이다.

그러나 트리스탄의 삶에는, '그 자체만으로는 우리의 것이 될 수 없는' 도덕법의 수립에 관한 이 모든 이야기들과는 구별되는, 독특한 것이 있다. 이면을 본다면, 도덕의 모형으로 출현한 트리스탄의 모든 행위의 추동력은 과연 어디서 오는 것인가? 그가 죽은 진정한 이유는 그의 배후에서 무엇인가 죽기를 원했기 때문이 아닌가? 사랑의 전 과정을 통해서 그는 죽고 싶어 했다. 그의 인격적 삶 배후에, 그리고 최고의 기쁨인 사랑의 사건 배후에, 궁극적인 심급에, 모든 것을 0으로 돌리고 무화하는 '익명의 힘'으로서 죽음이 늘 있었다. 그러니 이 죽음은 삶을 주관하는 원리의 지위를 가지지, 삶의 논리적 부정은 아닌 것이다. 우리는 속절없이 휘어지는 어떤 나무의 자랑할 것 없는 가지 하나처럼, 자연이 심술궂게 심어 놓은 것처럼, 이런 죽음의 운명에 끌린다. 그가 멜롯의 칼에 몸을 던지는 순간에, 그는 이 행위를 통해 법 앞에 서려고 했던 것일까, 아니면 삶의 배후에 있는 저 익명적 죽음에 충실했던 것일까? 놀랍게도, 어떤 면에서는 이 두 가지가 같은 것이다.[7]

4 황량하고 쓸쓸해요, 바다는!

나는 다시 그의 이름을 말할 때마다, 그의 운명을 확인하듯 '트리스

---

7) 가령 이 책 3부의 글 「피부 주체」에서는, 양자의 이 동일성은, '피부의 찢김(죽음의 사건)'과 '타자를 위한 자의 수립'이라는 두 얼굴을 지닌 하나의 사건으로 표현되었다. 인격적 삶의 배후에 있는 궁극적 원리로서의 이 익명적 죽음에 대해 시간을 들여 좀 더 생각해 보아야 할 것이다. 이 책의 「에필로그」에 이르기까지 말이다.

트'라는 말을 피할 수 없이 함께 발음하게 되는 이 사내를 떠올린다. 수평선 높이만큼 그의 눈에 차 있는 바다는 어제도, 오늘도 황량하다. 그는 목숨을 구하는 약이라도 되는 듯 여자의 이름을 혀 위에 올려놔 본다. 죽어 가는 자의 눈꺼풀 위에서 한낮의 높이만큼 올라간 태양과 졸음이 번갈아 빛나고, 그럴 때마다 그는 여자가 탄 배를 본 듯한 꿈속에 언뜻 빠져들었다가 다시 깨어나 괴로운 숨을 뱉으며 해변을 응시한다. 그러나 이 슬픔을 잘 이해했던 T. S. 엘리엇이 「황무지」의 첫 시에서 인용했듯이, "황량하고 쓸쓸해요, 바다는!(öd und leer das Meer!)"(「트리스탄과 이졸데」, 3막 1장)

가능하다면, 마지막 숨결이 그의 몸을 빠져나가기 전에 여자가 바다를 건너와, 그가 위로받게 되기를 바란다. 다시 한 번 부드러운 입술이 그의 이름을 애무하고 긴 머리카락이 그의 얼굴과 가슴을 스치며, 깨어진 꿈의 조각들을 잠시나마 반짝이게 해 주기를 바란다. 그는 수치와 잘못과 조소 가운데서 올바른 일을 했으니까. 그러나 우리 모두가 알고 있듯 이 사내에게 그런 일은 일어나지 않는다. 이 운명은 끊어지는 선(線)같이 울리는 저 어두운 현을 닮았다. 미로(迷路)의 벽을 손으로 쓸며 브르타뉴의 흐려진 하늘 아래를 혼자 걸어가는 이처럼 그는 여자를 다시 보지 못한다. 황량하고 쓸쓸해요, 바다는! 정의의 맞은편 저울판에 행복을 올려놓기를 꺼려하는 신 앞에서, 그는 죽을 것이다.

신체 연구

　서사도, 복선도, 해석해야 할 의미나 가르침도 없으며, 인격의 흔적도 전혀 없고, 팔다리와 머리가 달렸고 성별이 있다는 느낌도 없는, 오로지 질감, 무게, 운동만이 있는 춤, 수영 선수가 물 위에 떠 있듯 음악의 리듬 위에 떠 있기보다는 마치 무대 위에 쌓인 폭설을 치우듯 음악의 질서를 장애물로 여기는 춤, 그러니 당연히 조화도 아름다움도 깃들 수 없고, 그렇다고 막다른 골목에 쫓긴 예술의 안식처처럼 문화 안에 만들어진 무책임한 전위의 동굴로 달아나지도 않는 춤을 어쨌든 우리는…….

—「신체 연구」의 기획 노트 가운데서

1 신체 연구로서 춤

　이 글은 춤에 관한 하나의 명상이기도 하며, 무엇보다「2010년 페스티벌 봄」을 위해 안무가 이나현과 함께 만든「신체 연구」라는 춤 예술 작품의 형성에 관한 기록이기도 하며, 말 그대로 신체 연구 자체이기도 하다.[1]

　그렇다면 이 글은 무엇이 '아닐까?' 바로 춤에 대한 '해석'이 아니다. 춤은 신체를 보여 준다. 해석이 있다면, 그것은 춤 속에서 드러나는 신체에 대한 해석일 것이다. 해석은 이해를 전제한다. 물론 여기서 이해란 신체에 대한 이해일 것이다. 그런데 신체에 대한 이해란 단 한 번의 손의 움직임, 무의미한 발 운동을 이해한다는 뜻이 아니라, 세계 안에 신체가 존립하는 방식 일반을 이해한다는 뜻이다. 세계 안에서 신체가 존립하는 방식을, 가령 우리는 신체 기관의 용법에서 발견한다. 손은 사물들을 가

---

1)「페스티벌 봄」초청작인「신체 연구」는 2010년 4월 24일과 25일에 서강대학교 메리홀에서 유빈(Ubin) 댄스컴퍼니가 공연했다.

공하고 발은 세계 안의 거리를 좁힌다. 이러한 신체의 기능으로부터 우리가 사용하는 도구들도 탄생한다. 망치는 손의 기능의 연장이며, 자전거는 발의 기능의 연장이다. 진정 신체의 구조는 세계 안에서 도구 사용을 포함해 우리가 살아가는 방식 전체를 결정하는 것 같으며, 이런 의미에서 신체는 실존함의 구조 자체를 간직하고 있는 것으로 보인다. 결국 세계 안에서의 실존을 이해한다는 것은 신체의 구조를 이해한다는 것이리라. 이 '이해'로부터 우리는 신체가 할 수 있는 바들을 해석할 수 있다.

그러나 정말 우리는 신체가 무엇을 할 수 있는지 다 알고 있는 것일까? 가령 춤이라는, 평균적인 일상적 삶에 속하지 않는 특별한 행위를 통해 드러나는 신체는 어떤가? 손은 도구를 쥐지 않고 발은 걷지 않는다. 그야말로 신체는 용법 없는 노동을 하고 있으며, 주체의 의도에 종속되지 않고 움직인다. 춤 속에서 신체는 세계 안에 있는 실존의 의미를 드러내 주기보다는 의미 없는 무상한 행위에 빠져 있는 것이다. 그리고 당연하게도 의미 없는 행위에는 이해할 것도 해석할 것도 없다. 따라서 춤은 평균적인 일상성 속에서 의미 연관을 가지고 움직이던 신체를 갑자기 수수께끼로 만들어 버린다. 이런 까닭에 차라리 춤은 신체를 보여 주기보다는 신체를 감춘다고 말해야 할 것이다. 춤이 어려운 예술이라면, 그리고 춤에 접근하기 위해 노력이 필요하다면, 바로 이렇게 춤은 신체를 감추기 때문이며, 바로 이런 이유로 춤은 근본적으로 익명적인 것이라고 일컬을 수 있으리라.[2]

그런데 이렇게 춤을 통해 신체가 그의 일상적 행위들을 떠받치고 있는 의미들로부터 풀려날 때 우리는 우리 신체를 잃어버리기라도 한 듯 깜짝 놀라며 신체에 대한 연구를 시작하게 되는 것이 아닐까? 더 이상 '나의 것'이라고 부를 수 없게 된 이 익명적 신체, 모든 의미에 저항함으로

---

2) 춤의 익명성에 관해서는 필자의 글, 「춤이란 무엇인가」, 『일상의 모험』(민음사, 2005) 참조.

해서 해석할 것이 없게 된 이 텅 빈 신체 앞에서 당황하면서, 비로소 신체를 보고 만져 보는 작업을 시작하는 것이 아닐까? 이렇게 해서 우리는 춤에 대해 생각한다는 것은 신체 연구 외에 다른 것이 될 수 없다는 것을 알았다.

2 춤과 사유

신체 연구라는 말에서 '연구'라는 낱말을 통해 우리가 기대하는 바는 무엇인가? 어떤 미리 알려진 개념, 가령 물리학적 법칙 같은 것을 실행하는 일이 아니다. 신체가 우리가 알고 있는 학문(가령 물리학이나 의학)에 응해 온다면 이 연구는 이미 알려진 개념을 확인하는 일이지 미지의 신체에 대한 접근은 아닐 것이다. 따라서 연구란 근본적인 차원에서는 지성의 법칙들에도 이성의 이념들에도 빚지지 않는 것일 수밖에 없다. 그렇다면 이 연구는 어떻게 현실화될 수 있을까? 미리 알려진 어떤 법칙에도 매개되지 않으며, 심지어 주술(主述) 형태라는 널리 유효하게 받아들여져 온 구조조차 근본적인 것이 아닌 언어를 최초의 발판으로 삼아서만이 신체에 접근할 수 있을 것이다. 그런 매개 없는 언어를 우리는 '시'에서 찾는다. 옛 사람들이 생각한 대로 언어는 보이게끔 해 주는 것이다.(φαίνεσθαι) 시는 언어의 이 사명을 미리 전제된 어떤 것(개념이건 법칙이건)에도 매개되지 않은 채 수행한다는 점에서 언어 중의 언어이며, 가장 야생적이며 이런 뜻에서 반(反)문화적인 것이기도 하다.

시의 라이터돌에서 만들어진 최초의 불꽃이 기름종이에 옮겨 붙듯 '사유(사유자)'와 '춤(춤추는 자)'에 옮겨 붙을 것이다. 사유와 춤 또는 생각과 몸은 각각 자기 안에서 자율적이다. 따라서 춤은 사유의 은유도 아니고, 사유는 춤 안에 숨겨져 있는 어떤 참된 의미 같은 것도 아니다. 그리고 각기 자율적인 양자 사이엔 당연하게도 인과 관계는 없다. 그렇다면 내 생각에 맞추어 춤의 동작을 만들 수도 없고, 거꾸로 춤을 보고서 해석하는 사유 역시 할 수 없을 것이다. 다만 사유와 춤은 같은 개울을 건너야 하는 운명이며, 징검다리의 돌 위에 같이 서 보듯 동일한 시구를 두드려 볼 뿐이다. 그런데 '보이게끔 해 주는 것'으로서의 시가 깨어진 렌즈처럼 엉망이로 보여 주는 것이 아니라면, 시와 맞닥뜨려 생각 안에 깃든 것은 어떤 방식으로든 동시에 신체(춤) 안에도 깃들어야 하지 않을까? 인간의 전 재산인 생각과 신체는 어떤 식으로든 동일한 것을 표현해야 하지 않을까? 지구 반대편의 두 연주자처럼 사유자와 춤추는 자가 각자의 방식으로 완성한 것은 지구 중심에 함께 가져다 놓았을 때 어떤 동일한 사태의 두 국면처럼 보여야 하는 것이 아닌가? 아마도 사유와 춤으로 이루어지는 우리 무대는 이 점을 확인하는 자리가 될 것이다.

이 무대를 만든 이들은 서로 많이 이야기했고 편지도 많이 썼지만, 그것은 생각을 춤으로 포장하기 위해서도 아니었고, 꿈 해몽을 달 듯 또는 관상을 보듯 춤을 해석하기 위해서도 아니었다. 물론 시의 상징물로 춤을 세우려는 것은 더더욱 아니다. 그것은 시를 통해 얻게 된 신체에 관한 양자의 경험을 서로 드러내 주는 작업이라 표현해야 옳을 것이다. 왜 이런 작업이 필요했나? 경험을 드러내 줄 수 있는 것은 경험한 자의 고백이라고 믿지 않기 때문이다. 고백이란 행위는, 경험에 접근하는 일에 관해서 자아가 특권적인 지위를 가지고 있다는 선입견이 보채는 바람에 부력을 타고 떠오른 가벼운 입이다. 이 무대의 일부로 마련된, 시인과 춤추는 이가 서로 이야기하는 시간 역시 고백을 신뢰하지 않는 우리에게는, 신체와 관련된 경험을 서로 발견하기 위해서 필연적이다.

3 뼈

　그런데 신체에 어떻게 접근해야 할까? 서로 환원될 수 없는, 신체의 최종적인 국면을 통해야 할 것이다. 스피노자는 우리의 신체를 머리, 팔, 다리, 근육, 지방 등 우리가 익숙한 해부학적 상식을 통해 분류하기보다는 훨씬 간단히 했다. 단단한 부분, 물렁물렁한 부분, 유동적인 부분이 그것인데, 이 세 가지는 서로 환원되지 않는 국면들이다. '뼈'와 '피부(가죽)'와 '다른 신체와의 만남'이라는 세 부분으로 기본 구성을 이루는 우리의 춤은 이런 스피노자적 신체 이해와 호응한다. 마지막 부분, 즉 두 신체의 만남이 왜 신체의 유동적 부분과 상관적인지 의아해 할지도 모르겠다. 결정적으로 신체는 타액과 정액 같은 액체의 흐름 속에서 다른 신체를 만나며, 그 만남의 결과 또한 유동하는 액체, 흐르는 피, 즉 피붙이다.

　먼저 우리는 시인 김경주에게 신작시를 통해서 뼈에 관한 체험을 마련해 줄 것을 부탁했다.

　　굴 _kafka

　　　—어떤 지도에 밤을 표기하면
　　아무도 모르는 마을에 물이 조금씩 차오르기 시작하고

　　　—어떤 밤에 아무로 모르는 지도를 펼치면
　　자신이 알고 있던 마을이 하나 사라진다

　　화가가 수몰 지구 앞에서 화폭을 폈다
　　오래전 물에 잠긴 마을을 복원하는 중이다

세필로 댐을 부순다

어떻게 그림 속으로 수몰된 마을을 다시 데려올 것인가
고민 끝에 먼저
물속에 잠긴 마을을 그린 후
그림 속에서 점점 물을 비워 가 보기로 했다
붓을 그림의 수면 아래로 깊이 넣고 휘젓자
마을이 붓에 출렁 흔들렸다
(그런 밤엔 자신의 뼈가 떠내려 가지 않도록
오래전 수면으로 찾아오던 마을의 주민이 되기로 했다)

붓은 물밑의 마을을 조금씩 옮겼지만 눈에 잘 드러나지 않았다
'마을을 그려 보지도 못하고 자꾸 그림 속에 물만 채우는 것 같군.'
그는 그리는 것을 멈추고
그림 속 물이 마를 때까지 기다려 보기로 했다
'마을이 드러날 때까지 말이야.'

수위는 좀처럼 줄어들지 않았다
물속으로 내려간 몇 개의 붓이 익사했다
붓의 장례를 치러 주고 그림을 다시 마주할 때마다
화가는 그림 속 물 안을 들여다보며
자신의 뼈로 찾아오는 저녁을 보았다
사람들은 그가 왜 수몰 지구 앞에서
그렇게 오랫동안 앉아 있는지 이해하지 못했다
소문엔 물속에 아무도 들어가 보지 못한 숲이
가라앉아 있다고도 했고

그가 물속에서 춤을 추고 있는 이상한 뼈들을
그리고 있는 것이라고도 했다

너무 많은 시간이 흘러
화가는 늙고 지쳐 가기 시작했다
'저 춤을 차라리 내 두 눈에 감추어 두는 편이 낫겠어.'
그는 조용히 무언가를 생각하더니
일단 자신의 그림 속으로 아무도 찾아오지 못하도록
몰래 밤을 하나 그려 넣어 두었다
물밑으로 밤이 천천히 흘러 내려갔다
그 밤을 그린 탓에
그러나 모든 것이 너무 어두워진 탓에
그는 다시는 그곳을 찾아가지 못했다

저녁에 그 문장의 뼈를 찾아 떠나는 나그네가 있다

이 시는 멀게는, 이상이 쓴 시 「골편에 관한 무제」에서 조금 싹을 보
인 어려운 고민을 이어받고 있다. 뼈에 접근하기 위해 이상이 X선 사진
을 골똘히 바라봐야 했다면, 이 시인은 화가의 화폭을 바라봐야만 했던
것이다. X선처럼 화폭은 그것의 온전한 기능에 있어서 '예외적인 비전을
가시화하는 도구'이다. 화폭 속에는 물밑에 가라앉은 "마을"처럼, 안간
힘을 써도 보이지 않는 뼈들이 있다. "소문엔 물속에 아무도 들어가 보
지 못한 숲이/ 가라앉아 있다고도 했고"라는 말이 알려 주듯, 뼈들은 소
문 속에나 떠도는 숲, 물속에 가라앉아 보이지 않는 것이다. 그것을 드러
내는 일, 가시적으로 만드는 일은 어려운 일이며, 또한 가시성은 자칫 왜
곡될 수도 있으리라. 그래서 화가는 평균적인 일반적 가시성에게 뼈들을

빼앗기지 않으려고 탄식한다. "저 춤을 차라리 내 두 눈에 감추어 두는 편이 낫겠어." 그럼에도 불구하고 통념을 넘어선 뼈들의 가시성은 아예 불가능한 것이 아니다. "춤을 추고 있는 이상한 뼈들을 그리고 있는 것"이라는 말이 알려 주듯, '그린다'라는 가시화의 동작은 춤 속에서 뼈들이 드러날 길을 모색하고 있다.

뼈들의 가시화가 어려운 까닭은 구체적으로, 선입견처럼 스며들어 와 화폭을 가리고 있는 '유기체(organization)'라는 관념 때문이 아닐까? 무용이 정해진 동작의 형식으로부터 자유롭다는 것, 즉 신체가 가시적일 수 있는 무한한 방식이 무용이라는 것은, 신체에 대한 하나의 주장을 포함한다. 바로 신체는 유기체가 아니라는 것이다. 유기체란 기관들(organs)의 조화로운 통일이다. 무엇을 위해서 기관들은 조화하는가? 바로 기관들 각각이 기여하는 전체 목적(하나의 유기체)을 위해서다. 이 경우 기관들의 용법은 '전체'에 맞추어 이미 정해져 있고, 또 신체는 정해진 용법이 있는 기관들에 따라 움직인다. 만일 춤이 신체가 가시화될 수 있는 무한한 방식들을 보여 줄 수 있다면, 춤은 신체가 유기체라는 오래된 견해에 대한 하나의 중대한 반론이 될 것이다. 기관들은 고정된 용법이 없고, 기관들끼리 연결되는 방식은 무수할 것이다.

조화로운 유기체는 가장 기본적으로 '뼈'와 '살'을 통일시키려 하는데, 이러한 통일에 저항하는 예술의 성취는 가령 프란시스 베이컨의 그림들 속에서 찾을 수 있다. 베이컨의 「세 형상과 초상화」(1975)에서 뼈는 살이 서 있도록 해 주는 조화로운 프레임이라기보다는 살에 침입한 불쾌한 침입자, 살을 가르고 들어온 칼과도 같다. "카프카와 마찬가지로 베이컨에게 척추는 살인자가 아무것도 모르고 잠자고 있는 사람의 신체 안에 쑤셔 넣은 피부 밑의 칼일 따름이다."[3] 그래서 고기는 옷걸이에 간신히 걸

---

3) G. Deleuze, *Francis Bacon: Logique de la sensation*(Paris: Éd. de la différence, 1981), t. I, 20쪽.

려 있는 무거운 외투처럼 척추로부터 흘러내린다.(「십자가형을 위한 세 연구」(1962)의 경우) 그 모습은 어쩌면 뜨거운 태양 아래서 손을 적시며 나무막대기(척추) 아래로 속절없이 흘러내리는 아이스크림 같을 것이다. 사실 예전부터 우리는 유기적인 통일성을 유지하지 못하고 척추에 간신히 걸린 채 아래로 흘러내리는 고기에 매우 익숙한데, 바로 십자가에 매달린 그리스도가 그렇다.

춤이 유기체에 봉사하는 것이 아니라면, 춤은 아마도 성가신 가시처럼 피부 밑으로 들어와 있는 이 뼈의 문제를 생각해 보아야 한다. 춤은, 척추와 조화하는 것이 아니라 척추로부터 떨어져 나와 질질 끌리는 가죽과, 척추를 중심에 놓지 않고 결합되는 뼈들을 보여 줄 수 있어야 할 것이다. 어쩌면 척추와 조화하지 않는 가죽의 모습은 대나무 대와 살 위에 간신히 걸려 있는 찢어진 비닐우산 같을 것이다. 또 그것은 젓가락 위에 걸어 놓은 손수건처럼 나풀거릴 수도 있으리라.

척추가 유기체의 필연성을 보증하지 못하는 이 모든 경우가 진실이라면, 궁극적으로 춤추는 일은 척추 없는 인류를 생각하는 일이다. 고고학자 르루아구랑은 이렇게 말한다. "어떤 중대한 변화도 손과 치아의 상실 없이는, 즉 직립 보행의 상실 없이는 이루어지지 않는다. 앞쪽 사지들에 남아 있는 것을 사용해 버튼들을 누르면서 누워서 살아가는 치아 없는 인류를 전혀 생각할 수 없는 것은 아니다."[4] 척추가 없어서 그저 허리 잘린 곤충처럼 가전제품 사이를 기어 다니며 더듬이처럼 된 손으로 커피메이커나 라디오의 스위치를 누르는 인간을 생각해 보라. 만일 척추 위에 잠깐 고기를 얹고서 직립 보행을 하며 살아가는 삶이 인류의 필연적인 모습도 항구적인 모습도 아니라면, 신체에 대한 과학의 외관을 쓴 선입견과 상식을 벗겨 버리는 것을 과제로 지니는 춤은 척추 없이 움직이는

---

4) A. Leroi-Gourhan, *Le geste et la parole*(Paris: Albin Michel, 1964), t. Ⅰ, 183쪽.

신체를 보여 주게 되리라. 그런 신체 안에서 뼈들은 유기적으로 조직되지 않고 사기그릇처럼 산산이 부서져 있을 것이다. 춤은 그런 이상한 뼈를 찾아 떠나는 나그네다.

4 피부

우리의 평생은 하나의 주머니 속에 들어 있다. 피부 또는 가죽이라는 주머니 말이다.(서양 말의 skin이나 peau, 또는 한자 표기 皮膚를 고려하면 이 둘은 서로 구별되지 않는다.) 가장 치명적인 고통은 피부로 찾아온다는 욥의 신화가 암시하는 것은 바로 피부가 우리 신체의 근본적인 국면을 이룬다는 것이다. 피부를 통해 우리는 개체성을 달성하는 동시에, 나중에 보겠지만 우리 개체성 바깥의 것들과 교류한다. 이 피부에 어떻게 접근해야 할까? 김지녀의 「드럼 연주법」이 어떤 실마리를 마련해 준다.

> 먹은 것을 다 게워내고
> 비로소 내가 쓸쓸한 가죽으로 누워 있다는 걸 알았다
> 그릇처럼 흰 속살을 드러내지 않아도
> 가장 밑바닥까지 내려가는 떨림의 속도와 강도를
> 나의 가죽으로부터 느낄 수 있다
> 팽팽하게 잡아당겨진 가죽으로부터
> 나는 속이 텅 빈 종이에 가깝다
> (……)
> 공백(空白)의 공포로부터 달아나기 위해
> 아름다운 가죽이 되기 위해
> 나는 꼭 다문 입술로

언제라도 비를 맞으면서 걸어 다닐 수 있다
어떤 무늬로든 소리 낼 수 있다

춤이라는 실험을 통해 마치 낡은 건물을 철거하듯 척추를 제거하고 뼈와 관절들을 해방시킨 결과는 무엇인가? 이제 신체는 바람 빠진 풍선이나 늘어진 가죽, 시인의 말대로 "쓸쓸한 가죽", "속이 텅 빈 종이"처럼 될 것이다.

이 시를 읽고 이나현은 편지에 다음과 같이 썼다. "빈 껍데기의 신체라는 개념도 제가 생각하는 무용수의 몸의 개념과 잘 맞습니다. 가끔 무용수들에게 몸은 고체가 아니라고 설명을 합니다. 형태가 없는 튜브에 공기가 들어가 살아나는 것이라고요. 주유소 앞 두 팔을 펄럭거리는 커다란 튜브 인형처럼 말입니다." 춤은 유기적 프레임(척추) 없는 이 신체가 주유소의 인형처럼 일어서는 법을 보여 주어야 할 것이다. 아마도 바람이 들어가야 살아나는 저 튜브 인형은 '숨 쉰다'는 신체의 근본적인 사실에 대한 끊임없는 강조가 아닌가? 이나현은 춤추는 자의 호흡에 대해서 이렇게 말한다. "호흡은 몸 안의 관절들을 가스 밸브처럼 열어 놓는다." 호흡이 몸 구석구석으로 바람을 집어넣으면 관절들이 해방되고 몸은 바람이 들어간 고무 인형처럼 일어선다. 이것이 영혼에 대한 참다운 묘사이리라. 라틴어의 '스피리투스'나 '아니마'라는 단어는 바람을 뜻한다. 이 바람이 몸 안에 들어오면 비로소 생명이 깨어나기에, 이 단어는 '숨결'을 뜻하기도 한다. 흔히 영혼이라고 번역되는 이 라틴어 단어의 참뜻은 바로 숨결, 생명의 바람인 것이다. 춤의 중요한 국면이 몸 안에 바람을 집어넣는 것, 곧 호흡하는 법이라면, 정확한 의미에서 춤은 '영혼을 취급하는 기술'이라고 해야 할 것이다. 태초에 신이 그랬듯 가죽에 바람을 넣어 살아나게 만드는 기술 말이다.

무대가 답하겠지만, 우리의 춤은 자고 난 이부자리에 대책 없이 뭉쳐 있는 이불이나 바닥에 떨어진 외투 같은 저 피부 가죽에 어떻게 바람을 불어넣을 것인가? 어떻게 숨결은 척추 없이 가죽을 일으켜 세울 것인가?

5 다른 신체

그런데 피부는 고립적인 개체성을 이루면서도, 또 고립성 바깥으로 빠져나가고자 하는, 개체의 근본적 욕구를 포함한다. 위의 시에서 시인은 이 점에 대해 이렇게 말한 바 있다. "공백(空白)의 공포로부터 달아나기 위해 (……) 어떤 무늬로든 소리 낼 수 있다". 공백 또는 바람 주머니인 피부가 다른 피부를 애무하는 것, 고립된 피부에 입이라는 구멍을 뚫어 소리를 지르는 것 등등이 피부 자체가 개별적 고립성을 벗어나고자 한다는 것의 징표이리라. 즉 고립성을 벗어나 다른 신체와 접촉하는 일은 신체의 근본적 운명에 속한다. 이 운명에 접근하기 위해 이나현이 뽑아 든 것은 필자의 시 「사람의 몸」이다.

허공에 나 있는 바람의 문들이 열리듯
물 흘러 다니는 관들로 된 몸이
다른 몸을 만나 숨결끼리 부딪치면
물이 운석 같은 불덩어리가 되어
가슴 아래로
수없이 떨어져 내리는 이
멋진 화학 반응!
다른 몸속으로 들어선 가느다란 관을
환하게 만드는
빛 지나가는 소리

눈, 코, 입, 귀부터 성기까지, 소리와 빛과 액체가 흘러 다니는, 가죽에 나 있는 구멍들을 통해 신체는 다른 신체와 만난다. "다른 몸을 만나 숨결끼리 부딪치면"이라든가, "다른 몸속으로 들어선 가느다란 관을 환하게 만드는 빛 지나가는 소리" 같은 구절은, 물질적인 차원에서 피부와 피부의 만남은 피부에 나 있는 구멍들을 사용한 결과라는 것을 보여 주는 것인가?

유동적인 것(숨결과 액체)을 이렇게 흐르게 하는 것과 더불어 매우 중요한 피부의 만남의 방식이 있는데, 바로 '애무'다. 피부는 애무를 통해 다른 신체를 만난다. 신체의 만남에서 '사실상' 일어나는 일은 영혼의 교류 같은 것이 아니요, 쓰다듬는 행위 같은 물질적 차원의 부딪힘이다. 춤 속에서 이런 물질적 차원의 부딪힘은 어떻게 일어날 것인가? 춤이 신체적 만남을 관습과 같은 것 이전의 근원적 차원에서 접근할 수 있다면, 예컨대 악수하는 만남 같은 것은 일어나지 않을 것이다. 손이 손을 붙잡아야 한다는 예절도 없을 것이며, 규칙을 알 수 없는 애무의 탐색 경로를 따라 손과 발이, 등과 어깨가 만날 것이다. 즉 신체의 기관들은 사용 규칙을 가지지 않고 익명의 쓰임새 속에서 가능성의 극한을 누리게 될 것이다.

그런데 애무가 사물들 간의 물리적 마찰 이상인 까닭은 무엇일까? 피부의 애무란 실패하는 방식으로 타자를 만난다. 우리가 애무하는 피부는 타자 자체인가? 그렇지 않다. 우리가 만일 피부의 애무를 통해 타자를 내 손아귀에 거머쥘 수 있다면, 우리의 애무는 식사를 끝내는 일처럼 간단히 종결될 것이다. 왜냐하면 타자를 소유했을 테니까 말이다. 그러나 애무는 근본적으로 종결되는 법이 없는데, 애무에서 궁극적으로 체험되는 것은 내 손아귀에 쥐어진 피부 안쪽으로 타자가 달아난다는 것이기 때문이다. 이렇게 타자를 손아귀에 잡을 수 없다는 사실이 애무를 계속하게끔 만든다. 그리고 애무하는 행위 안에서 타자를 결코 내 손아귀에 거머쥘 수 없다는 체험은, 바로 타자는 나의 소유에 대해서 저항한다는 것을 말해 준다. 타자와의 합일은 영원히 실패하는 과제이며, 역설적이게도 이 실패가 다른 이의 신체에 대한 사라지지 않는 그리움, 지속적 애무를 탄생시킨다.

또한 우리는 다른 신체와의 만남에서만 신체의 가장 접근하기 까다로운 부분인 '얼굴'(신체라기보다는 차라리 '관념')에 대해 비로소 뭔가 설명할 수 있게 된다. '원초적으로는' 얼굴이 있다기보다는 둥근 뼈에 씌운 피부가, 그러니까 이른바 머리라는 것이 있다. 우리는 얼굴을 가지고 있는 것이 아니라 체스 판에 놓인 장기 알의 끝부분처럼 돌출한 뼈를 가지고 있다. 얼굴이 있다기보다는 벽과 검은 구멍이 있다. 그렇다면 도대체 얼굴이라는 특수한 관념은 어떻게 발생하는 것일까? 뼈에 씌워진 피부에 어떻게 얼굴이 도래하는 것일까?

얼굴은 보이는 것이지 보는 것이 아니라는 점은, 일단 얼굴의 발생이 다른 개체에게 의존하고 있다는 점을 알려 준다. 죽기 얼마 전(1967년) 일종의 미인론(美人論)에 몰두했던 김수영은 이 점을 알고 있었던 듯하다. "미인을 보고 좋다고들 하지만/ 미인은 자기 얼굴이 싫을 거야".[5]라고 그는 말한다. 미인의 얼굴은 남에게 보여지는 한에서 미인의 얼굴이 되는 것이다. 미인이 자기 얼굴이 싫은 까닭은, 자기 영토를 식민지로 빼앗기듯, 자기 얼굴의 탄생을 전적으로 타자가 담당하고 있기 때문이리라. 누구도 타자의 시선 없이 스스로 자신이 미인임을 선포하지 못한다. 숙명적으로, 누가 예쁜지, 타자에게 물어야 하는 것이다. 얼굴의 탄생은 타자에게 의존하고 있다.

그러나 우리는 거울을 통해서 자기 얼굴을 보지 않는가? 즉 나의 시선이 나의 얼굴을 발생시키는 것이 아닌가? 그렇지 않다. 거울을 통해 우

---

5) 김수영, 「미인」, 『김수영 전집』(민음사, 1981), 1권, 287쪽.

리가 보는 것은 실은 우리의 얼굴을 바라보고 있는 타자의 시선이다. 우리는 경건한 사제가 까다로운 입맛을 지닌 어느 신에게 바칠 제물에 부정한 것이 없는지 세심히 살펴보는 것처럼, 이제 곧 타자의 시선에 바쳐질 제물을 손질하는 태도로 거울 속에서 머리를 빗고 화장을 고친다. 거울 속에서 우리는 자기 얼굴을 보는 것이 아니라 타자의 시선을 보려고 노력한다.

이렇게 피부 위에 얼굴이 도래하는 일은 타자를 통해서만 가능하다. 따라서 두 신체의 만남을 담아내는 춤은 얼굴의 발생에 대한 명상을 포함할 수밖에 없으리라. '신체의 마지막 문이자 영혼(또는 물질의 무한한 잉여 가치)의 첫 문턱으로서 말이다.'

그런데 얼굴을 바라본다고 했을 때, '본다'는 것의 본질엔 무엇이 있는가? 두개골에 씌워진 피부를 그냥 '본다'고만 말하는 데 그치는 것은 얼굴의 발생에 관한 제대로 된 설명이 결코 아니다. 본다는 동사 상관적인 거울, 즉 평균적인 가시성 속에 우선 먼저 얼굴을 던져 놓는 거울은 그 자체로는 얼굴의 발생에 '부적합하기까지' 하다. 뼈와 달리 표면인 피부는 시선보다도 근본적으로 촉각 상관적인 것이기 때문이다. 오로지 인종주의와 미학만이 피부를 시각의 상관물로 여긴다.(열등한 검은 피부, 또는 황금 장신구가 잘 어울리는 검은 피부…… 이런 식으로) 피부의 근본은 촉각에 있다는 것은, 가령 햇빛을 받는 일에서도 쉽게 알 수 있다. 해는 피부를 보지 않는다. 피부는 해의 시선엔 관심이 없다. 피부는 오로지 해의 애무에 관심이 있는데, 그 광선과의 물리적인 접촉은 피부를 다 태우고 죽여 없앨 수도 있기 때문이다. 피부는 시각이 아니라 촉각적인 상황 속에서 소멸할 수 있으며, 이런 까닭에 피부의 근본에는 촉각적인 것이 있다고 말해야 한다. 따라서 피부 위에 얼굴을 그려 내는, 피부의 '근본적' 변화는 촉각에서부터 출발해 찾아야 한다. 얼굴에 관여하는 한, 시선도 애무하는 일을 하고 있는 것이다. "애무가 모든 접촉 속에 잠복해 있다."[6]는 레비나스의 말이나, "탐조등은 한 번씩 우리 머리를 쓰다듬고"[7] 같은 김혜순의 시구는, 시각적인 것을 비롯한, 타자와의 만남을 이루는 모든 것의 근본에 촉각이 자리 잡고 있다는 것을 말하고 있다.

따라서 근본적으로는 하나의 정체성을 수립하는 조형적 본성을 지닌 거울이 아니라, 조형 내지 형상(form)과 상관없는 접촉이 얼굴을 발생시킨다. 애무받는 피부는 외부의 자극으로부터 개체를 보호하는 일을 하는 데 그치지 않고, 어떤 기적 같은 반응을 보이는데 그것이 바로 얼굴이다. '얼굴이 호흡하는 피부'가 탄생하는 것이다. 우리는 누구도 가죽점퍼를 쓰다듬듯이, 또는 밍크를 더듬듯이 타자의 신체를 만졌다고 말하지 않는다. 두개골에 씌워진 가죽을 우리는 '얼굴로서' 쓰다듬는 것이며, 구멍에 구멍을 가져다 대었다고 말하지 않고 키스를 했다고 말한다. 세 번째 춤은 이렇게, 두 번째 춤에서 발견한 피부가 다른 신체와 접촉함으로써 어떻게 '물질의 잉여 가치를 총칭하는' 얼굴을 탄생시키는지 보여 주고 싶어 할 것이다. 그 얼굴이란, 어쩌면 그로부터 완전하게 되돌아설 수도 있는 문화의 문턱인가? 우리는 결코 인격(persona)이 아니지만, 신체의 별난 구역인 이 문턱의 언저리를 장님의 우주에서처럼 방황하지 않는 일은 불가능하다. 신학적 오해를 무릅쓰고 표현하자면 우리의 춤이 어떻게, 데운 우유의 표면에 뜨기 시작하는 파괴되기 쉬운 기름 막처럼, 피부 위에 아주 잠깐 동안 영혼이 깃드는지를 나타내 주고 싶어 할 것이다.

---

6) E. Levinas, *Autrement qu'être ou au-delà de l'essence*(La haye: Martinus Nijhoff, 1974), 96쪽.

7) 김혜순, 『불쌍한 사랑 기계』(문학과지성사, 1997), 101쪽.

흔적 속에 부유하는 삶

1 죽음 이후의 명연(名演)

마츠다 유사쿠는 누구인가? 사람들이 이른바 '현실'이라고 부르는 것 속에서 그가 보낸 삶을 나는 전혀 모른다. 1989년에 서른아홉의 나이로 요절한 전설적인 배우이며, 오늘날까지도 일본인의 마음을 사로잡고 있다는 정도가 그에 대해 알고 있는 기록의 거의 전부일 것이다.

그런데 갑자기 타계한 유사쿠가 대중들 사이에서 국제적 명성을 얻게 된 것은 한 편의 게임을 통해서였다. 유명한 오케하자마 전투 직후 전국 시대의 일본을 배경으로 한 「오니무샤〔鬼武者〕 2」라는 비디오 게임에서 유사쿠는 주연을 맡았다. 1989년 죽은 유사쿠가 2002년 발표된 이 작품에서 도쿠가와 가(家)에 검술을 가르치기도 한 명문 야규 집안의 한 무사로 되살아났다니? 죽은 자가 디지털 기술에 힘입어 새로운 배역을 열연하게 된 것이다. 큰 반향을 일으킨 이 게임을 통해 사람들은 유사쿠를 알게 되었고, 그의 비장한 연기는 깊은 인상을 남겼다.

생전의 업적 때문에 죽은 뒤에 유명해지는 사람들은 종종 있다. 그런데 이 배우처럼 죽은 뒤의 업적을 통해 생전보다 유명해지는 사람도 있는가? 디지털 기술이 복원한 '아바타' 유사쿠, 즉 유사쿠의 '흔적'이 수행한 연기를 통해 그는 모든 이들의 마음속에 불멸하는 배우로 남게 되었던 것이다. 전통적인 이분법에 입각한 용어들을 사용해 표현하자면, 실재가 기원의 자리에 있는 것이 아니라, '비진리'나 가상 또는 그림자를 통해서, 실재하는 유사쿠가 '파생적으로' 도래하게 된 것이다. 실재보다 우위에 서고자 하는 흔적 내지 아바타의 이 권리 주장을 데리다 같은 이는 아마도 '대리 보충(supplément)'이라는 말로 표현하고 싶어 했을 것이다. 이 말은 흔적에 의해 '대리'되고 '보충'되는 방식으로만, 즉 흔적에 뒤이어 파생하는 방식으로서만 도래하는 실재의 운명을 가리킨다.

2 프삼메티코스 왕의 열망

사실 서양인들의 사고방식의 가장 오래된 형태를 살펴보면, 왜 서양 정신의 대변자들, 즉 철학자들이 종종 대리 보충에 대해 거북함을 느끼는지 이해가 간다. 서양인들의 가장 오래된 사유의 기록 가운데 하나인, 헤로도토스의 『역사』에는 다음과 같은 흥미로운 이야기가 나온다. 이집트의 프삼메티코스 왕은 인간의 기원을 알고 싶어했는데, 이 궁금증을 풀기 위해 갓난아기 둘을 무작위로 선택해서 오두막에 가두고 양치기들에게 돌보게끔 했다. 양치기들에겐 엄중한 명령이 떨어졌다. 그 아이들을 누구와도 만나게 해서는 안 되며, 어떤 말도 가르쳐서는 안 된다는 것이었다. 이렇게 아이들은 세상으로부터 철저히 격리된 채 자라게 되었다. 아이들을 기른 지 2년쯤 되는 어느 날, 드디어 아이들은 학습된 적이 없는 언어, 인간의 마음속에 애초부터 새겨져 있던 언어, 역사 속에 들어와서 훼손되고 여러 방언의 형태로 갈라지기 이전의 순수한 기원적 언어, 유대인들이라면 바벨탑 이전의 언어라고 했을 그런 단어를 사용해 말하

기 시작했다. 아이들은 바로 '베코스'라고 말했는데, 이는 프리기아어로
빵이라는 뜻이었다. 그래서 프삼메티코스 왕은 최초의 인류는 프리기아
인이며, 가장 순수한 기원의 언어는 프리기아어라는 것을 알게 되었다.

헤로도토스의 이 기록은, 나일 강의 수원(水原)을 발견하고 싶어했던
리빙스턴처럼 '기원'과 기원의 자리에 놓여 있는 순수한 '실재'를 탐구하
고자 하는 서양인들의 열망을 보여 주고 있다.

그러나 기원에 대한 추구는 과연 바람직한 것일까? 원형적인 것, 본질
적인 것, 순수한 것을 탐구하려는 이 구도자적인 제스처가 은폐하고 있
는 것은 무엇인가? 우리 삶과 멀리 떨어진 형이상학적 주제로만 보이는
기원의 신화는 실은 우리 삶의 가장 가까운 곳에서 다음과 같은 문답을
주고받으며 우리를 조롱한다. 원형적인 순수한 인종은 누구인가? 그것
은 백인이다. 원형적인 성, 보다 우월한 성은 무엇인가? 그것은 남성이
다 등등…….

중요한 것은 이러한 기원이 누리는 영광의 배후엔 늘, 기원보다 열등
한 주변이 영광의 그림자로서 있다는 것이다. 순수한 원천에 대한 향수
와 자만심으로부터 등을 돌리면 거기엔, 순수하지 못한 것이 섞여 든 유
색인종들, 혼혈아들, 불법 이민자들이 있다. 토박이들의 국어의 이면에
는, 외국인들이 사용하는 문법도 발음도 엉망인 소수 언어와 소수 문학,
국지적인 예술이 있다. 그리고 우리가 내일 아침 출근길 지하철에서, 혹
은 퇴근길 동네 어귀에서 만날 이웃들은, 기원에 자리 잡은 순수 혈통
의 자랑스러운 계승자들이 아니라, 기원으로부터 가장 멀리 떨어져, 서
로 뒤섞이고 혼잡하게 된 흔적들 속에서 살아가고 있는 자들일 것이
다…….

3 흔적을 받들기

사실 우리와 우리 이웃들이 흔적 속에서, 또는 흔적으로서 살아간다는 것은 단지 최근 철학의 발견이 아니다. '기원의 신화'의 방해를 너머서 태어난, '기원에 대한 흔적의 우위성'에 관한 주목할 만한 기술을 우리는 루크레티우스의 『사물의 본성에 관하여』에서 발견할 수 있다. "단일한 것으로 지각된 순간 속에는, 이성이 발견해 내는 수많은 순간들이 숨겨져 있다. 이런 까닭에 모든 시간과 모든 장소에서 모든 종류의 시뮬라크르들〔이미지들, 흔적들〕이 있는 것이다."(Ⅳ권, 794~798행) 단일한 한 사물이 있고 그것이 부차적으로 만들어 내는 다양한 모습들(흔적들)이 있는 것이 아니다. 수많은 시뮬라크르들(가상들) 또는 흔적들이 먼저 있고, 이로부터 마치 단일한 하나의 기원적 대상이 있는 것처럼 지각되는 착시 현상이 뒤따라 나오는 것이다. 이런 것은 추론적으로 "이성이 발견해 내는" 미세한 흔적들의 존재에만 해당하는 것이 아니라, 우리의 통상적인 지각 속에서 마주치는 흔적들의 경우에도 타당하다. 롤랑 바르트는 말한다. "우리 얼굴은 '인용'이 아니라면 또 무엇이란 말인가?"[1] 우리가 자신만의 독자적인 것이라고 얼마간은 생각하는 헤어스타일, 화장하는 방식, 기분에 따라 나타내는 즐겁거나 불쾌한 표정 등은 사실 모두 다른 이의 얼굴로부터 '인용'된 것이다. 글을 쓰는 이가 다른 책의 구절들을 인용하면서 한 편의 논문을 완성하듯 우리는 남의 표정과 스타일을 복사한다. 그러나 이 인용된 것, 이차적인 것, 바로 베껴 쓴 아바타는, 바로 우리에게 허락된 존재함의 유일한 자리이다. 마츠다 유사쿠의 삶의 본질, 그의 존재의 영광이, 그가 죽은 후 만들어진 흔적, 아니 아바타 속에서 태어난 것과 마찬가지로 말이다.

그렇다면 개념상의 모순에 아랑곳하지 않고, 순수 기원이 아닌 '흔적

---

1) 롤랑 바르트, 김주환·한은경 옮김, 『기호의 제국』(민음사, 1997), 109쪽.

들 속에 본질을 가지는' 존재들, 흔적들 속에서 살아가는 우리의 이웃들과 만난다는 것은 어떤 의미인가? 혈통도 없고, 고향에서 뿌리 뽑혔으며, 유효 기간이 만료된 여권이 보호해 주지도 못하는, 따라서 고향(원천)을 상실하고 배회하는 흔적들과의 만남이란 도대체 무엇인가?

이 흔적들은 규정이 불가능하다. 플라톤에서라면 모사물들은 자신의 정체성에 대한 규정을 본질(이데아)로부터 얻어 올 것이다. 그러나 본질과 존재가 흔적들 자체 속에 있다면, 흔적은 플라톤이라면 이데아라고 불렀을 것으로부터 본질을 부여받지 못한다. 이런 의미에서 기원(가령 이데아)은 흔적의 정체성에 대한 '규정'이 될 수 없다. 그런데 흔적(기원의 흔적)은 말뜻 그대로 원형적 동일성을 지닌 순수 기원이 아니라, 순수 기원에 이질적인 것이 끼어든 것이다. 그것에 이질적인 것이 끼어들지 않았다면 흔적은 흔적이라 불려서는 안 되고 순수 기원과 동일한 것이어야만 할 것이다.(즉 흔적 자체는 존립할 수가 없을 것이다.) 따라서 흔적은 '이질성'의 근본적 개입 때문에 원형적 동일성으로부터 규정을, 또는 정체성을 얻지 못한 자, 바로 본질 없음이 본질인 자, 동시에 그 이질성의 개입 자체를 본질로 삼는 자이다.(플라톤은 이미 이질성(타자성, thateron)을 그 무엇으로도 환원되지 않는 다섯 개의 근본 규정 가운데 하나로 생각했다.(『소피스테스』, 255e 참조)) 요컨대 흔적은 역설적이게도 이질성, 규정(한정)되지 않음, 즉 '무한'을 규정으로 삼는 자이다.

그러므로 흔적 속에서 배회하는 이웃들은 바로 무한과의 만남을 이루어 주는 자가 아니겠는가? 이웃에게 몰두할 때 그것은 바로 무한에 대한 전념이 아니겠는가? 그리고 무한에 대한 전념, 이것은 바로 자신의 유한성을 넘어서는 모험이다. 자기가 계획할 수도 없고, 지배할 수도 없는 자인 타자가 살아갈 시간에 대해, 자기가 유한성 가운데서 계획할 수 있는 시간, 바로 자기 인생에 대해서 보다 더 몰두하는 것, 즉 계산되지 않는 시간에 몰두하는 모험 말이다.

익명의 죽음

1 마음의 저 아래로

시인은 말한다. 아니, 그저 말이 있다. "나는 알러지다, 히치콕의 검은 안경이다, 마른 저수지다".[1] 여기서 일인칭 주어는 그저 명목적인 것이며 진술들을 통일하지 못한다. 시간을 통일적으로 가로지르는 말하는 주체가 있지 않고 부조화하는 파편들이 있을 뿐이다. 알러지, 검은 안경, 마른 저수지. 이 익명의 파편들의 생성 변화는 이름 없는 나무의 생산으로 표현되기도 한다. "이름 없이도 따뜻한 입김으로/ 나무는 하루에 수천 번 다르게 빛나는 잎을 틔우고".[2] 이름이 스티커처럼 단단히 붙어 있는 발화의 주체가 있는 것이 아니라 익명적 말들, 그리고 통일되지 않는 그 말들에 그때그때 따라붙는 익명의 비인칭이 있다. 말들은 세숫대야에 뜬 머리카락처럼 이 익명의 화자 안에서 출렁거리는 것이다. 이름 없는 이 화자는 '우리'라고 불리기도 한다. "마구 굴리면서 땀처럼 눈물처럼/

---

1) 조민, 『조용한 회화 가족 No. 1』(민음사, 2010), 22쪽.
2) 김지녀, 『시소의 감정』(민음사, 2009), 42쪽.

우리를 만들어 보자".[3] 눈덩이에 들러붙는 눈처럼 말들은 '우리' 안에서 뒤섞인다. 이것은 개별적인 한 주체가 만들어 내는 통일적인 이야기와는 다른 것이다. 말들이 빙빙 도는 세숫대야 같은 이 '우리'는 프루스트가 언젠가 숙고했던 '우리'이기도 하다. "우리는 자신이 누구인지를 모르기에 결국 아무도 아니다. 또 그렇기 때문에 새로이 무엇이든 될 수 있다. 두뇌는 과거라는 지금까지의 인생 전부를 잃어버리고 텅 비어 버린다. (……) 내용물을 가지고 있지 않을 어떤 '우리'가 누워 있는 채로 아무런 생각도 없이 비바람으로부터 빠져나온다."[4] 이 '우리'는 내용이 없고 아무것도 아닌 것, 정체성이 없는 익명의 욕조처럼 말들을 담고 있다. 이 '우리'는 조연호의 경우에서처럼 "무연고의 이름",[5] 또는 익명의 비인칭 주어 'It' 이기도 하다.

이 책은 이 '우리'의 말들, 정체성을 지닌 주체가 없는 익명적 말들의 발화에 대해 줄곧 생각해 왔다. 그런데 익명적 말들이 있고 익명적 화자가 있다는 것 외에 우리 정신의 깊은 밑바닥에 있는 어떤 익명적인 것이 저 익명적인 말들을, 우리의 시들을 출현시키는가? 왜 말들의 근원, 마음의 저 밑바닥은 익명적인 것인가? '하나의 의식인 우리 자신'이 이에 대해 바로 대답하지 못한다는 것은 저 익명적인 것이 우리의 자기의식에 매개되어 있지 않다는 뜻이다. 그런 뜻에서 그것은, 명사와 그것을 꾸미는 말이 동어 반복적인 '익명적 무의식'이 아닐까? 이 책은 저 근본적 지점에 대한 숙고와 함께 종결되어야 할 것이다.

---

3) 이근화, 『우리들의 진화』(문학과지성사, 2009), 128쪽.

4) M. Proust, *À la recherche du temps perdu*(Paris: Gallimard, Pléiade 총서, 1988), t. Ⅲ, 371쪽.

5) 조연호, 『천문』(창비, 2010), 44쪽. 이 "무연고의 이름"은 내용과 형태 모두에 있어서 그의 바로 전 시집에 나오는 "무연고 시신이 모인 화장터"(『저녁의 기원』(랜덤하우스, 2007), 110쪽. 이에 대한 분석은 이 책 1부의 「익명의 밤」 참조)의 시적 변용이기도 하다.

2 사랑의 죽음

어떤 의미에서 우리의 이야기는 죽음, 무(無)에 관한 이야기다. 발화가 한 인생의 통일적인 이야기로 어떻게 꾸며지는지 묻고 설명하는 대신에, 표면적인 발화자들의 지속적인 죽음을 징검다리 삼아서만 행진하는 파편적인 익명의 시구들의 발화 원천을 궁금해 한다는 점에서 말이다. 매 순간 죽고, 이 죽은 이와 관계없이 새로 태어나는 화자가 익명의 우리이며, 이 우리가 쏟아내는 것이 주인 없는 익명의 시들이다.

그러니 지하 납골당 같은 마음의 저 밑바닥으로 내려가기 위해서 자아의 죽음을 희구하는 애인의 이야기로부터 시작해 보자. 이졸데의 마지막 노래 말이다. 바그너의 「트리스탄과 이졸데」는 「사랑의 죽음(Liebestod)」이라는 유명한 노래에서 자신의 최후 정점을 발견한다. 이 바그너 시의 마지막 두 행은 이렇게 끝난다. "무의식 속에서/ 더할 나위 없는 쾌락이여!(unbewußt—/höchste Lust!)" 이졸데는 '죽음'과 '무의식'과 '쾌락'이라는 세 가지 개념을 연결시켜 놓고 있는 것이다. 이졸데는 무의식의 정체는 죽음이며, 죽음에 도달하는 일이 쾌락을 얻는 일이라고 말하는 것 같다.

바그너 말고도 열거할 수조차 없는 많은 작가들이 죽음에 대한 동경을 표현해 왔다. 그 가운데 특이한 것이 줄리앙 그라크의 경우인데, 그는 가장 큰 단위의 집단 가운데 하나인 국가 자체가 죽음(정확히는 해체)을 동경하는 사태조차 그리고 있다. 『시르트의 바닷가』에서, 가상의 한 국가는 마치 국가의 운명 안에 내재한 법칙을 충실히 따르기라도 하는 듯 소멸을 향해 달려간다. "국가는 형태가 해체될 뿐이지. 그것은 풀어지는 묶음과도 같아. 묶였던 것이 풀어지고 너무 명확한 형태가 불분명함 속으로 돌아가기를 열망하는 때가 오기 마련이야."[6]

---

6) 줄리앙 그라크, 송진석 옮김, 『시르트의 바닷가』(민음사, 2006), 426쪽.

도대체 죽음 안에 맛보고 싶은 어떤 달콤한 것이 있는 것일까? 죽음은 무의식 속에서 우리를 지배하는 어떤 법칙 같은 것인가? 프로이트는 『쾌락 원칙을 넘어서』에서 우리의 "신비스러운 자기 학대적 성향"[7]에 대해 말하고 있다. 예컨대 우리가 뭔가 기억하기조차 싫은 실수를 했다고 하자. 만일 마음이 늘 즐거운 것을 찾기만 한다면 우리는 그 고통스러운 기억을 잊고 행복을 주는 새로운 사건이나 기억에만 집착하려고 할 것이다. 그런데 이와 반대로 우리는 우리가 저지른 가장 고통스러운 실수를 계속 머릿속에서 반복한다. '내가 왜 그랬을까?', '그렇게 많이 잘못한 것은 아닐 거야', '누구나 그럴 수 있는 일이지 뭐' 등등. 이렇게 수많은 방식으로 실수의 고통스러운 기억을 반복한다. 어린아이들이 하는 놀이의 경우도 그렇다. 수술이나 주사 맞기 같은 충격적이고도 고통스러운 경험을 한 아이는 그것을 잃어버리기는커녕 당장 병원 놀이 속에서 반복한다. 마치 잘못된 인생을 어떻게든 바로잡아 보려는 것처럼 지나간 인생을 끊임없이 반추하는 것이다.

왜 우리는 쾌락을 쫓기보다 고통의 자리로 되돌아오는 일을 반복할까? '고통'을 가리켜, 스트레스, 감당하기 어려운 에너지, 너무 극심한 충격이라고 일컬을 수도 있을 것이다. 고통의 자리로 되돌아오는 까닭은 바로 마음 안에 수용하기 어려운 이 과대한 에너지의 양을 어떻게든 줄이기 위해서가 아닐까? 이것이 알려 주는 것은, 우리가 과대한 에너지가 넘실대는 고통의 현장으로 되돌아오는 까닭은 그 에너지를 낮추기 위함이며, 낮추는 방법은 그 강력한 에너지를 우리가 받아들일 수 있을 만한 형태의 표상으로 둔갑시키는 방식이라는 것이다. 이 표상이 시라면, 시는 인생을 치유하고 있는 것이다.

그런데 우리 정신이 이렇게 자극적인 에너지가 없는 상태를 희구한다

---

7) 지그문트 프로이트, 박찬부 옮김, 「쾌락 원칙을 넘어서」, 『쾌락 원칙을 넘어서』(열린책들, 1997), 18쪽.(약호:「쾌락 원칙」)

는 것은, 근원적으로 정신은 '자극이 전혀 없는 무기물의 상태' 같은 것을 고향처럼 동경한다는 뜻이 아닌가? 즉 어떤 긴장도 없는 죽음의 상태가 정신이 가장 원하는 바가 아닌가? 죽음을 향한 정신의 이 충동(타나토스)을 만족시켜 주기 위해 자극을 더욱더 비자극적인 표상으로 반복해서 바꾸는 역할을 하는 것이 의식의 과제인 것이다.

우리가 몰두하는 사랑(에로스) 역시 이런 맥락에서 이해될 수 있다. 사랑의 행위는 높은 강도의 자극과 긴장으로 가득 찬 쾌락이지만, 이는 실은 모든 자극이 사라진 죽음의 상태를 맛보는 일과 떼어서 생각할 수 없다. "쾌락 원칙은, 정신 기관을 자극에서 완전히 해방시키고 그 속에 있는 자극의 양을 일정한 수준이나 낮은 수준으로 유지하는 것을 주요 업무로 하는 기능에 봉사해서 작동하는 어떤 경향이다. (……) 한 가지 분명한 것은 이와 같은 기능이 모든 살아 있는 물질의 가장 보편적인 노력, 즉 무생물계의 정지 상태로 돌아가고자 하는 노력과 관련될 것이라는 점이다. 우리가 얻을 수 있는 가장 큰 즐거움인 성행위가 고도로 강화된 흥분의 순간적 소멸과 연관되어 있다는 것을 우리 모두는 경험한 바 있다."(「쾌락 원칙」, 87쪽) 사랑의 행위에서 일어나는 에너지의 강화와 집중 또는 그냥 간단히 말해 극도의 흥분은 결국 흥분이 소멸된 죽음의 상태를 맛보기 위한 것이다. 따라서 죽음을 향한 충동과 떼어 생각할 수 있는 사랑의 쾌락은 없으며, 사랑의 배후에는 늘 모든 긴장과 집중된 에너지의 소멸을 갈망하는 죽음에의 충동이 사랑을 작동시키는 모터처럼 자리 잡고 있다. 이제 왜 이졸데가 '죽음'과 '무의식'과 '쾌락'이라는 세 가지 개념을 의미심장한 고리 속에서 연결 지었는지 알 것 같다. 무의식은 자신에게 침투해 들어오는 불쾌한 에너지의 긴장을 무화(無化)하려는 죽음에의 충동을 지니고 있다. 쾌락이란 극도로 강화된 흥분의 소멸을 통해 이 죽음, 무 한 조각을 맛보는 일인 것이다.

3 알려지지 않은 바닷가에서

그러므로 생명력으로 가득 차 있는 우리 삶의 배후에는 놀랍게도 끊임없이 무(無)로 되돌아가려는 자, 바로 죽음이 도사리고 있다. 이것은 어떤 한 구체적인 인생의 죽음이 아니라 오히려 모든 삶을 떠받치고 있는 원리로서 익명의 죽음이다. 이 익명의 죽음에 실려 때로 추락하기 위해 높이까지 사랑의 에너지를 쌓아 올리거나, 때로 집중된 에너지를 낮추기 위해 고안된 것에 불과한 표상을 마치 그 자체 진리이기나 한 듯 바라보는 그런 인생들이 흘러간다. 모든 표상은 저 익명의 죽음이 자신이 매 순간 죽기 위해 선택하는 것이며, 그런 의미에서 죽음의 반복된 가면들이다. 죽음은 무도회의 가면 쓴 침입자처럼 이렇게, 신나게 뽐내며 행진하는 삶을 커튼 뒤에서 몰래 엿보고 있는 것이다.

이 익명의 죽음이 무를 향한 자신의 저 반복을 위해서 그때그때 선택하는 것이 하나의 표상으로서 언어이며, 언어들 사이의 논리나 문법적 질서 같은 것이 언어를 집약하는 원리인 것은 아니다. 파편적이고 분열적인 시의 원천에는 저 죽음의 작업이 도사리고 있는 것이다. 그러므로 시는 코기토적 주체와는 상관이 없다. '나'라는 표면의 인격은 비인격적 죽음의 반복을 위해 선택된 하나의 이름에 불과한 것이며, 따라서 말들을 조직하는 중심이 되지 못한다. 요컨대 말들의 배후에는 '나는 자아를 생각한다.'라는 코기토의 형식, 주체성의 형식, '자기의식'이 아니라 익명의 죽음이 있다. 그러나 우리가 죽음이라 불러 온 이것은 그 자체 숨겨진 정체가 따로 있는 어떤 것이 아니라, 분열적인 시어의 전개 '그 자체'일 뿐이며, 이런 점에서라면 죽음이라는 명칭으로 부를 수조차 없는 것이고 아무런 이름도 허용하지 않을 것이다. 그야말로 그것은 익명의 무이다. 하이데거는 "인간은 익명으로 실존하는 것을 우선 배워야 한다."[8] 라고 말한 적이 있는데, 본래성과 고향을 되찾고자 하는 얼마간 위험한 방향으로 흘러간 그의 노력을 저버리고서 이 말을 전유하는 것이 용인된다면, 우리는 저 권유를 텅 빈 익명을 영위하는 방식으로서 시의 분열적 전개에 대한 배려로 받아들일 수 있다.

자기의식에 대한 성찰의 한 정점에 도달했던 헤겔은 한 편의 교양 소설을 요약하듯 우리 삶에 대해 이렇게 말한 적이 있다. "혼이 그의 본성에 따라서 미리 지정된 정류장과도 같은 갖가지 혼의 형태를 두루 거치고 난 뒤에 마침내 정신으로 순화되어 가는 그런 도정을 그려 낸 것이다. 이렇듯 자기 자신이 편력해 온 경험의 도정을 완벽하게 마무리 지을 때, 혼은 본래 그 자신의 모습이 어떠한 것인가를 깨우치게 된다."[9] 우리에게 이런 일은 일어나지 않을 것이다. 우리에겐 우리 자신이 누구인지 깨닫게 되는 일, 즉 사유 안의 개념과 그 대상으로서 '자아'가 완전히 동일하게 되는 일은 없을 것이다. 사유와 자아의 현존 사이에 극복하지 못할 이질성이 있어서이기도 하며, 또다른 측면에서는, 나와 자아라는 하나는 심리적이고 하나는 상징적인 표상은 근본적 원리의 지점에 있기보다는 모두 저 익명적인 것이 그때그때 선택하는 표면의 표상들이기 때문이다.

코기토도 지배력을 행사하지 못하며, 동일률도 배중률도 모순율도 가지지 않으며, 불변적인 초월적 시니피에를 가리켜 보이는 것도 아닌 말들, 그러니까 주체와 진리와 문명이 마치 자신이 전진하는 와중에 영문 없이 생겨난 예기치 못한 실수를 바라보듯 곤혹스럽게 대면하는 현대 시는, 모든 것의 밑바닥에서 으르렁거리는 저 익명적인 것이 우연히 찍혀

---

8) 마르틴 하이데거, 이선일 옮김, 『이정표』(한길사, 2005), 2권, 130쪽.

9) G. W. F. 헤겔, 임석진 옮김, 『정신현상학』(한길사, 2005), 1권, 118쪽. 이는 다르게 표현하면 사유 속의 '규정적인 범주'와 '그 대상으로서의 자아'가 '일치'하는 국면이다. 혼이 자신을 발견하는 일에 대한 위와 같은 낙관적 전망은 칸트에선 고작 현상에 대해서만 규정적이었던 범주가 그 이상의 힘을 지녔다는 다음과 같은 확신을 바탕으로 하고 있는 것이다. "절대 개념이란 범주로서 존재하므로 거기서는 지와 지의 대상이 동일할 수밖에 없다."(같은 책, 2권, 121쪽) "범주란 자기의식과 존재가 동일한 본질을, 그것도 어떤 상대적인 비교를 통해서 동일한 것이 아닌 절대적으로 동일한 본질임을 나타내는 것이다."(같은 책, 1권, 273쪽)

나온 귀신 사진, 노래 뒤에 녹음된 잡음, 대륙의 사막이 막 시작되는 알려지지 않은 바닷가와도 같다. 우리는 거기서 낯선 중력 때문에 바닥에 배를 끌며 최초의 한 걸음을 시도해 보고 있을 뿐이다.

| 발표지면 |

 * 이 책의 글들은 최초 지면에 발표된 원고로부터 모두 크고 작게 수정된 것이며, 간혹 제목 역시 수정되었다.

1부 익명의 시

익명의 밤 ── 최근 시 읽기(《세계의 문학》 2007년 가을호)

동물 변신 문학 ── 분열증적 동물 시(《세계의 문학》 2006년 겨울호)

현대 시와 함께하는 이동식 목축(《세계의 문학》 2009년 겨울호)

2부 시와 정치

천수천족수의 시 ── 김수영과 참여 문학에 대한 단상(《세계의 문학》 2008년 여름호)

시와 비진리 ── 이미지의 논리(《세계의 문학》 2009년 여름호)

이미지와 시간 ── 반복의 시간과 비진리(새 원고)

감정 교육 ── 문학은 무엇을 할 수 있는가?(《문학수첩》 2009년 여름호)

앙가주망에 대한 단상(《네이버캐스트: 철학의 숲》 2010년 7월 26일)

시와 정치(《세계의 문학》 2010년 여름호)

3부 익명적 주체와 타자

피부 주체 ── 김행숙의 「타인의 의미」 또는 피부 시의 비밀(《문학과사회》 2008년 겨울호)

| 보론 | 소리와 피부 ── 김지녀의 「드럼 연주법」 또는 타자를 향하는 자(《현대 시》 2010년 3월호)

사도 바울, 메시아, 외국인 ── 익명적 주체 또는 보편주의(《세계의문학》 2008년 가을호)

|보론| 외국인과 악마 ── 데빌스 네버 크라이(《문학사상》 2003년 6월호)

무엇이 외국 이론 수용의 문제인가(《창작과 비평》 2009년 가을호)

예외 상태와 환대에 대한 오해들 ── 벤야민의 열매(《세계의 문학》 2010년
  봄호)

|보론| 헤겔과 벤야민에서 바로크적 군주의 몰락(새 원고)

4부 시인들

한 사람의 욕조 ── 김행숙의 시들(《세계의문학》 2007년 가을호)

시차의 시 ── 김경주 시집 『시차의 눈을 달랜다』(해설)

안부를 묻고 사랑을 하고 슬픔을 어루만졌지 ── 김지녀 시집 『시소의 감정』
  (해설)

렉터 박사, 외과 수술, 아니 식사 ── 강기원 시집 『바다로 가득 찬 책』(해설)

묘지론 ── 성윤석 시집 『공중 묘지』(해설)

연애의 흔적 ── 권혁웅 시집 『그 얼굴에 입술을 대다』(해설)

5부 익명성 또는 문화의 끝

|무질서의 질서| 무질서의 질서 점쟁이, 일기예보, 탐정 소설 ── 어떻게 무
  질서에서 질서를 구하지?(《문학과사회》 2007년 여름호)

|술| 알코올 중독(《문학과사회》 2007년 겨울호)

|건축| 건축이란 무엇인가? ── 또는 '장소'에 대하여(《문학과사회》 2008년 여름호)

|문자 보내기| 애인에게 문자를 날리다(《문학동네》 2007년 봄호)

|죽음과 사랑| 트리스탄의 도덕(《철학과현실》 2006년 여름호)

|춤| 신체 연구(《웹진 문지》 2010년 4월)

|아바타| 흔적 속에 부유하는 삶(《철학과현실》 2006년 봄호)

| 인명 찾아보기 |

ㄱ

가다머, 한스게오르크(Hans-Georg Gadamer) 58~59
가라타니 고진 312
가타리, 펠릭스(Félix Guattari) 60, 66, 112, 474
강기원 363 이하, 520
강유정 182
강정 23, 30~31, 43, 91~93, 173, 177, 263
괴테, 요한 볼프강 폰(Johann Wolfgang von Goethe) 380
권혁웅 63, 81, 395 이하, 434, 520
그라크, 줄리앙(Julien Gracq) 513
그레이, 토머스(Thomass Gray) 381
그레이브스, 로버트(Robert Ranke Graves) 438
그리샴, 존(John Grisham) 447
그리올, 마르셀(Marcel Griaule) 324
글래니, 애블린(Dame Evelyn Elizabeth Ann Glennie) 224
김경인 23, 29, 31~34
김경주 78, 91, 93, 143, 188, 329 이하, 443~444, 493, 520

김근 81, 83, 84, 91, 96
김기택 78
김민정 81, 173
김상혁 87
김소연 22, 23, 173
김수영 98, 105 이하, 355, 433~435, 447~448, 474~476, 502, 519
김언 23, 38
김윤식 32
김재희 287
김재홍 96, 100
김종엽 275
김지녀 88~89, 129, 183, 186, 224~227, 345 이하, 498, 511, 519, 520
김지하 23, 33, 433
김행숙 23~24, 30~32, 34, 37, 41, 42, 49, 78, 79, 84, 89, 170, 191 이하, 250~251, 263, 305 이하, 519, 520
김혜순 466, 504

ㄴ

나관중 420~422
나사로 208~211

나오키, 우라사와 37

나츠메 소세키 311

니체, 프리드리히 빌헬름(Friedrich Wilhelm Nietzsche) 125, 156, 176, 231~237, 241, 245, 247, 269, 448

ㄷ

다비드, 자크루이(Jacques-Louis David) 305

다자이 오사무 442~443

데리다, 자크(Jacques Derrida) 11, 27, 36~37, 53~54, 67~68, 70, 71, 73, 88, 107, 172, 197, 199, 200, 202, 231, 243, 252 이하, 277~278, 282, 289~295, 297, 406, 428, 463~467, 474, 506

데카르트, 르네(René Descartes) 28, 52~54, 213, 222, 314~316, 464

데콩브, 뱅상(Vincent Descombes) 112

도데, 알퐁스(Alphonse Daudet) 443

도스토옙스키, 표도르(Fyodor Mikhailovich Dostoevskii) 470

드뷔시, 클로드(Claude Debussy) 479

들뢰즈, 질(Gilles Deleuze) 11, 21, 24, 38, 60, 63, 66, 68, 70, 77, 90, 92, 95, 112, 124, 129, 134, 139, 140, 155~156, 166, 172, 176, 196, 197, 214~215, 220, 232~234, 238, 241, 242, 245, 276, 310, 318, 322, 324, 337, 373, 397, 448~449, 450, 457, 467, 474

ㄹ

라블레, 프랑수아(François Rabelais) 347

라캉, 자크(Jacques Lacan) 80, 87, 241

랑시에르, 자크(Jacques Rancière) 148, 152, 153, 155

랭보, 아르투르(Jean Nicolas Arthur Rimbaud) 120, 154~155, 222, 329, 404

런던, 잭(Jack London) 435, 442

레베르테, 아르투로 페레스(Arturo Pérez-Reverte Gutiérrez) 423~425

레비나스, 에마뉘엘(Emmanuel Levinas) 25, 107, 122, 152, 195~220, 229, 243, 249~276, 299, 389, 410, 411, 421, 425, 454, 457, 462, 483~485, 504

레비스트로스, 클로드(Claude Lévi-Strauss) 53

롤랑, 로맹(Romain Rolland) 439

루소, 장자크(Jean-Jacques Rousseau) 53, 70, 217, 465, 473, 474

루슈디, 살만(Ahmed Salman Rushdie) 259

루카치, 죄르지(György Lukács) 52

루크레티우스 카루스, 티투스(Titus Lucretius Carus) 508

르루아구랑, 앙드레(André Leroi-
　　Gourhan) 364, 497
릴케, 라이너 마리아(Rainer Maria Rilke)
　　60, 118

ㅁ

마라, 장폴(Jean-Paul Marat) 305
마리 드 프랑스(Marie de France) 217
마리옹, 장뤽(Jean-Luc Marion) 199, 200
마츠다 유사쿠 505～508
만, 토마스(Thomas Mann) 8, 49, 115,
　　139, 174～176, 196, 256, 293, 316, 350,
　　406～407, 436, 478, 483
메를로퐁티, 모리스(Maurice Merleau-
　　Ponty) 200, 202, 212～214, 381
메르시에, 자크(Jacques Mercier) 39
모세 126, 232～234
몽테뉴, 미셸 드(Michel Eyquem de
　　Montaigne, Michel de Montaigne)
　　449
문혜원 348
문혜진 443
밀러, 헨리(Henry Valentine Miller) 443

ㅂ

바그너, 리하르트(Wilhelm Richard
　　Wagner) 195, 477～479, 482, 484,

513
바디우, 알랭(Alain Badiou) 106,
　　120～121, 126, 174, 182, 230～232,
　　235～238, 240～252, 262～264,
　　267～272, 275, 280, 315
바르트, 롤랑(Roland Barthes) 106,
　　108～109, 111, 464, 508
바울 89, 142, 172, 219, 229 이하, 261, 263,
　　266～268, 278, 289, 378
발레리, 폴(Ambroise-Paul-Toussaint-
　　Jules Valéry) 380, 387
발자크, 오노레 드(Honoré de Balzac)
　　471
반스, 줄리언(Julian Patrick Barnes) 51,
　　443
반 에이크 (형제)(Jan & Hubert van
　　Eyck) 373
베데킨트, 프랑크(Benjamin Franklin
　　Wedekind) 479
베르크, 알반(Alban Maria Johannes
　　Berg) 479
베이컨, 프란시스(Francis Bacon) 370,
　　372, 397, 496
베토벤, 루드비히 반(Ludwig van
　　Beethoven) 191, 439
벤야민, 발터(Walter Bendix Schönflies
　　Benjamin) 243, 245, 275, 277 이하,
　　298 이하
보드리야르, 장(Jean Baudrillard) 128,

461

보르헤스, 호르헤 루이스(Jorge Francisco Isidoro Luis Borges Acevedo) 10, 26, 40, 257, 367, 424~425, 428

블랑쇼, 모리스(Maurice Blanchot) 292

ㅅ

사르트르, 장폴(Jean-Paul Charles Aymard Sartre) 9, 29, 30, 32, 33, 105, 107, 110~111, 124, 133~134, 147, 149~152, 159 이하, 180, 257~258, 439, 440

사마천 416, 441

서영채 433~435

성기완 30

성미정 98

성석제 440

성윤석 285, 298, 370, 379 이하, 520

셰익스피어, 윌리엄(William Shakespeare) 72, 380, 416, 471

셰페르, 장루이(Jean-Louis Schefer) 134

소크라테스(Socrates) 436~438

송대방 457

쇼펜하우어, 아르투르(Arthur Schopenhauer) 9, 243

숄렘, 게르숌(Gershom Scholem) 296

슈미트, 카를(Carl Schmitt) 277, 284~287, 298, 300

슈피겔만, 아트(Art Spiegelman) 62

스베덴보리, 에마누엘(Emanuel Swedenborg) 256~257

스타인벡, 존(John Ernst Steinbeck, Jr.) 458

스피노자, 바루흐(Baruch Spinoza) 5, 55, 62, 75, 163, 174, 220, 241, 280, 321, 417~418, 493

신용목 173

신해욱 175

신형철 170, 174, 179, 183

심보선 170, 171~174, 178, 184

심훈 205

실러, 프리드리히(Johann Christoph Friedrich von Schiller) 380

ㅇ

아감벤, 조르조(Giorgio Agamben) 11, 89, 141~142, 167, 172, 217~219, 230, 231, 234~235, 237, 241~249, 252, 262~266, 269~272, 277~289, 300, 484

아르키메데스(Archimedes of Syracuse) 306

아리스토텔레스(Aristoteles) 36, 57~59, 71, 194

아브라함 176, 222, 296, 406

아우구스티누스(Aurelius Augustinus

Hipponensis) 36, 56, 194

아이젠만, 피터(Peter Eisenman) 464, 468

아퀴나스, 토마스(Thomas Aquinas) 57, 58

안웅선 185

안현미 41

앙지외, 디디에(Didier Anzieu) 196, 202~205, 214, 226

애벗, 에드윈(Edwin Abbott Abbott) 454

여태천 96, 99~100

에코, 움베르토(Umberto Eco) 135, 137~139, 333, 424, 426

엘리엇, 토마스 스턴즈(Thomas Stearns Eliot) 187, 417, 487

예로페예프, 베네딕트(Venedikt Vasil' evich Erofeev) 435

오스터, 폴(Paul Benjamin Auster) 98

오웰, 조지(George Orwell) 62

욥 57, 195~196, 498

유르스나르, 마르그리트(Marguerite Yourcenar) 415

유형진 82

윤대녕 460

윤동주 29

윤예영 93

은승완 170, 171 이하, 184, 188

이근화 23, 40~42, 78, 512

이나현 489, 499, 500

이병률 23

이상 36, 495

이성복 417, 471

이원 23, 29, 34~35, 42, 263

이은림 23, 37~38

이장욱 98~99

ㅈ

자크, 크리스티앙(Christian Jacq) 456

장만호 91, 93

장석원 91

장자 309

잭 더 리퍼(Jack the Ripper) 479

제발트, 빈프리트 게오르그(Winfried Georg Maximilian Sebald) 135~136, 258

조민 511

조설근 349

조연정 170, 178

조연호 23, 37, 39, 40, 44, 93, 176, 263, 512

조이스, 제임스(James Augustine Aloysius Joyce) 111, 380, 387, 417, 428~431, 436

조프루아 생틸레르, 에티엔(Étienne Geoffroy Saint-Hilaire) 92, 177

지젝, 슬라보예(Slavoj Žižek) 231, 241, 245, 249, 261~263, 269, 271~274,

279, 526

진은영 170, 173, 175, 178~179, 181, 186

ㅊ

첼란, 파울(Paul Celanl) 120, 140

최동훈 143

최정우 170, 173

츠바이크, 슈테판(Stefan Zweig) 471

ㅋ

카프카, 프란츠(Franz Kafka) 10, 47, 51,
　66, 69~73, 76~79, 83, 112, 226, 242,
　370, 452, 463, 472, 474, 496

칸트, 임마누엘(Immanuel Kant) 8~10,
　116, 154~156, 222, 231, 241, 253, 257,
　276, 289, 421, 437, 438, 485, 517

캉기엠, 조르주(Georges Canguilhem)
　177

쿠퍼, 데이비드(David Cooper) 73

쿤데라, 밀란(Milan Kundera) 35, 54,
　148, 149, 381, 387, 418, 430~431

ㅌ

텔켈 그룹(Tel Quel) 111~112

톨스토이, 레프 니콜라예비치(Lev
　Nikolaevich Tolstoi) 292

투르게네프, 이반(Ivan Sergeevich
　Turgenev) 470

투르니에, 미셸(Michel Tournier) 54,
　226, 323~324, 326, 330~332, 369,
　380, 389, 422, 435, 473

ㅍ

포어, 조너선 사프란(Jonathan Safran
　Foer) 415

푸코, 미셸(Paul Michel Foucault) 23, 26,
　52, 67, 241, 314, 406, 439

프로이트, 지그문트(Sigmund Freud) 9,
　13, 80, 205, 212, 214, 216, 231~235,
　238, 374, 435, 478, 514

프루스트, 마르셀(Valentin Louis
　Georges Eugène Marcel Proust)
　46, 77, 94, 95, 133~138, 245, 246,
　321, 335, 399, 411, 429, 439~440,
　444~445, 512

플라스, 실비아(Sylvia Plath) 206~212

플라스, 프랑수아(François Place) 203~
　204

플라톤(Platon) 53, 74, 116, 120,
　123~127, 138, 143~144, 145~146,
　155, 157, 169, 182, 187, 194, 201, 339,
　406, 436~438, 480~482, 509

플로베르, 구스타프(Gustave Flaubert)
　51, 60, 75, 145, 157

플리니우스, 가이우스(Plinius Secundus,
　　Gaius) 218
핀천, 토마스(Thomas Ruggles Pynchon,
　　Jr.) 436

ㅎ

하디, 토마스(Thomas Hardy) 399
하루키, 무라카미 97, 98, 446
하이데거, 마르틴(Martin Heidegger)
　　10, 12, 25, 36, 117~122, 150, 161, 162,
　　193, 243, 245, 381, 419, 452, 453, 456,
　　462~464, 516, 517
하이든, 프란츠 요제프(Franz Joseph
　　Haydn) 380
할라스, 프란티셰크(František Halas)
　　148~149
함돈균 186
헤겔, 게오르그 빌헬름 프리드리히
　　(Georg Wilhelm Friedrich Hegel)
　　28, 31~33, 55, 87, 117~119,
　　150~151, 157, 161~163, 166,
　　180, 266, 288, 298 이하, 322, 352,
　　438~439, 450, 517
헤로도토스(Herodotos) 419, 481,
　　506~507
호메로스(Homeros) 7, 26, 120
홉스, 토마스(Thomas Hobbs of
　　Malmsbury) 217~219

황병승 23, 37, 42, 44~48, 78, 82, 84, 89,
　　94, 170, 263, 285, 443, 447
황성희 33, 86
황정아 261 이하, 277 이하
황지우 23, 32, 48, 97, 441
횔덜린, 요한 크리스티안 프리드리
　　히(Johann Christian Friedrich
　　Hölderlin) 119~121, 125, 451
휴즈, 테드(Ted Hughes) 211~212
흐라발, 보후밀(Bohumil Hrabal) 90
히치콕, 알프레드(Alfred Joseph
　　Hitchcock) 135, 511

서동욱

1969년 서울에서 태어나 서강대 철학과 및 동 대학원을 졸업한 후 벨기에 루뱅 대학 철학과에서 석사와 박사학위를 받았다. 1995년 《세계의 문학》과 《상상》 봄호에 각각 시와 평론을 발표하면서 등단했다. 저서로 『차이와 타자―현대 철학과 비표상적 사유의 모험』, 『들뢰즈의 철학―사상과 그 원천』, 『일상의 모험―태어나 먹고 자고 말하고 연애하며, 죽는 것들의 구원』 등이 있고, 시집으로 『랭보가 시쓰기를 그만둔 날』, 『우주전쟁 중에 첫사랑』이 있다. 역서로는 들뢰즈의 『칸트의 비판철학』, 『프루스트와 기호들』, 레비나스의 『존재에서 존재자로』 등이 있다. 서울대, 서울예대, 연세대, 홍익대 등에서 철학과 문학을 강의했으며, 현재 서강대 철학과 교수로 재직 중이다. 계간 《세계의 문학》 편집위원으로 활동 중이다.

익명의 밤

1판 1쇄 펴냄 2010년 11월 26일
1판 3쇄 펴냄 2023년 3월 15일

지은이 | 서동욱
발행인 | 박근섭, 박상준
펴낸곳 | (주)민음사

출판등록 | 1966. 5.19. (제16-490호)
서울특별시 강남구 도산대로1길 62(신사동) 강남출판문화센터 5층 (우편번호 06027)
대표전화 | 02-515-2000 팩시밀리 | 02-515-2007
홈페이지 | www.minumsa.com

ISBN 978-89-374-1223-3 03810

* 잘못 만들어진 책은 구입처에서 교환해 드립니다.